ANNE RIVERS SIDDONS

Insel im Licht

Buch

Molly Bell Redwine, in ihrer Jugend eine begehrte sportliche Highschool-Schönheit, ist seit fast zwanzig Jahren glücklich verheiratet mit Tee und hingebungsvolle Mutter und Hausfrau. Ihre Tochter Caroline hat bereits eine eigene Familie, und der Sohn Teddy steht kurz vor dem Studienbeginn. Diese Idylle wird von unmißverständlichen Anzeichen getrübt, daß ihr Mann Tee sie betrügt. Fieberhaft versucht Molly zuerst, den kleinen Seitensprung unter den Teppich zu kehren. Doch der »kleine Schönheitsfehler« in ihrer behüteten Welt ist der Anfang einer Katastrophenlawine: Ihre Mutter stirbt an einem Herzinfarkt – und Mollys Bruder Kevin macht sie dafür verantwortlich. Tee reicht die Scheidung ein – und erhebt Anspruch auf das Haus, den Mittelpunkt von Mollys Leben. Das rüttelt Molly endlich aus ihrer Lethargie. Nichts hält sie mehr in Atlanta, und so nimmt sie das Angebot der Witwe Bella Ponder an, den Winter über an der Küste vor Martha's Vineyard ein verlassenes Haus zu hüten, ein altes Schwanenpaar zu füttern – und Bellas krebskranken Sohn Denny zu betreuen. Mit all ihrer brachliegenden Energie stürzt sich Molly in ihre neue Aufgabe. Und schließlich entspinnt sich sogar eine zarte Liebesbeziehung zwischen ihr und dem spröden, unzugänglichen Denny – bis Molly eines Tages Nachricht von zu Hause erhält: Tee bittet sie inständig, ihm und ihrer Ehe noch eine Chance zu geben …

Autorin

Anne Rivers Siddons, gelernte Journalistin, vielgereist und lebensklug, gilt als eine der ganz großen Erzählerinnen des amerikanischen Südens, als wahre Erbin der großen Margaret Mitchell. Jeder ihrer Romane hat Millionen von Leser begeistert und ihr immer Spitzenplätze auf den amerikanischen Bestsellerlisten beschert. Seit »Straße der Pfirsichblüten« gehört sie auch in Deutschland zu den beliebtesten Autorinnen großer Frauenunterhaltung.

Von Anne Rivers Siddons sind erschienen:

Das Haus nebenan (TB 08116) – Muscheln im Sand (TB 43277) – Straße der Pfirsichblüten (TB 09754) – Tausend Sommer (TB 35010) – Und morgen ein neuer Tag (TB 35075) – Sommerbeben (Blanvalet, geb. Ausgabe 0013)

ANNE
RIVERS
SIDDONS

Insel im Licht

Roman

Ins Deutsche übertragen
von Inge Wehrmann

BLANVALET

Die Originalausgabe erschien unter dem Titel »Up Island«
bei HarperCollins Publishers, Inc., New York

Umwelthinweis:
Alle bedruckten Materialien dieses Taschenbuches
sind chlorfrei und umweltschonend.

Blanvalet Taschenbücher erscheinen im Goldmann Verlag,
einem Unternehmen der Verlagsgruppe Bertelsmann.

Deutsche Erstveröffentlichung September 1999

Umschlaggestaltung: Design Team München
Umschlagfoto: Mauritius/ACE
Satz: deutsch-türkischer fotosatz, Berlin
Druck und Bindung: Graphischer Großbetrieb Pößneck
Verlagsnummer: 35092
Lektorat: SK
Redaktion: Ilse Wagner
Herstellung: Heidrun Nawrot
ISBN 3-442-35092-1
Made in Germany

3 5 7 9 10 8 6 4 2

Für Ginger Barber,
als längst überfällige Widmung

Ich zog in den Wald, weil ich den Wunsch hatte, mit Überlegung zu leben, dem eigentlichen, wirklichen Leben näherzutreten, zu sehen, ob ich nicht lernen konnte, was es zu lehren hatte, damit ich nicht, wenn es zum Sterben ginge, einsehen müßte, daß ich nicht gelebt hatte.

Henry David Thoreau, *»Walden oder Leben in den Wäldern«*

1

Haben Sie auch schon mal Leute sagen hören: »Ich hab's gewußt, ich hab einen kalten Hauch im Nacken gespürt?« Damit sind jene plötzlichen Vorahnungen gemeint, die sich später als wahr herausstellen. Meine Mutter sagt das ständig, obwohl sie nicht immer recht hat. In meiner halbkeltischen Familie wird der kalte Hauch im Nacken trotzdem als heiliger Vorbote zukünftiger Ereignisse gesehen.

Ich habe die Untreue meines Ehemannes nicht als kalten Hauch im Nacken gespürt, sondern an der Haut meines Hinterteils, was sich, wenn man den weiteren tragischen Verlauf der Dinge betrachtet, wahrscheinlich als prophetisch erwies. Ich empfand es immer als eine bodenlose Gemeinheit, daß Tee den ganzen Spaß hatte und ich eine Hautentzündung am Hintern, aber so geht's im Leben. Nach Auffassung meiner Mutter entsprach dieser Umstand einem Muster, das wir schon zu Beginn unserer Ehe festgelegt hatten.

Seit Weihnachten hatte es mit Unterbrechungen immer wieder fürchterlich gejuckt. Zuerst schob ich es auf die Riesenschachtel mit kandiertem Ingwer, ein Geschenk von Tees Chef, dann auf ein neues, superstrammes Mieder, das es mir ermöglichte, mich in meinen weißen, perlenbestickten Hosenanzug zu zwängen. Später, als das Jucken und die feuerroten Striemen gar nicht mehr verschwinden wollten, wechselte ich Schaumbad und Körperlotion, und dann ließ ich die Klimaanlage und die Heizung reinigen und besorgte einfache, ungebleichte Laken für unser Bett. Aber ich hatte immer noch ein Gefühl, als säße ich in Brennesseln, und oft erwischte ich mich dabei, wie ich mich sowohl in der Öffentlichkeit als auch zu Hause kratzte. Teddy, mein achtzehnjähriger Sohn, war entsetzt, und meine beste Freundin, Carrie Davies, fragte mich mehr als einmal mit konsterniert hochgezogenen Augenbrauen, was mit mir los sei.

Tee hätte mich gnadenlos aufgezogen, aber in jenem Winter und Frühling war er nicht oft zur Stelle. Coca-Cola brachte gerade zwei neue, auf junge Konsumenten abgestimmte Softdrinks heraus, und Tee und sein Team waren mit dem Testmarketing beauftragt, was ständige Reisen zu den ausgewählten Absatzmärkten im gesamten Land zur Folge hatte. Selbst wenn ich mich im Eingangsportal von St. Philips am Po gekratzt und gleichzeitig in der Nase gebohrt hätte, wäre es dem armen Tee nicht aufgefallen, übermüdet und entnervt wie er war, nach den langen Flügen und dem endlosen Gequatsche der Teenager.

Als ich mitten in einer heißen Mainacht wach wurde, weil ich mich im Schlaf blutig gekratzt hatte, bat ich um einen Termin bei Charlie Davies und klang verzweifelt genug, daß er mich am nächsten Tag um die Mittagszeit dazwischen quetschte.

»Dann mal los, Moonbeam, laß die Hosen runter und leg dich hin. Mal sehen, was du ausgebrütet hast«, brüllte er, und ich kam seinem Befehl nach, ohne mich darum zu kümmern, daß der Papierkittel, den Charlies Sprechstundenhilfe mir gegeben hatte, meine Blöße nur sehr unvollkommen bedeckte. Charlie und Tee hatten sich an der University of Georgia ein Zimmer geteilt, und ich kannte Tee nur zwei Wochen länger als Charlie. Eine Woche nach Tees und meiner Hochzeit hatte Charlie Carrie Carmichael geheiratet, meine Tri-Delta-Schwester – wir spielten füreinander Brautjungfer –, und wir hielten unsere Freundschaft aufrecht, während Charlie Medizin studierte, Assistenzarzt wurde und schließlich seine eigene Praxis eröffnen konnte und Tee seine Karriere bei Coca-Cola aufbaute. Charlie hatte mein nacktes Hinterteil wahrscheinlich mehr als einmal gesehen, denn wir hatten unzählige Wochenendfahrten und Urlaubsreisen miteinander unternommen.

Seit unserem ersten Treffen nannte er mich Moonbeam nach Al Capps dunkler, stattlicher und herrlich schlampiger Hinterwaldsirene Moonbeam McSwine. Niemand sonst darf mich so nennen, nicht einmal Tee.

Ich drehte mich auf den Bauch. Nachdem Charlie den Papierkittel zur Seite geschoben hatte, stieß er einen langen Pfiff aus. »Verdammt noch mal, Molly, wollte Big Tee dir ein Brandzeichen verpassen, oder was? Du siehst aus, als hättest du dich in einem Dornengestrüpp herumgewälzt.«

Trotz seiner chauvinistischen Südstaatensprüche ist Charlie ein guter Arzt, denn sonst hätte er keine Patienten. In Atlanta wimmelt es von forschen, sachlichen Zugereisten, die nicht auf Befehl die Hosen herunterlassen und sich hinlegen würden, wenn derjenige, der sie dazu auffordern würde, nicht ein erstklassiger Arzt wäre. Und das war Charlie. Bald wurde sein respektloses Chauvigebaren zu seinem Markenzeichen, das auf jeder Party Anlaß zur Heiterkeit gab. Wenn es mich insgeheim mehr störte als amüsierte, hätte ich es dennoch nie ausgesprochen.

»Sieht es schlimm aus?« fragte ich.

»Ach Schätzchen, als ob dein süßer Arsch schlimm aussehen könnte! An dem Tag, als Tee dich heiratete, hat das ganze Chi-Phi-Haus getrauert, weil er ihnen durch die Lappen gegangen ist. Aber wo wir gerade davon sprechen, sieht so aus, als ob er in der Zwischenzeit ganz schön in die Breite gegangen ist, was?«

Er gab mir einen sanften Klaps, und meine Fleischmassen wabbelten wie eine Schüssel voll Wackelpudding. Seit unserer Hochzeit hatte ich tatsächlich ganz schön zugelegt. Wer mich damals anschaute, sah eine große, schlanke, sonnengebräunte Amazone mit wildgelockter, blauschwarzer Mähne und elektrisierenden, blauen Augen. Heute dagegen bin ich eine große, stabile Frau, sehr stabil, mit wildgelocktem, grauschwarzem Haar, breitem Lächeln, lederigbraunem Teint und verschwommenen, kurzsichtigen Augen hinter einer großen Schildpattbrille. Damals hatte man mich wegen meiner lebhaften, anmutigen Ausstrahlung angestarrt und bewundert. Heute starrte man nur noch wegen meiner Körperfülle.

»Mein Gott, was für eine Walküre«, hörte ich jemanden sagen, als wir im vergangenen Jahr eine Vorstellung von *The Ring* bei einem Gastspiel in Atlanta besucht hatten. Tee und ich hatten beide gelacht. Ich schenkte meinen überflüssigen Pfunden selten Beachtung, da sie mein Leben in keiner Weise beeinträchtigten, und Tee schien sie überhaupt nicht zu bemerken.

»Ich meine den Ausschlag oder was auch immer es ist, du geiler Bock«, sagte ich zu Charlie.

»Nun, ich habe schon Schlimmeres gesehen«, sagte er. »Damals am Grady hatten wir mal einen Fall von Tropenkrätze.«

»Komm schon, Charlie, sag mir, was es ist. Wie werd ich es wieder los? Ich hab noch nie so was gehabt.«

»Ich bin mir noch nicht sicher«, sagte er und tastete die Striemen ab. »Sieht mir nach einem Kontaktekzem aus. Ziemlich verwunderlich, denn bisher habe ich bei dir noch keinerlei allergische Reaktionen festgestellt. Ich spritze dir jetzt ein bißchen Kortison und schreib dir Salbe und Tabletten auf, die du nimmst, bis sie aufgebraucht sind. Wenn es dann noch nicht abgeheilt ist, schicke ich dich zu Bud Allison. Wir müssen die Sache abklären. Tee ist vom Zustand deines Hinterteils bestimmt auch nicht gerade begeistert.«

»Ich glaube, er hat's nicht mal bemerkt«, sagte ich. »Er ist wegen des neuen Cokeprojekts soviel unterwegs, daß wir uns kaum zu Gesicht kriegen. In ein paar Wochen soll es ein bißchen ruhiger werden. Wär schön, wenn wir's bis dahin in den Griff bekämen. Sonst denkt er tatsächlich, ich hätte mich mit irgendwem in den Brennesseln gewälzt.«

»Das piekst jetzt ein bißchen«, sagte Charlie, und ich spürte einen Einstich. Und dann sagte Charlie: »Ich dachte, er wäre mittlerweile zurück. Vor ein paar Tagen hab ich ihn gesehen, drüben in dem neuen Appartementhaus im Zentrum, du weißt schon, dieses komische geschwungene Gebäude. Er hat wohl Caroline beim Einzug geholfen; er schleppte sich mit einer Palme ab. Konnte nur seine Knopfaugen hinter den Blättern ausmachen. Und sie hat sich gebogen vor Lachen. Sie ist wirklich ein bildhübsches Ding. Sieht genauso aus wie du in ihrem Alter, Gott sei Dank. Ihr seid bestimmt mächtig stolz auf sie. Arbeitet sie irgendwo in der Innenstadt?«

Er stach erneut zu.

»Das müssen die Knopfaugen von jemand anders gewesen sein, die aus den Palmenblättern gespäht haben, Charlie«, sagte ich. »Autsch. Das tut aber weh. Caroline ist verheiratet und wohnt mit Mann und Baby in Memphis. Also wirklich, das wußtest du doch; ihr habt dem Baby doch eine silberne Tasse von Tiffany geschickt. Habt euch richtig in Unkosten gestürzt.«

Charlie nahm die Hand von meiner Hüfte. Er hielt kurz inne und sagte dann: »Du kannst dich jetzt anziehen, dann kommst du in mein Sprechzimmer, und ich gebe dir ein Rezept.«

Ich hörte, wie er das Untersuchungszimmer mit schwerfälligen Schritten verließ. Ich rappelte mich hoch. Als ich meine nackten Beine über den Rand der Liege schwang, traf es mich wie ein Keulenschlag. Mein Gesicht fühlte sich an, als wäre in dem kleinen Zimmer eine lautlose Explosion erfolgt. Ich konnte förmlich die Druckwelle und den Luftzug spüren. Der Raum wurde heller, als wären Flutlichter eingeschaltet worden, und als ich Luft holte, hatte ich ein dumpfes, leeres Gefühl in den Lungen. Über meine linke Hinterbacke schlängelte sich ein neuer, feuerroter Striemen.

Tee hat eine andere, dachte ich. Mindestens seit Weihnachten. Das war Tee, den Charlie da gesehen hat. Er weiß, daß er es war. Und das war sie, der er beim Einzug geholfen hat.

Einen Moment lang saß ich reglos da, die Hände artig im Schoß übereinandergelegt, als wartete ich darauf, die heilige Kommunion zu empfangen. Ich konnte nicht klar sehen. In meinen Ohren rauschte es. Und die ganze Zeit juckten die Striemen an meinem Hinterteil.

Ich stand auf, ließ meinen Papierkittel fallen, zog mich an, verließ das kleine Zimmer, ging durch den Flur und am Empfangstisch vorbei und weiter zum Aufzug. Die Medikamente, die Charlie mir aufschreiben wollte, habe ich nie bekommen.

Zusammen mit ein paar hungrigen Angestellten, die auf dem Weg zum Mittagessen waren, stieg ich in den Aufzug und dachte: Welche Folgen hat das für die Familie?

Als ich hinaus auf den sonnigen Gehweg am Rand der Peachtree Street trat, war mir, als stünde ich von der Hüfte abwärts in Flammen. Ich hatte das absurde, schreckliche Gefühl, als ob die juckenden Striemen bis zu den Fußgelenken liefen und meine Füße anschwellen ließen, als sichtbares Zeichen des Verrats und meiner Dummheit.

Während meiner Kindheit lebte meine Großmutter Bell eine Zeitlang bei uns. Sie war eine zerbrechliche, liebe, kleine Frau, die sich vor vielem fürchtete, meine Mutter eingeschlossen, deren theatralische Ausbrüche und Übertreibungen meine Großmutter in Angst und Schrecken versetzten. Meine Mutter wußte das natürlich und machte sich oft einen Spaß daraus, Großmutter zu erschrecken. Sie konnte wahrscheinlich nicht anders; selbst ich, die ich mich oft in ihre nach Puder duftenden Arme flüchtete, wenn Mutter mal wieder ihre spitzen Pfeile auf mich abschoß, fragte mich oft mit der unversöhnlichen Verachtung der Jugend, warum Großmutter immer wieder darauf hereinfiel. Aber es war jedes Mal dasselbe. Mit meiner Mutter und anderen bedrohlichen Umständen verfuhr sie so, als würden sie nicht existieren. Wenn ich mitbekam, wie sie fröhlich vor sich hin schwatzte und ihre kleinen, alltäglichen Rituale vollführte, während sie zitterte wie ein verschrecktes Kaninchen, wurde ich immer wütend, aber jetzt verhalte ich mich genauso. Wie die Angehörigen eines primitiven Stammes, die die Existenz eines Dämonen nicht anerkennen und seinen Namen nicht aussprechen, um seine Aufmerksamkeit nicht auf sich zu ziehen, verkörpere ich im Angesicht schrecklicher Dinge die Karikatur einer Durchschnittsfrau mittleren Alters aus einem der besseren Vororte.

Ich fing damit an, sobald ich auf den Gehsteig vor Charlies Praxis trat. Munter schwang ich meine Handtasche über die Schulter, hob das Kinn und zog den anstößigen Arsch ein. Ich ging nach links, den langen Hügel hinunter in Richtung Peachtree Battle, verfiel in einen lässigen schwungvollen Citygang und zauberte mein breitestes Lächeln auf meine Lippen. Ich nickte entgegenkommenden Fußgängern zu und bewunderte die mit Stiefmütterchen und Begonien bepflanzten Beete vor dem Shepherd Spinal Centre. Dumm vor mich hin nickend, registrierte ich die elektronische Anzeigetafel vor den Darlington Apartments, die Atlantas Einwohnerzahl belegte: 3,7 Millionen stand da. Normalerweise ärgerte ich mich immer über die Anzeigetafel; durch die stetig wachsende Bevölkerung platzte die Stadt längst aus allen Nähten. Aber an diesem Tag strahlte ich sie mit demselben einfältigen Stolz an, den ich verspürt hatte, als Tee und ich nach Collier Hills in unser erstes kleines Haus gezogen waren. Das Zeichen war für mich der Beweis, daß sich meine aufstrebende Heimatstadt zu einem ernstzunehmenden Konkurrenten entwickelte, zu einer richtigen Großstadt. Aufgepaßt, New York, Chicago, L. A., flüsterte ich vor mich hin. Ich schaute zufrieden auf meine voranschreitenden Füße hinab: genau die richtigen schlichten, flachen Ferragamo-Schuhe, die eine bodenständige Frau aus Atlanta an einem heißen Frühlingstag tragen sollte. Meine gutgefüllte Handtasche baumelte an meiner Seite und gab mir ebenfalls ein Gefühl von Zufriedenheit: genau die richtige, abgegriffene, glänzende Umhängetasche, nichts Extravagantes mit den Initialen irgendwelcher Modepäpste. All meine Standessymbole waren in Ordnung. Aber mein Herz klopfte mit dumpfen, langsamen Schlägen.

Mein Lächeln wurde noch ein wenig breiter und zeigte meine tadellos gepflegten Zähne.

Kurz vor der Einfahrt zum Colonial Homes Drive, wo fast alle Singles aus meinem Bekanntenkreis gelebt hatten, bevor sie heirateten und für gewöhnlich nach Collier Hills und später nach Ansley Park oder Habersham Road zogen, hörte ich plötzlich eine vertraute Stimme.

Livvy Bowen stand mit ihrem alten, verdreckten Saab vor einer roten Ampel und rief nach mir.

»Wo willst du denn hin?« brüllte sie mit ihrem angenehmen neuenglischen Akzent. Livvy war zehn Jahre zuvor aus einem Bostoner Vorort in den Süden gekommen, als ihr Ehemann Caleb zur Coke-Zentrale versetzt und Tees Marketing Team zugeteilt wurde. Caleb hatte in Harvard studiert und Livvy in Radcliffe, und Atlanta war für beide ein schwerer Kulturschock gewesen. Caleb fand Gefallen an seinem neuen Job und gewöhnte sich schnell ein, was man von Livvy nicht sagen konnte. Sie haßte die Südstaaten und Atlanta ganz besonders, mochte Tee recht gern und liebte mich, aus welchen Gründen auch immer. Sie hatte mich auf Anhieb sympathisch gefunden, genau wie ich sie. Ihre kantigen Knochen, ihr schmales, ungeschminktes Gesicht und ihre spitze Zunge sprachen etwas in mir an, was meine Mutter mein Yankeeblut nannte. Meine Mutter sprach natürlich im übertragenen Sinne; meine Eltern waren beide waschechte Südstaatler, ihre englischen bzw. irischen Vorfahren hatten sich mehr als zweihundert Jahre zuvor in Georgia angesiedelt. Ich wußte jedoch, was meine Mutter meinte, und auch Livvy schien es zu wissen. Der Begriff »Yankee« war keineswegs ein Schimpfwort für sie.

»Von allen Frauen unterhalb der Mason-Dixon-Linie, die ich kenne, bist du die einzige, die nicht auf dem Weg in den Supermarkt bei Saks reinschaut«, sagte sie in den frühen Tagen unserer Freundschaft. »Und die einzige, die keine Judith-Leiber-Tasche ihr Eigentum nennt. Wahrscheinlich weißt du nicht mal, was eine Judith-Leiber-Tasche ist.«

Ich weiß es bis heute nicht.

Ich sagte nichts an diesem Morgen, sondern strahlte sie nur wortlos an. Ich konnte sie nicht in das neue, schwankende Gefüge meiner Welt einordnen.

»Du trägst Lippenstift und Strumpfhosen«, sagte sie grinsend und ließ den klapperigen Saabmotor aufheulen. »Wer ist gestorben?«

Ich lächelte immer noch. »Hallo Livvy«, sagte ich zögernd, als die Ampel auf Grün schaltete. Sie fuhr nicht an. Hinter ihr erhob sich ein Hupkonzert.

Sie starrte mich einen Moment lang an und sagte dann: »Steig ein.«

»Livvy ...«

»Ich rühr mich nicht von der Stelle, bis du eingestiegen bist«, sagte sie, und in ihrer Stimme schwang der eiserne Wille alten, neuenglischen Geldadels mit. Das Hupkonzert schwoll an. Sobald ich eingestiegen war, stob sie mit quietschenden Reifen die Peachtree Street hinauf.

Wir sprachen erst wieder, als sie vor der alten Autowaschanlage anhielt, in der sich heute ein Schnellrestaurant im Stil der fünfziger Jahre befindet.

»Wo ist dein Auto?« fragte sie. »Wo warst du? Was ist mit dir los? Du hast lauter rote Flecken am Hals und am Dekolleté.«

»Ich war beim Arzt«, sagte ich mit Großmutter Bells gräßlich munterer Stimme. »Ich hab so'ne Art Allergie. Nichts Schlimmes. Charlie Davies hat mir was dafür gegeben. Mein Auto ... mein Auto ...« Ich schaute auf mein rotgeflecktes Dekolleté. Der Ausschlag an meinem Hinterteil hatte offenbar andere Körperpartien erobert.

Ich lächelte Livvy an. Es war ein ziemlich dämliches Grinsen, das ahnte ich.

»Ich muß meinen Wagen wohl auf dem Parkplatz vor Charlies Praxis stehenlassen haben.«

»Ah ... ja. Und wohin genau wolltest du gehen?«

Ein leichter Anflug von Ärger durchdrang den Nebel meiner Bellschen Verleugnungsstrategie.

»Ich war natürlich auf dem Heimweg; was hast du denn gedacht, wohin ich wollte?«

Sie schaute mich wortlos an. Mein Gesicht brannte, und auf meiner Brust entstanden riesige, klatschmohnrote Flecken; ich konnte es spüren. Seit über zwanzig Jahren wohnte ich in Ansley Park und war in die entgegengesetzte Richtung gegangen. Ich hatte den Weg zum alten Haus meiner Eltern in Peachtree Hills eingeschlagen, wo ich aufgewachsen war. Sie waren schon fünf Jahre zuvor dort ausgezogen und wohnten seitdem in einer Eigentumswohnung hinter der St.-Philips-Episkopalkirche in Buckhead.

Mir war bewußt, daß Livvy dies wußte. Ich hielt mir die Hände vors Gesicht und fing an zu weinen.

»Tee hat eine Affäre«, sagte ich schluchzend. »Ich habe es gerade erfahren. Ich weiß nicht, was jetzt aus der Familie werden soll.«

Livvy und Caleb wohnen in einem geräumigen Ziegelhaus in Brookwood Hills, einem alten schattigen Wohngebiet direkt hinter dem Piedmont Hospital. Ich hatte schon immer eine Vorliebe für diese Wohngegend. Ich wollte mich dort nach einem Haus umschauen, als wir endlich unsere bescheidene Bleibe in Collier Hills verlassen konnten, aber Tee liebte das internationalere Flair von Ansley Park, was der Marktstrategie von Coca-Cola entsprach. Viele der neuen Gesellschafter kauften die dortigen alten Reihenhäuser und verliehen ihnen ein eleganteres Erscheinungsbild, und außerdem konnte man von dort aus zu Fuß zum Piedmont Driving Club gehen, dem Tees Familie seit Generationen angehörte. Meine Familie war dort nicht mal zu einem Hochzeitsempfang eingeladen gewesen. Und so fanden und renovierten wir unser eigenes großes Reihenhaus mit einem winzigen, von Mauern eingeschlossenen Garten. Es gefiel mir. Ich hatte mich ganz gut eingewöhnt und meine Kinder dort großgezogen, aber es kam mir nie so vor wie Atlanta. »In Ansley Park kannst du an einem Frühlingsabend nicht einfach so die Straße entlanggehen«, sagte ich einmal zu Livvy. »Du brauchst das richtige Outfit. Jogginganzug, Fahrradkluft, Skateroutfit. Selbst wenn du nur deinen Hund ausführen willst, brauchst du die richtigen Klamotten ... und die richtige Sorte Hund. Lazarus paßt schon mal überhaupt nicht nach A. P. Ich wollte mir schon einen Dalmatiner ausleihen, nur zum Spazierengehen.«

»An deiner Stelle würde ich lieber umziehen«, sagte Livvy spöttisch. »Über einen Dalmatiner würde man sich in Brookwood Hills kaputtlachen.«

Wir schlängelten uns durch den dichten Verkehr. In einem gewagten Abbiegemanöver schwenkte sie über zwei Fahrspuren nach links, und bevor ich aufhören konnte zu schluchzen, saßen wir mit einer Tasse Kaffee in ihrer sonnigen Küche. Ich wußte nicht einmal, wann ich das letzte Mal geweint hatte.

»Erzähl«, befahl sie, indem sie mir einen feuchten Waschlappen reichte, mit dem ich mein Gesicht abwischte und ihr dann alles erzählte.

Als ich fertig war, schnaubte sie verächtlich und sagte: »Das ist doch Blödsinn, Molly. Tee hat nie im Leben eine Affäre. Erstens seid ihr zwei doch ein Herz und eine Seele. Zweitens, wann sollte er? Caleb ist doch immer mit ihm zusammen, wenn er unterwegs ist; meinst du etwa, ich wüßte nicht, wenn Tee sich rumtreiben würde? Ein schöner Arzt, den du da hast. Und der will dein Freund sein!«

»Aber Charlie hat ihn doch gesehen, Livvy ...«

»Entschuldige, Schätzchen, aber woher will Charlie wissen, daß es Tee war? In Atlanta sehen viele Männer einer gewissen Einkommensschicht und Altersgruppe fast genauso aus wie Tee. Und die meisten arbeiten für Coke.«

Obwohl mein Herz schnell und unregelmäßig in meiner Brust hämmerte, mußte ich lächeln, weil sie in gewisser Weise recht hatte. In Atlanta gibt es einen bestimmten Typus von Männern aus gutem Hause, die tatsächlich mit Tee verwandt sein könnten: groß, schlaksig, blond mit grauen Strähnen, Hände in die Hosentaschen gestemmt, federnder Gang wie ein College-Athlet, was die meisten auch gewesen waren. Als wir Examen machten, war Tee Standing Forward der Basketballmannschaft der University of Georgia, und noch immer hatte er jenen federnden, tänzelnden Schritt, der für diese Spielposition charakteristisch ist. Sein Haar war jetzt von silbernen Fäden durchzogen und fiel ihm in die Stirn, und um seine strahlend blauen Augen zeigten sich die ersten Fältchen, aber er hatte noch immer eine leichte Stupsnase und war schlank, um nicht zu sagen, dünn; und sein Lächeln war noch immer bezaubernd und ließ einem warm ums Herz werden. Wir waren ein tolles Paar im College, fast gleich groß und ein lebender Beweis für das alte Sprichwort »Gegensätze ziehen sich an«, und wir waren uns unserer Wirkung bewußt. Das hatte ich längst vergessen. Ich fragte mich, ob Tee noch manchmal daran dachte.

»Charlie hat vier Jahre lang mit Tee zusammengewohnt«, sagte ich. »Er würde ihn sofort wiedererkennen. Er dachte, das Mädchen ... die Frau ... wäre Caroline. Sie muß also groß, dunkelhaarig und sehr jung sein. Und gutaussehend natürlich. Caroline ist ein sehr hübsches Mädchen.«

»Unsinn. Wenn der Typ hinter einer Palme versteckt war, wie kann dieser neunmalkluge Charlie da so sicher sein? Wieso läßt du dich durch sein albernes Gerede zu den haarsträubendsten Unterstellungen verleiten, Molly? Das ist doch sonst nicht deine Art. Außerdem hattest du noch nie Anlaß, an Tees Treue zu zweifeln ... oder?«

»Nein«, sagte ich, und wußte, daß es die Wahrheit war, wußte es mit derselben abgrundtiefen Gewißheit, mit der ich an diesem Morgen die Wahrheit in Charlies Worten gespürt hatte. Vor dieser Sache war Tee nie auf Abwegen gewesen.

»Wenn er so was vorhätte, meinst du nicht, er würde sich eine bessere Zeit aussuchen?« sagte Livvy. »Er ist mit einem Team aus neun Leuten unterwegs. Er ist fast nie für zwei Nächte hintereinander in derselben Stadt. Von früh bis spät hockt er in Konferenzen und Besprechungen. Es müßte schon eine Stewardeß mit Schlüssel zum Krankenzimmer sein, ansonsten ist es unmöglich, daß Tee eine andere bumst als dich. Und mit Sicherheit nicht in einem dieser Apartments. Halb Coke wohnt dort.«

»Aber ich habe diesen Ausschlag seit Weihnachten, und um die Zeit haben die Geschäftsreisen angefangen ... es ist wirklich schlimm geworden. Als ob mein Körper etwas wüßte, was mein Kopf noch nicht verstanden hat. Ich bin mir so verdammt sicher, Livvy ... und Charlie hat gesagt, solche Hautausschläge könnten auch durch Streß ausgelöst werden.«

»Genausogut durch Giftsumach. Oder durch irgendein Waschmittel. Ich glaube, du hast dich in etwas verrannt. Was, um alles in der Welt, könnte Tee sich wünschen, das er von dir nicht bekommt?«

»Ich hab ganz schön zugenommen«, sagte ich leise. »Ich hab mir nie Gedanken darüber gemacht, aber jetzt muß ich es wohl. Ich verwende nicht mal halb soviel Zeit auf mein Äußeres wie früher. Du hättest mich mal im College sehen sollen, Liv. Einmal war ich sogar Homecoming Queen. Tee und ich ... wir haben richtig was hergemacht.«

»Und jetzt machst du noch genausoviel her«, sagte sie. »Die Leute schauen sich noch immer nach dir um. Du siehst toll aus. Du siehst aus wie eine richtige Amazone, oder wie ... wie ...«

»Wenn du jetzt Moonbeam McSwine sagst, erwürg ich dich«, sagte ich und mußte unwillkürlich grinsen. Der schwere Stein auf meiner Brust wurde ein wenig leichter. Das Brennen an meinem Hinterteil und am Hals ließ nach.

»Auch das«, sagte Livvy und streichelte meine Hände. Ihre Hände waren warm. Erst jetzt merkte ich, daß ich trotz der stickigen Hitze des Frühlingstages eiskalt war, kalt wie der Tod.

»Hör zu«, sagte sie. »Meiner Meinung nach brauchst du dir überhaupt keine Sorgen zu machen, und wenn du die Sache mit Vernunft betrachtest, wirst du sehen, daß ich recht habe. Aber was ... was wäre, wenn, was wäre, wenn da tatsächlich eine andere wäre? Was würde das für dich bedeuten, was würdest du machen?«

Ich starrte sie an. Was es bedeuten würde? Nun ... es wäre alles zu Ende. Es wäre das Ende der Familie. Mein Gott, die Familie ... warum verstand sie das bloß nicht?

»Was es bedeuten würde?« sagte ich. »Was würde es denn für dich bedeuten? Wenn es Caleb wäre, meine ich.«

Sie zuckte die Achseln. »Käm drauf an. Ob es was Ernstes wäre oder ein Ausrutscher, so was soll ja vorkommen in der sogenannten Midlife-Krise. Käm drauf an, wie leid es ihm tut.«

Sie lächelte. Ihre langen Pferdezähne erinnerten an vergilbtes Elfenbein. Olivia Carrington Bowen hatte sich nie die Mühe gemacht, ihre Zähne richten oder bleichen zu lassen; selbst die liebenswürdige Carrie Davies, die wußte, wie eng ich mit Livvy befreundet war, hatte einmal gesagt, daß Livvy wie ein Pferd aussehen würde.

»Aber wenn, dann wie das Vollblütigste aller Vollblüter«, hatte ich erwidert. Carrie hatte losgeprustet und sich selbst wie ein Pferd angehört. Ich wußte, daß sie nichts von meiner Freundschaft mit Livvy hielt.

»Sie ist nicht wie wir, Moll«, sagte Carrie. »Sie wird nie so sein wie wir. Sie versucht es nicht mal.«

»Und genau deshalb mag ich sie«, schnauzte ich, in der Hoffnung, dem Thema ein Ende zu setzen. Und das war mir gelungen. Meine alte Clique hielt nichts von Livvy Bowen, aber zumindest redeten sie in meiner Gegenwart nicht mehr schlecht über sie.

»Und was würdest du tun?«

»Ich würde ihm jedes Haar einzeln ausreißen, und dann ihr«, sagte Livvy. »Ich würde ihm zwei Stunden geben, um die Sache zu beenden, und wenn er sich weigern würde, würde ich bei Coke erzählen, daß er ein unbeherrschter Wüstling ist, und ihr würde ich erzählen, daß er ein Penisimplantat hat. Und wenn er sich dann immer noch nicht rührt, würde ich ihm seine Sachen vor die Tür stellen, die Türschlösser auswechseln und mir den gewieftesten Anwalt diesseits des Mississippi nehmen.«

Sie schaute mich an, aber ihr Lächeln wirkte aufgesetzt. Es kam mir vor, als hätte in ihren Worten ein Körnchen Wahrheit mitgeschwungen.

»Was ist mit Dana und Elizabeth?« fragte ich und dachte an Livvy und Calebs Töchter, die beide ein College in Neu England besuchten. »Was ist mit der Familie?«

»Weder Dana noch Elizabeth werden nach der Uni wieder nach Hause ziehen«, sagte sie in sachlichem Tonfall. »Das war mir von Anfang an klar. Wie sehr ich sie auch liebe, so weiß ich doch, daß sie keinen wesentlichen Faktor meiner Zukunft darstellen. Sie müssen selbst ihren Weg finden. Molly, das war jetzt das dritte Mal, daß du ›die Familie‹ gesagt hast. Nicht ›meine Familie‹, sondern ›die Familie‹. Wieso sagst du ›die Familie‹? Es ist, als würdest du irgendein Konzept meinen, statt deine eigenen Leute ...«

Die Familie. Die Familie ...

Als meine Mutter meinen Vater heiratete, war sie einundzwanzig Jahre alt. Sie war Schauspielerin und Tänzerin, zumindest war sie auf dem Weg dorthin. Sie war, wie er einmal sagte, so wunderhübsch wie eine Silberelritze in einem Gebirgsbach. Ihr Name war Mary Belinda Fallon, aber sie hatte sich den Künstlernamen Belle Fallon zugelegt. Sie hatte eine Reihe unbezahlter Rollen in verschiedenen, lokalen Theaterproduktionen und eine schlecht bezahlte Rolle in der Ballettgruppe einer Wanderbühne, die am Amphitheater in Buckhead mit dem Musical *Lilli* gastierte. Im darauffolgenden Jahr hatte man ihr eine weitaus bessere Tanz- und Sprechrolle in *West Side Story* in Aussicht gestellt. Ihr blauschwarzes Haar und ihr heller, makelloser Teint waren schon mehreren örtlichen Produzenten aufgefallen; sie hatte also allen Grund, zu glauben, daß sie es mit einer schnurrenden Stimme und ihren geschmeidigen Beinen bis nach ganz oben schaffen konnte. Aber dann lernte sie Timothy Bell kennen und heiratete ihn, und da sie sich schlecht Belle Bell nennen konnte, wählte sie den albernen Künstlernamen Tinker Bell. Das war Dads Spitzname für sie; seit dem Tag, an dem er sie kennengelernt hatte, nannte er sie Tinker. Sie war so unberechenbar und ätherisch wie die glitzernde, zarte Elfe bei Peter Pan, und sie hätte wahrscheinlich gute Chancen für eine Bühnenkarriere gehabt, denn sie sah nicht nur gut aus und war talentiert, sondern hatte auch eine enorme Ausstrahlung. Selbst zu Hause hatte sie diese Ausstrahlung, selbst wenn sie entspannt auf dem Sofa lag. Ich glaube wirklich, daß sie damit geboren wurde.

Aber sie war schwanger, als sie Daddy heiratete, und sie stellte es immer so dar, als sei durch meine Geburt – Zeit meines Lebens wurde mir vorgehalten, was für ein Brocken ich war, ein wahrer Schrecken für zarte Hüften und durchtrainierte Bauchmuskeln – ihr kometenhafter Aufstieg unterbrochen worden, und sie stieg niemals höher als in die Sphären mittelmäßiger Lokalproduktionen und gab später Tanz- und Schauspielunterricht. Meine arme Mutter: mit dem Herzen einer Zigeunerin und der Seele einer wilden Tigerin, für immer gefangen in Lokalproduktionen von *Showboat* und *Auntie Mame*, und einmal, mit beachtenswertem Erfolg, in Ibsens *Hedda Gabler*. Der Verlust war sehr bitter für sie und vielleicht noch schlimmer für uns. Für mich war es eine Katastrophe. Sie hörte nie auf, mir die Schuld daran zu geben.

Oh, sie würde niemals zugeben, daß sie das tat, und wahrscheinlich war es ihr auch nicht einmal bewußt, muß ich fairerweise sagen. Als Kind wußte ich natürlich nicht, was sie bewegte. Ich wußte nur, daß etwas an meiner Größe und an meinem Wesen unziemlich war, und schlimmer noch: zerstörerisch, gefährlich. Ich weiß noch, wie ich im Alter von kaum vier Jahren versuchte, mich kleiner zu machen. Als ich etwa zehn war und anfing, richtig in die Höhe zu schießen, ließ ich meine Schultern hängen und machte einen krummen Rücken. Mit zwölf war ich eins neunundsiebzig, fast so groß wie heute, und ich fühlte mich wie ein abstoßendes Monster. Von allen Bewohnern unseres kleinen Hauses an der Peachtree Hills Avenue ... meine Mutter, mein Vater, meine Großmama Bell, mein Bruder Kevin und ich ... wußte scheinbar nur mein Vater, was hinter den silbernen Pfeilen steckte, die Tinker Bell auf anmutige Weise auf mich abschoß, beispielsweise dieses alberne Zurückschaudern, wenn ich ihr mal in den Weg stolperte. In solchen Momenten hielt er mir seine ausgestreckten Arme entgegen, oder er machte einen kleinen, trockenen Witz über meine Mutter, und manchmal sagte er einfach nur leise: »Tink ...«

Dann eilte meine Mutter immer schuldbewußt zu mir, schloß mich in ihre Arme, überschüttete mich mit Küssen, wobei sie sich auf die Zehenspitzen stellen mußte, und sagte in ihrem wunderbaren singenden Tonfall: »Es ist ja nicht deine Schuld, Liebes. Du bist unser liebes, großes Elefantenbaby.«

Und in ihren warmen, weichen Armen spürte ich die ganze Last meines großen, ungeschlachten Körpers, und ihre Arme erschienen mir kalt und fremd wie Marmor.

Es war unübersehbar für mich, daß Kevin, mein jüngerer Bruder, mit jeder Faser seines zierlichen, quicklebendigen Körpers in ihre Arme paßte. Meine Mutter und mein Bruder waren aus demselben Holz geschnitzt.

Viele Jahre später, nach einem herzzerreißenden Verlust, lag ich weinend auf meinem Bett, preßte mir die Hände vor den Bauch, wiegte mich monoton hin und her und murmelte stumpfsinnig: »Ich will meine Mutter! Ich will meine Mutter!«

Gleichzeitig wußte ich mit niederschmetternder Gewißheit, daß ich sie, obwohl sie nur zehn Blocks von mir entfernt wohnte, nie für mich hatte, und auch jetzt nicht haben konnte. In meinem ganzen Leben habe ich nie etwas erlebt wie diesen Moment vollkommener, bodenloser Einsamkeit. Niemals. Und ich glaube nicht, daß es je wieder so sein wird.

Heute frage ich mich, warum ich mich an jenem Tag nach ihr verzehrte, obwohl ich, solange ich denken kann, immer zu meinem Vater gelaufen bin, wenn ich Trost suchte. Aber vielleicht ist es gar nicht so verwunderlich. Tief im Inneren weiß jedes Kind, wenn es um die Hälfte betrogen wird. Später, wenn sich die andere Hälfte als stark genug erwiesen hat, um es zu stützen und vorwärtszubringen, mag es die andere, vernachlässigte Seite nicht so sehr vermissen; vielleicht erinnert es sich nicht einmal mehr an die Zeit, als ihre Abwesenheit es schmerzte und ängstigte. Aber die Leere, der Abgrund ihrer Abwesenheit, bleibt ein Teil des Kindes, und wenn es große Verluste erleiden muß, wie dies oft in den mittleren Jahren der Fall ist, rührt viel von der damit verbundenen Qual von diesem frühesten Verlust. Und viele Jahre später jammerte ich an diesem heißen Frühlingstag nach meiner Mutter, stand dann auf und rief meinen Vater an. Genau wie früher war er da, und genau wie früher wichen Schmerz und Furcht zurück. Ich vergaß keine Sekunde lang, wem ich mein Leben verdankte.

Früher machte es mich wahnsinnig, wenn er sich weigerte, meine Mutter zur Rede zu stellen, nachdem sie mir weh getan hatte.

»Ballett kommt wohl nicht in Frage«, sagte sie, als ich mit sechs Jahren an ihren Ballettstunden in unserer umgebauten Garage teilnehmen wollte, wo biegsame kleine Mädchen mit Ballettschuhen und aufgestecktem Haar unter ihrer Anleitung dahinwirbelten wie

Schmetterlinge im Wind. Die verspiegelte Wand warf ihre Bilder zurück, und ein langes Bambusrohr diente ihnen als Ballettstange: es war das Wunderbarste, was ich je gesehen hatte, und sie war die Herrscherin über all diese Zauberwesen. Wenn ich eine von ihnen sein könnte, wäre ich mit ihr eins.

»Warum nicht?«

Ich spürte selbst, wie weinerlich meine Stimme klang.

»Weil du jetzt schon viel zu groß bist«, sagte sie kühl. Sie haßte es, wenn ich jammerte und bettelte. Ich hörte früh damit auf. Jetzt kann auch ich es nicht ausstehen.

»Ich hör einfach auf zu wachsen.«

»Du hast gerade erst angefangen zu wachsen. Du wächst in die Wolken. In jedem Corps de ballet würdest du aus dem Rahmen fallen, und natürlich hättest du keinerlei Chancen auf ein Solo. Du wirst eine riesengroße, heroische Frau sein; du wirst immer die Seile halten, statt Akrobat zu sein. Was sollte die Welt auch anfangen, ohne diejenigen, die die Seile halten?«

»Versuch's mit Schwimmen«, sagte mein Vater, als mir die Tränen kamen. »Du hast genau den richtigen stromlinienförmigen Körperbau dafür. Du wirst schwimmen wie eine Nixe. Ich bring's dir bei.«

Und das tat er. Außerdem meldete er mich zum Schwimmunterricht im Chastain-Park-Schwimmbad an. Als das Talent, das er vorausgesagt hatte, mir einen Sieg nach dem anderen einbrachte, stand er am Rand und feuerte mich an. Während meiner Teenagerzeit arbeitete er oft Doppelschichten bei der Post, um mein Schulgeld für Westminster aufzubringen, und freute sich immer mit mir, wenn ich Medaillen und Pokale aus der Schule mit nach Hause brachte, auch wenn Mutter noch spät unterrichten mußte und nicht dabeisein konnte. Ich war nie besonders populär am Westminster. Bei den Cliquen der zierlichen Buckhead-Mädchen, zu denen ich so gern gehört hätte, wurde ich nicht eingeladen, aber ich bekam Applaus und war bekannt, und das gab mir die Kraft, mein Schicksal mit Gleichmut zu ertragen, bis ich gegen Ende der Mittelstufe plötzlich kein häßliches Entlein mehr war. Es geschah fast über Nacht; ich konnte es zu Anfang kaum verkraften. Voller Argwohn starrte ich auf mein Spiegelbild. Wer, zum Teufel, war das? Bald wurden mir

Blicke zugeworfen, auf die zahlreiche Verabredungen folgten, meist mit älteren (und größeren) Jungs. Miniröcke ließen mich nicht länger aussehen wie ein Brauereipferd mit Tutu, wie meine Mutter es zu beschreiben pflegte, sondern brachten lange, wohlgeformte Beine zur Geltung, was von Bauarbeitern mit Pfiffen und anerkennenden Bemerkungen quittiert wurde. Ich fing an, zu meiner Größe zu stehen. Statt meines gebückten, schlurfenden Gangs schritt ich nun erhobenen Hauptes dahin. Ich lernte, strahlend und offen zu lächeln.

All das hat mein Vater mir gegeben.

Als ich mich zu Beginn meines Juniorjahres für die Basketball-Schulmannschaft aufstellen lassen wollte und mich meine Mutter mit theatralisch hochgezogenen Augenbrauen fragte, ob ich tatsächlich mit schwitzenden schnurrbärtigen Mädchen in der Turnhalle herumkeuchen wolle, sagte mein Vater: »Du könntest als Model arbeiten. Mein Kollege hat eine Tochter, die für eine Modelagentur arbeitet. Sie macht Modenschauen und sogar Fernsehwerbung. Ich erkundige mich mal.«

Und das tat er auch. Kurz darauf unterschrieb ich einen Vertrag bei Peachtree Models and Talent. In den nächsten Jahren war ich ständig in Produktionsstudios und auf Laufstegen und konnte mir so mein Studium weitgehend selbst finanzieren. Ich lernte, mich richtig zu bewegen und stillzusitzen. Nach einer Weile konnte ich unbefangen vor einer Kamera agieren. Ich lernte sogar, meiner lauten durchdringenden Stimme einen wärmeren, dunkleren Tonfall zu verleihen, auf den ich noch heute stolz bin. Mutter war stolz auf all diese Dinge, obwohl sie sich weise Ratschläge für Haltung und Gang nicht verkneifen konnte, die ich vor der Kamera ganz schnell über Bord werfen mußte. Und sie fing an, mit mir Kleidung einzukaufen, und obwohl sie gern Dinge sagte wie: »Gesmokte Oberteile und Twiggykleidchen wirken bei deiner Größe einfach absurd, Molly. Ich glaube, sie wären dir ohnehin alle viel zu klein«, so hielt sie mich doch vom kindischen Schnickschnack der sechziger Jahre fern, in dem ich tatsächlich lächerlich ausgesehen hätte.

Alles Positive in meinem Leben hatte ich meinem Vater zu verdanken, und ich dankte ihm auch dafür.

Aber ich konnte ihn nicht dazu bringen, mich ihr gegenüber zu verteidigen, und das trieb mich schon in jungen Jahren zu wütenden Protesttiraden gegen die Ungerechtigkeit ihrer raffinierten Seitenhiebe. Ungerechtigkeit ist die früheste und irreparabelste Kränkung, die ein Kind erfährt. Sie wird niemals verziehen.

»Warum sagst du ihr nicht, sie soll still sein?« rief ich schluchzend, als ich wegen eines wenig schmeichelhaften Vergleichs mit meinem Bruder Kevin wieder einmal zu ihm gerannt kam. Seine natürliche Anmut und übersprudelnde Lebhaftigkeit, die der ihren so ähnelte, wurden mir immer vorgehalten, wenn ich mich ungeschickt anstellte oder schmollte.

»Sie will dir nicht weh tun«, sagte mein Vater und drückte mich an sich, so daß ich seinen vertrauten Geruch nach Phillip-Morris-Zigaretten und frischgewaschenen Baumwollhemden in die Nase bekam. »Sie weiß nicht einmal, daß sie dir weh tut. Es wäre ihr gegenüber nicht fair, sie deswegen anzubrüllen.«

»Was ist mit mir? Wer ist fair zu mir? Sie hat Kevin schon immer lieber gehabt als mich. Er ist ihr kleiner Junge.«

»Und du bist mein kleines Mädchen, damit sind wir wieder quitt«, sagte er.

Und das tröstete mich für den Moment.

Es dauerte jedoch nicht lange, bis das Problem erneut auf den Tisch kam und ich meinen Vater wieder bedrängte: »Warum sagst du ihr nicht, sie soll aufhören? Ich kann es nicht, aber du! Du sagst doch immer, daß Menschen sich ändern können, wenn sie es nur wollen; wenn du es ihr sagen würdest, dann würde sie sich ändern.«

»Aber ich will sie nicht verändern«, sagte er. »Wenn sie sich ändern würde, wäre sie nicht mehr sie selbst, und das würde mir das Herz brechen. Sie ist der einzige Zauber, den ich je in meinem Leben hatte, bis du gekommen bist, Mollyschatz. Und eines Tages wirst du sehen, daß sie auch der Zauber in deinem Leben ist. Du und ich, wir brauchen diesen Zauber. Wir sind Erdlinge. Sie gibt uns Flügel. Auch Kevin hat ihre Flügel. Es gleicht sich aus. Zusammen sind wir eine Familie.«

Und das waren wir im Grunde auch, obwohl ich es damals nicht so empfand.

Meine Eltern hatten beide keine richtige Familie, deshalb legten sie sich bei ihrer Heirat ihre eigenen Regeln zurecht für das, was sie, vielleicht auch nur insgeheim, die Familie nannten. Sie waren nicht die ersten, die lebendige Individuen in ein abstraktes Schema preßten. Fernsehserien wie *Ozzie and Harriet* oder *Leave it to Beaver* prägten wohl in großem Maße das Familienbild der geburtenstarken Jahrgänge. Aber es ist meine eigene Familie ... die Familie ..., die ich am klarsten vor Augen habe, wenn ich an den Begriff Familie denke, und ich besinne mich deutlich auf jeden Schritt ihrer besonderen Entwicklung.

Meine Mutter wurde schon als Kleinkind von ihrem gewissenlosen, blutjungen Vater im Stich gelassen und von ihrer hübschen, hirnlosen irischen Mutter in Savannah aufgezogen, bis sie etwa zehn, elf Jahre alt war. Als ihre Mutter, die zum damaligen Zeitpunkt erst achtundzwanzig Jahre alt war, sich mit einem Vertreter für Krankenhausbedarf nach Florida absetzte, landete die kleine Mary Belinda Fallon bei ihrer Tante Christy O'Neill und ihrer streitsüchtigen Brut in einem heruntergekommenen Arbeiterviertel Atlantas in der Nähe von Fulton Bag und Cotton Mill. Belle Fallon war ein graziles, zauberhaftes Wesen und paßte so gar nicht zu den O'Neills, die sie notgedrungen bei sich duldeten, und als sie die Fulton-High-School abgeschlossen hatte, verließ sie das Arbeiterviertel und zog ans andere Ende der Stadt nach Northside. Tagsüber arbeitete sie an der Rezeption des Elektrizitätswerkes, und abends zog es sie zur Bühne. In Atlanta gab es damals nur wenige Theatergruppen, und sie hatte genügend Talent und war vor allem attraktiv genug, um sich schnell einen Namen zu machen. Mit achtzehn war Belle Fallon für Atlantas kleine theaterinteressierte Schicht ein richtiger Star.

Als sie neunzehn war, sang, tanzte und spielte sie bei fast allen Theaterproduktionen innerhalb der Stadtgrenzen. Auch auf den Bühnen von Macon, Birmingham und Tallahassee war ihr Talent zu bewundern. Mit zwanzig ergatterte sie ihre erste tragende Rolle bei einer nationalen Wanderbühne. Mit einundzwanzig lernte sie meinen Vater kennen und heiratete ihn, und als sie gerade zweiundzwanzig geworden war, wurde ich geboren, und ihre Karriere schwand dahin, und nach und nach entstand die Familie. Mein Vater war als Vollwaise in einem methodistischen Kinderheim in Forest Park, Georgia, aufgewachsen und hatte sich selbst einen Entwurf und Regelkanon für sein Leben zurechtlegen müssen. So war er froh, als meine Mutter das Grundkonzept für die Familie entwickelte. Er hatte genausowenig Ahnung davon wie sie.

Zunächst teilte sie uns allen bestimmte Rollen zu. Dad sollte der Unterhalter, Ernährer, Reparierer und Beschützer sein. Hingerissen von dieser Zauberfee, die in sein Leben geflogen war und ihm Glanz verliehen hatte, gab er seine abendlichen Juraseminare an der Oglethorpe University auf und fand eine Stelle bei der Post, wo er arbeitete, bis er vierzig Jahre später in Rente ging. Er bewährte sich als guter Haushaltsmanager und akribischer Buchhalter, er übte seine handwerklichen Fähigkeiten und konnte vieles reparieren. Ständig machte er den drei Menschen Mut, für deren Schicksal er verantwortlich war. Ich glaube, meine Mutter hat eine gute Wahl getroffen: Dad schien mir mit seiner Rolle immer zufrieden oder sogar glücklich zu sein. Auf jeden Fall konnte er nicht anders, als sie bei allem, was sie sich vornahm, zu ermutigen und zu fördern. Ich habe noch nie einen Mann gesehen, der so vollkommen verliebt in eine Frau ist.

Darüber konnte ich kaum böse sein. Seine Liebe übertrug sich in vollem Maße auf mich und etwas abgeschwächt aber ebenso beständig auf Kevin. Doch Kevin wollte, bis er unser Elternhaus verließ, immer nur Mutter. Wenn Dad deswegen enttäuscht war, wußte er es vor mir zu verbergen. Es gehörte zum Verhaltenskodex der Familie und war deshalb angemessen und richtig.

Mutter war das Feuer in unserem Herd, Quelle für Licht und Glanz, Fackel in der Nacht, sichtbares Symbol für unsere Familie. Sie war die Verkörperung unserer kollektiven Seele. In fast jeder Familie gibt es eine solche Persönlichkeit, aber meist handelt es sich dabei um einen Mann oder um ein bestimmtes Kind der Sippe. Es hat nicht viel Glanzvolles, sich um die Familie zu kümmern und Kinder aufzuziehen. Ich glaube, meine Mutter hielt all diese Dinge für ihre zukünftigen Pflichten, bis ich auftauchte, von Geburt an stämmig und kräftig, und voller Erleichterung muß sie meinen Charakter sofort erkannt haben. Von Kindesbeinen an lernte ich, auszugleichen, zu glätten und zu unterstützen. Ich erinnere mich nicht, daß mich dies je gestört hätte. Ich konnte es gut und kann es noch immer. Durch meine Rolle kannte ich meinen Status und meine Bestimmung; ich wußte immer ganz genau, was die Familie in mir sah. Nur wenn ich nach Dingen außerhalb des Familienkonstruktes strebte, handelte ich mir Kummer ein. Wenn ich ohne Murren meinen vorgezeichneten Weg ging, blieben Mutters spitze Pfeile immer im Köcher. Dann umarmte und küßte sie mich voller Überschwang und lobte und tröstete mich mit ihrer wunderschönen, melodischen Stimme. Was jene anderen Zeiten anbelangt, so weiß ich nicht, wer oder was ich heute sein würde, wenn mein Vater nicht gewesen wäre. Wie ich schon sagte, seine Hälfte blühte und gedieh.

Kevin war unsere Zukunft, das, was wir sein würden, wie man uns wahrnehmen würde.

»Hört euch das an; er übt schon seine Ausdruckskraft«, sagte meine Mutter lachend, wenn Kevin in seinem Stubenwagen lag und losbrüllte. Er war von Geburt an anmutig und hübsch. Von Anfang an sah er aus wie sie. Sein seidiges schwarzes Haar war ihrem so ähnlich, wie meines es nie sein würde, obwohl unser Haar aus meiner Sicht völlig gleich war. Seine blauen Augen waren ganz Fallon und nicht Bell, was von meinen immer gesagt wurde. Er hatte ihre feinen, porzellanartigen Gesichtszüge, nicht jene kräftigen, markanten Züge, die ich mit meinem Vater gemeinsam hatte. Schon bei seinen ersten Schritten tänzelte er anmutig dahin, mit nach außen gestellten Fußspitzen und kerzengeradem Rücken. Selbst seine Wutanfälle waren silberhell und irgendwie theatralisch. Sie brachten sie zum Lachen, während sie über meine nie gelacht hatte, und selbst mein Vater lächelte amüsiert. Wenn meine Mutter ihn in den Armen hielt, sahen sie aus wie ein Porträt von Degas: Mutter und Kind. Einmal hatte mein Vater sogar ein Vermögen ausgegeben und die beiden von einem angesehenen Professor der Kunsthochschule malen lassen. Das Bild zeigt die beiden mit nackten Schultern, im violettfarbenen Halbschatten der blühenden Glyzinienranken über unserer Veranda, eine zauberhafte, frühsommerliche Szenerie. Es hängt jetzt im Wohnzimmer ihrer Eigentumswohnung, so wie es früher im Wohnzimmer ihres Hauses an der Peachtree Avenue gehangen hatte, wo wir immer saßen, wenn wir Besuch hatten. Kevin und seine Frau wollten es gern als Hochzeitsgeschenk, aber Mutter konnte sich nicht davon trennen. Ich kann mich kaum daran erinnern, daß sie ihm je einen Wunsch abgeschlagen hätte.

So waren unsere Wege von Anfang an festgelegt, und so haben wir seitdem weitergemacht, im Gleichschritt, vier Menschen, dazu bestimmt und verpflichtet, den lebendigen Schrein der Familie auf unseren Schultern zu tragen. Wenn ich an die Stimme meiner Mutter denke, höre ich sie immer sagen: »Die Familie ist das allerwichtigste. Nichts zählt mehr als das Blut.«

All dies erzählte ich Livvy Bowen an diesem Morgen, soweit mir das möglich war.

»Deine Mutter hat offensichtlich zuviel William Faulkner und Tennessee Williams gelesen«, sagte Livvy. »Ich kann sie mir direkt in einem Williams-Roman vorstellen. Mein Gott. ›Nichts zählt mehr als das Blut.‹ Was für ein dummes Gefasel! Wer oder was sind dann Tee und ... wie heißt Kevins kleines Frauchen gleich noch mal? Kann ich mir einfach nicht merken. Angetraute Anhängsel? Schließt sie die beiden in diese Familiensache ein? Tust du es?«

»Sally. Sie heißt Sally«, sagte ich gereizt. Mein Versuch, Livvy das Phänomen Familie zu erklären, war offensichtlich fehlgeschlagen. »Natürlich schließt sie sie ein. Und ich selbstverständlich auch. Tee ist für mich Familie, genau wie Sally für Kevin. Tee und Caroline und Teddy für mich; Sally, Michael und Amanda für ihn. Mutter und Daddy hatten niemals die geringsten Zweifel, daß wir heiraten und Kinder haben würden. Gerade das macht doch die Familie aus.«

Aber war das wirklich so? Mutter fühlte sich von Anfang an zu Tee hingezogen, das wußte ich. Sie scherzte und flirtete mit ihm, bezauberte seine konservativen Eltern von der Northside, strahlte wie ein Weihnachtsbaum, wenn wir sie in den Driving Club einluden, war der strahlende Mittelpunkt unserer Partys in Colliers Hill und später in Ansley Park. Tee gab Mutter, was ihr durch ihre vorzeitig abgebrochene Karriere versagt geblieben war: sozialen Status, die Chance, zu zeigen, was ohne die Belastung durch ihre ungeschlachte Tochter und die Tanzstunden in ihrer Garage aus ihr hätte werden können.

Aber ich bezweifle, daß ihr meine Ehe mit ihm recht war. Tee hätte eine Frau sein sollen. Dann hätte Kevin ihn bekommen können und damit die passende Partie gemacht, die Mutter sich immer für ihn erträumt hatte. Indem er die makellose, erzkonventionelle Sally Hardy aus Lakewood heiratete, widersetzte Kevin sich meiner Mutter zum ersten und einzigen Mal. Mutter hörte nur auf, Sally auf subtile Weise ständig zu kritisieren, wenn Kevin mit einem Umzug nach Nashville oder Charleston oder in irgendeine andere Stadt außerhalb ihrer Schußlinie drohte. Mutter konnte wahrscheinlich nicht einsehen, daß Kevin nicht mit einer Frau zusammenleben konnte, die es, was Reichtum, Charme und Selbstbewußtsein anbelangte, mit Tee hätte aufnehmen können. Wer hätte ihm dann applaudieren sollen?

Nein, ich glaube, irgendwie dachte Mutter, daß er sie heiraten würde, seine erste Liebe. Sie hat Kevin wahrscheinlich nie verziehen, daß er Sally geheiratet hat, genausowenig wie sie mir die Heirat mit Tee Redwine verziehen hat. Es hätte umgekehrt sein sollen. Durch die Wahl unserer Ehepartner bedrohten wir den glänzenden Rahmen unseres Familienkonstrukts.

»Nun, die Rollenmuster sind geblieben, stimmt's?« sagte Livvy, wärmte unseren kaltgewordenen Kaffee in der Mikrowelle auf und holte eine Gebäcktüte von Harry's In a Hurry aus dem Schrank. »Du bist immer noch das brave, pflichtbewußte Mädchen. Ehrenamtliche Mitarbeiterin des Jahres, oder was war es noch letztes Jahr? Und Kevin ist immer noch der große Hoffnungsträger. Erster Anchorman unseres Senders in Washington, ein aufsteigender Stern am Fernsehhimmel, nicht wahr? Und deine Mutter ist immer noch der Star der Familie, arrangiert all diese kleinen Tanzvorführungen in der ganzen Stadt und sieht noch immer aus wie eine Gazelle und trägt diese unglaublichen Hüte. Und dein Dad repariert noch immer Lampen und baut Bücherregale im Keller und besucht all ihre Tanzveranstaltungen und Teddys Tenniswettkämpfe und deine Wohltätigkeitsbankette. Weiß einer von euch eigentlich, wer er ist? Weißt du, wer die Leute sind, mit denen du unter einem Dach lebst? Du liebe Güte, kein Wunder, daß dir allein bei dem Gedanken, all dies könnte einstürzen, der Hintern juckt!«

Ich fand Livvys schonungslosen Pragmatismus immer sehr erfrischend, aber sie konnte sich auch gehörig irren, weil sie sich aufgrund ihrer Herkunft und ihres Vermögens nie fragen mußte, welchen Platz sie in der Welt innehatte. Ich wußte, daß sie sich in diesem Moment irrte. Aber irgendwie besänftigten ihre sachlichen Worte die Krämpfe in meinem Magen, und meine Atemzüge wurden wieder ruhiger und tiefer. In meinem Denken erfolgte ein winzigkleiner Ruck, als würde der richtige Gang wieder einrasten, und mein altes Ich strömte zurück. Die dünne, vergiftete Luft um mich herum wurde wieder dicker und wohltuender.

»Du bist mir ja eine nette Freundin, über Blutsverwandtschaft die Nase zu rümpfen«, sagte ich grinsend und biß in ein Apfeltörtchen. »Dein Blut ist blauer als Tinte, und bei Caleb ist es nicht anders. Euer Blut wurde ganz offensichtlich nicht durch Transfusionen aus den niederen Ständen verunreinigt.«

»Blut und Abstammung ist in unseren Familien kein Thema«, sagte sie mürrisch. Livvy haßt es, wegen ihrer Abstammung auf den Arm genommen zu werden.

»Warum sollte es auch? Das ist es ja gerade, zum Teufel.«

Wir starrten uns über den antiken Kirschholztisch an, den die Bowens als Eßtisch benutzten – Liv hatte mir einmal erzählt, daß George Washington darauf angeblich einmal Karten gespielt hatte, als er auf dem Weg zur Schlacht von Mounmouth war –, und dann fingen wir an zu lachen.

Später gingen wir zum Lunch. Ich schlug den Driving Club vor, aber Livvy mag ihn nicht. Sie sagt, daß die Leute, die dort hingehen, selbst nach dem anstrengendsten Tennismatch nicht schwitzen, sondern allenfalls ein wenig transpirieren. Statt dessen gingen wir in ein originelles kleines Lokal an der Peachtree Road namens R. Thomas, das vollgestopft ist mit Blumentöpfen, in denen die seltsamsten Kräuter gedeihen, und Käfigen mit fröhlich zwitschernden, exotischen Vögeln; die letzte Bastion der Flower-Power-Zeit, behauptet Livvy. Mir gefällt es auch sehr gut; die vegetarischen Gerichte sind sehr phantasievoll und lecker, aber aus meinem Bekanntenkreis geht sonst niemand dorthin. Carrie Davies fragt sich sogar, ob alles den hygienischen Anforderungen entspricht. Deshalb esse ich dort nur mit Livvy. Nach dem Lunch brachte sie mich zu Charlies Praxis zurück, wo ich meinen Wagen abgestellt hatte.

»Also, wann erwartest du Tee zurück?« fragte sie durchs Autofenster.

»Übermorgen. Aber am Montag muß er schon wieder los.«

»Tu mir einen Gefallen. Halt dir die beiden Tage frei. Sag all deine Wohltätigkeitstermine ab und überlaß Teddy sich selbst. Er ist sowieso zu alt, um bemuttert zu werden. Laß dich den ganzen Tag bei Seydell verwöhnen ... Haare schneiden, Gesichtsmaske, Massage, Make-up, das ganze Programm. Danach schaust du bei Neiman Marcus vorbei und kaufst dir irgendwas Tolles fürs Bett. Am Freitag abend läßt du ein Essen bringen. Stell den Wein kalt. Fall Tee um den Hals, sobald er zur Tür hereinkommt, laß keine Ausreden gelten. Egal, womit du ihn bei eurem ersten Mal beeindruckt hast, mach es noch einmal. Und dann fragst du ihn, ob er eine Affäre hat.«

»Das könnte ich nie ...«

»Du mußt ihn fragen, Moll. Ihr Südstaatenschönheiten könnt einen wirklich zur Verzweiflung treiben. Wie willst du je herausfinden, was du wissen willst, wenn du nicht fragst? Ich garantiere dir, daß dir seine Antwort gefällt.«

»Aber ...«

»Versprochen. Wenn ihr beiden aus dem Bett steigt, ist dein Hintern so glatt wie bei einem Baby. Schau gefälligst nach, ob ich recht hatte.«

Sie lachte, und ich machte mich auf den Weg zu meinem Wagen. Auch ich lachte. In den zwei Stunden, die wir miteinander verbracht hatten, war es Livvy gelungen, mir mein altes Ich zurückzugeben, mein altes Leben. Ich fuhr die Peachtree Avenue zurück in Richtung Ansley Park und pfiff »Bye, bye, Miss American Pie« vor mich hin. Die Sonne schien, und die Blumenbeete um die Bürogebäude der Innenstadt wirkten fröhlich und europäisch. Es erschien mir in diesem Augenblick völlig absurd, wie ich überhaupt ernsthaft daran denken konnte, daß Tee plötzlich ein anderer sein könnte als mein wunderbarer, vertrauter alter Tee; daß ich eine betrogene Ehefrau war, statt der geliebten Molly, die ich immer gewesen war; daß sich die Familie plötzlich in großer, furchtbarer Gefahr befand. Ich konnte mich nicht einmal erinnern, wie die Angst sich angefühlt hatte. Ich hielt auf einem Parkplatz vor einem Gemüsewagen und kaufte ein paar riesige Tomaten aus Florida, Schlangengurken und Frühlingszwiebeln. Fürs Wochenende wollte ich Gazpacho machen. Tee und Teddy waren ganz verrückt danach. Vielleicht würde ich in einen europäischen Feinkostladen gehen und irgendwelche exquisiten Leckerbissen für Freitag abend aussuchen. Und vielleicht würde ich tatsächlich zu Neiman Marcus fahren; seit ewigen Zeiten trug ich des Nachts meist ein riesiges altes Labrador T-Shirt, das Livvy mir von Martha's Vineyard mitgebracht hatte, wo Calebs Familie schon seit Generationen ein Sommerhaus besaß. Das Hemd war so alt und verwaschen, daß der schwarze Aufdruck zum Teil abgescheuert war und der berühmte Martha's-Vineyard-Labrador eher an einen Dalmatiner erinnerte. Irgend etwas Seidiges, Cremefarbenes vielleicht, das meinen fast immer leicht gebräunten Teint zur Geltung brachte und meine blauen Augen im Dunkeln blitzen ließ, wie Tee es allen Ernstes nach unserer ersten Nacht behauptet hatte. Und wenn ich genug Zeit hatte, vielleicht ein guter, stumpfer Haarschnitt, um meine wilde, schwarzsilbrige Mähne ein wenig zu zähmen. Eine Tönung oder eine Haarkur würde ich mir verkneifen. Aber alles andere, wieso nicht?

Als ich, immer noch vor mich hin summend und pfeifend, nach Hause kam und die Papiertüte mit den Tomaten und Gurken auf den Küchentisch stellte, hörte ich Teddy vom ramponierten Sofa in der Bibliothek aus, wo sich sein Fernsehstammplatz befand, nach mir rufen. Ich ging durch meine hochtechnisierte Küche und betrat die mit Bücherregalen gesäumte Höhle, die Tee als sein privates Refugium vorgesehen hatte, die dann jedoch von der ganzen Familie in Besitz genommen worden war. Von meinem Sohn sah ich nichts weiter als seine riesigen Füße, die in neuen Nike-Turnschuhen steckten und über die Sofalehne baumelten, aber ich wußte genau, was sich hinter der Lehne verbarg: lange, sehnige, braungebrannte Arme und Beine mit weichem blonden Flaum bedeckt, halb geschlossene, tiefblaue Augen, der breite Mund, mit dem er das verschlang, was er im Kühlschrank finden konnte. Er gleicht Tee bis aufs Haar, abgesehen davon, daß Tee nie und nimmer einen Ohrring tragen würde. Teddy hatte seinen seit zwei Jahren, und bis jetzt ist er dadurch weder ins kriminelle noch ins homosexuelle Lager abgedriftet.

Lazarus, unser Hund, den wir, kurz bevor er eingeschläfert werden sollte, aus dem Tierheim geholt hatten, lag meist vor dem Sofa auf dem Boden, die große, haarige Schnauze auf Teddys Schoß, und ließ sich von Teddy den Kopf kraulen. Lazarus ist riesengroß und struppig und sieht aus, als sei er aus lauter übriggebliebenen Hundekörperteilen zusammengesetzt worden. Wir haben uns immer gefragt, welche Hunderassen da zusammengekommen sind, daß ein derart merkwürdiges Tier entstehen konnte. Wir alle lieben ihn und er uns, so sehr, daß es fast peinlich ist, aber keiner von uns hat irgendwelche Illusionen über ihn. Er wird keine Kunststücke lernen, keine Preise gewinnen und uns nicht vor Einbrechern beschützen. Lazarus hat nur ein einziges Talent, und das ist seine hingebungsvolle Liebe.

Ich schaute über die Sofalehne. Da waren sie, wie ich sie mir vorgestellt hatte. Lazarus klopfte mit seinem Schwanz auf den Boden, und Teddy hob die Hand zum lässigen Gruß.

»Wieso bist du zu Hause?« fragte ich. »Ich dachte, du wolltest Mandy zur Führerscheinprüfung bringen.«

»Wir haben uns gestritten. Sie hat sich benommen wie der letzte Arsch. Das habe ich gesagt. Ich hab ihr gesagt, daß ich ihr nicht dabei helfen will, ein Arsch auf Rädern zu werden. Ich glaub, ihre Mom bringt sie hin«, sagte mein wunderhübscher Sohn, ohne seine Augen richtig aufzumachen.

»Wie redest du bloß wieder!« sagte ich. »Du mußt dich bei ihr entschuldigen.«

Aber es tat mir nicht leid, daß sie sich gestritten hatten. Mandy Terrell ist ein bildhübsches, impulsives, besitzergreifendes Mädchen, mit einer nahezu zwanghaften Zuneigung für Teddy. Mir erschien sie mit ihren sechzehn Jahren in gewisser Weise älter, als ich es mit fünfundzwanzig gewesen war.

»Ich bin doch nicht blöd«, sagte Teddy. »Soll sie mich doch anrufen. Und das tut sie auch, wetten? Ach übrigens, vor ein paar Minuten hat Dad angerufen. Er kommt heute abend nach Hause, aber erst ziemlich spät, hat er gesagt, du sollst nicht auf ihn warten.«

»Stimmt irgendwas nicht?« fragte ich und hatte plötzlich wieder dieses dumpfe Gefühl im Magen. »Warum kommt er denn früher als geplant?«

»Ich weiß es nicht. Es ist alles in Ordnung. Er hat nur gesagt, daß er uns sehen will, mit uns reden. Freut sich schon auf ein großes Frühstück morgen früh. Ich glaub, er hat einfach Heimweh.«

Ich lächelte. Ein Gefühl der Wärme stieg in mir auf. Tee unterbrach seine Reisen manchmal, nur um uns zu sehen. Am nächsten Morgen frühstückten wir dann immer ausgiebig mit Pfannkuchen und Würstchen. Der Morgen nach der Nacht seiner Rückkehr ... Ich wurde rot, wenn ich an diese Nächte dachte. Es war allerdings schon länger her, daß er zwischendurch überraschend heimkam. Blieb noch genug Zeit für Neiman Marcus? Nein, aber ich hatte noch diesen schwarzen Chiffonfummel, den Tee mir zum vorletzten Weihnachtsfest scherzenshalber bei Frederick's of Hollywood bestellt hatte. In dem knappen Bikinihöschen war sogar ein Schlitz. Ich fragte mich, ob ich noch hineinpassen würde.

Es ist ganz egal, er wird es mir sowieso sofort vom Leib zerren, dachte ich und rannte die Treppe hinauf, mit der Absicht, die schlichte Baumwollbettwäsche gegen die elfenbeinfarbenen Portholt-Laken, die mir meine Schwiegermutter irgendwann einmal geschenkt hatte, zu tauschen. Sie hatte sogar die Betten im Redwine-Sommerhaus auf Sea Island damit bezogen. Aber sie hatte auch Isobel, die den edlen Stoff wusch und bügelte. Meine waren immer noch hübsch verschnürt, so wie ich sie bekommen hatte.

»Ach übrigens, wie geht's denn deinem Hinterteil, Ma?« rief Teddy mir nach, als ich schon halb oben war. Wie auf Kommando fing es fürchterlich an zu jucken.

»Wird schon wieder«, rief ich und kratzte mich. »Charlie hat mir was gegeben. Er glaubt, es könnte eine Allergie sein.«

»Oh, hoffentlich bist du nicht gegen mich allergisch oder gegen Lazarus, oder Dad.«

»Bilde dir bloß nichts ein«, brüllte ich und ging ins Schlafzimmer, wo ich mir Strumpfhose und Slip auszog und mein gepeinigtes Hinterteil mit der fettigen Salbe einrieb, die Charlie mir verordnet hatte.

Tee kam erst sehr spät. Sonst fiel ich immer in einen leichten Warteschlaf, wenn ich ihn von einer Reise zurückerwartete, aber diesmal war ich wach. Seine Schritte auf der Treppe waren so vertraut, ich wußte genau, wann er auf dem Treppenabsatz innehielt, und da war die zweite Stufe von oben, die immer knarrte. Aber irgend etwas schien mir an diesem Abend anders zu sein, und mir wurde klar, daß seine Schritte langsamer und schwerer waren. Er mußte todmüde sein. Kein Wunder, schließlich wurde er von Coke seit Monaten im ganzen Land herumgejagt.

Leise betrat er das Schlafzimmer, wie immer, wenn er dachte, daß ich schon schlief. Ohne Licht zu machen, fing er an, sich auszuziehen, wie er es schon unzählige Male zuvor getan hatte. Ich hörte seine Schuhe zu Boden fallen, dann den Reißverschluß seiner Hose, die er auf den blauen Sessel am Fenster legte. Dann folgte das Hemd. Er ging ins Bad und schloß die Tür. Ich wartete, bis ich die Toilettenspülung hörte und das Wasser am Waschbecken nicht mehr lief. Erst jetzt tastete ich nach dem Lichtschalter. Als ich hörte, wie die Tür wieder aufging, schaltete ich die Nachttischlampe an.

»He, Süßer, suchste'ne Braut?« sagte ich.

Als der grelle Lichtschein ihn so unerwartet traf, blieb er wie angewurzelt stehen und starrte mich mit blicklosen, verwirrten Augen an. Sein Gesicht wirkte leer und vollkommen reglos. Einen Augenblick lang stockte mir der Atem. Er sah todmüde aus, leichenblaß, alt. Sein Gesicht schien nur aus Knochen und hohlen Wangen zu bestehen, und die Stoppeln auf seinem Kinn waren selbst vom Bett aus überdeutlich zu sehen. Seine Barthaare haben einen derart hellen Goldton, daß man es meist gar nicht sieht, wenn er sich rasieren müßte.

»Liebling?« sagte ich unsicher und setzte mich im Bett auf, umgeben von einer raschelnden Plastikumhüllung. Sein starrer Gesichtsausdruck löste sich, und er fing an zu lachen.

Damals in den verrückten Siebzigern hatte eine hirnlose Person namens Marrabelle Morgan eine haarsträubende, antifeministische Schmähschrift verfaßt: *The Total Woman*. Zur Erbauung des Ehemannes schlug sie unter anderem vor, sich meterlange Bahnen Klarsichtfolie um den nackten Körper zu schlingen. So angetan sollte man seinen Göttergatten mit einem eisgekühlten Martini in der Hand nach einem arbeitsreichen Tag an der Haustür empfangen. Tee und ich haben uns darüber köstlich amüsiert, aber eines Abends befolgte ich Marrabelles Ratschlag, und wir fielen noch im Flur übereinander her. Noch Tage später waren die Abdrücke des Fliesenmosaiks auf meinem Rücken zu sehen.

»Sie hat recht, es funktioniert«, hatte Tee keuchend geflüstert.

Nachdem ich das hauchdünne Ensemble von Frederick's of Hollywood anprobiert und festgestellt hatte, daß es am Körper einer Frau mittleren Alters wenig vorteilhaft wirkte, kam mir die Klarsichtfolie wieder in den Sinn, und ich beschloß, es noch einmal damit zu versuchen. Zusätzlich schmückte ich das Ganze noch mit einer riesigen, roten Samtschleife, die unseren Adventskranz geziert hatte, und kaschierte damit die schlimmsten Striemen und Kratzer an meinem Hinterteil. Ich war gebadet, eingecremt, gepudert und parfümiert, und mein Herz schlug fast genausoschnell wie bei unserem ersten Mal. Als er anfing zu lachen, sprang ich unter Knistern und Rascheln aus dem Bett, rannte auf ihn zu und schlang die Arme um seinen Hals. Ich preßte mich an ihn und rieb mich so verführerisch, wie ich konnte, an seinem Körper; ich bedeckte sein Gesicht mit Küssen und ließ meine Zunge in sein Ohr gleiten. Als ich spürte, wie er mich fest in die Arme schloß, warf ich lachend den Kopf zurück. Mein sauberes Haar glitt über unsere Gesichter.

»Wenn ich dir nicht gefalle, hol ich meine Schwester«, murmelte ich heiser.

Tee ließ den Kopf sinken und rieb ihn an meinem Hals. Er sagte immer noch nichts, aber ich konnte hören, wie sein Atem schneller und heftiger wurde. Durch all die Lagen Plastik fühlte ich seine Erregung.

»Sollen wir versuchen, ob's noch funktioniert?« flüsterte ich in sein Haar.

Ich riß die Plastikfolie herunter und zog ihn auf meinen Körper. Beim Hinlegen griff ich nach dem Lichtschalter, wobei die Nachttischlampe bedenklich ins Schwanken geriet. Ich gab ihm kein Pardon. Ich nahm ihn und ließ ihn in mich eindringen. Ich schlang die Beine so fest um seinen Körper, als hätte ich Angst, in einen bodenlosen Abgrund zu fallen. Seine Stöße waren fest und tief. Gesagt hatte er noch immer nichts, und auch ich schwieg. Das hatte Zeit bis morgen. Pfannkuchen und Würstchen, dazu Vivaldi. Dann konnten wir reden, stundenlange, zärtliche Gespräche führen. Morgen früh.

Als wir zum ersten Mal miteinander schliefen, war ich so nervös, daß meine Stimme eine Oktave in die Höhe ging und ich am ganzen Körper anfing zu zittern, als würde ich frieren. Auch er war nervös und halb betrunken; es war in unserem letzten Jahr an der Uni, nach einer Chi-Phi-Party, in der Wohnung, die er mit Charlie teilte. Charlie war in Atlanta bei Carrie; in dem Jahr war er an den Wochenenden fast nie in Athens. Ich weiß noch, wie ich die Augen schloß und jammerte, und Tee versuchte, mich zu beruhigen, indem er immer wieder flüsterte: »Es wird schön. Es wird so schön, Baby.«

Und zu meiner großen Überraschung wurde es das auch. Es war so schön, daß wir, noch bevor wir unseren Rhythmus gefunden hatten, vor Freude und Überraschung anfingen zu lachen. Wir waren fast gleich groß und hatten beide einen sportlichen durchtrainierten Körper und paßten so gut zusammen, als wären wir aus einem Sexratgeber herausgesprungen. Zusammen erreichten wir den ekstatischen Gipfel sexueller Erfüllung. Das hatte sich in unserer siebenundzwanzigjährigen Ehe nie geändert.

Und auch in dieser Nacht war es nicht anders. Wenn es anders war, so war es tiefer, wärmer, schneller, leidenschaftlicher als je zuvor. Als wir schließlich keuchend dalagen, unsere trotz der Klimaanlage schweißbedeckten Körper ineinander verschlungen, hatten wir noch immer kein Wort gesagt. Ich hatte das Gefühl, als hätten wir eine Sphäre jenseits aller Worte erreicht, eine neue Welt, wo wir für immer durch unsere Haut, unseren Herzschlag und das Blut, das in unseren Adern pulsierte, miteinander verbunden sein würden. Unser Bett war in Mondlicht getaucht, und ich lag da, unter der süßen Schwere seines Körpers, und hörte, wie sein Atem langsamer wurde. Ich spürte seine weichen Lippen an meinem Hals. Ich fühlte mich unbesiegbar, leicht und jung. Am liebsten wäre ich für immer unter ihm liegen geblieben.

Aber irgendwann fingen meine Beine an, zu kribbeln und taub zu werden, und ich rieb mein Gesicht an seinem Hals und flüsterte ihm lachend ins Ohr: »Und ich wollte dich doch tatsächlich fragen, ob du eine Affäre hast.«

Ich spürte, wie er anfing zu beben, so wie ich es hundertmal gespürt hatte, wenn er nach der Liebe leise vor sich hin lachte, und auch ich lachte los. Ich streckte und räkelte mich wie eine Katze, lachte an seiner Wange, rieb seine bebenden Schultern. Die sexuelle Ekstase und die Erleichterung machten mich schwach und schwindelig.

Erst als ich etwas Nasses an meinem Hals fühlte, ein kleines Rinnsal, das langsam an meiner Brust herunterrann, merkte ich, daß er weinte.

2

Sie hieß Sheri Scroggins. Sie war Assistenzanwältin in der Rechtsabteilung von Coca-Cola, zweiunddreißig Jahre alt, aus dem Südosten Floridas. Mit ihrer Familie, eifrige Anhänger der Pfingstgemeinde, hatte sie gebrochen, von ihrem Ehemann, der zur Bürgerwehr gehörte, hatte sie sich sieben Jahre zuvor scheiden lassen. Sie war kinderlos, rechtsbewußt und ungeheuer ehrgeizig, und sie befand sich bei Coca-Cola ganz offensichtlich auf der Überholspur.

Tee wollte sie heiraten. In der Morgendämmerung, durch ein lautes Rauschen in meinen Ohren, als hätte ich mir ein ohrenbetäubendes Rockkonzert angehört, hörte ich mich mit blecherner, verwirrter Stimme sagen: »Aber du kannst sie unmöglich heiraten, Tee. Dann würde sie ja Sheri Redwine heißen.«

Tee wandte sich vom Fenster ab, von wo aus er die Morgendämmerung über Ansley Park beobachtet hatte. – Wie konnte es nur Tag werden? Wie konnte die Sonne an einem solchen Morgen überhaupt aufgehen? – »Ich hätte mir denken können, daß du dich darüber lustig machst, Molly«, sagte er.

Ich war wie erstarrt und nicht in der Lage, irgend etwas zu fühlen, sonst wäre ich bei seinen Worten zusammengezuckt. Ich hatte keinen Witz gemacht. Ich hatte einfach gesagt, was ich dachte: In meinem Wahn erschien es mir unmöglich, daß Tee eine Frau heiraten wollte, deren Name sich danach für alle Zeiten wie der Name eines Aperitifs anhören würde. Vielleicht war es ihm ja noch gar nicht aufgefallen, dachte ich.

Wir hatten stundenlang geredet. Vielmehr hatte Tee geredet. Geredet, geweint, geredet, noch mehr geweint, geredet und geredet und geredet. Es war, als hätte jemand einen Stöpsel aus seinem Mund gezogen. Er saß auf der Bettkante und brabbelte Worte vor sich hin, die ich lange Zeit überhaupt nicht verstehen konnte, weil sie von

Leuten handelten, die ich nicht kannte. Ich sagte nichts, weil mir nichts einfiel. Ich saß in einem Wust aus knisternder Plastikfolie und spürte vage, daß ich die Stirn runzelte. Ab und an beugte ich mich ein wenig näher zu ihm, um ihn besser hören zu können und vielleicht einen winzigen Bruchteil seines verzweifelten, tränenreichen Redeschwalls zu begreifen. Zwischendurch merkte ich manchmal, wie sich mein Kopf nach links und rechts drehte, nein, nein, eine Geste, die eher Unverständnis als Schmerz ausdrückte. In dieser Nacht spürte ich keinen Schmerz. Schmerz setzt Verstehen voraus. Ich kannte diesen Mann nicht, der auf meiner Bettkante saß und weinte, und ich begriff nicht, was er sagte.

Teddy mußte einmal für den Biologieunterricht ein Referat vorbereiten, in dem er die Auswirkungen starker Gefühlsausbrüche auf den menschlichen Körper erläutern sollte. Ich erinnerte mich daran, daß sich als Folge eines Schocks die Pupillen weiten, um die Wahrnehmung der Gefahr zu schärfen. Dies erlebte ich nun am eigenen Leibe. Das Schlafzimmer war sehr hell, obwohl noch kein Tageslicht durch die Fenster drang. Ich hatte das Gefühl, von einer summenden, hin und her wogenden Wolke aus hellem Dunst eingehüllt zu sein. Manchmal konnte ich so deutlich hindurchschauen, daß Tees unrasiertes Kinn wie ein Stoppelfeld aussah; manchmal schien er fast zu verschwinden. Gelegentlich peitschten einzelne Worte und Satzfetzen wie Gewehrschüsse auf mich ein, aber die meiste Zeit saß ich da und beobachtete, wie sein Mund sich bewegte und wie ihm die Tränen übers Gesicht liefen, ohne zu verstehen, was er sagte.

Ich saß mit gefalteten Händen da und nickte und nickte und legte meinen Kopf schräg, um besser zu hören, während vereinzelte Wörter durch den Nebel auf mich zuschossen und wie Aasfresser an mir herumnagten: »Es tut mir leid … es tut mir leid. Ich wollte nie, daß es passiert … wollte dir nie weh tun … es bedeutet nicht, daß ich dich nicht geliebt habe … dich nicht liebe … Ich bin ein Arschloch, der letzte Dreckskerl; glaub doch nicht, ich weiß das nicht … Glaub mir, tausendmal hab ich mir diese Situation schon vorgestellt, mich gefragt, wie ich es dir sagen soll … ich würde lieber sterben, als dir weh zu tun, Moll, aber ich kann nicht ohne sie leben … die Lügerei und die Heimlichkeiten waren schrecklich für uns; du tust ihr genauso leid wie mir ... Sie braucht mich, Molly. Braucht mich mehr, als du mich je gebraucht hast ... hatte nie eine richtige Familie, hatte nie Sicherheit, wurde nie geliebt ... andererseits ist sie sehr stark, aber anders als du, Moll ... sag mir, was ich jetzt tun soll. Soll ich ausziehen? Soll ich es den Kindern sagen? Soll ich hier bei Teddy bleiben, damit du irgendwohin fahren und über alles nachdenken kannst? Nach Sea Island vielleicht? Du mußt es mir sagen ... Ich will dich nicht bedrängen, und ich lass' dich auch nicht hängen; du wirst immer alles haben, was du brauchst ... sag mir nur, was ich tun soll ...«

Irgendwann, nach einer halben Ewigkeit, verstummte er. Die Stille hallte in meinen Ohren wider, und der Dunst fing an zu wirbeln. Das Zimmer schwankte hin und her. Ich sagte nichts, saß nur da und schaute ihn an, wartete auf irgend etwas, ich wußte selbst nicht, worauf. Aber es mußte noch etwas anderes kommen ...

Ich blinzelte, und das Zimmer hörte auf sich zu drehen. Tee stand auf und stellte sich ans Fenster. Bleiches Morgenlicht drang nun durch die Vorhänge. In diesem Moment machte ich die Bemerkung wegen des Namens. Sheri Redwine. Danach fiel mir nichts mehr ein, was ich sagen konnte, und so wartete ich ab.

Tee zog den Cocktailsessel in die Ecke, setzte sich und sah mich an. In der Zwischenzeit mußte er sich irgendwann angezogen haben. Wann hatte er das gemacht? Er war vollständig bekleidet, bis auf Schuhe und Socken. Normalerweise setzte er sich in den Cocktailsessel, um sie anzuziehen, aber jetzt machte er keine Anstalten dazu. Er ließ mich nicht aus den Augen. Ich schaute auf seine nackten Füße. In dem fahlen Licht schimmerten sie weiß, als wären sie unter Wasser. Dann schaute ich in sein Gesicht. Er sah schrecklich aus, als wäre er zuerst verbrannt und dann ertrunken.

»Du mußt doch irgend etwas bei alledem empfinden, Molly«, sagte er schließlich verdrossen. Seine Stimme bebte ein wenig, wie bei einem fieberigen Kind. »Du hast doch bestimmt etwas dazu zu sagen. Wir können die Sache nicht einfach aussitzen.«

»Die Sache?«

»Molly ... das alles, was ich dir erklärt habe. Über ... Sheri. Die Scheidung. Dabei mußt du doch irgend etwas fühlen. Du mußt es rauslassen ...«

»Scheidung? Es wird keine Scheidung geben, Tee. Ich will keine Scheidung, verflucht noch mal. Dachtest du etwa, ich wollte dich damit bestrafen?«

Er starrte mich an und stützte dann den Kopf in seine Hände. Er fing an zu lachen, es war ein erschöpftes, schreckliches Lachen.

»Molly, ich mag vielleicht ein Dreckskerl sein und ein Arschloch, aber ich bin kein Bigamist.«

»Du meinst … du meinst, du willst sie heiraten, Tee?«

Er hob den Kopf und sah mich mit seinen müden rotgeränderten Augen an.

»Mein Gott, in den letzten fünf Stunden habe ich doch über nichts anderes geredet.«

»Aber warum, Tee?« flüsterte ich. In meinen Lungen schien nicht genug Luft zu sein, um lauter zu sprechen.

Er schloß die Augen. Wieder kamen ihm die Tränen, quollen zwischen seinen goldblonden Wimpern hervor. Ich hatte Tee nicht mehr weinen sehen, seit sein Vater sechs Jahre zuvor gestorben war. Tränen schien es für ihn nur im Angesicht des Todes zu geben. Aber war es nicht genau das, worüber er redete? Über den Tod unserer Ehe durch einen Mord?

»Durch sie fühle ich mich wieder lebendig«, flüsterte er.

»Und bei mir nicht? Wir sind nicht lebendig?«

»Wir …?«

»Ich. Caroline. Teddy. Die Familie. Du redest davon, dich von der Familie scheiden zu lassen. Wie kannst du so was auch nur denken, Tee? Die Familie …«

»Molly … Caroline ist fort. Sie hat jetzt ihre eigene Familie. Und Teddy geht auch weg. Im Herbst. Du weißt, daß er nicht zurückkommt, nicht in dieses Haus …«

»Na gut, dann also nicht. Fühlst du dich mit mir etwa tot? Tee, du weißt, was wir uns aufgebaut haben, wie schön unser Leben war. Und für dich ist das nicht lebendig genug? All diese Jahre, Tee!«

Er schüttelte langsam den Kopf, als sei ihm diese Geste fast zu anstrengend. In dem schwachen Morgenlicht wirkte er sehr jung, als hätte er mit Charlie die ganze Nacht für eine Zwischenprüfung gebüffelt. Am liebsten hätte ich ihn in die Arme geschlossen, so sehr liebte ich ihn, aber es war eine mütterliche Liebe. Soll er sich alles von der Seele reden, dieser erschöpfte, verwirrte Junge, den ich liebe, und dann konnte ich ihn trösten und ihm helfen, sein Leben wieder in den Griff zu bekommen.

»Es ist nicht dasselbe«, sagte er mit geschlossenen Augen. »Du weißt, daß du und ich diese Art von Gefühlen nicht mehr haben. Schon lange nicht mehr, nicht mehr seit ... ich kann mich nicht einmal erinnern. Ich sage nicht, daß es dein Fehler ist, Moll. Es ist nur ... nicht dieser Blitz, dieses Feuerwerk.«

»Keiner hat das für immer«, sagte ich und klang wie damals, als ich vor Carolines Geburt als Lehrerin gearbeitet hatte. »Das hat man nur am Anfang; du kannst es nicht für immer haben.«

»Doch«, sagte er langsam. »Ich kann es.«

»Mit dieser ... Sheri, meinst du«, sagte ich. »Malt sie ein neckisches Herzchen über das ›i‹?«

»Hör auf«, sagte er. »Mach dich nicht über ihren Namen lustig. Sie findet ihn selbst schrecklich. Ihre Mutter wollte was Ausgefallenes, und es ist ihr zu dumm, ihn zu ändern. Aber sie hat ihre schreckliche Familie weit hinter sich gelassen. Und sie hat es ganz allein geschafft. Das ist einer der Gründe, warum sie mich braucht ... sie hatte nie eine wirkliche Familie. Sie weiß nicht einmal, was das Wort bedeutet.«

»Und deshalb will sie jetzt meine Familie haben.«

»Nein«, sagte Tee und lächelte gequält. »Nur mich, glaube ich.«

»Das will ich auch«, sagte ich prompt. »Genau das will ich auch. Wir haben also ein kleines Problem.«

Sein Gesicht zuckte, und er stand auf.

»Ich werde mich immer um dich kümmern«, sagte er hastig. »Dir wird es nie an Geld mangeln. Du wirst nie arbeiten müssen. Ich überlass' dir das Haus, wenn du es haben willst. Und wenn du lieber woanders leben möchtest, ist das auch kein Problem. Und Teddys Studium ... Du und Teddy, ihr braucht euch nicht zu sorgen, Molly. Das schwöre ich dir. Und wenn Caroline irgend etwas braucht ...«

»Tee, dazu verdienst du nicht genug Geld«, sagte ich mit schwacher Stimme. »Ich meine für ... zwei Familien. Oder verdient sie soviel? Und selbst wenn, es wäre nicht genug ... Willst du denn nicht einsehen, wie verrückt das Ganze ist?«

Er schaute mich mehrere Sekunden lang an, dann griff er nach seinen Schuhen und zog sie an, wobei er sich auf die Lehne des Cocktailsessels stützte.

»Ich denke, ich sollte jetzt gehen«, sagte er, ohne mich anzusehen.

»Gehen? Wohin?«

»Dorthin eben. Zu ihr. Ich kann mir nicht vorstellen, daß du mich weiter hier haben willst.«

»Deine Sachen ...«

»Ich hab ein bißchen was bei ihr«, sagte er leise.

Wenn das stimmte, mußten es neue sein. Ich kannte all seine Sachen. Es fehlte nichts aus seinem Schrank. Irgendwie war das alles so schrecklich, daß es kaum zu verstehen war.

»Sie wohnt in dem neuen Apartmenthaus in der Innenstadt, nicht wahr?« sagte ich. »Charlie hat dich ihre Palme reinschleppen sehen. Zuerst dachte ich, er hätte sich geirrt. Er dachte, sie wäre Caroline. Sieht sie aus wie Caroline?«

»Sie hat große Ähnlichkeit mit dir, als du jung warst«, sagte Tee. »Und glaub bloß nicht, daß ich nicht weiß, wie das klingt. Du brauchst es mir nicht zu sagen.«

Er hob die Aktentasche auf, die er am Abend zuvor neben dem Sekretär abgestellt hatte, vor einer Ewigkeit, wie mir schien, aber er machte keine Anstalten zu gehen.

»Also was ist mit Caroline?« fragte ich. »Was ist mit Teddy?«

»Am Wochenende«, sagte er. »Dann besprechen wir alles. Ich komme her, und wir drei können reden, dann rufen wir Caroline an. Bis dahin hast du genug Zeit, alles zu verdauen und damit umzugehen ...«

Ich sagte nichts. Schließlich ging er zur Schlafzimmertür. Er öffnete sie und schaute sich noch einmal nach mir um.

»Molly. Es tut mir leid. Es tut mir so leid.«

»Es braucht dir nicht leid zu tun«, sagte ich. »Es hat sich nichts verändert. Und es wird sich auch nichts ändern. Ich lasse es nicht zu, daß du die Familie im Stich läßt.«

Er wollte etwas erwidern, blieb dann aber stumm und verließ das Schlafzimmer.

Dann kam der Schmerz.

Ich lag zusammengekrümmt auf dem Bett.

Ich halte die Knie bis zur Brust hochgezogen, die Hände vor der Brust gefaltet, bis das blasse Lichtquadrat auf dem Bettvorleger einen glänzenden Goldton annahm, der nach und nach in ein helles, farbloses Gelb überging, was auf einen weiteren heißen Tag schließen ließ.

Ich dachte an nichts Bestimmtes, außer daß ich mich unter gar keinen Umständen bewegen durfte, damit der Schmerz, den ich in meinem Innersten, irgendwo tief in meinem Magen, eingeschlossen hatte, nicht hervorquellen und mich töten konnte. Ich erinnerte mich daran, daß ich schon zweimal in meinem Leben so dagelegen hatte, als ich als junges Mädchen mit starken Menstruationsbeschwerden zu kämpfen hatte, und dann wieder, als ich mit Caroline und Teddy schwanger war. Auch damals war es darum gegangen, den Schmerz in Schach zu halten.

Und dann kam mir in den Sinn, daß ich natürlich auch vor meiner Geburt so dagelegen haben muß. Im Bauch meiner Mutter, zusammengekauert, als sei mir kalt. Als hätte ich sogar schon damals gefroren.

Irgendwann später am Morgen hörte ich, wie Teddy den Fernseher einschaltete und durch den Flur ging, gefolgt von Lazarus, dessen Krallen über das Parkett kratzten, während seine am Halsband baumelnden Hundemarken leise vor sich hin klingelten. Ehe ich mich versah, klopfte Teddy auch schon an die Schlafzimmertür und rief: »Ma! Ma! Bist du schon auf? Wo ist Dad? Ist er doch nicht mehr gekommen?«

Ich hörte, wie sich der Türknauf drehte, und war auch schon im Badezimmer und hatte den Wasserhahn aufgedreht, ohne zu wissen, wie ich so schnell dorthingekommen war. »Ich bin im Bad. Dad ist gestern nacht heimgekommen, aber er mußte wieder ins Büro und hat gesagt, daß es spät werden kann. Morgen will er sich Zeit für uns nehmen. Er hat's versprochen.«

»Scheiß auf die neuen Jugendmarken, diese dämlichen Youth-Brands«, hörte ich Teddy vor der Schlafzimmertür grummeln.

»Dank Youth-Brands können wir deinen Wagen finanzieren«, sagte ich und fragte mich, wie ich in meinem desolaten Zustand diesen lockeren, trockenen Tonfall zustande brachte, in dem ich für gewöhnlich mit Teddy redete. Er lachte.

»Nun, wenn er vor morgen sowieso nicht ansprechbar ist, gehe ich direkt nach der Schule zur Bandprobe und dann zu Eddie. Im Fox Stadion ist heute abend ein Alabama-Konzert. Ich wollte eigentlich bei ihm übernachten. Einverstanden?

»Wenn es Mrs. Cawthorne recht ist.«

»Sie hat nichts dagegen. Also dann bis morgen.«

»Mach's gut.«

Nach ein paar Sekunden fragte er plötzlich: »Ma? Ist alles in Ordnung?«

»Ja, ja, alles klar«, flötete ich. »Ich wasch mir grad die Haare. Hör zu, Teddy ... nimmst du Mandy heute abend mit? Wenn du sie mitnimmst, mußt du zu Hause schlafen. Wir haben abgemacht, daß du nicht über Nacht bleiben sollst, wenn Mädchen dabei sind.«

So, ich hatte gesprochen wie eine typische Ansley-Park-Mutter.

»Frauen, Ma. Keine Mädchen. Frauen. Nein, keine Sorge. Das mit Mandy ist vorbei. Schnee von gestern.«

Plötzlich verspürte ich eine bodenlose Abscheu gegen meinen Sohn. Der Schmerz drohte an die Oberfläche zu dringen. Ich stand übers Waschbecken gebeugt da und hielt mir den Magen. Abwesend starrte ich in den beschlagenen Spiegel, aus dem mich eine bleichgesichtige Verrückte mit wirren Haaren anschaute. Ihre blauen Augen schienen auszulaufen wie angestochene Eidotter.

»Es ist so leicht für dich«, flüsterte ich. »Ihr macht es euch alle so verdammt leicht.«

»Hasta la vista, Baby«, rief mein unbekümmerter Sohn, trottete die Treppe hinunter und war verschwunden.

Da ich schon mal im Bad war, stieg ich in die Dusche und stellte das Wasser so heiß, wie ich es ertragen konnte, setzte mich auf den Kachelboden und hielt das Gesicht nach oben. Der heiße Wasserstrahl schien alles andere auszulöschen. Ich saß da, bis das Wasser langsam kälter wurde, dann stieg ich aus der Dusche, warf mir Tees weißen Bademantel über, kämmte mein Haar zurück und ging nach unten, wobei ich feuchte Fußabdrücke auf dem abgewetzten Treppenläufer hinterließ. Er war im Laufe von Teddys Teenagerzeit fleckig geworden, und Lazarus' scharfe Fußkrallen hatten ihm den Rest gegeben. Im Herbst sollte es einen neuen Teppichboden geben, wenn Teddy sein Studium am Georgia Tech aufgenommen hatte. Lazarus müßte sich dann entweder regelmäßig pediküren lassen oder sich daran gewöhnen, unten zu schlafen, hatte Tee gesagt. Tee wollte …

Der Schmerz tobte und raste.

In der schattigen, stillen Küche erhitzte ich eine Packung Käsemakkaroni in der Mikrowelle und aß sie auf. Dann gab ich Lazarus Wasser und Futter und ließ ihn in den Garten, nahm eine Dose Cola light aus dem Kühlschrank und ging in die Bibliothek. Das höhlenartige Dämmerlicht ließ mich an winterliche Fernsehabende denken, an denen ein behagliches Feuer im Kamin knisterte. Bei warmem Wetter wurde dieser Raum nur von Teddy regelmäßig benutzt. Ich schob den Fernseher zum Fußende des Sofas, legte mich hin, zog mir die Lamadecke, die wir von Caroline und Alan zu Weihnachten bekommen hatten, bis ans Kinn und drückte auf die Fernbedienung. Auf dem Bildschirm legte eine dunkelhaarige Talkshowmoderatorin es darauf an, ein junges schwarzes Mädchen und eine ältere Frau, vermutlich deren Mutter, zum Weinen zu bringen. Als ihre Bemühungen die gewünschte Wirkung zeigten, spielte sie die verständnisvolle Seelentrösterin. Die Zuschauer tobten. Ich schaltete den Ton ab, und für den Rest des Tages starrte ich auf die Mattscheibe, als wären die darauf agierenden Erscheinungen die einzige Realität auf der Welt. Ich brauchte nicht zu hören, was sie sagten, ihre Bewegungen genügten mir.

Irgendwann, es muß am Spätnachmittag gewesen sein, fing das Telefon an zu läuten. Ich überließ es dem Anrufbeantworter, die Anrufe entgegenzunehmen, bis das Klingeln meinen Dämmerzustand gefährdete. Dann stand ich auf und wankte zum Apparat, um die Klingel abzustellen. Ich hörte das Band nicht ab; ich wußte, wer dran gewesen war. Meine Mutter, die wissen wollte, warum ich sie nicht zum Einkaufen abgeholt hatte. Die Damen der Heilsarmee, die ich zu einem Treffen eingeladen hatte, zu dem ich dann selbst nicht erschienen war. Livvy, die wissen wollte, warum ich nicht zu unserem wöchentlichen Tennisdoppel mit zwei anderen Coke-Ehefrauen in den Club gekommen war. Ich schlurfte zum Sofa zurück und schaute weiter fern. Schließlich erinnerte ich mich wieder an Lazarus. Ich ließ ihn ins Haus und stellte ihm Futter und Wasser hin. Dann schlich ich wieder zum Sofa, wo er es sich neben mir bequem machte und bald eingeschlafen war. Später, als es längst dunkel geworden war, schlief ich ebenfalls ein.

Das grelle Licht der Deckenlampe drang durch die zeitlose, stickige Nacht – es war so heiß, weil mir den ganzen Tag kalt gewesen war und ich die Klimaanlage nicht eingeschaltet hatte. Lazarus hob knurrend den Kopf. Ich fuhr hoch und saß stocksteif da, halb geblendet und mit wild klopfendem Herzen.

»Warum, zum Teufel, hast du's mir nicht gesagt?« hörte ich Teddy mit zorniger, bebender Stimme schreien. Ich rieb mir die Augen und blinzelte, dann sah ich ihn vor dem Sofa stehen, mit geballten Fäusten und von Zorn und Tränen gerötetem Gesicht.

»Was meinst du?« fragte ich töricht. Ich hatte keine Ahnung, was er meinte. Wie spät war es überhaupt? Warum war ich hier unten in der Bibliothek? Warum lag ich steif und halb erstickt unter der Lamadecke, auf der Lazarus es sich bequem gemacht hatte?

»Warum hast du mir nicht gesagt, daß Dad was nebenherlaufen hat?« schrie er. »Daß der gute alte Dad es mit der Rechtstussi von Coke treibt! Verdammt noch mal, Ma, warum hast du mir nichts gesagt? Ich bin doch kein gottverdammtes Baby?«

»Woher weißt du das?« fragte ich mit gepreßter Stimme. »Wer hat dir das erzählt?«

»Wer mir das erzählt hat? Sie hat's mir erzählt! Legt mir die Hand auf die Schulter, als wär ich ihr gottverdammter kleiner Bruder, mit so einem widerwärtigen, verlogenen Grinsen sagt sie mir, wie leid es ihr tut und daß sie meinen Schmerz verstehen kann. Säuselt mir vor, wie sehr sie hofft, daß wir nach einer Weile, wenn alles geregelt ist, vielleicht gute Freunde werden könnten. Gute Freunde! Ma ... sie hat gesagt, du wüßtest es ...«

»Ich verstehe nicht, was du da redest«, sagte ich und verstand es wirklich nicht.

»Ich habe sie gesehen!« schrie er undd fing an zu weinen. »Bei dem Scheißkonzert hab ich sie gesehen! Und Eddie hat sie gesehen und alle anderen aus der Schule und vom Sport. Als die beiden mich entdeckt hatten, steht sie von ihrem Sitz auf – sie waren natürlich auf der Coke-Tribüne –, kommt zu mir runter, faßt mich an und erzählt mir all diesen Mist ... sie. Nicht Dad, sie! Dad hat mich nicht mal angesehen. Ich mußte hochgehen zur Tribüne ... und selbst da mochte er mich kaum anschauen. Er sagte, er würde morgen herkommen, dann könnten wir uns aussprechen. Es täte ihm ja so leid, daß ich es auf diese Weise erfahren hätte, aber jetzt sei es wenigstens raus, und wir könnten damit umgehen. Umgehen? Umgehen womit? Seit wann hast du's gewußt? Warum hast du mir nichts davon gesagt?«

»Weil nichts passieren wird«, sagte ich und hatte Mühe, die Worte zu formen. »Das Ganze ist nur eine vorübergehende Krise. So was kommt bei Männern in den mittleren Jahren öfters vor. Es ist nicht von Dauer, unmöglich! Ich hab dir nichts gesagt, weil alles wieder in Ordnung kommt. Ich wollte nicht, daß du dir Sorgen machst. Es besteht keine Gefahr für die Familie.«

Teddy beugte sich über mich und brüllte mit geschlossenen Augen: »Er wird sie heiraten! Das nennst du, alles kommt in Ordnung? Das ist in deinen Augen keine Gefahr für die Familie? Er wird sie, verdammt noch mal, heiraten!«

»Hör auf zu fluchen, Teddy! Hat er das gesagt?«

»Nein. Sie hat's gesagt. Sie meinte, ich sollte es wissen, damit ich mir keine falschen Hoffnungen mache und so. Sie wäre froh, daß es heraus ist, sauber und ehrenhaft soll alles abgewickelt werden. Ehrenhaft! Zum Teufel noch mal!«

»Was hat dein Dad gesagt?« flüsterte ich mühsam.

»Nichts«, erwiderte mein Sohn. »Kein Wort. Er sah richtig bescheuert aus! Beide sahen bescheuert aus. Weißt du, was sie anhatten? Radlerhosen, schwarze Radlerhosen und Coke-T-Shirts. Kannst du dir so was Bekloпptes vorstellen, Mom? Dad hat doch nicht mal ein Fahrrad!«

Trotz meiner Benommenheit mußte ich fast lachen. Es war eine der typischen Verrücktheiten, wie sie in den männlichen Wechseljahren öfter vorkommen. Darüber würden wir schon hinwegkommen. Tee in Radlerhosen? Allein die Vorstellung war absolut lächerlich und sonst gar nichts. Es stellte keine Bedrohung dar.

»Es hat nichts zu bedeuten, mein Schatz. Ich versprech es dir. Du wirst schon sehen. Es ist natürlich nicht schön, aber es ist auch nicht das Ende. In ein paar Monaten werden wir alle darüber lachen.«

»Sie hat einen Ring!«

»Was sagst du da?«

»Sie hat einen Ring! Er hat ihn ihr gegeben! Dieses große grüne Monstrum; sie trägt ihn an der rechten Hand. Sie hat ihn mir gezeigt und gesagt, daß sie ihn sozusagen als Verlobungsring bekommen hätte, und er hat nicht widersprochen. Er sah aus, als müßte er jeden Moment kotzen. Mitten auf der Coke-Tribüne. Ich wünsche ihm, daß er wirklich gekotzt hat. Auf seine blöde Radlerhose und auf ihre.«

Ich versuchte meinen verzweifelten Sohn zu beschwichtigen, aber ich brachte einfach nichts heraus.

»Fahrt doch alle zur Hölle«, sagte Teddy mit leiser, schrecklicher Stimme. Damit drehte er sich um und eilte aus der Bibliothek. Ich hörte, wie er, dicht gefolgt von Lazarus, die Treppe hinaufstampfte. Krachend fiel seine Zimmertür ins Schloß, und bald dröhnte die unvermeidliche Popmusik durchs Haus. Aber von Teddy hörte und sah ich nichts mehr.

»Ich will meine Mutter«, hörte ich mich schluchzen. Und ich heulte und heulte vor Sehnsucht nach der Frau, die nur zehn Häuserblocks entfernt von mir war und mich nicht hören konnte.

Und dann stand ich auf und rief meinen Vater an, weckte ihn aus dem Schlaf und sagte: »Daddy, es ist etwas passiert. Ich brauche dich.«

»Komm nach Hause, mein Baby«, sagte mein Vater. »Ich setze Kaffeewasser auf.«

Wenn zwei eins werden, wie man zu meiner Zeit eine konventionelle Eheschließung in Atlanta umschrieb, dann weiß jeder ganz genau, was zu tun ist. Für den Umgang mit den Frischvermählten, für die Feier, die Geschenke, für die Aufgaben und Pflichten des Paares gibt es feste Regeln. Selbst für die Art und Weise, wie über das Paar zu denken ist, gibt es Vorschriften, die seit Urzeiten festgelegt sind, besonders im Süden. All dies erspart allen Beteiligten viel Zeit und Ärger.

Wenn allerdings aus einem wieder zwei werden, trifft das Gegenteil zu, und es herrscht heillose Verwirrung. Mehr als Verwirrung, fand ich heraus. Als Tee mich im Stich ließ, hinterließ er grenzenlose Panik und ein wahres Scherbengericht, mit wenig Mitgefühl verbrämt. Es war, als hätte sich plötzlich ein übler Geruch auf mich herabgesenkt, von dem sich alle abwendeten, während sie seine Existenz verleugneten. Manchmal konnte ich ihn sogar selbst riechen, als hätte ich Körpergeruch, und ich fühlte mich liederlich und schuldig, als wäre ich zu faul zum Baden gewesen. Noch viel schlimmer war, daß ich in meinem tiefsten Inneren wußte, daß derselbe Geruch, wenn Tee überhaupt davon berührt wurde, nur für einen kurzen Moment an ihm haftete. Es war, so folgerte ich, der fatale Gestank der Verwundbarkeit. Auch wenn manch einer wütend auf Tee war, so würde man ihn nie für verwundbar halten.

»Es ist die nackte Angst, glaub es mir«, sagte Livvy Bowen und kippte einen ordentlichen Schuß Cognac in den Kaffee, den sie soeben aufgebrüht hatte. Wir saßen in meiner Küche. Es war der dritte Tag, nachdem diese Sache, wie ich das Ganze in Gedanken nannte, geschehen war. Zu dem Zeitpunkt hatte ich nur Caroline und meinen Eltern davon erzählt, aber in Atlanta funktionieren die Buschtrommeln ganz hervorragend, besonders in der sogenannten Coca-Cola-Familie, und ich wußte, daß mittlerweile jeder, mit dem ich etwas zu tun hatte, Bescheid wußte. Livvy war jedoch die einzige, die angerufen hatte, die einzige, die gekommen war. Sie war stinksauer auf Tee und roch keinen Gestank an mir. Das wußte ich, denn sonst hätte ich es gemerkt.

»Angst wovor?« fragte ich mit meiner monotonen neuen Stimme, die genausoschwer war wie mein Körper, mein Gang, mein Herz. Schwer und schlaff. Ich konnte meine dumpfe Abgeschlagenheit einfach nicht abschütteln.

»Angst, daß ihnen dasselbe passieren könnte. Sie haben Angst, daß sie sich in deiner Nähe irgendwie anstecken könnten und daß ihre Ehemänner sie wegen irgendeiner dummen Tippse sitzenlassen. Gibt es im Computerzeitalter überhaupt noch Tippsen? Trink deinen Kaffee. Du bist leichenblaß.«

»Nein, heute gibt es Assistenzanwältinnen«, sagte ich und nippte an meinem Kaffee. Der starke Cognac brannte an meinen Lippen, aber er wärmte mich ein wenig. Trotz der ungewöhnlichen, frühen Hitzewelle war mir ständig kalt.

»Hör zu, ich möchte, daß du für eine Weile zu mir kommst«, sagte Livvy. »Caleb muß am Wochenende schon wieder weg, und ich habe Zeit für dich. Wenn du willst, kannst du alles loswerden. Ich werde dich nicht drängen, versprochen. Aber zumindest hast du jemanden in der Nähe, der auf deiner Seite ist. Du kannst auch das ganze Wochenende verschlafen. Aber wenn, dann schlaf doch bitte bei mir zu Hause.«

»Oh, Livvy ... Teddy ist auf meiner Seite. Und Caroline. Meine Eltern ...«

»O ja, ich kann mir schon vorstellen, mit welch mitleidsvollen Worten deine Mutter dir Trost zuspricht«, sagte Livvy und schnaubte verächtlich. Livvy und meine Mutter konnten sich von Anfang an nicht leiden. »Was hat er noch gleich gesagt? Fahrt alle zur Hölle? Auf solche Beschimpfungen hat dich Martha Stewarts Hausfrauenalmanach wohl nicht vorbereitet, was?«

»Er war am Boden zerstört«, verteidigte ich ihn. »Seitdem war er der reinste Engel.«

Und das war er tatsächlich, mein großer Sohn, immer noch bleich und verschlossen, aber er klebte an mir wie eine Klette. Nicht im wörtlichen Sinne ... er heftete sich nicht an meine Fersen und drängte mich nicht zum Reden. Überhaupt sprachen wir wenig miteinander, seit jener schrecklichen Nacht, nachdem er aus der Bibliothek gerannt war. Aber er war immer im Haus. Die Ferien hatten begonnen, und normalerweise wäre Teddy bis September über alle Berge gewesen, aber er ging nicht in den Club, um zu schwimmen oder Tennis zu spielen, er ging nicht zur Bandprobe und verbrachte nur wenig Zeit am Telefon, was ich am alarmierendsten fand. Teddy und seine Freunde, eine fröhliche Truppe privilegierter Teenager, pflegten regen Kontakt. Das stumme Telefon war sehr irritierend für mich, nicht nur weil Tee noch immer nicht angerufen hatte, um ein Treffen zu vereinbaren. Hatte sich meine neue, ansteckende Krankheit etwa auch auf Teddy übertragen? Während ich in meinem stillen Haus herumschlich, war mir, als ob nichts geschehen würde und nichts geschehen könnte, bis das Telefon endlich läutete.

»Das glaube ich dir, aber du kannst wohl kaum mit ihm besprechen, was du über Tee denkst; es geht schließlich um seinen Vater«, sagte Livvy. »Du brauchst mich. Egal, was du über diesen Hurensohn sagen willst, ich werde dir zustimmen. Scheiße, ich bin einfach sauer auf Tee Redwine! Was für ein gemeines Arschloch; das hätte ich nie und nimmer von ihm erwartet. Und genauso wütend bin ich auf Caleb und die anderen Coke-Prinzen. Sie werden einen Kreis um ihn bilden wie eine Herde Ochsen, denk an meine Worte. Noch schütteln sie den Kopf und regen sich über ihn auf, aber gleichzeitig geben sie ihm Rückendeckung. Ich glaube, kein Mensch hegt irgendwelche Sympathien für dieses Luder; hast du gewußt, daß man sie die Aal-Lady nennt? Caleb sagt, sie ist so kalt und glitschig wie ein Neunauge. Aber denk bloß nicht, daß Tee aus der Herde ausgestoßen wird, o nein. Testosteron ist dicker als Blut oder Wasser.«

Ich lächelte über ihre leidenschaftliche Hetzkampagne, es war ein schmerzliches aber dankbares Lächeln.

»Hört sich an, als hättest du Caleb zur Rede gestellt.«

»O ja, unser kleiner Plausch dauerte etwa fünf Stunden.«

»Oh, Livvy, das tut mir leid ...«

»Hör auf, dich zu entschuldigen! Dich trifft an dieser Sache nicht die geringste Schuld«, sagte sie grimmig. »Wag es bloß nicht, dir blödsinnige Vorwürfe zu machen, nach dem Motto: ›Irgendwie muß es meine Schuld sein, inwiefern habe ich ihn enttäuscht ...‹ Es ist einzig und allein Tees Fehler. Tee hat diesen Mist erzählt. Und so wie es aussieht, wirst du diejenige sein, die dafür bezahlt ...«

»Wieso? Wieso sollte ich für was auch immer bezahlen?«

»Oh, Molly«, sagte sie aufgebracht. »Du weißt genausogut wie ich, was in unseren Kreisen passiert, wenn ein Typ seine Frau wegen eines neuen Spielzeugs verläßt. Hast du's denn nicht gesehen? Für kurze Zeit sagen alle: ›Oh, die Ärmste, wir müssen sie unterstützen. Wofür sind Freunde sonst da?‹ Und dann nach einer Weile, nachdem sich alle daran gewöhnt haben, daß er eine neue Partnerin hat, werden die beiden wieder zum Essen und zu kleinen Partys eingeladen. Alle sagen: ›Sie ist zwar schrecklich, aber wir können Tee doch nicht einfach fallenlassen!‹ Und bald ist es, als würden sie sich kaum noch an dich erinnern. Zwei-, dreimal im Jahr laden sie dich zu einer großen Weihnachtsparty ein – wobei sie natürlich höllisch aufpassen, daß du ihnen nicht begegnest –, vielleicht nehmen sie dich manchmal mit in den Club, zusammen mit einer anderen geschiedenen Freundin … aber bei den größeren Anlässen, den Highlights ihres armseligen gesellschaftlichen Lebens, bist du ausgeschlossen. Und sie ist dabei. Sie mögen nie begeistert von ihr sein, und wahrscheinlich verachten sie die Aal-Lady sogar, aber sie wird zu ihnen gehören, weil Tee zu ihnen gehört. So sind die Jungs. So ist das hier im Süden. So ist die Coke-Familie. Glaubst du etwa, Coke weint dir auch nur eine Träne nach? Sie werden sich nicht mal an deinen Namen erinnern.«

»Sie müßte gefeuert werden …«

»Gefeuert! Wovon träumst du nachts? Ganz im Gegenteil, sie wurde befördert. Man hat sie natürlich aus Tees Team herausgenommen. Schließlich darf es nicht so aussehen, als würde so etwas offiziell gebilligt. Also hat man sie in die Abteilung für Öffentlichkeitsarbeit versetzt und ihr eine Gehaltserhöhung gegeben. Was Tee anbelangt, so habe ich gehört, daß man ihn in ein zwei Jahren für Paris oder London vorgesehen hat, wenn er möchte. Klingt nach einem harten Job, nicht wahr?«

Paris oder London … Wie oft hatten wir darüber geredet? Es war ein Ziel, auf das Tee schon lange hingearbeitet hatte, aber wir hatten es noch lange nicht erwartet, sondern hatten uns ausgemalt, daß eine Versetzung nach Europa ein glanzvoller Abschluß von Tees Karriere bei Coke sein könnte. In meinen Tagträumen hatte ich mir vorgestellt, mit Tee zur blauen Stunde in einem Pariser Terrassencafé zu sitzen, während zu unseren Füßen langsam die Lichter der Stadt angingen, oder im grünlichen Dämmerlicht die Beete vor unserem Landhaus vor den Toren Londons zu harken. Jetzt wäre ich fast in irres Gelächter ausgebrochen, denn ich sah die beiden vor mir, wie sie mit ihren engen Radlerhosen durch die englische Parklandschaft radelten.

Ich prustete los, und Livvy sah mich an.

»Du glaubst nicht, daß es aus ist, stimmt's?«

»Nein, natürlich nicht«, sagte ich. »Es kann doch nur aus sein, wenn wir uns scheiden lassen, und eine Scheidung gibt es nicht. Er ist … Livvy, wir … Teddy und Caroline und ich … wir sind alles, was er hat. Wir sind das, was er sich in all den Jahren aufgebaut hat. Er kann sich vielleicht eine Weile anderweitig austoben, was mir natürlich überhaupt nicht gefällt, aber am Ende spielt es keine Rolle, weil nur wir für ihn zählen. Sein ganzes Leben hat er darauf verwandt, uns alle zu dem zu machen, was wir sind. Und er ist das, was wir haben. Was würde uns bleiben, wenn … nun, er ist das, was wir haben, das ist alles. All die Jahre, all die Gespräche, all die lustigen Abende und schwierigen Zeiten, und die … die ganz gewöhnlichen Zeiten, zu denen wir uns die Zähne geputzt und Videos ausgeliehen haben, all die Telefongespräche. All die Dinge, die wir zusammen geplant und gemacht haben, all die Anziehsachen in unseren Schränken und die Möbel, die wir schon immer gehabt haben … unsere Erinnerungen … zu wem würde all das gehören, wenn wir … wenn wir nicht zusammenbleiben würden? Es gibt einfach keine Scheidung, und Punkt. Soll er doch Radlerhosen tragen und dieses Flittchen in ihrem Apartment ficken; es spielt keine Rolle für das, was er ist und was wir zusammen sind. Er weiß das genausogut wie ich.«

»Ach, mein Schatz«, sagte sie leise.

»Meint Caleb etwa, daß Tee … mit ihr zusammenbleiben will?«

»Moll … Tee hat es ihm gesagt. Schon im März oder April. Er hatte es nur noch nicht fertiggebracht, es dir zu sagen.«

»Weil er weiß, daß es nicht dazu kommt«, sagte ich und stand auf. »Aber Caleb hätte es dir sagen sollen, finde ich. Es hätte uns allen eine Menge Schmerz erspart.«

»Nein, das hätte es nicht, meine Liebe. Wir hätten es nur schneller hinter uns gebracht. Aber du hast recht, er hätte es mir sagen sollen. Das ist ein Grund, warum ich so verflucht wütend auf ihn bin. Also gut, genug davon. Du kannst im Moment noch nicht damit umgehen, und das ist in Ordnung. Es ist wahrscheinlich noch zu früh. Aber ich wünschte trotzdem, du würdest nächste Woche zu mir kommen. Teddy ist alt genug, um allein fertig zu werden, und du solltest dich nicht an ihn klammern. Wer weiß, vielleicht haben wir zwei ja sogar Spaß miteinander. Weißt du, was wir machen könnten? Wir könnten für vier, fünf Tage in einen Badeort fahren, Canyon

Ranch vielleicht. Eine kleine Generalüberholung könnte uns nicht schaden, und richtig eingekauft haben wir auch schon ewig nicht mehr …«

»Blondieren hast du vergessen. Und wie wär's mit etwas Collagen für die Lippen und einer kleinen Gesichtsstraffung, wenn wir schon mal da sind. Mein Gott, Livvy, das hätte ich nie von dir erwartet! Die klassische Wohlfühltherapie für Frauen der gehobenen Mittelschicht. Was für ein abgedroschenes Klischee!«

»Deshalb funktioniert es ja vielleicht auch in vielen Fällen«, sagte Livvy sachlich. »Also gut, dann schauen wir uns statt dessen alte Kitschfilme an und essen bergeweise Pizza. Wir können uns auch betrinken. Was du willst. Wirst du kommen?«

»Erstmal nicht, glaube ich. Aber ich danke dir für dein Angebot, vielleicht nehme ich dich ein anderes Mal beim Wort. Vorher muß noch einiges geregelt werden, und das geht erst, wenn ich mit Tee geredet habe.«

»Dann ruf ihn doch an.«

»Er ist derjenige, der anrufen muß. Er wird es tun, früher oder später, er hat keine Wahl. Er kann nicht einfach so tun, als wär nichts passiert; das ist er Teddy und Caroline schuldig. Aber er muß anrufen.«

»Genausogut könntest du ihn anrufen, aber ich mach mich jetzt auf den Weg«, sagte sie, indem sie aufstand und mich in den Arm nahm. Einen Moment lang stand ich einfach da und genoß ihre Wärme und Nähe, die einfache, menschliche Berührung, die Zuneigung ausdrückte. Dann trat ich einen Schritt zurück und gab ihr zum Abschied einen Klaps auf den Po. An der Tür drehte sie sich noch einmal um.

»Ach übrigens, wie geht es deinem Hintern?« fragte sie.

»Oh … gut. Glatt wie bei einem Baby. Hab mich seit Tagen nicht mehr gekratzt«, sagte ich und wurde mir erst jetzt darüber klar.

»Hör auf deinen Hintern«, sagte sie prosaisch, und damit war sie verschwunden.

3

Am Ende kam Tee doch nicht vorbei, um mit Teddy und mir zu reden.

Er schickte uns ein Fax.

Dieser Umstand brachte meinen Vater mehr in Rage als all die anderen traurigen Wrackteile, die nach der Trennung aufgewirbelt wurden. Die meisten Vorgänge beobachtete er grimmig und mit distanziertem Schmerz, aber als er von dem Fax hörte, explodierte er.

»Was ist das bloß für ein Hornochse! Seiner Frau und seinem Sohn per Fax mitzuteilen, daß er nicht mehr mit ihnen leben will!« brüllte er und schleuderte die Atlanta Constitution auf den Boden der verglasten Veranda.

»Er mag ja ein Hornochse sein, aber er ist unser Hornochse«, sagte ich und versuchte, ihn durch Humor abzulenken. Meist funktionierte es, aber diesmal nicht.

»Nein, das ist er nicht«, sagte mein Vater mit leiser, kalter Stimme. »Das hat er euch doch klar und deutlich mitgeteilt, nur daß er nicht Manns genug war, es euch ins Gesicht zu sagen. Nun, dann wird er es eben mir ins Gesicht sagen, sonst wird er mich kennenlernen, verflucht noch mal.«

Er stand auf und ging zum Wandtelefon. Ein schnurloses Telefon wäre meinem Vater nicht ins Haus gekommen.

»Nein, warte«, rief ich. »Laß uns fair bleiben, Teddy hat ihm gesagt, er soll ein Fax schicken. Er wollte am Telefon nicht mit Tee sprechen, und er wollte ihn auch nicht sehen.«

»Na und! Tee hätte darauf bestehen sollen; er hätte einfach zu euch kommen sollen. Schließlich geht es hier um seinen Sohn und seine Frau. Und was ist mit Caroline? Wahrscheinlich schickt er ihr eine e-Mail.«

Ich sagte nichts. Der gesunde Zorn meines Vaters ließ Tees Verhalten feige und schäbig erscheinen. Ich weiß nicht, warum ich es nicht eher so empfunden hatte.

Tee hatte am späten Sonntag nachmittag angerufen und gesagt, daß er gern kommen würde, um mit uns zu reden. »Gut«, sagte ich so ruhig und neutral, wie ich konnte, aber mein Herz hämmerte wieder wie wild in meiner Brust. Wenn Tee nicht bald zur Vernunft kam, mußte ich einen Herzstillstand befürchten, dachte ich.

»Also gut, in etwa einer Stunde sind wir bei euch«, sagte Tee. Dann hörte ich plötzlich Teddys Stimme. Ich hatte nicht gemerkt, daß er seinen Hörer abgenommen hatte.

»Was soll dieser ›wir‹-Scheiß?« sagte Teddy kühl.

»Ich komme auch mit«, sagte eine Frauenstimme. Das war sie. Ich hatte mir ein laszives Schnurren vorgestellt, aber die Stimme meiner Feindin klang merkwürdig flach und tonlos, leicht näselnd durch die Telefonleitung. Irgendwie war sie ... entwaffnend.

Weder Teddy noch ich sagten etwas, und die Stimme fuhr fort. »Im Moment wird es dadurch für uns alle vielleicht noch schwerer, aber es ist nicht fair, es Tee allein tragen zu lassen. Es geht auch um mich. Wir müssen uns kennenlernen, ihr und ich. Wir können den Grundstein für eine würdevolle, dauerhafte Beziehung legen, wenn wir uns gemeinsam bemühen.«

Sie saß neben meinem Ehemann, berührte ihn vielleicht, und sprach von Würde. Ich holte tief Luft, brachte aber keinen Ton heraus.

»Ihr könnt mich mal, und zwar kreuzweise«, sagte Teddy. »Wenn einer von euch etwas zu sagen hat, dann schickt doch ein Fax.«

»Teddy ...«, sagte Tee.

»Du hast gehört, was der Junge gesagt hat«, sagte ich und legte auf. Auch Teddy hängte ein. Es war ganz still im Haus.

»Willst du reden?« rief ich.

»Nein«, brüllte er.

Wir redeten nicht mehr über das Telefongespräch. Ich zog mich zurück in meinen Dämmerzustand. Das Fax kam am Abend.

Es war ziemlich lang, an uns beide adressiert und von den beiden unterzeichnet. Teddy las es, zerknüllte es und warf es in den Papierkorb.

»Ich muß es auch sehen«, protestierte ich.

»Nein, das mußt du nicht«, sagte er, ohne sich umzudrehen. »Zwei Seiten New-Age-Gelaber, und am Ende steht, daß er uns verläßt und sie heiraten will. Das Ganze stellt er dar wie ein kosmisches Wunder, das uns alle in himmlische Sphären trägt. Er sagt, daß er uns immer noch liebt und wir für immer in seinem Herzen sind. An der Stelle stimmt sie mit ein. Wir könnten trotz allem eine Familie sein, eine neue Art von Familie. Er wartet darauf, daß einer von uns oder wir beide ihm antworten. Auf mich kann er warten, bis die Hölle einfriert. Du kannst meinetwegen machen, was du willst. Ich hasse ihn. Ich hasse diese elende Nutte.«

Aus seiner Kehle drangen die rauhen, heiseren Schluchzer eines jungen Mannes, der kein Junge mehr war. Er rannte in die Bibliothek und knallte die Tür hinter sich zu.

Ich blieb vor der Tür stehen, es brach mir das Herz. Ich konnte es nicht ertragen, seinen Kummer mitanzuhören. Aber ich wußte, daß ich ihn diesmal nicht trösten konnte. Nur Tee konnte das. Schließlich ging ich nach oben ins Schlafzimmer – seit ein paar Tagen mein Schlafzimmer –, setzte mich ans Telefon, um Tee zurückzurufen. In dem Moment wurde mir klar, daß ich seine Nummer nicht wußte. Und mit Gottes Hilfe würde ich sie niemals wissen.

Ich erwiderte auch nichts auf sein Fax.

Es war schon ziemlich spät abends, als Caroline von Memphis aus anrief. Er hatte gerade mit ihr gesprochen, er und Sheri, und sie war außer sich vor Zorn, fast tödlich getroffen, untröstlich.

»Wie konnte er mir das antun? Wie konntest du das zulassen? Mein Gott, sie ist kaum älter als ich; was hat er sich nur dabei gedacht? Willst du nicht irgend etwas tun? Kannst du dich nicht gegen eine liederliche Wohnwagenschlampe wehren? Wenn er denkt, daß er seine Enkeltochter jemals wiedersieht, hat er sich geirrt. Nicht, solange er mit ihr zusammen ist. Ich werde dieses Stück Dreck nicht in die Nähe meines Babys lassen. Mein Gott, sie redet wie ein Waschweib ...«

Caroline und ihr Daddy waren immer ein Herz und eine Seele gewesen, genau wie Teddy und ich, er war mein Junge, mein kleiner Tee. Es war mir immer ganz natürlich erschienen, angenehm. Erst jetzt erkannte ich, welche Folgen dies haben konnte. Die lähmenden alten Strukturen hatten sich wiederholt. Entsetzt starrte ich auf den Hörer in meiner Hand. Hatte ich meinen Kindern das wirklich angetan, sie in denselben bösartigen Reigen verstrickt, in dem ich mich verfangen hatte? Wenn das so war, was hatte ich wohl sonst noch getan, welchen Schaden hatte ich angerichtet oder anrichten lassen, ohne es zu wissen?

»Willst du nicht gegen sie kämpfen? ...«

Carolines Worte hallten in meinen Ohren wider, lange nachdem ich sie mit einem baldigen Besuch getröstet und eingehängt hatte. Gegen sie kämpfen? Kämpfen gegen wen? Wie? Ich wußte nicht, wie man gegen jemanden kämpfte, schon gar nicht gegen diese mystische Kreatur, diese rätselhafte Sheri, die skrupellos und unverwundbar war wie ein junger Hai auf Beutezug, bei dem sie nur ein einziges Ziel hatte: meinen Ehemann. Ich hatte nie gelernt zu kämpfen. Ich konnte nur ausgleichen, besänftigen, ermutigen. Es schien immer genug zu sein. Arme Caroline. Wenn sie erwartete, daß jemand losmarschierte, um ihr ihren Daddy zurückzuholen, würde dies mit ziemlicher Sicherheit nicht ihre Mama sein.

Viele Monate später sagte mein Vater zu mir: »Ich konnte nie verstehen, warum du nicht wütend geworden bist. Deine Mutter und ich, wir hätten den Dreckskerl am liebsten in der Luft zerfetzt. Eine Zeitlang dachte ich, du wolltest die Kinder schützen und vielleicht sogar uns, aber ich hatte das Gefühl, es würde noch weiter gehen als das. Ich habe deine Beherrschung bewundert, aber gleichzeitig hat sie mich stutzig gemacht.«

Wut? Großer Gott, natürlich gab es Wut. In jener ersten gräßlichen Zeit, als ich alle Kraft zusammennehmen mußte, um den Tag durchzustehen, war ich so zornig auf Tee und Sheri Scroggins, daß ich die ganze Welt in die Luft jagen wollte. Nein, nicht immer, keineswegs; es gab lange Phasen, in denen Schmerz und Demütigung mich niederwarfen und ich mich im Haus herumschleppte wie ein geprügelter Hund, und es gab kurze Intervalle verrückter Fröhlichkeit und idiotischer Zuversicht, daß er zu uns zurückkommen würde. Dies geschah meistens morgens, wenn ich aufwachte, nachdem ich die Katastrophe für ein paar Stunden vergessen hatte, und wenn mir alles wieder einfiel, erschien es mir so verrückt, so unvorstellbar, daß ich mich behaglich räkelte und dachte: »Warum habe ich mir solche Sorgen gemacht? Tee hat uns nicht verlassen. Wie dumm von mir.«

Und manchmal ließ ich mich einfach in dem weichen Kokon teilnahmsloser Mattigkeit dahintreiben, ein Zustand, der immer dicht unter der Oberfläche meines Bewußtseins schlummerte wie eine Nebelbank, die sich jeden Moment herabsenken konnte. Es wurde zunehmend einfacher, es zuzulassen.

Aber unter alldem lag blanke, bodenlose Wut und wartete darauf, die einzige Welt zu opfern, die ich kannte. Sie nagte besonders an mir, wenn die Folgen von Tees Verrat diejenigen verletzte, die ich liebte – Teddy, Caroline, meine Eltern. Dann biß ich die Zähne zusammen und verkrampfte mein Inneres, so gelang es mir, den Zorn zu unterdrücken und seine heiße Glut zu kühlen. In solchen Momenten überließ ich mich dem weißen Nebel. Weil ich panische Angst hatte: ich konnte doch nicht die einzige Welt explodieren lassen, die ich hatte, die Welt der Familie. Was würde ich ohne sie tun, wer würde ich sein, wie würde ich leben, wer oder was würde die Welt der Familie ersetzen?

»Ich denke, ich hatte Angst«, sagte ich in jener kalten Nacht zu meinem Vater, und mir war natürlich bewußt, daß ich damals Todesängste ausgestanden hatte. Die Vorstellung, nackt und allein durch Zeit und Raum zu treiben, ohne den Schutz meiner gewohnten Welt? Alles wäre besser und erträglicher gewesen als das.

Und so vergrub ich das Ganze so tief es ging in meinem Inneren. Großmutter Bell hätte es nicht besser machen können. Ich ließ niemanden außer Teddy in meine Nähe. Nach meinem ersten nächtlichen Besuch mochte ich nicht mal meine Eltern sehen, konnte nicht wieder zu meinem Vater rennen, wie ich es im ersten Schmerz getan hatte. Noch nicht. Ich gab Lilly die ganze Woche frei, sagte alle Termine ab und zog den Telefonstecker heraus. Ich blieb zu Hause, machte sauber, putzte mein Silber und wusch Berge von Wäsche; ich backte und flickte, schrubbte die Verandamöbel und kochte herzhafte Mahlzeiten für Teddy, die keiner von uns anrührte. Auf einer bestimmten Ebene war es unsagbar tröstlich, wieder mit meinem

Haus und meinen Sachen in Berührung zu kommen, mit allem herumzuhantieren, wie ich es seit den ersten Tagen unserer Ehe, bevor wir eine Haushaltshilfe bekamen, nicht mehr getan hatte. Ich wußte noch, wie ich mich damals gefühlt hatte, so voller Freude und überschäumend vor Tatendrang. Während ich mich so tüchtig zwischen dem Inventar meines Lebens zu schaffen machte, dachte ich vielleicht selbstgefällig: Seht mich an, was für eine gute Ehefrau und Mutter ich bin. Was für eine gute Frau. Ich bin mit Gold nicht aufzuwiegen. Wie könnte mir je etwas zustoßen?

Auf einer anderen Ebene lenkte die Pflege meines Hauses mich davon ab, an den Moment zu denken, an dem all die Leute, die ich meiden wollte, unweigerlich zurück in mein Leben getrampelt kamen. Ich rechnete mir aus, daß es drei oder höchstens vier Tage dauern würde, bis die Anrufe und Besuche begannen. Am Ende des dritten Tages schloß ich das Telefon wieder an.

Die Anrufe ließen nicht lange auf sich warten. Meine Mutter war die erste. »Ruf uns doch bitte an! Wir sind krank vor Sorge um dich. Wenn du uns heute nicht anrufst, kommen wir zu dir, ob es dir paßt oder nicht. Brauchst du einen Arzt? Wie geht es Teddy? Hast du schon mit ihm geredet ... mit Tee, meine ich?«

Mein Vater: »Ich bin sicher, daß du uns wissen läßt, wenn du dich aussprechen willst, Baby. Aber laß dir nicht zu lange Zeit. Denk dran, es gibt für alles eine Lösung. Ich hab dich lieb.«

Sally und Kevin aus Washington: »Was ist los bei euch da unten? Ist Tee verrückt geworden? Können wir dir irgendwie helfen? Willst du ein paar Tage raufkommen? Sollen wir runterkommen und ihn umbringen? Ruf an, Molly. Wir machen uns Sorgen.«

Carolines Ehemann Alan: »Wann kannst du uns besuchen? Wir fragen uns, ob mit dir alles in Ordnung ist. Ich mach mir Sorgen um Caroline. Ich hab sie noch nie so gesehen. Es ist, als wäre ihr Dad gestorben. Sie kann sich kaum richtig um Melissa kümmern. Es würde ihr helfen, wenn ihr Vater anrufen oder herkommen würde; wenn du das nächste Mal mit ihm redest, sag ihm, daß sie am Boden zerstört ist. Oder gib mir seine Nummer; ich werd es ihm selbst sagen. Wie konnte er uns nur so etwas antun ...«

Meine Komitees, Ausschüsse, Gremien: »Du brauchst dir überhaupt keine Sorgen zu machen. Wir kommen gut zurecht. Warum nimmst du dir nicht den Sommer über frei und läßt uns schon mal allein weitermachen? Wenn du allerdings denkst, daß du vielleicht mehr Zeit brauchst, sag uns doch bitte Bescheid; die Herbstplanung ist nämlich schon in vollem Gange.«

Übersetzung: »Wenn du im Herbst geschieden sein wirst, solltest du besser daran denken, deine Ämter niederzulegen. Wir alle mögen dich sehr, aber du wirst nicht mehr dieselbe sein wie vorher, und wir brauchen soviel Kraft und Dollar, wie wir kriegen können.«

Die glanzvolle Großzügigkeit von Coca-Cola steht nur selten hinter den Exehefrauen der Angestellten. Eine frisch geschiedene Exfrau würde das Bild empfindlich stören.

Livvy: »Ich weiß, ich weiß. Verkriech dich ruhig. Du hast noch genau zweieinhalb Tage Zeit, dann komm ich rüber und hol dich ab.«

Sheri Scroggins auf dem Anrufbeantworter, da ich sofort auflegte, wenn ich ihre Stimme hörte: »Das bringt uns nicht weiter, Molly. Sie tun uns beiden sehr leid, aber Sie machen alles noch schlimmer, wenn Sie sich derartig verstecken. Wir müssen endlich reden. Tee geht es wirklich dreckig.«

Tee, aus demselben Grund ebenfalls auf dem Anrufbeantworter: »Molly, ruf doch bitte an. Bitte melde dich. So kann es doch nicht weitergehen. Es ist einfach nicht fair uns gegenüber. Früher oder später müssen wir alles regeln. Ich komme allein zu dir. Oder wir treffen uns irgendwo ...«

Ken Rawlings, unser langjähriger Anwalt und noch langjährigerer Freund: »Molly, ich rufe in keiner offiziellen Funktion an. Das Ganze tut mir verdammt leid. Aber in deinem eigenen Interesse solltest du mit Tee reden, je eher desto besser. Du kannst es dir leisten, großzügig zu sein, Babe, du hältst alle Trümpfe in der Hand. Ich liebe euch beide und wünschte, es wäre nicht so gekommen, aber da es nun mal so ist, sei ein vernünftiges Mädchen und ruf Tee an. Oder mich. Wir kümmern uns um dich.«

»Und willst du es machen?« sagte Livvy am Morgen des vierten Tages. Wie versprochen hatte sie um Punkt neun vor meiner Tür gestanden. Ich hatte es nicht anders erwartet.

»Was? Ken anrufen? Nein, zum Teufel. Auch nicht Tee oder die Aal-Lady. Ich weiß, was sie wollen, aber so leicht soll er sie nicht kriegen, die … du weißt schon.«

»Die Scheidung. Sprich es aus. S-C-H-E-I-D-U-N-G. Nun, wenn du Ken nicht anrufen willst, solltest du jemand anders anrufen. Einen Anwalt, meine ich. Wenn du keine Scheidungstypen kennst, kann ich dir einen empfehlen, der Ken Rawlings zum Frühstück verspeist. Und er hat nicht das geringste mit Coke zu tun.«

»Wozu? Es gibt keine Scheidung. Ich gebe Tee nicht frei. Nicht für diese kleine Null. Nicht für dieses … kleine Paar Titten. Er kann betteln bis zum Jüngsten Tag, beide können sie betteln und flehen. Es gibt keine Scheidung, und ich rede mit niemandem.«

Sie holte tief Luft und atmete hörbar aus.

»Warum willst du dich an jemanden klammern, der dir so etwas angetan hat? Eine Scheidung kann doch kaum schlimmer sein als das hier!« sagte sie. »Wovor hast du Angst? Du bist die intelligenteste Frau, die ich kenne; es gibt nichts, was du nicht kannst. Mit ein bißchen Verstand wirst du finanziell bestens abgesichert sein. Du kriegst das Haus, alles, was du willst. Dabei hilft dir ein guter Anwalt. Tee hat keine Chance. Glaub mir.«

»Aber was ist, wenn es nur ein Abenteuer ist, was ist, wenn er sie leid wird oder sie ihn? Das wird unweigerlich passieren, Liv; ich kann mir kaum vorstellen, daß sie außer diesen lächerlichen Radlerhosen irgend etwas gemeinsam haben.«

»Es ist kein Abenteuer. Ich hab's außer von Caleb auch von anderen Leuten gehört, von Coke-Mitarbeitern. Es sind Leute, die sie beide kennen. Mag gut sein, daß Tee sie bald satt bekommt oder sie ihn, aber der Trottel ist nun mal wild entschlossen, sie vorher zu heiraten. Und selbst wenn sie sich trennen … könntest du nach all dem wieder mit ihm zusammenleben, Molly? Könntest du das wirklich?«

Ich schaute sie an. Ich wußte, daß ich es ihr nicht erklären konnte. Und wenn Livvy es schon nicht verstehen würde, wer sollte es dann verstehen? Ja, ich könnte nach dieser Sache wieder mit Tee zusammenleben. Denn ansonsten wäre ich niemand, und es war zu spät, um nach einem anderen Ich zu suchen, und was war, wenn ich keines finden würde? Wer möchte schon wie ein Geist durch die Welt laufen, so verstümmelt, daß mehr als die Hälfte verschwunden ist, so substanzlos, daß die Leute durch einen hindurchsehen können?

»Liebst du ihn immer noch so sehr?« fragte sie sanft.

»Ich hab keine Ahnung, ob ich ihn überhaupt noch liebe«, sagte ich. »Aber es wird keine Scheidung geben.«

Sie seufzte, sagte jedoch nichts weiter darüber. Wir fuhren ins R. Thomas zum Lunch, redeten mit den zwitschernden Vögeln, tranken Wein und aßen vegetarische Pizza. Ich fühlte mich fast normal, nur ein bißchen schwach und zitterig, als würde ich mich gerade von einer schweren Krankheit erholen. Alles schien unheimlich hell und unwirklich. Aber ansonsten war es in Ordnung. Und ich glaubte, daß ich soweit war, mich den Besuchen zu stellen.

Ich brauchte nicht lange zu warten.

Mutter und Dad läuteten um sechs Uhr abends an meiner Tür. Ich schaute durch den Spion, um gegebenenfalls so zu tun, als sei ich nicht zu Haus, und sah einen der ausgefallenen Hüte meiner Mutter, hinter dem das Gesicht meines Vaters hervorlugte. Ich konnte Mutters Gesicht nicht sehen. Dads Miene war starr und ausdruckslos, als wolle er ein Paßfoto machen lassen. Mein Vater war ein sehr zurückhaltender, förmlicher Mann, der nicht gern unangemeldet bei Leuten hereinschneite, nicht einmal bei einer verlassenen und möglicherweise suizidgefährdeten Tochter. Ich mußte unwillkürlich lächeln und öffnete die Tür.

Mutter rauschte mit einem riesigen Blumenstrauß ins Haus. Sie legte die Blumen auf die Flurkommode und schloß mich fest in die Arme. Dabei mußte sie sich auf die Zehenspitzen stellen, und ihr Hut rutschte ihr in den Nacken.

»Der Berg ist zur Prophetin gekommen und lädt sie zum Essen ein, und er duldet keine Widerrede«, sagte sie über meinem Schulterblatt. »Wie geht es dir, Liebes? Wir können nicht länger zulassen, daß du dich hier vergräbst.«

Über den wogenden Hut hinweg schaute ich Dad an. Er zwinkerte mir zu und brachte ein verkrampftes Grinsen zustande. Seine Augen und die tiefen Falten um den Mund verrieten mir, wie sehr er sich um mich sorgte.

»Hallo, mein Baby«, sagte er, und der Klang seiner Stimme trieb mir die Tränen in die Augen.

»Nicht doch, Baby«, sagte Dad und versuchte mich zu umarmen, wobei ihm Mutters Hut in die Quere kam.

Ich trat einen Schritt zurück, schniefte noch einmal kräftig und schaffte es, die beiden anzulächeln.

»Die Hilfstruppen sind eingetroffen«, sagte ich, und wir lachten lauter als angemessen.

»Oh, du siehst aus wie der Tod, Liebes«, sagte meine Mutter mit ihrem kehligen Tremolo. »Wann hast du zum letzten Mal deine Haare gewaschen? Oder was gegessen? Du gehst jetzt sofort unter die Dusche und ziehst dir was Hübsches an. Dann essen wir was Anständiges und trinken eine Flasche Wein dazu. Dad hat gesagt, er will mit uns ins Ritz. Wir setzen uns auf die Veranda und warten auf dich.«

»Mutter, ich –«

»Laß mich meine beiden Mädchen zum Essen ausführen«, sagte Dad. »Es ist schon so lange her, daß ich euch beiden ganz für mich allein hatte.«

In seinen Augen lag soviel hilfloser Schmerz, daß ich meine dummen Tränen hinunterschluckte und mich artig für die Einladung bedankte, obwohl ich nicht die geringste Lust zum Ausgehen hatte. Ich wußte, daß es seine Stimmung heben würde. Vorwärts, Marsch lautete das Motto, mit dem mein Vater alle Krisen anging; Stillstand war ihm ein Greuel. Und wer weiß, vielleicht würde es mir ja auch guttun. Zumindest erschien der üppige Speiseraum des Ritz Carlton Hotels relativ sicher. Dort traf man eher auf biedere Geschäftsleute als auf turtelnde Pärchen. Die einzigen Coke-Gesichter, die ich dort vielleicht sehen würde, waren die von Kunden, die sich kaum an mich erinnern würden.

Ich brachte ihnen ein Glas Limonade auf die kleine Veranda, der man die Vernachlässigung der letzten Tage bereits deutlich ansehen konnte, und ging nach oben, um zu duschen und mich umzuziehen. Ich wusch und fönte meine wirren Haarmassen. Meine Mutter hatte recht. Ich hätte schon vor Wochen zum Friseur gehen sollen. Medusa-Haare. Meine Augen wirkten im Badezimmerspiegel riesig und farblos, als wären sie lange Zeit unter Wasser gewesen. Ertrunkene Augen. Die leichte Bräune, die ich mir beim Schwimmen und Tennisspielen im Club erworben hatte, war verblaßt. Ich sah bleich und aufgedunsen auf, als hätte man mich soeben aus dem Wasser gezogen.

Ich trottete ins Schlafzimmer und zog ein rotes Seidenensemble an und hochhackige Sandalen, legte roten Lippenstift auf, der mich aussehen ließ, als hätte ich in blutiges Fleisch gebissen, legte das Perlencollier an, das Tee mir zum zwanzigsten Hochzeitstag geschenkt hatte, und nahm es wieder ab. Irgendwie wollte ich keinen Schmuck, schon gar nicht dieses Collier. Es erschien mir fast obszön. Als ich wieder nach unten kam, schürzte meine Mutter die Lippen und starrte mich sekundenlang an. Dann sagte sie: »Nun, es ist ein Anfang. Ein Haarschnitt und ein bißchen Farbe und ein kleiner Besuch bei Jenny Craig, danach wirst du dich viel besser fühlen. Und dann geht deine alte Mutter mit dir einkaufen. Du hast dich in letzter Zeit nur etwas gehenlassen, aber das bügeln wir schon wieder aus. Laß uns einen Plan machen.«

»Belle ...«, sagte mein Vater.

»Es ist wohl ein bißchen zu spät, mein Äußeres aufzupäppeln«, sagte ich zu meiner Mutter. »Welche Vorschläge hast du für mein Inneres?«

»Es ist nie zu spät«, sagte sie brüsk. »Du mußt positiv denken. Du glaubst nicht, welche Macht von der äußerlichen Schönheit ausgeht. Ich habe mich ein Leben lang damit beschäftigt. Das Äußere bewirkt oft mehr als alles andere. Wenn du es geschickt anstellst, kannst du dir diesen dummen Mann bald zurückholen, und –«

»Mutter«, sagte ich. »Ich freue mich wirklich darauf, mit euch zu Abend zu essen. Ihr habt recht, ich habe mich zu lange im Haus verkrochen. Aber ich habe keine Lust, irgendwelche Verschönerungskampagnen auszuhecken, um meinen auf Abwege geratenen Ehemann zurückzuerobern. Wenn du nicht davon aufhörst, bleib ich zu Hause.«

Sie lugte unter ihrer breiten Hutkrempe hervor und warf mir einen ihrer typischen kopfschüttelnden Seitenblicke zu. Dann senkte sie die dichtbewimperten Lider.

»Du bist der Boß, Darling«, sagte sie, und auf dieses Stichwort fuhr die Bell-Familie ins Restaurant.

Ich folgte ihr die Treppe hinauf, die in den Speisesaal des Ritz führte. Ihr ärmelloses, schwarzes Etuikleid erinnerte an Audrey Hepburn und die frühen Sechziger. Wahrscheinlich hatte sie es damals auch gekauft; sie paßte immer noch in die Kleider, die sie als junge Frau getragen hatte. Ihre nackten Arme schimmerten weiß in dem schummerigen Licht, und selbst auf die Entfernung konnte ich die starken Sehnen unter der welken Haut ausmachen. Sie hatte kein Gramm Fett am Körper, auch nicht an den muskulösen Beinen, mit denen sie auf ihren schwarzen, hochhackigen Schuhen geschmeidig dahinglitt. Der schwarze Hut thronte wie eine Blume auf ihrem kleinen Kopf, und auch der Hals war mager und sehnig. Wann war sie so dünn geworden? Als Tänzerin war sie schon immer biegsam und schlank gewesen, aber jetzt war sie knochig und dürr wie eine alte Frau. Aber noch immer ging sie hocherhobenen Hauptes einher und hielt sich kerzengerade wie eine Frau, die wußte, daß sie die Aufmerksamkeit aller Anwesenden auf sich zog. Und tatsächlich waren alle Augen im Restaurant auf sie gerichtet.

Ich fühlte, wie die Blicke von ihr zu mir wanderten, und versuchte mir vorzustellen, welchen Eindruck die gutgekleideten, auf Spesen essenden Restaurantgäste wohl von uns bekamen: eine exotische, verknöcherte Barbiepuppe mit gräßlichem Hut mit ihrem plump hinter ihr her watschelnden Sprößling. Irgendwie war ich mir immer ganz sicher, daß jeder uns sofort als Mutter und Tochter erkennen würde. Selbst Fremde wußten es sofort. Es mußte mit ihren ausladenden, selbstbewußten Schritten zu tun haben, denen ich immer brav folgte. Ich war mir dessen sehr wohl bewußt, und manchmal versuchte ich, sie zu überholen und die Führung zu übernehmen. Mit meinen langen Beinen hätte ich ihr jederzeit davonlaufen können. Aber gegen ihre durchtrainierten Tänzerinnenmuskeln und ihre gebieterische Ausstrahlung hatte ich einfach keine Chance. Mutter führte. Wir anderen folgten.

Nachdem man uns an unseren Tisch geführt hatte, dauerte es wie immer, wenn meine Mutter sich zu Tisch setzte, wie sie es gern ausdrückte, eine ganze Weile, bis alles so war, wie sie es sich vorstellte. Die Kellner mußten Stühle zurechtrücken, Wassergläser anders plazieren, das Fenster schließen und so weiter. Als alles nach ihrer Zufriedenheit arrangiert war und sie das Personal für seine Dienste mit ihrem strahlenden Lächeln belohnt hatte, sagte sie: »Bevor wir anstoßen, möchte ich nur noch eines sagen, und dann reden wir nicht mehr darüber.«

Ich öffnete protestierend den Mund, aber sie hob ihre krallenartige Hand und erklärte: »Nein, laß deine Mutter aussprechen. Schließlich habe ich auch Anteil an dieser Sache.«

Und ich schwieg, weil sie natürlich recht hatte. Sie gehörte ebensosehr zur Institution unserer Familie wie wir alle. Ich lehnte mich zurück und wartete.

»Ich will nur sagen, daß du natürlich unter gar keinen Umständen auf die Forderungen deines schwachsinnigen Ehemannes eingehst und in die Scheidung einwilligst. Das wissen wir. Wir stehen hundert Prozent hinter dir. Und auch Charlotte Redwine wird auf deiner Seite sein, da bin ich mir ganz sicher. So ein unbedeutendes Ding aus Süd Georgia hat in einer alten ehrbaren Südstaatenfamilie einfach nichts zu suchen; Charlotte wird es niemals erlauben. Aber leider hat sie Tee im Laufe der Jahre immer viel zuviel erlaubt; noch nie hat jemand nein zu ihm gesagt. Er weiß offensichtlich nicht, was es heißt, Verantwortung zu tragen und unangenehme Entscheidungen zu treffen. Er hat immer genau das bekommen, was er wollte, noch bevor er seinen Wunsch überhaupt ausgesprochen hatte, weil er charmant und klug ist und weil er ein Redwine ist. Aber das Redwine-Vermögen wird nicht von ihm verwaltet, das darf er nicht vergessen. Halte einfach die Stellung. Du hast zu viele Jahre deines Lebens in diesen Jungen investiert. Für dich steht zuviel auf dem Spiel, um ihn diesem kleinen Flittchen kampflos zu überlassen. Das mit dem Haar und der Schönheitsfarm war ernstgemeint, und das ist erst der Anfang. Wenn wir uns alle anstrengen, wirst du kaum glauben, was wir –«

»Deine zwei Minuten sind um«, sagte ich und spürte einen Kloß im Hals. »Ich habe gehört, was du gesagt hast, aber ich werde dir jetzt keine Antwort darauf geben. Ich will jetzt einen Whisky und vielleicht noch einen zweiten, und dann will ich bestellen. Und ich will die größte Kalorienbombe auf der Karte, du kannst dir deine Belehrungen also sparen.«

Ich lächelte, um meinen Worten die Schärfe zu nehmen. Ihr hageres Gesicht erinnerte an einen Vogel. Sie musterte mich mit mißbilligendem Blick, sagte jedoch nichts mehr. Das Timing meiner Mutter war wie immer perfekt. Als nächster fing mein Vater an zu reden.

»Also gut, jetzt laß deinen alten Herrn mal ein paar Worte sagen. Danach soll der Schnaps in Strömen fließen und wir hören davon auf. Molly, du brauchst nicht mit diesem jämmerlichen Jungen zusammenbleiben, wenn du nicht willst. Vielleicht wäre es besser, ihr würdet euch trennen. Deine Mutter irrt sich, wenn sie sagt, daß wir alle denken, du solltest an ihm festhalten. Ich meinerseits halte nicht viel davon, aber wenn du ihn wirklich halten willst, stehe ich natürlich hinter dir. Ich finde, daß Tee Redwine etwas verlieren wird, nicht du. Und deine liebe Mutter natürlich. Im Laufe der Jahre ist sie regelrecht süchtig nach dem Driving Club geworden.«

»Tim Bell, ich muß doch sehr bitten«, sagte meine Mutter mit gespielter Entrüstung. Er lächelte sie an und ergriff ihre zerbrechliche Hand.

»Ich kann dir immer noch den Elks Club anbieten«, sagte er, und sie lachte geziert. Ich saß still da und schaute von einem zum anderen. Noch nie hatte ich es erlebt, daß er in einer Familienangelegenheit widersprach.

»Was hält Teddy von der ganzen Sache?« fragte meine Mutter. »Schade, daß er nicht mitkommen wollte.«

»Er ist verletzt, und er ist außer sich vor Wut, und er verhält sich mir gegenüber übertrieben fürsorglich«, sagte ich, denn mir wurde plötzlich bewußt, wie rücksichtsvoll er mich behandelt hatte, seit er von der Affäre seines Vaters erfahren hatte.

»Als ihr gekommen seid, ist er sofort zu Eddie geflohen. Seit Tagen hat er keinen von seinen Freunden gesehen. Er ist bei mir im Haus geblieben. Die meiste Zeit ist er in seinem Zimmer oder in der Bibliothek, aber er bleibt immer in meiner Nähe. Ich muß darauf bestehen, daß er öfter ausgeht. Er soll nicht denken, daß er sich ständig um mich kümmern muß. Er hat doch noch das ganze Leben vor sich; er muß sich aufs College vorbereiten. Er und Eddie und Kip Hall wollten doch im August mit Kips Wagen über die Route 66 nach Westen fahren. Jetzt will er plötzlich nicht mehr mitfahren. Ich kann das nicht dulden.«

»Nein«, sagte Dad nachdenklich. »Er muß sein Leben weiterleben. Ich werd mal mit ihm reden. Schließlich verliert er seinen Vater ja nicht wirklich, obwohl er es in diesem Moment wahrscheinlich so empfindet.«

»Er verliert seinen Vater nicht?« sagte ich empört. »Natürlich verliert er ihn ...«

Ich verstummte. Natürlich verlor er ihn nicht. Nur ich verlor ihn. Nur ich wurde aus unserer perfekten Familie ausgestoßen. Wie hatte das geschehen können?

Als ich nach Hause kam, dröhnte die Stereoanlage in Teddys Zimmer. Es war ziemlich früh am Abend, und ich ging nach oben und klopfte an seine Tür. Es dauerte eine ganze Weile, bis er etwas sagte.

»Ma?«

»Ja.«

»Komm rein.«

Ich öffnete die Tür. Das Zimmer lag im Halbdunkel; vage konnte ich einen Hügel unter Teddys Bettdecke erkennen, wo Lazarus sich mal wieder verkrochen haben mußte. Der Hügel bewegte sich, und ein struppiger Schwanz wedelte mir entgegen, aber Teddy blieb auf dem Rücken liegen und starrte an die Decke.

»Was ist los? Ich dachte, ihr wolltet ausgehen«, sagte ich.

»Wir waren im Hard Rock Café.«

»Aber wieso bist du schon so früh zurück ...«

»Ich hatte keine Lust mehr, da noch länger rumzuhängen.«

»Was ist los, Teddy? Ich merke doch, daß was nicht stimmt. Ist es wegen Dad?«

»Sie haben gelacht«, sagte er mit gepreßter kindlicher Stimme. »O nein, nicht über mich, sondern über sie und ihn. Chip Frederick und Tommy Milliken waren da; ihre Väter arbeiten beide bei Coke. Sie haben sie bei einer Weihnachtsfeier kennengelernt. Sie wär 'ne heiße Braut. Hatte wohl ein knallenges Kleid an, und die Kerle haben angefangen zu sabbern. Sie haben Wetten abgeschlossen, wer sie rumkriegen würde, aber kein Mensch hat gedacht, daß es Dad sein könnte. Eddie hat Tommy gesagt, er würde ihm eine reinhauen, wenn er noch ein einziges Wort sagen würde, und die beiden sind gegangen, aber sie haben immer noch gelacht. Ich hasse sie. Ich hasse ihn. Ich wünschte, sie würden alle sterben.«

Seine Stimme klang sachlich und tonlos, als hätte er die Lust am Leben verloren. Selbst Tränen wären mir lieber gewesen. Eine Welle von Schmerz und Wut erfaßte mich. In diesem Augenblick wünschte ich mir auch, daß Tee sterben würde. Einfach sterben, damit er uns nicht noch mehr Schmerz zufügen konnte.

»Deine wahren Freunde werden nicht lachen«, sagte ich und wollte ihm übers Haar streichen. Aber er wich meiner Berührung aus.

»Das weiß ich«, sagte er. »Nur daß ich vielleicht nicht so viele davon habe, wie ich immer dachte.«

»Es wird besser«, sagte ich heiser. »Glaub mir. Es ist alles noch so neu. Die Leute reden immer, wenn irgend etwas Neues passiert. Du mußt Geduld haben. Ich weiß, wie schwer es für dich sein muß –«

»Dir tut es auch weh, Ma, und das tut mir leid, aber ich glaube nicht, daß du dir vorstellen kannst, wie es für mich ist. Du bist nicht ... du bist nicht mit ihm verwandt. Ich habe sein ... Blut, seine Knochen, seine Gene in mir. Wie kann er all das im Stich lassen?«

»Er hat dich nicht im Stich gelassen, nicht wirklich«, sagte ich, aber er winkte verächtlich ab.

»Quatsch. Hör zu, Ma, ich kann jetzt nicht mehr darüber reden. Ich kann es einfach nicht. Ich muß ein bißchen schlafen. Und du solltest dich auch hinlegen.«

»Na gut«, sagte ich leise und fühlte mich seltsam verletzt. Ich ging zur Tür.

»Ma?« sagte er.

»Ja?«

»Ich hab dich lieb.«

»Ich dich auch, Speedo.« Zum ersten Mal seit vielen Jahren benutzte ich seinen alten Spitznamen, den er irgendwann nicht mehr gemocht hatte. Dann ging ich zu Bett und weinte mich in den Schlaf.

Meine nächsten Besucher waren Carrie und Charlie Davies. Sie kamen am darauffolgenden Abend gegen neun. Beide waren für ein sommerliches Abendessen im Club gekleidet: geblümtes Sommerkleid, blauer Blazer und khakifarbene Hose. Keiner von beiden lächelte. Charlie hatte wie immer in dem großen Ohrensessel im Wohnzimmer Platz genommen. Seine großen Hände baumelten schlaff zwischen seinen Knien, und er schaute sich in dem vertrauten Raum um, als hätte er ihn noch nie gesehen. Carrie saß weinend neben mir auf dem Sofa. Als sie hereinkam, hatte sie angefangen zu sprechen, aber dann hatte sie den Kopf geschüttelt und war in Tränen ausgebrochen, und seitdem saß ich neben ihr und hielt sie im Arm. Sie konnte einfach nicht aufhören zu weinen.

»Molly, du sollst wissen, daß ich es nicht wußte ... an dem Tag«, sagte Charlie und seufzte. »Als du in der Praxis warst. Ich hätte doch nichts gesagt, niemals; ich wußte es wirklich nicht ... Scheiße, ich kann einfach nicht glauben, daß Tee ... ich wußte es nicht. Ich hätte ihn grün und blau geschlagen, wenn ich es gewußt hätte ...«

Er verstummte. Plötzlich merkte ich, daß er mich nicht Moonbeam genannt hatte. Ich fragte mich, ob er mich je wieder so nennen würde.

»Ich weiß, daß du es nicht wußtest«, sagte ich. »Offensichtlich hat es kaum jemand gewußt, bis auf die Leute bei Coke. Tee war ... sie waren ... sehr diskret. Mach dir keine Gedanken, Charlie. Noch ist nichts entschieden. Ich glaube, wir können uns wieder zusammenraufen ...«

Carrie schluchzte hysterisch auf.

»Ich kann es einfach nicht fassen«, heulte sie. »Ich glaube es nicht ... es ist, als wäre es Charlie und mir passiert. Es ist fast, als wäre jemand gestorben. Alle sagen dasselbe, keiner konnte sich vorstellen, daß er ... Alle waren untröstlich, Molly. Wir fangen sofort an zu weinen, wenn wir uns sehen. Nichts wird je wieder sein wie früher ...«

Hatte sie nicht gehört, daß ich hoffte, wir würden uns wieder versöhnen? Anscheinend hatte Livvy Bowen recht. Andere Paare empfanden es als beängstigend und bedrohlich, wenn es in der Ehe eines befreundeten Paares kriselte, und verhielten sich, als würde es sich um eine ansteckende Krankheit handeln.

Ich zog sie noch fester an mich und flüsterte in ihr Haar: »Du wirst sehen. Bis Sea Island ist alles vergessen. Hör bitte auf zu weinen, Carrie. Sonst siehst du bald aus wie eine von diesen Kohlkopfpuppen.«

Aber die Schluchzer wurden immer heftiger, und ich schaute hilfesuchend zu Charlie hinüber. Sein Gesicht verriet mir, was los war.

»Er nimmt sie mit nach Sea Island, stimmt's?« flüsterte ich. Seit fast zwanzig Jahren waren wir jeden Sommer mit vier befreundeten Ehepaaren, die wir schon seit dem Studium kannten, für ein verlängertes Wochenende nach Sea Island ins Sommerhaus der Redwines gefahren. Als Gastgeber waren Tee und ich natürlich jedesmal dabei gewesen. Erst jetzt war es mir wieder in den Sinn gekommen.

»Molly«, murmelte er, »was hätten wir sagen sollen? Er hat uns vorgestern angerufen und uns gefragt, ob wir mitkommen. Er hat das Draper's Haus gemietet – seine Mama wird ihm ihr Sommerhaus wohl nicht mehr überlassen. Er würde uns alle wie jedes Jahr auf der Insel erwarten, hat er gesagt. Wenn uns noch an ihm liegen würde, sollten wir kommen; auch für ihn ist es nicht einfach. Keiner weiß so recht, was er tun soll; keiner von uns will hinfahren, wenn sie da ist; es wird beschissen werden ... aber schließlich geht es doch um Tee. Er ist mein ältester Freund, Molly. Ich kann ihn nicht einfach im Stich lassen. Du weißt, daß wir dich immer lieber mögen werden als ...«

Ich schaute auf Carries gesenkten Kopf hinunter.

»Carrie?« sagte ich. »Wollt ihr wirklich fahren?«

»Molly ... ich mag Tee doch auch!« jammerte sie und vergrub den Kopf an meiner Schulter.

Ich war immer noch wie betäubt, als sie gegangen waren. Sie wirkten richtig erleichtert, als sie sich verabschieden konnten. Ich hatte mir Trost und Beistand von meinen alten Freunden erhofft, aber jetzt dachte ich anders darüber. Was sollte ich ihnen sagen? Ich konnte es kein zweites Mal ertragen, eine schluchzende Freundin im Arm zu halten, die in ihrer eigenen Traurigkeit gar nicht merkte, wie schlecht es mir ging. Ich mochte mir kein zweites Mal anhören, wie einer von Tees alten Jugendfreunden unsicher herumdruckste und mir etwas von alter Freundschaft erzählte. Ich wußte, daß ich keinen von ihnen anrufen würde. Im nachhinein war mir, als wären Charlie und Carrie von unserer alten Clique als offizielle Abgesandte zu mir geschickt worden. Wahrscheinlich würde sich von ihnen kaum einer bei mir melden. Zumindest nicht bis nach der Hausparty im September. Die Vorstellung, wie sie sich mit ihrem dunklen, aalartigen Körper an unserem Strand räkelte, wie sie mit Tee zu unseren alten Platten tanzte, wie sie beim traditionellen Abschiedslagerfeuer half, die Krabben zu kochen – konnte sie überhaupt kochen? –, und wie sie sich später mit Tee in ein dunkles kühles Schlafzimmer zurückzog, lachend und leicht angetrunken … Ich konnte es nicht ertragen, mir diese Szenen vorzustellen, und so verdrängte ich sie und legte mich früh schlafen. Diesmal weinte ich nicht.

Als nächstes kam Ken Rawlings, zwei Tage später um die Mittagszeit, auf dem Weg zu einem Geschäftstermin in der Stadt. Ich arbeitete im Garten neben der Veranda. Lilly öffnete ihm die Tür. Seit sie vom Zusammenbruch unserer Familie erfahren hatte, war sie mürrisch und verdrießlich. Schweigend führte sie ihn durchs Haus zu dem Blumenbeet, wo ich dem Unkraut zu Leibe rückte.

Er trug einen tadellosen marineblauen Sommeranzug; ich war verschwitzt und dreckverschmiert. Über meinen zerschlissenen Shorts schlabberte das alte Labrador-T-Shirt. Schwungvoll zog er sich einen der schmiedeeisernen Gartenstühle heran und setzte sich, während ich mich weiter meinem Unkraut widmete.

»Ich bin hergekommen, weil ich es noch einmal versuchen wollte«, sagte er ernst. »Ich mache mir wirklich Sorgen um dich. Auch im Unternehmen sorgt man sich. Dieses … Abblocken tut allen zusätzlich weh. Ich möchte, daß du möglichst gut aus diesem bedauerlichen Schlamassel rauskommst. Auch Coke hat großes Interesse daran. Du würdest überrascht sein, wie viele gute Freunde du dort hast. Deshalb wollte ich mal sehen, ob dir mittlerweile nach Reden zumute ist. Glaub mir, je eher du damit anfängst, desto besser wird es für dich sein.«

»Hat Coke dich hergeschickt, Ken?« fragte ich und starrte auf das häßliche Gestrüpp, unter dem mein Rittersporn zu ersticken drohte. Ich konnte es förmlich spüren, wie die armen geknebelten Wurzeln nach Luft schnappten.

»Nein«, sagte er. »Sie haben mich nicht geschickt. Ich bin als dein Freund gekommen. Aber es ist ein offenes Geheimnis, daß man sich im Unternehmen sowohl um Tee als auch um dich Sorgen macht. Seine Verfassung ist nicht die beste, und das wird sich erst dann ändern, wenn zwischen euch alles geregelt ist.«

»Und ... diese Sheri? Machen sie sich auch Sorgen um sie? Ist sie auch in schlechter Verfassung? Es wäre doch schrecklich, wenn zwei eurer Starspieler plötzlich ausfallen würden«, sagte ich.

»Natürlich sorgen sie sich auch um sie«, sagte er neutral. »Sie ist eine gute Anwältin, Molly, was auch immer du ansonsten über sie denken magst.«

Ich schwieg, und seine Worte hallten in meinen Ohren wider. »Ken, wenn ich ... wenn ich jemals in eine Scheidung oder so was einwilligen sollte ... ich will damit nicht sagen, daß ich das vorhabe, aber falls doch ... würdest du mich vertreten? Ich kenne keine anderen Anwälte, jedenfalls kenne ich keinen so gut wie dich ...«

Auch er schwieg, dann holte er tief Luft und sagte: »Ich werde Tee vertreten, Molly. Ich dachte, das wäre dir klargewesen. Ich kann dich nicht ebenfalls vertreten, wie gern ich das auch machen würde. Aber ich kann dir einen guten Kollegen empfehlen –«

»Dein Besuch ist also doch offizieller Natur, was?« fragte ich und bekam eine ziemliche Wut.

»Irgendwie schon«, erwiderte er unwillig. »Aber ich bin auch hergekommen, weil mir an dir liegt. Glaub mir, du mußt dich den Problemen stellen, wenn schon nicht wegen Tee, dann um deiner selbst willen.«

Ich stand auf und wischte meine schmutzigen Hände am Hosenboden ab. Meine Knie knackten hörbar.

»Deine Besorgnis ehrt mich, Ken«, sagte ich. »Aber ich wünsche keine weiteren besorgten Besuche, und ich will keine Empfehlung. Eine Scheidung steht nicht zur Debatte.«

Er stand auf und wandte sich zum Gehen. Dann drehte er sich noch einmal um und sah mich an. Sein Gesicht war ernst und drückte tiefe Sorge aus, aber bei Ken wußte man nie.

»Du solltest diese Frau nicht unterschätzen, Molly«, sagte er. »Ich an deiner Stelle würde sie jedenfalls sehr ernst nehmen.«

»Das ist ja wohl eher Tees Problem, nicht wahr?« sagte ich, und er nickte. Dann verabschiedete er sich und ging. Ich schluckte den Zorn hinunter, wo all die andere Wut schon brodelte, und stürzte mich erneut auf das Unkraut. Am späten Nachmittag hatte ich ihm endgültig den Garaus gemacht.

In der darauffolgenden Woche, an einem Mittwoch, lud mich Charlotte Redwine in den Driving Club zum Lunch ein. Sie war soeben aus Italien zurückgekehrt und hielt es für das beste, das Desaster bei einem guten Mittagessen mit mir zu besprechen. Am liebsten hätte ich mich entschuldigt; Charlotte und ich hatten uns nie viel zu sagen gehabt, aber irgendwann würde ich ohnehin mit ihr reden müssen. Es war wohl besser, hinzugehen und es hinter sich zu bringen.

Am Abend vor unserer Verabredung versuchte ich die Spuren der Gartenarbeit von meinen Händen und Fingernägeln zu tilgen und ärgerte mich mit meinem Haar herum. Es sah wüst aus; es blieb mir nichts anderes übrig, als Karl am nächsten Morgen im Salon anzurufen und ihn um einen Termin zu bitten. Auch dazu hatte ich nicht die geringste Lust; alle meine Freundinnen gingen zu Karl, und er würde genauestens über mich und Tee informiert sein. Ich wollte schon fast einen neuen Salon ausprobieren und einen völlig anderen Look. Aber schließlich wählte ich doch wieder die Nummer, die ich auswendig konnte, und fragte, ob er Zeit für mich hätte.

»Kommen Sie gegen zehn«, sagte Karl. »Ich quetsche Sie dazwischen. Sie gehen zum Lunch? Gut, wir denken uns was Besonderes für Sie aus.«

Um halb eins traf ich Charlotte in der Empfangshalle des Clubs. Sie trug ein neues Leinenensemble von Snappy Turtle – einer der wenigen Läden, wo man noch klassische Südstaatenmode kaufen konnte. Mein neuer Kopf war pechschwarz und glänzend. Das Haar fiel schräg über die Stirn bis zum Wangenknochen und fühlte sich seidig und schwer an. Ich war mir noch nicht sicher, ob mir der Schnitt gefiel, aber es fühlte sich zumindest gut an.

»Du siehst ja toll aus!« sagte Charlotte, küßte meine Wangen und schenkte mir ihr kleines Katzenlächeln. Sie hatte den besten Tisch auf der Terrasse am Pool angesteuert, wo wir uns im kühlen Schatten der alten Bäume niederließen. Ihre toskanische Bräune ließ ihre Zähne besonders weiß schimmern, und ihre elfenbeinfarbene Hemdbluse saß wie eine zweite Haut. Charlotte legte Wert auf eine tadellose Erscheinung. Schon immer. Bisweilen war es für sie sicherlich eine harte Prüfung, mich in ihrer Familie zu haben.

Es war sehr heiß und ruhig am Pool. Zwischen zwölf und eins ist der Pool nur erwachsenen Schwimmern vorbehalten, und so wurden wir von spritzenden, kreischenden Kindern verschont. Nur ein einziger Schwimmer zog seine Bahnen. Seine Züge waren so ruhig und gleichmäßig, daß sich das türkisfarbene Wasser kaum kräuselte. Ich schaute bewundernd zu; wer es auch sein mochte, er war beneidenswert gut in Form. Sein dunkler Kopf tauchte kaum aus dem Wasser auf, genausowenig wie die schlanken, gebräunten Arme.

Wir bestellten unsere Drinks bei Carlton persönlich, dem langjährigen Maître des Clubs – formvollendet und perfekt wie eine Statue aus schwarzem Ebenholz und von den Clubmitgliedern ebenso hochgeschätzt wie die alten Orientteppiche und die wertvollen Kupferstiche am Kamin. Es gehörte schon längst nicht mehr zu Carltons Pflichten, einzelne Tische zu bedienen, aber er scharwenzelte um uns herum, nickte und lächelte uns zu, als seien wir adlige Staatsgäste. Er mußte das von mir und Tee gehört haben; Carlton wußte alles. Seine Aufmerksamkeit, auch wenn sie sich ohne Zweifel auf Charlotte konzentrierte, wärmte mir das Herz. »Wir wollen's uns ein bißchen nett machen«, hatte Charlotte gesagt und Daiquiris bestellt, die nach wenigen Sekunden vor uns auf dem Tisch standen. Carlton hatte jedes Glas liebevoll mit einer Anemone verziert.

»Für die charmanten Redwine-Ladys«, sagte er lächelnd und zog sich unter Verbeugungen zurück.

»Laß uns Gott danken für einen Maître wie Carlton«, sagte Charlotte und trank einen großen Schluck. »Zumindest einer weiß, wie man sich zu benehmen hat. Hör zu, Darling, wir werden heute ein paar Dinge besprechen, die du wissen mußt, über den Treuhandfonds und ein paar von meinen verschiedenen kleineren Investitionen. Ich habe einige Veränderungen vorgenommen, über die ich dich in Kenntnis setzen will. Aber wir wollen erst nach dem Essen darüber reden, und vorher wollen wir auch kein Wort über Theron und dieses kleine Flittchen verlieren. Genieß deinen Drink, vielleicht bestellen wir uns noch einen. Ich erzähl dir ein bißchen von Italien, und dann essen wir etwas Tolles zum Lunch. Ich finde, wir haben es uns beide verdient, meinst du nicht auch?«

»Oh, ja, das haben wir«, sagte ich und mochte sie in diesem Moment mehr als je zuvor. Charlotte hatte mich ganz offensichtlich nie für eine passende Partie für ihren einzigen Sohn gehalten, aber durch das Auftauchen der Aalfrau war ich in ihrem Ansehen beträchtlich gestiegen.

Wir saßen da, schlürften unsere Drinks und ließen unsere Blicke über die üppige Blumenpracht auf der Terrasse schweifen. Die Tische füllten sich nach und nach mit hungrigen Mittagsgästen, von denen sie die meisten und ich zumindest einige kannte. Ausnahmsweise fühlte ich mich im Club entspannt und angenehm träge, im Schatten der blühenden Ranken sonnte ich mich in Charlotte Redwines Sympathie. Alle Redwines hatten diese fast greifbare Aura von aufrichtiger Zuverlässigkeit. Tee hatte diese Ausstrahlung, und auch sein Vater hatte sie gehabt, aber jetzt erkannte ich, daß der Ursprung der Aura von Charlotte ausging. Lächelnd winkte ich den Leuten zu, die ich kannte, und fühlte mich so sicher wie das Begleitboot eines großen Mutterschiffs.

Charlotte folgte meinem Blick und beobachtete den einsamen Schwimmer im Pool.

»Er ist gut, nicht wahr?« sagte sie. »Er schwimmt genauso, wie du immer geschwommen bist. Aber vielleicht gehst du ja noch immer regelmäßig schwimmen?«

»Ab und zu«, sagte ich. »In diesem Sommer bin ich noch nicht oft dazu gekommen. Ich muß wieder damit anfangen.«

Plötzlich wurde mir klar, wie sehr ich es vermißt hatte, das rhythmische, verträumte Dahingleiten, dieser schwerelose Schwebezustand in dem kühlen, klaren Element. Ich vermißte die mühelosen Züge, die langsamen, regelmäßigen Atemzüge, wenn der Kopf aus dem Wasser tauchte …

Der Schwimmer erreichte das Ende des Beckens, legte die Hände auf den Rand, glitt mit einer geschmeidigen Bewegung aus dem

Wasser, und ich sah, daß es doch kein Mann war, sondern eine Frau, groß, schlank und braungebrannt. Das schwarze Haar lag in ordentlichen Flechten um ihren kleinen Kopf. Sie trug einen schlichten schwarzen Badeanzug mit hohem Bein- und tiefem Rückenausschnitt, und als sie zu einem leeren Tisch am Rande der Terrasse ging, dachte ich im ersten Moment, sie sei Caroline. Und dann wußte ich, wer sie war. Charlotte sah mir kurz ins Gesicht und schaute ihr ebenfalls nach, auch sie wußte es.

»Das ist sie«, sagte sie mit brüchiger Stimme. »Das ist sie doch, oder?«

»Ja«, erwiderte ich. Die Schwimmerin hätte natürlich irgendeine x-beliebige Clubbesucherin sein können, aber für mich gab es keinen Zweifel, daß sie »die andere« Frau war. Ich hörte das pfeifende Geräusch meines Atems. Es schien sehr wichtig zu sein, den Blick nicht von der Frau im schwarzen Badeanzug zu wenden, sie im hellen Mittagslicht so genau wie möglich in Augenschein zu nehmen.

»Wie kann sie es wagen, hierherzukommen?« sagte Charlotte ungläubig. »Könnte es unter Umständen sein, daß sie nicht weiß, daß es ein Privatclub ist?«

Ich antwortete nicht, weil ich nicht sprechen konnte. Wir sahen, wie Sherie Scroggins die Hand hob und Carlton heranwinkte, der an der Terrassentür stand und mit freundlicher Strenge die Bewirtung der Gäste überwachte. Er hatte ihr Winken nicht registriert. Seit Ewigkeiten hatte ihn niemand mehr wegen einer Bestellung an den Tisch gewunken.

Verärgert runzelte Sheri die Stirn. Sie schnippte mit den Fingern und rief: »Ober!« An den anderen Tischen schaute man sich nach ihr um. Langsam und überaus würdevoll ging Carlton auf ihren Tisch zu. Ohne ihn anzusehen, sagte sie irgend etwas und blätterte gelangweilt in der Speisekarte. Er machte eine leichte Verbeugung, drehte sich um und glitt lautlos davon. Bevor sich ein allgemeines empörtes Raunen erhob, brachte er ihr ein schaumiges pinkfarbenes Gebräu, auf dem sich Früchte und Blüten türmten.

Wieder sah Sheri ihn nicht an.

»Habe ich etwas von Eis gesagt? Nein. Ich sagte, ich wolle einen einfachen Daiquiri. Das da können Sie gleich wieder mitnehmen und mir ein neues Glas bringen, und zwar das Getränk, das ich bestellt habe.«

Sie hatte ihre Stimme nicht erhoben, aber ihr näselnder Tonfall hallte auf der stillen Terrasse wider. Ich konnte hören, wie einige der Anwesenden nach Luft schnappten. Mit erstarrter Miene nahm Carlton den Drink vom Tisch. Sie konzentrierte sich wieder auf die Speisekarte und schien die Woge von Feindseligkeit, die über sie hinwegschwappte, gar nicht zu bemerken.

»Ich sorge dafür, daß sie Clubverbot erhält«, sagte Charlotte, und ihre Stimme war mindestens eine Oktave höher als normal. »Ich werde es veranlassen, bevor wir nach Hause fahren. Ihr Benehmen ist haarsträubend. Carlton ist einer von uns.«

Obwohl auch ich schockiert war, mußte ich fast lachen, denn ich fragte mich, welche Auswirkungen dieser Aufstieg auf Carltons Leben außerhalb des Clubs haben könnte, vorausgesetzt, er hatte überhaupt ein Privatleben. Aber das Lachen blieb mir im Halse stecken, als Tee auf der Terrasse erschien und zu Sheri Scroggins Tisch ging, sie auf die Wange küßte und gegenüber von ihr Platz nahm. Er wandte uns den Rücken zu, wofür ich dankbar war.

Seine Mutter holte Luft, um etwas zu sagen, aber statt dessen entwich ihr nur ein tiefer Seufzer. Ich schaute mich nicht um, wußte jedoch, daß gut fünfzig Augenpaare zuerst auf Tee und Sheri Scroggins gerichtet waren, um sich dann auf Charlotte und mich zu heften. Zwei weibliche Gestalten erhoben sich und schlenderten unauffällig in Richtung Salon, wo sich die Clubtelefone befanden.

Die beiden saßen da und beugten sich über die Speisekarte, wobei der dunkle und der blonde Schopf sich fast berührten, und plötzlich sah ich Tee und mich selbst vor mir. Tee und ich, als wir frisch verliebt waren und alles möglich schien. Im Halbschatten sah er mit seinem stupsnasigen Jungengesicht kaum älter aus als damals. Und sie ... sie war groß, mit breiten Schultern, nassem schwarzem Haar und leuchtend blauen Augen ... sie war ich. Nur viel jünger, voller Vitalität und so erfüllt von seiner Nähe, daß es mich schwindelte. Oh, ihre Züge waren natürlich anders ... ihr Gesicht hatte etwas Indianisches, war von einer fremden, sinnlichen, andeutungsweise brutalen Grobheit. Aber die oberflächliche Ähnlichkeit war frappierend. Kein Wunder, daß Charlie sie für Caroline gehalten hatte. Caroline sah fast genauso aus wie ich in ihrem Alter. Mittlerweile sagte natürlich fast niemand mehr etwas über unsere Ähnlichkeit.

»Sie sieht aus wie ich. So wie ich früher aussah, meine ich«, sagte ich stumpfsinnig, als würde ich eine Bemerkung über das Wetter machen.

»Sie sieht kein bißchen aus wie du«, widersprach Charlotte. Auf ihren Wangen hatten sich zwei hektische rote Flecken gebildet, und ihr Atem ging schwer. »Sie sieht aus wie ein typisches Flittchen aus einer Barackensiedlung in Süd-Georgia. Theron hat den Verstand verloren. Ich kann dem hier ein Ende bereiten, und das werde ich auch. Wenn sie glaubt, sie hätte sich einen reichen Mann geangelt, kann ich sie eines Besseren belehren, und ihn ebenfalls. Sobald ich nach Hause komme, rufe ich unseren Anwalt an, dann werden sie schon sehen, wieviel ihnen bleibt. Was auch geschieht, Molly, eines verspreche ich dir, Teddy und dir soll es an nichts fehlen. Darauf kannst du dich verlassen. Bist du soweit? Ich denke, wir beide haben genug von diesem Spektakel.«

Sie erhob sich, nahm ihr kleines Chaneltäschchen und überquerte mit ihren langen, athletischen Schritten die Terrasse, ohne sich zu vergewissern, ob ich ihr folgte, was ich natürlich tat. Blind schritt ich in ihrem Kielwasser dahin und versuchte das Kinn hochzuhalten, schaute weder nach rechts noch nach links und war mir bewußt, daß alle Blicke auf uns gerichtet waren. Das Herz hämmerte in meiner Brust, und das Blut rauschte in meinen Ohren. Wir mußten an ihrem Tisch vorbeigehen, wenn wir die Terrasse verlassen wollten. Ich wäre lieber gestorben.

Ich sah nicht, wie er uns bemerkte, aber ich fühlte es.

»Mutter«, sagte er mit einer Stimme, die ich nicht kannte. Es war eine alberne, hohe Stimme. »Molly …«

Plötzlich stellte Sheri Scroggins sich uns in den Weg. Sie sah aus wie ein Panther, der soeben aus einem Urwaldfluß gestiegen war. Der schwarze Badeanzug war noch immer feucht, genau wie das stumpfe, schwarze Haar, das nun nicht mehr geflochten war und ihr wie ein Cape über die Schultern fiel. Sie lächelte. Sie schien zu viele Zähne zu haben. Mit ihrem strahlenden Weiß bildeten sie einen starken Kontrast zu ihrem dunklen Teint. Die Augen funkelten blau wie Methangas.

»Wir kennen uns noch nicht, aber wir sollten uns kennenlernen«, sagte sie und schenkte Charlottte und mir ein breites Lächeln. Sie streckte uns die Hand entgegen, und ich sah, daß sie kurze, spachtelförmige Finger hatte. Die Nägel waren abgekaut bis aufs Fleisch. Ich brachte keinen Ton heraus.

»Sie haben recht«, sagte Charlotte mit eisiger Stimme. »Wir kennen uns nicht.«

Ohne Hast ging sie um Sheri Scroggins herum, hielt inne und schaute zu ihrem Sohn hinunter. Er saß einfach da und starrte uns mit offenem Mund an, als wären wir Erscheinungen.

»Ich hätte nie geglaubt, daß ich einen Idioten aufgezogen habe, Theron«, sagte sie zu Tee. Damit verließ sie die Terrasse und verschwand zwischen den riesigen alten Rosensträuchern, die mit ihrer duftenden Blütenlast den Eingangsbereich abschirmten. Ich war wie erstarrt.

»Molly ...«, sagte Sheri Scroggins.

Ich sah ihr direkt in die Augen.

»Mrs. Redwine«, erwiderte ich und folgte Charlotte.

Hinter mir hörte ich Tee rufen: »Molly, Mom ...«

Ohne mich umzuschauen, schüttelte ich den Kopf. Die Blicke der geheimnisvollen Augen schienen sich in meinen Rücken zu bohren. Ich konnte sie noch spüren, als der Parkwächter unsere Autos zum Ausgang brachte, wo wir schweigend unter dem Vordach standen und warteten.

»Das soll uns kein zweites Mal passieren«, sagte Charlotte grimmig, als sie in ihren großen, blauen Mercedes stieg. Die Redwines hatten einen Fahrer, aber sie fuhr meist lieber selbst.

Ich lächelte ihr zu, überrascht, meine Lippen dazu gebracht zu haben. Dann stieg ich in meinen kleinen Toyota und fuhr durch die gewundenen, stillen Straßen von Ansley Park nach Hause, ausnahmsweise froh darüber, hier zu wohnen, und nicht in Brookwood Hills oder Buckhead. Ich brauchte nur wenige Minuten. Ich kann mich nicht daran erinnern, auf der Fahrt an irgend etwas gedacht zu haben.

Teddy war nicht da, als ich nach Hause kam. Aber Lazarus war da und lag auf der Veranda unter dem schmiedeeisernen Tisch, wohin er sich bei heißem Wetter gern zurückzog, und klopfte mit dem Schwanz auf den Boden.

»Warst du schon draußen? Wie wär's mit einem Spaziergang?« sagte ich zu ihm, aber er ließ nur hechelnd die Zunge aus dem Maul hängen und grinste mich an. Lazarus war ein vernünftiger Hund. Keiner konnte ihn in der dicksten Nachmittagshitze zu einem Spaziergang überreden.

»Später«, sagte ich und ging die Treppe hinauf ins Schlafzimmer, das jetzt nur noch mein Schlafzimmer war. Ich schloß die Fensterläden wegen der glühenden Hitze draußen, zog Kleid und Schuhe aus und legte mich aufs Bett.

Ich hatte vielleicht mit Tränen gerechnet oder mit der Notwendigkeit, heftige Gefühle niederkämpfen zu müssen. Ich wartete. Aber ich weinte nicht, und ich fühlte nichts als die altvertraute Schläfrigkeit. Der Schlaf riß mich wie eine starke Strömung mit sich fort, schließlich konnte ich nicht länger dagegen ankämpfen, legte mich auf die Seite und schlief sofort ein. Es war ein tiefer, pechschwarzer Schlaf, und ich weiß nicht, wie lange er mich umfangen hätte, wenn ich zwei Stunden später nicht durch das Läuten des Telefons geweckt worden wäre. Um diese Zeit war die schlimmste Hitze des Nachmittags vorbei, und aus der Bibliothek drang das Dröhnen des Fernsehers und kündete von Teddys Rückkehr.

Benommen tastete ich nach dem Hörer und stieß ihn herunter. Es dauerte eine Weile, bis ich ihn hochgezerrt hatte und mich melden konnte.

»Hallo«, sagte ich verschlafen, und meine Stimme klang, als wäre ich betrunken.

Ich hörte die volltönende, tragende Stimme meiner Mutter, und aus irgendeinem Grund war ich über ihren Wohlklang über alle Maßen verärgert.

»Oh, ich hab dich aufgeweckt, nicht wahr?« sagte sie mit der überheblichen Selbstgefälligkeit eines Menschen, der sich aus Prinzip tagsüber kein Nickerchen gönnte.

»Das macht nichts. Was gibt's?« Ich versuchte, ihrem süßlichen Getue mit Forschheit ein Ende zu setzen.

»Ich habe einen wunderbaren Plan«, trällerte sie. Mit dieser Trällerstimme hatte sie mich als Kind immer motivieren wollen, mein unvollkommenes Wesen zu ändern, damit ich als großes, grobschlächtiges Kind ein wenig besser zu meiner Mutter paßte, dieser grazilen, anmutigen Tänzerin. Mein Zorn schwoll an.

»Und der wäre?« fragte ich.

»Wir beide wollen uns einen ganzen Tag lang verwöhnen lassen. Wie ich es vor ein paar Tagen im Restaurant vorgeschlagen habe. Morgens haben wir einen Termin bei Noelle – Haare, Make-up, Massage, Fingernägel, ein Salzpeeling, Whirlpool –, und dann kannst du mich zum Lunch in den Club einladen, und wir präsentieren unsere neue Erscheinung. Und dann gehe ich mit dir einkaufen. Mit diesen kleinen Wickelkleidchen ist jetzt Schluß. Glamouröse Ensembles, wie du sie noch nie getragen hast. Und neue Schuhe, mit zwölf Zentimeter hohen Absätzen. Und danach ein bißchen Gymnastik bei Jeanne. Keine Sorge. Diesmal machen wir nur das Anfängerprogramm. Wenn du erst merkst, wie gut es dir tut, bekommst du bestimmt Spaß daran, das weiß ich …«

»Mutter«, sagte ich. »Kannst du mich dieses eine Mal nicht einfach so nehmen, wie ich bin? Könntest du es über dich bringen, ohne Generalüberholung und hohe Absätze mit mir zu Mittag zu essen? Einfach nur mit mir, so wie ich bin, in einem meiner kleinen Wickelkleidchen? Nur ein einziges Mal?«

»Du brauchst gar nicht so schnippisch zu sein«, sagte sie verletzt oder gab vielleicht nur vor, verletzt zu sein, ich war mir nie sicher. »Natürlich nehme ich dich mit, wie du bist. Schließlich bist du meine Tochter. Es ist nur … nun, so zu sein, wie du bist, hat dich anscheinend nicht weit gebracht, oder? Oh, Darling, so hab ich es doch nicht gemeint …«

»Und ob du es so gemeint hast«, sagte ich, und mein Ärger steigerte sich zu rasender Wut, dann in etwas ganz anderes wie ein loderndes Feuer, das alles andere in mir auslöschte und nichts als glühenden Zorn zurückließ.

»Genau so und nicht anders hast du es gemeint, so hast du es immer gemeint. Ich war nie gut genug für dich; zu groß, zu plump, zu … zu schwerfällig, zu langweilig …«

»Keineswegs Darling! Vergiß die Kosmetikerin und den Einkaufsbummel; wir setzen uns einfach auf die Clubterrasse und unterhalten uns, das haben wir schon seit Ewigkeiten nicht mehr gemacht. Wäre das nicht nett?«

»Nein!« schrie ich. »Es wäre nicht nett! Es wäre ganz und gar nicht nett! Das habe ich heute gemacht, Mutter, mit Charlotte, und du wirst nie erraten, wer noch da war. Tee und sein neues Betthäschen. Tee und die berühmt-berüchtigte andere Frau. Tee und seine kleine braune Hure, pitschnaß in einem superknappen Badeanzug hat sie vor aller Augen mit meinem Ehemann herumgeturtelt. Nein, es war nicht nett, und es wird auch nie wieder nett sein, weil ich, solange ich lebe, keinen Fuß mehr in den Club setze. Wenn du also mit mir essen gehen willst, dann müssen wir irgendwohin fahren, wo du die Kellner nicht kennst und du wie jeder andere eine Rechnung bekommst. Ich muß dir leider sagen, daß du in Zukunft auf den Driving Club verzichten mußt.«

Meine Mutter senkte ihre Stimme zu jenem tiefen Timbre, in das sie immer verfiel, wenn sie tragische Heldinnen spielte oder in einem ernsthaften Werbespot für die städtischen Versorgungswerke auftrat.

»Willst du damit sagen, daß du deinen eigenen Club aufgibst, Teddys Geburtsrecht wegwirfst, für so eine kleine Herumtreiberin, mit der Tee es nicht länger als sechs Monate aushalten wird? Ich hätte wirklich mehr von dir erwartet, Molly.«

»Nein, das hast du nicht«, erwiderte ich, und meine Stimme bebte vor Zorn. Woher kam bloß diese abgrundtiefe, kochende Wut? Ich konnte sie nicht bezähmen; und eigentlich wollte ich es auch nicht.

»Nein, du hast nicht mehr von mir erwartet. In meinem ganzen Leben hast du nicht mehr von mir gehalten. Und nicht einmal jetzt denkst du an mich, du denkst an dich, daran, daß du nicht länger im gottverfluchten Driving Club herumhängen kannst. Kannst du dir auch nur annähernd vorstellen, wie ich mich heute gefühlt habe? Dazusitzen, während eine andere Frau deinen Ehemann küßt, eine Frau, die aussieht wie du selbst vor dreißig Jahren? Dazusitzen und sich wie ein altes Brauereipferd zu fühlen und dabei zuzusehen, wie eine verfluchte Wassernymphe dort sitzt, wo du sitzen solltest? Nein. Ich glaube, das kannst du dir nicht vorstellen.«

Ich hielt inne und holte Luft. Meine Mutter blieb stumm. Dann sagte sie nachdenklich, so als würde sie ernsthaft über die Angelegenheit nachgrübeln: »Ich hätte dich als kleines Mädchen tanzen lassen sollen. Ich sehe jetzt ein, daß es ein Fehler war, es dir zu verbieten. Tänzerinnen werden nicht dick und schwabbelig, wenn sie älter werden. Sie verwandeln sich in Windhunde und nicht in Planschkühe.«

Nur jemand, der in all den leidvollen Jahren häufig mit ihr zusammen war wie ich, konnte aus ihren mitleidigen Worten jenen eiskalten Wunsch heraushören, mir weh zu tun und mich zu verletzen. Der siedendheiße Zorn kochte über.

Durch das Rauschen in meinen Ohren hörte ich mich sagen: »Nein. Nicht in Windhunde. Hast du in letzter Zeit mal in den Spiegel gesehen, Mutter? Alte Tänzerinnen werden zu Hyänen. Und du weißt doch, was Hyänen machen, nicht wahr? Sie fressen ihre Jungen.«

Eine Weile blieb es still, es war nichts zu hören als das hohle Rauschen der Telefonleitung, und dann legte sie auf. Sie knallte nicht den Hörer auf die Gabel, sondern legte ihn ganz sanft ab. Ich weiß noch, wie ich dachte, daß mir meine Worte mit ziemlicher Sicherheit bald unsagbar leid tun würden. Aber in diesem Moment verspürte ich nichts weiter als das dringende, brennende Verlangen danach, wieder einzuschlafen. Der feuerrote Zorn war verblaßt, als hätte es ihn nie gegeben, und ich fühlte mich ausgelaugt und leer und sehnte mich nur noch danach, zu vergessen.

Ich schlief fast bis Mitternacht, als das Telefon ein zweites Mal läutete. Als ich den Hörer abnahm, teilte mein Vater mir mit, daß meine Mutter beim Training an der Ballettstange im Gästezimmer einen Schlaganfall oder Herzinfarkt erlitten hatte und noch auf dem Weg ins Piedmont Hospital gestorben war.

4

An jenen ersten Tagen nach dem Tod meiner Mutter hatte ich immer wieder denselben Traum: Ich ging im grauen Spätnachmittagslicht über einen belebten Gehweg und kam an einer Treppe vorbei, die zu einer Kellertür führt, wie man sie meines Wissens eigentlich nur in London oder New York sieht. Aber statt einer Keller- oder Ladentür war da eine vergitterte Öffnung, hinter der sich ein unterirdischer Gang befand, so ähnlich wie ein U-Bahn-Tunnel, und darin befand sich meine Mutter und schaute mit einigen anderen Leuten durch das Gitter nach oben. Im Traum blieb ich stehen, obwohl alle anderen weitergingen. Es war, als ob nur ich die vergitterte Öffnung und den Tunnel sehen konnte.

Meine Mutter schaute starr geradeaus, nicht traurig, nicht glücklich, nicht zornig, nicht lebendig, nicht tot. Sie hatte einen ihrer Hüte auf dem Kopf, ich glaube, es war der schwarze, den sie bei unserem letzten gemeinsamen Restaurantbesuch im Ritz Carlton getragen hatte. Sie und die anderen sahen aus, als würden sie auf irgend etwas warten, auf einen Zug vielleicht.

Ich beugte mich hinunter und sagte zu ihr: »Was machst du da unten?« Dann schaute sie mich an, und obwohl sie nicht lächelte, hatte ich das Gefühl, sie würde mich mit Wohlwollen betrachten, zumindest ohne Zorn.

»Wir kommen jeden Nachmittag um vier hierher und warten«, sagte sie.

Danach wachte ich immer auf, naßgeschwitzt und mit rasendem Herzen. Es war ein schrecklicher Traum, obwohl ich eigentlich nicht hätte sagen können, warum. Und ich sagte in der Tat nichts über den Traum, weil es einfach niemanden mehr gab, dem ich von meinen Träumen erzählen konnte.

Wenn ich zwischen den zerwühlten, naßgeschwitzten Bettlaken

erwachte, wurde mir immer wieder der erste und empfindlichste Verlust bewußt, den eine Scheidung mit sich bringt. Da ist plötzlich niemand mehr, dem man seine Träume erzählen kann, jedenfalls nicht im ersten Moment, wenn man sie am deutlichsten vor Augen hat und sie unbedingt loswerden will. Da ist niemand mehr, mit dem man über die intimsten und geheimsten Gefühlsregungen sprechen kann, zumindest nicht in dem Augenblick, wenn sie einem durch den Kopf gehen. Da ist niemand mehr, mit dem man lachen kann, dem man Dinge zeigen kann, mit dem man sich gemeinsam etwas wünschen kann – nicht, wenn diese Impulse plötzlich entstehen.

Der erste große Verlust ist also der Verlust von Unmittelbarkeit und Spontaneität. Natürlich kann man weiterhin seine Träume erzählen, Ängste und Sehnsüchte zum Ausdruck bringen, lachen, sich etwas wünschen, aber es geschieht zu einem späteren Zeitpunkt. Erst wenn man schon einen gewissen Abstand zu all diesen Gefühlen hat, wird bewußt jemand ausgewählt, dem man sich mitteilen möchte. Es ist niemand mehr da, der die Gefühle reflektiert, so daß als erstes ein bestimmender Faktor der Persönlichkeit verlorengeht, der jahrzehntelang zu einem gehört hat. So war es zumindest für mich. Vielleicht gilt dasselbe auch für den Tod und lange Trennungen; das kann ich zu diesem Zeitpunkt noch nicht sagen. Meine Mutter hatte meine Gefühle seit vielen Jahren nicht mehr reflektiert. Es war Tee, der mir nächtelang zuhörte, mit mir lachte, stritt, etwas von mir empfing und zurückgab. Es war Tee, der so gegenwärtig für mich war wie ich für mich selbst, und jetzt war er das nicht mehr. Lange Zeit haßte ich ihn zutiefst, weil er einfach nicht mehr da war, wenn ich über irgend etwas sprechen mußte.

Ich konnte den Traum nicht meinem Vater erzählen, der vor Trauer noch ganz benommen war; ich durfte ihn nicht noch zusätzlich mit meinen Ängsten belasten. Auch mit Kevin, der, außer sich vor Schmerz über den Verlust seiner Mutter, sofort mit seiner Frau Sally nach Atlanta gekommen war, konnte ich nicht darüber reden. Er war so zornig auf mich, daß er kein Wort mit mir sprach. Ich hatte ihm von meinem letzten Gespräch mit Mutter erzählt, und monatelang behauptete er steif und fest, ich hätte sie auf dem Gewissen.

Mein Vater schrie ihn an, als er diese Überzeugung zum ersten Mal kundtat. Es war die erste und letzte Gefühlsregung, die Daddy in der schrecklichen Zeit nach Mutters Tod zeigte, und danach strafte Kevin mich durch Schweigen. Ihm von dem Traum oder von anderen Dingen zu erzählen stand nicht zur Debatte. Die hübsche, unkomplizierte Sally kannte ich nicht gut genug, woran sich auch in Zukunft nichts ändern würde, und auch Teddy konnte ich meinen Traum nicht aufbürden. Er hatte seiner Großmutter nicht besonders nahegestanden, aber trotzdem war es ein Verlust, und davon hatte Teddy in letzter Zeit mehr als genug einstecken müssen. Caroline war noch immer tief verletzt und kam nicht nach Hause. So vertraute ich mich schließlich Livvy an.

»Was soll der Traum wohl bedeuten?« sagte ich an dem Nachmittag vor Mutters Beerdigung, während ihr geschlossener Sarg in der schummerigen Pracht der Patterson-Halle lag, wo Schüler und Bewunderer ihr die letzte Ehre erweisen konnten. Livvy hatte belegte Brote und eine Flasche gut gekühlten Weißwein mitgebracht, und wir machten es uns in ihrem Wagen gemütlich. Kevin hielt die Mittagswache und legte keinen Wert auf meine Anwesenheit. Ich hatte etwa noch eine Stunde Zeit, und der Traum war eine Belastung, die ich unbedingt loswerden mußte.

»Ich glaube, es bedeutet, daß es zwischen dir und deiner Mutter noch viele ungelöste Probleme gibt«, sagte Livvy. »Ich glaube, du denkst, daß deine Mutter nicht zur Ruhe kommen kann, bis du in irgendeiner Weise dafür gezahlt hast, ihren Tod verschuldet zu haben. Und ich denke, du bist verrückt. Deine Mutter hat dir etwas Hundsgemeines gesagt, und als du wütend geworden bist und ihr die Meinung gesagt hast, ist sie wie ein verwöhntes kleines Mädchen in den Gymnastikraum gegangen und hat sich zu Tode getanzt. Ich finde, das sieht ihr ähnlich, und ich bin stinksauer auf sie, weil sie dich mit all deinen Schuldgefühlen zurückläßt und an einen Ort gegangen ist, wohin du ihr unmöglich folgen kannst, um es wiedergutzumachen. Außerdem glaube ich, daß dein Vater es im Grunde seines Herzens genauso sieht. Und wer schert sich darum, was Kevin denkt? Er hätte dir so oder so die Schuld gegeben, auch wenn du zum Zeitpunkt ihres Todes auf dem Mars gewesen wärst.«

Wie immer wirkten Livvys Worte schmerzlindernd und wohltuend, aber ich fürchtete, die Wirkung würde nicht allzulange anhalten. So leicht würde meine Mutter mich nicht davonkommen lassen.

»Ich sehe sie auch ständig vor mir«, sagte ich. »In einer Menschenmenge beispielsweise. Gestern war ich bei Saks und hab etwas Schwarzes für die Beerdigung gesucht. Plötzlich hab ich sie bei den Handtaschen so deutlich stehen sehen, daß ich fast auf sie zugegangen wäre. Und heute morgen dachte ich, sie sei am Telefon. Ich weiß, es war Carrie Davies, aber ihre Stimme klang wie Mutters Stimme. Stell dir vor, ich würde sie neben Daddy sehen und ansprechen, das würde ihm den Rest geben. Er hat schon mehrmals gesagt, er kann sie nicht sehen; daß es viel besser wäre, wenn er sie sehen könnte. Ich glaube, er meint, vor seinem geistigen Auge. Nicht so, wie ich sie sehe. Heute morgen bei Saks hätte ich ihr fast gesagt, sie soll sich dem zeigen, der sie am meisten braucht.«

»Das ist wahrscheinlich alles ganz normal«, sagte Livvy und leckte sich Mayonnaise vom Finger. »Sie war immer die mächtigste Person in deiner Welt, und plötzlich ist sie nicht mehr vorhanden. Kein Wunder, daß du sie vor dir siehst und von ihr träumst. Ich wünschte nur, du könntest deine Schuldgefühle begraben. Als Katholik hat man's da vielleicht besser; man geht zur Beichte, bekommt ein paar Ave Marias aufgebrummt und ist fertig damit. Wie willst du damit fertig werden?«

»Eigentlich fühle ich mich nicht richtig schuldig«, sagte ich. »Wieso bist du soviel klüger als ich? Wir sind doch verwandte Seelen, wie kommt es dann, daß du all diese Dinge weißt und ich nicht?«

»Weil du mittendrin steckst«, sagte sie. »Wenn ich in dem ganzen Schlamassel steckte und du von außen zuschauen würdest, wäre es dir auch klar. Du weißt es genausogut wie ich, du hast es im Moment nur noch nicht richtig erkannt.«

Ich lachte, ein brüchiges, dünnes Lachen, aber immerhin ein Lachen. Ich beugte mich über das zerknüllte Butterbrotpapier und die Chipstüte und umarmte sie.

»Wenn ich lesbisch wäre, würde ich dich heiraten«, sagte ich.

»Als Lesbe wärst du jetzt viel besser dran«, erwiderte sie. »Was fangen wir denn jetzt bloß an mit deinem ödipalen Schuldkomplex? Hat Ödipus nicht seine Mutter umgebracht?«

»Er hat seinen Vater getötet und seine Mutter geheiratet«, sagte ich. »Der Muttermord einer Tochter ist wahrscheinlich so schlimm, daß es keinen Mythos dafür gibt. Du glaubst, ich rede nur so daher, aber ich fühle mich wirklich nicht schuldig. Vielleicht kommt das ja später, aber im Moment ist es einfach nicht so. Daddy tut mir furchtbar leid, und ich glaube, ich werde Mutter sehr vermissen, wenn ich erst wieder klar sehe, aber in diesem Moment fühle ich nichts anderes als eine bleierne Müdigkeit und Benommenheit. Und ich muß immerzu an Tee denken. Ich warte darauf, daß er zurückkommt und alles wieder in Ordnung bringt. Vielleicht kann ich ja Tees Untreue und den Tod meiner Mutter nur jeweils für sich begreifen, mit beidem gleichzeitig werde ich einfach nicht fertig. Es ist nicht fair, wenn alles auf einmal kommt.«

»Was redest du da? So ist das nun mal in den mittleren Jahren«, sagte Livvy. »Ein Verlust nach dem anderen. Hat dir das denn niemand gesagt? Und übrigens, wo wir schon vom Teufel sprechen, hat Tee sich nach dem Tod deiner Mama bei dir gemeldet?«

»Ich hab ihn am Morgen danach angerufen«, sagte ich. »Ganz ohne nachzudenken; ich hab einfach sein Büro angerufen, und als Patty dranging, hab ich gesagt: ›Ich muß Tee sofort sprechen, Liebes‹, als wäre nichts passiert. Ich hab mich nicht mal mit Namen gemeldet. Aber sie kennt natürlich meine Stimme; ich wette, sie hat fast den Hörer fallen lassen.«

»Das glaube ich auch«, sagte Livvy. »Und was hat sie gesagt?«

»Er wäre nicht da. Er wäre auf einem Seminar unten bei Callaway Gardens. So wie sie herumgedruckst hat, würde ich sagen, daß die Aal-Lady ihn begleitet hat, aber ich habe nicht danach gefragt.«

Livvy fing an zu lachen.

»Scheiße«, sagte sie. »Weißt du, wo sie sind? Sie verbringen das Wochenende mit diesem Spinner aus dem Fernsehen, der über glühende Kohlen wandert, du weißt schon, dieser Kerl, der bei den Leuten verborgene Energiequellen freilegt, mit denen sie angeblich ihre kühnsten Träume verwirklichen können. Die Abteilung hat ihn herbestellt, damit er all den kleinen Chi-Phi-Klugscheißern beibringt, über glühende Kohlen zu rennen. Ich hab Caleb gesagt, daß ich ihm ein ganz anderes Feuer unter dem Hintern machen würde, wenn er dorthin ginge. Er wäre sowieso nicht gegangen. Aber du kannst deinen Arsch darauf verwetten, daß Ihre Glitschigkeit ganz begeistert davon ist. Wahrscheinlich kriecht sie just in diesem Moment mit nacktem Bauch über eine Ladung glimmender Schlacke. Hoffentlich grillt sie sich ihre durchtrainierten Abdominalmuskeln.«

»Oh, Gott«, sagte ich und fing an, mit ihr zu lachen. Für eine Frau, die innerhalb weniger Tage Ehemann und Mutter verloren hat, lachte ich für meinen Geschmack entschieden zu viel. Aber die Alternative wäre Weinen gewesen, und ich glaubte einfach nicht, daß ich in der Lage war, noch mehr Tränen zu vergießen.

Ich behielt recht. Meine Tränen waren versiegt. Ich weinte nicht mehr um meine Mutter oder um sonst irgend jemanden oder irgend etwas, für eine sehr lange Zeit. Während der Trauerfeier meiner Mutter saß ich zwischen meinem Vater und meinem Sohn, und meine Augen waren so trocken wie die einer Holzpuppe, an die ich die Leute sicherlich erinnerte. Ich fand es schwierig, Arme, Beine und Kopf zu bewegen, und starrte auf den Pfarrer der kleinen Episkopalkirche, in die meine Eltern seit Ewigkeiten gegangen und wo Tee und ich getraut worden waren, als könne nur er allein mein Leben erhalten. Als der Gottesdienst vorbei war, taten mir alle Gelenke weh.

Ich war schon lange nicht mehr in dieser Kirche gewesen; Tee und ich waren immer in die viel größere und prunkvollere St.-Philip-Kathedrale in Buckhead gegangen, zu deren Gemeinde seine Familie schon seit Generationen gehörte. Die kleine Steinkirche gefiel mir besser. Die niedrige, mit Stützpfeilern versehene Decke vermittelte ein Gefühl von Geborgenheit. Die Sonnenstrahlen fielen durch die schlichten rötlichen Fenster, wodurch der Innenraum in rosigem Licht schimmerte. In der Kathedrale verspürte ich oft den Drang, mich argwöhnisch umzuschauen und mich zwischen den Bänken oder in einer Mauernische zu verstecken. Oft hatte ich das lächerliche Gefühl, als sei ich in Unterwäsche zum Gottesdienst gekommen oder hätte meine Schuhe vergessen. Beim Betreten des mächtigen

Bauwerkes dachte ich oft an *Murder in the Cathedral.* Aber bei der Beerdigung meiner Mutter spürte ich wieder jene schützende Geborgenheit, die ich immer in der kleinen St.-Margaret's-Kirche gefühlt hatte. Dankbar ließ ich mich davon umfangen.

Die Kirche war bis auf den letzten Platz besetzt. Meine Mutter hatte sich in Atlanta einen legendären Ruf erworben und wurde als kulturelles Juwel der Stadt gehandelt. Drei Generationen hatten in Atlanta ihre Auftritte gesehen oder bei ihr Ballettstunden genommen, und die meisten davon schienen bei der Trauerfeier anwesend zu sein. Es hatte sich herumgesprochen, daß sie beim Tanzen gestorben war, Zeitungen und Fernsehen stürzten sich darauf und beendeten ihre kurzen, jammervollen Nachrufe mit schwulstigen Sentenzen: »Sie starb, wie sie gelebt hat: beim Tanzen«, oder: »Diszipliniert bis in den Tod, starb sie mit den Tanzschuhen an den Füßen.« Natürlich wurde nirgends erwähnt, daß ihr Tod durch ihre Tochter verursacht wurde. Nur Kevin hatte diesen Vorwurf geäußert, und nur ein einziges Mal.

Er saß links neben meinem Vater und weinte lautlos um seine Mutter, Sally saß an seiner Seite und wischte sich unablässig die Augen. Weil er ein aufgehender Stern am Moderatorenhimmel war und weil sie ihn als einen der ihren ansahen, konzentrierten sich sämtliche lokale Zeitungen und Rundfunkanstalten auf Kevin, und als wir aus der Kirche kamen, ging ein wahres Blitzlichtgewitter auf uns nieder. Die Bilder zeigten den gramgebeugten Kevin, das hübsche, kluge Gesicht verweint und von Trauer gezeichnet. Auf ein oder zwei Fotos war ich hinter ihm zu sehen, bedrohlich und finster mit meinem neuen schwarzen Ensemble von Saks, fast wie Medea. Mit meinem neuen Haarschnitt konnte ich mich selbst kaum erkennen; es war, als würde ich auf eine Schauspielerin schauen, die meine Rolle übernommen hatte. Ich hatte meinen Kopf gesenkt, und mein Haar fiel mir tief in die Stirn, trotzdem sah man, daß meine Gesichtszüge wie versteinert waren. Im Gegensatz dazu wirkte Kevin verletzlich und menschlich und sehr ansprechend. Die kurzen Fernseheinblendungen machten einen merkwürdigen Eindruck; ich als Tochter hätte um meine Mutter weinen müssen, während Kevin die Rolle des tapferen Sohnes zukam. Atlanta war eben noch immer tiefster Süden, so sehr wir auch der Moderne huldigten. Im traditionsgebundenen Süden weinten die Frauen, und die Männer trugen ihr Leid mit Fassung.

Die Beerdigung fand am Morgen statt, da es ein sehr heißer Tag war. Der Arlington-Friedhof, wo Mutter und Daddy ihre Grabstätten hatten, glühte in der Sonne. Es waren nur wenige Familienmitglieder da, weil die Bells kaum Familie hatten, aber viele andere waren gekommen: alte Freunde aus Peachtree Hills, Freunde von mir und Tee, Daddys Gewerkschaftskameraden, viele Fans meiner Mutter. In einem weißen Leinenkostüm, das irgendwie angemessener wirkte als das Meer von Schwarz, in vornehmer Distanz zur Trauergemeinde, stand Charlotte Redwine. Ich hatte sie weder in der Kirche noch an den Tagen zuvor in der Patterson's Kapelle gesehen, aber sie hatte mir von Marcus, ihrem Fahrer, einen Korb mit Delikatessen und Wein aus ihrem bevorzugten Feinkostgeschäft und einen riesigen Strauß Gartenblumen bringen lassen. In der beiliegenden Karte versprach sie ihre weitere Unterstützung.

»Ich habe den Stil und die zauberhafte Art deiner lieben Mutter immer sehr bewundert«, schrieb sie. »Wenn es dir möglich ist, solltest du von nun an mich als deine Mutter ansehen.«

Tee erwähnte sie nicht. Er war weder in der Kirche noch auf dem Friedhof, was auch äußerst geschmacklos gewesen wäre, aber den einzigen Verlust, den ich an diesem heißen, drückenden Tag wirklich spürte, war der Verlust von Tees großer Gestalt an meiner Seite. Es war, als wäre ein Teil von mir nicht mehr an seinem Platz.

Alle schwärmten später von der schönen Beerdigung und der fast heiteren Andacht am Grab, und fast jeder erwähnte die Enten. Auf dem Arlington-Friedhof gibt es eine Unzahl kleiner Seen und Teiche, und im Laufe der Jahre haben viele Leute ihre Entenküken, die gern zu Ostern verschenkt werden, hier ausgesetzt, so daß heute fast jede Bestattung von den heiseren Schreien der Enten begleitet wird. Auf ihrem Flug nach Norden oder Süden legen Zugvögel wie Kanadagänse auf dem Arlington-Friedhof gern eine Rast ein und leisten den dort ansässigen Enten Gesellschaft, und manchmal muß der Pfarrer oder wer gerade die Bestattung vornimmt, innehalten und warten, bis die schnatternden Gänse und Enten ihren lautstarken Disput beendet haben. Die Trauergäste lächeln dann für gewöhnlich und schauen sich an, als ob sie sagen wollten: »Das Leben wird weitergehen. Ihm oder ihr hätte es bestimmt gefallen.« Die Enten gaben dem Abschied meiner Mutter eine lärmende, fröhliche Note, und jedem schien es zu gefallen, außer Kevin. Er starrte böse in Richtung Teich, als würde er ihnen am liebsten den Hals umdrehen. Ich dagegen hatte hart zu kämpfen, um einen äußerst unpassenden Lachanfall zu unterdrücken. Als die Beisetzung schließlich zu Ende war, stand mir vor lauter Anstrengung der Schweiß auf der Stirn, und mein Gesicht glühte wie Feuer. Ich war froh, daß wir endlich den Hügel hinauf und zurück zu den Autos gehen konnten. Selbst Daddy lächelte.

»Haben ihr zu Ehren ein ganz schönes Spektakel veranstaltet, was?« flüsterte er mir zu.

In diesem Augenblick hätte ich fast um meine Mutter geweint, aber in Wahrheit sollten die Tränen noch sehr, sehr lange auf sich warten lassen.

Wir fuhren zu mir nach Hause, wo Lilly und die Leute vom Partyservice gerade letzte Hand an das delikate kleine Lunchbuffet legten, das man hier traditionell für Freunde und Familie serviert. Daddy hatte mich gebeten, den Trauerempfang auszurichten; er hätte das Abschiedsfest für meine Mutter nicht in der engen Etagenwohnung oder im Centennial Park in der Innenstadt abhalten mögen. Der richtige Ort wäre das alte Haus in Peachtree Hills gewesen, wo sich der größte Teil unseres Familienlebens abgespielt hatte. Aber das war natürlich unmöglich. Dort lebte jetzt ein Computerfachmann mit seiner Familie. Ich erklärte mich einverstanden und raffte mich auf, zusammen mit Lilly das Haus auf Vordermann zu bringen. Wir putzten Silber, bestellten Blumen und holten die alte crèmefarbene Damastdecke, ein Erbstück von Tees Großmutter, aus der Kommode. Mir war durchaus bewußt, daß mein Haus ohne den plötzlichen Tod meiner Mutter nach und nach zu einem verstaubten Mausoleum geworden wäre.

»Es sieht wunderschön aus, Baby«, sagte Daddy, als wir aus der grellen Mittagssonne durch die Haustür traten. »Es hätte deiner Mutter sicher sehr gefallen.«

Und es sah wirklich sehr schön aus, aber trotzdem hegte ich Zweifel, ob es meiner Mutter recht gewesen wäre. Wie ich sie kannte, hätte sie wahrscheinlich für Centennial Park plädiert, da dort ihre zahllosen Fans Platz gefunden hätten, die ihr im Laufe der Jahre zugejubelt hatten.

Es überrascht mich immer wieder aufs neue, wie sehr ich die Feierstunde nach einer Beerdigung genieße. Man ist natürlich traurig, wie sehr, das hängt davon ab, wie groß die Lücke ist, die der Verstorbene im Leben der Trauergäste hinterläßt, aber es ist eine angemessene Traurigkeit, die dazu dient, widersprüchliche Gefühle miteinander in Einklang zu bringen. Manchmal wird gelacht, aber es ist das wehmütige Lachen liebevoller Erinnerung. Es mag auch Tränen geben, aber es sind die sanften, sentimentalen Tränen der Zuneigung. Niemand wird auch nur ein böses Wort über den Verstorbenen oder einen der Trauergäste äußern. Das kommt vielleicht später, wenn die Gäste nach dem Leichenschmaus in ihr alltägliches Leben zurückgekehrt sind, aber niemals innerhalb der vier Wände des Trauerhauses. Jeder kennt jeden und kann sich ein genaues Bild von ihm machen, und alle zeigen sich von ihrer besten Seite, was bei anderen Zusammenkünften selten der Fall ist. Man umarmt und küßt sich, klopft sich kameradschaftlich auf die Schulter, macht sich Komplimente und tauscht Vertraulichkeiten aus.

Als der erste aus unserem Freundeskreis beerdigt wurde, sagte Carrie Davies wehmütig, daß wir seit unserer Examensfeier nicht mehr so zuvorkommend und rücksichtsvoll miteinander umgegangen wären. Sie hatte recht. Die Beerdigung meiner Mutter gefiel mir so gut, daß ich zeitweise vergaß, aus welchem Anlaß wir versammelt waren, und wenn es mir wieder einfiel, erschien es mir einfach absurd, daß ihr Tod der Grund für unsere Zusammenkunft war.

Ihr Leben dagegen war sehr gegenwärtig. Sie war ebenso präsent wie wir alle: Es wurde nur von ihr geredet und davon, was sie für jeden von uns bedeutete. Sie hätte in der Küche sein können. Jeden Moment würde sie mit einem ihrer verrückten Hüte auf dem Kopf ins Zimmer rauschen, Küßchen und Umarmungen verteilen, und ihr Lachen würde durch die Luft perlen. Das Leben würde um sie herumwirbeln, wie es immer gewesen war. Weder vorher noch nachher fühlte ich diese uneingeschränkte, tiefempfundene Zärtlichkeit für meine Mutter, die mich am Tag ihrer Beerdigung erfüllte.

Niemand sprach von Tee oder von seiner Affäre. Niemand fragte mich, was ich als nächstes tun würde oder was er plante. Sobald sie aus der Tür waren, würden sie davon anfangen, da war ich mir sicher, aber nicht hier, nicht an diesem Tag. Zum ersten Mal in seinem Leben war Tee bei einer unserer Feiern nicht dabei. Wein und Bloody Marys wurden serviert, ohne daß er eingeschenkt hatte, Krabbencocktails und Käsecracker wurden gegessen, ohne daß er daran teilhatte, Trinksprüche wurden gesagt, ohne daß er darauf anstieß. Es war wohl die erste Party in diesem Haus, die ich ganz allein bestritt, und dank meiner Mutter wurde sie ein voller Erfolg. Tee hätte an meiner Seite sein sollen; das wäre sein Platz gewesen. Aber seine Abwesenheit tat nicht weh. Ich war völlig überrascht von dem Erfolg meines Soloauftrittes.

Selbst mein Vater fühlte sich wohl. Ausnahmsweise ließ er sich sogar zu einer Bloody Mary überreden und schenkte seinen und Mutters letzten gemeinsamen Gästen ein herzliches Lächeln. Ein-, zweimal hörte ich ihn sogar lachen. Es wirkte nicht unpassend. Bei dieser letzten Party galten andere Maßstäbe. Erst später forderte die reale Welt wieder ihr Recht. Dann würde ich mich um meinen Vater sorgen. Dann kam die Zeit, die ihn möglicherweise niederschmettern würde. Ich lächelte ihn an und lachte mit ihm und weigerte mich strikt, daran zu denken, was mit ihm geschehen würde, wenn die letzten Gäste gegangen waren. Es kam mir gar nicht in den Sinn, mich zu fragen, was aus mir werden würde.

Am Ende kam Tee doch noch zu Mutters Abschiedsparty.

Als die Schatten langsam länger wurden und die ersten Gäste sich verabschieden wollten, läutete es an der Tür, und Kevin ging hin, um zu öffnen. Er kam mit einem Strauß blutroter Rosen ins Wohnzimmer zurück. Der Strauß war so riesig, daß er kaum darüber hinwegschauen konnte. Kevins Oberkörper verschwand hinter einem Meer aus samtigem Rot. Es mußten mindestens hundert Rosen sein, er konnte sie kaum halten. Alle waren sie makellos und atemberaubend schön. Sie mußten mindestens genausoviel gekostet haben wie die ganze Feier, ging mir als erstes durch den Kopf. Aber mein zweiter Gedanke war, daß ich noch nie im Leben einen derart protzigen Blumenstrauß gesehen hatte. Um mich herum wurde hörbar nach Luft geschnappt. Noch Jahre später würden alle Beerdigungsgäste meiner Mutter über dieses äußerst unpassende, peinliche Blumengeschenk reden.

Meine Mutter wäre hingerissen gewesen, dachte ich.

»Du liebe Güte, wer, um alles in der Welt ...?« zwitscherte Sally und unterbrach die atemlose Stille.

»Gütiger Himmel«, sagte mein Vater.

»Wurde von einem Blumenladen geliefert«, murmelte Kevin hinter den Rosenmassen. »Von einem, den ich nicht kenne.«

Ich ging zu ihm und nahm den Briefumschlag, der auf den obersten Blüten hin und her schwankte. Er war cremefarben, aus teurem, schwerem Papier und an Daddy, Kevin und mich adressiert. Ich riß ihn auf.

»Unser tiefstes Mitgefühl«, stand auf der Karte.

»In Liebe, Tee und Sheri«, lautete die Unterschrift.

Die Buchstaben waren schwarz und geschwungen, und es war definitiv nicht Tees Handschrift.

»Von einem neuen aufstrebenden Unternehmen«, sagte ich und reichte die Rosen an Sally weiter und ging in die Küche, meine Wangen glühten. Hinter mir blieb es still. Es dauerte etwa eine Minute, bevor sich wieder leises Gemurmel erhob.

Ich stand an der Spüle und spritzte mir kaltes Wasser ins Gesicht, als Livvy hereinkam.

»Verflixt noch mal, ich dachte, sie wäre diejenige, die auf einer Farm aufgewachsen ist«, sagte sie kopfschüttelnd. »Hat man ihm etwa ein Loch in den Schädel gebohrt, durch das all seine Manieren und sein guter Geschmack entwichen sind? Das war ja wohl der vulgärste Blumenstrauß, den ich in meinem ganzen Leben gesehen habe. Wie kann ein nicht einmal geschiedener Mann nur auf die Idee kommen, seiner Nochehefrau Blumen zu schicken und die Karte von der Geliebten unterschreiben zu lassen? Es würde mich nicht wundern, wenn Coke die beiden zu Edie Summers schicken würde.«

Edie Summers war eine ewige Debütantin von Mitte Fünfzig, die den Sprößlingen der großen Häuser in Buckhead Manieren und Umgangsformen beibrachte. Tee hatte mir einmal erzählt, daß er als Jugendlicher heftig für sie geschwärmt hatte. Seitdem war sie zu einem porzellanartigen Muster an Schicklichkeit und Anstand mutiert, und nachdem ihr Ehemann fünfzehn Jahre zuvor bei einem Tennismatch im Driving Club ein stilgerechtes Ende gefunden hatte, überlegte sie nicht lange und eröffnete eine kleine, feine Akademie, in der sie den Kindern ihrer ehemaligen Schulkameraden den letzten Schliff ab. Ihre Eltern ließen sich den gesellschaftlichen Drill etwas kosten, und Edies Kasse klingelte. Mittlerweile ging kaum ein Teenager aus Buckhead aufs College, ohne zu wissen, wie er sich zu benehmen hatte.

Die Benimmschule schien jedoch ihre Grenzen zu haben. Tee und Charlie machten sich gern darüber lustig, daß Edies eigene Kinder ihr nichts als Schande bereiteten und sich überall aufführten wie die Axt im Walde. Ich prustete los und verspritzte das Wasser, mit dem ich mein brennendes Gesicht kühlen wollte. Tee und die Aal-Lady in Edies unerbittlichen Klauen, die Vorstellung war wirklich zu lustig. Ich bog mich vor Lachen, und Livvy stimmte mit ein.

Als wir aufhörten zu lachen, sagte ich: »Armer Daddy. Jetzt muß er sich auch noch über diesen dummen, unmöglichen Fauxpas ärgern. Tee gehört erschossen; er müßte es besser wissen. Was hat Dad bloß gemacht? Ich sollte mich schämen, einfach so davonzurennen.«

»Er muß gar nichts machen«, sagte Livvy. »Ich hab sie Sally abgenommen und sie in die Gästetoilette gestopft und die Tür abgesperrt. Nach der Feier kannst du sie auf den Müll werfen oder ins Piedmont Hospital schicken. Mach damit, was du willst. Ich an deiner Stelle würde damit zu Coke fahren und sie Tee einzeln samt Dornen in den Arsch schieben, aber es ist deine Entscheidung. Caleb hat deinem Dad noch eine Bloody Mary gemacht, und Charlie Davies ist mit ihm auf die Veranda gegangen und hat ihn gebeten, ihm zu erklären, wie man eine Lampe anschließt. Alle haben aufgehört zu tuscheln und rüsten sich für den Heimweg. Das große Blumenspektakel ist vorbei. Finito. Krisenmanagement ist mein Spezialgebiet. Du darfst meinen Ring küssen.«

Sie hatte ganze Arbeit geleistet, denn als der letzte Gast sich verabschiedet hatte und Daddy, Kevin, Sally, Teddy und ich uns erschöpft auf der Veranda niederließen, waren Tee, seine furchtbaren Rosen und seine fürchterliche Geliebte in unserem kollektiven Unterbewußtsein begraben. Irgendwann würden wir alles wieder ans Licht zerren und uns gehörig darüber entrüsten. Dies war er jetzt, der Zeitpunkt, vor dem ich mich seit Tagen gefürchtet hatte, der Augenblick, in dem sich die reale Welt für uns alle, besonders aber für meinen Vater wieder zu drehen anfing. Jetzt würde der wahre Schmerz beginnen.

Zuerst sagten wir nichts, sondern schauten uns nur an, und für einen kurzen schrecklichen Moment fürchtete ich, mit dem Schmerz meines Vaters nicht fertig zu werden. Ich selbst konnte anscheinend so gut mit meiner Trauer fertig werden, daß ich mich fast schämte. Während der Beerdigung und der anschließenden Feier hatte ich meine Mutter so tief in meinem Inneren begraben, wie wir sie in der Erde des Arlington-Friedhofs begraben hatten. Später, dachte ich; später, wenn der Zeitpunkt gekommen ist, dann kann ich an sie denken. Es bleibt noch so viel Zeit. Jetzt muß ich mich um Daddy kümmern.

Schließlich sagte Dad: »Ich finde, es ist alles sehr gut verlaufen, meint ihr nicht auch? Es überrascht mich immer wieder, wie viele Leute sich ihre Stücke und Konzerte angeschaut haben. Die Kirche war bis auf den letzten Platz besetzt. Und das hier war sehr nett, Molly, diese kleine Feier heute nachmittag. Das Essen war gut. Und all diese jungen Leute … Freunde von euch nehme ich an, und von Kevin. Es war nett von ihnen, vorbeizuschauen …«

Seine Worte verstummten, und er schaute geistesabwesend ins Leere. Er hatte die Hände über seinem kleinen Kugelbauch gefaltet, als ob er darauf wartete, zum Essen gerufen zu werden, oder zum Rest seines Lebens. Ich mußte an den schrecklichen Tunneltraum denken und schloß einen Moment lang die Augen. Als ich sie wieder öffnete, schaute er immer noch geduldig ins Nichts.

»Es war eine schöne Party, Molly«, sagte Sally und erschrak ein wenig. »Es war wohl eher ein Empfang. Sehr gelöst und elegant, kein bißchen steif und formell. Mama Bell hätte es gefallen.«

Mama Bell hätte es genausowenig gefallen wie die schlichte kleine

Kirche oder die vorlauten Enten, die ihr die Schau gestohlen hatten, dachte ich mit meiner neuen klaren Sicht der Dinge. Für sie wäre nur der Driving Club in Frage gekommen, und sonst gar nichts.

Laut sagte ich: »Danke, Sally. Ohne dich hätte ich es nicht geschafft. Und ohne dich natürlich auch nicht, Kevin.«

»Ja, ja«, sagte Kevin. Seine Stimme klang heiser und rauh. Von uns allen war Kevin anscheinend der einzige, dessen Emotionen angemessen in der Wirklichkeit verankert waren. Er hatte die große Liebe seines Lebens verloren und fühlte sich beraubt und zornig. In erster Linie zornig auf mich.

Es wurde wieder still, bis Teddy sagte: »Ich glaub, ich mach mir ein Brot, Ma. Will sonst noch jemand eines?«

»Es ist noch soviel vom Buffet übrig geblieben«, sagte ich. »Hast du denn eben nichts gegessen?«

»Ich dachte eher an Erdnußbutter und Banane«, sagte er, und Dad und ich lächelten uns an. Es war ein instinktives Lächeln, unser altes Lächeln.

Ich komm noch mal runter, bevor du fährst, Grandpa«, sagte Teddy und küßte meinen Vater auf die Stirn, so selbstverständlich, als hätte er es seit Jahren jeden Tag gemacht. Aber Teddy hatte, seit er zehn war, niemanden mehr aus seiner Familie geküßt. Mein Herz schwoll an vor Liebe zu ihm.

Wieder drohte es still zu werden. Und plötzlich hörte ich mich mit meiner Stimme reden, die ich angeblich immer bei meinen verschiedenen Wohltätigkeitssitzungen benutzte. »Nun, ich glaube, wir sollten ein paar Pläne machen«, sagte ich. »Kevin, ich weiß, daß ihr beiden morgen früh wieder zurückfahren wollt, und Teddy bereitet sich auf seine Reise nach Westen vor. Was ist mit dir, Dad? Hast du schon darüber nachgedacht, was du in den nächsten Tagen machen willst?«

Mein Vater antwortete nicht, sondern blickte starr geradeaus, und Kevin und Sally sahen mich ungläubig an, als hätte ich während einer heiligen, ernsten Zeremonie einen lauten Furz gelassen. Ich wurde feuerrot. Selbst in meinen eigenen Ohren klang ich übereifrig, unsensibel und fürchterlich. Ich konnte nicht begreifen, woher die flötenden Worte kamen, aber ich wollte um jeden Preis alles und jeden in eine gewisse Ordnung verweisen. Das war mir in dem Moment wichtiger als alles andere.

»Tut mir leid«, flüsterte ich unglücklich, aber der Wunsch nach geordneten Verhältnissen blieb unverändert stark.

»Du brauchst dich nicht zu entschuldigen, Baby«, sagte Dad hastig. »Du hast recht. Wir müssen einiges planen. Das Leben wird für uns nicht stillstehen.«

Außer für ihn, für ihn war es stehengeblieben.

»Komm zu uns«, sagte Kevin. Er sagte es entschlossen und ernst, mit seiner Moderatorenstimme. Er benutzte sie im Privatleben nur selten. Es überraschte mich immer, daß Kevin eine solche Autorität ausstrahlen konnte.

Dad sah ihn an und zog eine Braue hoch.

»Ich meine es ernst«, sagte Kevin. »Komm mit und bleib eine Weile bei uns. Wir würden uns freuen, stimmt's, Sal? Du warst schon seit Ewigkeiten nicht mehr bei uns. Mutter hat es in Washington nie gefallen. Bleib ein paar Wochen bei uns, dann zeige ich dir meine Welt, meine Stadt. Ich nehme mir ein paar Tage frei, und wir gehen zum National Press Club und in den Presseraum des Weißen Hauses. Dann stell ich dir ein paar von den Nachrichtenstars vor – Brokaw und Jennings zum Beispiel –, und wir können an die Küste fahren und fischen und Museen und Restaurants besuchen –«

»Oh, komm doch bitte mit, Daddy Bell«, rief Sally. »Ich habe gerade das Gästezimmer frisch dekoriert für dich und ... für dich. Auf den Vorhängen ist ein Entenmuster. Mandy wäre begeistert ...«

Mandy war Kevins und Sallys elfjährige Tochter. Ich konnte mir nicht vorstellen, daß sie sich für irgend etwas begeistern konnte außer für Pferde.

»Genau wie Molly in dem Alter«, sagte Mutter immer. »Lange Arme und Beine und breite Schultern. Bei Molly war es natürlich das Schwimmen, nicht das Reiten.«

Arme Mandy. Gezeichnet durch ihre dominanten Gene.

»Es wär nett, ein bißchen Zeit mit Mandy zu verbringen«, sagte Daddy pflichtbewußt, aber ich glaube, er wußte gar nicht, was er sagte. Äußerlich wirkte er wie immer, agil, lakonisch und gutmütig, aber innerlich schien er vollkommen leer zu sein. Wenn wir anderen aufgestanden und weggegangen wären, ich glaube, er wäre einfach auf der Veranda sitzen geblieben, bis jemand gekommen wäre, um ihn zu holen und ihm zu sagen, was er tun sollte. Nein, ich war tatsächlich nicht in der Lage, das auszuhalten …

»Dann kommst du also mit?« fragte Kevin.

»Ich werd drüber nachdenken«, sagte Daddy.

»Nein!« schrie ich. Wieder schauten Kevin und Sally mich irritiert an. Daddy starrte weiterhin vor sich hin.

»Ich meine nicht sofort; er muß hierbleiben. Es muß noch soviel erledigt werden, und er braucht Zeit, um Mutters Tod zu verarbeiten. Er braucht Ruhe und seine vertraute Umgebung, um mit allem fertig zu werden. Ich helfe ihm dabei. Tagsüber können wir in der Wohnung alles ordnen, und abends kann er zu mir kommen …«

»Du hast im Moment genug eigene Probleme, Baby«, sagte er. »Ich freue mich, daß ihr mir helfen wollt, aber ich habe nicht vor, mich an euch zu hängen. Wenn ich Hilfe brauche, schreie ich.«

»Nein, mein Vorschlag ist doch nur logisch«, beharrte ich. »Du hast diese muffige kleine Wohnung doch nie gemocht, und ich hab das große Haus, und außerdem ist es meine Pflicht. Dazu sind wir Frauen doch da …«

Ich lächelte, um ihm zu zeigen, daß es ein wenig scherzhaft gemeint war, aber er ging nicht darauf ein.

»Und wozu seid ihr da?« fragte er sanft. Offensichtlich nahm er mich erst jetzt richtig wahr.

»Um uns um Menschen zu kümmern«, erwiderte ich lahm.

Daddy seufzte und schaute Kevin und mich an.

»Wollt ihr wissen, was ich jetzt brauche?« fragte er. »Ich muß mit eurer Mutter allein sein. Wir haben uns noch nicht verabschiedet, und das muß ich jetzt tun. Im Krankenwagen hat sie mich nur angesehen; sie hat nichts mehr gesagt. Ich auch nicht, glaube ich. Wir … wir haben uns nur angesehen. Sie hatte diesen angespannten, weggerückten Blick in den Augen, und dann veränderte sich ihr Gesicht … und sie ist gestorben. Aber wir sagten nichts mehr zueinander. Das muß ich als nächstes tun.«

Meine Augen füllten sich mit Tränen, aber es war Kevin, der sagte:

»Als … ich meine, als ihr Gesicht sich veränderte … sah sie aus, als hätte sie Angst gehabt?« fragte er so leise, daß ich ihn kaum verstehen konnte.

»Nein«, sagte Daddy. »Sie sah überrascht aus. Ihr meint es wirklich gut mit mir, ihr beide, aber ich muß daheim bleiben, bis ich sie wieder klar sehen kann, bis ich sie sehen kann, wie sie war, nicht so, wie sie zum Schluß war …«

»Aber dann kommst du zu mir«, sagte ich beharrlich. »Versprochen? Und wir erledigen alles, was nötig ist. Ich könnte auch zu dir kommen …«

Er holte tief Luft und atmete langsam aus. Er lächelte ein wenig.

»Nein. Dann gehe ich fischen. Mit Harry Florian. Seit Jahren wollten wir schon für ein paar Wochen an den Homosassa See. Ich denke, daß wir jetzt hinfahren. Und dann verkaufe ich die verfluchte Wohnung und such mir was anderes. Das werde ich gleich als erstes in Angriff nehmen, wenn ich zurück bin.«

»Nun, zumindest dabei kann ich dir dann helfen«, sagte ich. »Es gibt jede Menge netter Wohnanlagen am Rand der Innenstadt. Wir finden schon was Schönes für dich. Die Preise sollen auch erschwinglich sein, und du wärst nah bei uns …«

»Nah bei wem?« fragte mein Vater vorsichtig.

»Nun, du weißt schon … bei uns.«

»Wen meinst du mit ›uns‹?« sagte Kevin gedehnt. »Von wem redest du da, hast du etwa vergessen, was passiert ist?«

Von einer Sekunde zur anderen war der tödliche Zorn wieder da, spülte über mich hinweg wie eine große Woge. Ich fühlte, wie ich davon mitgerissen wurde. Mit aller Kraft stemmte ich mich dagegen. Diese Woge aus Zorn und Wut hatte schon meine Mutter zerstört.

»So etwas will ich nicht mehr hören«, sagte mein Vater zu Kevin. Und seine Stimme klang fast wie früher in meiner Kindheit. Er schaute mich liebevoll an, erschöpft und voller Mitgefühl.

»Ich habe die Stadt satt, Molly«, sagte er. »Ich glaube, ich habe die längste Zeit hier gelebt. Die Stadt, das war die Welt deiner Mutter. Meine Welt ist das Land. Ich hab gedacht, ich such mir ein kleines Häuschen in der Nähe von Jasper oder sogar unten in Lowndes County. Da wo ich aufgewachsen bin. Ich hab dort immer noch ein paar gute Freunde. Und es ist nur ein paar Stunden von hier entfernt ...«

Seine Stimme brach, und ich wußte, daß er mit »hier« das frische Grab auf dem schattigen, von Enten bevölkerten Hügel auf dem Arlington-Friedhof meinte.

»Was soll ich machen?« sagte ich trostlos. »Wer bleibt mir dann von meiner Familie?«

»Du mußt anfangen, dir ein eigenes Leben aufzubauen, Liebling«, sagte Daddy, als wären Kevin und Sally gar nicht da. »Und du mußt es allein tun. Weder Teddy noch ich können zum Mittelpunkt deines Lebens werden. Keiner von uns wird noch allzulange bei dir sein. Und ... ich kann deine Last im Augenblick nicht teilen. Und auch von Teddy solltest du das nicht verlangen.«

»Dann gibt es also nichts, was ich für dich tun kann?«

Es war wie ein Hilferuf aus meinem tiefsten Inneren, wo das Kind, das er einst liebte und in seinen Armen gehalten hatte, noch immer lebte.

»Wenn du etwas für mich tun willst, kannst du dich um ihre Anziehsachen kümmern«, sagte er und lächelte wehmütig. »Ich dachte, ich hätte es selbst tun können, aber anscheinend kann ich es doch nicht.«

»Ich werd's machen«, sagte ich. »Gleich morgen früh fange ich damit an.«

Aber ich konnte es auch nicht. Am darauffolgenden Morgen war ich so bedrückt und niedergeschlagen, daß ich kaum atmen konnte. Ich dachte tatsächlich, ich hätte mir irgendein Virus eingefangen. Nach dem Frühstück mußte ich mich übergeben, was bei mir so gut wie nie vorkommt, und mir wurde klar, daß ich die Sachen meiner Mutter nicht zusammensuchen konnte. Ich konnte ihre kleinen Kleidchen und Pullover nicht berühren und zusammenfalten, konnte ihre Hüte nicht einpacken. Alles würde nach ihr riechen, und der Geruch würde an mir haften; Erinnerungen würden hervorschwirren wie Bakterien. Die Bazillen von Liebe und Zorn und Schmerz, die zwischen den Fasern steckten, würden mich lähmen. Ich spülte meinen Mund aus und wählte die Nummer von Carrie Davies, die gesagt hatte, sie würde alles, wirklich alles für mich tun. Ich erreichte nur ihren Anrufbeantworter.

Ich rief Livvy an.

Wir trafen uns in der Wohnung meiner Eltern. Mein Vater war nicht da. Er wollte ein paar Sachen in der Stadt erledigen, hatte er mir am Telefon gesagt, und danach wollte er sich mit Harry und ein paar anderen alten Kumpeln zum Lunch treffen. Ich wußte, er würde die Theater und Konzertsäle aufsuchen, in denen Mutter aufgetreten war und wo sie das ein oder andere zurückgelassen hatte.

»Wenn es dir zu schwer fällt, kann ich es für dich tun«, sagte ich. »Aber ich bin froh, daß du unter Leute gehst. Das ist der richtige Weg, nicht wahr? Augen zu und durch. Ich hoffe, es hilft dir, Daddy.«

»Nein, ich will es so«, sagte er. »Und ich weiß nicht, ob es der richtige Weg ist. Gibt es überhaupt einen richtigen Weg? Ich glaube nicht, daß es viel helfen wird, Baby, aber man kann sich ja nicht einfach hinlegen und sterben, oder?«

Und warum nicht, schoß mir auf einmal durch den Kopf.

»Natürlich nicht«, sagte ich.

So betraten Livvy und ich die schlichten ordentlichen Räume, in denen meine Eltern während der letzten Jahre gemeinsam gelebt hatten, und gingen ins Schlafzimmer meiner Mutter. Methodisch machte Livvy sich daran, ihre Sachen aufzufalten und in die mitgebrachten Plastiktaschen zu packen. Wir wollten sie zur Heilsarmee bringen. Am Ende war es doch nicht so schwierig, nicht, wenn ich ihre Kleidung nicht berühren mußte. Ich konnte zusehen. Das konnte ich.

»Willst du denn nichts behalten?« fragte Livvy, als wir die Taschen zum Auto bringen wollten. »Ein paar von ihren Sachen sind wunderschön und sehr gepflegt. Später tut es dir leid, wenn du alles weggegeben hast.«

»Nein. Nichts davon paßt mir. Und ihre Handtaschen und Accessoires würden lächerlich an mir aussehen. Es sind Sachen für zierliche, kleine Frauen. An mir würden sie aussehen wie Spielzeug.«

»Hier, behalt den«, sagte Livvy. »Wenn du gar nichts behältst, wirst du es später bedauern, also behalt ihn. Wenn du die Blumen abnimmst, hast du einen perfekten Sonnenhut.«

Sie warf mir den schwarzen Hut zu, den meine Mutter bei unserem letzten gemeinsamen Essen im Ritz Carlton getragen hatte, und ich mußte unwillkürlich lächeln. Livvy hatte recht. Trotz allem wollte ich ihn behalten. Meine Mutter würde mir im Strohgeflecht ihres großen schwarzen Hutes in mein Leben folgen.

»Ich habe nachgedacht«, sagte sie, als wir mit unseren Tragetaschen die Wohnung verließen. »Du und dein Hut, ihr solltet euch ins Flugzeug setzen und in einem Monat rauf zum Vineyard fliegen. Bis dahin werde ich schon dort sein; Caleb kommt erst eine Weile später nach. Wir hätten viel Zeit füreinander, ohne irgendwelche Verpflichtungen, nur du und ich und der Strand und der Ozean.«

»Ich mag im Moment nicht unter Leute gehen, Livvy«, sagte ich. Ich wußte, daß sie und Caleb die Hälfte der Sommergäste auf Martha's Vineyard kannten.

»Das brauchen wir auch nicht«, sagte sie. »Ich hab auch keine Lust auf Partys. Durch dich hätte ich eine gute Entschuldigung. Ich finde, es wird Zeit, daß du mal was allein unternimmst. Du hattest doch immer die ganze Familie im Schlepptau. Du solltest es mal versuchen. Vielleicht hast du ja Spaß daran.«

»Nächstes Jahr vielleicht …«

»Warum erst nächstes Jahr?« Offensichtlich wollte sie nicht so leicht aufgeben. »Sag mir den genauen Grund.«

»Nun, Teddy mit dem College und …«

Sie schüttelte nur ungeduldig den Kopf, sagte jedoch nichts weiter.

Zwei Tage darauf fuhr mein Vater mit Harry und Martin Short und Philip Hines an den Homasassa See. Ich hatte jeden Tag viel Zeit mit Daddy verbracht, obwohl er mich nicht darum gebeten hatte. An dem Tag ihrer Abreise stand ich sehr früh auf und fuhr zu seiner Wohnung, um auf Wiedersehen zu sagen. In dem farblosen Licht der Morgendämmerung wirkte er viel dünner und älter als sonst, und so krank und niedergeschlagen, daß ich plötzlich panische Angst bekam, ihn nie mehr wiederzusehen. Ich schloß ihn fest in meine Arme.

»Ruf mich bitte jeden Tag an«, sagte ich an seiner Schulter, die wie eh und je nach Stärke und Waschpulver roch.

»Wir werden meist draußen auf dem See sein«, erwiderte er. »Würde es nicht reichen, wenn ich alle zwei, drei Tage anrufe?«

»Daddy ... was ist, wenn ich dich brauche?«

»Was ist, wenn du mich nicht brauchst?« sagte er und drückte mich fest an sich. Ich sagte nichts mehr, und sie fuhren los. Ich stand in der Einfahrt und starrte ihnen nach, bis Harrys alter Kombi hinter einer langgestreckten Kurve verschwand. Dann fuhr ich nach Hause, wo ich mich auf die Veranda setzte und eine Tasse Kaffee trank. Teddy war über Nacht bei T. J. Campbell geblieben.

»Ich weiß nicht, wo meine Familie ist«, sagte ich laut in die stille Morgenluft.

In den darauffolgenden Wochen bemutterte ich Teddy, bis er sich mürrisch von mir distanzierte, und nach einem häßlichen, verletzenden Streit erkannte ich meine Fehler und rief Caroline und Alan an und fragte, ob es ihnen recht sei, wenn ich sie besuchen würde. Caroline klang abwesend und lustlos; ich solle sofort kommen, sagte sie, sie hätten schon auf mich gewartet. Aber sie schien nicht froh zu sein. Ihre Worte klangen tonlos und lahm. Der hübsche Südstaaten-Singsang in Carolines Stimme war verschwunden. Erneut stieg in mir der Zorn auf Tee hoch, weil er den hübschen Tonfall seiner Tochter zerstört hatte.

Von Tee, der seinen Feuerlauf beendet hatte, hörte ich nichts. Auch Sheri Scroggins rief nicht mehr an. Die ganze Welt schien in einer Seifenblase aus heißer, abgestandener Zeitlosigkeit gefangen zu sein. Schließlich war ich froh, als ich mich ins Flugzeug setzen konnte, um mein sommerliches Trauma in Atlanta zu verlassen und in das ebenso heiße Memphis zu fliehen.

Aber es war kein schöner Besuch, und ich reiste zwei Tage früher ab als geplant. Caroline war so schlapp und reizbar, daß ich sie kaum wiedererkannte; von ihrer frischen lebhaften Art, die mich immer so an Tee erinnert hatte, war praktisch nichts mehr übrig. Alan war zerstreut und still; oft blieb er lange im Büro, weil er kurz vor einem wichtigen Prozeß stand, für den es viel vorzubereiten gab. Das Baby schlief, schrie und schlief und schrie. Caroline hatte eine Putzhilfe und einen Babysitter, und wir konnten in Ruhe zum Essen gehen und uns ein paar Sehenswürdigkeiten anschauen, aber die Hitze und die hohe Luftfeuchtigkeit waren unerträglich, und wir redeten nicht viel. Jedesmal, wenn ich sie etwas Persönliches fragte oder von meinem Leben ohne ihren Vater erzählen wollte, bekam sie Tränen in die Augen und schnitt mir schroff das Wort ab. Sie sprach es zwar nicht aus, aber ich wußte, daß sie noch immer wütend auf mich war, weil ich Tee nicht davon abhalten konnte, sie zu verlassen, und ich wußte, daß, wenn ich noch eine Weile länger blieb, mein kindischer Schmerz, den ich wegen ihrer unausgesprochenen Vorwürfe empfand, sich bald in Zorn verwandeln würde, wodurch sich die Kluft, die zwischen uns entstanden war, vergrößern würde. Am dritten Tag meines Besuchs bekam das Baby eine jener typischen sommerlichen Koliken, von denen Babys in den Südstaaten ab und an heimgesucht werden, und ich fuhr vorzeitig nach Hause. Caroline weinte und umarmte mich und versprach mir einen langen Besuch zu Weihnachten, aber sie bat mich nicht, länger zu bleiben. Auf dem Heimflug fühlte ich nichts als Erschöpfung und Erleichterung.

Als ich vor unserem Haus aus dem Taxi stieg, fand ich die Eingangstür unverschlossen und hörte Stimmen von der Veranda. Ich hatte Teddy nicht vor dem Wochenende aus dem Sommerhaus von Eddies Eltern zurückerwartet, und meine Stimmung hob sich. Unter all den zahllosen kleinen Toden, die unsere Trennung begleiteten, fand ich es am schlimmsten, in der Abenddämmerung in ein dunkles, leeres Haus zurückzukehren. Die Vorstellung, gleich meinen Sohn in den Armen zu halten und von Lazarus begrüßt zu werden, ließ mein Herz vor Freude schneller schlagen.

»Rate mal, wer zum Abendessen nach Hause kommt!« rief ich und lief durch die dunkle Bibliothek und öffnete die Tür zur Veranda, die von der Abendsonne in rosiges Licht getaucht wurde.

Statt Teddy und Lazarus stand ich Tee gegenüber, der mich von seinem Liegestuhl aus verdutzt anschaute. Sheri Scroggins, in Shorts und trägerlosem Top, saß zu seinen Füßen. Beide hielten große, beschlagene Eisteegläser in der Hand und saßen stocksteif da. Beide starrten mich an, als sei ich im zerlumpten Totengewand aus dem Jenseits zurückgekehrt.

Die Veranda schien sich um mich zu drehen. Es war, als hätte ich mich in der Tür geirrt. Tees langer Körper war ein gewohntes Bild auf der Veranda, und ich fragte mich, wie oft ich ihn schon so in seinem Liegestuhl hatte liegen sehen. Fast erwartete ich, mein eigenes Gesicht auf dem Körper der Frau zu sehen, die zu seinen Füßen saß.

»Molly ...«, sagte Tee. Mein Herz krampfte sich zusammen, als er mit seiner vertrauten, tiefen Stimme meinen Namen aussprach.

»Ich möchte, daß ihr jetzt geht«, sagte ich und wußte, daß meine Worte wie die eines zickigen kleinen Mädchens klangen, das die Worte der Erwachsenen nachplappert.

Sheri stand auf. Ihr Körper war makellos; im Licht der untergehenden Sonne wirkte er unwirklich. Sie verzog den breiten Mund zu einem Lächeln, aber ihre Augen blieben ernst. Nach dem ersten Blick vermied ich es, sie anzuschauen.

»Du hattest kein Recht, in mein Haus zu kommen, während ich fort war«, sagte ich zu Tee. »Ich möchte, daß du jetzt gehst, und ich will nicht, daß du wiederkommst ...«

Aber mein Herz verzehrte sich nach ihm und wünschte, er würde bleiben.

Es war Sheri, die mir antwortete.

»Es ist auch sein Haus, Molly«, sagte sie mit ihrer monotonen Näselstimme, die mir mittlerweile verhaßt war. »Meines Wissens gehört das Haus ihm allein. Ihr Name steht nicht im Vertrag.«

Ich sah sie immer noch nicht an.

»Warum seid ihr hergekommen?« fragte ich meinen Ehemann.

»Ich wollte es sehen«, antwortete Sheri wieder für ihn. »Ich wollte mir Tees Haus anschauen. Warum sollte ich nicht? Wir hätten natürlich angerufen, aber wir wußten ja nicht, daß Sie hier sein würden. Tee hat ein paar Pläne mit dem Haus, stimmt's, Teeter?«

Sie schaute lächelnd zu ihm hinunter und amüsierte sich über den gräßlichen Spitznamen.

Tee sagte immer noch nichts. Er schaute mich nur an.

»Hast du deine Zunge verschluckt?« fragte ich, und mir war bewußt, wie gehässig meine Worte klangen. Aber ich wußte einfach nicht, wie ich mit diesem Mann, mit dem ich verheiratet war und der doch nicht mein Ehemann war, reden sollte. Ich wünschte, sie würden einfach verschwinden, damit ich mich endlich ins Bett legen und schlafen konnte.

»Ich dachte, es wäre eine gute Idee, wenn ich dir das Haus abkaufen würde, Molly«, sagte er schließlich. Dabei sah er Sheri an, nicht mich, und ich wußte, von wem die gute Idee stammte. Diese Frau war mit meinem Ehemann in unser Zuhause gekommen und wollte es nun für sich.

»Das Haus steht nicht zum Verkauf«, sagte ich.

»Darüber haben Sie wohl kaum zu befinden«, sagte Sheri Scroggins.

»Seien Sie still«, sagte ich zu ihr und wandte mich an Tee. »Jetzt willst du also auch noch mein Haus?«

Jetzt sah er mich an. In seinen Augen war etwas Neues, eine gewisse Schärfe wie eine dünne harte Lackschicht.

»Ich werde dir ein sehr großzügiges Angebot machen«, sagte er.

Meine Kehle war wie zugeschnürt, und ich hatte Schwierigkeiten zu sprechen.

»Du hast gesagt ... du hast gesagt, es würde für immer mir gehören«, sagte ich. »Deine Worte waren das. Du hast es in der Nacht gesagt, als du mir das alles erzählt hast. Alles, was ich wollte oder brauchte, hast du gesagt. Ich dachte, damit meintest du das Haus, in dem wir wohnen, wo die Familie wohnt ...«

Er wandte sich ab, und ich konnte die neue Härte in seinen Augen nicht mehr sehen.

»Du denkst viel, Molly«, sagte er leise.

»Wann bin ich für dich zur Feindin geworden, Tee?« fragte ich.

Er schaute auf die Bodenfliesen der Veranda. Auch ich betrachtete sie. Ich dachte an ein Wochenende im Herbst, als wir sie verlegt hatten, Tee und ich, in einem längst vergangenen Oktober. Teddy hatte uns geholfen, und Lazarus war mit seinen dicken Pfoten durch den nassen Zement gelaufen.

»Hör auf, Molly ...«, sagte Tee.

»Sie brauchen dieses große Haus doch gar nicht, Molly«, sagte Sheri Scroggins. Sie redete beruhigend auf mich ein, als spräche sie mit einem Kleinkind oder einer Behinderten. »Warum wollen Sie es behalten? Es ist doch nur eine Belastung für Sie ... mit der Summe, die wir Ihnen dafür geben wollen, könnten Sie sich in Atlanta eine Luxuswohnung kaufen, oder ein anderes, kleineres Haus ... was Sie wollen. Aber wir müssen jetzt alle vernünftig sein und die Einzelheiten besprechen. Wir haben die Sache schon zu lange schleifen lassen. Sehen Sie denn nicht ein, daß es besser wäre, das Haus Tee zu überlassen?«

»Nein, das sehe ich nicht ein, weil das hier mein Zuhause ist, Sie dumme Kuh«, schrie ich. Ihre Züge verhärteten sich, und sie preßte die Lippen aufeinander.

»Das hier ist mein ganzes Leben«, sagte ich in scharfem Tonfall. »Hier sind meine Erinnerungen. Meine Vergangenheit steht nicht zum Verkauf, und wenn, dann bestimmt nicht an Sie. Haben Sie mich verstanden?«

Sie schwieg und zuckte die Schultern.

»An Ihrer Stelle wäre ich mir da nicht so sicher«, sagte sie schließlich.

»Sheri«, sagte Tee.

»Nein!« Ihre nasale Stimme klang in der stillen Nachmittagsluft wie ein Peitschenknall. »Ich bin es leid, sie zu beschwichtigen! Ich habe es satt, sie mit Nachsicht zu behandeln und darauf zu warten, daß sie endlich zur Vernunft kommt! *Ich habe keine Zeit mehr, Tee!*«

Damit drehte sie sich um und stürmte von der Veranda. Ihr Hintern wabbelte kein bißchen unter der kurzen, engen Hose. An der Tür wandte sie sich um.

»Mach ihr das endlich klar«, sagte sie und war verschwunden.

Ich starrte Tee wortlos an. Er erwiderte meinen Blick. Er zuckte die Achseln, eine Geste der Hilflosigkeit.

»Du siehst hübsch aus, Molly«, sagte er. »Deine neue Frisur gefällt mir.«

Ich wandte mich ab und schaute über die efeubewachsene Gartenmauer zu den Wolkenkratzern der Innenstadt. So hatten wir oft dagestanden, er und ich, und den Blick genossen. Da wir beide aus einem Vorort stammten, waren wir immer noch beeindruckt von der Skyline Atlantas, die sich so eindrucksvoll in der Nähe unseres Hauses erhob.

»Mach, daß du rauskommst, Tee«, sagte ich.

Er ging, ohne noch etwas zu sagen. Nach wenigen Sekunden hörte ich die Haustür ins Schloß fallen.

Kurz bevor es dunkel wurde, kamen Teddy und Lazarus nach Hause. Da Teddy in der Zwischenzeit einen untrüglichen Spürsinn für Schwierigkeiten entwickelt hatte, merkte er sofort, daß etwas nicht in Ordnung war. Ich erzählte ihm, wen ich nach meiner Rückkehr aus Memphis auf der Veranda vorgefunden hatte.

Ich hatte erwartet, er wäre genauso empört wie ich, aber er schien nicht überrascht, was mich augenblicklich zu den wildesten Spekulationen veranlaßte.

»Sie sind schon vorher hier gewesen, stimmt's? Während ich weg war? Wußten sie von dir, daß die Luft rein war?«

Das war eine unfaire Unterstellung, aber ich war nicht in der Lage, fair zu bleiben.

»Sie waren nur einmal hier«, sagte er. Er saß mit lang ausgestreckten Beinen auf dem Boden. Genauso hatte Tee auch oft dagesessen. »Soweit ich weiß, jedenfalls. Ich habe ihnen überhaupt nichts gesagt. Es war an dem Nachmittag, als du zu Caroline geflogen bist. Ich weiß nicht, woher sie wußten, daß du weg warst.«

»Und du hast sie einfach reingelassen?«

Er hob den Kopf und starrte mich an. Sein Gesicht wirkte zu abgeklärt und erschöpft für sein Alter.

»Das Haus gehört ihm, Ma, er ist der rechtmäßige Besitzer. Er kann kommen, wann immer er will, und er kann mitbringen, wen er will«, sagte er.

»Und du warst die ganze Zeit hier?«

»Ja.«

»Bei ihr.«

»Ich denke überhaupt nicht an sie.«

»Das hier ist unser Haus, Teddy«, sagte ich, während sich meine Augen mit törichten Tränen füllten. Meine Stimme bebte. »Das hier ist unser Zuhause! Das Zuhause der Familie.«

Plötzlich sprang er auf und fing an zu schreien.

»Ich vermisse ihn, kannst du das nicht verstehen, Ma? Ich liebe ihn, und ich vermisse ihn. Ich kann doch nicht ... nur weil ihr ... hör mir zu, Ma –«

»Teddy –«

»Nein, hör mir jetzt zu. Mach es einfach, Ma. Tu es. So wie es jetzt ist … es wird sich doch nichts ändern, und ich kann es nicht länger ertragen! Gib deine Einwilligung in diese gottverdammte Scheidung und laß uns unser Leben weiterleben! Ich kann mich nicht mehr um dich kümmern, Ma!«

Ich konnte kaum atmen.

»Natürlich kannst du das nicht«, flüsterte ich schließlich. »Das habe ich auch nie von dir erwartet. Ich meine, euer Urlaub, das College … ich will ja, daß du das alles machst. Das weißt du doch, oder?«

Er rieb sich wütend die Augen.

»Ma, wie soll ich denn all das machen, bevor ich nicht weiß, daß du in der Lage bist, dein Leben … weiter zu leben, und irgendeine Zukunft für dich siehst? Dad kommt nicht zurück, das weißt du. Das ist dir doch wohl klar, oder? Ich hab versucht, soviel wie möglich bei dir zu sein, bis du es endlich einsiehst, aber Ma … ich kann nicht seinen Platz einnehmen.«

»Großer Gott, das hab ich doch auch nie gewollt«, sagte ich gequält.

Er sah mich nur an.

Am nächsten Morgen rief ich Livvy an und erhielt Name und Telefonnummer des Anwalts, von dem sie gesagt hatte, er würde Ken Rawlings zum Frühstück verspeisen. Ich rief seine Kanzlei an und ließ mir einen Termin geben. Und dann wählte ich ein zweites Mal Livvys Nummer.

»War deine Einladung in euer Ferienhaus ernst gemeint?«

»Ist der Papst katholisch, oder was?«

Einen Monat später kauerte ich auf dem Notsitz hinter einem Piloten, der wie ein Teenager wirkte, in einem winzigen Flugzeug, das von Boston aus gestartet war. Durch die offene Gardine schaute ich über seine Schulter hinweg auf eine Wand aus wirbelndem, dichtem Nebel. Mit kalten Händen umklammerte ich den großen, schwarzen Hut meiner Mutter. Hinter mir saßen etwa ein Dutzend andere Passagiere, die Zeitung lasen, mit ihren Kindern schimpften oder ein Schläfchen hielten; niemand außer mir schien zu glauben, daß wir in den sicheren Tod flogen. Direkt hinter mir zerrupften zwei nörgelnde Kinder eine hübsch verpackte Pralinenschachtel, und ihr Vater sagte mit grimmigem Gesicht: »Na schön, dann sag ich eben Mrs. Michaels, daß ihr unser Geschenk für sie aufgefressen habt.«

Geschiedener Daddy, dachte ich und war froh, von meiner Angst abgelenkt zu werden. Hat die Kinder für eine Ferienwoche bekommen und ärgert sich bereits darüber. Ich weiß nicht, wen ich am meisten bedauern soll.

Das Flugzeug sackte plötzlich schlingernd nach unten, und ich stieß einen leisen Schrei aus und schloß die Augen. Als ich sie wieder öffnete, teilte sich der Nebel, und weit unten konnte ich die Lichter eines winzigen Rollfeldes blinken sehen. Der Flieger ging in Schräglage und steuerte darauf zu.

»Spencer Tracy und Van Johnson und ich danken Ihnen«, sagte ich zu dem Babypiloten, vor Erleichterung redselig geworden.

»Ach ja?« sagte er. »Nichts zu danken, war mir ein Vergnügen.«

Wahrscheinlich hatte er keine Ahnung, von wem ich redete. Als das Flugzeug auf der rissigen Teerdecke aufgesetzt und nach einigen Hopsern zum Stehen gekommen war, öffnete er die Tür und half mir auf die wackelige Eisentreppe. Hier unten herrschte noch immer dichter Nebel.

»Ich wünsch Ihnen eine schöne Zeit auf dem Vineyard«, sagte er. Ich dankte ihm, duckte mich und trat aus dem kleinen Flugzeug ins bodenlose Nichts.

5

Livvy holte mich an der tristen kleinen Landebahn von Martha's Vineyard ab und fuhr mit mir durch den kümmerlichen, nebligen Staatsforst im Inselinneren bis nach Edgartown und Chappaquiddick. Sie fuhr einen verbeulten, grünen Cherokee-Jeep, der über den löcherigen Asphalt ruckelte und schlingerte, und den ganzen Weg bis zur Chappaquiddick-Fähre plapperte sie in einem fort. Zu Hause war Livvy nicht so geschwätzig; sie spottete sogar in ihrem vornehmen, näselnden Yankee-Tonfall über all unsere Freunde, die es waren. Da dies auf die meisten unserer gemeinsamen Bekannten zutraf, hatte Livvy einiges zu spotten. Unter anderen Umständen hätte ich sie wohl darauf hingewiesen, aber auf dieser Fahrt durch den zähen Nebel war ich so überwältigt von der unwirklichen Fremdheit der Umgebung, daß ich nur stumm auf die vorbeigleitende Landschaft starrte und ihren Wortschwall über mich ergehen ließ.

»Ist es nicht schön im Nebel? Na ja, es ist eigentlich immer schön, aber ich mag es besonders gern, wenn es neblig ist. Es könnte ebensogut vor hundert oder zweihundert Jahren sein, ganz gleich, irgendwann. Ich vermisse diesen Nebel in Atlanta. Ich habe noch an keinem Strand im Süden welchen gesehen, nicht im Sommer. Das Wasser ist einfach zu warm. Nebel entsteht nämlich, wenn warme, feuchte Luft auf kaltes Wasser trifft, weißt du. Unser Wasser hier draußen ist ganz schön kalt, besonders an der Atlantikseite. Sieh mal, wie sich die Bäume bis an die Straße drängen; woran erinnert dich das? Fast jeder Teil des Vineyard erinnert die Leute an irgendeinen Ort ...«

»Transsilvanien?« wagte ich zu fragen. Die knorrigen Baumstämme und die dunklen Fetzen von Laub, die draußen zwischen vorbeidriftenden Nebelschwaden sichtbar wurden, sahen unheimlich aus. Alles mögliche könnte aus diesem Nebel auftauchen. Fast glaubte ich, den Atem und die Schreie irgendwelcher unheimlicher Wesen zu hören …

Sie grinste.

»Viele Leute finden, es sieht aus wie der Schwarzwald oder der Wienerwald. Ich muß immer an Schweden denken, wenn ich hier durchfahre. Direkt nach dem College bin ich zwei endlose Tage lang mit dem Zug durch Schweden gefahren, und ich schwöre dir, es sah genauso aus. Zwergeichen und Krüppelkiefern, dazwischen hier und da ein paar größere Kiefern. Nichts als Bäume, das Land flach wie eine Flunder. Bis wir endlich nach Stockholm kamen, dachte ich, ich gehe ein vor Langeweile. Aus lauter Verzweiflung haben wir die ganze Zeit Bridge gespielt.«

»Natürlich, Schweden«, sagte ich säuerlich. »Wo hatte ich nur meinen Kopf?«

Ich kannte weder den Schwarzwald noch den Wienerwald, von den eintönigen Wäldern Schwedens ganz zu schweigen. Vielleicht hätte ich doch nach dem Examen die obligatorische Reise durch Europa machen sollen; doch meine Hochzeit mit Tee im Juni und unsere Hochzeitsreise nach Ocho Rios kam dazwischen. Im nächsten Sommer bekam ich Caroline und eine Weile später Teddy, und damit blieben uns nur kinderfreundliche Reiseziele. Später reisten wir nach Mexiko und Kanada und mehrmals in die Karibik, aber auch das waren Familienausflüge; Europa hatten wir uns aufgespart, weil wir wußten, daß Tees Aussichten auf eine Versetzung dorthin ziemlich gut waren. Ich hatte gedacht, wir hätten dann immer noch reichlich Zeit, um von London oder Paris oder Rom aus all die zauberhaften Orte Europas zu besichtigen. Aber die würden ihren Zauber nun auf Tee und die Aal-Lady ausüben. Plötzlich wünschte ich mir voller Ingrimm, ich hätte damals vor der Hochzeit auf der Examensreise bestanden, die mir meine Eltern angeboten hatten, und es tröstete mich nur wenig, daß die einzige, die genüßlich erklärt hätte, »ich hab's dir doch gesagt«, nun für immer schwieg.

Livvy hörte nicht zu.

»Ein Teil von Martha's Vineyard sieht fast nach Karibik aus; das ist unsere Ecke, die mit dem leuchtendblauen Wasser und all den weißen Segeln, den Blumen und dem weißen Sand. Und dann gibt es noch einen Teil direkt bei Edgartown, der jedermann an die Bermudas erinnert, und noch einen, der wie der Lake District in England aussieht. Und auf Up-Island könnte man sich manchmal in den englischen oder schottischen Mooren wähnen ...«

»Up-Island?« fragte ich. Irgendwie legte sich das Wort wie ein Paar warme Hände um mein fröstelndes Herz. Es klang so entfernt und unerreichbar, in sicherer Entfernung oberhalb der wimmelnden Ebene, liebkost von Sonne und Luft.

»Up-Island ...«, wiederholte ich.

»Der Westteil der Insel, dort, in der anderen Richtung«, sagte Livvy und zeigte nach hinten. »Ich weiß nicht mehr, warum man den Westen Up-Island nennt und den Ostteil Down-Island. Dort im Westen leben hauptsächlich die Dauergäste und die alteingesessenen Familien. Es gibt ein paar gräßlich protzige Sommerhäuser, aber die meisten Sommergäste wohnen in der Gegend um Edgartown, Oak Bluffs und Vineyard Haven, also unten im Osten. Wahrscheinlich wegen der vielen guten Liegeplätze für Boote. Up-Island besteht fast nur aus zerklüfteter Küste und Felsen. Und die meisten Sommergäste haben nun einmal ein Boot.«

»Du und Caleb auch?«

Livvy hatte nie viel vom Segeln gesprochen, auch nicht von anderen Dingen, die sie und Caleb an diesem chamäleonartigen Ort machten. Es schien so weit von ihrem Leben in Atlanta entfernt, daß sie wohl einfach keinen Sinn darin sah, davon zu erzählen. Jetzt fragte ich mich, wie wir uns so nah kommen konnten, ohne daß ich wußte, ob sie im August segeln ging oder nicht.

»Ja«, sagte sie. »Ich habe ein kleines Catboat, na ja, eigentlich gehört's den Kindern, aber ich segle öfter damit als sie. Und Caleb hat ein Shields. Er nimmt uns dann mal mit, wenn er in ein paar Wochen herkommt, aber es gefällt dir bestimmt besser, mit mir in meinem Boot zu segeln. Da kriegst du nicht gleich einen Herzinfarkt wie in seinem, wenn er es mal ein bißchen auf die Leeseite legt. Meines ist ein nettes, dickes, kleines Schaukelboot, einfach ideal zum Umherstrabanzen.«

»Strabanzen ...«

»Ein bißchen herumschippern. Das Wort habe ich außer hier noch nirgends gehört.«

»Ihr habt ja sogar eure eigene Sprache.«

»Worauf du wetten kannst. Gleich zeige ich dir, zum Beispiel, ein paar Beetlebungs. Und wenn du im Frühling hier wärest, könntest du die Pinkletinks hören.«

»Ich frage gar nicht erst, was das heißen soll. Das klingt alles unerträglich«, sagte ich und meinte es auch so.

»Tja, und ich werd's dir nicht erzählen«, erwiderte Livvy fröhlich und bog nach rechts ab, und plötzlich waren wir mitten im hochsommerlichen Chaos von Edgartown.

»Ich glaub, ich hab noch nie so viele Leute auf so engem Raum gesehen«, sagte ich und blickte nach allen Seiten, um das Gewirr der überfüllten Kopfsteinpflasterstraßen und -gassen in mich aufzunehmen, die im Zentrum dieser propersten und hübschesten Kleinstadt Neuenglands zusammenliefen.

»Das liegt am Regen«, sagte Livvy. »Der treibt sie in Scharen in die Stadt. Die Kaufleute lieben Regen.«

Die Innenstadt bot im Nebel und Regen mit ihren naßglänzenden Pflastersteinen und den bereits eingeschalteten, schimmernden Straßenlaternen ein Bild wie aus einer anderen Zeit, der Traum jedes Nostalgikers. Aber die lärmenden, hupenden Autos, die im Schleichtempo nach nicht vorhandenen Parkplätzen suchten, waren äußerst real, ebenso wie die hell erleuchteten Schaufenster mit Antiquitäten, teurer Freizeitkleidung, Delikatessen und Weinen und die Firmenschilder von Grundstücksmaklern, deren Zahl im Verhältnis zur Größe der Stadt enorm war. Die geduckt durch den Regen eilenden Menschen mit ihren flatternden Regenmänteln und -hauben hätten jedoch durchaus einer anderen Zeit entstammen können, nur ihre Füße paßten nicht ins Bild. Ich kann mir nicht vorstellen, daß die Bewohner von Edgartown in früheren Zeiten ohne Socken in Segelschuhen herumgelaufen sind. Praktisch jeder, den ich an diesem Morgen sah, steckte barfuß in solchen Schuhen. Ich warf einen kurzen Blick auf Livvys Füße; auch sie trug abgewetzte braune Segelschuhe, über denen ihre nackten braunen Knöchel zu sehen waren. Meine derben blauen Ferragamos paßten so wenig hierher, daß es mir fast in den Füßen kribbelte.

»Ich habe keine Segelschuhe«, sagte ich. »Muß ich jetzt wieder nach Hause?«

»Das nicht, du kannst dich bloß nirgends blicken lassen. Du würdest deine Gastgeberin bis auf die Knochen blamieren. Irgendwo im Haus liegen bestimmt welche herum, die dir passen. Sie bleiben haufenweise bei uns liegen.«

»Ich könnte mir welche kaufen.«

»Himmel, nein. Sie dürfen nicht neu aussehen. Dann könntest du wirklich nirgendwohin.«

»Ich dachte, wir wollten auch gar nicht ausgehen«, sagte ich. »Darum ging es doch. Nur du und ich ohne irgendwelche gesellschaftlichen Verpflichtungen.«

»Na ja, feine Gesellschaften wird's nicht geben«, sagte Livvy, ohne mich anzusehen. »Nur hier und da ein paar Drinks mit Leuten, die dir gefallen werden, vielleicht auch ein bißchen Segeln und im Strandclub in der Sonne liegen. Ganz entspannt. Nur meine Leute, Molly.«

Ich schwieg. Livvys »nur meine Leute« kannte ich noch nicht. Ich spürte ein leises Angstgefühl, tief in meinem Inneren, wo all meine verdrängte Wut vor sich hinbrodelte. Ich hatte nie daran gedacht, daß es noch eine ganz andere Livvy Bowen gab, befreundet mit Leuten, die ich nicht kannte und wahrscheinlich auch nie kennenlernen würde. Meine Angst wurde immer größer. Was, wenn dies eine ganz andere Livvy war? Was, wenn es meine Livvy, zu der ich mich auf diese fremde, neblige Insel geflüchtet hatte, nicht mehr gab?

»Du mußt dich überhaupt nicht zeigen, wenn dir nicht danach ist«, sagte Livvy und winkte lachend ein paar Leuten zu, die an einer Straßenecke zusammenstanden. »Aber es würde dir bestimmt guttun. Hier oben bist du nicht bloß Tees bessere Hälfte; sie werden dich so nehmen, wie du bist, und dich richtig gern haben, und das würde dir mehr helfen als ein halbes Jahr Therapie. Zu Hause kannst du sie dann alle in die Pfanne hauen, allen voran die Aal-Lady.«

Die Angst schoß in meine Brust und brach fast aus mir hervor. Vor meiner Abreise nach Martha's Vineyard hatte ich auf Drängen von

Carrie und Charlie Davies ein paarmal einen Psychiater aufgesucht, einen alten Schulfreund von Charlie. Dieser hatte mir klargemacht, daß die plötzlichen Angstattacken, die mich aus heiterem Himmel heimsuchten, seit ich meine neue Anwältin angerufen hatte, höchstwahrscheinlich Manifestationen der Wut und des Schmerzes waren, die ich offenbar nicht ausdrücken konnte; die panikartigen Anfälle würden mich wahrscheinlich solange quälen, bis ich die zugrundeliegenden Gefühle aufgearbeitet hätte. Er hatte mir zu einer sofortigen Therapie geraten, aber mein einziger Wunsch war es plötzlich gewesen, Atlanta zu verlassen und nach Martha's Vineyard zu fahren, und so hatte ich ihm gesagt, daß ich nach meiner Rückkehr darüber nachdenken würde.

Daß ich einfach davonlaufen wollte, hatte ihm nicht gefallen, aber er drängte mich nicht zu einer Therapie und verschrieb mir Xanax und Prozac. Die Packungen lagen ungeöffnet in meiner Tasche. Angesichts der durchnäßten Menschen, von denen ich einige wohl kennenlernen und mit ihnen meine Zeit verbringen würde, hätte ich am liebsten von jeder Sorte ein paar Pillen geschluckt. Diese Angst war wirklich ziemlich unangenehm. Sie hielt nie lange an, aber mein Haar war danach schweißnaß, und meine Hände zitterten.

»Wenn es zu schlimm wird, versuchen Sie, sich der Angst zu stellen und sie zu analysieren«, hatte mir mein Seelenklempner empfohlen. »Manchmal verschwindet sie, wenn Sie genau hinsehen und erkennen, was wirklich dahintersteckt. Das beste wäre natürlich, Ihrem Mann, Ihrem Bruder und Ihrer Mutter die Meinung zu sagen, aber dazu sind Sie offenbar noch nicht bereit. Blicken Sie also der Angst ins Gesicht.«

Genau das tat ich nun. Mitten im wimmelnden Edgartown, in einer schier endlosen Reihe dahinkriechender Autos suchte ich in meinem Inneren nach dem Grund meiner Angst. Und ich fand nichts als Leere.

Ich hatte noch niemals Angst vor unbekannten Orten gehabt; ich hatte es immer kaum erwarten können, das Besondere jedes neuen Ortes, an den wir kamen, zu erforschen und zu erleben. Aber das entscheidende Wort war »wir«. Ich war nie ohne Tee verreist. Überall auf der Welt war ich Teil einer Einheit, Teil der Familie von

Theron Redwine und hatte mich deshalb sicher gefühlt, denn ich wußte genau, wer und was ich war. Mein eigentliches Ich konnte nicht verändert werden, nicht verlorengehen.

Doch man verändert sich durch das Reisen. Wir spüren das instinktiv; ich glaube, nur deshalb verlassen wir unser Heim und begeben uns auf die Suche nach dem Rest der Welt. Wir wollen ihn nicht nur sehen und kennenlernen, sondern auch von ihm verändert werden. Jedenfalls wollen das diejenigen von uns, die stark und gesund und sicher sind. Die anderen ... die sich plötzlich selbst verloren oder nie besessen haben ... verspüren eine instinktive Furcht vor fremden Orten. Wenn die Überreste unseres Ichs dort verändert werden, was bleibt dann von uns? Wer sind wir dann? Sind wir überhaupt noch jemand?

Werden wir nach innen schauen und nichts als Leere erblicken?

Ich saß an jenem Augustmorgen in Livvys Jeep und schlotterte buchstäblich am ganzen Leibe vor lauter Angst, auf dieser Insel das letzte bißchen meines Ichs zu verlieren und niemals wiederfinden zu können. Und ich haßte mich für diese Furcht.

»Stimmt was nicht?« fragte Livvy. »Du zitterst ja.«

»Ich hatte noch kein Frühstück oder Mittagessen«, sagte ich und zwang mich zu einem normalen Tonfall. »Ich hoffe, du hast was zu futtern für mich.«

»Muschelsuppe«, sagte Livvy. »Aus Venusmuscheln, die ich heute morgen selbst gesammelt habe, als du noch nicht mal ans Aufstehen gedacht hast. Das einzige, was man an einem Tag wie heute essen kann. Und vorweg eine Bloody Mary. Na, wie klingt das?«

»Himmlisch«, sagte ich, und so klang es wirklich. Meine Angst wich zögernd zurück. Die Leute auf der Straße sahen jetzt wieder gutmütig und nett aus, sogar ihre Füße. Vielleicht hatte ich einfach nur Hunger.

Nach einer Weile erreichten wir endlich die schwankende kleine On-Time-Fähre, bei der es mit der Pünktlichkeit nicht weit her ist, und gelangten in den dichten Nebel von Chappaquiddick Island, wo sich das Sommerhaus der Bowens befand. Chappaquiddick war mir nur durch den tragischen Zwischenfall mit dem jungen Senator aus Massachusetts und der ertrunkenen Sekretärin bekannt; aber das lag schon so lange zurück, daß es wie eine abenteuerliche Geschichte aus vergangenen Zeiten anmutete. Neugierig sah ich mich um, aber ich konnte nichts als Nebelfetzen, Regen und die verschwommenen Umrisse niedriger Bäume und Büsche erkennen.

»Der Strandclub ist da drüben, aber du kannst ihn jetzt nicht sehen«, sagte Livvy und zeigte hinüber, und ich sah wirklich nichts. »Morgen gehen wir dort schwimmen und mittagessen, das Wetter soll nämlich besser werden.«

Kurz hinter einer geisterhaften Tankstelle und einem Gemeindezentrum bog sie scharf nach rechts ab. Der Nebel wurde immer dichter, bis es aussah, als würden die gelben Nebelscheinwerfer eine weiße Wand anstrahlen. Dann fuhr sie nach rechts eine schmalere Straße hinauf und holperte langsam an zahlreichen Häusern, vermutlich Sommerhäusern, vorbei und weiter in eine Schotterauffahrt ganz am Ende der Straße. Vor uns war ein einziges Grau. Livvy stellte den Motor aus und sagte: »Wir sind da.«

Für einen Augenblick blieben wir schweigend sitzen. Der Wind riß den Nebel kurz auf, und ich sah vor uns ein großes viktorianisches Haus mit dunklen, graubraunen Schindeln und einer von mächtigen Steinsäulen gestützten Veranda. Dies war offensichtlich die Rückseite, aber selbst von hier aus wirkte das Haus mit all seinen Bögen, Erkern und Türmchen imposant und gewaltig. Ein paar dunkle, knorrige Kiefern streckten ihre Zweige darüber, und der Hintereingang war von alten weißen Rosen umrankt. Auf beiden Seiten des Hauses verlief eine akkurat gestutzte Hecke, deren Blätter sich bereits leicht rostrot färbten, und es gab eine Unzahl von Fenstern mit weißen Läden, die alle wie blind wirkten, und zahlreiche Schornsteine, die wie Finger nach dem verhangenen Himmel tasteten. Nirgends brannte ein Licht.

»Gütiger Himmel«, entfuhr es mir, und Livvy lachte und sagte: »Willkommen in Harbour House.« Der Nebel kehrte zurück und machte alles wieder weiß, doch hinter dem Haus spürte ich die Nähe des Meeres, wenn ich auch nichts davon sehen konnte.

»Du hast immer von einem Ferienhaus geredet«, sagte ich und griff nach meinem Koffer auf dem Rücksitz.

»Na ja, wir sagen hier zu allem Ferienhaus, was nur im Urlaub bewohnt ist«, sagte sie. »Der alte Yankee-Ethos, weißt du. Einfaches Leben und hochtrabende Gedanken.«

»Ich frage mich, wie man in einem solchen Kasten ein schlichtes Dasein fristen soll«, sagte ich.

Sie schnaubte. »Warte ab, bis du drinnen bist. Es bröckelt auseinander, aber Caleb will, daß alles so bleibt wie in seiner Kindheit. Erst wenn etwas vergammelt ist und unter einem zusammenbricht, darf ich es erneuern, und auch dann muß es so originalgetreu wie möglich sein. Was gäbe ich dafür, das verdammte Ding mit Ralph-Lauren-Sachen und Mikrochips vollzustopfen.«

»Ihr habt aber doch Strom, oder?« fragte ich. Die Verandabretter knarrten und bogen sich unter meinen Füßen.

»Kaum. Wenn Caleb da ist, darf ich immer nur in dem einen Zimmer das Licht anschalten, in dem wir gerade sind, und selbst dann darf es nur eine alte Vierzig-Watt-Birne sein, wie sie seine selige Großmutter benutzte. Manchmal kramt er sogar die dämlichen Petroleumlampen hervor.«

»Und das, wo bei dir zu Hause alles mit dem neuesten elektronischen Schnickschnack ausgestattet ist«, sagte ich und grinste. »Und Caleb ist doch ohne seine Windowsprogramme nur ein halber Mensch. Warum machst du keine Festbeleuchtung, wenn er nicht da ist?«

»Er kontrolliert die Stromrechnung. Ich habe mich inzwischen damit abgefunden, daß mein Mann hier oben ein bißchen durchdreht. Der Fluch der Bowen-Familie. Aber jetzt, wo du da bist, lasse ich alle Lichter den ganzen Tag brennen und erzähle ihm, der Arzt hätte dir eine Lichttherapie gegen deine Depressionen verordnet.«

Sie öffnete eine verschnörkelte Glastür, griff nach innen und schaltete das Licht an. Das Wohnzimmer von Harbor House zeigte sich in schwachem, gelblichen Licht. Ich folgte Livvy ins Haus. Auch wenn der Nebel und das dunkle Haus mich einschüchterten und meine Angst noch nicht ganz verflogen war, mußte ich doch lachen. Es sah aus wie eine Kulisse für *The Addams Family*. An einer der dunkel vertäfelten Wände befand sich auf halber Höhe ein Regal mit einem malvenfarbenen Porzellangeschirr. Auf dem dunklen Fußboden lagen abgewetzte Orientteppiche und die kläglichen Reste eines Sisalbelags. Überall hingen Portraitfotos, die entweder vollkommen verblichen oder hinter schmutzigen Scheiben verborgen waren; ich konnte jedenfalls keines der Gesichter richtig erkennen. Das spärliche Licht kam von altmodischen, dilettantisch angeschlossenen Wand- und Deckenlampen und von ein paar kleinen Tischlämpchen. Ihr Licht hatte die Farbe von blassem Urin. Das Mobiliar war dunkel und verschnörkelt, es steckte unter Schonbezügen oder Tüchern und sah furchtbar unbequem aus. In einer Ecke führte eine geschwungene Treppe auf eine offene Galerie, von der aus einige geschlossene Türen vermutlich in die Schlafzimmer führten. Hoch oben über der Galerie hing ein riesiger, aus Hirschgeweihen gefertigter Kronleuchter. Unterhalb der Balustrade konnte ich die präparierten Köpfe von verschiedenen erlegten Tieren ausmachen. Es hätte mich nicht gewundert, wenn darunter die Häupter irgendwelcher abenteuerlichen Fabelwesen gewesen wären.

»Und wo ist das Personal?« fragte ich. »Hängt kopfüber von der Decke und wartet, daß es dunkel wird?«

»Das will ich nicht hoffen«, sagte Livvy und ging zur Vorderseite des Hauses. Ich folgte ihr.

»Obwohl ich lieber Vampirpersonal hätte als gar keines«, sagte sie über ihre Schulter. »Hier kommt nur einmal die Woche eine Putzfrau. Caleb findet nämlich, daß Personal auf der Insel protzig wirkt. Zuhause in Boston hat seine Familie natürlich Hunderte von Angestellten. Aber die verehrte Mama, seine bösartige alte Großmutter, hatte hier nie welche; angeblich wollte sie hier rustikal leben und nicht wie zu Hause. Deshalb darf ich natürlich auch keine haben. Die alte Kröte. Aber eigentlich ist es nicht so schlimm. Der hintere Salon wird ohnehin nur bei größeren Feiern genutzt. Wir wohnen vorn im Haus und oben, und da hat Caleb keinerlei Ambitionen, alles so zu erhalten, wie es ist.«

Wir gingen durch eine weitere dunkle Tür, und ich verstand, was sie meinte. Hier auf der Vorderseite des Hauses, zum Wasser hin, waren die Räume niedrig und hell, vollgestopft mit schäbigen Teppichen und durchgesessenen Polstermöbeln. Wände und Decken waren hell gestrichen. Selbst an diesem trüben, düsteren Tag wirkten die Räume freundlich und bewohnt. Eine Küche voller Fünfziger-Jahre-Inventar und Topfgeranien ging in einen langgestreckten Raum mit großer Fensterfront über, den die Familie offensichtlich als Eß- und Wohnzimmer benutzte: klapperige Korbsessel, schiefe Ottomanen, Regale mit eselsohrigen Büchern, Spielen und Puzzles, ausgeblichene Flickenteppiche und ein oder zwei schmuddelige Schaffelle, eine große Tischplatte auf Holzböcken, umgeben von zusammengewürfelten Stühlen, Regale mit Navigations- und Gezeitentabellen und kleine Tische, auf denen die Modelle aller möglichen Segelschiffe standen. An den Wänden hingen halbe Modellschiffe, überall auf dem Fußboden waren Gummistiefel, Freizeit- und Segelschuhe verteilt, und über den Türrahmen und einem großen, rauchgeschwärzten Kamin, in dem bereits Holzscheite aufgeschichtet waren, hingen Paddel und Ruder sowie Heckteile und Planken mit den Namen von Booten, die zwar nicht mehr existierten, aber offensichtlich unvergessen waren. An diesen Raum schloß sich eine kleine vertäfelte Bibliothek an, die so von Büchern, Zeitungen und Zeitschriften überquoll, daß nur noch ein paar rachitische Sessel Platz zum Sitzen boten. Draußen auf der großen Veranda befanden sich noch mehr alte Korbsessel, eine Hägematte und eine Schaukel, und dahinter zeigte sich das endlose Weiß, das laut Livvy die Katama-Bucht war. Ich war sofort verliebt. Meine Angst wich, und der kalte Schweiß auf meiner Stirn trocknete. Hier konnte ich mich verkriechen.

»Es ist genau richtig«, sagte ich. »Bin ich erleichtert! Ich dachte, alle Bowens wären reicher als Rockefeller und ich müßte auf Zehenspitzen zwischen venezianischen Fenstern und Tafelgold umherschleichen.«

»Und ob wir reicher sind als Rockefeller«, sagte Livvy und zündete das Feuer im Kamin an. »Aber die Reichen vom Vineyard sind nun mal ganz anders als in Newport oder auf Nantucket. Keinerlei Geprotze. Gott bewahre, daß einer auf die Idee käme, die alten Häuser komfortabler zu machen. Luxus gilt hier als eine der schlimmsten Todsünden. Das einzige, wofür man Geld ausgeben darf, ist ein Fonds zur Rettung des pfeifenden Sumpfdingsbums oder eine der ländlichen Stiftungen. Und selbst das machst du anonym.«

»Und wo ist der Spaß dabei?«

»Das frag ich mich auch. So, du machst es dir jetzt vor dem Kamin bequem, und ich hole die Bloody Marys. Das macht jedenfalls Spaß.«

Und so war es. Wir tranken unsere Bloody Mary vor dem Kamin, und dann noch eine, und redeten und redeten und redeten. Oder besser: Livvy redete, erzählte von ihren Sommern hier und den Männern, Frauen und Kindern, die hier lebten, von den Stellen auf der Insel, die ihr lieb und teuer waren, und von dem Lebensrhythmus, den man hier nach und nach übernahm, wenn man lange genug blieb: ein Rhythmus, der sich nicht nach der Uhr richtete, sondern nach dem Kommen und Gehen des Lichtes und den wechselnden Gezeiten. Ich lag eingewickelt in eine klamme Mohairdecke auf der alten Chintzcouch, blickte in die Flammen und hörte ihr zu, wie sie von Sommer, Himmel und Ozean erzählte. Das alles hatte nichts mit mir zu tun und war deshalb so weit entfernt und faszinierend für mich wie ein Spielfilm; was würde als nächstes passieren? Ich fühlte mich leer und zufrieden und schwang wie eine Hängematte zwischen zwei Welten im Rhythmus ihrer Worte, eingelullt vom Feuer und vom Wodka.

Auch unsere Muschelsuppe aßen wir vor dem Kamin, während das perlmuttfarbene Tageslicht schwächer wurde und der Nebel sich allmählich in der Dunkelheit verlor. Bevor wir zu Bett gingen, öffnete Livvy die Verandatür und schnupperte nach draußen.

»Der Wind hat sich gedreht«, sagte sie. »Ich kann das offene Meer riechen. Bis morgen früh hat es aufgeklart.«

Ich stand auf, stellte mich neben sie und atmete tief durch. Zum ersten Mal roch ich diesen salzigsüßen, tangschweren, unendlich frischen Atem der See, den ich inzwischen brauche wie meinen eigenen; den Atem von Martha's Vineyard. Es war, als tauchte ich mein erhitztes Gesicht in einen kühlen Sprühnebel. Er trug noch andere Düfte mit sich; Blüten, dachte ich. Doch ich wußte nicht, welche. Ich atmete nochmals tief ein.

»Riecht es nicht himmlisch? So was Herrliches hab ich noch nie gerochen.«

»So was Herrliches gibt es sonst auch nirgends«, sagte Livvy.

Mein Zimmer war eine kleine, niedrige Höhle unter dem Dach mit unverputzten, weißgetünchten Wänden und Balken aus Kiefernholz, die mit den Jahren einen dunklen Bernsteinton angenommen hatten. Auf einem schmalen eisernen Bett mit einer alten weißen Plisseedecke stapelten sich Daunenkissen. Am Fußende lag ein zusammengefaltetes, elfenbeinfarbenes Daunendeckbett. Im Zimmer befanden sich nur wenige Möbel, ein Schreibtisch und ein Stuhl aus Rattangeflecht, eine Kleiderkommode mit einem Organzaschal und weißen Porzellangefäßen darauf. Vor den Flügelfenstern thronte eine lächerliche, aber wundervolle Chaiselongue aus Korbgeflecht, auf der ein Haufen Kissen und eine blaue Decke lagen. Auf einem Tisch daneben sah ich Zeitschriften, Bücher und einen fröhlich bunten Zinnienstrauß in einer blauen Vase.

»Das Zimmer mag ja winzig sein, aber es hat von allen die beste Aussicht auf die Bucht. Ich habe es immer besonders gern gehabt«, sagte Livvy. »Manchmal ziehe ich mich stundenlang hierhin zurück, wenn viele Leute im Haus sind. Und es ist weit genug oben, um selbst in der größten Hitze jede kleine Brise vom Wasser einzufangen. Laß heute nacht die Fenster offenstehen und zieh dir das Deckbett über; besser kann man nicht schlafen.«

Nachdem wir uns eine gute Nacht gewünscht hatten und sie gegangen war, tat ich genau das: Ich zog mich aus und putzte mir nebenan in dem winzigen Badezimmer die Zähne, schlüpfte in ein langärmeliges Nachthemd und öffnete die Fenster. Dann lief ich durch das Zimmer, sprang ins Bett und zog mir das nach Kampfer riechende Deckbett bis über die Ohren. Ich seufzte tief und entspannte mich. Als Kind hatte ich nie ruhig schlafen können, wenn die Decke nicht über meine Ohren reichte, selbst wenn es im Sommer nur ein Laken gewesen war. Nun lag ich tief eingekuschelt in frischgelüftetem Daunenbettzeug, das nach Sonne und salziger Luft roch, und direkt über meinem Kopf strömte der köstliche, salzigfeuchte, lebendige Atem von Martha's Vineyard vorbei. Ich lag ganz ruhig, sog ihn ein und wartete ab, was von meinem Schmerz und Kummer der letzten Monate zu mir kommen würde, welche Selbstvorwürfe, Schuldgefühle und Spekulationen. Meine Mutter: würde meine Mutter zu mir kommen, mit ihren Hüten, ihrer funkelnden

Ambiguität und ihrer Mißbilligung? Tee, in dem frischen Rot seines Verrates? Mein Vater, mit seinem ruhigen, unerbittlichen Kummer? Meine bedürftigen, verletzten Kinder? Was? Wer?

Aber niemand kam. Nichts und niemand war mir in den hochliegenden Raum auf dieser nebelverhangenen Insel gefolgt. Ich war hier allein gelandet, und wenn ich mich auch nackt und verloren fühlte, so fühlte ich mich doch gleichzeitig auch so leicht wie seit Jahren nicht mehr. Fast frei, obwohl ich an das Wort kaum zu denken wagte. Vielleicht war mir im Moment nicht ganz klar, wer ich war, und vielleicht lag niemand aus meiner Welt neben mir, aber Schmerz, Furcht und Trauer waren ebenfalls gewichen.

Ich kann es schaffen, dachte ich und schloß die Augen, und als ich wieder erwachte, schien die Sonne.

Livvy hatte recht; auf Martha's Vineyard gibt es mehrere kleine Länder für sich. Seit diesem ersten Morgen, als Sonne und Seewind das Wasser der Katama-Bucht metallisch blaue Wellen schlagen ließ und Katama und Bluefish Points oberhalb der Bucht wie ein naives Bild wirkten, konnte ich jeden einzelnen ihrer Düfte riechen. Das blieb auch später meine tiefste Überzeugung: War ich auf einem Teil der Insel, konnte ich den Duft der anderen Teile riechen.

Auf Chappaquiddick nehme ich den torfig nassen Geruch der Moore von Chilmark wahr; in Vineyard Haven fange ich den würzigen Duft der warmen Kiefernnadeln von West Tisbury auf. Am menschenleeren Strand von Squibnocket rieche ich den schweren Fischgeruch der Muschelbänke der Great Ponds. Der unvergleichliche Duft der wilden Sommerblumen folgt mir überallhin. Der heiße, staubige, tabakartige Geruch herbstlicher Krüppeleichen hält sich sogar bis in die stillen, nebligen Frühlingsabende von Menemsha. Die Leute reden immer über das großartige Licht von Martha's Vineyard und die allgegenwärtige Vergangenheit, aber ich glaube, der überwältigende Eindruck rührt von den vielfältigen Düften her. Für mich machen erst sie das Besondere der Insel aus.

All das gab mir vom ersten Tag an das Gefühl, an einem sehr fremdartigen Ort zu sein, der nicht nur einige Kilometer, sondern tausendmal weiter vom Festland entfernt lag. Nicht umsonst sagen die Inselbewohner, sie fahren nach Amerika, wenn sie Cape Cod oder Boston meinen.

An jenem ersten Morgen erblickte ich weiße Segel auf blauem Wasser, das so klar und hell war wie ein unbeschwerter Kindheitstag, und ich roch den geheimnisvollen, fernen und dunklen Duft eines Baches, der oben im Westen aus einer Endmoräne des eiszeitlichen Wisconsin-Gletschers entsprang. Davon wußte ich damals natürlich noch nichts, aber der Geruch barg eine geheimnisvolle Gewißheit. Alt, alt ... vom ersten Augenblick an nahm ich das reine und spürbare Alter der Insel intensiv wahr.

»Ich glaube, ich hab mich verliebt«, sagte ich zu Livvy. Ich stand in meinem Nachthemd auf ihrer Veranda und streckte dem aufsteigenden hellen Tag meine Arme entgegen.

»Ich hab's dir doch gesagt«, sagte Livvy. »Also, was willst du zuerst machen? Spazierengehen? Schwimmen? Segeln?«

»Etwas essen?«

Wir frühstückten auf der Veranda an einem kleinen Tisch mit blauer Tischdecke und altem Steingutgeschirr; in der Mitte stand ein Krug mit einem großen Strauß Strandrosen. Wir aßen Melonen und süßes portugiesisches Brot vom Bauernmarkt in West Tisbury, wie Livvy sagte, und ihr selbstgemachtes Strandpflaumenmus.

»Du hast Pflaumenmus gemacht? Livvy, du kannst doch die Mikrowelle richtig bedienen.«

»Tja, das ist meine Spezialität. Alle Insulaner geben an mit ihrem dämlichen Strandpflaumenmus; du mußt lernen, es zu kochen, oder sie lassen dich nicht von der Fähre. Ich hab die Pflaumen sogar selbst gepflückt. Magst du's?«

»Es ist köstlich. Gibst du mir das Rezept?«

»Nie im Leben. Such dir deine eigenen Strandpflaumen und mach dein eigenes Mus. Das ist eine der obersten Inselvorschriften.«

Nach dem Frühstück fuhren wir ans Meer und gingen an dem langen, windgepeitschten Strand spazieren, der sich von Wasque Point bis nach Cape Pogue erstreckt. Die Brandung warf immer neue glitzernde Schaumkronen auf, und dahinter rollten die dunkelblauen Wogen des Atlantiks heran. Der feine Sand wurde von dem heftigen, kühlen Wind aufgewirbelt und bildete hier und da kleine Sandhosen. Auf den niedrigen Dünen oberhalb des Strandes wogte grünes Seegras hin und her. Der Sand hatte die Farbe von goldenem Tee mit Sahne, und wo er von der auslaufenden Brandung durchnäßt war, glänzte er in der Sonne. Die Lichtreflexe im Schlick und dem feinen Tropfennebel, den der Wind von den Wellengipfeln heranblies, ließ alles körperlos und unwirklich erscheinen; alles war in ruheloser Bewegung, atmete, murmelte, veränderte sich. Direkt hinter der Brandung standen Fischer in kleinen Booten und warfen ihre Netze aus, aber ihre Spiegelbilder im nassen Sand sahen realer aus als sie selbst. Der Strand war herrlich, aber auch beunruhigend. Hier trafen nicht drei Elemente in magischer Ruhe aufeinander wie am Strand von Sea Island; hier war alles in wogender Bewegung, war zu groß, zu ungeschützt, zu einsam. Alles schien mir hier überwältigend.

Aber es war auch wunderschön. Nachdem wir fast eine Stunde lang spazierengegangen waren, warfen wir unsere Sweatshirts ab und rannten in die Brandung. Nach dem ersten Kälteschock hatte ich das Gefühl, in Champagner oder flüssigen Diamanten zu schwimmen. Als ich später in der Sonne lag und ihre Wärme am ganzen Körper spürte, lachte ich vor lauter Wohlbehagen laut auf.

»So gut habe ich mich seit dem Ferienlager nicht mehr gefühlt«, sagte ich zu Livvy, die neben mir lag. Plötzlich empfand ich wieder jenes wunderbare, unbeschwerte Gefühl, wenn man in der heißen Sonne liegt und das kalte Wasser am Körper trocknen läßt. Ein Gefühl von Jugend, die noch keinen Gedanken an die Zukunft verschwendet.

»Im Ferienlager habe ich mich nie so wohl gefühlt«, antwortete Livvy. »Meines war im Norden von Maine. Da gab's höchstens mal Ende August zwei Tage, an denen ein normaler Mensch schwimmen gehen konnte. Aber wir mußten trotzdem jeden Tag ins Wasser, von Juli bis September. Zwei Monate lang habe ich nur gefroren.«

»Hat dir aber gutgetan, was? Hat dein Rückgrat gestärkt.«

»Lieber kein Rückgrat, und es dafür schön warm haben.«

Wir fuhren nach Hause, duschten, zogen uns um und gingen dann zum Mittagessen in den Strandclub. Ich wollte nicht, aber Livvy war unnachgiebig.

»Du mußt ab und zu unter Leute«, sagte sie. »Und wenn wir nicht essen gehen, muß ich kochen und vorher zum Einkaufen nach Edgartown fahren, aber ich wollte eigentlich für mindestens zwei Wochen Chappaquiddick nicht verlassen. Wir essen bloß zu Mittag und gehen dann segeln. Oder auch nicht, was immer du willst.«

Da ich mich nicht aus der Affäre ziehen konnte, ging ich widerwillig mit. Ich trug ein rotes T-Shirt zu meiner weißen Hose und geliehene Segelschuhe und hatte außerdem als Schutz gegen die Sonne den großen Schlapphut meiner Mutter aufgesetzt. Wochentags waren zur Mittagszeit fast nur Frauen und Kinder im Club; die wenigen Männer, die ich sah, waren in Begleitung und offensichtlich im Begriff, gleich Segeln oder Golfspielen zu gehen oder feindliche Übernahmen zu arrangieren. Die Frauen sahen Livvy und mir äußerlich ziemlich ähnlich: weder elegant noch frisch frisiert noch »zurechtgemacht«. Einige waren jung und schlank, andere älter und nicht so schlank, aber keine schien sich besonders um ihre äußere Gestalt zu kümmern. Hier vergaß ich die Sorgen um meine Figur, die mich in Atlanta gequält hatten. Alle waren braungebrannt und manche sommersprossig; alle trugen abgetragene, zweckmäßige Badeanzüge oder Shorts oder Hosen, die vom häufigen Waschen schon ganz weich waren; alle lächelten mit ihren ungeschminkten Gesichtern und zeigten dabei ihre typischen kräftigen, ungebleichten Zähne. Nicht einmal die kurzen farblosen Wimpern hatten sie getuscht. Alle hatten denselben liebenswerten Tonfall wie Livvy. Und alle nahmen mich so gelassen in ihre Reihen und ihren Nachmittag auf, als wäre ich gerade aus Wellesley auf die Insel geekommen, um hier den Sommer zu verbringen. Die Kinder waren wie alle wohlerzogenen Kinder lebhaft und laut und nur ab und zu quengelig. Die Jugendlichen waren unnahbar und cool, aber stets höflich. Kein Mädchen oder Junge trug einen Ohr- oder Nasenring.

Niemand fragte danach, was ich auf Martha's Vineyard wollte. Niemand fragte nach meinem Ehemann. Niemand sagte, mein Hut sei entzückend oder hinreißend, obwohl mich ein oder zwei Frauen fragten, wo sie so einen Hut kaufen könnten.

»Den hat sie von ihrer Mutter«, sagte Livvy und grinste frech.
»Ein Erbstück«, gab ich zurück. »Na ja, das Tafelsilber und die Aktien hat sie meinem Bruder vermacht, aber sie wußte, daß mir etwas

Persönliches lieber war.« Alle lachten. Es war, als würde ich diese schlichten, soliden Frauen, an deren großen Häusern wir vorhin vorbeigefahren waren, schon lange kennen, diese Frauen mit ihren leicht abgewetzten Badeanzügen, ihrem offenen, breiten Lächeln und ihren coolen alten Millionärsfamilien. Ich hatte letzte Nacht recht gehabt. Ich konnte es wirklich schaffen.

Nach einer Bloody Mary und einem köstlichen Fischgericht kehrten wir wieder in Livvys Haus zurück. Ich legte mich auf das überladene Bett in meiner Dachkammer und fiel in einen tiefen Schlaf. In der frühen Abenddämmerung erwachte ich mit einem losgelösten, unsteten Gefühl wie eine Astralreisende, die sich versehentlich zu weit aus ihrem Körper entfernt hat. Ich hatte das starke Empfinden von glühendem Leben in jeder Zelle, aber ohne körperliche Hülle für all dies pulsierende Ichgefühl. Es war jedoch nicht unangenehm. Ich schwebte förmlich die Treppe hinunter, um Livvy zu suchen.

Wir machten eine Segeltour im Schein der untergehenden Sonne und geisterten in der rosafarbenen, spiegelglatten Katama-Bucht herum, bis hinauf zur Hafenausfahrt von Edgartown. Der Hafen war voller Leben: Große weiße Yachten glitten lautlos am Leuchtturm der Stadt vorbei, Fischerboote liefen mit dem Tagesfang ein, Barkassen fuhren hin und her und holten die Leute vom Pier oder brachten sie zum Abendessen, und kleine Segelboote wie unseres kreuzten in der leichten Brise. Edgartown sah mit seinen aufleuchtenden Lichtern wie ein pointilistisches Gemälde aus. Das letzte Sonnenlicht färbte das Wasser orangefarben. Drüben auf den Dünen von Chappaquiddick schimmerten die Strandrosen in der Dämmerung, und dahinter gingen in den großen Häusern die Lichter an. Der Geruch von Rauch und gegrilltem Fleisch und Fisch vermischte sich mit den hundert Düften der Insel. Diese Segeltour blieb mir unvergessen. Auch wenn wir sie fast zwei Wochen lang allabendlich wiederholten, erinnere ich mich, wenn ich heute zurückblicke, stets an diesen ersten Abend.

Das Wetter blieb glasklar, und ein goldener Tag folgte auf den anderen, so daß jedermann sagte: »Unglaublich, daß der Herbst schon vor der Tür steht, nicht wahr? Nicht zu fassen, daß wir in drei Wochen zu Hause sind und die Schule wieder beginnt …«

Ich überhörte diese wehmütigen Reden über das nahende Ende des Sommers. Ich wollte sie nicht hören, und das gelang mir auch irgendwie. Meine Zeit verging im Bernsteingelb jener makellosen Tage, die in ihrer schlichten Schönheit fast ununterscheidbar ineinander übergingen. Für mich stand der Herbst nicht bevor. Für mich fing die Schule nicht wieder an. Auf der höchsten Ebene meines Bewußtseins war mir durchaus klar, daß der August verging, daß Caleb in ein paar Tagen herkommen und seinen Jahresurlaub mit uns verbringen würde und daß er und Livvy dann allmählich das Haus schließen, die Boote an Land bringen und sie winterfest machen würden. Ich würde meine Sachen packen und mit einem altersschwachen, schwankenden Flugzeug nach Logan und von dort mit einem überfüllten Delta-Jet weiter nach Atlanta fliegen. Aber die anderen Ebenen meines Bewußtseins wußten davon nichts, und über lange Strecken vergaß ich vollkommen, daß ich eine Frau war, die wegen der Affäre ihres Mannes mit einer jüngeren in Scheidung lebte, deren Mutter plötzlich tot und deren Vater in tiefer Trauer versunken war, deren Kinder todunglücklich waren und deren Hund verwirrt und verängstigt dahinvegetierte, und daß ich ihnen allen Treue und meine Dienste schuldete. Rückblickend glaube ich nicht, daß meine schweren Wunden damals schon anfingen zu heilen, dafür war es noch zu früh. Aber sie hörten wohl an jenen langen Sommertagen wenigstens zu bluten auf.

»Siehst du?« sagte Livvy immer wieder. »Ich hab's dir doch gesagt.«

»Hast du«, antwortete ich. »Tut mir leid, daß ich je an dir gezweifelt habe. Wird nicht wieder vorkommen.«

Eines Abends gingen wir noch spät am South Beach entlang, Edgartown und Great Pond zur Rechten und den silbrigen Atlantik zur Linken. Es war die Zeit des großen Meteoritenschauers spät im August, wo der Himmel im Lichte immer neuer, großer Sternschnuppen erstrahlt. Wir hatten im L'Etoile zu Abend gegessen, dem Restaurant des Charlotte Inn in Edgartown; ich hatte Livvy eingeladen, weil ich das Bedürfnis hatte, ihr etwas von dem zurückzugeben, was mir ihre Insel geschenkt hatte. Wir trugen ausnahmsweise Seidenkleider, aber keine Strumpfhosen, und unsere hochhackigen Sandalen hielten wir in der Hand. Livvy hatte die Meteoriten vom Strand aus beobachten wollen, abseits der vielen Lichter. Uns bot sich ein faszinierendes Schauspiel, und wie die anderen Leute in der warmen Dunkelheit begleiteten wir jede Sternschnuppe mit begeisterten Ausrufen.

Plötzlich traten mir die Tränen in die Augen, zum erstenmal seit langer Zeit. Doch diesmal waren es keine Tränen des Kummers.

»Ich möchte dir danken«, flüsterte ich Livvy zu. »Das meine ich ernst. Bevor ich hierherkam, wußte ich nicht, ob ich … das alles schaffen könnte. Aber jetzt weiß ich, daß ich es kann. Solange du hier bist, kann ich es.«

Sie schwieg einen Augenblick und sagte dann: »Das hier ist genauso wie zu Schulzeiten, nicht wahr? Du und deine beste Freundin bei einem Abenteuer, mit dem sonst niemand etwas zu tun hat, schon gar nicht ein Mann. Oder nein, nicht wie in der Schulzeit oder im College, sondern direkt danach, wenn du arbeitest und deine erste erwachsene Freundin hast und mit ihr irgendwas unternimmst, das hundertprozentig richtig ist, nur weil ihr beide es wollt, nicht irgendeinem Mann zu Gefallen, sondern nur für euch selbst. So war es in meinem ersten Jahr in Boston, bevor ich Caleb kennenlernte. Es war sehr spontan. Sehr erwachsen, wenn das nicht zu albern klingt. Irgendwie lernst du dich dabei selbst erst richtig kennen.«

»Ja, erwachsen …«, sagte ich und umarmte sie flüchtig. Aber meine Euphorie war verflogen. Ich wußte nicht, wovon sie sprach. Ich hatte so etwas nie erlebt, hatte nie eine erwachsene beste Freundin gehabt und war mit ihr nur zu unserem eigenen Vergnügen auf Abenteuertour gegangen. Erst jetzt bekam ich eine Ahnung davon, kostete von der befreienden Einsamkeit. Alles zuvor hatte ich mit Tee geteilt.

Die Kluft zwischen Livvy und mir war geradezu spürbar. Ich hatte lange Zeit nicht mehr daran gedacht. Nun schienen die Sternschnuppen ein wenig zu verblassen und blieben bald ganz aus. Schweigend gingen wir zurück zum Auto.

Als hätten die verblassenden Sternschnuppen es angedeutet, wurde danach alles anders.

6

Als ich am nächsten Morgen erwachte, war mein Kopf unter dem Kissen vergraben. Ich hatte hämmernde Kopfschmerzen und das dumpfe Gefühl, es sei schon spät. Ich krabbelte unter dem Daunendeckbett hervor, das ich in der Nacht übergezogen hatte, und sah auf meinem Wecker, daß es trotz des grauen Dämmerlichtes bereits halb zehn war. Ich schleppte mich ans Fenster und zog die Vorhänge auf. Der Himmel war regenverhangen, und die kümmerlichen Bäume an der Küste bogen sich im Wind.

»Scheiße«, sagte ich laut zu den Kopfschmerzen und dem Tag und kroch wieder ins Bett, bis Livvy mich ans Telefon rief.

Ich ging an den Apparat in der Küche, wo Livvy in einem alten Sweatshirt, das vermutlich Caleb gehörte, Jeans und dicken Wollsocken an dem runden Eichentisch saß und Listen schrieb.

»Wer ist dran?« fragte ich sie verschlafen und mit belegter Stimme.

»Weiß nicht. Irgendeine Frau. Dir auch einen guten Morgen«, antwortete sie mürrisch.

»Tut mir leid«, murmelte ich gekränkt und nahm den Hörer. Erst jetzt stieg ein leichtes Angstgefühl in mir auf. Wer mochte mich wohl anrufen? Mein Vater war noch zum Angeln in Homasassa, Teddy war mit Eddie in die Gegend von Santa Fe, und ich war mir irgendwie sicher, daß Tee nicht anrufen würde. Carrie Davies mit schlechten Neuigkeiten von Lazarus, den sie vorübergehend aufgenommen hatten? Die Aal-Lady? Mir wurde übel. Die hätte ich fast vergessen, wie konnte ich nur?

»Na, Süße, wie geht's?« trällerte eine helle Stimme. Es war Missy Carmichael, meine neue Anwältin. Die mit den Laura-Ashley-Sachen, Samtstirnbändern und einer Trophäensammlung von Hoden in Formaldehyd, die sie angeblich in ihrem Büro gehortet hatte. Mittlerweile war ich von ihren Fähigkeiten vor dem Scheidungsgericht fest überzeugt, aber die zuckersüße Stimme ließ mich wieder genauso zweifeln wie bei unserem ersten Gespräch. Wie sollte dieser Kleinmädchensingsang dem erbarmungslosen Gepolter eines knallharten Scheidungsanwalts standhalten? Ich konnte mir nicht mal vorstellen, wie sie damit einem halsstarrigen Mandanten die Stirn bieten wollte.

»Und dann diese braunen Kulleraugen und die Korkenzieherlocken«, hatte ich Livvy vorgejammert, nachdem sie für mich einen Lunchtermin mit Missy arrangiert hatte. Der von Livvy versprochene Anwalt mit Killerinstinkt war ausgebucht gewesen, hatte aber seine junge Partnerin Missy Carmichael in so eindringlichen Worten empfohlen, daß selbst Livvy beeindruckt war. Sie machte sich schon vor mir mit Missy bekannt – unter dem Vorwand, etwas aus dem Büro ihres Killerfreundes zu holen – und traf dabei gleich die Verabredung. Mit boshaftem Lächeln erzählte sie mir, daß Missy braune Rehaugen und Locken wie Shirley Temple habe und mit ihren Maude-Frizon-Schühchen höchstens einssechzig sei. Voller Zweifel hatte ich Missy angerufen, und das zirpende Stimmchen hatte meine Sorgen nicht gerade zerstreut.

»Warte nur ab, bis sich ihre Rehäuglein zu Schlitzen verengen und ihre zuckersüße Stimme zu einem Knurren wird«, sagte Livvy. »Carl meinte, sie habe bis jetzt noch keinen einzigen Fall verloren. Alle Lackaffen schlottern vor Angst, wenn ihr Name auf der Liste der Verteidigung steht.«

Lackaffen nannte Missy die Staatsanwaltschaft von Atlanta. Deren Bezeichnung für sie war, laut Livvy, unaussprechlich. Zu meinem Glück, fügte sie hinzu, hatte Missy sich ihren Ruf auf anständige Weise erworben.

Aber die körperlose Stimme klang in meinen Ohren immer noch dünn und katzenhaft, und meine vom Regen und einer bösen Vorahnung sowieso schon gedrückte Stimmung wurde noch düsterer. War Missy überhaupt die richtige Wahl?

»Ich brauche einen Scheck, deswegen rufe ich an«, sagte Missy. Sie machte keine langen Worte, das wußte ich bereits. »Ich habe jede Menge Aussagen aufnehmen lassen und einen guten Privatdetektiv auf den Fall angesetzt, und ich muß alles im voraus bezahlen.

Schicken Sie den Scheck per Eilpost, dann kann ich meinen Job erledigen und Sie haben Ihre Ruhe. Vergessen Sie bloß nicht, sich mit Sunblocker einzuschmieren. Eine Studienkollegin von mir verbrachte jeden Sommer da oben, und sie war noch keine dreißig, da hatte sie schon Hautkrebs.«

Sie nannte eine Summe, die mich schlucken ließ, aber ich versprach ihr, den Scheck zu schicken und Sunblocker zu benutzen, und wir legten auf. So war unsere Vereinbarung, die einzige, mit der ich glaubte, leben zu können: Sie würde tun, was immer sie für nötig hielt, um die für mich besten Bedingungen bei der Scheidung herauszuholen, mich aber nur dann über den Stand der Dinge informieren oder überhaupt anrufen, wenn es absolut notwendig war. Das waren meine Bedingungen, nicht ihre; sie war vollkommen dagegen und mißbilligte ganz klar, daß ich darauf bestand. Sie sagte mir sogar, daß sie unter anderen Umständen die Finger von einem Fall lassen würde, bei dem sie so wenig Kontakt zu ihrer Mandantin hätte. Aber ihr Killer-Partner hatte darauf bestanden, und sie sollte demnächst zur gleichberechtigten Partnerin aufsteigen; außerdem hatte sie die Aal-Lady mehrmals in Lokalen gesehen und auch sonst einiges von ihr gehört.

»Wird Zeit, daß ihr jemand einen Strich durch die Rechnung macht«, sagte sie. »Und am liebsten wäre ich diejenige, welche. Sie ist eine Schande für sämtliche Juristinnen. Und Ihr Schätzchen entpuppt sich, glaub ich, als Waschlappen. Für ein hohes Tier bei Coca-Cola führt er sich ziemlich bescheuert auf. Sein Hirn ist ihm in den Schwanz gerutscht, so geht es vielen Jungs in seinem Alter. Ich liebe diese Fälle, glauben Sie mir. Vielleicht hätte ich diesen auch umsonst übernommen, aber Sie sind nicht arm, und ich bin nicht blöd. Zwischen uns muß nur eines klarsein: Wenn ich ›Geld‹ sage, müssen Sie antworten ›kommt sofort‹.«

Und ich hatte ihren Bedingungen zugestimmt so wie sie den meinen. Ich wußte, daß sie nicht gerade billig sein würde, aber Tee hatte mir ja alles versprochen, was ich wollte oder brauchte, und wenn er es mit der Scheidung wirklich ernst meinte, würde er mir wohl kaum die Schecks sperren. In all den Jahren unserer Ehe war ich nie verschwenderisch gewesen. Ihm blieben auf unseren gemeinsamen

Giro- und Sparkonten immer noch beträchtliche Guthaben. Mir schien jeder Preis recht, um die Sache ohne viel Engagement oder Beteiligung meinerseits durchzuziehen. Ich hatte Missy sogar die Haus- und Garagenschlüssel dagelassen, weil sie die Sachen im Haus auflisten und schätzen lassen wollte und ich das nicht über mich brachte.

»War das Missy? Ich dachte doch, daß ich das Lispeln erkannt habe«, sagte Livvy, als ich nichts von mir gab. »Alles okay?«

»Ich denke schon. Sie braucht noch einen Scheck. Sie heuert einen Privatdetektiv an. O Gott, das klingt so … erbärmlich.«

»Tja, jetzt wird's interessant«, sagte Livvy. »Setzt sie ihn auf Tee an oder auf die Aal-Lady? Ich tippe auf sie, aber man weiß ja nie.«

»Ich hab keine Ahnung«, erwiderte ich kurz und war plötzlich sehr verärgert. Ich hatte Kopfschmerzen, und von dem sachlichen Gerede über die Scheidung bekam ich, wie immer, heftiges Herzklopfen. Außerdem mochte ich den neugierigen, gemeinen Ton in Livvys Stimme nicht.

»Das solltest du aber«, sagte sie beharrlich. »Vielleicht hat Tee überall eine Aal-Lady sitzen, wo er in Sachen Youth-Brands hinfährt. Das sollte dir wohl die goldene Uhr und all das sichern.«

»Hat er natürlich nicht!« sagte ich. »Das ist nicht besonders witzig, Livvy.«

»Wir sind wohl heute morgen ein wenig bissig, wie?«

»Das sind wir wohl, oder?«

Wir sahen uns an und mußten unwillkürlich lächeln.

»Tut mir leid«, sagten wir gleichzeitig.

»Das liegt an diesem verdammten Wetter«, sagte Livvy. »Sieht aus, als wenn ein Nordoststurm daraus wird, und das bedeutet drei bis vier Tage von diesem Mist. Ich hasse es, wenn meine letzten Tage hier dadurch verdorben werden, wo Caleb doch bald kommt.«

»Ach, ich weiß nicht«, sagte ich. »Ich find's ganz in Ordnung. Wir können uns vor den Kamin setzen und Suppe essen und Bücher lesen und Musik hören und was trinken und quatschen und uns über all unsere Bekannten lustig machen. Vor einer Weile sagtest du noch, daß du das gerne machen würdest.«

»Aber nicht gerade, wenn Caleb hier ist«, sagte sie. »Und ich habe praktisch noch niemanden gesehen. Die richtig guten Partys gehen erst in den letzten Ferienwochen los.«

»Mit wem wolltest du dich denn treffen und bist noch nicht dazu gekommen?« fragte ich. Ich glaubte, ihre Andeutung verstanden zu haben, und fühlte mich verletzt. »Ich wollte dich bestimmt nicht davon abhalten, deine Freunde zu besuchen.«

»Das habe ich auch nicht gesagt«, antwortete sie und starrte hinaus in den Regen. »Irgendwie hat es sich einfach noch nicht ergeben. Meistens triffst du sie alle auf den Abschiedspartys, aber die Leute gehen oft nicht hin, wenn das Wetter richtig mies ist.«

»Partys ... ich dachte, wir wollten nicht auf Partys gehen.«

»Na ja, vor dem Spätsommer gibt es auch praktisch keine. Das heißt, natürlich finden dauernd irgendwelche Partys statt, aber nicht bei Leuten, mit denen die Chappaquiddick-Leute normalerweise verkehren. Bei unseren Partys sind wir eben unter uns, weißt du. Du hast schon fast alle kennengelernt.«

»Nicht die Männer«, sagte ich. Das Gerede über Partys wirkte auf mich irgendwie beunruhigend und bedrohlich.

»Entschuldige mal, aber ich dachte, du wolltest gar keine Männer kennenlernen.«

»Das war keine Kritik, Livvy«, sagte ich. »Geh du nur zu deinen Partys; ich will, daß du's tust. Ich will, daß ihr beide hingeht. Ich bin vollauf zufrieden, wenn ich zu Hause bleiben und ein bißchen lesen kann, oder so. Das wäre mir ehrlich gesagt viel lieber.«

»Na, das wird die Frauen, die du angeblich so gut leiden kannst, ja glücklich machen. Alle haben gesagt, wie gerne sie dich auf ihrer Party begrüßen würden. Ich meine, das ist alles, was wir hier oben machen, Molly. Uns gegenseitig einladen. Das sind doch keine großartigen gesellschaftlichen Ereignisse.«

»Ich weiß. Nur deine Leute. Nur ihr«, sagte ich störrisch. Sie antwortete nicht und wandte sich wieder ihren Listen zu.

»Ich muß nach Edgartown fahren«, sagte sie. »Wir haben praktisch gar nichts mehr im Hause. Ich bin wohl vor dem Mittagessen zurück, aber falls nicht, ist da noch etwas Blaufischpastete und ein paar Cracker, und ich glaube, auch etwas von dem griechischen Salat. Das hätte ich sowieso zu Mittag gemacht.«

»Warte kurz, bis ich mich angezogen habe, dann komme ich mit«, sagte ich reuig. Ich war heute morgen ziemlich unfreundlich zu Livvy gewesen. Ich ging zu ihr hinüber und legte meinen Arm um sie.

»Es tut mir leid«, sagte ich noch einmal. »Ich bin eine Idiotin. Aber ich habe furchtbare Kopfschmerzen. Hoffentlich liegt es nicht an den Stirnhöhlen. Ich kann wohl immer noch nicht unbeteiligt über das Ganze reden. Laß mich dich irgendwo zum Essen einladen, wo es hell und warm und freakig ist. Wie wär's mit dem Black Dog?«

Sie drückte mich kurz an sich.

»Nicht zu empfehlen«, sagte sie. »Nicht an einem verregneten Augusttag in Vineyard Haven. Wie's aussieht, muß ich eine Stunde lang auf die Fähre warten. Ich sage dir, mit deinen Kopfschmerzen solltest du besser nicht rausgehen. Warum bleibst du nicht zu Hause und machst uns was zum Mittagessen und vielleicht einen Grog oder so was? Ich gehe lieber allein einkaufen, dann geht es schneller.«

»Ich dachte nur, daß ich vielleicht was Neues zum Lesen finde ...«

»Ich bringe dir was mit, versprochen. Wenn du dir eine Stirnhöhlenentzündung holst, werde ich mir das nie verzeihen. Ich komme ja bald wieder.«

Sie nahm eine gelbe Regenjacke vom Haken neben der Hintertür und verschwand in einem Wirbel aus Regen und Wind nach draußen. Die Tür schlug zu, und ich stand da und glotzte sie an.

»Du mich auch, Schätzchen«, murmelte ich vor mich hin. Der Wind sah allerdings wirklich übel aus, und die Wellen in der Bucht hoben und senkten sich, daß man schon vom Hinsehen krank wurde. Und das alte Haus erschien mir tatsächlich sehr behaglich ...

Ich duschte, wusch mir die Haare und zog mir Jeans und ein dickes Sweatshirt an; dann ging ich wieder nach unten und sah in den Kühlschrank und die Speisekammer. Livvy hatte natürlich wieder nur an mein Wohl gedacht. Ich fühlte mich schuldig und beschloß, uns aus den Resten etwas zum Mittagessen zu machen. Nach kalter Pastete und Salat war mir bei diesem stürmischen Regenwetter überhaupt nicht, und Livvy würde nachher durchnäßt und erschöpft sein.

Die Speisekammer war praktisch leer, aber ich fand etwas Kondensmilch und zwei Dosen mit Venusmuscheln, und von unserem Abendessen vor einigen Tagen waren noch drei Maiskolben übrig. Daraus kochte ich eine Art Muschelsuppe und fügte reichlich Butter und Sherry hinzu. Sie war köstlich, heiß und sämig. Ich fand außerdem Maismehl und die Bratpfanne mit Resten von ausgelassenem Speck und machte daraus Maisbrot. Bis mittags hielt ich das dampfende Essen unter Tüchern warm und hatte dazu noch ein heißes Rumgetränk zusammengemixt, das so lecker war, daß ich mir schon eines genehmigte, während ich auf Livvy wartete.

Doch um ein Uhr war sie immer noch nicht da, und ich trank noch einen Rum. Um zwei Uhr räumte ich das Essen in die Speisekammer, stellte es dann aber doch wieder auf den Küchentisch, als stillen Vorwurf, den sie unmöglich übersehen könnte. Dann ging ich nach oben und legte mich hin, um den Rum auszuschlafen. Zum ersten Mal seit meiner Ankunft empfand ich das Haus als kühl und klamm.

Livvy kam um halb vier. Als sie nicht nach oben kam, stand ich auf und ging nach unten. Sie saß mit vom Wind geröteten Wangen am Küchentisch, trank einen Kaffee und starrte mit ausdruckslosem Gesicht auf das vorwurfsvoll dastehende Essen.

»Hättest du dir bloß nicht solche Mühe gemacht«, sagte sie, als ich in die Küche trat. »Ich komme mir vor wie ein Schwein. Ich habe in Edgartown ein paar Mädchen getroffen, und wir sind essen gegangen. Wenn ich gewußt hätte, daß du kochen wolltest, wäre ich bestimmt nach Hause gekommen ...«

»Macht doch nichts«, sagte ich großmütig, jetzt, da ich sie in der Defensive hatte. »Wir können es ja heute abend essen.«

Sie seufzte.

»Ich habe Gerry Edmondson gesagt, daß wir heute abend auf ein paar Drinks und ein bißchen was zu essen vorbeischauen«, sagte sie. »Peter ist gerade angekommen, und ich dachte, weil du heute zu Hause geblieben bist, wäre dir eine kleine Abwechslung recht. Aber wir müssen natürlich nicht ...«

»Nein, nein. Ich würde gern, wirklich. Ich dachte nur, bei dem Regen ...«

In den folgenden Stunden waren wir ungewohnt schweigsam, und irgendwie glaubte ich nicht daran, daß zwischen uns je wieder die alte Unbeschwertheit aufkommen würde.

Der Abend mit den Edmondsons, deren »Ferienhaus« einen halben Block entfernt lag und dem Haus der Bowens, was Alter und Größe anbelangte, sehr ähnelte, war nicht gerade ein Erfolg. Mir war klar, daß das nicht an Livvy, Gerry und Peter lag, die sich alle drei schon aus der Schule kannten. Also blieb nur ich übrig. Ich wußte nicht, was nicht stimmte. Ich hatte mit Gerry Edmondson oft mittags im Strandclub herzlich und ausgiebig gelacht, und ich wußte, daß sie mich genausogern mochte wie ich sie. Und den pummeligen Peter mit seinem gutmütigen Gesicht mochte ich sofort und ging mit ihm genauso locker um wie mit Caleb und mit Charlie Davies, oder ich versuchte es wenigstens. Aber wir wurden einfach nicht warm miteinander; Gerrys Lachen war ein bißchen zu laut; sie sah mich nicht oft an, dafür aber Livvy, und sie klammerte sich an Peter, als hätten sie sich seit Jahren nicht gesehen. Ihr Gespräch kreiste immer mehr um Personen, die ich nicht kannte. Nachdem ich zu den Mätzchen von Leuten, deren Namen ich mir bestimmt nicht merken würde, soviel Geistreiches gesagt und gelächelt hatte, daß mein Gesicht schmerzte, gab ich auf. Ich ging in die kleine Bibliothek und las alte Ausgaben von *Yachting* und *Audubon*. Das Gespräch, das aus der Küche zu mir herüberklang, wurde danach merklich ungezwungener.

»Ich brauche dich wohl nicht zu fragen, ob's dir Spaß gemacht hat«, sagte Livvy später, als wir zu Hause aus dem Jeep stiegen. Wir hatten auf dem Heimweg kein Wort gesprochen.

»Nicht besonders«, antwortete ich. Kindischerweise war ich den Tränen nahe und hätte nicht sagen können, weshalb eigentlich. Da wurde mir plötzlich alles klar.

»Was du mir damals gesagt hast, als ich dir das erste Mal von Tee erzählte, stimmt wirklich, nicht wahr?« sagte ich mit belegter Stimme. »Sobald du solo bist, wirst du sofort für jede Frau in deinem Bekanntenkreis zur Bedrohung. Ich habe mich so willkommen gefühlt wie ein uneheliches Kind beim Familientreffen! Dachte sie, ich würde Peter vor ihren Augen ins Bett zerren?«

»Das stimmt einfach nicht«, widersprach Livvy müde. »Du hast Verfolgungswahn. Gerry und Peter führen eine der besten Ehen, die ich kenne. Wie sollen sie dir denn das Gefühl geben, willkommen zu sein? Du hast die ganze Zeit kein Wort gesagt. Es ist etwas schwierig, jemanden aufzutauen, der das gar nicht will.«

»Werd nicht ungerecht, Livvy«, sagte ich. »Du weißt ganz genau, daß ihr nur über Leute gesprochen habt, die ich überhaupt nicht kenne. Was sollte ich dazu sagen?«

Sie rieb sich die Augen.

»Den ganzen Tag haben wir uns gezankt«, sagte sie. »Laß uns schlafen gehen, und morgen früh versuchen wir's noch mal miteinander. Ich will mich nicht mit dir streiten. Ich hab dich lieb.«

»Ich dich auch«, sagte ich. »Machen wir's so.«

Aber als ich am nächsten Tag aufstand, stürmte es draußen, und das graue Meer toste. Auf dem Küchentisch fand ich einen Zettel: »Bin mit Trish Phipps zum Segeln. Wäre bestimmt nichts für dich bei diesem Wind. Mach die Muschelsuppe heute mittag warm, dann essen wir sie zusammen.«

Und das tat ich, taten wir ... aber zusammen mit Trish, die mit Livvy zurückkam. Beide lachten und schnatterten darüber, wie wild Wind und Wasser gewesen wären und wie ungeschickt sie sich dabei angestellt hätten, was natürlich nicht stimmte; Livvy war eine gute Seglerin und hatte mir erzählt, daß Trish zu Hause in ihrem Yachtclub als erste Frau zur Präsidentin gewählt worden war. Wieder schwieg ich. In meinem Innersten köchelte mein Ärger vor sich hin.

An diesem Abend klingelte das Telefon zweimal, und beide Male sagte Livvy kurz: »Nein, ich glaube nicht, aber trotzdem vielen Dank. Vielleicht später einmal.«

Nach dem zweiten Anruf sagte ich: »Bitte lehne nicht meinetwegen irgendwelche Verabredungen ab. Das fände ich schrecklich. Ich muß nicht dauernd mit dir zusammensein, Livvy. Wir sind doch keine siamesischen Zwillinge.«

»Ach, da wollte ich sowieso nicht unbedingt hingehen«, sagte sie. »Wenn ich wirklich irgendwohin möchte und du nicht, dann gehe ich trotzdem, versprochen. Diese beiden waren Riesenpartys für die

Clintons. Du wußtest doch, daß sie dieses Jahr wieder auf dem Vineyard sind, oder? Das sind furchtbare Massenveranstaltungen, und außerdem habe ich die Clintons schon vergangenes Jahr bei den Styrons kennengelernt. Ich bin ja nicht eines von seinen Groupies.«

Doch das war sie, oder jedenfalls fast; unter all meinen Freunden war Livvy die einzige, die Bill Clinton nicht nur, wie ich auch, für das kleinste von vielen Übeln hielt, sondern ihn wirklich mochte. Ich wußte, daß sie wahrscheinlich gern auf eine seiner Partys gegangen wäre.

Für den Rest des Abends fühlte ich mich irgendwie schuldig, und mir fiel nichts mehr ein, was ich hätte sagen können.

Kurz vor dem Schlafengehen sagte Livvy, daß sie am nächsten Tag wohl gleich mit der ersten Fähre mit Gerry nach Boston hinüberfahren werde, um zu ihrem Friseur zu gehen.

»Du kannst gern mitkommen, aber es wird dich tödlich langweilen«, sagte sie. »Gerry muß zum Zahnarzt, und mir fällt niemand ein, der in Boston wäre, um dir die Stadt zu zeigen. Und Gerry hat die beiden letzten Platzreservierungen auf der Fähre erwischt, aber du kannst es ja einfach so versuchen ...«

»Ach, ich glaube nicht«, sagte ich in dem Bewußtsein, daß sie mich gar nicht dabeihaben wollte – sonst hätte sie darauf bestanden. »Ich werde mir vielleicht mal den Westen der Insel anschauen und sehen, was es mit Up-Island auf sich hat, wenn du den Wagen nicht brauchst.«

»Natürlich«, sagte sie. »Aber ich warne dich, wahrscheinlich schaffst du es nicht einmal durch Edgartown. Alles wimmelt von Secret Service, und Gerry sagt, daß viele der Hauptstraßen einfach gesperrt sind.«

»Egal, ich versuch mal mein Glück. Es klingt so wunderbar: Up-Island ...«

»Viel Erfolg«, sagte sie lächelnd.

Am nächsten Morgen war sie fort, bevor ich mich überhaupt regte. Mit dem Gefühl eines Kindes, das von seinen Eltern allein gelassen wurde, setzte ich mich in den Jeep und preschte in Richtung On-Time-Fähre, auf nach Up-Island, wo die alteingesessenen Leute lebten, wie Livvy gesagt hatte.

»Die echten Leute«, sagte ich laut und etwas gehässig.

Aber ich kam gar nicht erst so weit. Im Hafen von Edgartown drängelten sich so viele Boote, daß er wie ein Flickenteppich aussah, und die Fähre schien nicht auslaufen zu wollen. Nachdem ich fast eine halbe Stunde lang in einer Reihe hupender, stinkender Autos gewartet hatte, stieg ich aus dem Wagen und ging ganz nach vorn, wo ein großer Mann in der offiziellen Uniform von Martha's Vineyard – Khakihosen, Polohemd mit Alligatoraufnäher, Sonnenbrille – offenbar der Verantwortliche war. Ich kannte ihn zwar nicht, aber er war ganz eindeutig jemand, der einem sagen konnte, was man wann zu tun hatte.

»Gibt's ein Problem mit der Fähre?« fragte ich ihn.

»Die Abfahrt ist auf unbestimmte Zeit verschoben«, antwortete er freundlich und unbeteiligt. Seine Augen waren hinter der verspiegelten Sonnenbrille verborgen.

»Warum?« fragte ich, wie ich fand, ganz berechtigt.

Er lächelte ein wenig und zuckte kurz die Achseln.

»Weil der Präsident mit einem der Kennedys zum Segeln draußen ist und die Chance von eins zu einer Million besteht, daß sie in den Hafen kommen. Deshalb ist jeder aus Massachusetts, der ein Boot hat, zum Gaffen hergekommen«, sagte eine Frau hinter mir ärgerlich. Ich meinte, sie schon früher im Strandclub gesehen zu haben, aber sie ließ sich nicht anmerken, ob sie mich wiedererkannte.

Ich sah wieder den Alligator-Mann an, der nochmals die Achseln zuckte. Und plötzlich versetzte mich das alles in große Wut. Der Gedanke daran, aus Edgartown heraus und schließlich nach Up-Island zu gelangen, war zu verlockend.

»Wir stecken also hier fest, bis er endlich mit Segeln fertig ist? Was, wenn es einen Notfall gibt?« zischte ich.

Er sah mich ruhig an.

»Gibt es denn einen?«

»Nein, aber was wäre, wenn? Es sind doch Kinder auf der Insel …«

»Sollte es wirklich einen Notfall geben, haben wir in fünf Minuten einen Hubschrauber hier«, sagte er. »Und die Fähre wird wohl rechtzeitig wieder verkehren, um die Leute von ihren Besorgungen oder was auch immer vor dem Abend zurückzubringen.«

»Na wunderbar«, sagte ich und marschierte zurück zum Wagen. Ich drehte um und fuhr mit krachendem Getriebe wieder zu Livvys Haus.

Nach den beiden Regentagen war das Wetter nun heiß und ruhig, und das Meer kräuselte sich leicht wie blaue Seide. Ich stellte mir vor, wie gut mir das kühle Wasser tun würde, und beschloß, schwimmen zu gehen. Doch statt dessen legte ich mich in die Hängematte auf der Veranda und beobachtete die zahllosen schaukelnden Boote auf der Bucht, bis ich, von ihrem Schaukeln und dem Schwingen der Hängematte eingelullt, in einen tiefen, drückenden Schlaf fiel, der mich nicht erfrischte, sondern beklemmend und erschöpfend war. Wieder träumte ich von meiner Mutter und dem vergitterten Kellerfenster neben dem Bürgersteig.

Diesmal blickte ich schweigend zu ihr hinunter, und sie sprach zu mir. Sie trug immer noch den schwarzen Hut, der oben in meinem Zimmer lag; ich konnte ihre Augen unter seiner Krempe nicht erkennen, wohl aber ihren rotgeschminkten Mund, der redete, redete, redete. Ihre Zähne waren strahlendweiß, makellos. Ihre Lippen waren in ständiger Bewegung.

»Du mußt aufstehen«, sagte sie. »Es ist schon spät. Warum machst du das immer, wenn du Schule hast? Du weißt, daß ich nicht die Zeit habe, dauernd nach dir zu rufen. Das ist diese Woche schon das dritte Mal. Steh auf, Molly. Du verschläfst noch dein ganzes Leben. Steh auf, steh auf, steh auf ...«

Da ich in dem Traum gar nicht schlief, sondern dastand und zu ihr hinunterblickte, war ich verwirrt und aufgeregt und versuchte, mich hinunterzubeugen und ihr zu sagen, daß es nicht frühmorgens in dem Haus in den Peachtree Hills war und ich nicht im Bett lag, aber wie immer in solchen Träumen konnte ich mich nicht rühren. Mein Gefühl der Anstrengung war so groß, daß ich den Schmerz in meinen Gliedmaßen spürte und dachte, dies ist kein Traum. Aber noch immer konnte ich mich nicht bewegen und kein Wort hervorbringen.

»Molly!« sagte sie laut und streng. »Du stehst jetzt sofort auf! Ich sag's dir nicht noch einmal!

Stehaufstehaufstehaufstehauf ...«

Zur Untermalung der Litanei zog sie den Metallverschluß ihrer Handtasche quer über das Fenstergitter, wodurch ein lautes, rasselndes Geräusch entstand. Aus irgendwelchen Gründen fand ich es fast unerträglich. Mit übermenschlicher Anstrengung versuchte ich, meine Muskeln zu bewegen, was mir schließlich gelang, und ich fand mich in der Hängematte wieder, schweißnaß und mit klopfendem Herzen. Das rasselnde Geräusch verwandelte sich in das Klingeln von Livvys Telefon.

Ich stolperte etwa mit dem achten oder neunten Klingeln zum Apparat und nahm den Hörer ab. Es war mein Vater. Ich war vom Schlaf und vom Traum noch so benommen, so betäubt von der fast greifbaren Anwesenheit meiner Mutter, daß ich zuerst keinen klaren Gedanken fassen konnte.

»Daddy, wo bist du? Bist du hier?« fragte ich.

Er lachte. »Ich hab dich aufgeweckt, nicht wahr? Nein, ich bin bei Kevin. Ein Grund, weshalb ich anrufe. Ich wollte dir sagen, daß ich jetzt für eine Weile hier bleibe.«

»Bei Kevin ... warum? Stimmt was nicht?«

»Hier ist alles in Ordnung. Ich fand einfach, ich müßte sie einmal besuchen. Ich war ja noch nie länger hier. Und Kevin hatte noch Urlaub, da dachten wir uns, wir könnten mit Mandy nach Jamestown und Williamsburg fahren und vielleicht ein bißchen angeln gehen. Sally kümmert sich um die Dekoration von irgendeiner Wohltätigkeitsveranstaltung, und da ist es günstig, von hier zu verschwinden ...«

Er verstummte. Für einen Augenblick wußte ich nicht, was ich sagen sollte. Natürlich sprach nichts dagegen, daß mein Vater seinen Sohn und dessen Familie besuchte; dennoch machte ich mir deswegen Sorgen, als wenn er seine Begeisterung nur vorspielte und zu ausführlich davon erzählte. Außerdem empfand ich eindeutig eine leise Anwandlung von Eifersucht, und neben all dem die unbestimmte, aber dennoch feste Überzeugung, daß mit seiner Stimme etwas nicht in Ordnung war. Solange ich denken konnte, hatte die Stimme meines Vaters nie so zurückhaltend, ja zerbrechlich geklungen, nicht einmal in den Tagen kurz nach Mutters Tod.

»Fehlt dir auch nichts?« fragte ich.

»Nein, nein. Kann ich nicht mal deinen Bruder besuchen, ohne daß du gleich denkst, daß irgendwas nicht stimmt?«

»Natürlich. Aber ... für zwei Wochen? Du bist doch früher nie so lange von zu Hause weggeblieben ... «

Nach einer Weile antwortete er: »Na ja, Baby, deine Mutter hatte nie Lust dazu. Du bleibst doch noch mindestens zwei Wochen da oben, nicht wahr? Und Teddy ist auch nicht da. Ich ... ich kann einfach nicht in der Wohnung bleiben, Molly. Sie hat mir ja nie besonders gefallen. Es hat mich nicht gekümmert, als sie ... na ja, als sie noch lebte, aber irgendwie halte ich es jetzt dort nicht mehr aus. Ich denke, ich bleibe eine Weile hier, und Ralph wird für mich ein kleines Appartement suchen ... er weiß, was ich haben möchte ... bis ich mich entscheide, was ich mache. Du brauchst dich nicht um mich zu sorgen. Ich will es so haben.«

»Ach, Daddy, du weißt, daß du bei uns wohnen kannst! Bei mir ... du weißt doch, wir haben soviel Platz, und du wärst ganz zentral und könntest überall zu Fuß hingehen ...«

»Das hatten wir doch schon besprochen, Baby. Ich ziehe nicht zu dir und Teddy. Das wäre nicht richtig, und wir hätten alle keine Freude daran. Nebenbei bemerkt, ich bin mir nicht einmal sicher, ob du in eurem Haus bleiben solltest – vielleicht solltest du dich tatsächlich lieber nach was Kleinerem umsehen –, wie dem auch sei, es ist alles geregelt. Ich biete unsere Wohnung zum Verkauf an. Ralph kümmert sich auch darum. Es müßte ziemlich schnell über die Bühne gehen. Mit ein wenig Glück habe ich schon etwas Neues, bevor ich Kevins und Sallys Gastfreundschaft zu sehr strapaziere.«

»Daddy ... ach, Daddy ...«, sagte ich, den Tränen nahe, obwohl ich nicht hätte sagen können, weshalb. Ich hatte nur früher immer gewußt, wo ich ihn finden konnte, wo ich hinlaufen konnte, wenn ich ihn brauchte. Aber in Kevins Haus konnte ich nicht zu ihm.

»Und, besuchst du uns dann im Herbst? Vielleicht mal am Wochenende, wenn Teddy daheim ist? Tust du das?«

»Na ja ... ich rufe auch wegen Teddy an, Molly. Wir haben gestern abend miteinander gesprochen, und er bat mich, schon einmal mit dir über die Sache zu reden, bevor er dich anruft. Ich wollte erst nicht; er muß seine Angelegenheiten selbst regeln, aber als ich ihn angehört hatte, schien es mir ganz vernünftig. Ich sagte ihm also, ich würde mich dafür aussprechen und daß er dich dann anrufen solle. Das wird er wohl heute abend …«

»O mein Gott, worum geht's?«

»Beruhig dich, nichts Schlimmes. Sogar ein ganz guter Plan, wenn du mich fragst. Molly, du weißt doch, daß sie in Phoenix ein paar Tage lang Station gemacht haben? Bei diesem Freund von Eddie? Na ja, und da waren sie auf einer Party von einem Freund dieses Freundes, der an der Universität von Arizona Architektur studiert. Teddy und er haben sich sofort gut verstanden, und in den nächsten Tagen ist Teddy mit diesem Freund des Freundes herumgefahren und hat sich die Fakultät und deren Arbeiten angesehen und einiges von den neuen Projekten im Südwesten und das Land, und das Ergebnis der ganzen Aktion ist: Teddy will unbedingt dableiben und Architektur studieren. Er war noch nie so Feuer und Flamme für etwas, Molly. Ich habe mir immer ein wenig Sorgen gemacht, weil er allem so kühl und abgebrüht gegenübertrat, aber hiervon ist er wie besessen. Nicht nur das Fachgebiet, sondern auch die Landschaft, der Südwesten … er möchte Häuser für die Wüste bauen, wie er es ausdrückte. Ich glaube, das will er wirklich. Ich glaube sogar, er wird es irgendwie fertigbringen, auch wenn keiner von uns zustimmt. Also wollte ich dich schon mal ein wenig darauf einstimmen, denn du hast ja eigentlich damit gerechnet, daß er noch ein paar Jahre in deiner Nähe bleibt …«

Ich holte tief Luft, während ich das Ganze zu begreifen versuchte. Teddy zum Studium nach Arizona? Verliebt in die hohen, beigerosa Felsen einer völlig fremdartigen Gegend? Teddy sollte den Wunsch haben, für dieses seltsame, ungastliche Land Häuser zu bauen und vielleicht ganz dort zu bleiben? Was, um alles in der Welt, dachte er sich dabei; und was dachte sich mein Vater dabei, seine Zustimmung zu geben?

Ich atmete langsam wieder aus und sagte: »Nun, er kann noch einmal darüber nachdenken. Das ist mir vollkommen neu. Er ist in Atlanta schon an der Technischen Hochschule angemeldet. Ich habe die Studiengebühr bezahlt, er hat ein Zimmer mit Zimmergenossen und ist schon eingeschrieben … wenn er unbedingt Architektur studieren muß, und davon höre ich jetzt zum ersten Mal, kann er das ebensogut oder besser in Atlanta. Die dortige Fakultät ist erstklassig. Außerdem ist es mindestens doppelt so teuer, in einem anderen Bundesstaat zu studieren, und ich glaube, Architektur geht über fünf Jahre ... ich nehme nicht an, daß sein Vater dem jemals zustimmen würde.«

»Das hat er schon«, sagte mein Vater. »Teddy hat ihn zuerst angerufen. Tee hält es für eine wunderbare Idee. Er hat schon gesagt, daß er gern die Kosten übernehmen würde ...«

»Dieser verdammte Scheißkerl!« brüllte ich wutentbrannt. »Natürlich sagt er das! Alles, um sich bei Teddy wieder beliebt zu machen, nach dem, was er getan hat! Und ganz nebenbei wird er Teddy auch noch los, nicht wahr? Er wird nicht mehr überall Teddys vorwurfsvollem Blick ausgesetzt sein, wo er mit dieser falschen Schlange auftaucht ...«

»Ich wollte unter anderem auch deshalb zuerst mit dir sprechen, damit du das alles loswerden kannst, bevor er dich anruft«, sagte mein Vater. »Ich weiß, wie sehr Tee dich verletzt hat und wie wütend du auf ihn bist. Das bin ich auch. Aber du läßt hoffentlich nicht zu, daß sich das auf Teddys Wohlergehen auswirkt. Er klang so glücklich, Molly. Wie ein Mann, nicht so unbesonnen wie ein Teenager. Ich hoffe, du denkst noch mal darüber nach, bevor er dich heute abend anruft. Er muß mit seinem Vater klarkommen, ganz gleich, welche Lösung du mit Tee findest. Und, um es klar zu sagen, wenn es ein langer, schmutziger Prozeß wird, ist er wohl in einiger Entfernung besser aufgehoben. Ich weiß, wie sehr du ihn vermissen wirst, aber so kannst du in Ruhe entscheiden, was das beste für dich ist, ohne unmittelbar auf Teddy Rücksicht nehmen zu müssen ...«

»Aber Teddy ist meine Familie! Du bist meine Familie! Ihr beide ... und beide wollt ihr mich verlassen! Was habe ich euch denn getan?«

Ich war fast blind vor Zorn.

»Schätzchen, denk darüber nach und sprich mit Teddy, und dann rufst du mich morgen früh hier wieder an. Niemand verläßt dich, nicht wirklich. Ich sehe es eher so, daß wir dich freigeben, damit du dich um dich selbst kümmern kannst. Das konntest du vorher nie. Das ist deine Chance ...«

»Aber wer sagt dir, daß ich frei sein will?«

Ich brüllte so laut, daß ich meine eigene Stimme in der heißen Küche widerhallen hörte. In der Stille nach meinem Ausbruch fragte ich mich, von wo genau mein Vater telefonierte. Mir wurde bewußt, daß ich mich nicht genau an all die Winkel und Nischen von Kevins und Sallys elegantem Reihenhaus in Georgetown erinnerte, das dem erfolgreichen Anchorman und seiner perfekten Familie so gut zu Gesicht stand. Wo auch immer er war, ich wußte, Daddy war allein; er würde nicht riskieren, daß irgend jemand mitbekam, was er mir zu sagen hatte. Allein in einem fremden Haus, in einer überdekorierten Ecke bei seinem Sohn, versuchte er trotz seiner Einsamkeit mir bei meinen Problemen zu helfen ...

»Tut mir leid, daß ich laut geworden bin«, sagte ich leise. »Ich muß klingen wie ein verzogenes Gör. Ich finde den Gedanken schrecklich, aber natürlich werde ich Teddy zuhören, wenn er anruft. Es ist nur ... ich fühle mich so einsam, Daddy. Erst war ich mit allen verbunden, jetzt bin ich ganz allein, und das alles ist in einem einzigen Sommer passiert ...«

»Ich kenne das Gefühl.«

Ich zuckte zusammen. Er kannte es wirklich.

Wir verabschiedeten uns, und ich ging wieder auf die Veranda. Ich setzte mich in einen Korbschaukelstuhl, um nachzudenken. In die Hängematte würde ich mich bestimmt nicht wieder legen.

Daddy mußte Teddy sofort in Phoenix angerufen haben, denn ich saß kaum eine halbe Stunde dort, als mein Sohn anrief.

»Geht's dir gut?« fragte er. Seine Stimme klang wie aus dem Nebenzimmer, und plötzlich vermißte ich ihn ungeheuer.

»Ja, aber du fehlst mir«, antwortete ich, entschlossen, weder zu weinen noch zu jammern noch ihn sonst irgendwie zu belasten.

»Du fehlst mir auch. Hör zu, ich weiß, daß du mit Grandpa gesprochen hast, und ich weiß auch, daß du nicht gerade begeistert von meinen Plänen bist. Ich will versuchen, dir zu erklären, wie es ist und was es mir bedeutet. Es ging so schnell, Ma, und wahrscheinlich klingt es für dich hastig und unüberlegt. Aber es ist ... ich kann's dir nicht richtig erklären. Als wenn ich plötzlich erkannt hätte, womit ich mein Leben verbringen will. Alles paßt zusammen. Es ist, als wäre ich neu geboren ...«

Mein Vater hatte recht. Teddy klang irgendwie nicht mehr wie ein Junge, sondern wie ein Mann; ein Mann mit einer neuen Leidenschaft, von der er weiß, daß sie sein Leben verändern wird. Seine Stimme ließ meine Nackenhaare zu Berge stehen. Mir fiel wieder ein, wie bekümmert er an jenem Abend gewesen war, als ich Tee und Sheri Scroggins in meinem Haus vorgefunden hatte, als ich ihm vorgeworfen hatte, sie ins Haus gelassen zu haben; ich erinnerte mich an jenen Aufschrei, der regelrecht aus ihm hervorbrach: »Laß uns unser Leben weiterleben! Ich kann mich nicht mehr um dich kümmern!«

»Teddy«, sagte ich, »wenn du es wirklich willst, dann mußt du es auch tun. Ich ... ich bin mir bloß nicht sicher, was die Kosten angeht. Dein Vater sagt, er will sie gerne tragen, das weiß ich, aber er kann seine Meinung ändern, und womit ständest du dann da? Ich weiß nicht genau, wieviel Geld mir zur Verfügung stehen wird; und vielleicht will ... Sheri ... nicht, daß er noch mehr Geld ausgibt, und dann müßtest du wieder von dort fortgehen, und das wäre so schwer ...«

»Nein, Mama, sie ist dafür. Sie kam ans Telefon, als ich mit Dad sprach ... wahrscheinlich hat sie zugehört ... und sie sagte, daß ich unbedingt mein Glück machen soll. Sie erzählte von irgendeiner Fernsehsendung, die sie gesehen hat, über diesen Joseph Campbell ...«

»Ich gucke auch PBS, Teddy«, sagte ich und haßte Sheri Scroggins um so mehr dafür, daß sie New-Age-Quatsch aus einer Sache herauszog, die mich tief bewegt hatte. »Das wundert mich gar nicht. Einer weniger von uns, mit dem sie fertigwerden muß ...«

Er schwieg kurz und sagte dann: »Ma, ich habe Dad nur deshalb zuerst angerufen, weil ich nicht wußte, wer, na ja, wer von euch für das Geld und so zuständig ist. Ich nahm an, das wäre wohl er, und ich wollte gern alles klarmachen, ohne daß es dich belastet. Ich wollte nicht mit ihr sprechen, und das hätte ich auch nicht, wenn sie nicht ans Telefon gekommen wäre, Ma. Ich finde immer noch, daß sie ein Luder ist, und in meinen Augen wird sie das immer bleiben, aber in diesem Punkt ... war sie nicht übel.«

»Tja, dann mach es«, sagte ich. In meinem Kopf drehte sich alles, und ich mußte mich am Küchentisch festhalten. »Hätt ich mir nie träumen lassen, einen zweiten Philip Johnson als Sohn zu haben. Du kommst doch aber noch nach Hause, bevor es losgeht, oder? Um deine Sachen zu holen?«

»Ich komme bestimmt nach Hause, aber wohl erst nach einer Weile«, sagte er. »Die Uni geht hier schon früher los. Ich habe mich schon eingeschrieben, und ich wohne bei diesem Grady McPherson, bis Dads Scheck kommt und ich mir ein Zimmer und ein paar Sachen dafür beschaffen kann. Für die Immatrikulation hat mein Geld gereicht. Ich muß eine Menge Arbeit nachholen. Es wird also eher Mitte November werden. Hör zu, Ma ... Ich kann dir nicht sagen ... ich meine, ich will, daß du weißt, was mir das hier bedeutet, das Land und alles. Ma, ich will auch, daß es dir gutgeht. Wir werden uns bestimmt fast genausooft sehen, als wenn ich in Atlanta studieren würde. Und wenn du mich wirklich brauchst, kann ich jederzeit nach Hause kommen ...«

»Mit mir ist alles in Ordnung, Schatz«, sagte ich. »Ich werde dich vermissen, aber das würde ich auch, wenn du in Athens studieren würdest. Mir und Lazarus wird's schon gutgehen. Und Großpapa wird da sein ...«

»Ich hab dich lieb, Mom. Das weißt du doch, oder?«

»Ich hab dich auch lieb, Teddy.«

Ich saß noch immer am Küchentisch und starrte ins Leere, als Livvy und Gerry Edmondson aus Boston zurückkamen. Sie lachten und beklagten sich über den Betrieb in Edgartown und auf der Fähre.

»Meine Güte, was ist denn mit dir passiert?« fragte ich und sah Gerry an. Ihr linkes Handgelenk war in Gips.

»Eine Schwanenattacke«, sagte sie unter Grimassen und lachte dabei ein wenig.

»Wie bitte?«

»Ja, und ich weiß es eigentlich besser, deshalb habe ich es nicht anders verdient. Auf dem Mill Pond gibt es ein Schwanenpärchen, die beiden sind schon seit Ewigkeiten dort. Jeder füttert sie, ich auch, deshalb sind sie halb zahm. Gestern habe ich an einem der Stände dort Gemüse gekauft und bei Alley's zu Mittag gegessen, und danach bin ich mit dem Rest von einem Sandwich an den Teich zu den Schwänen gegangen, und da kamen ein paar von den Küken angelaufen, und so habe ich sie gefüttert, und plötzlich ging der alte Schwan wie ein wildgewordener Derwisch auf mich los, schlug mit den Flügeln und zischte mich an. Er brach mir einen kleinen Knochen im Handgelenk, bevor ich mich in Sicherheit bringen konnte. Ich hatte vergessen, wie wild sie werden, wenn's um ihre Familie geht. Da denkt man, Schwäne seien so graziös und ruhig und edel, aber sie können hundsgemein werden, wenn jemand ihr Nest oder eines ihrer Küken bedroht. Die Paare bleiben ein ganzes Leben zusammen, weißt du. Bestimmt hat er gedacht, ich wollte die Kleinen kidnappen ...«

»Das ist ja wundervoll«, sagte ich. »Diese familiären Gefühle meine ich, natürlich nicht die Sache mit deinem Handgelenk. Gott, das muß ja weh getan haben. Ich wußte gar nicht, daß sie so stark sind. Ich schaue sie mir manchmal ganz gerne an. Wo sind sie, sagtest du?«

»Es gibt überall auf dem Vineyard welche, aber dieses spezielle Paar ist in West Tisbury, Up-Island, und ich würde sie dir nicht empfehlen, es sei denn, du kannst Karate.«

Wieder Up-Island, wo die Wurzeln der alten Familien drei und mehr Jahrhunderte zurückreichten, wo der letzte Gletscher eine fast uneinnehmbare Festung zurückgelassen hatte, wo Steinmauern und alte Wälder Ordnung und Schutz boten.

Wo selbst die Schwäne erbittert kämpften, damit ihre Familien intakt blieben.

Die Tränen, die ich offenbar nicht vergießen konnte, brannten mir in den Augen, und ich wandte mich ab, damit Gerry und Livvy sie nicht sehen konnten.

»Ich würde mir diese Schwäne sehr gern einmal ansehen«, wiederholte ich. »Heute morgen habe ich versucht, nach Up-Island zu fahren, aber Clinton war zum Segeln draußen, und die Fähre fuhr nicht und die Straßen waren gesperrt. Keiner kam aus Chappaquiddick heraus. Wie lange bleibt er überhaupt noch hier?«

»Übers Wochenende«, sagte Livvy. »Er fährt an dem Tag ab, an dem Caleb ankommt. Hör zu, wenn du wirklich gern Schwäne angucken willst, kann ich dir diese zwei und noch zwanzig andere zeigen. Und den schönsten Teil von Up-Island obendrein. Allerdings müssen wir dann zu einer Party gehen.«

»Die Schwäne sind es vielleicht wert«, sagte ich. »Was für eine Party?«

»Ziemlich riesig, fürchte ich. Aber nette Leute, wirklich interessant. Tatsache ist, daß sie für die Clintons gegeben wird, an dem Abend, bevor sie wegfahren. Bei den Hartnells in Chilmark. Du weißt doch, er ist der bekannte Historiker und sie die mit den sagenhaften Gärten, die in allen Zeitschriften abgebildet werden. Ich glaube, er war auch als Rhodes-Stipendiat in Oxford, aber das war wohl vor Clintons Zeit dort. Ihr Haus soll unglaublich sein, und die Gärten natürlich auch. Ich hab's noch nicht gesehen. Wir sind eingeladen, weil ich vergangenen Sommer mit ihr im Komitee eines Literaturförderprogramms zugunsten des Tisbury Senior Center saß. Die Einladung ist für Caleb und mich, und da Caleb nicht da ist, mußt du mitkommen. In das Haus gehe ich jedenfalls nicht allein rein. Kommst du mit, Molly? Wir bleiben nicht lange, versprochen, und ich weiche nicht von deiner Seite, und wir halten unterwegs an und sehen uns die Tisbury-Schwäne an, und dann die der Hartnells. Ihr Haus liegt direkt am Chilmark Pond, und da unten gibt es massenhaft Schwäne. Na los. Du brauchst außer mir mit keiner Menschenseele zu reden, wenn du nicht willst.«

»Bitte komm mit, Molly«, sagte Gerry. »Dann bist du mit Livvy schon die zweite, die Peter und ich dort kennen.«

Das bezweifelte ich zwar, aber plötzlich dachte ich, wie lächerlich ich doch wirken mußte. Da versteckte ich mich in Gerrys und Peters Arbeitszimmer, weil sie über Leute redeten, die ich nicht kannte, und mußte mit Schwänen und Gärten geködert werden und dem Versprechen, mich auf einer Party für den Präsidenten der Vereinigten Staaten mit niemandem unterhalten zu müssen.

»Ich würde sehr gern hingehen«, sagte ich. »Ich glaube zwar kaum, daß ich etwas Angemessenes zum Anziehen dahabe, aber ich würde trotzdem gern hingehen.«

»Wunderbar«, riefen beide, und wir lachten alle drei.

Kurz darauf fuhr Gerry nach Hause, und Livvy und ich verbrachten den schönsten Abend seit damals am South Beach miteinander. Wir tranken Merlot, aßen portugiesische Nudeln und redeten über Gott und die Welt, nur nicht darüber, daß kommenden Herbst sowohl Teddy als auch Tee nicht mehr dasein würden. Irgendwie brachte ich es nicht fertig, Livvy davon zu erzählen.

Was die Schwäne angeht, war der Ausflug nach Up-Island eine Enttäuschung. Das berühmt-berüchtigte Pärchen auf dem Teich in West Tisbury ließ sich nirgends blicken, aber Livvy zeigte mir ihr Nest, einen großen Hügel aus trockenem Gras und Reisig.

»Wahrscheinlich sind sie unterwegs, um kleine Kinder zu attackieren«, sagte Gerry säuerlich. Sie sah großartig aus in ihrem leichten weißen Leinenkleid; ihre braunen Schultern schimmerten im letzten Tageslicht. Sie trug hochhackige Sandalen und einen reichbestickten Paisleyschal über dem Arm. Plötzlich war sie eine ganz andere als die Frau im abgewetzten Badeanzug, mit der ich viele Tage zuvor im Strandclub so gelacht hattte. Diese hier war mir fremd. Livvy war mir in ihrem schwarzen Seidenensemble schon vertrauter; ich hatte sie früher schon oft für eine Party zurechtgemacht gesehen. Aber hier am Ufer dieses alten Dorfteiches, mit den vereinzelten weißen Villen und Dorfgebäuden im Hintergrund, wirkte auch sie verändert. Das warf einen Schatten auf sie, ebenso wie die alten Bäume in der Dämmerung.

Auch ohne Schwäne liebte ich Up-Island. Es war genau richtig, wie in meiner Vorstellung; irgendwie hatte ich das gewußt. Hier war kaum Verkehr; das Land westlich des Vineyard Sound lag still im letzten Sonnenlicht. Es gab keines seiner Geheimnisse preis, aber es zog mich an, nahm mich in sich auf. Meine unbewußte Anspannung und Angst wichen. Ich machte einen tiefen Atemzug und sog den ganz besonderen Duft dieses Ortes ein. Es roch nach fruchtbarer Erde und dem Rauch eines Holzfeuers, nach Blüten, die in der Sonne getrocknet waren. Außerdem nahm ich eine leichte Moschusnote wahr, die von Tieren stammen mußte. Das Meer war hier weit entfernt. West Tisbury könnte ebensogut ein kleines Dorf in Neuengland sein, Hunderte von Kilometern landeinwärts gelegen.

Wir hatten die Insel auf derselben Straße durch den Staatsforst überquert wie nach meiner Ankunft. Selbst im Dämmerlicht wirkten die Zwergeichen und Krüppelkiefern düster, gnomenhaft und theatralisch, ein Operettenwald. Als wir ins Dorf kamen, fühlte ich mich sofort wohler. Alte, weißgestrichene Farmhäuser, Dorfkirche, Post, Polizeiwache und Gemeindeverwaltung zeugten von realem Alltagsleben, von Arbeit und Freizeit, von Familien, die von dem Land lebten, aber auch darauf spielten.

»Es ist zauberhaft«, sagte ich. »Das Dorf sieht traumhaft aus, wie jeder sich die gute alte Zeit vorstellt. Hier gibt es wohl hauptsächlich Farmen?«

»So war es früher, glaube ich«, sagte Livvy. »Heute sind hier nicht mehr so viele Farmer oder Schafzüchter; wenn man heute hier oben viel Land besitzt, zahlt man Steuern, bis man schwarz wird. Viele der alten Familien haben ihr Land größtenteils an Leute vom Festland oder Sommergäste verkauft. Die Leute hier arbeiten als Tischler, Klempner und auf dem Bau oder so, oder sie fahren zur Arbeit nach Vineyard Haven, vielleicht auch nach Edgartown und Oak Bluffs. Idyllisch ist es eigentlich nicht. Auf dem Vineyard gibt es auch regelrechte Armut. Die Winter hier oben sind tödlich. Natürlich gibt's hier auch einiges Geld; manche der alten Familien haben immer noch viel Land, wenn auch sonst nichts, und manche machen ein Vermögen mit den Sommergästen. Die Ponders, die älteste Familie der Insel, kamen Mitte des sechzehnten Jahrhunderts durch eine königliche Schenkung hierher. Sie besitzen ungefähr fünfzehn Häuser, die sie vermieten, und etwa neun weitere bewohnt die Familie selbst. Auf den Namen Ponder stößt man hier überall. Die ersten zehn Generationen waren Prediger, glaube ich, und jeder von ihnen war irgendwann einmal Stadtrat.«

»Wird einer von ihnen auf der Party sein?«

»Das bezweifle ich«, sagte Livvy. »Ich glaube kaum, daß sie sich besonders für die Neulinge interessieren, obwohl die Hartnells schon seit Mitte der fünfziger Jahre hier sind. In all den Jahren hier bin ich noch keinem von ihnen über den Weg gelaufen.«

Was natürlich bedeutete, daß die alten Familien nie zu den Partys auf Chappaquiddick eingeladen wurden, und umgekehrt war es höchstwahrscheinlich genauso. Irgendwie freute ich mich darüber.

»Wie steht's mit den Portugiesen? Mischen die sich unters Volk?«

»Nein. Sie haben weder mit uns noch mit den Alteingesessenen viel Kontakt. Die Insel ist wirklich ein ganz schöner Flickenteppich, wenn du erst einmal genauer hinsiehst.«

»Ziemlich klein, um seine Nachbarn nicht zu kennen«, sagte ich zustimmend.

»Nun, so ist es wohl überall, nicht wahr?« sagte Gerry scharf. Sie hatte meine Worte wohl als Vorwurf gegen die Vorurteile der Vineyarder aufgefaßt.

»Natürlich«, sagte Livvy. »Das kennst du doch von zu Hause, Molly. Wie oft gehst du zum Beispiel auf eine Party in Vine City?«

Ich war verärgert, obwohl ich wußte, daß beide recht hatten.

»Ich glaube, da gibt's nicht viele Partys«, sagte ich.

Es folgte ein kurzes, unbehagliches Schweigen, und ich versteckte mich unter meiner Hutkrempe. Der Hut war letztlich ein Fehler, wie vielleicht der ganze Abend. Irgendwie hatte ich in diesen letzten Tagen alles falsch gemacht. Ich wußte nicht, ob der Fehler bei mir oder bei ihnen lag, aber wie immer glaubte ich, selbst schuld zu sein. Wenn ich auf fremdem Terrain bin, neige ich dazu, mich denen unterzuordnen, die dort zu Hause sind.

Wie mit dem Hut.

»Oh, setz doch den Hut auf«, hatte Livvy geflötet, als ich in dem einzigen einigermaßen feinen Kleidungsstück, das ich mithatte, die Treppe herunterkam. Es war der schwarze Hosenanzug aus Seidenstrick, den ich immer gern auf Reisen mitnahm, weil er absolut knitterfrei ist. Er sah angemessen und korrekt aus, aber mehr auch nicht. Das einzige Kleid in meinem Gepäck war ein Jeanskleid. Der schwarze Anzug brauchte noch irgendein schwungvolles Detail.

»Ja, setz ihn auf, er ist toll«, hatte Gerry gesagt. »Teufel noch mal, damit wirst du zum Partyknüller.«

Und so hatte ich den Hut aufgesetzt und meine Jacke etwas weiter aufgeknöpft, um die dicke Goldkette zu zeigen, die Livvy mir geliehen hatte. Und tatsächlich sah ich, zumindest in dem trüben Spiegel im ersten Stock, wie eine sorglose Frau aus, die an einem Sommerabend zu einer großen Party geht. Die langen Vormittage im Strandclub hatten mir meine Bräune wiedergegeben. Mein gebräunter Teint und der Schatten der breiten Hutkrempe ließen meine Augen blauer strahlen und meine Zähne weißer leuchten.

»Nicht schlecht für eine verlassene Ehefrau«, sagte ich zu mir selbst und beugte mich vor, um zu prüfen, ob mein Dekolleté zu freizügig war. Es schien mir für eine Party ganz in Ordnung. Mein Dekolleté hatte sich schon immer sehen lassen können.

Aber jetzt, in der schattigen Stille von Up-Island, wurde mir bewußt, daß der Schlapphut bloß albern und theatralisch und das aufgeknöpfte Oberteil nichts weiter als geschmacklos war. Ich zog die Jacke ein Stückchen höher und begann, sie wieder zuzuknöpfen, ließ es dann aber sein. Ich hatte keine Kritik üben wollen, und ich hatte auch nicht vor, mich von Gerry Edmondsons Gereiztheit beeindrucken zu lassen. Sie war schon den ganzen Abend schlecht gelaunt. Peter war in Boston festgehalten worden und konnte nicht zur Party kommen. Wir waren heute abend drei Frauen ohne männliche Begleitung. Livvy und Gerry war das merklich bewußt, aber mir gefiel es, denn auf diese Weise fiel ich nicht so aus dem Rahmen.

»Los, wir suchen noch ein paar Schwäne«, sagte ich.

Jenseits von West Tisbury veränderte sich die Landschaft abermals. Sie wurde wild, zerklüftet und weitläufig; hier gab es Salzwiesen, Steinmauern und riesige eiszeitliche Felsen, nackt, vom Wind verwittert und wunderschön. So muß Schottland aussehen, dachte ich. Hier, an der South Road, konnte man die alten Häuser sehen; sie thronten oberhalb des Moores oder schmiegten sich in die Senken zwischen den Felsen und Klippen, die sich im Osten bis zu den Seen hin erstreckten und über den unberührten Stränden und dem Meer aufragten. Im Inselinneren um West Tisbury waren nur die schmalen, überwachsenen Einfahrten auszumachen, die zu den Häusern führten. Ich mochte diese rauhe, offene Landschaft, geradezu magisch angezogen war ich aber von den versteckten Wegen, die den Wald durchzogen. Würde ich hier leben, das wußte ich, dann würde ich mich in den Wald flüchten wie ein wildes Tier, das der Gefangenschaft entronnen ist.

Kurz bevor wir die Abbiegung zu den Hartnells am Chilmark Pond erreichten, direkt hinter dem Friedhof, auf dem laut Gerry

John Belushi begraben lag, führte rechts eine lange Auffahrt zu einem großen, mit grauen Schindeln gedeckten Haus, das direkt unter dem Kamm der Hügelkette lag. Es war von mehreren windschiefen Nebengebäuden umgeben, und selbst von der Straße aus konnte man sehen, daß es sich um ein sehr altes Anwesen handelte. An der Straße stand neben der Auffahrt ein handgemaltes Schild mit der Aufschrift: »Möbliertes Camp anzubieten. Mietfrei gegen Hilfe im Haushalt und leichte Tätigkeit als Schwanenpfleger. Winterfest. Rufen Sie an«, und es folgte eine Telefonnummer.

Ich war hingerissen. »Schwanenpflege! Wie verlockend! Wer würde nicht gern einen Winter lang Schwäne pflegen? Was ist denn ein Camp? Und wie pflegt man Schwäne überhaupt?«

»Mit 'ner Menge Respekt und einer AK-47«, sagte Gerry. Sie hatte ihren Humor wiedergefunden und lächelte. »Camps sind, glaube ich, ziemlich rustikale kleine Häuschen, die den Einheimischen gehören. Die meisten sind in der Gegend um Menemsha. Dort leben sie am Wasser ohne allen Komfort, wenn sie fischen gehen oder sonst was. Ich glaube, viele von ihnen wohnen den Sommer über in ihren Camps, wenn ihre Häuser an Gäste vermietet sind. Das Haus da oben gehört den Ponders, also muß es auch ein Ponder-Camp sein. Daß es winterfeste Camps gibt, hab ich noch nie gehört. Und gesehen habe ich, glaube ich, auch noch keines. Peter sagt, sie seien ganz niedlich, so wie ein Spielhäuschen für Kinder, aber einen Winter auf Vineyard würde ich nicht darin verbringen wollen. Ich wüßte auch nicht, weshalb man Schwäne pflegen sollte; die verbringen den Winter meist auf den Salzwasserteichen an der Küste, wo sie windgeschützt sind und das Wasser nicht zufriert. Das heißt, wenn sie nicht fortziehen; das tun wohl auch viele.«

»Es gibt Schlechteres für einen Mann, als Schwäne zu pflegen«, sagte ich frei nach Robert Frost.

»Aber nicht viel«, antwortete Gerry.

Eine Traube Luftballons, an einem unauffälligen Briefkasten befestigt, markierte die Abbiegung zu den Hartnells. Der unebene Weg führte auf eine Baumgruppe zu, hinter der ich glitzerndes Wasser erkennen konnte. Ein dunkler Streifen am Horizont ließ den Atlantik ahnen. Im Gegensatz zu den meisten Häusern Up-Islands war dieses hier offenbar flach und zwischen die Bäume gebettet, denn ich konnte es noch nicht sehen.

»Ist die Party wirklich heute?« fragte ich. Von dem gewundenen Weg aus war kein Lebenszeichen zu entdecken.

Hinter der letzten scharfen Kurve sahen wir dann jedoch eine Wiese mit etwa hundert parkenden Autos, die von jungen Männern in dunklen Hosen und weißen Hemden und mit Walkie-talkies eingewiesen wurden. Dahinter ragte aus den alten, verkrüppelten Bäumen am Ufer das Ziegeldach eines langgestreckten, niedrigen Hauses hervor. Die leichte Brise trug den entfernten Klang eines Schlagzeuges und summendes Stimmengewirr, aus dem sich hier und da ein Lachen erhob, bis zu uns. Urplötzlich wurde mein Mund trocken, und mein Herz begann zu pochen.

»Vielleicht bleibe ich besser bei den Schwänen«, sagte ich leise.

»Red keinen Unsinn. Das ist die Party des Jahres. Los, du wirst alle Leute von Chappaquiddick kennenlernen«, sagte Livvy, nahm meinen Arm und marschierte mit mir auf das Haus zu. Der Hut meiner Mutter wippte unvorteilhaft auf und ab, als säße ein großer schwarzer Vogel auf meinem Kopf und wollte jeden Augenblick losfliegen.

Wir gingen zwischen alten Rhododendronbüschen hindurch, und das Haus kam in Sicht. Offenbar war es einem englischen Cottage nachempfunden: bemooste, graue Mauern, ein ebenfalls moosbewachsenes Ziegeldach, bleiverglaste Sprossenfenster, kleine Bauerngärten, die von Blumenstauden überquollen. Die Gärten erstreckten sich bis an den See hinab, in kleinen, zimmerähnlichen Terrassen, die von Mauern, berankten Pergolen, Stockrosen und Sonnenblumen umgeben waren. Es gab mindestens ein halbes Dutzend dieser Terrassen, die letzten verschwanden unter den Bäumen am Ufer. Hier und da standen Bänke, Laternen, Statuen und Vogeltränken. Es sah keineswegs nach Minigolfplatz aus, wie Livvy es uns prophezeit hatte.

»Zwerge«, hatte sie gesagt, »sie soll Gartenzwerge neben ihrem Teich mit Koi-Karpfen stehen haben. Kitschiger geht's ja wohl nicht.«

Aber an den Gärten oder dem Haus war absolut nichts Kitschiges. Beides sah im dämmrigen Abendlicht ganz und gar entzückend aus und erinnerte eher an ein Gemälde oder einen Traum als an einen Ort, wo Menschen lebten, arbeiteten, Dünger verteilten und Mücken totschlugen.

In den Gärten und auf der Terrasse, die um das ganze Haus herumlief, hielten sich mindestens dreihundert Personen auf. In einer Ecke spielte ein kleines Orchester. In den Zweigen über der Terrasse hingen altmodische japanische Laternen. Am anderen Ende der Terrasse drängelten sich noch mehr Menschen, vermutlich an der Bar. Kellner in weißen Jacken flatterten wie Schmetterlinge durch die Menge und servierten Drinks und Horsd'œuvres.

»Ich glaube, ich gehe erst einmal ans Wasser und sehe nach, ob es dort Schwäne gibt«, sagte ich mit einem Kloß im Hals. »Kommt jemand mit?«

»Molly, was, zum Teufel, ist in diesem Sommer bloß los mit dir? Komm wenigstens mit und sag deiner Gastgeberin guten Abend ... ach, was soll's«, seufzte Livvy. »Na los. Ich geh mit dir runter, aber dann mußt du dich unters Volk mischen. Ich hab dir doch versprochen, daß ich nicht von deiner Seite weiche.«

Aber das tat sie. Sie hatte den Satz noch nicht beendet, da löste sich ein Schwarm Frauen in hellen Seiden- und Baumwollkleidern aus der Menge und steuerte gackernd und trällernd auf uns zu. Bevor ich auch nur einmal blinzeln konnte, hatten sie Livvy umrundet und davongeschleppt.

»Wo warst du denn nur den ganzen Sommer?« kreischten sie. »Wir haben dich überall gesucht! Ist dir klar, daß die Ferien schon fast zu Ende sind, und wir waren noch nicht einmal zusammen essen? Du sollst ja einen Gast haben, war sie krank, oder was? Ist sie jetzt weg? Komm mit und sag Dink guten Tag ... und Toby ... Stuart ... Potter ... sie haben dauernd gefragt, wo ihr bloß steckt, du und Caleb ...«

Ich sah, wie Livvy sich nach mir umdrehte und irgend etwas sagte.

»Komm doch mit uns«, sagte sie wohl, aber ich war mir nicht sicher. Ich wandte mich Gerry zu, aber sie war verschwunden. Ich ging hinter ihnen her wie ein tapsiges Küken hinter einer Gruppe von stolzen Schwänen, aber ein Kellner mit Tablett rempelte mich versehentlich an, und bis er sich entschuldigt und den Rotwein von meiner schwarzen Jacke getupft hatte, waren die Schwäne in der Menge verschwunden. Nackte Angst ließ mich wie festgenagelt auf der Terrasse stehen bleiben. Ich ließ mir vom Kellner ein Glas Rotwein geben und trank es aus, sah mich um und lächelte breit, als würde ich jeden Moment von einer Horde unglaublich chic gekleideter, interessanter Freundinnen abgeholt. Ich wartete. Livvy würde bestimmt zurückkommen, sobald die Truppe sie wieder freigäbe.

Als sie nach etwa einer halben Stunde immer noch nicht wieder da war, suchte ich mir einen Kellner, nahm ein weiteres Glas Rotwein vom Tablett und schlüpfte von der Terrasse in den dämmerigen Garten. Im Westen zeigte sich am Himmel über Menemsha ein Farbenspiel von Zinnober- und Purpurrot, Rosa und Gold, aber hier unten auf der gegenüberliegenden Seite wurde es sehr schnell dunkel. Als ich durch das dritte oder vierte Garten-»Zimmer« stolperte, herrschte schon tiefe Dunkelheit, und die kleinen Beetlichter und Laternen waren angeschaltet. Am Himmel zeigten sich die ersten Sterne, aber der Mond war noch nicht zu sehen. Mir fiel ein, daß er in den letzten Tagen erst spät aufgegangen war. Ab dem vierten Gartenzimmer war ich ganz für mich. Erst jetzt verlangsamte ich meine Schritte und holte tief Luft. Der Weg machte eine scharfe Biegung und führte über ein paar flache Steinstufen nach unten, und ich befand mich im letzten »Zimmer«, einem von berankten Spalieren umschlossenen Viereck. In der Mitte war ein kleiner Teich. Ein unbeschreiblicher Geruch nach Erde, Feuchtigkeit und Blüten strömte auf mich ein. Es duftete nach Jasmin, obwohl Jasmin so weit nördlich eigentlich nicht gedieh. Was es auch war, es dämpfte mein Herzklopfen und erfrischte mein erhitztes Gesicht wie kühles Wasser. Um die Bäume direkt am Ufer waren runde Bänke gebaut, und ich setzte mich unter eine alte Eiche, deren Stamm ich mit beiden Armen nicht hätte umfassen können. Ich atmete mit einem langen Seufzer aus, leerte mein Glas und starrte auf das Wasser. In der Tiefe schossen gold- und orangefarben aufblitzende Schatten hin und her: die berühmten Koi-Karpfen. Wo waren die Zwerge?

»He, du blöder Fisch«, sagte ich laut. »Ich mag deine Party nicht. Ich will nach Hause.«

Und das wollte ich wirklich. Ich empfand denselben stumpfen, verzehrenden Kummer wie als Kind in Camp Greystone, krank vor Heimweh, zu groß und fremd unter all den Mädchen, mit denen ich auf Anordnung meiner Mutter den Sommer verbringen mußte. Ich wollte nur eines, nach Hause. Zu wem, war in diesem Augenblick nicht so wichtig; so weit dachte ich nicht. Später gefiel es mir im Sommerlager, aber nicht beim ersten Mal.

So klar und grotesk, als hätte der Koi geantwortet, hörte ich die Stimme meiner Mutter. Nicht in ihrem ungeduldigen, sondern in dem langsamen, nachsichtig-amüsierten Tonfall, der mich noch unendlich schmerzhafter traf.

»Du versteckst dich schon wieder, nicht wahr, Molly? Wie oft haben wir das schon durchgesprochen? Lauf niemals weg. Versteck dich niemals. Das sieht so feige aus, Schätzchen. Du bist einfach zu groß, um vor irgendwas zurückzuweichen. Das sollten nicht einmal kleine Frauen tun. Mir fiele das nicht im Traume ein. Steh jetzt auf und zeig diesen geschmacklosen Frauen, was deine Mama dir beigebracht hat.«

Ich saß einen Augenblick still, vor Schreck und Zorn an die Bank gefesselt. Dann stand ich auf und schleuderte mein Weinglas in die üppigen Beete am Teichufer. Der Karpfen tauchte mit einem Platschen unter.

»Sei still«, flüsterte ich. »Sei, verdammt noch mal, still.«

Schnellen Schrittes ging ich zur Terrasse zurück.

Als ich den ersten Garten fast erreicht hatte, hörte ich Livvys Stimme. Sie klang ärgerlich und, wie ich fand, besorgt.

»Ich kann mir nicht vorstellen, wo sie hingegangen ist. Ich hab sie nicht mehr gesehen, seit ihr alle mich abgeschleppt habt. Seid ihr sicher, daß ihr sie auch nicht gesehen habt?«

Ich wollte gerade nach ihnen rufen, da hörte ich Gerry Edmondson sagen: »Spinnst du? Mit dem Hut? Das wüßten wir aber. Alle wüßten das und würden sich jetzt noch kaputtlachen.«

Ich erstarrte wieder. Ich fühlte mich wie nach einem Schlag in die Magengrube. Gerade Gerry hatte mich doch zusammen mit Livvy genötigt, den Hut meiner Mutter aufzusetzen. Er brannte mir plötzlich wie Feuer auf der Stirn. Ich zog mich in den Schatten einiger Pappeln zurück. Ich befand mich im italienischen Garten, der von Pappeln und großen Amphoren abgeschirmt war.

»Ich würde sie gar nicht erkennen«, sagte eine mir unbekannte Stimme. »Wie sieht sie denn aus?«

»Vom Hals abwärts wie Jane Russell in *Geächtet*. Vom Hals aufwärts wie 'ne Schießbudenfigur.«

Das war Trish Phipps, Livvys Segelkumpanin. Das Blut schoß mir ins Gesicht.

»Doch nicht etwa der Hut!«

Corky Fredericks, Livvys erste Zimmergenossin in Wellesley. Auch sie kannte ich aus dem Strandclub.

»Doch. Der berühmte Hut. Maamahs Hut, wie ihr alle zweifellos wißt. Das ist wohl ein alter Brauch im Süden, den Hut seiner toten Mama zu tragen.«

Wieder Gerry, die meinen Akzent gekonnt nachäffte.

»Seid still, alle!« sagte Livvy. »Sie ist meine beste Freundin, und sie macht gerade eine schlimme Zeit durch. Das wißt ihr doch.«

Oh, du liebe Livvy!

»Und was bin ich dann, zum Teufel?« sagte Gerry. »Ich kenne dich schon seit unserem sechsten Lebensjahr.«

Eifersüchtig also. Ich fühlte mich irgendwie besser.

»Meine beste Freundin in Atlanta, dumme Nuß«, sagte Livvy. »Ich gebe ja zu, daß sie sich etwas seltsam aufführt. So ist sie normalerweise nicht. Aber sie lebt normalerweise auch nicht wegen einer dreißigjährigen Coca-Cola-Anwältin in Scheidung, die aussieht wie Angelica Huston.«

»Aha, ich wußte doch, daß Coocah-Coolah mit im Spiel ist.« Trish Phipps nahm Gerrys gräßlichen Akzent auf. »Wann fährt Zuckerbaby denn dann wieder nach Hause? Oder bleibt sie für immer bei dir und Caleb? Alleinstehende Südstaatendingdongs sollen übrigens ganz groß darin sein, sich bei anderen einzunisten. He, das wäre vielleicht gar nicht so schlecht. Sie könnte dir die ganze Wäsche abnehmen. Und sich um den alten Caleb kümmern, du weißt schon. Ich frage mich, ob sie den Hut auch im Bett trägt?«

Es folgte allgemeines Gelächter; die meisten Stimmen kannte ich von den Vormittagen im Strandclub.

Auch Livvy lachte deutlich hörbar, wenn auch widerwillig.

»Seid jetzt alle still. Helft mir lieber, nach ihr zu suchen. Vielleicht geht's ihr nicht gut.«

Ich schlüpfte zwischen den Pappeln hindurch auf die hell erleuchtete Wiese und fragte einen der Parkwächter nach Livvys Jeep. Er schaute auf seine Liste und führte mich mit der Taschenlampe hin.

Ich kroch auf den Rücksitz, rollte mich so klein wie möglich zusammen und schloß die Augen – aber nicht, ohne vorher meinen Hut auf den Boden zu schleudern. Ich hätte wütend sein müssen, aber ich war es nicht. Ich empfand nichts als tiefste Schmach und den starken Wunsch, mit niemandem zu reden, auch nicht mit Livvy.

Als sie mich schließlich fanden, murmelte ich mit geschlossenen Augen: »Mir ist nicht wohl. Laßt mich in Ruhe«, und das taten sie. Während der ganzen langen Fahrt nach Down-Island und hinüber nach Chappaquiddick fiel kein einziges Wort. Einmal wollte Gerry etwas sagen, aber Livvy unterbrach sie.

»Später«, sagte sie kurz.

Nachdem wir Gerry abgesetzt und vor Livvys Haus geparkt hatten, setzte ich mich auf und sagte: »Ich gehe lieber schnell rein. Ich hab wohl irgend etwas Falsches gegessen; ich fühle mich gräßlich.«

»Das tut mir leid«, sagte sie kühl, und ich wußte, daß sie mir nicht glaubte. Was dachte sie wohl, wie ich den Abend verbracht hatte? Zusammengekrümmt im Jeep liegend, wahrscheinlich.

Ich stieg schweigend aus, ging schnell nach oben und schloß die Zimmertür hinter mir.

Gleich morgen früh, dachte ich, rufe ich an und ändere meine Reservierung, und dann fahre ich so schnell wie möglich nach Hause. Ich will keins von diesen Weibsbildern wiedersehen. Und von Livvy hab ich auch erstmal genug.

Aber sie hat dich verteidigt, sagte der rationale Teil von mir.

Aber sie hat auch gelacht, antwortete der andere, der größere und ältere Teil.

Wider Erwarten schlief ich sofort ein. Ich hatte wieder denselben Traum von meiner Mutter. Sie sagte mit dieser seltsamen, dumpfmechanischen Stimme: »Nimm die Schultern zurück. Du siehst nur noch größer aus, wenn du dich krumm machst. Die Schultern zurück, zurück ...«

Ich wachte sehr früh auf und rief Missy Carmichael zu Hause an, um ihr zu sagen, sie solle das Haus für mich öffnen lassen.

»He, ich wollte Sie heute von der Kanzlei aus anrufen«, sagte sie. »Es ist etwas passiert. Zweierlei, um genau zu sein. Kurzfristig schlechte, auf lange Sicht aber gute Nachrichten.«

»Warum überrascht mich das nicht? Schießen Sie los«, sagte ich müde.

»Also das schlimmste im Moment, langfristig aber vielleicht das beste, ist, daß Tee Ihr gemeinsames Giro- und Sparkonto gekündigt und auf Ihren Namen ein neues eröffnet hat. Darauf sind zehntausend Doller, und jeden Monat kommen zehntausend dazu. Ich habe diese Lorna angerufen, von der Sie mir erzählt hatten, weil unser Privatschnüffler noch 'ne kleine Geldspritze brauchte, und sie hat's mir erzählt. Sie hatte Ihre Nummer dort oben nicht, sonst hätte sie selbst bei Ihnen angerufen.«

Als ich nichts sagte, fuhr sie fort. »Ich weiß. Es ist eine Schweinerei, aber nicht illegal. Sie werden genug Geld für Ihren und Teddys Unterhalt haben, aber keinerlei Reserven, es sei denn, Sie haben etwas beiseite gelegt, wovon ich nichts weiß. Aber das kann ich mir eigentlich nicht vorstellen.«

»Stimmt.«

»Um mein Honorar brauchen Sie sich fürs erste nicht zu sorgen. Das alles wird in den Augen einer Jury so schrecklich aussehen, daß wir ihn ausnehmen können wie eine Weihnachtsgans; wenn Sie's noch eine Weile aushalten könnten, wäre das ein echter Vorteil. Natürlich steckt sie dahinter, aber es wird so aussehen, als wäre er ein herzloses Dreckschwein und nicht bloß liebestoll.«

Ich atmete tief ein. »Und was ist das zweite?«

Ihre Stimme überschlug sich fast. »Das wird der Klopfer. Damit haben Sie ausgesorgt. Er will jetzt das Haus, oder vielmehr, sie will darin wohnen, und deshalb sagt er, oder sein Anwalt, daß er ja der rechtmäßige Eigentümer ist und daß er es behalten und Sie woanders einquartieren oder, ich zitiere, ›Ihnen eine angemessene Unterkunft beschaffen‹ wird. Angemessen, von wegen! Er ist zu unserem Glück total bescheuert. Dreht Ihnen den Geldhahn zu und versucht dann, Sie aus dem Haus zu werfen, in dem Sie zwanzig Jahre gelebt haben? Daraus wird wohl nichts.«

Ich spürte wieder das vertraute Hämmern meines Herzens.

»Wann? Doch wohl noch nicht so bald? Ich wollte Sie gerade bitten, mir das Haus aufzuschließen. Ich komme, so schnell ich kann, nach Hause ...«

»Oh. Das könnte ein Problem werden«, sagte sie gedehnt. »Natürlich haben Sie das Recht, darin zu wohnen, bis er Sie per Gerichtsbeschluß zum Umziehen zwingt, oder Sie kümmern sich selbst um etwas Neues, und das dauert seine Zeit. Die Sache ist aber, daß es sich vor Gericht viel besser machen würde, wenn Sie sich so entgegenkommend wie möglich geben und sofort ausgezogen sind, nachdem Sie gehört haben, daß er das Haus haben will. Ich hatte gehofft, Sie kämen gar nicht in das Haus zurück. Ich dachte, daß Sie sich vielleicht vorläufig etwas mieten könnten; ich könnte Ihnen natürlich was suchen, aber im Moment könnten Sie keine Kaution aufbringen ... Mist. Können Sie sich nicht bei irgend jemandem kurzfristig etwas Geld leihen? Sie sagten doch, die alte Mrs. Redwine ist voll auf Ihrer Seite ...«

»Das werde ich nicht tun. Nie im Leben«, sagte ich.

»Könnten Sie dann vielleicht noch eine Weile da oben bleiben, vielleicht noch ein, zwei Monate?«

»Auf keinen Fall. Völlig unmöglich.«

»Molly ... jetzt ist nicht der Zeitpunkt, hart zu bleiben. Sie müssen sich jetzt so kooperativ wie nur irgend möglich verhalten. Später können Sie dann die harten Geschütze auffahren ...«

Meine Beine versagten. Ich setzte mich auf die Kante des Küchentisches.

»Ich ruf Sie wieder an, Missy«, sagte ich. »Ich kann im Moment nicht darüber reden.«

»Okay«, sagte sie widerwillig. »Ich weiß, es ist hart. Ich hab's Ihnen gesagt, bei dieser Wohnwagenschlampe sollte uns das nicht überraschen. Treffen Sie bitte möglichst schnell eine Entscheidung, ich muß Tees Schweineanwalt bald antworten.«

Ich legte auf, ging auf die Veranda und blickte über die Katama-Bucht. Es war noch so früh am Morgen, daß die Wasseroberfläche glatt und ruhig dalag und den Sonnenaufgang in rosa Flecken widerspiegelte. Nur ein paar vereinzelte Segel glitten langsam über das Wasser. Das strahlendweiße Sommerlicht schien heute zum ersten Mal dem schräg fallenden, goldenen Licht des Herbstes gewichen zu sein. Es war warm, fast heiß, aber dennoch konnte ich die stille weiße Frische der ersten Frosttage erahnen. Ich setzte mich hin, legte die Hände vors Gesicht und schloß die Augen.

»Es geht dir sicher besser, nehme ich an?« sagte Livvy hinter mir mit hoher, scharfer Stimme. Sie hatte nicht vor, den gestrigen Abend zu vergessen.

»Ja, vielen Dank«, sagte ich förmlich, ohne mich umzudrehen.

»Nennst du mir den Grund für deine plötzliche Krankheit?« fragte sie. »Natürlich nur, damit ich's all den Leuten erklären kann, die dich gerne kennenlernen wollten.«

»Ich hätte gedacht, sie wären zu sehr damit beschäftigt, über meinen Hut zu lachen«, sagte ich. Meine Stimme klang in meinen Ohren zickig, schnippisch und gekränkt.

Sie seufzte. »Tut mir leid, daß du das gehört hast. Sie haben sich total danebenbenommen. Frauen in solchen Cliquen verbünden sich gern gegen andere Frauen, besonders wenn sie nicht dazugehören. Das machen wir zu Hause bestimmt auch. Es ist nicht so, daß sie dich nicht mögen ...«

»O ja, klar. Bestimmt.«

»Hör zu, tut mir leid, daß ich so schnippisch war«, sagte sie. »Gestern abend war eine Nachricht von Caleb auf dem Anrufbeantworter. Er kann nicht kommen. Youth-Brands hat in Chicago oder sonstwo schon wieder eine Krise, und er muß für mindestens zwei Wochen dorthin. Das hat mich umgehauen, es ist das erste Mal, daß er nicht auf den Vineyard kommt. Aber ich sollte das nicht an dir auslassen.«

Zwei Wochen. Ihr Mann bleibt zwei Wochen weg, und das haut sie um. Versuch's mal mit zwei Monaten, oder zwei Jahren oder für immer, Schätzchen, und dann sprechen wir uns wieder, dachte ich.

»Paß lieber auf, daß er in Chicago nicht irgendwas laufen hat«, sagte ich hinterhältig, noch unter dem Eindruck meiner gestrigen Erniedrigung. »Bei Coca-Cola kommt das häufiger vor, weißt du.«

Es herrschte eine Weile Stille, dann sagte sie: »Das war das Allergemeinste, was du je zu mir gesagt hast. Nur weil du deinen Mann nicht halten kannst, heißt das noch lang nicht, daß ich meinen auch nicht ...«

Ich drehte mich zu ihr um.

»Livvy ... es tut mir leid«, sagte ich. »Es ist nur ... ich hab dich gestern abend auch lachen hören.«

»O Gott, entschuldige, daß ich auch nur ein Mensch bin«, schrie sie. »Molly, es war auch nicht gerade leicht für mich, dir dauernd gut zuzureden und dich aufzubauen, dir immer deine Stimmung von den Augen abzulesen und dich von Tee abzulenken. Tut mir leid, wenn ich gelacht habe, aber wenn du das gehört hast, dann hast du auch gehört, wie ich dich verteidigt habe. Und anscheinend habe ich in den letzten zwei Wochen nichts anderes gemacht.«

»Mach dir deswegen keine Gedanken, denn ich fahre so schnell wie möglich nach Hause«, sagte ich – und dann fiel mir plötzlich alles wieder ein.

Sie sah es mir sofort an.

»Was ist los?« fragte sie, und der Streit war vergessen. Livvy erkannte immer gleich, wenn etwas mit mir nicht stimmte.

Ich erzählte es ihr, bemüht, meine Stimme sachlich klingen zu lassen und nicht zu weinen.

»Oh, Liebes«, sagte sie und kam schnell zu mir. »Dieser gottverdammte Scheißkerl. Dieses Flittchen. Was willst du denn jetzt machen?«

»Ich denke ... ich rufe Mrs. Redwine an«, sagte ich. »Mal sehen, was sie unternehmen will.«

»Nein, um Gottes willen«, schrie sie unwillkürlich, und ich mußte trotz meines Kummers lächeln. »Das kannst du nicht machen! Niemals! Dann wirst du sie nie wieder los. Hör zu ... bleib hier. Bleib hier, solange du willst. Du kannst das obere Stockwerk zusperren, dann läßt sich das Haus mit Kamin und Heizlüftern fast bis Dezember einigermaßen warm halten. Nimm dir die Zeit, die du brauchst; bestimmt hat Missy die Sache bis dahin geklärt. Du liebst doch die Insel, und ich komme so bald wie möglich wieder her. Du kannst dich ausbreiten und entspannen und in aller Ruhe nachdenken.«

»Oh, Livvy ...« Mir tat das Herz weh. Meine gehässigen Worte über Caleb trieben sie nach Hause, wie konnte ich sie nur auf solche Gedanken bringen? Selbst ganz krank von diesem Gift, versprühte ich es nun auf die Person, die ich neben meinem Vater und Teddy am meisten liebte. Geliebt hatte ...

Sie schüttelte ungeduldig den Kopf.

»Nein, nein, nicht deinetwegen. Ich habe mich gestern abend entschlossen abzureisen. Ich weiß nicht, wieso, aber ich halt's hier oben nicht länger ohne ihn aus. Ich muß ihn wenigstens noch mal sehen, bevor er nach Chicago oder wohin auch immer geht. Bleib du hier, Molly. Laß mich wenigstens den letzten Abend ein wenig wiedergutmachen, und die Male davor. Ich habe dich lieb, wenn ich mich auch nicht so benommen habe.«

»Ich hab dich auch lieb«, sagte ich mit erstickter Stimme, und wir umarmten uns lange.

Zwei Tage später fuhr sie ab. Nachdem ich mit dem Jeep vom Flughafen zurückgekehrt war, setzte ich mich ins Haus und wartete darauf, daß sich bei mir wieder das Gefühl von Wärme und Frieden wie bei meiner Ankunft einstellte. Doch ich empfand nur Unbehagen, ja fast blanke Angst.

Ich ging auf die Veranda und blickte lange über die Katama-Bucht. Da wurde mir plötzlich klar, daß ich nicht länger hierbleiben konnte, in diesem Haus, an diesem Strand, auf dieser kleinen Insel, allein an dieser weiten, offenen Küste. Ich wußte, daß ich hier sterben würde so allein, vor Angst und Einsamkeit, Verlust und Schutzlosigkeit.

Ich stieg in den Jeep und fuhr durch das spätsommerlich überfüllte Edgartown, fuhr die Straße nach Tisbury durch den Operettenwald hinauf bis zur südlichen Landstraße nach Up-Island. Up-Island ... Diese Fahrt war für mich so zwingend notwendig wie mein eigener Herzschlag.

Als ich die Auffahrt zu dem großen Haus auf der Hügelkette erreichte, sah ich nach, ob das Schild noch an der Straße neben dem

Briefkasten stand. Es war noch da. »Möbliertes Camp anzubieten … leichte Tätigkeit als Schwanenpfleger …«

Ich bog so schnell ein, daß der Jeep buckelte wie ein Wildpferd, und raste den langen Weg hinauf.

7

Das Haus stand im Sonnenschein am Hang eines Bergrückens, der in den stahlblauen Himmel ragte. Unterhalb des Hauses wand sich die Straße, über die ich gekommen war, durch schattige Waldstücke. Aber hier oben standen nur vereinzelte, windzerzauste Krüppeleichen um das Haus und einige baufällige Nebengebäude. Der Gletscher, von dem die Insel geformt worden war, hatte mehrere riesige Felsbrocken hinterlassen. Hinter dem Haus zog sich unwegsames, karg bewachsenes Gelände bis zum Gipfel der Hügelkette. Hier gediehen nur noch niedrige Blaubeerbüsche und Brombeerranken. Ich drehte mich um, und beim Blick auf Chilmark Pond und den Atlantik stockte mir der Atem. Heftige Windböen trieben die Wolken über den Himmel, und die abwechslungsreiche Landschaft, die sich unter mir wie ein Flickenteppich erstreckte, wirkte durch den ständigen Wechsel von Licht und Schatten wie ein lebhaftes Schauspiel von Sonne, Bäumen und Meer. Das alles wirkte so seltsam beunruhigend auf mich, daß ich mich abwenden mußte und auf die geschlossene Tür des großen, alten Hauses starrte. Ich war hierhergekommen, um in den Wäldern von Up-Island Geborgenheit zu finden, aber dieses große abweisende Haus in der bizarren Einsamkeit der kargen Inselbergwelt, wo grelles Sonnenlicht und bläulicher Schatten für ein dramatisches Wechselspiel sorgten, bot keinerlei Schutz.

Ich wollte schon wieder umkehren, ohne angeklopft zu haben, als ich eine Stimme aus dem Inneren des Hauses rufen hörte. »Wer ist da? Ich weiß, daß jemand da ist.«

Ich seufzte. Jetzt konnte ich nicht mehr einfach wegfahren.

»Ich hab das Schild unten an der Straße gelesen. Deswegen bin ich gekommen«, rief ich. In der endlosen, windigen Stille klang meine Stimme gewaltig und hohl.

»Oh, wie schön«, erwiderte die Stimme, und ich mußte unwillkürlich lächeln. Es war eine reizende hohe Stimme wie eine Kinderstimme, aber es konnte kein Kind sein, das da rief, denn das Rufen klang zaghaft und schwach, was auf einen sehr alten oder kranken Menschen schließen ließ.

»Drücken Sie fest gegen die Tür. Sie klemmt. Ich kann nicht zu Ihnen kommen«, sagte die Stimme. Ich folgte ihren Anweisungen und betrat einen düsteren, höhlenartigen Raum, der ziemlich groß sein mußte. Es roch nach Kampfer und Staub und stickiger Sommerhitze. Nach dem grellen Licht konnte ich zunächst fast nichts sehen und blieb blinzelnd in der Tür stehen.

»Sind Sie reingekommen? Ich kann Sie nicht sehen, weil es blendet. Kommen Sie hier rüber, wo ich Sie sehen kann«, sagte die Stimme, und ich ging langsam in die Richtung, aus der sie ertönte, wobei ich mich an sperrigen Möbelstücken entlangtasten mußte. Ich blieb stehen und kam mir schon vor wie ein blinder Grottenmolch, als in der äußersten Ecke ein trübes gelbes Licht anging.

Ich stand in einem ehemaligen Wohnzimmer oder Salon, der nun als Krankenzimmer diente, zumindest die Ecke, die ich sehen konnte. Dort stand ein Krankenhausbett, daneben ein runder Tisch mit Büchern, Zeitschriften, Gläsern, Tellern und Löffeln. Im Bett lag eine winzige Frau auf einem Berg von Kissen. Das Bettzeug war aus Leinen und so alt, daß es ganz vergilbt war. Auf der anderen Seite des Bettes befand sich ein großes Fenster, hinter dem der Garten sein mußte, aber die Rolläden waren heruntergelassen, und man konnte weder hinaus- noch hereinsehen. Auf dem Tisch leuchtete eine kleine Lampe. Überall standen Vasen und Kannen mit Blumen, einige ganz frisch, einige welk und einige völlig vertrocknet. Zwischen all den Blumen sah die kleine Frau so winzig und ausgetrocknet aus wie die Mumie eines Kindes und fast so gelb wie die Bettwäsche.

Feine Linien und Fältchen zogen sich über ihr ockerfarbenes Gesicht, das von fedrigen, silbrig weißen Haaren eingerahmt wurde. Mein Gott, sie mußte uralt sein; sie sah fast zu alt aus, um noch am Leben zu sein, mit ihrem bis zum Hals zugeknöpften, weißen Nachthemd und dem spärlichen weißen Haar. Aber ihre schwarzbraunen Augen leuchteten vor Freude, und ihr Lächeln war so unschuldig und fröhlich wie das eines kleinen Kindes. Ich erwiderte ihr Lächeln, ich konnte nicht anders.

»Die Schwäne? Sie sind wegen der Schwäne gekommen?« sagte sie.

»Nun, ich habe das Schild gesehen und bin neugierig geworden ...«

»Würden Sie ein bißchen näher kommen? Ich kann meine Brille nicht finden und sehe nicht mehr allzugut ...«

Ich trat in den Lichtschein der bemalten Porzellanlampe. Sie holte tief Luft und wirkte plötzlich ganz begeistert.

»*Portugués*?« flüsterte sie. »Sie sind *Portugués*?«

Bevor ich antworten konnte, hörte ich aus dem hinteren Teil des Hauses eine andere Stimme. »*Ingles, Luzia, se faz favor*. Sprich Englisch.«

Die Stimme war so tief, daß ich sie zuerst für eine Männerstimme hielt, aber etwas Weibliches schwang darin mit, etwas Fruchtbares und Dunkles.

»Aber Bella, sie ist *Portugués* und sie ist wegen der *cisnes* gekommen, wegen der Schwäne, meine ich ...«

»Ich fürchte, ich bin keine Portugiesin«, sagte ich zögernd, denn es schien äußerst wichtig für sie zu sein, daß ich es war. »Aber ich wollte tatsächlich mehr über die Schwäne erfahren und über das Camp ...«

Sie schaute zu mir auf und schüttelte dann den Kopf.

»Jetzt sehe ich, daß Sie nicht *Portugués* sind. Ihre Augen sind ja blau ... es ist nur, Sie sind so groß und dunkel, und Ihre Zähne sind so weiß. Es gibt viele portugiesische Frauen, die so aussehen wie Sie. Aber nichts für ungut, Sie sind hier wegen der Schwäne, und das ist das wichtigste.«

Ich hörte schwere Schritte, und eine gewaltige Frau betrat den Raum. Ich vergaß, meinen Mund zu schließen; ihre schwarze, massige Gestalt ragte über mir auf, ein Wesen aus der Dunkelheit, während die andere Frau ein Wesen des Lichtes zu sein schien. Aber auf den zweiten Blick sah ich, daß sie einfach eine unheimlich fettleibige, sehr große Frau in schwarzen Jerseyhosen und schwarzem

Kasack war, mit dunklen, aufgesteckten Haarflechten und weichen Lederschuhen. Sie stützte sich auf einen Stock und sah die kleine Frau und mich lächelnd an. Obwohl ihr Lächeln kühl und formell war, verblaßte der bedrohliche erste Eindruck.

»Ich bin Isabel Ponder, und das ist meine Cousine Luzia Ferreira. Tut mir leid, daß ich Ihr Klopfen nicht gehört habe. Luzia muß Ihnen einen Heidenschreck eingejagt haben, sich hier im Dunkeln zu verkriechen wie eine alte Kröte.«

Einen Moment lang wurde das Lächeln offener und liebenswürdiger, um dann wieder zu einer kühlen, höflichen Maske zu erstarren.

»Nein, es war nicht schlimm. Ich hatte noch gar nicht geklopft. Ich sah ... vor ein paar Tagen sah ich Ihr Schild, und ich dachte, ich erkundige mich mal nach dem Camp. Ich denke, ich bleibe vielleicht eine Weile auf dem Vineyard, und es klang ... es klang so bezaubernd. Ich meine, das über die Schwäne ...«

Ich merkte, daß ich anfing drauflos zu schwatzen, und schwieg beim Anblick des starren Lächelns und der unbeweglichen, dunklen Augen.

»Das hab ich mir ausgedacht! Das ist mein Satz! Ich hab ihn gesagt, und Bella hat's aufgeschrieben«, brabbelte die kleine Frau fröhlich, und diesmal lächelten wir sie beide an.

»Es ist ein schöner Satz. Er ist mir sofort ins Auge gesprungen«, sagte ich, als würde ich mit einem Kind reden, und sie klatschte in die Hände. Was war es wohl, fragte ich mich, Alzheimer im Frühstadium? Krankheit und Schwäche? Oder einfach eine Folge des hohen Alters?

»Ja, das stimmt«, sagte Isabel Ponder. »Sie sind also an dem Camp interessiert? Bitte setzen Sie sich und erzählen Sie mir, warum. Wir leben hier furchtbar isoliert, und die Winter können sehr hart sein. Ich kann hören, daß Sie nicht von der Insel kommen. Sie kommen nicht mal aus dem Norden, nicht wahr?«

Wir setzten uns auf ein durchgesessenes Sofa neben dem Krankenbett. Ich hatte die Hände im Schoß gefaltet und schaute sie an, als sei sie eine Schulleiterin oder eine Chefin, bei der ich mich um eine Stelle bewarb. Keuchend ließ sie sich auf das niedrige Sofa fallen, ihr Atem ging schwer und machte ein pfeifendes Geräusch, aber sie wirkte noch immer gewaltig.

»Nein, ich stamme nicht aus dem Norden«, sagte ich so gefaßt wie möglich. »Ich bin aus dem Süden, aus Atlanta, genauer gesagt. Ich bin auf die Insel gekommen, um Freunde zu besuchen, und ich ... ich dachte, ich möchte eine Weile hierbleiben und wollte ihnen nicht zur Last fallen. Sie sind drüben auf Chappaquiddick und sie müssen ihr Haus winterfest machen ... und als ich Ihr Schild sah, dachte ich ... nun ... es gefiel mir einfach irgendwie.«

Was war mit mir los? Diese Frau brauchte nichts über mich zu wissen, außer daß ich mir gern das Camp anschauen wollte. Ich schuldete ihr nichts weiter, als mich ihr vorzustellen und mein Interesse zu bekunden. Aber ich erwischte mich dabei, wie ich versuchte, ihr zu gefallen.

»Meine Mutter heißt auch Belle. Hieß Belle, besser gesagt«, sagte ich.

»Aha, dann ist sie also nicht mehr am Leben?«

»Nein. Sie ist gestorben ... es ist noch nicht lange her ...«

Wie ist das möglich? Mutter, wo bist du?

»Oh. Dann sind Sie jetzt allein?«

»Nein. Ich habe einen Sohn und eine Tochter und einen Ehemann ... nicht direkt, meine ich, nicht mehr lange ... und mein Vater lebt noch, und ich habe einen Bruder in Washington ...«

»Und trotzdem wollen Sie den Winter in einem Camp auf Martha's Vineyard verbringen«, sagte Isabel Ponder. Ihre Worte schienen mich zu verspotten, obwohl der Tonfall neutral war.

»Ich ... ja. Ich glaube schon«, sagte ich. »Vorausgesetzt, es ist etwas Passendes für mich, natürlich.«

»Es ist recht passend«, sagte sie, ohne zu lächeln. »Sie sagten, Sie hätten nicht direkt einen Ehemann oder würden bald keinen mehr haben. Sie leben also getrennt? Werden Sie geschieden?«

»Ich habe die Scheidung eingereicht«, sagte ich so beiläufig wie möglich. Warum konnte ich nicht einfach aufstehen und gehen? Diese Inquisition ging entschieden zu weit.

»Ah. Hat er Sie betrogen?«

Jetzt stand ich tatsächlich auf.

»Es tut mir leid, wenn ich Ihre Zeit verschwendet habe –«

»Bella! Augenblicklich entschuldigst du dich!« rief die kleine alte Frau in ihrem Bett und klang so verzweifelt, daß ich sofort zu ihr ging. »Ist schon gut«, sagte ich sanft.

»Luzia hat recht. Ich bin entsetzlich neugierig und unhöflich«, sagte Bella Ponder, aber sie sprach zögernd und schroff wie jemand, der es nicht gewohnt ist, sich zu entschuldigen.

»Es ist nur ... ich kann es gut nachfühlen, müssen Sie wissen«, fuhr sie fort. »Mein Ehemann hat mich auch verlassen, als mein Sohn noch ein Baby war. Damals kam Luzia hierher, um uns zu helfen. Ich weiß, wie schwer es ist. Ich wollte Ihnen nicht zu nahe treten.«

»Nein, das wollte sie nicht. Wirklich nicht«, sagte Luzia Ferreira vom Bett aus und rang tatsächlich die Hände. Ihr zuliebe setzte ich mich wieder hin und sagte zu Bella Ponder: »Es ist alles noch sehr frisch. Ich habe mich immer noch nicht daran gewöhnt. Aber aus diesem Grund würde ich gern eine Weile hierbleiben. Mein Vater ist bei meinem Bruder in Washington, und meine Tochter wohnt mit ihrem Mann und Baby in Memphis, und mein Sohn geht auf ein College im Westen. Ich hab irgendwie noch keine Lust, nach Hause zu fahren.«

Sie nickte und sah mich aufmerksam an.

»So ... Sie haben zu Hause also keine Familie mehr. Dachten sich wohl, ein kleines Abenteuer in der Ferne könnte nicht schaden, um einen klaren Kopf zu bekommen und so weiter. Sagen Sie, können Sie was aushalten? Können Sie bittere Kälte ertragen? Werden Sie damit fertig, wenn Sie eingeschneit sind? Mit Stromausfällen? Wochenlang keine Sonne, knietiefer Matsch, endloser Winter?«

»Ich kann was aushalten«, sagte ich leicht gereizt. »Ich kann mir nicht vorstellen, daß mich diese Insel vor Herausforderungen stellt, mit denen ich nicht fertig werde. Aber ich sehe keinen Sinn in der Fortsetzung unserer Unterhaltung. Offensichtlich hegen Sie ernsthafte Zweifel an meiner Person. Ich denke, Sie sollten sich lieber jemanden von der Insel nehmen. Es gibt doch sicher jemanden, der sich um die Schwäne kümmern kann. Vielleicht jemand aus Ihrer Familie. Meine Freundin sagt, Ihre Familie sei die älteste hier auf der Insel –«

»Wir können niemand von der Insel nehmen«, jammerte Luzia, und ich schaute überrascht zu ihr hinüber. Dicke Tränen rollten langsam über ihr kleines Walnußgesicht. Sie tat mir sehr leid.

»Ich stehe der Familie meines Mannes nicht sehr nah«, sagte Bella Ponder. »Ich will sie nicht um Hilfe bitten. Wer auch immer das Camp bezieht, wird auch ein paar Dinge für Luzia und mich erledigen müssen. Und rund ums Haus gibt es noch ein paar Pflichten. Ich muß sicher sein, daß derjenige im Camp tauglich und tüchtig ist, und so lange bleibt ... so lange wie nötig. Mindestens für ein paar Monate. Woher wollen Sie wissen, daß Sie kein Heimweh nach Ihrer Familie bekommen oder in ein paar Monaten zu Ihrem Ehemann zurückkehren? Es hilft mir nicht viel weiter, wenn Sie uns bald wieder verlassen.«

»Ich kann Ihnen nichts versprechen«, sagte ich. »Ich habe keine Ahnung, wie lange ich bleiben will. Ich dachte, ich lege mich Monat für Monat fest. Falls ich es annehmen und Ihnen versprechen würde, bestimmte Pflichten für Sie zu übernehmen, würde ich nicht einfach wegfahren und Sie hängenlassen. Falls ich beschließen sollte, nach Hause zu fahren, würde ich warten, bis Sie Ersatz für mich gefunden hätten ...«

»Das geht nicht«, schrie Luzia. »Verstehen Sie das nicht?«

»Schsch«, sagte Bella Ponder zu ihrer Cousine, ohne sie anzusehen. »Ich denke, das ist einigermaßen fair. Wir würden Sie auch nicht übermäßig strapazieren. Wir bräuchten nur ein-, zweimal die Woche ein paar Lebensmittel und müßten ab und an zum Arzt gefahren werden. Luz ist bettlägerig, seit sie sich vor drei Jahren die Hüfte gebrochen hat; außerdem hat sie Osteoporose. Und mein Herz ist auch nicht mehr das, was es mal war. Bin einfach zu fett, das steht fest. Komme keine Treppe hoch, kann nichts tragen. Aber wir sind nie viel ausgegangen. Wir würden Ihnen nicht groß zur Last fallen. Und was die Schwäne angeht; nun, sie müssen hauptsächlich gefüttert werden. Und zweimal am Tag muß man das Eis zerhacken, damit es nicht zufriert. Die verwöhnten Narren weigern sich, ihren Teich zu verlassen, nicht einmal im tiefsten Winter, wenn alle anderen zu den tiefer gelegenen Salzteichen fliehen, die nie ganz zufrieren. Gehen nicht mal dahin zurück, wo sie eigentlich im Sommer hingehören. Luzia hat sie schrecklich verwöhnt, und jetzt kann sie sich nicht mehr um sie kümmern, und ich kann es auch nicht ...«

»Bitte kümmern Sie sich um Charles und Di«, sagte Luzia mit ihrer kränklichen Kinderstimme. »Sie können nichts dafür, daß ich sie so verwöhnt habe. Ich wollte sie nie von mir abhängig machen; ich fand es nur so nett, daß sie immer bei uns am Teich bleiben wollten ... Sie sind doch Mutter. Sie können sich bestimmt vorstellen, welche Sorgen man sich macht, wenn man sich nicht mehr selbst um seine Kinder kümmern kann ...«

Ich warf Bella Ponder einen besorgten, fragenden Blick zu. Hielt diese arme alte Frau die Schwäne womöglich für ihre Kinder?

Mit Erstaunen sah ich in Bella Ponders dunklen Augen einen gequälten, furchtsamen Ausdruck. Sobald sie merkte, daß ich sie ansah, schüttelte sie nachsichtig den Kopf.

»Luz hat keine eigenen Kinder. Kein leichtes Los für ein gutes portugiesisches Mädchen«, sagte sie und lächelte frostig. »Sie liebte meinen kleinen Sohn, und als er die Insel verließ, um zur Schule zu gehen, hat sie ihn schrecklich vermißt, und als diese beiden sich bei uns im Camp niederließen, hat sie sie sofort adoptiert. Zwei elende, zu groß geratene Truthähne, es war, als hätte man ein Paar anstrengende, vom Teufel besessene Kleinkinder im Haus, nur daß diese beiden nie erwachsen wurden. Sie sind noch genauso giftig und streitlustig wie an dem Tag, als sie uns zugeflogen sind. Aber hinter Luz rennen sie her wie zwei verlorengegangene Kinder; nach Möglichkeit nehme ich sie im Sommer ein paarmal mit ins Camp. Es ist drei Jahre her, daß wir längere Zeit dort gewohnt haben, aber sie haben sie nicht vergessen.«

»Natürlich haben sie mich nicht vergessen«, sagte Luzia Ferreira. »Hast du etwa deine Mama vergessen?«

»Charles und Di«, sagte ich. »Gehören sie zur königlichen Familie?«

Die zerbrechliche Frau fing an zu strahlen. »In gewisser Weise schon. Sie kamen in dem Sommer der königlichen Hochzeit, und da sie damals noch jung waren – unverkennbar ein frisch verliebtes Paar –, habe ich sie Charles und Diana getauft. Sie sind sich treu ergeben. Sie sollten sehen, wie er sie umhegt und ihr die besten Bissen überläßt, und wenn er glaubt, jemand kommt ihr zu nahe, dann zischt und faucht er und schlägt mit den Flügeln. Nach all den Jahren immer noch verliebt ...«

»Ganz anders als ihre Namensvettern«, sagte ich lächelnd. »Haben Sie keine Angst, daß es eines Tages zu einer skandalösen Trennung kommen könnte?«

»Nein«, sagte sie ernsthaft. »Schwäne bleiben ein Leben lang zusammen. In der Beziehung sind sie anders als wir. Treue und Beständigkeit bedeuten ihnen mehr als alles andere.«

»Ganz zu schweigen von ihren natürlichen Instinkten«, schnaubte Bella Ponder, aber sie lächelte noch immer.

»Gibt es noch andere?« sagte ich. »Haben sie Junge?«

»Im ersten Frühling hatten sie Junge«, sagte Luzia. »Aber irgendein Tier muß sie gefressen haben ... ein Fuchs, Sumpfschildkröten, oder vielleicht war es ein Hund. Danach haben sie, soweit wir wissen, nie wieder welche bekommen. Ich glaube ... ich glaube, sie haben beschlossen, daß sie sich selbst genug sind. Das ist ziemlich ungewöhnlich, ich weiß. Sie werden es ja sehen, wenn Sie runterfahren. Sie werden sie mögen, und ich bin überzeugt, daß die beiden Sie als meine Nachfolgerin akzeptieren. Ich weiß es einfach. Es stört Sie doch nicht, daß ich ein bißchen verrückt bin, oder?«

Irgendwie berührten ihre Worte mein Innerstes. Ich spürte, wie meine Augen sich mit Tränen füllten.

»Aber nein«, sagte ich. »Ich war selbst lange Zeit ziemlich verrückt.«

»Also gut.« Sie sackte erschöpft in ihre Kissen zurück. »Fahren Sie mit Bella hin und sehen Sie selbst. Es ist genau das richtige für Sie. Ich wußte es, als Sie an der Tür läuteten. Aber Sie haben ja gar nicht geläutet, stimmt's? Ich wußte einfach, daß Sie da waren; das ist sogar noch besser. Ich bin ja so froh.«

Damit schloß sie die Augen. Die Lider waren blau und wie aus Papier, aber die Wimpern waren dicht und sanft geschwungen. Ich sah Bella an.

»Können wir uns das Haus ansehen?«

»Ja, natürlich. Ich hole nur meine Sachen«, sagte sie.

Sie kam mit einer riesigen Leinentasche zurück, in die sie Papiertüten und allerlei Krimskrams gestopft hatte, und stützte sich auf einen wunderschönen alten Gehstock mit silbernem Knauf. Trotz des Stocks dauerte es sehr lange, bis wir im Cherokee Jeep saßen. Als wir es endlich geschafft hatten, war sie bleich und schwitzte und rang beängstigend nach Luft. Vor lauter Nervosität war ich ebenfalls naßgeschwitzt. Was sollte ich nur machen, wenn diese alte Frau in meinem Jeep einen schlimmen oder gar tödlichen Herzanfall erlitt? Ich hatte keine Ahnung, wo das nächste Krankenhaus oder die nächste Feuerwache war. Gab es in dem großen alten Haus überhaupt ein Telefon?

Offensichtlich ja, denn vor dem blauen Himmel hob sich eine schwarze Leitung ab. Aber ich hätte diese Frau nie und nimmer hochheben können ...

Ihr Atem ging jedoch bald wieder langsamer und regelmäßiger.

»Dieses verdammte, schwache Herz«, sagte sie ruhig. »Jetzt wissen Sie, warum wir ein wenig Hilfe brauchen. Ist es nicht lustig? Man kann sich nie vorstellen, daß es einem mal so geht. Als ich auf diese Insel kam, war ich so stark wie ein Mann, und jahrelang habe ich für mich, meinen Jungen und Luzia gesorgt und mich um das große alte Haus und die Camps gekümmert ... und Luzia, Sie hätten sie sehen sollen, als sie hierherkam. Niemand wäre darauf gekommen, daß sie älter ist als ich. Sie war wie ein Wirbelwind, immer in Bewegung. Sie rannte umher und sang und lachte. Wir haben die Wälder durchstreift und sind im Teich geschwommen ... Nein, man glaubt nie, daß es einem mal so geht.«

Ich schaute hinüber zu der alten Frau auf dem Beifahrersitz. Ich konnte mir beim besten Willen nicht vorstellen, wie sie und die zerbrechliche kleine Mumie in dem gelben Bett wie junge Hunde durch den Wald getollt und ins kalte Wasser gesprungen waren. Tiefes Mitgefühl stieg in mir auf.

»Von wo ist Luzia hierhergekommen?« fragte ich.

»Aus West Bedford bei Boston«, erwiderte sie. »Als wir beide jung waren, haben viele von unseren Leuten dort gewohnt. Für eine Weile war dort eine kleine portugiesische Kolonie. Ein paar von den Männern waren auf dem Hanscomb-Air-Force-Stützpunkt stationiert, andere arbeiteten in Cambridge oder Boston. Luzia und ich wurden beide dort geboren und gingen dort zur High-School. Ich arbeitete in einem Restaurant in Cambridge, als ich meinen Ehemann kennenlernte; er hat damals in Harvard studiert. Als er uns verlassen hat … meinen Sohn und mich, brauchte ich Hilfe. Luzias Eltern bereiteten sich auf die Rückkehr nach Portugal vor, und so bat ich sie, zu uns zu kommen, und seitdem ist sie hier. Von meiner Familie ist sie mir als einzige geblieben …«

»Ihr Sohn … ist er … ist er gestorben?« fragte ich zögernd. Bisher hatte ich noch keine Traurigkeit bei ihr gespürt, nur Bitterkeit und Zorn.

»Oh, nein. Ich meinte die Familie hier auf der Insel. Mein Sohn … nun, er kommt nicht mehr hierher. Er hat genausowenig für die Familie seines Vaters übrig wie ich, und offensichtlich haben sie auch kein Interesse an ihm. Keiner von ihnen hat je den Versuch unternommen, mit ihm in Kontakt zu treten. Keiner von ihnen hat ihn je besucht, als er noch ein kleiner Junge und noch hier war. Deshalb habe ich ihn von der Insel weggeschickt, damit er in West Bedford zur Schule gehen konnte, mit seinen Leuten. Seitdem war er hier nur sehr selten zu Besuch.«

»Wie alt war er, als er fortging?« fragte ich.

»Acht. Er war acht Jahre alt.«

Acht Jahre alt. Mein Gott, der arme kleine Junge. Den Vater mit zwei Jahren zu verlieren und dann mit acht seine Mutter und seine Tante, seine ganze vertraute Welt … kein Wunder, daß er nicht auf die Insel zurückkam.

»Wo ist er jetzt?« fragte ich. »Was macht er?«

»Er ist Lehrer. Er unterrichtet an einer Privatschule in Washington, ganz in der Nähe von Seattle … englische Literatur, glaube ich …«, sagte sie tonlos.

In ihren Worten schwang Entfremdung und Schmerz mit, und ich beschloß, nicht weiter zu bohren, und sagte nur: »Das ist ziemlich weit weg.«

»Ja«, sagte sie. »Das ist ein schöner Hut.«

Ich sah, wie sie auf den Hut meiner Mutter deutete, der auf dem Rücksitz lag, und ging auf den Themenwechsel ein.

»Er hat meiner Mutter gehört.«

»Sie hatte einen guten Geschmack. Sie muß eine schöne Frau gewesen sein.«

»Ja, das war sie«, sagte ich.

Sie wies mich an, den Wagen zu wenden, und wir holperten schweigend über die verlassene, überwucherte Straße und bogen nach einer Weile links ab in die Middle Road, die sich zwischen South und North Road durch Up-Island windet. Wir fuhren nun über das glaziale Rückgrat der Insel, und mir war nicht an Konversation gelegen; die einzigartige Insellandschaft nahm mich gefangen. Weiden, Moore, Felsen und Teiche glitten an uns vorbei, und immer wieder wurde der Blick auf die silbrige See freigegeben. Up-Island erschien mir in diesem Moment so entlegen und menschenleer wie die schottische Moor- und Heidelandschaft, in der es so ähnlich aussah. Die Gegend wurde von alten, von Hand aufgeschichteten Bruchsteinmauern durchzogen, die keinem erkennbaren Zweck mehr dienten. Hier und da erhob sich ein altes Bruchsteinhaus oder eine neue luxuriösere Behausung in der grüngrauen Landschaft. Und plötzlich hatten wir auch schon die kleine Ortschaft Chilmark erreicht, mit Gemeindezentrum, Spritzenhaus, Kirche, Schule und einigen Geschäften. Ich seufzte erleichtert auf; hier gab es Leben und Menschen. Männer und Frauen schlenderten über die Gehwege oder fuhren mit Jeeps und Lastern über die Kreuzungen, die von den berühmten, sich langsam rot färbenden Tupelo-Bäumen gesäumt waren. Es war kurz vor Mittag, und vor dem schindelgedeckten kleinen Schulhaus tummelten sich die Kinder. Die dörfliche Szenerie war so idyllisch, daß ich lächeln mußte und überlegte, was Tee wohl dazu gesagt hätte, aber dann erinnerte ich mich wieder und sann statt dessen über Livvys möglichen Kommentar nach. Der disneyartige Anstrich störte mich jedoch nicht; das hier war real, überwältigend liebenswert und brachte eine Saite in mir zum Schwingen. War dies nicht im Grunde die ideale Art zu leben? In einem Dorf, mit Nachbarn, umgeben von einer hügeligen, wasserreichen Landschaft? Ich lächelte Bella Ponder an.

»Was für ein malerischer Ort«, sagte ich.

»Von außen vielleicht«, sagte sie und deutete nach rechts, und ich bog in die Menemsha Cross Road ein.

Die beiden alten Ponder-Camps lagen in der Nähe der North Road, am Ende eines jener schmalen, ungeteerten Wege, die alle hinab zum Vineyard-Sund führten. Es kam mir vor, als würden wir endlos durch den dichten Wald rumpeln, wo es nichts zu sehen gab als tiefhängende Äste und Unterholz, Farne, Ranken und verwitterte Baumstümpfe, nur ab und an war ein silbrig-grauer Fleck auszumachen, bei dem es sich um Wasser oder Himmel handeln mußte. Am Beginn jeder winzigen Einfahrt war ein verbeulter Briefkasten angebracht, und manchmal ein klappriges, halbverrostetes Tor, das keinen Eindringling abhalten würde. Ich fragte Bella, ob einige der Wege Namen hätten, was sie bestätigte. Sie konnte sich an Namen wie Prospect Hill Road, Cranberry Road, Beetlebung Road erinnern, und natürlich an Pinkletink.

»Aber ich glaube, unsere Straße hatte noch nie einen Namen. Die Leute nennen sie einfach Ponder Camp Road«, sagte sie. »Das reicht ja auch als Name.«

Sie gab mir wieder ein Zeichen, und ich schwenkte den Jeep in einen noch schmaleren, noch stärker überwucherten Weg. Im Schneckentempo tastete ich mich durch Schlaglöcher und über Vegetation. Von Wasser oder Himmel war jetzt kein Fleckchen mehr zu sehen, nichts als das Grün der übermächtigen Flora. Noch nie war ich über einen derart schlechten Weg gefahren.

»Im Winter kommt man hier bestimmt kaum vorwärts«, sagte ich.

»Mit Allradantrieb ist es eigentlich kein Problem«, sagte sie. »Ich bin hier noch kein einziges Mal steckengeblieben.«

Natürlich nicht, dachte ich und fühlte mich zurechtgewiesen.

Ich folgte einer scharfen Linkskurve und brachte den Jeep mit einem Ruck zum Stehen. Direkt vor uns, auf einer Lichtung, stand ein kleines, schiefergedecktes, zweistöckiges Häuschen, dessen Wände in Regen und Schnee zahlloser Winter einen dunklen Braunton angenommen hatten. Neben der verwitterten Behausung, ein bißchen weiter vorn, stand ein größeres Wohnhaus. Es war eingeschossig und mit einer sich rot färbenden Kletterpflanze bewachsen. Fensterrahmen und Läden waren wie bei dem ersten Haus weiß, aber das Holz war offensichtlich frisch gestrichen und glänzte im hellen

Sonnenlicht der Lichtung. Über dem moosbewachsenen Schornstein kräuselte sich ein dünnes Rauchfähnchen. In den Blumenkästen vor den Fenstern wuchsen Knollenbegonien in den herrlichsten Rot-, Gelb-, Aprikot- und Pinktönen und hoben sich fröhlich von der verwitterten Schieferwand ab. Zu Hause in meinem Garten hatte ich auch Begonien, aber im Süden gediehen sie nicht so gut, und trotz intensivster Pflege hatte ich es nie zu einer solch herrlichen Blütenpracht gebracht. Die Fensterscheiben waren blitzsauber und funkelten in der Sonne. Im Vergleich dazu wirkte das kleine zweigeschossige Häuschen schäbig und vernachlässigt. Aus dem Schornstein stieg kein Rauch, die Fensterscheiben waren schmutzig und trübe. Hinter den Gebäuden schimmerte die dunkle Wasserfläche eines kleinen Teiches, eingerahmt von smaragdgrünen Wasserpflanzen, Binsen und windzerzausten Bäumen. Am hinteren Ende war das Wasser mit ledrigen grünen Seerosenblättern bedeckt. Vorn, an einem schiefen grauen Bootssteg war ein kleines Ruderboot festgemacht, dessen rote Farbe verblaßt und teilweise abgeblättert war. Hinter der gesamten Szenerie erstreckte sich die silbrige, bewegte See.

Das Ganze erinnerte an das Bühnenbild einer Märchenoper und war von einer derart malerischen Schönheit, daß ich einfach lachen mußte. Mein Herz zog sich vor Freude zusammen.

»Wo sind Hänsel und Gretel?« fragte ich. »Keine anständige Hexe würde an einem Ort wie diesem darauf kommen, sie zu essen.«

»Es ist recht schön hier, nicht wahr?« sagte sie selbstzufrieden. Natürlich kannte sie den Zauber des Ortes. Hatten sie und Luzia hier nicht immer den Sommer verbracht? Plötzlich verstand ich, wie sehr die beiden dieses Fleckchen Erde vermissen mußten. Das alte Farmhaus auf dem windigen Hügel war wunderschön, aber es war eine sachliche, kühle Schönheit. Diese versteckte Lichtung mit dem sonnenbeschienenen Teich und dem Blick aufs Meer vermittelte dagegen das Gefühl von Schutz und Geborgenheit. Ich stellte mir den Ort zu den verschiedenen Jahreszeiten vor; im sanften Grün und Rosé des Frühlings; unter der schützenden weißen Schneedecke; in den Rot- und Orangetönen des Herbstes, der sich bereits ankündigte. Mein Gefühl hatte mich nicht getäuscht: Dies war, was Up-

Island für mich bereitgehalten hatte. Schon bevor ich aus dem Wagen stieg, wußte ich, daß ich das Camp nehmen würde.

»Kann ich reingehen?« fragte ich gespannt.

»Warum sehen Sie sich nicht zuerst die Schwäne an?« sagte sie. »Bringen Sie ihnen ein paar Happen und lernen Sie sie kennen. In der Zeit kann ich mich ein bißchen ausruhen. Danach zeige ich Ihnen das Haus.«

»Ich kann auch allein gehen. Ich möchte nicht, daß Sie sich überanstrengen«, sagte ich.

»Nein. Es gibt noch ein paar Dinge, die ich Ihnen über das Haus sagen muß. Nehmen Sie die oberste Papiertüte und streuen Sie ein bißchen Gerste ans Ufer und ins Wasser. Sie werden schon kommen, sie bleiben immer nah beim Wasser.«

Ich zog die Papiertüte aus der Tasche, stieg aus dem Jeep und ging über die Lichtung zum Teich. Die Luft roch nach Tannennadeln und sonnenbeschienenem Gras, nach dem frischen, fischigen Geruch, den ich mit Seen und Flußlandschaften verband. Die Stille war von einem Summen unterlegt. Es mochte von Insekten rühren, oder es war einfach der gleichmäßige Pulsschlag des Waldes. Ich holte tief Luft und lächelte, dann betrat ich vorsichtig den alten, schwankenden Bootssteg und warf ein paar Handvoll geschrotete Gerste ins Wasser und aufs Ufer. Einen Augenblick lang war es ganz still, und dann hörte ich ein leises Rauschen und Plätschern, und ein großer weißer Vogel glitt durch die Binsen auf mich zu.

Er war grauweiß gesprenkelt, als hätten die Jahre und die kalten Winter den Glanz seiner Federn getrübt. Sein Schnabel war leuchtend orangefarben. Am Übergang zwischen Schnabel und Stirn befand sich ein schwarzer Wulst mit den Nasenlöchern. Der Hals war S-förmig geschwungen, was mich an Darstellungen in Märchenbüchern und an alte Kupferstiche denken ließ. Er war riesig; seine Größe war ein Schock für mich. Er mußte mindestens acht Kilo wiegen. Ich weiß nicht, warum ich überrascht war; ich hatte schon früher Schwäne gesehen, in Zoos und botanischen Gärten. Aber hier, in dieser abgelegenen Wildnis, zwischen ihm und mir nur ruhiges Wasser, wirkte er wirklich groß und ein wenig furchteinflößend.

Er schwamm nicht weiter und sah mich an, wobei er den Kopf zur Seite neigte. Dann hob er die Flügel und sah aus wie eine einzige große Wolke aus weißen Federn: wunderschön. Ich war bezaubert. Ich kniete nieder und hielt ihm eine Handvoll Gerste hin.

»Hallo, du hübsches Wesen«, sagte ich. »Bist du Charles oder Di? Möchtest du was essen?«

Hinter einer Schilfinsel kam ein weißer Tornado hervorgeschossen und ruderte zischend und fauchend auf mich zu. Derartige Geräusche hatte ich bislang nur von Alligatoren in Naturfilmen gehört: Instinktiv wich ich zurück, bekam jedoch an meinen nackten Armen und im Gesicht den Luftzug der riesigen, schlagenden Flügel zu spüren. Die ganze Lichtung und die Luft über dem Teich schienen erfüllt von wirbelnden rauschenden Flügeln.

Ich kauerte auf dem Steg und versuchte, Kopf und Gesicht mit den Armen zu schützen; die Flügelschläge wurden langsamer und hörten schließlich auf. Ich riskierte einen vorsichtigen Blick. Ein zweiter Schwan, viel größer als der erste, der noch immer im Wasser schwamm, watschelte wütend unter dem Steg am Ufer hin und her. Er schaute zu mir hoch und stieß seinen großen Kopf auf seinem schlangenartigen Hals in meine Richtung. Das mußte Charles sein. Offensichtlich hatte ich seine Diana bedroht.

Wie erstarrt stand ich auf dem Steg, bedroht von diesem gräßlichen Vieh. Unwillkürlich mußte ich an Gerry Edmondsons gebrochenes Handgelenk denken, das sie einem Schwan am West Tisbury Pond zu verdanken hatte. Hierzubleiben war ein Ding der Unmöglichkeit, dachte ich. So etwas konnte ich doch nicht zweimal am Tag mitmachen. Was war, wenn einer der beiden mir das Handgelenk brechen würde? Ich könnte nicht einmal Auto fahren. Ich spürte plötzlich eine tiefe, kindliche Traurigkeit: Dieser Ort hatte mir etwas verheißen, von dem ich nicht einmal gewußt hatte, daß ich es brauchte.

Hinter mir ertönte die Hupe des Jeeps, und ich schaute mich um. Bella Ponder streckte ihren dunklen Kopf aus dem Seitenfenster.

»Halten Sie die Stellung!« krächzte sie. »Laufen Sie nicht davon. Er hört gleich auf. Er macht nur Schau.«

Ich rührte mich nicht, und bald beendete der aufgebrachte

Schwan sein wütendes Gezische und Gestoße und legte seine großen Flügel wieder an. Nach einem letzten haßerfüllten Blick drehte er sich um und watschelte wieder zum Wasser, ruhig glitt er bis zu der Stelle, wo die Gerste am Ufer lag. Die Schwänin folgte ihm, majestätisch und erhaben mit ihrem glatten weißen Gefieder. Als sie anfing, die Körner aufzupicken, folgte er ihrem Beispiel, und bald taten sie sich beide gütlich und wandten mir den Rücken zu. Auf Zehenspitzen schlich ich über den Steg zurück zum Jeep. Ich fühlte mich töricht und feige. Im Geist hörte ich Livvy sagen: »Du hast es nicht genommen, weil du von einem Schwan bedroht wurdest?«

»Ich wußte nicht, daß sie so groß sind«, sagte ich kleinlaut.

Das Rufen hatte Bella angestrengt, und ihr Atem ging schwer.

»Ich hätte den Schwanenstock mitbringen sollen. Ein alter Gehstock vom Großvater meines Ehemanns, aus schwarzem Eichenholz, hart wie Stahl. Ich gebe diesen beiden Wilden nie was zu fressen, ohne den Stock mitzubringen. Luzia kann ihn nicht leiden, aber er wirkt wie ein Zaubermittel.«

»Sie schlagen sie doch nicht etwa?« sagte ich entsetzt.

»Natürlich nicht. Luzia würde mit der nächsten Fähre verschwinden. Ich drohe ihnen nur damit. Hauptsächlich ihm. Sie mögen vielleicht böse sein, aber dumm sind sie nicht. Sie weichen jedesmal zurück. Wie ich sagte, es ist alles nur Schau. Sie wissen ganz genau, von wem sie ihr Essen kriegen. Aber ich bin heilfroh, wenn mir jemand diese Sorge abnimmt. Ich glaube, ich kann den Zimmerservice nicht viel länger aufrechterhalten.«

»Fressen sie hauptsächlich Körner?«

»Nein. Sie fressen Wasserpflanzen und manchmal übriggebliebene Ähren von den Feldern. Die Adligen in Europa ließen sie mit Gerste füttern, um sie für den Kochtopf zu mästen. Also wenn einer von beiden versehentlich abgeschossen wird, schmeckt er wenigstens nicht wie ein alter Schuh.«

Ich lachte, und sie grinste kurz. Irgendwie fing diese grobschlächtige alte Frau an mir zu gefallen, obwohl ich nicht sagen konnte, warum.

»Sollen wir zum Haus gehen?« fragte ich.

»Ich glaube, ich werde Sie doch allein hinschicken«, erwiderte sie. »Wenn Sie es sich angeschaut haben, erkläre ich Ihnen alles Notwendige. Mein Herz hat sich noch immer nicht beruhigt.«

Sie sah in der Tat bleich und müde aus, und ich nickte zustimmend. »Brauche ich einen Schlüssel?«

»Nein. Es ist nie abgeschlossen«, sagte sie, und ich ging auf das größere Haus zu.

»Nein«, sagte sie. »Das da ist nicht zu vermieten. Es ist das andere, das kleinere.«

»Tut mir leid«, sagte ich. »Ich dachte nur ... das Feuer, die geputzten Fenster, die Blumen ...«

»Ich erklär es Ihnen, wenn Sie zurück sind. Das kleinere ist im Winter gemütlicher und macht längst nicht soviel Arbeit. Im Moment ist es ein bißchen runtergekommen, aber ich kann es für Sie herrichten lassen, sobald Sie sich entschieden haben. Luz und ich haben immer darin gewohnt.«

So ging ich an dem Hänsel-und-Gretel-Häuschen vorbei und erklomm die steinernen Stufen der kleinen, zweigeschossigen Behausung, überquerte die abgesackte Veranda und öffnete die alte, weiß gestrichene Tür.

Das kleine Haus war wirklich winzig. Unten gab es nur einen Raum mit bleiverglasten Fensterchen, die so schmutzig und von außen überwuchert waren, daß man fast nicht hindurchsehen konnte; als ich eine einsame schmiedeeiserne Lampe auf einem wackligen Beistelltischchen einschaltete, passierte nichts. Undeutlich konnte ich einen riesigen, rauchgeschwärzten offenen Kamin erkennen, der eine ganze Wand beherrschte. Gegenüber standen ein paar uralte Holzstühle und ein durchgesessenes Sofa, auf dem ein paar zerfledderte, schmutzige Kissen lagen. Die niedrige, mit Stützbalken verstärkte Zimmerdecke war schwarz vom Rauch vieler Jahre. Der verblichene Vorhang am Ende des Raumes war zurückgezogen und gab den Blick auf die Küche frei, deren Ausstattung so spartanisch war, daß ich mich fragte, wie man dort eine anständige Mahlzeit zubereiten sollte. An der Wand stand ein gußeiserner Ofen mit einer Esse, die zu einem hohen verbeulten schmalen Fensterchen hinausführte. Außerdem gab es einen emaillierten Gasherd, eine

Spüle auf dünnen Beinen und einen vorsintflutlichen Kühlschrank, eine mit Linoleum beklebte Anrichte und ein paar offene Regale mit Konserven, deren Etiketten so verstaubt waren, daß man nicht erkennen konnte, was sie enthielten.

Am anderen Ende des Zimmers führte eine schmale Treppe hinauf ins düstere Obergeschoß. Als ich hinaufstieg, wurde mir immer beklommener zumute. Die Stufen waren so hoch und schmal, daß ich seitlich gehen und mich festhalten mußte. Es würde keine Woche dauern, bis ich herunterfallen und mir sämtliche Knochen brechen würde, dachte ich. Hier oben befanden sich zwei winzige Stübchen, die offensichtlich als Schlafzimmer dienten, das eine war ein wenig größer als das andere. Beide Zimmerchen hatten die gleiche Ausstattung: ein Regal mit Vorhang, eine schmale eiserne Bettstelle mit dünner, fleckiger Matratze. Am Fußende befand sich eine Bettkiste. Außerdem gab es jeweils eine Kommode, die so winzig war, daß höchstens die Garderobe einer Barbiepuppe darin Platz gefunden hätte. Die Fenster reichten vom Boden bis zur Decke. Vor lauter Schmutz und Spinnweben waren sie ganz blind, aber als ich nähertrat und eine kleine Fläche sauberwischte, bot sich mir eine wunderbare Aussicht über die Lichtung, den Teich und den ganzen Vineyard-Sund. Die See war jetzt nicht mehr grau, sondern blau und mit weißen Segeln gespickt. Es war wunderschön: Sobald man morgens aufwachte und den Kopf hob, konnte man von hier aus diese herrliche Insellandschaft sehen, vorausgesetzt, die Fenster waren geputzt. Ich stellte mir vor, wie das Sonnenlicht im Sommer von den Wellen reflektiert wurde und helle Flecken über die Zimmerdecke tanzen ließ. Auch das strahlend helle Schneelicht im Winter konnte ich förmlich vor mir sehen. Ich träumte von Gardinen, warmen Federbetten, Messinglampen und einem wohligen Feuerchen, von Bücherstapeln auf dem Nachtschränkchen und gut gefüllten Obstschalen, dazu vielleicht ein bißchen Brahmsmusik aus dem Radio …

Frieren würde man hier jedenfalls nicht. In jedem Schlafzimmer stand ein gußeiserner Ofen, wie der in der Küche, daneben eine große, stabile Kiste für Brennholz. In einer Ecke der schummrigen Küche hatte ich einen großen altmodischen Wasserboiler gesehen. Gegenüber von den Schlafzimmern war ein kleines Bad. Nach einigem Zögern beschloß ich, es mir näher anzuschauen. Es starrte vor Dreck, aber zumindest gab es eine altmodische Badewanne auf Füßen mit einem Duschvorhang. Also konnte man auch duschen. Toilette und Waschbecken zeugten eindeutig vom Design der zwanziger Jahre. Der Fußboden bestand aus breiten Holzdielen, und ich stellte mir vor, wie gut sich ein farbenfroher Badteppich und eine Kupferkanne mit Chrysanthemen darauf machen würden. Erstaunlicherweise hatte ich keine Schwierigkeiten, mir den fingerdicken Dreck und die schäbigen Reste eines Linoleumbelags wegzudenken.

Gleichzeitig sah ich mein riesiges Badezimmer zu Hause vor mir, die glänzenden Glasbausteine, die Hängepflanzen, den Whirlpool, den wir zwei Jahre zuvor hatten einbauen lassen, die sanfte, indirekte Beleuchtung, das Zwillingswaschbecken, den Blick auf den Park und den Rattanschaukelstuhl, auf dem ich manchmal saß und Tee beim Baden zuschaute, ein Glas Wein in der Hand ...

Ich schüttelte den Kopf und tastete mich die mörderische Treppe hinunter, durchquerte das düstere Wohnzimmer, ging über die abgesackte Veranda und zurück zum Jeep. Sie saß da und schaute mich gleichmütig an, ohne etwas zu sagen.

»Ich fürchte, es kommt nicht in Frage«, sagte ich hastig. »Es ist zu ... zu primitiv. Ich meine, ich hab noch nie im Leben einen Holzofen angemacht, und wenn eines von den Geräten kaputtgehen würde, wüßte ich nicht, was ich machen soll. Und wenn mich jemand besuchen wollte, könnte ich ihn nirgends unterbringen, und es ist einfach so weit weg von allem ... und ich muß diesen Jeep meiner Freundin zurückgeben, ich müßte also einen Wagen kaufen, und ein Telefon habe ich auch nicht gesehen ...«

Sie holte tief Luft.

»Ich muß mich für die Verfassung des Hauses entschuldigen. Ich kann verstehen, daß Sie sich deswegen sorgen. Ich dachte, ich könnte das Größere vermieten, aber ... nun, es ist anders gekommen, und ich hatte keine Zeit, das kleinere Haus herrichten zu lassen. Aber ich verspreche Ihnen gern, daß es blitzsauber sein wird, wann immer Sie hier einziehen wollen, und was das Telefon anbelangt, ich lasse Ihnen gern eines anschließen; es gibt hier eine Leitung für das große Haus. Und in meinem Schuppen steht ein alter Wagen mit Allradantrieb, den Sie benutzen können; ich werde ihn nie wieder fahren, genausowenig wie Luzia. Glauben Sie mir, wenn alles sauber ist, die Betten frisch bezogen, die Vorhänge gewaschen, wenn im Kamin ein Feuer brennt und ein schönes Essen auf dem Herd steht und Musik läuft – ich habe ein altes Radio, das ich Ihnen gern überlasse, auch einen kleinen Fernseher, wenn Sie möchten –, dann ist es hier so gemütlich, daß Sie gar nicht wieder weg wollen. Und die Sonnenuntergänge ... nun, die Menemsha-Sonnenuntergänge sind weltberühmt, und von der Veranda aus haben Sie den schönsten Blick auf der ganzen Insel. An einem Herbst- oder Winterabend ist es wirklich etwas ganz Besonderes. Luz und ich, wir sind immer hiergeblieben, bis uns der Schnee vertrieben hat. Ich hab dann Öfen einbauen lassen, damit wir im Winter bleiben konnten. Und so haben wir's gehalten, bis sie gefallen ist. Das waren Nächte, sage ich Ihnen. Ein-, zweimal haben wir das Nordlicht überm Wasser gesehen ...«

Ich war wie hypnotisiert von ihren Worten und konnte das Nordlicht vor mir sehen.

»Warum versuchen Sie's nicht, sagen wir bis April vielleicht?« sagte sie. »Und wenn Sie zu Weihnachten nach Hause wollen, ist das kein Problem. Für ein paar Tage werde ich schon jemanden finden. Aber Sie würden staunen, wie schön es hier im Wald zu Weihnachten ist. Vor Luzias Sturz haben wir hier ein paarmal Weihnachten gefeiert, einmal hatten wir sogar Besuch, und es war ein Fest wie im Bilderbuch. Es hatte frisch geschneit, und das Wild kam direkt ans Haus und ließ sich füttern. Die Vögel stürzten sich auf die Talgringe. Es gibt hier wild wachsende Stechpalmen, und wir haben uns ein kleines Bäumchen aus dem Wald geholt und uns einen Truthahn gebraten ... noch heute reden wir von diesem Weihnachtsfest. Ich könnte wetten, daß Ihr Sohn ganz begeistert wäre von einem traditionellen, neuenglischen Weihnachtsfest, und Ihr Vater und Ihre Tochter mit ihrer Familie. Ich habe mehrere Feldbetten in der Scheune stehen, die ich Ihnen ausleihen könnte. Und unter der Treppe ist ein Alkoven, in den ein Doppelbett passen würde. Wenn Sie sich dazu durchringen könnten, den Winter über zu bleiben, kann ich Ihnen das Häuschen so herrichten lassen, daß Sie es nicht wiedererkennen.«

Schnee, Stechpalmen, Rehe, ein Feuer, ein kleines Bäumchen neben dem Kamin – die Szene entfaltete sich vor meinem inneren Auge wie ein glückliches Familienvideo. Und das Geld … Bis April. Acht Monate. Vierzigtausend Dollar gespart … davon würde ich in Atlanta eine Weile leben können. In der Zeit konnte ich mein Leben neu planen.

Ich schaute sie an. »Warum reden Sie nicht mit Ihrer Familie?« sagte ich. »Ich will nicht neugierig sein, aber ich verstehe nicht, warum Sie mich unbedingt wollen. Sie haben doch so eine große Familie …«

»Ich sagte Ihnen doch schon, daß ich sie nicht um Hilfe bitten will«, erwiderte sie. »Ich mag Sie nicht mit meinen Gründen langweilen und belasten. Wenn Sie wirklich keine Möglichkeit sehen, es zu machen, suche ich uns jemand anders. Ich möchte nicht, daß Sie sich bedrängt fühlen.«

Sie wirkte resigniert. Stolz, alt, sauertöpfisch – und resigniert. Ihr Leben in diesem Zauberwald war schon zu Ende, und bald würde es ganz vorüber sein. Ich dagegen suchte nach einem Ort, wo ich einen Plan für den Rest meines Lebens entwerfen konnte. Plötzlich wurde ich von einer mächtigen Welle aus Mitleid und schlechtem Gewissen erfaßt. In ein paar Jahren konnte es mir genauso ergehen. Vielleicht würde ich ja auch einmal alt und schwach sein und versuchen, für mich und vielleicht noch für einen kränklichen Kameraden eine Zukunft zu sichern. Was waren für mich ein paar Monate? Was erwartete mich denn schon zu Hause?«

»Wenn Sie es wirklich bewohnbar machen, bleibe ich bis April«, hörte ich mich sagen.

»Danke«, sagte sie und senkte die Lider, aber die Tränen in ihren Augen waren mir nicht entgangen. Als sie mich wieder anschaute, waren sie jedoch verschwunden.

»Wann würden Sie gern kommen?«

»Nun … wann könnten Sie es fertig haben?«

»Übermorgen?« sagte sie.

»Wirklich? So bald schon?«

»Es wird schon klappen. Sie werden sehen«, sagte sie mit fester Stimme.

»Möchten Sie, daß ich irgend etwas unterschreibe? Einen Vertrag oder etwas Ähnliches?«

»Nein. Ich glaube, Sie stehen zu Ihrem Wort«, antwortete sie.

»Also gut ... dann ist es abgemacht«, sagte ich und reichte ihr die Hand, während ich mich fragte, ob ich nun endgültig den Verstand verloren hatte. Allerdings hatte ich schließlich nichts unterschrieben, und wenn sich herausstellte, daß sie das Camp am Ende doch nicht in einen bewohnbaren Zustand versetzen lassen konnte, gab es nichts, was mich daran hindern würde, meiner Wege zu ziehen. Was hatte ich also zu verlieren?

Sie umschloß meine Hand mit ihrer großen, alten Hand. Sie fühlte sich kalt, trocken und rauh an wie die Haut eines toten Tieres. Ich kannte diese Hand; solche Hände hatte ich gehalten, als ich ehrenamtlich im Grady Hospital gearbeitet hatte. Ich fühlte das Versagen lebenswichtiger Funktionen: Herz, Lunge, Kreislauf. In meiner Hand hielt ich ein Symbol für die Sterblichkeit des Menschen.

»Abgemacht«, sagte sie.

Ich stieg in den Jeep und steckte den Schlüssel ins Zündschloß. »Da ist noch etwas«, sagte sie plötzlich.

Ich schaute sie an. Sie blickte hinüber zu dem anderen Haus. Ich weiß nicht warum, aber meine Nackenhaare fingen an sich zu sträuben.

»Und was?«

Sie sprach, ohne mich anzusehen.

»Mein Sohn. Er mußte für eine Weile heimkommen; er hatte eine Operation am Bein, und er braucht einen Ort, um sich zu erholen. Er hat mich gefragt, ob er hierherkommen kann. Dieses alte Camp war früher immer sein Lieblingsplatz. Ich konnte nicht nein sagen. Er rief mich an, nachdem ich das Schild an der Straße aufgestellt hatte, und ich bin nicht dazu gekommen, es wegzunehmen. Ich hätte ihm ja das kleine Haus gegeben, aber er schafft die Stufen noch nicht, und irgendwie konnte ich mir nicht vorstellen, daß sich jemand für die Camps interessieren würde. Wir können ihn nicht ins große Haus nehmen; ich kann mich nicht mal richtig um Luz kümmern. Sie würde ihn natürlich gerne bei sich haben; sie würde weinen und nach ihm jammern, wenn sie wüßte, daß er hier ist. Sie würde mich wahnsinnig machen, deshalb habe ich ihr auch noch nicht gesagt, daß er hier ist. Er ist erst vor ein paar Tagen angekommen; ein Freund von seiner Schule hat ihn hergebracht, er wird auch nicht lange bleiben, glaube ich. Vielleicht nur bis zum Ende des Winters. Es dürfte nicht allzuviel Zeit in Anspruch nehmen. Aber er braucht jemanden, der sich ein bißchen um ihn kümmert ...«

»Und ich soll diejenige sein, die nach ihm sieht«, sagte ich. »Mrs. Ponder, ich bin keine Krankenschwester. Ich kann mich nicht um einen Frischoperierten kümmern ...«

»Er braucht keine Krankenschwester«, sagte sie. »Er will keine Schwester da haben. Er will sich selbst versorgen, und außerdem ist er ein eigenbrötlerischer Einzelgänger. Er würde niemanden um Hilfe bitten, selbst wenn er welche brauchen würde. Er braucht nur jemanden, der ein-, zweimal die Woche für ihn einkauft und ihn etwa einmal im Monat nach Oak Bluffs zum Arzt bringt. Ich glaube, Sie werden ihn kaum zu Gesicht bekommen. Er hat kistenweise Bücher mitgebracht und seine alte Stereoanlage. Er schreibt gerade selbst an einem Buch, glaube ich. Sie bräuchten nicht einmal hineinzugehen. Sie können ihm die Lebensmittel einfach auf die Veranda stellen. Er könnte Ihnen eine Liste hinlegen ...«

»Ich habe einfach nicht damit gerechnet, jemand so nah neben mir zu haben ...«

»Er ist ein netter Junge. Er wäre kein schlechter Nachbar, selbst wenn er Ihnen ab und an über den Weg laufen würde. Er kümmert sich wirklich in erster Linie um seine eigenen Angelegenheiten, so war er schon immer. Dabei ist er jedoch sehr höflich. Hören Sie, ich hab ein paar Sachen für ihn mitgebracht, damit er sich über Wasser halten kann. Sie sind in der Tasche. Warum schauen Sie nicht einfach bei ihm rein und bringen sie ihm? Dann können Sie ihn kennenlernen und selbst sehen, wie wenig Aufwand es für Sie bedeuten würde. Er weiß, daß jemand hereinschaut ...«

Ich fragte mich, wie er dies wissen sollte, es sei denn, sie hatte ihn vom großen Haus angerufen, bevor wir losgefahren waren. Aber ich sagte nichts, sondern sah sie nur hilflos an. Eigentlich verlangte sie ja nicht besonders viel von mir; ich konnte seine Lebensmittel besorgen, wenn ich ohnehin für Bella und Luzia einkaufen ging, und vielleicht konnte ich ihn ja zu seinen Arztterminen fahren, wenn ich die beiden zum Arzt brachte. Und möglicherweise war es ja doch recht nett, in einer Winternacht in der Nähe ein erleuchtetes Fenster zu sehen und den Rauch eines anderen Feuers zu riechen.

»Hm ... also gut«, sagte ich. »Und er weiß ganz sicher, daß ich komme?«

»Er weiß es«, sagte sie.

Ich ging in Richtung des größeren Camphauses. Nach ein paar Schritten blieb ich stehen und schaute mich um. Sie hatte die Hände vors Gesicht gelegt und den Kopf gesenkt, aber dann blickte sie auf und sah mich an, vielleicht hatte sie meinen Blick gespürt.

»Wie heißt er?« rief ich.

»Dennis«, rief sie zurück. »Ich nenne ihn Denny.«

Ich ging den Weg hinauf und trat auf die Eingangstreppe. Sie bestand aus grauem Stein, war sauber geschrubbt und von Geranientöpfen gesäumt. Links und rechts der Haustür stand ein bauchiger Keramiktopf mit üppig blühenden Chrysanthemen. Obwohl aus dem Schornstein Rauch aufstieg, war es ein warmer Tag. Die weiße Haustür stand offen, und ich konnte durch eine Fliegentür ins Innere des Hauses schauen. Wegen des gleißenden Sonnenlichts hinter mir konnte ich zunächst nichts erkennen. Kein Laut war zu hören. Ich klopfte leise an den Türrahmen und wartete.

Niemand antwortete, deshalb klopfte ich nochmals und rief: »Hallo? Ist jemand zu Hause? Ich habe ein paar Sachen von Mrs. Ponder mitgebracht ...«

Als ich immer noch keine Antwort erhielt, öffnete ich langsam die Fliegentür und trat ein. Es war genauso düster wie das Wohnzimmer des großen Farmhauses, aber es duftete nach Zitronenpolitur und frisch gebügeltem Leinen. Ich blieb stehen, bis sich meine Augen an das spärliche Licht gewöhnt hatten. Zuerst sah ich einen großen, auf der Seite liegenden Sessel auf dem Holzfußboden. Daneben konnte ich einen umgekippten Tisch sehen, von dem Bücher und eine Vase mit Wiesenblumen gerutscht waren. Ganz offensichtlich stimmte hier etwas nicht, und ich fühlte wieder, wie meine Nackenhaare sich sträubten, und trat einen Schritt zurück in Richtung Veranda. Und dann sah ich den Mann hinter dem Sessel liegen. Mir stockte der Atem, und ich hielt die Luft an.

Ich hatte in diesem Moment keinen Zweifel, daß er tot war. Sein Gesicht hatte jenen silbrig gelben Schimmer der wenigen Toten, die ich gesehen hatte. Er lag vollkommen reglos auf dem Rücken, die Arme ausgestreckt neben dem Körper. Seine Augen waren geschlossen und sahen aus, als wären sie schon seit Stunden zu. Die Lider waren dunkel und geschwollen; in dem bleichen Gesicht stachen die Augenringe wie dunkle Farbflecken hervor. Sein stumpfes, schwarzes, von stahlgrauen Strähnen durchzogenes Haar fiel ihm in die Stirn. Die eingefallenen Nasenflügel erinnerten mich an das, was ich bei meinen freiwilligen Diensten auf der Krebsstation des Grady Hospitals gesehen hatte: an ein Werkzeug, das nicht länger gebraucht wird. Die Lippen waren blutleer und leicht geöffnet. Trotz des Schocks und der Furcht sah ich sofort, daß es Bella Ponders Sohn war. Dieselben markanten, ausgemergelten Züge, nur daß sie bei ihm nicht länger von Leben erfüllt waren.

Ich seufzte gequält auf und holte so tief Luft, wie ich konnte. Mein Herz krampfte sich zusammen. Wie sollte ich der alten Frau da draußen sagen, daß ihr Sohn tot war? Vielleicht sollte ich ein Krankenhaus anrufen oder den Rettungsdienst; sollte es in diesem Haus nicht ein Telefon geben? Ich trat einen Schritt vor und schaute mich suchend um.

»Wer, zum Teufel, sind Sie denn?« sagte eine Stimme. Sie war zwar kraftlos, aber klar und tief.

Ich stieß einen kleinen Schrei aus und schaute zu dem Mann am Boden: Seine Augen waren offen, und er hatte den Kopf in meine Richtung gedreht. Seine Augen hatten eine seltsame hellgraue Farbe und erinnerten an klares Wintereis. Sein Gesicht war so mager, daß Jochbein und Wangenknochen deutlich hervortraten. Seine Haut hatte immer noch keine Farbe, sondern jenen durchsichtigen Elfenbeinton, der nichts Gutes verhieß.

»Bleiben Sie still liegen«, flüsterte ich. »Ich rufe den Notarzt an, und dann hole ich Ihre Mutter …«

»Sie werden niemanden anrufen, und meine Mutter werden Sie auch nicht holen«, sagte er, und seine Stimme klang etwas kräftiger als zuvor. Er versuchte sich hochzurappeln. Ich ging auf ihn zu, um ihm zu helfen, aber er bedeutete mir mit einer unmißverständlichen Geste, ihm nicht zu nahe zu kommen. Ich blieb stehen. Erst jetzt merkte ich, daß er nur ein Bein hatte. Er trug knielange khakifarbene Shorts, und nur ein spinnenartig dünnes Bein lag ausgestreckt vor ihm. Das andere Hosenbein war leer. Was auch immer ihm zugestoßen war, so hatte es dazu geführt, daß man ihm das eine Bein bis weit über dem Knie amputiert hatte.

»Sie müssen die Dienstmagd sein, angeheuert oder bestochen von meiner Mutter, damit Sie sich um mich kümmern«, sagte er, und seine Stimme war kalt und monoton, aber immer noch schwach. »Wer sind Sie? Eine weitere königliche Cousine aus Coimbra im Exil? Oder heißen Sie vielleicht Rakestraw, Fowler oder Phipps? Oder sogar Ponder? Wenn ja, wieviel hat sie Ihnen bezahlt? Wenn nicht, sind Sie irgendeine barmherzige Schwester, der noch ein einbeiniger Krüppel in ihrer Sammlung fehlt? Sagen Sie's mir, ich bitte Sie, setzen Sie meiner Verwirrung ein Ende.«

In seiner Stimme lag eine derartige Gehässigkeit, daß ich nicht wußte, was ich entgegnen sollte. Offensichtlich befand er sich nicht in Lebensgefahr und wollte mich unter gar keinen Umständen im Hause haben. Andererseits war er noch immer erschreckend bleich, und ich hatte ihn wie tot auf dem Boden gefunden. Und er hatte, wie er selbst sagte, nur ein Bein. Aber jahrelange ehrenamtliche Pflegearbeit und mehr noch Mutters Predigten über meine Aufgaben in dieser Welt hatten ihre Wirkung nicht verfehlt, und so ging ich auf ihn zu und hielt ihm meine Hand entgegen.

»Mein Name ist Molly Redwine«, sagte ich. »Ich bin niemandes Dienstmagd. Ich kam wegen des Camps, das Ihre Mutter angeboten hat. Erst vor ein paar Minuten hat sie mir von Ihnen erzählt und mich gebeten, ein paar Besorgungen für Sie zu machen, bis Sie sich erholt haben, und Ihnen ab und an etwas von ihr zu bringen. Sie kann selbst nicht gut laufen; aber das wissen Sie ja sicher. Sie hat kein Wort über Ihren ... über Ihren ernsten Zustand, Ihre Operation oder was auch immer gesagt. Und sie hat mir keinen Cent angeboten, und wenn sie es getan hätte, würde ich es nicht annehmen. Tut mir leid, wenn ich Sie erschreckt habe. Aber Sie haben mich ebenfalls erschreckt. Ich dachte, Sie wären tot. Ich habe nicht die Absicht, Sie zu belästigen, und ich werde wieder gehen, sobald ich Ihnen wieder hochgeholfen habe, aber vorher werde ich nicht gehen, weil Ihre Mutter Ihnen nicht helfen kann und es nicht so aussieht, als könnten Sie sich selbst helfen.«

Er blieb still und sagte, ohne mich anzusehen: »Ich wäre Ihnen dankbar, wenn Sie mir aufhelfen würden. Ich wollte mich in den Sessel setzen, habe ihn aber irgendwie verfehlt und bin gefallen. Ich kann noch nicht gut aufstehen, wenn ich falle. Ich nehme … Medikamente, die mich schwächen. Ich hätte nicht so mit Ihnen reden sollen. Aber ich brauche keine Hilfe, und sie weiß, daß ich keine Hilfe will, und trotzdem hat sie … Also gut, wären Sie jetzt so freundlich, mir aufzuhelfen, dann können Sie wieder gehen. Und ich hoffe, Sie sagen ihr, sie soll sich, verflucht noch mal, aus meinen Angelegenheiten und meinem Haus raushalten. Ich hoffe, Sie sind nicht beleidigt.«

Ich preßte die Lippen zusammen, ging zu ihm und hielt ihm meine Hand hin. Mit vereinten Kräften schafften wir es, daß er wieder auf den Beinen stand – auf einem Bein eher gesagt. Ich stellte den Sessel wieder hin und schob ihn hinter seinen Rücken. Er ließ sich hineinfallen. Sein Gesicht war noch bleicher als zuvor, und sein Atem war kaum hörbar.

Er blieb stumm, und ich sagte schließlich: »Sie haben Chemotherapie bekommen, nicht wahr? Ich habe viel mit Krebspatienten gearbeitet. Ich weiß, wie es aussieht. Es geht mich zwar nichts an, aber meiner Meinung nach gehören Sie noch ins Krankenhaus und nicht in diese Einöde ohne eine Vollzeitpflegekraft. Keine Angst, ich habe an dieser Aufgabe nicht das geringste Interesse, aber Sie brauchen wirklich jemanden. Ich gehe jetzt zurück und sage es Ihrer Mutter. Sie soll nach Hause fahren und alles telefonisch mit Ihnen besprechen, wenn sie es nicht zu Ihrem Haus schafft. Es ist Selbstmord, wenn Sie hier ganz allein sitzen bleiben.«

Damit drehte ich mich um und ging in Richtung Tür. »Sie haben recht«, rief er mir nach. »Es geht Sie nichts an. Sagen Sie ihr, was Sie wollen; ich werde nicht mit ihr reden, und ich will niemanden hier haben, der sich den ganzen Tag hier herumdrückt und mir beim Pinkeln, Waschen und Essen hilft. Das richten Sie ihr bitte aus. Oh, und vielen herzlichen Dank für Ihre Besorgnis, Molly ... äh, Redwine, stimmt's? Sie sind nicht von hier, Molly, oder irre ich mich? Eines muß ich ihr lassen; ich hätte ihr nie zugetraut, daß sie jemanden aus Amerika anheuert.«

Er schloß die Augen und drehte den Kopf weg. Wieder sah er aus wie tot. Ich stand still da, mein Herz raste angesichts seiner Bösartigkeit und seines katastrophalen Gesundheitszustandes. Dann drehte ich mich um und eilte zurück zum Jeep, um Bella Ponder zu sagen, daß ich ihr Angebot nun doch nicht annehmen würde.

8

Für den Rückweg über die Lichtung zum Jeep brauchte man höchstens eine Minute, aber mir erschien es erheblich länger zu dauern. Es kam mir vor, als müsse ich gegen eine starke Strömung ankämpfen. Die Luft war so klar, daß alle Details deutlich hervortraten, jeder Grashalm, jeder Stein schien von Licht umgeben. Auf einem Blatt konnte ich einen Marienkäfer sehen und alle Einzelheiten seines Körpers erkennen. Der samtig grüne Algenbart des alten Bootsstegs schimmerte überdeutlich zwischen den Planken. Ich fühlte mich traurig und benommen und furchtbar müde. Mein kurzer Aufenthalt an diesem Ort war von Höhen und Tiefen bestimmt gewesen. Hoffnung und Zuversicht hatten sich von einer Sekunde zur anderen in Zweifel und Bedauern gewandelt. Aber nun spürte ich nichts als den Verlust einer wundervollen Vision.

Es war eine unmögliche Situation. Ich konnte mich nicht um den kranken, bösartigen Mann in dem größeren Haus kümmern, und ich konnte dem gerissenen alten Koloß, der uns zusammenbringen wollte, keinen Gefallen erweisen. Der eine wies mich zurück, und die andere brachte mich an den Rand der Erschöpfung. Ich konnte mich zwar nach einem anderen Haus auf Up-Island umschauen, aber ich wußte, daß mir nach diesem kein anderes mehr gefallen würde. Jedes andere hätte Risse in seinem Zauber und würde zu einer trüberen und gefährlicheren Welt gehören.

Ich würde wohl einfach nach Hause gehen, dachte ich. Es mußte Wohnungen mit geringerer Kaution geben. Vielleicht würden sie mir ja nicht gefallen, aber ich würde schon klarkommen. Nichts war für immer, hatte meine Mutter immer gesagt.

Aber der Zorn auf die alte Frau und ihren Sohn war viel geringer als die Trauer um den sicheren Zufluchtsort, der mir angeboten und wieder weggeschnappt worden war.

Ich schaute Bella Ponder nicht an, bevor ich den Jeep erreicht hatte. Als ich sie ansah, lächelte sie und zeigte ihr blasses Zahnfleisch. Ihr Lächeln wirkte falsch und spiegelte gerissene Versöhnlichkeit. Ich hätte wetten können, daß diese alte Frau nur selten versöhnlich gestimmt war. Bestimmt war ihr klar, wie wütend ich auf sie war.

»Ich habe den hübschen Hut Ihrer Mutter an Ihrer Tür aufgehängt«, sagte sie und deutete zum kleinen Haus. Ich schaute hin und sah ihn. Ich sah sie wieder an, ohne etwas zu sagen, und wartete.

»Es scheint heutzutage Mode zu sein«, sagte sie gesprächig. »Down-Island, meine ich. Die einzigen Hüte, die man hier oben zu Gesicht bekommt, sind Landry's-Fish-Camp-Hüte und ein paar Red-Sox-Kappen. Die würden sich an der Eingangstür nicht besonders gut machen, finde ich. Aber ich dachte, es sei nett für Sie, den Hut Ihrer Mama an der Eingangstür Ihres neuen Heims zu haben. Sieht er nicht hübsch aus vor der weißen Tür?«

Ich schaute kein zweites Mal zur Tür und zu dem Hut, sondern holte tief Luft.

»Mrs. Ponder«, sagte ich. »Von Anfang an waren Sie nicht ehrlich zu mir. Alles, all das Gerede über die Renovierung des Camps, das Telefon, das Sie anschließen wollten, den Wagen, den Sie mir zur Verfügung stellen wollten, den Fernseher ... all das diente nur diesem einen Zweck, nicht wahr?«

Ich deutete auf das größere Camp. Sie sagte nichts. Sie senkte ihre strahlenden schwarzen Augen.

»Sie wußten, daß Ihr Sohn etwas Schlimmeres hatte als nur eine kleine Operation am Bein; Sie wußten, daß man ihm das Bein amputiert hat, und Sie wußten, daß er etwas ... Bösartiges hat. Ich habe mich mein halbes Leben lang ehrenamtlich um Krebspatienten gekümmert; ich weiß Bescheid. Ich weiß, wie es ist. Und ich weiß, welche Pflege in so einem Fall erforderlich ist. Ihr Sohn lag leichenblaß und stocksteif auf dem Boden; ich dachte, er wäre tot. Er hatte versucht, sich in einen Sessel zu setzen. Dabei ist er gefallen und konnte nicht wieder aufstehen. Er wollte sich nur in einen Sessel setzen! Als ich Hilfe holen wollte, sagte er ... Sie werden nicht glauben, was er gesagt hat. Aber vielleicht ahnen Sie es ja. Um einen Mann in seiner Verfassung kann und will ich mich nicht kümmern, und ich kann und will es nicht zulassen, daß irgend jemand so mit mir spricht. Er gehört ins Krankenhaus oder in eine Rehabilitationsklinik, vielleicht sogar in ein Hospiz. Zumindest braucht er rund um die Uhr Betreuung durch eine geschulte Fachkraft. Wenn er Sie nicht sehen will, sollten Sie sich unbedingt nach jemandem umsehen, der vorübergehend bei ihm einzieht und ihn medizinisch betreut. Es wäre Selbstmord, wenn er allein bleibt, und es kommt für mich unter gar keinen Umständen in Frage, mich um ihn zu kümmern.«

Während meiner kurzen Erklärung hatte ich zu Boden geschaut. Von jeher waren mir direkte Konfrontation und Ultimaten verhaßt. Als ich keine Antwort erhielt, schaute ich Bella Ponder an.

Sie weinte. Mit geschlossenen Augen und zusammengekniffenem Mund saß Bella Ponder in Livvys Cherokee Jeep und weinte, es war unglaublich. Es waren keine Krokodilstränen, das wußte ich. Sie versuchte so verzweifelt dagegen anzukämpfen, und sie taten ihr so weh, als würde sie Blut weinen. Es war, als würde man einen Monolithen oder eine große Statue weinen sehen. Ich wußte, daß es unerträglich für sie war; sie mochte überreden, schmeicheln und lügen und sich sogar auf ihre schwerfällige Art anbiedern, aber vor einer fremden Person zu weinen mußte bei ihrem Ehrgefühl eine unverzeihliche Schwäche sein.

Ich war zwar immer noch zornig, wurde aber gleichzeitig von einer ungewollten Welle aus Scham und Mitleid erfaßt, gegen die ich kaum ankämpfen konnte. Ich wandte mich ab, damit sie Gelegenheit hatte, sich zu fassen. Mein Herz raste, Tränen traten mir in die Augen, und für beides haßte ich mich.

Hinter mir hörte ich Bella Ponders resignierte Stimme sagen: »Er will sich nicht von mir helfen lassen. Er hat praktisch nicht mehr mit mir gesprochen, seit er diese Insel verlassen hat. Als ich ihm vorschlug, die Gemeindeschwester zu schicken, hat er gedroht, sie zu erschießen. Von seinen Ponder-Verwandten will er niemanden sehen, wobei sie selbst dann nicht kämen, wenn ich sie darum bäte, was ich sowieso nicht tun würde. Er würde nur jemanden dulden, der keinen von uns kennt, jemanden vom Festland, und auch nur dann, wenn er in der Lage wäre, ihn oder sie zu bezahlen. Aber wer würde schon all diese Voraussetzungen erfüllen? So jemanden gibt es nicht auf Up-Island im Winter. Und dann kamen Sie daher, und es war, als wären Sie uns geschickt worden. Sie erfüllten all seine Bedingungen. Und Sie sehen sogar aus wie ... Sie sehen aus wie eine von uns. Luz hat recht; Sie haben etwas Portugiesisches an sich, irgendwie. Sie hielt es für ein Zeichen, und mir erschien es wohl auch so. Ich wußte, Sie würden kein Geld für Dennys Pflege annehmen, deshalb habe ich Ihnen alles andere angeboten, was ich hatte, alles, was irgendwie reizvoll für Sie sein könnte. Ich wollte ihn glauben machen, daß ich Ihnen sein Geld gebe, nicht daß er besonders viel hat. Seine Frau und die Tochter bekommen das meiste, soviel ich weiß, und er war wohl gezwungen, seine Arbeit aufzugeben. Er wird über keine nennenswerten Mittel verfügen, sonst wäre er nicht hierhergekommen. Ich habe ihn ... ich habe ihn über vierzig Jahre lang nicht gesehen. Ich wußte, daß es Krebs war, aber ich hatte wohl keine Ahnung, wie schlimm es war. Er sagte ... am Telefon sagte er nur, daß er ab März oder April niemanden mehr brauchen würde. Ich dachte, er meinte damit, daß er sich bis dahin erholt haben und die Insel wieder verlassen würde, aber ich glaube, so war es nicht gemeint ...«

Ihre Stimme, die plötzlich schwach und alt klang, verstummte, aber als ich sie anschaute, sah ich, daß sie nicht aufgehört hatte zu weinen. Langsam glitten ihre Tränen ihr großflächiges, faltiges Gesicht hinab, wobei sie Spuren hinterließen wie Schnecken auf trockener Erde.

Ich blickte zur Tür des kleineren Camps. Das schwarze, spitzenartige Geflecht von Mutters Hut wirkte vor dem vergilbten Weiß der Tür wie eine Spinne auf altem Schnee. Er sah aus wie angewachsen, als könne man ihn nicht wieder abnehmen. Dies ist mein Stützpunkt in dieser fremden Welt, schien er zu sagen. Hier wohne ich. Geh hinein und fang an, das zu tun, von dem du weißt, daß du es tun mußt.

Ich holte noch einmal tief Luft und spürte, wie meine Lungenflügel sich blähten.

»Mrs. Ponder«, sagte ich wieder. »Ich werde Sie niemals fragen, was zwischen Ihnen und Ihrem Sohn nicht stimmt. Ich will es gar nicht wissen. Aber wenn ich bleiben sollte, um ihm bei einigen Dingen behilflich zu sein – ich sagte, wenn –, dann wird er damit aufhören müssen, so mit mir zu reden, wie er es eben getan hat. Das kann ich nicht dulden. Und Sie müssen aufhören, mich zu manipulieren. Außerdem bestehe ich darauf, daß die Schwester nach ihm sieht; warum kann er nicht einfach Geld geben, wenn er unbedingt jemanden bezahlen will?«

»Sie nimmt kein Geld. Sie ist Gemeindeschwester«, sagte Bella. Ihre Stimme war noch immer leise und sogar ehrerbietig, aber sie klang zwei Jahrzehnte jünger. »Denny würde keine Hilfe von der Gemeinde annehmen, und ich würde nicht darum bitten. Mein Gott, wir stammen vom portugiesischen Königshaus ab; er wurde nach König Dionysios benannt, einem unserer direkten Vorfahren. Man nannte ihn den Troubadourkönig, den Dichterkönig. Im dreizehnten und vierzehnten Jahrhundert ließ er mehr als hundert Schlösser in Portugal bauen. Von ihm muß Denny sein Talent geerbt haben; er schreibt wunderbare Gedichte. Einige hat er sogar veröffentlicht. Denken Sie, ein Miara aus Coimbra läßt sich etwas schenken?«

O Gott, dachte ich, der Erschöpfung nahe. Was für eine arme, schreckliche, groteske, stolze, verrückte alte Frau. Sie befand sich auf exakt derselben Wellenlänge wie meine Mutter. Wer, um alles in der Welt, würde sich mit ihr und ihrem schrecklichen, sterbenskranken Sohn belasten?

Aber ich wußte, wer sich wahrscheinlich um sie kümmern würde.

Ich öffnete das Handschuhfach des Jeeps und holte Livvys Block und Kugelschreiber heraus. Ich fing an zu schreiben; es dauerte eine ganze Weile. Dann riß ich den Bogen ab und reichte ihn Bella Ponder. Sorgfältig las sie alles durch. Ihr Gesicht war unbewegt, aber immer noch tränenverschmiert. Schließlich reichte sie mir den Bogen und nickte. Ich faltete ihn zusammen, brachte ihn zur Veranda des größeren Camps, schob ihn unter der Tür durch und ging zurück zum Jeep.

»Schicken Sie morgen früh jemanden hin, dem er seine Antwort mitteilen kann. Dann lassen Sie mich wissen, wie er sich entschieden hat«, sagte ich. »Er soll es auch unterschreiben. Wenn er einverstanden ist, und zwar mit allem, werde ich das Camp nehmen. Ich versuche, alles instandzuhalten und ihm ein bißchen zur Hand zu gehen, mit professioneller Hilfe, wenn ich es für nötig halte, solange, bis er ins Krankenhaus muß, falls das notwendig ist. Damit endet meine Verpflichtung. Vielleicht bleibe ich danach hier, vielleicht auch nicht. Ich werde es Sie so früh wie möglich wissen lassen, wenn ich fort will. Und ich lasse mich nur auf all dies ein, wenn Sie mir versprechen, mich nicht in Ihren Streit, oder was auch immer es war, hineinzuziehen, und wenn Sie mir beide versprechen, daß ich die Gemeindeschwester oder eine andere Pflegekraft holen kann, wenn ich es für notwendig halte. Das war's. Mehr habe ich nicht zu sagen.«

Bella lächelte. Es sollte wohl ein demütiges Lächeln werden, aber ihr Triumph war unübersehbar. Ich weiß zwar nicht, warum, aber ich amüsierte mich darüber. Irgendwie hätte es mich wohl enttäuscht, wenn sich diese Elementargewalt so leicht von mir in die Knie zwingen lassen hätte. Ich wäre enttäuscht gewesen und hätte mich vielleicht ein bißchen vor mir selbst gefürchtet. Meine eigene Mutter hatte ich nie in die Knie zwingen können, und ich hätte es, gelinde gesagt, sehr beunruhigend gefunden, wenn mir dies bei der Mutter irgendeines anderen Menschen gelungen wäre.

Wir schwiegen, bis wir das Farmhaus erreicht hatten und ich ihr beim Aussteigen und die Treppe hinaufgeholfen hatte. Als ich sie aus dem Auto bugsiert hatte, ergriff sie meinen Arm und schaute in mein Gesicht hinab. Nur wenige Menschen können das. Es war ein seltsames Gefühl.

»Ich möchte mich bei Ihnen bedanken«, sagte sie und schüttelte ungeduldig den Kopf, als ich einlenken wollte. »Ich spreche nicht von Denny; ich wüßte nicht, wie ich mich dafür bedanken sollte. Ich meine das, was Sie für Luz tun. Ich war kurz davor, wegen der Schwäne jemanden anzurufen. Die letzten beiden Male, als ich hingefahren bin, um sie zu füttern, schaffte ich es kaum zurück. Und ich hätte sie doch nicht verhungern lassen können. Wen hätte ich bitten sollen, sie zu füttern und den ganzen Winter lang das Eis aufzuhacken? Man würde mir ins Gesicht lachen. Glauben Sie mir, die Leute hier sind keine Tierquäler, aber sie haben eben anderes zu tun, und sie haben mit Sicherheit keine Schwäche für Schwäne. Es gibt hier oben sowieso zu viele, und sie richten zuviel Schaden an. Irgend jemand hätte sie einfach abgeschossen, und das wär's gewesen. Es hätte Luz das Herz gebrochen. Deshalb danke ich Ihnen.«

Dann stützte sie sich schwer auf meinen Arm, und wir gingen zu dem alten Haus. Alle paar Schritte mußte sie stehenbleiben, weil ihr die Puste ausging. Als wir endlich im Haus waren, hatte ihr Gesicht einen violetten Farbton angenommen, und der Schweiß rann ihr über die Stirn. Ich plazierte sie in einen Sessel neben Luzias Bett und holte ein Glas Wasser aus der alten Küche, wo es nach Gewürzen, Tomaten und Krankheit roch.

Sie trank das Wasser, und Luz lächelte uns an. Ihr Lächeln war unwiderstehlich, Dankbarkeit und Glück spiegelten sich darin. Es rührte mich noch mehr als Bellas Tränen.

»Ich wußte, Sie würden die Schwäne retten«, sagte sie. »Das habe ich gesagt, bevor ihr zum Camp rausgefahren seid. Stimmt's, Bella? Ich sagte: ›Bella, das ist unsere *Santa Cisna*, die sich für uns um Charles und Diana kümmern wird. Jede Nacht habe ich zur Jungfrau gebetet, sie uns zu schicken. Und da ist sie.‹ Das habe ich gesagt.«

Sobald ich mich vergewissert hatte, daß Bella Ponder wieder ruhig und regelmäßig atmete, verabschiedete ich mich und ging zum Jeep. Auf der Rückfahrt nach Chappaquiddick hatte ich einen Bostoner Klassiksender eingeschaltet, der gerade Barockmusik brachte. Auf halber Strecke zwischen West Tisbury und Edgartown erklang die Wassermusik, und die flüssigen Töne plätscherten fröhlich aus dem Lautsprecher. Lächelnd schaute ich zum Radio.

»Die liebe Bella schreckt anscheinend vor nichts zurück«, sagte ich kopfschüttelnd.

Ich wußte, daß Dennis Ponder auf meine Bedingungen eingehen würde. Ich hätte nicht sagen können, warum, aber ich wußte es genausosicher, wie ich wußte, daß es die On-Time-Fähre war, mit der ich über den Sund schipperte, und nicht die QE2. Jede Einzelheit dieses seltsamen, emotionsgeladenen Morgens erschien mir verheißungsvoll, obwohl ich ganz und gar nicht den Wunsch hatte, für irgend jemanden die *Santa* zu sein. In meinen Ohren erklang das Lied der Lichtung und des kleinen Camps; es schwang zwischen

Händels silbrigen Noten mit und verlieh ihnen einen besonderen Zauber. Ich wußte, daß mich meine Vorahnungen über Up-Island nicht getäuscht hatten.

Als ich das Haus in Katama Bay erreicht hatte, fühlte ich eine fast manische Vorfreude, wie ein ausgelassenes Kind, das einen abenteuerlichen, geheimen Plan geschmiedet hat. Aber sobald ich mich an den Küchentisch gesetzt hatte, um die nötigen Telefonanrufe zu tätigen, vermittelte mir das grelle, glitzernde Sonnenlicht ein beklemmendes Gefühl, und mein Hochgefühl schwand dahin. Statt dessen beschlich mich dasselbe Unbehagen, das ich an den vergangenen zwei Tagen hier gefühlt hatte. Ich ging zur Terrassentür und schaute nach draußen, nach links und rechts und dann zum Himmel hinauf, um zu sehen, wessen drohende Gestalt es war, deren Gegenwart ich förmlich spüren konnte. Aber da war nichts, nur die unruhige funkelnde Wasserfläche der Bucht und das Spätsommerlicht in den Bäumen und Gräsern, die sich im Wind bogen, und die Schatten der kleinen Wölkchen, die am nachmittäglichen Himmel dahintrieben. Es wehte ein frischer Wind, dessen Heulen nicht zu dem goldenen Licht des Spätsommers paßte. Er fuhr mir durch alle Knochen. Der Ausblick von der Veranda war mir bei weitem zu gewaltig, zu ungeschützt. Ich zog die Vorhänge zu und setzte mich wieder hin. Die Rastlosigkeit, die der Wind und die offene Landschaft in mir weckten, drohte, jederzeit in Angst umzuschlagen. Aber nachdem ich die Vorhänge zugezogen und ein paar Lampen eingeschaltet hatte, fühlte ich mich ein wenig besser.

Viel länger würde ich es jedoch nicht in dem Haus am Wasser aushalten, dachte ich. Nicht in diesem Haus. Nicht an diesem Wasser.

Als erstes rief ich Teddy in seiner Studentenbude an und erreichte ihn tatsächlich. Er war zum Lunch nach Hause gegangen, sagte er. Ich lächelte, denn ich konnte ihn direkt vor mir sehen, wie er mit vollen Wangen sein Sandwich kaute. Seine Schmatzgeräusche waren übers Telefon deutlich zu hören. In diesem Augenblick hätte ich nichts lieber getan, als meinem Sohn ein Sandwich zu machen. Erstaunlicherweise konnte ich mir nicht vorstellen, dabei in meiner eigenen Küche zu stehen. Statt dessen sah ich mich in der primitiven, kleinen Küche des Camps Brot schneiden und Mayonnaise darauf streichen. In meiner Vorstellung war die Küche blitzsauber geschrubbt und strahlte in der Mittagssonne.

Als ich ihn über meine Pläne informierte, hätte er sich fast an seinem Brot verschluckt und fing an zu lachen.

»Alle Achtung, Ma«, rief er. »Auf den Spuren Robinson Crusoes!«

Plötzlich mochte ich ihm nicht sagen, daß mein Haus mir eigentlich schon nicht mehr gehörte. Es hätte so schrecklich nach Selbstmitleid geklungen. Schließlich war es auch Teddys Zuhause; warum hatte ich nicht bedacht, wo er hin sollte, wenn er nach Hause kommen wollte? Diese Trennung betraf außer mir auch andere Menschen. Das hatte mich von Anfang an in Rage gebracht, und doch hatte ich, während ich mich in das Camp verliebt hatte, keine Sekunde an Teddy gedacht.

»Es ist noch nicht sicher«, sagte ich, und mir war, als würde mein großes Abenteuer wie eine Seifenblase zerplatzen. »Ich wollte es erst mit dir besprechen, bevor ich mich entscheide …«

»Also, ich find's cool«, sagte er. »Wie lange willst du bleiben? Ein oder zwei Monate?«

»Nun … eigentlich ein bißchen länger. Den Winter über zumindest. Teddy … ich glaube, ich warte besser noch eine Weile, bevor ich nach Atlanta zurückkehre. Missy meint das auch. Ich kann nicht … fürs erste ist es wohl nicht so gut, wenn ich wieder im Haus lebe. Außerdem bin ich etwas knapp bei Kasse, aber du brauchst dir keine Sorgen zu machen. Es betrifft dich nicht …«

»Hat er deine Konten gesperrt?« sagte mein Sohn mit kalter schmerzvoller Stimme.

»Nein«, sagte ich. »Es ist meine eigene Entscheidung. Wie ich schon sagte, es wird dich nicht betreffen. Aber hör zu, ich hab mir gedacht, du würdest mich an Thanksgiving hier oben besuchen. Vielleicht kann Grandpa auch kommen. Es ist wirklich wunderschön hier. Ich würde es dir so gerne zeigen …«

Er schwieg einen kurzen Moment lang und sagte dann: »Ma, da du sowieso nicht zu Hause bist – in Atlanta meine ich –, würde es dir was ausmachen, wenn ich mit ein paar Freunden zum Camping fahre? Ein Typ aus dem Statikseminar kommt aus Arizona. Seine Familie wohnt in der Nähe der Anasazi-Ruinen, und er hat ein paar von uns gefragt, ob wir mitkommen wollen. Das würde ich wahnsinnig gerne einmal sehen. Aber wenn du da oben allein bist –«

»Ich werde nicht allein sein«, sagte ich hastig. »Die Anasazi-Ruinen, toll! Ich würd's dir nie verzeihen, wenn du da nicht hinfährst. Ich rufe Grandpa an. Ich wette, er würde sich hier in den Wäldern so richtig zu Hause fühlen ...«

»Mom, er fährt mit zu Tante Sallys Familie. Ich hab gestern abend mit ihm telefoniert. Warum rufst du nicht Caroline an? Wär doch toll, wenn du an Thanksgiving ein Baby zu Gast hättest. Wenn sie keine Lust auf die Reise haben, könntest du doch nach Tennessee fahren ...«

»Ja, das ist eine gute Idee«, sagte ich, wohlwissend, daß ich es nicht tun würde. Caroline hatte es bisher nicht einmal gewagt, allein mit dem Baby in den Park zu gehen. Schon die Vorstellung von Up-Island würde sie in Angst und Schrecken versetzen. Ich mußte schlucken; mir war nicht klargewesen, wie sehr ich Teddy vermißt hatte, bis ich seine Stimme hörte. Aber Gott sei Dank liebte ich ihn genug, um darauf zu bestehen, daß er eigene Wege ging.

»Wenn sie nicht kommen können und du sie auch nicht besuchen kannst, ruf mich an. Ich lasse alles stehen und liegen und eile zu dir«, sagte er.

»Nicht nötig. Ich hab hier jede Menge Leute kennengelernt, die sich um mich kümmern«, sagte ich fröhlich. »Ich bin der umschwärmte Mittelpunkt jeder Party.«

»Das kann ich mir lebhaft vorstellen. Wie steht's mit interessanten Männern? Ist etwas im Busch?«

»Nur einer«, sagte ich. »Und der ist hinterhältig wie eine Schlange, und außerdem fehlt ihm auch noch ein Bein.«

Verzeih mir, Dennis, sagte ich zu mir. Aber im Moment taugst du zu nichts anderem, als meinen Sohn zum Lachen zu bringen. Und außerdem hab ich noch etwas gut bei dir.

»Das paßt zu dir«, sagte Teddy, und wir lachten beide. Obwohl er Tausende von Meilen von mir entfernt war und ich ihn furchtbar vermißte, war es ein gutes Gefühl, mit ihm zu lachen.

Eigentlich wollte ich als nächstes meinen Vater anrufen, aber statt dessen legte ich mich aufs Sofa und fing augenblicklich an, von meiner Mutter zu träumen. Es war nicht der übliche Traum mit dem vergitterten, unterirdischen Fenster, diesmal ging er darüber hinaus. Er fing genauso an, aber er war schlimmer und furchterregender als all meine vorherigen Träume, und ich weiß, daß ich mich bis an mein Lebensende an die schweißtreibende Panik, die ich bei diesem Alptraum spürte, erinnern werde.

Er begann wie immer: Ich stand in einer belebten Straße und schaute zu dem vergitterten Fenster hinunter, wo meine Mutter mit ihrem schwarzen Hut auf dem Kopf stand und wartete. Aber diesmal war niemand am Fenster, und ich wandte mich an meinen Vater, der neben mir in der Menge stand, und sagte: »Sie ist nicht da.«

»Vielleicht hat sie gefunden, worauf sie gewartet hat«, sagte mein Vater und schaute sich um. Auch ich sah mich um und sah meine Mutter ein paar Meter vor uns auf dem Gehsteig stehen. Sie hatte den Passanten den Rücken zugewandt und schaute uns an. Sie trug den Hut, und auf ihrem Gesicht lag ein freudiges gütiges Lächeln. Ich wußte, daß sie tot war, aber nichtsdestotrotz lächelte sie mir wohlwollend zu. Ich machte meinen Vater nicht auf sie aufmerksam und auch keinen der Passanten, damit niemand sie plötzlich wahrnahm und sie womöglich verscheuchen würde. Innerhalb der sinnlosen Logik meines Traumes erschien es mir durchaus möglich, daß meine Mutter so lange bei mir bleiben würde, wie ich niemanden auf sie aufmerksam machte. Ich verstand jedoch nicht, warum mein Vater sie nicht sehen konnte.

Ich trat neben sie und flüsterte: »Ich bin so froh, dich zu sehen. Du siehst so hübsch aus mit diesem Hut.«

Ich tat so, als wüßte ich nicht, daß sie tot war. Es war, als würde sie es selbst nicht wissen, als würde ich sie verlieren, wenn sie es erfuhr.

»Dieser Hut hat mir schon immer so gut gefallen«, sagte sie. Es war ihre Stimme, kein Zweifel, tief und voll mit jenem leicht theatralischen Unterton, den ich immer so bewundert hatte. »Nichts bringt die Augen einer Frau so gut zur Geltung wie ein großer Hut. Ich würde ihn dir ja gern geben, aber er ist für jemand anders bestimmt.«

Ich konnte nicht sagen, nein, das ist er nicht, ich habe ihn ja längst, deshalb nickte ich nur und fragte höflich: »Oh? Und für wen?«

»Für deinen Vater«, sagte sie. »Dieser Hut ist für deinen Vater. Würdest du ihn bitte holen?«

»Ich weiß nicht, wo er ist«, erwiderte ich im Traum, aber unwillkürlich blickten meine Augen in seine Richtung, und ich sah, wie sie ihn entdeckte und freudig auf ihn zueilte. Sie nahm den Hut vom Kopf, und ihr offenes Haar fiel auf ihre Schultern herab. Sie hielt ihm den Hut hin und rief: »Darling! Komm und hol dir deinen Hut.«

Ich drehte mich um. Hinter mir sah ich meinen Vater, der sie erblickt hatte und hocherfreut in ihre Richtung lief. Er griff nach ihrer Hand und dem schwarzen Hut.

In diesem Augenblick erkannte ich, daß er, sobald er den Hut berührte, ebenfalls tot sein und mit ihr fortgehen würde. Danach würde ich sie beide an dem schrecklichen Gitterfenster stehen sehen, wo sie auf das warteten, worauf die Toten warten, was auch immer das sein mochte.

»NEIIIN!« schrie ich und schreckte aus dem Schlaf.

Es dauerte mindestens fünf Minuten, bis ich aufhören konnte zu zittern, bis der kalte Schweiß mir nicht mehr über Gesicht und Nacken lief. Noch lange danach schlug mir das Herz bis zum Halse. Ich schaute auf die Uhr und sah, daß ich fast zwei Stunden lang geschlafen hatte. Draußen über der Bucht ging bald die Sonne unter. Danach würde die schwarze Dunkelheit von Nantucket aus übers Wasser kriechen.

Ich ging zum Telefon und wählte Kevins Nummer in Washington. Kevin meldete sich; er klang wie über den Sender. Ich fragte mich, ob er seine Anzugjacke anzog und sich eine Krawatte umband, bevor er ans Telefon ging.

»Wie geht es Daddy?« fragte ich ohne Vorrede.

»Ganz schlecht«, sagte Kevin, und mein Herzschlag beschleunigte sich noch mehr.

»Was ist los mit ihm?«

»Depressionen«, sagte Kevin. »Ein klarer Fall von reaktiver Depression. Kein Zweifel. Vor ein paar Monaten haben wir einen Bericht darüber gebracht. Er hat alle Symptome: Lethargie, Schlafsucht, Interesselosigkeit, Appetitverlust, allgemeine Nachlässigkeit. Es ist eine verspätete Reaktion auf Mutters Tod. Zuerst hat er ihren Tod verdrängt, und jetzt kommt alles in ihm hoch.«

»Habt ihr ihn zum Arzt geschickt?« fragte ich, während die Sorge um meinen Vater mir fast das Herz brach.

»Er weigert sich, aber ich habe mit einem befreundeten Seelenklempner gesprochen, und er sagt, daß es keinen Zweifel an der Diagnose gibt. Er hat uns Prozac aufgeschrieben, aber ich glaube nicht, daß Dad was davon nimmt. Sally will ihn nicht überwachen, und ich kann nicht den ganzen Tag zu Hause bleiben und überprüfen, ob er es nimmt. Hör zu, Molly, ich bin froh, daß du dich meldest. Ich wollte dich auch anrufen. Du mußt dich seiner annehmen. Er macht keine Anstalten, in seine Wohnung zurückzugehen, und wir halten es für das beste, wenn er bei dir einzieht. Es ist die beste Lösung, und auch für dich könnte es eine Hilfe sein. Aber er würde positiver reagieren, wenn der Vorschlag von dir käme.«

Darauf erzählte ich ihm von Tee und Sheri und dem Haus in Ansley Park, und warum Missy es für besser hielt, daß ich nicht dort wohnte, und von dem Geld, und schließlich von dem Camp am Teich und den Plänen, die ich hatte.

»Das ist ja wohl die hirnrissigste und egoistischste Idee, die mir jemals untergekommen ist«, brüllte Kevin. »Und mal wieder typisch. Klein Molly biegt sich alles zurecht und läßt alle anderen hängen. Es kümmert dich wohl auch nicht, daß sich Sally jede Nacht in den Schlaf weint und Mandy keine Freunde mehr mit nach Hause bringen kann. Er sitzt einfach mitten im Wohnzimmer, der Fernseher läuft, aber er schaut nicht hin, sagt kein Wort, sitzt einfach nur da …«

Ich holte tief Luft und atmete langsam aus.

»Kevin, in meinem Leben habe ich noch nie was zurechtgebogen und alle anderen hängen lassen, und das weißt du auch. Das war ungerecht und gemein. Wenn sich jemand in unserer Familie sein Leben zurechtbiegt und alle anderen hängen läßt …«

Ich redete nicht weiter. Ich wollte nicht mit ihm streiten, ich hatte keine Chance gegen ihn.

»Ist ja schon gut, du hast ja recht«, sagte mein Bruder seufzend. »Das war ein Schlag unter die Gürtellinie. Aber unsere Nerven liegen blank. Sieh mal, wenn du nicht wieder in euer Haus ziehen kannst, wobei ich übrigens glaube, daß deine Anwältin sich irrt, dann könntest du doch vielleicht zu Dad in seine Wohnung ziehen. Er versucht nicht mal mehr, sie zu verkaufen. Damit wären all deine Probleme gelöst, und er hätte jemanden bei sich. Das braucht er, glaube ich. Vielleicht könntest du ihn dazu bringen, sich helfen zu lassen; wir beißen auf Granit. Ich fürchte, er ist suizidgefährdet.«

»Was redest du da, Kevin? Doch nicht Daddy!«

»Du hast ihn nicht gesehen, Molly.«

»Ich möchte mit ihm sprechen.«

Nach einer Weile kam mein Vater an den Apparat. Ich hörte angestrengt zu, aber für mich klang er genau wie immer; es war die sanfte Stimme meines Vaters, die ich seit eh und je kannte.

»Hallo, Baby, haben sie dich mittlerweile noch nicht gelyncht?« fragte er, und ich lachte. Schon immer hatte er sich darüber lustig gemacht, daß ich am Strand fast so braun wurde wie eine Schwarze.

Ich erzählte ihm von dem Camp, den alten Damen und von Dennis, wobei ich alles sehr abmilderte und nur sagte, daß sich Dennis nach einer Beinoperation erholen müsse und die alten Damen lediglich etwas schwächlich und verschroben seien. Ich sagte nicht, warum ich im Moment nicht nach Hause kommen wollte, und erwähnte meine prekäre finanzielle Lage mit keinem Wort; es gab keinen Grund, ihn damit zu belasten. Statt dessen erzählte ich ihm ausführlich von Charles und Diana und wurde mit seinem altbekannten, gutmütigen Lachen belohnt.

»Das muß ein Anblick sein«, sagte er. »Ich werde mich kundig machen. Vielleicht gibt es ja einen psychologischen Trick, mit dem du dem männlichen Partner beikommen kannst. Ich freue mich für dich. Scheint mir jedoch, als wärst du vom Regen in die Traufe gekommen; erst opferst du dich für deine eigene Familie auf, und jetzt kümmerst du dich um eine andere, mit einem launischen Schwanenpaar als Dreingabe.«

So hatte ich es noch nicht gesehen, und ich kann nicht sagen, daß mir die Vorstellung gefiel.

»Nun, es ist eben nicht meine eigene Familie«, sagte ich leichthin. »Deshalb kann ich es wohl, denke ich. Es ist wirklich nicht allzuviel Arbeit, und ich gehe keinerlei emotionale Bindung ein. Das wäre tödlich. Das passiert mir nicht noch einmal.«

Er lachte wieder.

»Was du nicht sagst.«

Ich fragte wegen Thanksgiving, und er bestätigte, daß er Sallys Eltern bereits zugesagt hatte.

»Hättest du Lust, Weihnachten herzukommen?« fragte ich zögernd. Plötzlich wünschte ich mir nichts mehr, als das er zusagte.

»Ich denke, das wäre recht nett. Schnee und Schwäne und so weiter. Ich komme gern, wenn du dann immer noch da oben bist«, sagte mein Vater.

Kevin kam wieder an den Apparat.

»Ich finde, er hört sich ganz gut an«, sagte ich.

»Er will dich nicht beunruhigen«, sagte Kevin, und seine Stimme klang wieder zornig.

»Ich glaube nicht ...«

»Scheiße, das hat er doch immer gemacht, Molly. Du warst doch immer sein Baby.«

Und du warst immer Mutters Baby, und jetzt bist du niemandes Baby, und nur darum geht es, dachte ich, ohne es auszusprechen. Ich wartete. Schließlich sagte er: »Molly, du kommst jetzt nach Hause und kümmerst dich um ihn. Genug ist genug. Du bist die einzige, auf die er hört.«

»Ich kann nicht«, erwiderte ich.

»Was soll das, willst du ihn auch noch umbringen?« sagte Kevin, woraufhin ich zitternd den Hörer auf die Gabel legte. Aber es überraschte mich nicht. Für ihn war ich schuld an Mutters Tod. Ob er nun recht hatte oder nicht, es war seine feste Überzeugung. Damit würde er mich immer wieder an meiner empfindlichsten Stelle treffen.

Ich stand vom Tisch auf und schenkte mir ein kleines Glas wunderbaren, dickflüssigen Portwein ein, den Livvy aus Boston mitgebracht hatte. Es war echte portugiesische Importware, hatte sie mir gesagt. Er schmeckte nach Rauch und Honig. Ich nahm das Glas mit zum Tisch und nippte daran, während ich Missy Carmichaels Nummer wählte.

Missy amüsierte sich über meinen Plan, den ganzen Winter in einer einsamen Waldhütte in äußerst illustrer Gesellschaft zu verbringen, aber sie hielt es dennoch für eine gute Idee.

»Es wird großen Eindruck auf die Jury machen«, schnurrte sie. »Den Winter in einer eisigen Hütte fern von zu Hause zu darben, weil Sie nicht genug Geld hatten, um heimzukommen, nicht einmal zu Weihnachten. Damit kann ich Ihrem Mann die Hölle heiß machen.«

Der Prozeß. Wie hatte ich den Prozeß nur vergessen können? Er schien mir völlig unwirklich.

»Wann ist es wohl soweit?« sagte ich. Allein die Vorstellung löste tiefste Erschöpfung in mir aus. Ich sackte in meinem Sessel zusammen.

»Nun, es ist merkwürdig«, sagte Missy. »Tee schleicht wie die Katze um den heißen Brei in dieser Angelegenheit. Zu den letzten beiden Treffen mit uns ist er nicht erschienen; sie ist gekommen, hat Gift und Galle gespuckt, aber er ist einfach nicht erschienen. Ich weiß nicht, warum, und ich glaube, sie weiß es auch nicht. Mir scheint, sie weiß oft nicht, wo er sich herumtreibt. Ich kann ihn jedenfalls nie erreichen. Irgendwann habe ich die Aal-Lady in ihrem Büro angerufen, um was in Erfahrung zu bringen. Sie ist mir mit dem nackten Arsch ins Gesicht gesprungen, das kann ich Ihnen sagen. Das ist vielleicht ein hinterhältiges Luder! Aber es sieht nicht so aus, als ob sie bei ihm mehr erreichen kann als wir. Langsam frage ich mich, ob er es sich vielleicht anders überlegen will. An seiner Stelle hätte ich eine Höllenangst, es dieser Frau zu erzählen, wenn ich Zweifel hätte; ich glaube, sie würde ihm die Eier abschneiden und sie ihm in einer Schachtel überreichen. Deshalb muß ich Ihnen leider sagen, daß ich es nicht weiß. Irgendwann müssen Sie wieder heimkommen, aber fürs erste nicht, so wie die Aktien stehen. Wenn Sie zurück sind, können Sie natürlich bei mir wohnen. Oh, die kleine Tussi von Ihrer Bank hat angerufen und mir gesagt, daß Tees erste Zahlung auf Ihr neues Konto eingegangen ist. Sie wußte nicht, wie sie Sie erreichen sollte, und hat mich gebeten, es Ihnen mitzuteilen. Sie können jederzeit etwas abheben, wenn Sie was brauchen. Noch besser wäre, wenn Sie da oben ein Konto eröffnen, wenn Sie ernsthaft vorhaben, länger zu bleiben. Damit würden Sie guten Willen zeigen.«

Ich wußte nicht, was ich von Tees Unschlüssigkeit halten sollte. Ich konnte mir nicht vorstellen, welche Konsequenzen ein möglicher Sinneswandel für die Zukunft haben mochte, deshalb versuchte ich, einfach nicht darüber nachzudenken. Ich vergrub den Gedanken genausotief wie das elende Treibgut dieses schrecklichen Sommers. Später würde ich über alles nachdenken, wenn ich vielleicht irgendeinen Sinn darin sehen konnte. Ich bat Missy, mir ein paar von meinen Wintersachen zu schicken, und legte auf. Ich nahm mir einen Apfel und fuhr zum Südstrand, in der Hoffnung, daß der Sonnenuntergang und der frische Wind meine dunklen Gedanken verscheuchen würden. Aber die Sonne war hinter einer silbrig grauen Wolkenwand verschwunden, und die See hatte einen blitzenden kalten Zinnton angenommen. Als die einzige einsame Familie, die noch am Strand war, ihre Sachen packte und in den Dünen verschwand, floh ich förmlich zum Wagen und fuhr zurück zu Livvys Haus. Die Einsamkeit drohte mir mit ihren Krallen wie eine Wildkatze.

Als ich in die Küche kam, läutete das Telefon. Ich riß den Hörer von der Gabel, als hätte mir jemand inmitten der schwarzen Fluten eine Rettungsleine zugeworfen. Es war mir egal, wer dran war, Hauptsache, es war eine menschliche Stimme.

Es war Livvy. Caleb machte mal wieder Überstunden, und sie hatte Lust auf ein Schwätzchen. Offenbar hatte sie sich bereits einen kleinen Dämmerschoppen genehmigt. Ich schenkte mir noch ein bißchen Portwein nach und machte es mir bequem. Ihre Stimme wärmte mir das Herz, während der Alkohol mir die Kehle wärmte. Inmitten dieser fremdartigen, unwirklichen Welt erschien mir Livvy so nah, als säße sie neben mir. Sie erzählte mir die neuesten Tratschgeschichten unserer Clique, die mir so unwirklich schienen, als würde sie von einem neu entdeckten Eingeborenenstamm reden. Caleb hatte im Büro gehört, daß Sheri Scroggins in meinem Haus in Ansley Park wohnen würde, erfuhr ich als nächstes. Tee sei kaum noch in der Stadt, aber sie nahm an, daß er sie dort einquartiert hatte.

»Nicht einmal sie ist so dreist, sich dort einzunisten, wenn er es ihr nicht erlaubt hätte«, sagte Livvy. »Du wirst sie wahrscheinlich von deinem Teppich kratzen müssen wie eine Zecke. Ich frage mich, wie sie sich das vorstellen. Will sie dich in deinem Wohnzimmer empfangen, wenn du heimkommst? Wo wir gerade davon sprechen, wann planst du zurückzukommen? Du kannst natürlich solange im Haus bleiben, wie du willst, aber wenn es kälter wird, frieren die Leitungen ein. Die Leute fangen auch schon an zu fragen. Carrie Davies, diese Ikone südstaatlicher Weiblichkeit – ich weiß, ich weiß, sie war deine heilige Zimmergenossin am College –, nun, sie hat mich gestern abend angerufen und nach dir gefragt. Nach endlosem Gedruckse ist sie endlich mit der Sprache herausgerückt und hat mir gestanden, daß Lazarus ihr langsam auf die Nerven geht. Er würde riechen, ich nehme an, er leckt sich auch die Eier, obwohl Carrie das natürlich nicht gesagt hat. Ich würde ihn ja nehmen, aber ich fahre mit Caleb nach Chicago zu einer Konferenz, und danach wollen wir für eine Woche oder zehn Tage nach Mackinac Island. Eine Art zweite Hochzeitsreise.«

Sie kicherte, und ich mußte lächeln. Gott sei Dank war zwischen Livvy und Caleb alles in Ordnung. Mein Gift hatte offenbar seine Wirkung verfehlt.

Erst nachdem ich aufgelegt hatte, fiel mir ein, daß ich ihr nichts von meinen Plänen erzählt hatte. Mir war unbegreiflich, wie ich es vergessen konnte.

Ich rief Carrie Davies an. Während ich ihr schrilles Geträller über mich ergehen ließ, fragte ich mich, warum mir nie aufgefallen war, was für eine gellende Stimme sie hatte. Livvy hatte einmal gesagt, Carrie würde sich anhören wie ein angestochenes Stachelschwein. Ich hatte Carrie verteidigt, aber jetzt wußte ich, was Livvy gemeint hatte. Carrie und Atlanta erschienen mir so weit entfernt wie die Rückseite des Urals.

»Es kann noch eine Weile dauern, bis ich zurückkomme«, sagte ich schließlich zu ihr, als ihr die Luft ausging. Noch wollte ich ihr nicht von meinen Plänen erzählen. »Ich weiß, daß Lazarus ziemlich nervig sein kann. Könntet ihr ihn wohl zur Ansley-Tierklinik bringen, bis Dad oder ich heimkommen? Dr. Norman kennt ihn. Er hatte ihn schon öfter in Pflege.«

»Ja, das machen wir gern«, sagte Carrie sichtlich erleichtert. »Vielleicht fühlt er sich dort wohler. Er vermißt dich, glaube ich, sehr. Er jault ziemlich oft. Oh, da kommt er ja; hör mal, Lazarus, hier ist deine Mommy. Sag was zu ihm, Molly …«

»Hallo, alter Junge«, sagte ich ins Telefon und kam mir ziemlich albern vor. Zur Belohnung stimmt er ein jämmerliches Geheule an.

Mein Herz zog sich förmlich zusammen vor Schmerz und Heimweh nach ihm. Die Wirklichkeit hatte mich eingeholt.

»Carrie, könnte Charlie ihn vielleicht ins Flugzeug stecken und ihn hier rauffliegen lassen?« sagte ich. Warum war mir das bloß nicht früher eingefallen? Er war genau das, was im Camp und auf der Lichtung fehlte. Der große, tolpatschige, verrückte Lazarus. Die Schwäne würden sich eben mit ihm arrangieren müssen.

»Ich denke schon«, sagte sie zweifelnd und sah ihre Hoffnung auf baldige Erlösung dahinschwinden. »Oh … wann soll er kommen?«

»Haltet ihr's noch eine Woche aus?«

Einen Moment lang blieb es still, und dann sagte sie freundlich: »Sicher. Eine Woche werden wir schon schaffen, was, alter Junge? Eigentlich müßte Tee sich um ihn kümmern, aber so wie er sich im Moment aufführt, würde ich ihm nicht mal einen Leguan anvertrauen. Hast du schon gehört, daß er diese kleine Nutte in deinem Haus einquartiert hat? Vielleicht hätte ich es dir nicht sagen sollen, aber ich finde, du hast ein Recht, es zu erfahren …«

»Ich hab's gehört«, sagte ich. »Wenn sie wüßte, daß farb- und geruchloses, lebensgefährliches Radon aus den Kellerräumen dringt. Von Asbest ganz zu schweigen. Ich geb ihr höchstens einen Monat, bevor sie sterbenskrank wird.«

»Wirklich?« rief Carrie.

»Was meinst du, warum ich nicht längst nach Hause gekommen bin?« sagte ich, wohlwissend, daß sie meine Horrorgeschichte für bare Münze nehmen würde. Morgen um diese Zeit würde ganz Buckhead davon reden.

Ich dankte ihr nochmals für die Betreuung von Lazarus und legte auf. Mein Gemütszustand hatte sich wieder soweit gefestigt, daß der heulende Wind mir nicht allzuviel ausmachte, und als ich schließlich nach oben ging und mich schlafen legte, träumte ich nicht von meiner Mutter und der verwunschenen U-Bahn, sondern von den stillen Wäldern bei Menemsha.

Am nächsten Morgen rief Bella Ponder an, um mir mitzuteilen, daß Dennis meine Bedingungen akzeptierte, und am Tag darauf zog ich nach Up-Island.

9

Der Tag meines Umzugs war diesig und grau; der nächtliche Wind hatte niedrige Wolken herangetrieben, die Regen versprachen. Auch auf der Fahrt nach Up-Island hellte sich das Wetter nicht auf, aber das trübe Licht ließ die ersten herbstlich gefärbten Blätter leuchtender strahlen. Die Tupelo-Bäume in Chilmark hatten mittlerweile hier und da ein rotes Blatt. Livvy hatte gesagt, daß sie im Herbst zu den schönsten Zierden des Vineyards gehören würden. Mein erster Herbst in Neu England: Ich fühlte mich wie ein Kind, das eine Reise in ein unbekanntes Gebiet unternimmt. Genauso wollte ich leben, dachte ich; ich würde mir hier oben ein neues Leben schaffen: Ich würde jede neue Erfahrung auskosten, jedes neue Geräusch, jeden neuen Anblick. Mein Gepäck würde ich zu Hause lassen. Ich wollte meine Zeit nicht mit Reue und Schmerz vergeuden. Der dicke Brei aus unverarbeiteter Trauer über den Tod meiner Mutter und das Ende meiner Ehe mußte eben noch ein Weilchen warten, bis ich bereit war, mich damit auseinanderzusetzen.

Und wenn ich mir an diesem Ort schon ein neues Leben schaffen wollte, sollte ich besser sofort damit anfangen. Auf dieser Fahrt fühlte ich zum allerersten mal ganz deutlich, daß mein irdisches Leben nicht unbegrenzt war. Zurück blieb eine Ahnung von tiefschwarzer Unendlichkeit, als hätte sich für einen kurzen Moment lang ein Vorhang geöffnet und mich einen Blick in den namenlosen Abgrund erhaschen lassen. »Wir alle sind sterblich«, hatte meine Mutter oft gesagt. »Nur wer sich mit seiner Sterblichkeit auseinandersetzt, kann richtig leben.« Aber mit ihrer eigenen Sterblichkeit hatte sie sich seltsamerweise nicht auseinandergesetzt, wahrscheinlich nicht einmal im Augenblick ihres Todes. Ich ließ das drohende Wissen um die Endlichkeit meines Daseins in den Topf gleiten, in dem meine restlichen Geister schmorten, und knallte den Deckel zu.

Als ich die Lichtung erreicht hatte, beschloß ich, zuallererst bei Dennis Ponder hereinzuschauen. Bring es hinter dich; entwickle eine Routine; lege den Grundstein einer knappen, unpersönlichen, sachlichen Beziehung, sagte ich mir. Ich hielt es für das beste, frühmorgens nach ihm zu sehen und dann wieder am Spätnachmittag. Falls er etwas brauchte, konnte ich es auf diese Weise tagsüber besorgen und es ihm vor dem Abendessen bringen. Wie das Füttern der Schwäne wollte ich die Versorgung von Dennis Ponder so rationell und regelmäßig wie möglich gestalten. Wahrscheinlich hatte er genausowenig Interesse an meiner Gesellschaft wie Charles und Diana.

An diesem Morgen stieg aus dem Schornstein des größeren Camps kein Rauch auf, obwohl es erheblich kühler war als am Tag zuvor. Ich ging die Treppe hinauf und über die Veranda. Als ich anklopfen wollte, sah ich, daß die Tür einen Spalt offenstand. Augenblicklich war mir unbehaglich zumute.

»Mr. Ponder?« rief ich und fürchtete fast, wie beim ersten Mal keine Antwort zu bekommen. Aber dann hörte ich seine Stimme. »Kommen Sie rein. Hinten ins Schlafzimmer.«

Ich durchquerte den großen Wohnbereich und sah, daß im Kamin ein Feuer vorbereitet, aber nicht angezündet worden war. Auch der Ofen in der Küche brannte nicht. Daneben stand eine Holzkiste wie in meiner Küche, aber diese war mit ordentlich zurechtgehauenen Scheiten gefüllt. Die schwarze Ofentür stand offen, aber das Feuer brannte nicht. Auf der Anrichte stand weder Kaffee noch Tee, und etwas Eßbares konnte ich auch nicht entdecken. Entweder konnte er doch für sich selbst sorgen und hatte schon gegessen und alles weggeräumt, oder er wurde überhaupt nicht allein fertig, und ich müßte ihm alles richten. Ich hoffte, das erstere war der Fall. Ich konnte mir schlecht vorstellen, diesen kalten, bleichen Mann zu füttern.

Ich ging zu dem großen Schlafzimmer im Erdgeschoß, das sich hinter dem Wohnzimmer befand, und schaute hinein. Er saß angezogen und gekämmt auf einem Holzstuhl neben einer eingeschalteten Stehlampe. Sein kariertes Hemd war bis oben hin zugeknöpft, aber der Kragen schlotterte ihm um den mageren Hals, wie man es oft bei sehr alten Männern sieht. Im ganzen Zimmer lagen Bücherstapel herum: auf dem ungemachten Bett, auf dem Fußboden daneben; auf dem Schreibtisch und dem Sessel. An den Wänden standen noch diverse Umzugskisten. Eine davon hatte er geöffnet und hielt sie auf den Knien, während er sich eifrig Notizen machte. Zuerst schaute er nicht von seinem Schreibblock auf, und ich blieb stehen und wartete. Ich wollte keinesfalls als erste etwas sagen. Schließlich hörte er auf zu schreiben und sah mich an.

Er sah ein wenig besser aus. Sein Gesicht war nicht mehr so gelblich und wächsern, aber immer noch sehr blaß, und die Knochen traten immer noch deutlich unter der durchsichtigen Haut hervor. Er hatte sich nicht rasiert, und um seinen Mund, an Kinn und Wangen waren schwarze Bartstoppeln. Seine Augen waren dunkel und lagen eingesunken unter den geraden, schwarzen Brauen. Sein Mund war groß und wirkte lebendig, die vollen Lippen bildeten einen starken Kontrast zum Rest seines ausgetrockneten Gesichtes. Bei einem gesunden Mann wäre es ein sinnlicher Mund gewesen. Das schwarze Haar war feucht und zeigte Kammspuren, es war zur Seite gekämmt und fiel ihm in die Stirn. Stirn und Wangen waren von tiefen Furchen durchzogen, die von Schmerz und Schwäche zeugten; diese Linien waren mir von meiner Arbeit im Krankenhaus vertraut. Er erinnerte mich an irgend jemanden. Nach einer Weile fiel mir ein, daß ich mir vor einiger Zeit den alten Film *Duell in der Sonne* mit Gregory Peck und Jennifer Jones angeschaut hatte. Dennis Ponder erinnerte mich an den lässigen Outlaw, der in dem Film von Gregory Peck gespielt wurde. Allerdings hätte man sich die Spuren, die sein Alter und der Krebs in seinem Gesicht hinterlassen hatte, wegdenken müssen. Aber trotz seiner zermürbenden Krankheit war Dennis Ponder ein gutaussehender Mann, oder war es zumindest mal gewesen. Die Ähnlichkeit mit seiner Mutter war heute nicht ganz so stark, aber dennoch unverkennbar, obwohl ich nicht sagen konnte, wie das möglich war; Bella wirkte fast grotesk, und dennoch konnte man im Gesicht ihres Sohnes ahnen, wie sie früher einmal ausgesehen haben mochte …

»Wie geht es Ihnen heute morgen?« fragte ich, als er nach einigen Sekunden immer noch nichts gesagt hatte. Er starrte mich noch einen Moment lang an und fing dann an zu lächeln. Es war kein herzliches Lächeln. Wahrscheinlich sah es nicht viel anders aus, wenn er den Mund vor Schmerzen verzog, dachte ich.

»Entschuldigung, wenn ich Sie angestarrt habe«, sagte er, und seine Stimme war so farblos wie sein Gesicht. »Sie haben wirklich erstaunliche Ähnlichkeit mit meiner Mutter, soweit ich mich von früher an sie erinnern kann. Gestern dachte ich zuerst, Sie würden zu unserer riesigen Sippschaft gehören; zur Miara-Seite natürlich. Meine Mutter hat es immer meisterhaft verstanden, Verwandte zu importieren. Aber Sie sind ja keine von uns; sie hat mir einen überaus genauen Bericht über Sie geschickt; Sie sind eine waschechte Ausländerin, nicht wahr? Keinerlei Verbindung zu dieser heiligen Erde. Warum Sie hier leben wollen, ist mir rätselhaft, aber das ist Ihre Sache, wie alles andere, was Ihre Person anbelangt, und so wird es auch bleiben, das versichere ich Ihnen. Tut mir leid, daß ich Sie gestern angeblafft habe. Ich habe Order erhalten, es in Zukunft zu unterlassen.«

Seine kleine Rede war alles andere als liebenswert.

»Ja, so ist es«, sagte ich. »Ich hoffe, Sie halten sich daran. So. Wie geht es Ihnen also heute? Sie sehen viel besser aus als bei unserem letzten Treffen.«

»Wie es mir geht?« sagte er und lächelte, wobei seine langen weißen Zähne aufblitzten. »Das müßten Sie doch wissen. Meine Mutter hat geschrieben, daß Sie zu Hause mit Krebspatienten gearbeitet haben ... in Atlanta, nicht wahr? Sie ist ganz begeistert davon; sie glaubt, daß *Santa Maria* Sie zu uns geschickt hat. Wofür *Santa Maria* bei uns nicht alles herhalten muß!«

Er machte eine ausladende Geste, und erst jetzt sah ich das geschnitzte schwarzgoldene Kruzifix über seinem Bett und mehrere buntbemalte Statuetten der Heiligen Jungfrau sowie einen reich verzierten Altar mit Kerzen und Blumen an einer Wand.

»Ich weiß ein wenig über bösartige Erkrankungen«, sagte ich ruhig.

»Dann wissen Sie wahrscheinlich, wovon ich spreche, wenn ich Ihnen sage, daß ich ein Weichteilsarkom hatte, das mein Knie zu Brei werden ließ, sich in ein paar Lymphdrüsen breitgemacht hat und weiter nach oben gewandert ist. Als es diagnostiziert wurde, waren Unterschenkel und Knie nicht mehr zu retten, und man kann unmöglich sagen, was noch alles entfernt werden muß. Ich bin eine medizinische Besonderheit; es ist eine sehr seltene Erkrankung, besonders bei Erwachsenen. Ich wurde mit Bestrahlung und Chemotherapie behandelt. Kurz bevor ich herkam, habe ich die letzte Behandlung bekommen. Bis auf den Phantomschmerz im amputierten Bein tut mir nichts weh. Das Jucken ist schlimmer als der Schmerz. Die richtigen Schmerzen werden kommen, wenn sich herausstellt, daß die Chemotherapie nicht angeschlagen hat. Es wird noch eine Weile dauern, bis ich das weiß. Es ist auch noch nicht raus, wo die Schmerzen sein werden; das Ding wandert. Im Moment bin ich nur schwach, und mir ist oft übel; aber das geht vorüber, wie ich gehört habe. Ich schlafe noch immer ziemlich viel. Wie Sie sehen, habe ich noch meine Haare auf dem Kopf und im Gesicht. Komischerweise habe ich alle Körperhaare verloren. Ich seh aus wie ein nackter Frosch; ich hoffe, diese Vorstellung stößt Sie nicht ab oder erregt Sie womöglich, was noch schlimmer wäre. Sie sollen lediglich ab und an ein paar Besorgungen für mich machen und mich zu meinen Arztterminen fahren. Der nächste ist erst in einem knappen Monat. Beim Kochen und anderen Haushaltspflichten oder beim Baden brauche ich keine Hilfe.«

»Haben Sie schon gefrühstückt?« fragte ich. »Ich habe kein Geschirr gesehen, und der Ofen ist auch nicht an.«

Er errötete leicht.

»Ich habe meine Krücken im Bad gelassen«, sagte er. »Ich hab sie nur noch nicht geholt. Ich muß mich hier erst zurechtfinden …«

Er sprach nicht weiter und schaute auf seinen Schreibblock hinunter. Ich wußte, daß er es noch nicht geschafft hatte, seine Krücken aufzuheben, und dies vor mir verbergen wollte. Wahrscheinlich würde er lieber auf allen vieren ins Bad kriechen und auf Essen und Wärme verzichten, als mich um Hilfe zu bitten. Aus irgendeinem Grund machte mich das wütend.

Ich ging ins Bad, holte die Krücken und lehnte sie gegen seinen Stuhl. Ich ging zurück ins Wohnzimmer, zündete das Feuer an, dann den Küchenherd und machte Kaffee. Ich stellte den Gasbackofen an, nahm das Backblech heraus und legte ein paar Scheiben Toast darauf. Ich nahm Butter und die allgegenwärtige Strandpflaumenmarmelade aus dem Kühlschrank und stellte sie neben das Backblech auf die Anrichte. Dann ging ich zurück ins Schlafzimmer.

»Ich hab ein bißchen was für Sie vorbereitet«, sagte ich. »Sagen Sie mir doch, um Gottes willen, wenn Sie Hilfe brauchen. In ein paar Sekunden ist alles erledigt, was gemacht werden muß, außerdem gehört das zu den vereinbarten Bedingungen.«

»O ja, die Bedingungen«, sagte er. »Nun, vielen Dank, Molly soundso. Ab jetzt denke ich an die Krücken und bleibe im Schlafzimmer, während Sie alles richten. Auf dem Wohnzimmertisch finden Sie eine Liste, mit allem, was ich brauche. Ich lege die Liste immer dorthin. Ich komme Ihnen nicht in die Quere; ich werde die meiste Zeit hier drinnen arbeiten.«

»Ihre Mutter sagt, Sie arbeiten an einem Buch«, sagte ich, bemüht freundlich zu sein.

»Meine Mutter hat doch keine Ahnung«, erwiderte er. »Aber sie hat recht, ich schreibe ein Buch. Kennen Sie sich im Verlagswesen aus, Molly By Golly?«

»Ein bißchen«, sagte ich steif.

»Warten Sie, lassen Sie mich raten ... Sie haben das Junior-League-Kochbuch lektoriert. Stimmt's?«

Er hatte recht, zwar nicht ganz, aber fast. Es war das Grady-Hospital-Auxiliary-Kochbuch gewesen. Ich spürte, wie ich feuerrot wurde.

»Ich lasse Sie jetzt allein«, sagte ich. »Wenn Sie mich brauchen, rufen Sie an ... oh, ich fürchte, mein Telefon ist noch nicht angeschlossen. Vielleicht könnten Sie –«

Er deutete auf seinen Nachttisch, wo eine altmodische bronzene Dinnerglocke mit geschnitztem Griff lag. Charlotte Redwine hatte eine auf dem Sideboard im Eßzimmer liegen, nur daß ihre aus Silber war.

»Meine Mutter hat für alle meine Bedürfnisse vorgesorgt, sowohl für die physischen als auch die spirituellen«, sagte Dennis Ponder. Auf seinen Wangenknochen hatten sich hektische rote Flecken gebildet, die ihn nicht eben gesünder wirken ließen. »Sogar in der

Küche hängt ein Kruzifix, direkt über der chemischen Toilette, falls ich beim Scheißen einen Segen brauche.«

»Ach, Sie Ärmster«, sagte ich gehässig und verließ das Zimmer. Dieser Mann war abscheulich, ob er nun am Sterben war oder nicht. Ich hatte weder Mitleid mit ihm, noch interessierte ich mich für ihn. Ich nahm die Einkaufsliste, die auf dem roh zusammengezimmerten Tisch vor dem abgescheuerten Ledersofa lag, und trat hinaus in den grauen Morgen. Unten am Teich sah ich etwas Weißes heranhuschen. Offenbar warteten auch die Schwäne auf ihr Frühstück.

»Wartet's ab, ihr dummen Truthähne«, sagte ich zu ihnen. »Ihr könnt euch ja wohl gedulden, bis ich mir einen Kaffee gemacht habe. Bis dahin könnt ihr ein paar Wasserpflanzen knabbern. Eßt ein paar Algen. Verkrümelt euch.«

Es hob nicht gerade meine Stimmung, daß in diesem Sommer schon der zweite Mann mich mit einer Frau verglich, die eine große Rolle in seinem Leben spielte. Ich haßte den ersten Vergleich, und den zweiten mochte ich schon gar nicht.

»Vielleicht lasse ich mir den Kopf kahl rasieren und die Nasenflügel durchstechen. Wie wäre das?« rief ich den Schwänen zu, als ich aus dem Jeep ausstieg. Sie hatten das Wasser verlassen und watschelten am Ufer entlang auf mich und ihr erhofftes Frühstück zu, wobei sie drohend ihre großen Schwingen spreizten. Der größere, von dem ich nun wußte, daß es Charles war, begann sein drohendes Fauchen.

»Nette Art, euer Frühstück zu bestellen«, sagte ich und eilte zur Veranda meines Camps. »Wenn ihr glaubt, euch auf diese Weise die Gunst des Kochs zu erwerben, habt ihr euch geschnitten. Zur Strafe sollt ihr solange warten, bis ich einkaufen fahre.«

Ich blieb auf der Veranda stehen und schaute mich um. Bella Ponder hatte Wort gehalten. Offensichtlich war im kleineren Camp jemand am Werk gewesen, für den Arbeit kein Fremdwort war. Eiserne Kübel mit kupferfarbenen Chrysanthemen zu beiden Seiten der Eingangstür, der geschrubbte Verandaboden und blitzblanke Fenster hatten das Äußere des kleinen Hauses verwandelt. Zwei wacklige, aber saubere Korbstühle und eine alte Hängematte, deren Rohrgestell einen frischen weißen Anstrich erhalten hatte, luden zum Faulenzen ein. Auf einem kleinen Korbtischchen stand eine Blechkanne mit einem hübschen Herbstlaubzweig. Ich lächelte. Wenn es mir drinnen zu trostlos sein würde, konnte ich einfach auf die Veranda gehen. Es würde mindestens noch einen Monat dauern, bis es richtig kalt wurde.

Aber als ich hineinging, sah ich, daß es keinen Anlaß gab, auf die Veranda zu flüchten. Es sah aus, als wäre es ein anderer Raum. Auch hier war alles gefegt und geschrubbt; der Kamin war sauber und mit Holzscheiten ausgelegt, die nur darauf warteten, angezündet zu werden; die beiden Holzstühle waren durch einen alten Morris-Sessel aus blankpoliertem Leder ergänzt worden. Unter dem Fenster stand ein runder Tisch mit weißem Steingutgeschirr und einem Krug voller Wildblumen. Altmodische Spitzengardinen, ein wenig schlaff vom jahrelangen Gebrauch, aber frisch gewaschen und gebügelt, zierten die Fenster. Auf dem Sofa lagen ein paar karierte Wolldecken, die nach Kampfer rochen. In der ebenfalls geschrubbten Küche war die Holzkiste neben dem Ofen gefüllt, und der Ofen sah aus, als wäre er frisch geschwärzt worden. Kochstelle und Kühlschrank waren blank gescheuert. In den offenen Regalen standen ein paar Gedecke Porzellangeschirr, dessen blaugelbes Muster mit den Jahren verblaßt war. Auf dem Herd war ein Teekessel, und auf der Anrichte stand eine neue Kaffeedose nebst Dosenöffner bereit. Ich öffnete den Kühlschrank; er war winzig und fleckig, duftete jedoch nach Natriumkarbonat und enthielt Kaffeesahne und einen Teller mit vier Hörnchen. Auf der Anrichte standen ein paar Krüge mit verschiedenen Küchenutensilien. Ich entdeckte einen großen Stahlkochtopf, eine alte, gußeiserne Bratpfanne und auf einem uralten aber stabilen Arbeitstischchen, das ich bei meinem ersten Besuch nicht gesehen hatte, war ein verbeultes Backblech. Neben dem Spülstein standen Spülmittel und Scheuerpulver bereit. Bevor ich die oberen Räume auskundschaftete, gab ich ein paar Löffel Kaffee in den alten, aber funktionsfähigen Kaffeekocher und schaltete ihn an. Dann sah ich auf dem obersten Regalbrett das kleine Radio und schaltete es ein. Jemand hatte einen Klassiksender für mich eingestellt, und der kleine sonnige Raum wurde von Pachelbels *Canon* erfüllt. Wieder mußte ich lächeln.

»Danke, Bella«, sagte ich laut.

Auch oben war alles verwandelt, was in erster Linie einem gründlichen Hausputz zu verdanken war. Aber es war erstaunlich, welche Effekte Wasser, Seife und Bohnerwachs erzielen konnten. Auch hier hingen weiße Spitzengardinen an den Fenstern, die in der Sonne blitzten und nach Salmiakgeist rochen. Der Blick auf den stillen Teich und die ruhige, silbrige See war unbeschreiblich. Die Schwäne konnte ich von hier nicht sehen. Auf den alten, gescheuerten Holzdielen schimmerten blasse Lichtflecken. In der Mitte des Raums lag ein verblichener Teppich. Die schmale eiserne Bettstelle war durch ein ausladendes Ahornbett ersetzt worden. Es war mit gestärktem Leinen bezogen, und am Fußende lag ein Stapel verschiedener Steppdecken. Eine weitere Kommode war aufgestellt worden. Sie war weiß gestrichen, und darauf stand ein Krug mit Wildblumen, wie ich sie unten schon gesehen hatte. Unter einem der Fenster war nun ein kleines weißes Korbtischchen mit einem Stuhl plaziert. Zu den beiden Holzstühlen hatte sich ein altmodischer Cocktailsessel mit verblichenem Baumwollbezug gesellt. Der Schrankvorhang war sauber und gebügelt, und die Bettkiste war durch eine große, mit kunstvollen Schnitzereien verzierte Truhe ersetzt worden. Sie stand am Fußende des Bettes, und obendrauf thronte ein rundlicher alter Schwarzweißfernseher. Ich grinste. Genau so einer hatte bei Großmutter Belle in der Wohnung gestanden, bevor sie zu uns gezogen war. Stundenlang hatte ich davor gesessen und mir Zeichentrickfilme angeschaut.

Das kleinere Schlafzimmer war ebenfalls hergerichtet worden, und das Badezimmer strahlte in neuem Glanz, soweit dies bei der teilweise abgestoßenen Emaille möglich war. Die Überreste des alten Linoleumbelags waren entfernt worden, und auf den gescheuerten Dielen lag ein abgewetzter, aber sauberer Badteppich. Der Duschvorhang war verschwunden. Statt dessen hing neben der majestätischen Badewanne ein leuchtend blauer Vorhang, der nach neuem Plastik roch. Auf einem Tisch neben dem Waschbecken lag ein Stapel sauberer blauer Handtücher. In der Seifenschale prangte ein Stück Ivory-Seife, und auf einer Ablage stand eine Dose Raumspray. Ich versprühte probehalber ein bißchen davon und mußte husten. Der kleine Raum versank in einer Wolke aus schwerem Fliederduft, gegen den kein natürlicher Geruch eine Chance haben würde.

Ich schaute aus dem Fensterchen in den kleinen Hof hinter dem Haus. Neben einem mit Teerkappe abgedeckten Holzhaufen stand ein alter blauer Pick-up-Laster. Er war hoch und ebenso rundlich wie die alte Badewanne. Das versprochene Fahrzeug. Grinsend ging ich wieder nach unten, um meinen Kaffee zu trinken. Danach wollte ich den Jeep zurückbringen, und ich beschloß, auf dem Weg bei Bella hineinzuschauen, um mich zu bedanken. Sie hatte weitaus mehr getan, als nötig gewesen wäre. Sie mußte eine kleine Armee angeheuert haben, denn sie konnte unmöglich selbst mit Hand angelegt haben.

»Ich werde mich hier gut einleben«, sagte ich zu Mozart, der Pachelbel am Radio abgelöst hatte. »Hier läßt es sich wirklich aushalten.«

Ich trank eine Tassee Kaffee und aß ein Hörnchen, das offensichtlich selbstgebacken war und auf der Zunge zerging. Dann suchte ich meine Sachen zusammen und machte mich auf den Weg. Auf den Verandastufen wurde ich von zwei zischenden, weißen Ungeheuern empfangen. Charles und Diana waren es offenbar nicht gewöhnt zu warten und waren zum Haus marschiert, um ihr Frühstück zu fordern. Ich rannte zurück zum Haus und knallte ihnen die Tür vor den orangefarbenen Schnäbeln zu. Meine Panik wandelte sich in Wut. Ich hatte doch wohl nicht diesen ungeheuren Schritt gewagt, hatte alles Vertraute hinter mir gelassen und war in diese Wildnis gekommen, um mich Tag für Tag von zwei verwöhnten alten Vögeln ins Haus treiben zu lassen. Mochten sie auch so groß wie Strauße sein und Handgelenke brechen können.

Ich stampfte in die Küche und schaute mich nach etwas Eßbarem für sie um; vielleicht würden sie sich ja mit den übrigen Hörnchen zufrieden geben. Aber dann entdeckte ich neben dem Wasserboiler einen winzigen Vorratsraum und fand darin zwei Säcke mit geschroteter Gerste, die Bella ihnen immer zu fressen gab, und einen kräftigen Stock, offensichtlich ein alter Besenstiel. Ich schüttete etwas Gerste in den alten Blecheimer neben den Säcken und machte mich daran, meine vorrangigste Pflicht zu erfüllen. Wie ein eingeborener Jäger schlich ich mich langsam in Richtung Teich, während die Schwäne mich zischend und grunzend bedrängten. Selbst mit dem Stock konnte ich sie mir kaum vom Leib halten. Als ich zum Ufer gelangt war und die Gerste ausgeschüttet hatte, worauf sie mich fürs erste in Ruhe ließen und es sich schmecken ließen, ging ich zurück zum Camp, gemessenen Schrittes, mit geradem Rücken und schlagbereitem Stock und ohne mich umzuschauen. Ich war gleichzeitig erstaunt und entsetzt über mich selbst. Die Versuchung, auf die eleganten Schwanenhälse einzudreschen, war ungeheuer groß gewesen.

Als ich endlich im Jeep saß und den Motor gestartet hatte, glitten sie lautlos auf dem stillen Teich dahin und sahen aus wie einer der zauberhaften Holzschnitte bei Sir Thomas Malory.

»Mistböcke«, murmelte ich. »Ihr könnt vielleicht nach mir schlagen, aber ich kann euch aushungern. Ihr sitzt nicht am längeren Hebel. Je eher ihr das in eure kleinen Köpfe kriegt, desto besser.«

Bella und Luzia hatten mich offenbar schon erwartet. Die Tür des großen Hauses stand offen. Und sie riefen mir zu einzutreten. Beide trugen frische, geblümte Baumwollblusen und saßen gespannt da. Luz in ihrem kleinen gelben Bett und Bella auf einem Stuhl daneben. Beide hatten die Hände im Schoß gefaltet und lächelten übers ganze Gesicht. Auf Luzias Nachttisch stand ein Tablett mit Tee und einem Teller mit weiteren Hörnchen. Überall im Zimmer standen frische Blumen. Die Bücherstapel waren geordnet worden. Sie starrten mich wortlos an und warteten und konnten sich vor Freude kaum halten. Selbst Bellas dunkles Gesicht sah aus wie das eines erwartungsvollen Kindes.

»Und? Was meinen Sie? Ist es nicht schön geworden? Sind Sie nicht begeistert?« piepste Luzia aufgeregt.

»Ich bin total verblüfft und hocherfreut«, sagte ich lachend. »So etwas hätte ich nie für möglich gehalten. Ich hatte nicht gewußt, daß Sie zaubern können.«

»Können wir auch nicht, aber wir haben fast unser ganzes Geld für diesen Monat dafür ausgegeben. Bella hat sechs Männer und eine Frau angeheuert«, sagte Luz fröhlich. Ich erschrak ein wenig, und Bella runzelte die Stirn.

»Luz«, sagte sie ruhig, und die kleine alte Frau hörte auf zu sprechen und machte ein beschämtes Gesicht.

»Dafür danke ich Ihnen von ganzem Herzen. Ich hoffe, daß ich Ihnen eines Tages eine ähnliche Freude machen kann«, sagte ich, und ihr kleines bräunliches Gesicht fing wieder an zu strahlen.

»Und womit wollen Sie uns eine Freude machen?« rief sie.

»Es wird eine Überraschung«, sagte ich, und sie klatschte in die Hände.

Bella schenkte Tee ein und drängte mir noch ein Hörnchen auf.

»Die Hörnchen sind das einzige, was ich selbst für Sie machen konnte«, sagte sie. »Ich habe sie den Putzleuten mitgegeben. Ist alles in Ordnung? Haben sie irgend etwas vergessen?«

»Nein, absolut nichts«, erwiderte ich zufrieden. »Ich wüßte nicht, was noch fehlen könnte. Es ist einfach wunderbar. Ich bin ganz begeistert.«

»Das haben wir uns gedacht«, sagte Luz. »Bella hat gesagt, es wäre eine gute Investition. Außerdem weiß ich jetzt endlich von Denny!«

Bella Ponder verdrehte die Augen und schenkte Luz ein nachsichtiges Lächeln.

»Nun, ich hoffe, wir sind alle noch genauso zufrieden, wenn der Winter vorbei ist«, sagte ich.

»Was passiert dann?« fragte Luz, aber Bella fiel ihr eilig ins Wort und sagte: »Ich weiß, daß ich Sie nicht ausfragen soll, aber könnten Sie mir nicht ein kleines bißchen von Denny erzählen? Ich hatte gehofft, er hätte Ihnen vielleicht eine Nachricht für mich gegeben, aber anscheinend wohl nicht ...«

Ich war zwischen Mitleid und Zorn hin und her gerissen. Das Mitgefühl gewann die Oberhand.

»Es ging ihm heute morgen ein bißchen besser«, sagte ich. »Er war aufgestanden und angezogen und saß bei der Arbeit; er hat mir eine Einkaufsliste gegeben. Ihre Liste kann ich auch gleich mitnehmen, wenn Sie was brauchen. Oh, und vielen Dank auch für den Wagen; so kann ich endlich das Auto meiner Freundin zurückbringen. Und danke für das Radio und den Fernseher ...«

»Ende der Woche wird das Telefon angeschlossen«, sagte Bella ungeduldig. »Was ist mit dem Krebs? Hat er was darüber gesagt?

Hat er Schmerzen? Was sagen die Ärzte? Was wissen Sie über seine Art von Krebs?«

»Nicht viel«, antwortete ich ehrlich. »Ich habe meist nur mit den Unheilbaren gearbeitet. Er weiß nicht ... bis jetzt hat niemand gesagt, daß es unheilbar ist. In einem Monat geht er zu einer Untersuchung, aber die Chemotherapie ist abgeschlossen. Er sagt, daß er keine Schmerzen hat. Nur in dem amputierten Bein hat er manchmal Phantomschmerzen. Im großen und ganzen geht es ihm den Umständen entsprechend recht gut. Er will unbedingt seine Arbeit fortsetzen. Ich soll seine Liste einfach vom Wohnzimmertisch nehmen; er arbeitet im Schlafzimmer. Ich will ihn nicht stören, aber ich bestehe darauf, ihn mir mindestens einmal am Tag anzusehen. Ich glaube, er ist nicht sehr erfreut darüber.«

Ich erzählte ihnen nichts weiter über sein Karzinom und sagte ihnen nicht, was ich darüber wußte. Ich wollte die beiden Frauen nicht unnötig beunruhigen, aber ich wußte, daß es wahrscheinlich nicht mehr allzulange dauern würde, bis sie sich auf das Schlimmste gefaßt machen mußten. Was ich ihnen gesagt hatte, reichte jedoch aus, um Luzias kleines Kinn zittern zu lassen.

»Du hast nicht gesagt, daß es Krebs ist, Bella«, sagte sie mit leiser bebender Stimme. »Du hast nicht gesagt, daß Denny nur noch ein Bein hat.«

»Nun, jetzt weißt du ja alles, und so schlimm ist es doch gar nicht, oder? Molly sagt, daß es ihm ganz gutgeht, und sie muß es ja wissen.«

Luzia machte ein pikiertes Gesicht.

»Und wann werden wir ihn sehen?«

»Nun«, sagte seine Mutter und wandte den Blick ab. »Noch ist er ziemlich unbeweglich. Er muß erst lernen, mit Krücken zu gehen. Und er nimmt Medikamente, die ihn sehr müde machen. Deshalb wird es wohl noch ein Weilchen dauern.«

»Kommt er zu Weihnachten?«

»Wir werden sehen. Und jetzt beruhig dich.«

Bella sah mich an.

»Hat er etwas über seine Frau und seine Tochter gesagt? Sind sie immer noch an der Westküste? Hat er noch Kontakt zu ihnen ...«

»Wir hatten doch besprochen, mich aus dieser Sache herauszuhalten?« sagte ich sanft, aber bestimmt. »Ich kann mich nicht darauf einlassen, Bella. Ich habe genug damit zu tun, mit mir selbst ins reine zu kommen.«

Ich dachte an das blitzsaubere Häuschen, an den alten Wagen und an die anderen Dinge. Sie hatte soviel für mich getan, wenn auch mit dem Ziel, mich zu bestechen.

»Wissen Sie, was?« sagte ich. »Wenn er mir irgend etwas von sich aus erzählt, was ich nicht für vertraulich halte, dann sage ich es Ihnen.«

Damit ging ich kein Risiko ein. Dennis Ponder würde mir nichts über sich erzählen, was über das Lebensnotwendige hinausging.

»Das wäre nett«, sagte sie und fügte sich fürs erste. Ich stand auf und wollte mich verabschieden, aber sie sagte: »Bleiben Sie doch noch ein paar Minuten. Luz hat sich schon seit Tagen auf Ihren Besuch gefreut. Luz, du wolltest Molly doch erzählen, wie es war, als wir Kinder waren, zu Hause in West Bedford. Von der Musik und den Liedern und all den wundervollen Sachen, die wir zu essen hatten. All die alten Geschichten.«

Wie ein folgsames Kind setzte sich die kleine alte Frau gerade hin und erzählte mit strahlenden Augen davon, wie sie als direkte Nachfahren eines portugiesischen Königs in der fremden Umgebung eines amerikanischen Arbeiterviertels ihre aristokratischen Tugenden, so gut es ging, hochgehalten hatten. Die Geschichte war erfüllt von exotischen Farben und Gerüchen und seltsamer, schwermütiger Musik, von alten Gesängen und verblichenem Prunk, von Helden und Heiligen und bittersüßen, parfümierten Speisen und Getränken, und alles klang so märchenhaft, daß selbst ein Kind es nicht für bare Münze genommen hätte. Ich würde niemals erfahren, wie Luzias und Bellas Kindheit wirklich gewesen war, und fragte mich, ob die beiden sich selbst noch darüber im klaren waren. Es spielte keine Rolle. Die Geschichten waren überaus fesselnd. Als Luzia langsam zurück in ihre Kissen sank und ich mich zum Gehen anschickte, verriet mir Bella Ponders listiges Lächeln, daß ich ganz bewußt und nach allen Regeln der Kunst bezaubert worden war und auch zu einem ganz bestimmten Zweck: um Bellas einzige Verbindung zu ihrem Sohn aufrechtzuerhalten.

Ich erwiderte ihr Lächeln. Mein Lächeln signalisierte ihr, daß ich keinen Anstoß daran nahm, wenn sie und Luz ihre Fäden spannen, solange ihnen klar war, daß ich sie durchschaute. Sie nickte.

Als ich zur Tür ging, rief sie mir nach: »War er diesmal freundlicher? Hat er Sie netter behandelt?«

»Er hat sich recht gut benommen«, sagte ich. Auch über dieses Thema wollte ich mich nicht auslassen. »Mit den Schwänen hat es auch ganz gut geklappt, obwohl ich zuerst dachte, ich müßte ihnen eins überbraten.«

»Ich wünschte, Sie hätten's getan«, sagte sie. »Hätte jemand anderem die Mühe erspart.«

Bei immer noch grauem Himmel fuhr ich Livvys Cherokee nach Chappaquiddick zurück, stellte ihn in die Garage und rief mir ein Taxi aus Edgartown. Während ich darauf wartete, ging ich hinunter zur Katama Bay und schaute hinüber zu dem kleinen Örtchen, das im grauen Morgenlicht wie ein Spielzeugdorf aussah. Es erschien mir genauso unwirklich wie ein Puppendorf, und als das Taxi endlich kam, tat es mir nicht leid, es hinter mir zu lassen und über die Edgartown-West Tisbury Road in Richtung Up-Island zu fahren. Ich schaute mich nicht um und gönnte dem Ort und der Bucht keinen Abschiedsblick.

Der Ford fing gehorsam an zu knattern, als ich den Motor startete. Vorsichtig steuerte ich ihn über den holperigen, zugewachsenen Weg bis zur Middle Road. Es war ein großes, schwerfälliges Vehikel, anscheinend ohne jede Federung: es war, als würde man mit einem Panzer das Unterholz durchkämmen. Dieser schiffartige, alte Kleinlaster würde mich durch jede Art von Wetter transportieren, das mich auf dem Vineyard erwarten mochte, dessen war ich mir ziemlich sicher. Ich fühlte mich stark und kompetent; ich versuchte durch die Zähne zu pfeifen, um zu sehen, ob ich es noch konnte. Es klappte wunderbar.

Ich fuhr bis nach Vineyard Haven, wo ich alle Besorgungen erledigen wollte, in der Hoffnung, daß die Vorräte etwa eine Woche lang reichen würden. Tees erster Scheck war pünktlich bei Livvys Bank in Edgartown eingetroffen, und als erstes eröffnete ich ein Konto bei der Compass Bank an der Main Street. Ich hob einen ordentlichen Batzen Bargeld ab und kaufte weitere Töpfe und Pfannen, Putzmittel, Propangas für die Laternen, die ich im Abstellraum entdeckt hatte, eine Klemmleuchte und eine Stehlampe und jede Menge Glühlampen. Plötzlich war es mir sehr wichtig, immer Licht im Haus zu haben. Im A&P Supermarkt, in dem sich auch nach Ende der Urlaubssaison die Kunden drängten, kaufte ich Lebensmittel und verschiedene andere Dinge. Ich nahm mir vor, im Anzeigenteil der Vineyard *Gazette* nach einem gebrauchten Gefrierschrank zu suchen. Der alte Kühlschrank im Camp hatte nicht einmal ein Gefrierfach.

Danach ging ich zum Black-Dog-Laden und kaufte Brot und ein paar Hörnchen und aß einen Teller Fischsuppe zum Mittagessen, dann gönnte ich mir zwei dicke Black-Dog-Sweatshirts. Selbst um die Mittagszeit war die Luft ein wenig kühl. In den frischen Morgenstunden würden sie mir gute Dienste leisten. Auf dem Rückweg zum Parkplatz kam ich am Bunch-of-Grapes-Buchladen vorbei und hatte plötzlich Lust hineinzugehen. Eigentlich hatte ich mir eine Bibliothek für meine Lesewünsche suchen wollen; Bücher waren ein vermeidbarer Kostenfaktor, hatte ich gedacht. Aber als ich den Laden verließ, hatte ich mehrere Taschenbücher und einige Hard-Cover-Titel erstanden und konnte es kaum erwarten, bis ich in mein altmodisches Bett schlüpfen und meine neue Leselampe einschalten würde, um mich in einen neuen Roman zu vertiefen. Sich zu Hause fühlen: dazu gehörte für mich unbedingt, es sich mit einem guten Buch im Bett gemütlich zu machen. In ein paar Tagen wollte ich noch einmal los und ein paar Teppiche, Lampen und Geschirr besorgen, aber fürs erste hatte ich genug und lud meine Einkäufe in den alten Wagen. Nachdem ich mich mühevoll aus der engen Parklücke gearbeitet hatte, fuhr ich über die Landstraße nach Hause.

Ich blieb vor dem größeren Camp stehen und brachte Dennis Ponders Lebensmittel ins Haus. Er war nirgends zu sehen, aber durch die geschlossene Schlafzimmertür drang leise Musik. Ich erkannte »Vissi d'Arte« und lächelte: wenn ich nicht irrte, wurde es von Renata Tebaldi gesungen. Ich war ein Opernfan, und Tebaldis Tosca gehörte zu meinen Lieblingsplatten. Ich hatte sie mir zu Hause jedoch nur selten angehört, weil Tee und Teddy immer die

Nase gerümpft hatten. Ich freute mich, daß es ein weiteres neutrales Thema gab, über das ich mit Dennis Ponder bei unseren unvermeidlichen Kontakten reden konnte. Er konnte mich wohl kaum anblaffen, weil ich »Vissi d'Arte« mochte.

Ich stellte die Einkaufstüten auf den Küchentisch. Dort lag ein Zettel, auf dem er mir mitteilte, daß er sich hingelegt hatte und nicht geweckt werden wolle. Er hatte vergessen, Wein und Scotch aufzuschreiben; falls ich etwas im Haus hätte, würde er sich freuen, wenn ich ihm was borgen könnte. Falls nicht, sollte ich ihm am nächsten Tag eine Flasche Single Malt und vier Flaschen guten Merlot mitbringen. Er nannte keine besondere Marke. Dabei konnte ich mich leicht blamieren, dachte ich. Es konnte sich möglicherweise um eine Falle handeln. Als ich mich umschaute, sah ich eine Schüssel, einen Löffel und ein Glas auf dem Ablaufbrett, und in der Spüle stand ein kleiner Stieltopf. Folglich hatte er eine kleine Mahlzeit zustande gebracht. Ich stellte die verderblichen Waren in den Kühlschrank und schlich nach draußen. Erst jetzt merkte ich, daß ich fast die ganze Zeit die Luft angehalten hatte. Ein Brummbär wäre geschafft, dachte ich, zwei warten noch.

Die Schwäne benahmen sich genausoschlecht wie bei der ersten Fütterung. Diesmal waren sie auf dem Wasser, und ich dachte schon, ich könnte die Gerste verstreuen, ohne belästigt zu werden, aber noch bevor ich die erste Handvoll Körner ans Ufer werfen konnte, kamen sie flügelschlagend und zischend auf mich zu. Ich nahm den Stock und schlug ihn so fest auf den Boden, daß Erdbrocken hochflogen. Diana wich wie eine zartbeseitete, viktorianische Jungfrau entsetzt zurück, aber Charles ließ sich nicht beirren und watschelte zischend und fauchend um mich herum. Als er meinen Beinen immer näher kam, schlug ich nochmals auf den Boden, und er zog sich zurück. Aber einer von seinen gewaltigen Flügeln hatte mich am Schienbein getroffen, und ich wäre fast in die Knie gesackt. Ich schlug noch einmal zu, und er beendete seine drohenden Gebärden und warf mir mit seinen pechschwarzen Augen einen bösartigen Blick zu.

»Ich werd dich schon zur Räson bringen«, zischte ich. Er zischte zurück, wandte sich dann jedoch ab und fing an, Gerste zu picken.

Als ich zurück zum Camp ging, folgte mir keiner der beiden. Ich gab mir nicht die Blöße zu hinken, obwohl ein stechender Schmerz durch mein Schienbein zuckte. Ich fand es schon ein wenig lächerlich, daß ich versuchte, vor einem neurotischen Schwanenpaar das Gesicht zu wahren.

»Molly, die Schwanmörderin«, sagte ich laut und lachte. In letzter Zeit redete ich häufig mit mir selbst, fiel mir plötzlich auf. Und wenn schon? Schließlich war keiner da, der mich hören konnte.

An diesem Abend regnete es. Es fing an, als ich mir eine Pilzsuppe kochte und ein paar Scheiben Black-Dog-Brot im Backofen röstete; ein sanftes Klopfen auf den alten Holzschindeln. Es klang wundervoll, als würde ein magischer Schutzkreis um das kleine Haus gezogen. Ich gab einen ordentlichen Schuß Sherry in meine Suppe und nahm mein Essenstablett mit ins Wohnzimmer. Ich zündete das Feuer an und schaltete das kleine Radio ein, das gerade sanfte, melodische Musik spielte. Ich machte es mir auf dem Sofa gemütlich und genoß mein Abendessen beim Schein des prasselnden Feuers. Ich konnte mir nicht vorstellen, daß ich mich jemals wieder einsam fühlen würde, und platzte fast vor Zufriedenheit.

Der Zauber des Abends hielt auch noch an, als ich die steile Treppe nach oben erklomm und in das Ahornbett schlüpfte. Ich hatte mir einen Becher heißen Kakao und den neuen Ann-Tyler-Roman mitgebracht. Ich nippte solange an dem köstlichen süßen Gebräu und las, bis mir die Augen zufielen. Dann knipste ich das Licht aus und kuschelte mich behaglich in mein neues Bett, in dem ich die erste Nacht schlafen würde. Das letzte, was ich vor dem Einschlafen wahrnahm, war das sanfte Trommeln der Regentropfen auf dem Schindeldach.

Etwa zwei Stunden später erwachte ich schweißgebadet von meinem eigenen Schrei. Ich hatte von meiner Mutter geträumt, aber diesmal war sie nicht in ihrer unterirdischen Grotte gewesen, sondern hatte hier in meinem Schlafzimmer auf dem Cocktailsessel am Fenster gesessen. Sie trug ihren ausgeblichenen und geflickten Gymnastikanzug und weiße Strumpfhosen, und sie war so sehnig und knochig, daß sie aussah wie eine geschnitzte Statue. Ihre Arme streckten sich mir entgegen, die Hände waren flehentlich ineinander verschlungen. Sie sagte etwas zu mir, aber ich konnte es nicht verstehen; bis auf meine Sehkraft schien mein ganzer Körper wie abgestorben zu sein, denn ich konnte mich nicht bewegen. Der Traum verlief in Zeitlupe; meine Mutter formte ihre jämmerlichen, monströsen Worte, als würde sie von Wassermassen erdrückt. Sie weinte – ein stummes, schreckliches Weinen. Auch ich weinte, aber das merkte ich erst, als mir klar wurde, daß ich sie durch den silbrigen Schleier meiner Tränen nur verschwommen warhnahm. »Was soll ich tun?« versuchte ich sie immer wieder zu fragen. »Was soll ich tun? Was willst du von mir? Was kann ich dir geben?«

Dann war sie aufgestanden und glitt auf mich zu, ganz langsam, ihre Hände streckten sich nach mir aus, ihre Lippen formten einen stummen Verzweiflungsschrei, ihre Tränen hörten nicht auf zu fließen. So verzweifelt versuchte ich, vor ihrer Berührung zurückzuweichen, daß ich mich, kurz bevor sie mich erreicht hatte, mit einem gewaltsamen Ruck aus dem Schlaf riß. Mein mitleidsvoller Entsetzensschrei hallte mir noch in den Ohren. Sonst war kein Laut zu hören. Irgenwann während des Traums hatte es aufgehört zu regnen.

Es dauerte ein paar Minuten, bis ich aufstehen und ins Bad gehen konnte, wo ich mein Gesicht mit kaltem Wasser wusch. Mein Haar war schweißnaß, mein T-Shirt durchgeschwitzt. Ich zog ein anderes an und trank ein Glas Wasser. Dann kroch ich unwillig zurück ins Bett und zog mir die Decke bis über die Ohren. Ich traute mich nicht, zum Fenster zu schauen, wo meine Mutter gesessen hatte. Ich lag still da und fühlte mich in dem fremden Bett so allein, daß ich alles um die Berührung eines menschlichen Wesens gegeben hätte.

»Tee«, jammerte ich leise, bevor mir klar wurde, daß es nicht seine Nähe war, nach der ich mich sehnte. Die Wärme, die er mir gegeben hatte, war erloschen.

»Lazarus«, flüsterte ich, und ein friedvolles tröstliches Gefühl überkam mich. Jetzt dauerte es nicht mal mehr eine Woche. In ein paar Tagen würde er neben mir liegen wie früher, wenn Tee auf Geschäftsreise war, sein großer, schlaffer, lieber, streng riechender Körper würde mir rückhaltlos tröstenden Wärme spenden. Ich fühlte den Alptraum weichen wie einen davonfahrenden Zug.

Ich setzte mich auf und schaute zum Fenster, wo meine Mutter gesessen hatte. Jetzt sah ich, wie sich die silbrige Mondsichel hinter Menemsha Bight im Vineyard-Sund spiegelte. Es sah aus wie eine silberne Brücke, die an einen magischen Ort führte, ein Ort, der so weit entfernt und friedvoll war wie der Mond selbst.

Ich legte mich wieder zurück, legte mein Kopfkissen an die Stelle, wo Lazarus bald liegen würde, und nahm es in den Arm. Bald darauf schlief ich wieder ein.

So endete der erste Tag.

Großmutter Bell hatte uns Kindern immer gesagt, daß schon in der Bibel davor gewarnt würde, alten Wein in neue Schläuche zu füllen. Aber ich konnte die ersten Tage im Camp nicht überstehen, ohne eine gewisse Routine zu entwickeln, an der ich mich entlanghangeln konnte, und diese Routine entsprach im großen und ganzen der Lebensweise, die ich befolgte, seit ich erwachsen war. Nur an den Wochenenden schlief ich morgens länger. Ich wurde wach, wenn es draußen hell wurde. Ich wusch mich, zog mich an, frühstückte und erfüllte meine festgelegten Aufgaben: Ich sah nach Dennis Ponder, fütterte die Schwäne, erkundigte mich, ob die alten Frauen im großen Haus etwas brauchten, und nahm meine eigene Liste mit. Dann stieg ich in den stattlichen alten Pick-up und fuhr los: Zu den Supermärkten in Menemsha, Chilmark oder West Tisbury, wenn nur wenig auf der Liste stand, nach Vineyard Haven, wenn die Liste länger war und im weitesten Sinne esoterische Dinge beinhaltete. Sobald ich alles erledigt hatte, fuhr ich zurück und lieferte meine Lebensmittel ab. Meist trank ich mit den alten Damen Tee oder Kaffee, und fast jedesmal stand ich allein in Dennis Ponders Küche, während im Schlafzimmer Puccini oder Verdi erklang.

Danach richtete ich meine Aufmerksamkeit auf mein eigenes Nest. Ich hantierte mit Pinsel und Farbe, räumte Möbel hin und her, legte Teppiche hin, hängte Gardinen auf, legte saubere Handtücher hin, stellte Blumen, die ich an Straßenständen gekauft hatte, in die Vase, verstaute meine mittlerweile eingetroffenen Wintersachen in dem kleinen Schrank, räumte Regale und Küchenschränke auf, schrieb Dinge auf, die mir noch fehlten, mit anderen Worten, mein neues Leben gewann langsam aber sicher an Struktur. Das Camp war wie ein Spielhaus, das mir ganz allein gehörte: es galt lediglich, meine eigenen Bedürfnisse zu befriedigen; alles konnte ich nach meinem eigenen Geschmack arrangieren. Ich wurde so eigen wie eine alte Jungfer, wenn es darum ging, wo ich was hinpacken sollte, welche Bücher wo stehen sollten, welches Kissen in welcher Sofaecke zu liegen kam. Dies lag wohl zum Teil daran, daß ich so wenig Platz und so wenige Sachen hatte; zu Hause, wo im Laufe der Jahre Unmengen von Zeug zusammengekommen war, hatte ich meine liebe Last gehabt, alles zu verstauen, und war nie dazu gekommen, alles ansprechend zu arrangieren. Hier, wo mir nur so wenig Platz und so wenige Dinge zur Verfügung standen, war es mir plötzlich ungeheuer wichtig, den jeweils besten Platz für Dekorationsgegenstände, Kissen oder Vasen zu finden, selbst die Farbe der Buchrücken spielte neuerdings eine Rolle für mich. An einem Spätnachmittag erwischte ich mich einmal dabei, wie ich einen neu erstandenen Keramikkrug zum vierten Mal woanders hinstelle. Über mich selbst verärgert, schüttelte ich den Kopf und machte mir einen Kaffee. Dann sah ich noch einmal nach Dennis, und wenn ich ihn bis dahin nicht gesehen hatte, wartete ich immer so lange, bis er sich zeigte. Danach fütterte ich wieder die Schwäne und ging zurück zum Camp. Jetzt begann die Zeit, die am wichtigsten für mich war, weil sie ausschließlich mir gehörte. Alle Pflichten waren erledigt, und ich hörte auf herumzuräumen. Ich konnte mich endlich hinsetzen und über mein neues Leben nachdenken.

Meist machte ich Feuer im Kamin, denn schon im Frühherbst kühlte es sich auf der Lichtung gegen Abend sehr schnell ab, und selbst die glühend roten Sonnenuntergänge spendeten keine Wärme mehr. Ich legte eine Opernkassette ein. Zu meiner kulturellen Erbauung hatte ich beschlossen, mir nicht nur Bücher, sondern auch noch einen Kassettenrecorder zu gönnen. Ich lehnte mich im Sofa zurück und legte die Beine hoch. In diesen stillen blauen Stunden wollte ich alles voll auskosten, was diesen Ort so einzigartig machte. Ganz bewußt wollte ich den allmählichen Wechsel der Jahreszeiten miterleben, und ich wollte versuchen, ein wenig Ordnung in das schreckliche Chaos zu bringen, das der letzte Sommer hinterlassen hatte. Wenn ich mich nur ganz still hinsetzte, dachte ich an jenen allerersten Abenden, und meine Mutter aus den Tiefen meines Bewußtseins, wohin ich sie im wachen Zustand verbannt hatte, an die Oberfläche kommen lassen würde, könnte ich vielleicht mit ihrem Tod klarkommen. Anfangs glaubte ich sogar, daß ich anfangen könnte, mit dem Tee von früher, und dem Tee, der er von nun an sein würde, Frieden zu schließen.

Aber es war wohl noch zu früh für diese Dinge. Vielleicht war die Zeit einfach noch nicht reif für tiefgreifende Überlegungen, denn jedesmal schlief ich auf dem Sofa ein, und wenn ich wieder erwachte, war das Feuer heruntergebrannt und der Raum fast dunkel, die Opernkassette war zu Ende, und mein Nacken tat weh. An jenen ersten Tagen im Camp schien ich in einem unerforschten Meer aus Schlaf zu ertrinken. Tagsüber war der Schlaf erfrischend, und nachts wurde ich von Alpträumen gequält.

In den ersten vier Nächten wurde ich von meiner Mutter heimgesucht. Es war immer derselbe Traum mit leichten Variationen: Manchmal wußte ich, daß sie tot war, aber sie wußte es nicht, manchmal war es umgekehrt. Wenn ich aus den letztgenannten Träumen erwachte, fragte ich mich, ob sie mir mit ihren verzweifelten Gesten und ihren stummen Schreien einfach nur klarmachen wollte, daß sie wirklich tot war. Aber wenn der Traum dann wiederkehrte, schien ihre Not so herzzerreißend, so gequält und ausgehungert, daß ich dachte, sie würde sich nach dem Leben sehnen, nach irgendeiner Form von Leben, die ich weder verstehen noch ermöglichen konnte. Nach den Träumen erwachte ich immer schweißgebadet und mit rasendem Herzen und mit jenem dumpfen, hoffnungslosen Gefühl der Leere, das oft auf solche Träume folgt. Ich wurde müde und teilnahmslos. In der fünften Nacht schlief ich unten auf dem Sofa und wurde von dem Traum verschont. Danach experimentierte ich ein wenig und fand heraus, daß ich in der winzigen Schlafnische unter der Treppe im Erdgeschoß in einem Nest aus Kissen und Decken relativ traumlos schlafen konnte. So holte ich das eiserne Bettgestell aus dem zweiten Schlafzimmer nach unten und stellte es unter die Treppe. Das Kabuff war nicht annähernd so bequem und schön wie mein eigentliches Schlafzimmer, und beim

Aufwachen blickte ich nicht aufs Meer, sondern auf verräucherte Holzvertäfelung. Aber ich blieb, denn meine Mutter besuchte mich dort nicht. Als ich zum ersten Mal auf meinem neuen Lager erwachte, fragte ich mich flüchtig, ob sie nachts wohl weiterhin in das obere Schlafzimmer kommen würde, mit ihren stummen Schreien und endlosen Tränen. Es war ein schrecklicher Gedanke. Ich mochte abends kaum noch in dieses Zimmer gehen, aus Angst, sie dort sitzen zu sehen.

Aber ich schöpfte neue Kraft und neuen Mut. Es schien ein fairer Handel zu sein.

An dem Morgen, als ich nach Boston wollte, um Lazarus abzuholen, schaute ich bei Dennis Ponder hinein. Die Eingangstür war unverschlossen, und ich ging ohne anzuklopfen hinein, wie wir es vereinbart hatten. Er saß auf dem Fußboden im Wohnzimmer, inmitten von offenen Kisten und allerlei Krimskrams. Er war blaß an diesem Morgen, blasser als sonst, und sein Gesicht war staubverschmiert. Er schaute auf etwas hinab, das auf seinem Schoß lag. Auf seinen Beinen, beziehungsweise seinem Bein, lag eine karierte Decke, wie ich auch eine hatte, und im Kamin glimmte ein spärliches Feuer vor sich hin. Neben ihm lag eine umgekippte Tasse, und auf dem Sisalteppich war ein eingetrockneter Kaffeefleck. Seine Augen waren geschlossen, und er saß ganz still da. Ich fragte mich, ob er vielleicht meditierte oder eine Art Selbsthypnose betrieb. Er war so ruhig und schien ganz weit weg zu sein. Aber sein Gesicht gefiel mir nicht, und deshalb sprach ich ihn nach einigem Zögern an.

»Ist alles in Ordnung?«

Er hob nicht den Kopf, aber er öffnete die Augen und starrte in seinen Schoß. Ich konnte sehen, daß eine gerahmte Fotografie dort lag, und obwohl ich nichts erkennen konnte, spürte ich Mitleid. Seine Frau und seine Tochter?

»Ja«, antwortete er.

Wieder wurde es still, und dann holte ich tief Luft und sagte: »Das Feuer geht aus, und Sie haben Ihren Kaffee verschüttet. Sie sind bleich wie der Tod. Ich weiß, ich soll Ihnen nur zur Hand gehen, wenn es nötig ist. Das scheint mir jetzt der Fall zu sein, es sei denn, Sie könnten mich davon überzeugen, daß Sie allein zurechtkommen.

Ich werde solange hier stehenbleiben, bis Sie mir gesagt haben, was los ist. Dann lasse ich Sie in Frieden.«

Schließlich schaute er zu mir auf. Erschrocken stellte ich fest, daß seine Augen gerötet waren, als hätte er geweint. Aber es mochte auch an dem Rauch liegen, der von den schwelenden Scheiten aufstieg. Ich ging zum Kamin und legte Holz nach. Ich fächelte dem Feuer Luft zu, bis es wieder stärker brannte, und der Rauch stieg in den Schornstein.

»Danke«, sagte er von seinem Platz auf dem Fußboden aus. »Das wollte ich schon die ganze Zeit machen. Aber manchmal bleibt man lieber sitzen und läßt sich vom Rauch einnebeln.«

Zum allerersten Mal hatte er eine Andeutung über seine schwierige Lage gemacht.

»Deshalb schaue ich zweimal am Tag bei Ihnen herein«, sagte ich. »Ich wünschte, Sie könnten sich überwinden, solche Dinge ab und an mir zu überlassen.«

Er winkte ab und lächelte andeutungsweise.

»Heutzutage gibt es ganz fabelhafte Prothesen«, sagte ich und bemühte mich um einen sachlichen und professionellen Ton. »Ihr Arzt hat Sie bestimmt darauf hingewiesen. Sie könnten sich viel besser vorwärtsbewegen. Haben Sie schon darüber nachgedacht?«

»Was Sie nicht sagen, Mollybaby!« sagte er und lächelte. Es wäre mir lieber gewesen, wenn er nicht gelächelt hätte. »Haben Sie vielleicht rein zufällig eine im Auto? Warum holen Sie das Ding nicht und schnallen's mir an? Wir könnten ein Rennen veranstalten. Oder würden Sie lieber tanzen?«

Ich wurde feuerrot und schwieg.

»Ich war früher Läufer«, sagte er und reichte mir das Photo. Es zeigte ihn auf einer Aschenbahn. Es mußte irgendwo im Nordwesten des Landes sein. Hinter der Bahn konnte ich nebelverhangene Berggipfel und Hemlocktannen erkennen. Er stand gebückt in Startposition da und stützte sich mit jeweils drei Fingern auf der Aschenbahn ab. Er hatte den Kopf angehoben und schaute in die Kamera. Das Haar hing ihm in die Augen. Er lächelte und blinzelte in die Sonne, und er war jung und schlank und sah so gut aus, daß es mir fast das Herz brach.

»War das im College?« sagte ich.

»Nein, direkt nach Harvard, kurz nachdem ich nach Seattle gegangen war. Ich war damals in der Staffelmannschaft. Auch danach bin ich immer gelaufen, bis … bis vor kurzem. Ich konnte mich sogar für die Olympiade qualifizieren. Wir haben keine Medaille gewonnen, aber wir waren dabei. Mexico City. Ich kann mich noch gut an die dünne Höhenluft erinnern und an die Sonne …«

»Das tut mir sehr leid«, sagte ich sanft.

»Mir auch, ich wollte Sie nicht anschreien. Werden Sie Anzeige erstatten?«

»Bei wem? Bei der paraplegischen Polizei? Nein. Ich werde mich nicht bei Ihrer Mutter beschweren, wenn Sie das meinen.«

Sein hämisches »Mollybaby« hatte mich verletzt.

»Aber Sie fahren doch rauf?«

»Ja. Sie brauchen ein paar Sachen aus dem Supermarkt.«

»Hören Sie, Molly … würden Sie mir etwas aus dem Haus mitbringen?«

»Wenn Ihre Mutter nichts dagegen hat«, erwiderte ich zickig.

»Sie hat … ich glaube, sie hat meine Laufsachen. Schuhe, Turnhosen, Medaillen und so weiter. Loretta … meine Frau hat die Sachen nach unserer Trennung an sie geschickt. Wenn sie sie aufbewahrt hat, würde ich sie gern zurückhaben. Würden Sie sie für mich holen?«

»Dennis … warum gehen Sie nicht einfach ans Telefon und fragen sie selbst danach? Es ist doch lächerlich. Sie brauchen sie nicht zu sehen, wenn Sie nicht wollen. Sie kann nicht hier runterkommen, und Sie können nicht zu ihr rauffahren. Ich möchte nicht als Botschafter fungieren.«

Seine Miene war wieder verschlossen. »Schon gut. Hier liegt ohnehin schon zuviel Zeug herum. Ich weiß gar nicht, was ich damit anfangen soll.«

»Also gut, ich frage nach den Sachen«, sagte ich und seufzte.

»Danke«, erwiderte er schroff und wandte sich wieder seiner Umzugskiste zu.

»Brauchen Sie Hilfe beim Aufräumen?« sagte ich von der Tür aus.

»Nein.«

Bella Ponder sagte, die Laufsachen seien wahrscheinlich auf dem Dachboden, aber sie sei nicht in der Lage, die steile Treppe hochzusteigen, um sie zu holen. Ich bot ihr an, für sie nach oben zu gehen, aber sie wehrte ab und meinte, ich würde in dem Durcheinander da oben sowieso nichts finden. Wenn ihre Putzfrau das nächste Mal kam, sollte sie nach den Sachen suchen.

»Was will er mit den alten Sachen? Hat er was gesagt? Benutzen wird er sie sicher nicht«, sagte sie und sah mich gespannt an. Sie war an diesem Tag blaß, und die Schweißperlen standen ihr auf der Stirn, obwohl es draußen ziemlich frisch war. Im Wohnzimmer herrschten allerdings fast tropische Temperaturen. Ihre Augen sahen aus wie Rosinen, die im Hefeteig versunken sind.

»Er hat es nicht gesagt«, erwiderte ich. »Wahrscheinlich will er nur alle seine Sachen in Ordnung bringen. Er muß wirklich gut gewesen sein, um an der Olympiade teilnehmen zu können. Es muß schwer sein, wenn man so gut war und weiß, daß man nie wieder laufen kann.«

Sie wandte ihren großen, dunklen Kopf ab.

»Es gibt Schlimmeres im Leben«, sagte sie.

Ich stand auf und wollte gehen, aber sie schaute aus dem Fenster und ließ den Blick über die Wiese und hinab zum Wasser gleiten. Ich hielt inne. Sie klang, als wäre sie sich nicht bewußt, daß sie sprach.

»Er war schon immer so schnell wie der Wind«, sagte sie. »Viele Portugiesen können gut laufen. Als ich klein war, war ich schnell wie der Blitz, auch wenn man sich das jetzt kaum noch vorstellen kann. Es gehörte zu den Dingen, die sie ihm nie vergeben konnten, ein weiteres Indiz dafür, daß er Halbportugiese war. Das war die Sünde, müssen Sie wissen. Hier oben ist das die schlimmste Sünde, die man begehen kann. Für sie arbeiten, das dürfen wir, aber unser Blut mit ihrem Blut mischen? Von Anfang an wollten sie nichts mit mir und meiner Cousine und meinem Jungen zu tun haben, diese allmächtigen Ponders und Rakestraws und wie sie alle heißen. Stammen von kleinen, o-beinigen, lahmen Bauersleuten und Schafscherern ab, die meisten jedenfalls, und wir sind die direkten Nachfahren eines legendären Königsgeschlechts, – aber das wußten sie nicht, es kümmerte sie nicht. Ich bin mir nicht sicher, ob Ethan es ihnen überhaupt erzählt hat. Wahrscheinlich hat er es selbst nicht mal geglaubt. Sie redeten kaum noch mit ihm, nachdem er eine Portugiesin hierhergebracht hatte, um in ihrer Mitte zu leben und ihren Enkelsohn zu gebären. Nach ein oder zwei Jahren hatten wir überhaupt keinen Kontakt mehr miteinander. Auch ich kann meine Nase hoch tragen; dazu habe ich eher das Recht als sie. Deshalb kennen sie meinen Sohn nicht, keiner von ihnen, und er kennt sie nicht. Auch seinen Vater kennt er nicht. Kann mir nicht vorstellen, daß er sich an ihn erinnert. Schließlich war er erst zwei, als ... als Ethan uns einfach verlassen hat. Lange Zeit schickte er jeden Monat Geld, bis Dennis aufs Festland gegangen ist. Aber ich habe nie wieder von ihm persönlich gehört. Ich weiß nicht, ob er jemals mit Denny in Kontakt getreten ist. Soweit ich weiß, bin ich immer noch mit ihm verheiratet, es sei denn, er ist tot. Wahrscheinlich ist er längst gestorben.«

»Bella ...«, sagte ich, um ihren Redeschwall zu unterbrechen, aber es war, als hätte sie mich gar nicht gehört.

»Wir mieteten uns ein kleines altes Haus am Pilot Hill, Luz und ich und Denny, und Denny kam in West Tisbury zur Schule. Luz und ich haben die verschiedensten Arbeiten angenommen, damit wir was zu essen auf den Tisch bekamen. Ich hab für die Läden gebacken. Wenn ich will, kann ich besser kochen und backen als jeder andere hier auf der Insel. Luz hat jahrelang als Schneiderin gearbeitet. Mit ihren geschickten, kleinen Händen hat sie alles gemacht. Wir sind ganz gut zurechtgekommen, wir drei. Wir Miaras und Ferreiras können ehrliche Arbeit leisten, selbst wenn wir blaues Blut in den Adern haben. Aber dann, als Dennis etwa acht war, hatte ich das Gefühl, er würde sich von den Miaras abwenden und ein Vineyarder werden wollen. Mir war immer wichtig gewesen, daß er seine Herkunft über alles andere stellte, und deshalb habe ich ihn zu meiner Familie nach West Bedford geschickt. Ich schrieb ihm jeden Tag, und sie schickten Briefe und Fotos, und ich schickte soviel Geld, wie ich erübrigen konnte, und mein Vater und meine Mutter taten alles für ihn, und die anderen Familienmitglieder – damals waren wir noch sehr viele – vergötterten ihn. Er war klug und hübsch, ein lustiges, gutmütiges kleines Kerlchen. In fast allen Schulfächern hatte er beste Noten, und er bekam ein großzügiges Stipendium für Harvard. Neben dem Studium hat er in der Bibliothek gearbeitet, um sich über Wasser zu halten. Aber in all den Jahren kam er kein einziges Mal hierher zurück. Seltsamerweise machte mich das nicht besonders traurig. Ich hätte es schrecklich gefunden, wenn sie ihn sich geschnappt hätten, diese Ponders. Ich hatte immer vor, rüberzufahren und ihn zu besuchen, aber wir sind einfach nicht dazu gekommen ... und dann machte er Examen und ging nach Westen. Er fing an zu unterrichten, und später hat er eine Frau aus Kalifornien geheiratet, und sie haben eine Tochter bekommen – ich glaube, sie haben sie Claire genannt; ich kann mir nicht vorstellen, daß seine vornehme Frau einen portugiesischen Namen in der Familie haben wollte. Sie stammte, glaube ich, aus einer ziemlich reichen Familie. Aber das ist ja einerlei. Ich habe sie nie kennengelernt, auch nicht meine ... meine Enkeltochter. Sie haben mir nie geschrieben und mir nicht mal ein Foto geschickt.«

»Und in all den Jahren haben Sie Ihren Sohn nicht gesehen?« fragte ich fassungslos. Bella und Dennis Ponder taten mir unsagbar leid. Ich konnte es einfach nicht verstehen. Sie waren doch Mutter und Sohn ... »Die ganze lange Zeit, und Sie waren doch gar nicht weit voneinander entfernt. Es kann doch höchstens hundert oder zweihundert Meilen bis West Bedford sein, oder?«

»Es ist viel, viel weiter als das«, sagte sie leise.

»Erinnert er sich an dieses Haus?« fragte ich.

»Das kann ich mir nicht vorstellen. Ich glaube, er ist nie hier gewesen. Dieses Haus hat früher Ethans Eltern gehört. Als die alte Frau gestorben ist, bekam ich einen Brief von einem Anwalt aus Chicago. Er teilte mir mir, daß mein Ehemann es mir überschrieben hätte und Denny es später erben sollte. Die Besitzurkunde lag bei. Ich rief in der Kanzlei an, aber er teilte mir nur mit, daß Ethan ihm schon vor Jahren die Anweisung für die Überschreibung des Hauses gegeben hatte. Wohin es Ethan verschlagen hatte, wußte er nicht. So sind wir hier raufgezogen, Luz und ich, aber die meiste Zeit verbrachten wir in dem kleineren Camp. Aber das habe ich Ihnen ja erzählt. Später haben wir immer dort gewohnt, bis Luz gefallen ist. Ich denke, Denny wird sich an die Camps erinnern. Er hat dort mit uns gelebt, bis er fortgegangen ist, – in dem kleineren, in dem Sie jetzt wohnen. Das größere, in dem er jetzt wohnt, war im Privatbesitz seines Vaters. Ethan fuhr manchmal hin und blieb ein paar Tage oder Wochen. Ich bin nie drin gewesen. Ich wußte nicht, was er dort gemacht hat. Ich glaube, Denny hatte es bis jetzt auch noch nicht von innen gesehen. Aber er kennt die Lichtung, den Teich und die Bucht. Es hat ihm dort immer gefallen. Immer.«

Dann hörte sie auf zu reden, erhob sich und schlurfte schwerfällig in die Küche. Ich wartete einen Moment, aber als sie nicht zurückkam, küßte ich die vor sich hin dösende Luz auf die Stirn und ging. Bellas Geschichte hatte mich sehr erschöpft und traurig gemacht, gleichzeitig war ich erstaunt und verwundert über das Ausmaß der Feindseligkeit, die zu der Entfremdung geführt hatte. Aber ich war keineswegs neugierig. Ich wollte von all dem nichts wissen. Was für eine verkniffene, armselige Art zu leben; was für ein ungeheurer Preis, den diese zornige, lächerliche alte Frau gezahlt hatte. Welche ungeheuren Opfer hatte sie von anderen gefordert.

An dem verabredeten Tag fuhr ich also nach Boston, um Lazarus abzuholen. Vor lauter Begeisterung, mich wiederzusehen, pinkelte er auf den Fußboden der Gepäckhalle. Heulend und bellend rannte er um mich herum, warf Koffer um und hätte mich fast zu Boden gerissen. Auch ein kleiner, mürrischer Mann geriet bedenklich ins Schwanken. Er fing an, sich lauthals zu beschweren, aber als er sich das riesige, haarige Ungetüm genauer angesehen hatte, schüttelte er den Kopf und stapfte wütend davon.

Ich legte die Arme um Lazarus und rieb mein Gesicht in seinem zerzausten Fell, wobei mir sein anrüchiger Hundegestank, der sich auch mit Desinfektionsseife nie ganz beseitigen ließ, in die Nase stieg. Ich konnte nicht mehr aufhören zu weinen, so sehr freute ich mich.

»Du alter Berserker«, schluchzte ich. »Du großer, stinkender alter Köter. Wieso kommst du erst jetzt? Bist du den ganzen Weg gelaufen? Komm schon her, du verrückter Kerl, laß mich riechen; du stinkst wie ein Otter, ich hab dich so vermißt …«

Es war schon dunkel, als wir heimkamen, und ich hatte alle Mühe, ihn zur Tür zu schleifen. Am liebsten wäre er gleichzeitig in alle

Richtungen davongeschossen, um alle neuen Gerüche auszukundschaften. Wer weiß, vielleicht wäre er ja auch den Schwänen auf den Leib gerückt, um sie für ihr schlechtes Benehmen zu strafen. Ich mußte aufpassen, daß er es nicht zu bunt mit ihnen trieb. Ich fütterte ihn und machte mir etwas zu essen. Dann machten wir es uns auf dem Sofa bequem, wo er sofort auf meinem Schoß einschlief und leise vor sich hin schnarchte. Ab und an erwachte er, um seiner Gewohnheit nachzugehen, die Carrie Davies so entsetzt hatte, und leckte hingebungsvoll seine Eier. Zu Hause. Ich war zu Hause. Besser gesagt war mein Zuhause zu mir gekommen. Ich fing ebenfalls an, vor mich hin zu dösen.

Irgendwann taumelten wir ins Bett, Lazarus und ich, in die Nische unter der Treppe. Aber er weigerte sich, auf der Decke zu schlafen, die ich ihm neben das Bett auf den Fußboden gelegt hatte, und für uns beide war das kleine Bett viel zu schmal. Schließlich nahm ich ihn widerwillig mit nach oben, wo wir uns in das große Ahornbett fallen ließen. Sobald ich neben Lazarus eingeschlafen war, kam meine Mutter zu mir.

Diesmal erwachte ich, bevor der Traum sich richtig entfalten konnte, deshalb hatte ich kein klares Bild von ihr vor Augen. Nur der Schweiß und die Angst blieben. Lazarus hatte seinen dicken Kopf angehoben und starrte in die Ecke, wo der Cocktailsessel stand. Er war natürlich leer; was hatte ich denn erwartet? Aber er hatte seine Oberlippe ein wenig hochgezogen, und sein Nackenhaar sträubte sich. Auch ich hatte eine Gänsehaut.

»Ich lasse mich nicht länger von diesem Unsinn aufregen«, sagte ich zu Lazarus. Ich sprang aus dem Bett, stampfte nach unten, nahm den schwarzen Strohhut von der Garderobe und nahm ihn mit nach oben. Ich befestigte ihn an der Wand über dem Cocktailsessel, wobei ich nicht mit Heftzwecken sparte, um zu verhindern, daß er herunterfiel.

»Komm und hol ihn dir, wenn du willst«, sagte ich und ging zurück ins Bett, wo Lazarus schlaftrunken auf mich wartete. Er schmiegte sich an meine Hüfte wie ein träges Ungetüm, und wir wachten erst wieder auf, als die Morgensonne zum Fenster hereinschien.

10

Noch bevor ich am nächsten Morgen die Augen aufschlug, wußte ich, daß sich an diesem Ort etwas Grundlegendes geändert hatte. Dann spürte ich, wie Lazarus sich an meiner Hüfte rieb und hörte den leisen Seufzer, den er immer beim Aufwachen ausstieß. Ich lächelte mit geschlossenen Augen und wartete. Da war er: der zischende Furz, der bedeutete, daß die Aufwachphase beendet war. Ich sprang aus dem Bett, um dem Gestank auszuweichen, und schloß ihn in die Arme.

»Guten Morgen, du Stinktier«, flüsterte ich ihm ins Ohr. »Dein erster Furz in deinem neuen Heim. Wie war es? Hat die Erde gebebt? Oh, ich bin ja so froh, daß du hier bist! Ich muß dir soviel zeigen!«

Lazarus' besondere Gabe ist es, daß er sich von einer neuen Umgebung nicht verunsichern läßt. Er ist erstaunt, erfreut, verwirrt, je nach den Umständen, aber er hat niemals Angst, wenn er sich an einem Ort wiederfindet, der ihm neu ist. An diesem Morgen rannte er unaufhörlich im Zimmer herum, beschnüffelte alles und wedelte mit seinem buschigen Schwanz. Dann inspizierte er die gesamte obere Etage, polterte die halsbrecherische Treppe hinab und richtete sein Interesse auf das Erdgeschoß. Nase und Schwanz arbeiteten auf Hochtouren, und seine lange Zunge hing ihm aus dem Maul. Während der gesamten Besichtigungstour grinste er sein dümmliches Hundegrinsen und stieß kommentierende Grunzlaute aus. Das Häuschen schien ihm auf Anhieb zu gefallen. Ich folgte ihm, genauso erfreut, als ob er ein menschlicher Besucher wäre, der mein neues Nest bewunderte.

Wie die meisten Tiere würde sich Lazarus seinen eigenen Platz aussuchen, jenen ganz besonderen Platz, an den er sich zum Schlafen, Meditieren und gelegentlich auch zum Schmollen zurückziehen würde. Wenn er nichts anderes zu tun hatte, würde er dort zu finden sein. Nach drei oder vier eifrigen Erkundungsrunden trottete er in die kleine Nische unter der Treppe, unterzog sie einer gründlichen Schnüffelinspektion und ließ sich schließlich mit einem zufriedenen Seufzer auf dem schmalen Eisenbett nieder. Auch ich seufzte, denn ich wußte, wenn ich nachts Wert auf seine tröstliche Anwesenheit legte, dann mußte ich wohl oder übel mit dieser bernsteinfarbenen Höhle vorlieb nehmen. Ich fragte mich, ob ich ein Ehebett hineinquetschen könnte. Wenn ich auf ein Nachtschränkchen verzichtete, konnte es klappen. Ich beschloß, Bella Ponder zu fragen, ob sie ein passendes Bett auf ihrem unerschöpflichen Dachboden stehen hatte. Wenn nicht, wollte ich im Anzeigenteil der *Vineyard Gazette* nach einer gebrauchten Schlafstätte suchen.

Ich fütterte Lazarus und aß ein Butterhörnchen. Dann schnappte ich mir Gersteeimer und Schwanenstock und machte mich auf den Weg zum Teich, um Charles und Diana zu füttern. Ich wollte es so früh wie möglich hinter mich bringen, damit sie nicht die Veranda stürmten und einen Territorialkrieg mit Lazarus anfingen. Irgendwie bezweifelte ich, daß er daraus als Sieger hervorgehen würde. Ich dachte, ich hätte die Fliegentür hinter mir fest verschlossen, aber auf halbem Wege zum Wasser kam ein scheckiges Etwas an mir vorbeigeschossen. Ich rannte ihm nach und rief ihn zurück. Aber bevor ich das Ufer erreicht hatte, wurde ich Zeuge der ersten Konfrontation, und verlangsamte meine Schritte. Was jetzt geschehen würde, lag in den Händen der Götter.

Das Fauchen, Zischen, Bellen und Schlagen klang alarmierend. Dann hörte ich ein lautes Platschen und dachte schon, er hätte sie vielleicht zurück aufs Wasser getrieben. Konnte ich von nun an auf den Stock verzichten und statt dessen Lazarus mitnehmen? Ich wagte einen vorsichtigen Blick durchs Schilf. Mit ausgebreiteten Schwingen patrouillierten die Schwäne in altvertrauter Drohgebärde am Ufer auf und ab und versprühten Gift und Galle. Ihre schlangenartigen Hälse schossen vor und zurück, die schwarz geränderten, orangefarbenen Schnäbel waren halb geöffnet, und sie zischten wie monströse Teekessel.

Lazarus stand mit gesenktem Kopf knietief im Wasser und knurrte sie an.

»Scheiße«, sagte ich enttäuscht, wedelte mit dem Schwanenstock, wild entschlossen, meinen Hund zu retten.

Nachdem ich das aufgebrachte Schwanenpaar zur Räson gebracht und die Gerste verstreut hatte, verschwand er im Schilf. Wahrscheinlich war er zurück zum Haus gelaufen. Ich konnte ihn jedenfalls nirgends sehen. So ging ich zunächst zum größeren Camp, um nach Dennis Ponder zu schauen und seine Einkaufsliste abzuholen. Ich mußte ihn unbedingt vor Lazarus warnen, denn ich wollte nicht, daß sein Gebell ihn erschreckte.

Als ich die Verandatreppe erreicht hatte, hörte ich von innen einen heiseren Schrei und einen dumpfen Schlag, dann folgte ein schrilles Geheul und ein seltsames Stöhnen, das mir das Blut in den Adern gefrieren ließ. Die unverschlossene Tür war aufgestoßen worden, und ich stürzte über die Veranda ins Wohnzimmer. Ich sah niemanden, hörte jedoch noch immer das seltsame Stöhnen und ein schlabberndes Geräusch, welches nur bedeuten konnte, daß Lazarus etwas fraß oder trank. Gütiger Himmel, was hatte er mit Dennis Ponder gemacht? Vor lauter Angst bekam ich kein Wort heraus, als ich die Küchentür erreicht hatte.

Dennis Ponder lag auf dem Rücken, die Hände vor dem Gesicht. Mein Hund hockte über ihm und schnüffelte an seiner ungeschützten Kehle herum. Der Fußboden war mit trockenen Cornflakes übersät. Der Teekessel stand rot glühend auf dem Herd, weil das Wasser längst verkocht war. Dennis Ponder weinte und versuchte vergeblich, Lazarus fortzuschieben. Ich stand wie angewurzelt da und wußte nicht, ob ich sofort die 911 anrufen oder meinen Hund am Kragen packen sollte. Ich hatte noch nie gesehen, wie er jemandem an die Kehle ging, und fürchtete schon, er wäre durchgedreht.

»Lazarus!« schrie ich und packte sein Halsband. »Rühren Sie sich nicht«, wies ich Dennis Ponder an. »Ich hole sofort Hilfe.«

Mit aller Kraft hatte ich den winselnden, widerspenstigen Hund ins Wohnzimmer gezerrt und wollte gerade die Küchentür schließen, als ich Dennis Ponder keuchend rufen hörte: »Nein, warten Sie. Er hat mir nichts getan.« Zu meiner Verwunderung merkte ich, daß er keineswegs weinte. Er lachte. Seine Wangen waren naß von Lazarus' liebevollem Schlecken; offensichtlich hatte er Dennis auf den ersten Blick ins Herz geschlossen und ihm dies durch leidenschaftliches Schlecken beweisen wollen. Nur ein einziges Mal hatte ich ein solches Verhalten bei ihm gesehen: als wir ihn aus dem Tierheim mit nach Haus brachten und ihm Teddy vorstellten. Ich ließ sein Halsband los, und er sauste zurück in die Küche, um weiterzulecken.

»Mein Gott, wenn du nicht bald aufhörst, mußt du mich heiraten, Hund«, sagte Dennis Ponder und verschluckte sich vor Lachen. Ich ließ die Arme hängen, und obwohl mir der Schreck noch in den Gliedern saß, fing ich ebenfalls an zu lachen.

»Ich dachte, er hätte Sie umgeworfen und wäre dabei, Sie umzubringen«, sagte ich mit schwacher Stimme. »Ich dachte, er wäre verrückt geworden. Es tut mir so leid, Dennis. Noch nie hat er sich einem Fremden gegenüber so aufgeführt. Ist mit Ihnen alles in Ordnung? Ich helf Ihnen beim Aufstehen ...«

Er setzte sich auf und schüttelte den Kopf. Lazarus hatte dicht neben ihm Platz genommen, grinste sein Hundegrinsen und ließ die Zunge aus dem Maul hängen.

»Ich schaffe es schon«, sagte er zu mir. »Wenn du mich umwerfen konntest, dann kannst du mir auch wieder aufhelfen, Kamerad. Sitz!« befahl er Lazarus.

Zu meinem großen Erstaunen gehorchte Lazarus ihm. Man hatte uns freundlich gebeten, die Hundeschule zu verlassen, bevor er das Kommando »Sitz« oder irgend etwas anderes gelernt hatte. Dennis legte einen Arm um den Hund. Mit der anderen Hand stützte er sich auf dem Boden ab. Mühselig und schwitzend arbeitete er sich in eine kniende Position hoch, wobei Lazarus ihm half, die Balance zu halten. Schließlich stand er aufrecht da. Lazarus war keinen Zentimeter von seiner Seite gewichen. Als Dennis Ponder sich auf der Anrichte abstützte, stieß Lazarus einen tiefen Seufzer aus und legte sich neben ihm auf den Küchenboden. Na also, muß er wohl gedacht haben. Ich konnte es kaum fassen.

»Ich wollte Sie vor ihm warnen«, sagte ich zu Dennis. »Er ist erst seit gestern abend hier. Ich wollte ihn im Haus halten, bis er sich eingewöhnt hat. Er ist kein schlechter Kerl, aber er ist so groß wie ein

Ochse, und mit seinen Manieren war es noch nie weit her. Er ist mir entwischt, als ich die Schwäne gefüttert hab, und ich hab ihn nicht hierherlaufen sehen. Von nun an werde ich ihn einsperren ...«

»Wegen mir brauchen Sie ihn nicht einzusperren«, sagte Dennis. »Sagen Sie ihm nur, daß er das nächste Mal anklopft, bevor er hier hereinplatzt. Ich dachte, ein Werwolf würde auf mich zustürzen. Wie heißt er? Lazarus?«

»Ja. Er war schon mit einem Fuß im Grab, als wir ihn bekommen haben. Und seitdem ist er uns ewig dankbar«, erzählte ich. »Es geht nicht, daß er Sie jedesmal umwirft, wenn er hier ins Haus stürmt. Wir müssen sehen, daß ich auch ins Haus komme, wenn die Tür abgeschlossen ist. Gibt es wohl einen Ersatzschlüssel? Ich frage Ihre Mutter, ob sie einen ...«

»Wahrscheinlich hat sie mittlerweile einen Ersatzschlüssel für jede einzelne Behausung hier auf der Insel«, sagte er sachlich. »Nein, ich will diesen Kerl nicht aussperren, er ist hier jederzeit willkommen. Zuhause hatte ich auch so einen großen Hund. Er hieß Commander. Ich glaube, er hatte Wolfsblut in den Adern. Ich hab ihn sehr vermißt.«

Ich fragte ihn nicht, was aus Commander geworden war. Entweder war er tot, oder die verschwundene Ehefrau hatte ihn mitgenommen. Was auch geschehen war, ich wollte mich nicht damit belasten.

Ich zog Lazarus' Leine aus der Tasche, befestigte sie an seinem Halsband und zog ihn von Dennis weg. Er sperrte sich und funkelte mich böse an.

»Wo wollen Sie mit ihm hin?« fragte Dennis.

»Ich will ihn mit zum Einkaufen nehmen«, sagte ich.

»Warum lassen Sie ihn nicht bei mir?« fragte Dennis. »Wenn er sich losreißt, wird er irgend jemanden verärgern. Und das ist ein schlechter Anfang hier auf der Insel. Hier braucht es nicht viel, um sich unbeliebt zu machen.«

»Ich sehe hier überall Hunde«, sagte ich. »In jedem Laster sitzt einer.«

»Aber ich würde lieber noch ein, zwei Tage warten. Er hat ja noch nicht mal ein Halstuch.«

Ich lachte. Auch er fing an zu lachen.

»Ich hatte eigentlich vor, ihn Ihrer Mutter und Luzia vorzustellen. Ich glaube, ich habe ihnen nicht mal von ihm erzählt. Ich hoffe, sie sind mir nicht böse«, sagte ich.

Seine Gesichtszüge erstarrten, und sein Lachen verschwand.

»Wenn Sie dort vorbeifahren wollen, sollten Sie ihn erst recht hierlassen«, sagte er. »Wenn ich mich recht entsinne, hat Cousine Luzia Todesangst vor Hunden. Als ich klein war, durfte ich nie einen haben ...«

Der Ton, in dem er »Cousine« gesagt hatte, klang weder vertraut noch freundlich. Was auch immer die Entfremdung zwischen ihm und seiner Mutter hervorgerufen hatte, so bezog sie sich offensichtlich auch auf Luzia Ferreira. Zum ersten Mal verspürte ich einen Anflug von Neugier.

»Also gut, dieses eine Mal«, sagte ich und griff nach seinem Einkaufszettel, der auf der Anrichte lag. »Aber von jetzt an bleibt er bei mir oder zu Hause. Ich kann es nicht zulassen, daß er diesen himmlischen, friedvollen Ort verwüstet.«

Er lächelte grimmig.

»Oh, nein, das geht natürlich nicht«, sagte er. Dann fuhr er fast beiläufig fort und fragte: »Worüber reden Sie mit der Jungfrauenkönigin und ihrer Gefährtin?«

Ich warf ihm einen prüfenden Blick zu, aber er schaute mich nicht an. Er kraulte Lazarus hinterm Ohr.

Keinesfalls wollte ich sagen »über Sie« und erwiderte statt dessen: »Ach, ich weiß nicht. Über alles und nichts. Die meiste Zeit reden sie, und ich höre ihnen zu. Luz hat mir von Ihrer Familie erzählt, und von den alten Zeiten in Portugal und ihrer Kindheit in West Bedford, was sie jedoch ›in Amerika‹ nennt. Was für abenteuerliche Vorfahren Sie haben, Könige, Ritter und Kreuzfahrer. König Dinis, der Troubadour, der die vielen Schlösser gebaut hat ...«

Er schnaubte verächtlich.

»Meine Familie stammt genausowenig von König Dinis dem Troubadour ab wie von Graf Dracula«, sagte er. »Diese alte Aufschneiderin; sie prahlt von König Dinis herum, seit ich denken kann. Unsere Leute waren wahrscheinlich Fischer, und ich glaube nicht mal, daß sie eigene Boote besaßen. Die meisten Portugiesen kamen auf den Walfängern hierher, die von Vineyard und Nantucket zu den Azoren fuhren, und seitdem haben wir immer für andere arbeiten müssen. Aber meine Mutter kann sich mit dieser Tatsache einfach nicht abfinden. Ihre Familie – und meine – hat ein schäbiges Restaurant in Cambridge betrieben oder auf dem Luftwaffenstützpunkt in West Bedford gearbeitet; meine Mutter lernte meinen Vater kennen, als sie in Cambridge Linguica servierte und er in Harvard studierte. Sie ist eine Hochstaplerin, aber zumindest weiß sie es. Ich weiß nicht, ob Luz genug Verstand hat, um es zu wissen. Sie sollten ihnen die Augen öffnen.«

Eine Welle von Traurigkeit überkam mich. Ich hoffte, die alte Luzia Ferreira wußte nicht, daß sie nicht von Königen abstammte; ich hoffte, daß sie es nie gewußt hatte. Genausowenig wie Bella. Was blieb ihnen denn ohne diese schöne Phantasievorstellung? Ich wollte jedenfalls nicht diejenige sein, die ihnen ihr blaues Blut raubte.

Ich machte Lazarus wieder los. Er rannte zurück zu Dennis Ponder und leckte ihm die Hand.

»Sie müssen einen ähnlichen Geruch haben wie sein Teddy«, sagte ich.

»Ihr abtrünniger Ehemann? Das könnte problematisch werden«, erwiderte er boshaft. Seine Gesichtszüge waren verschlossen und verkniffen. In seinen Augen spiegelten sich Hochmut und Widerwillen, als bedauerte er bereits, mit mir gelacht zu haben. Der Stachel, den sein schlechtes Verhältnis zu seiner Mutter in seine Seele getrieben hatte, saß tief.

»Mein Sohn«, sagte ich knapp und wandte mich zum Gehen.

»Tut mir leid«, sagte er, aber es klang nicht überzeugend, sondern so sarkastisch, daß ich sagte: »Vielleicht sollte ich mal versuchen, Ihr Gesicht zu lecken.«

Er schaute mich wortlos an, kalt, distanziert und unberührbar in der Festung seiner Krankheit.

»Oder wie wär's mit einem Tritt in deinen drahtigen Arsch?« murmelte ich auf dem Weg zum Wagen durch die Zähne. Die Ponders mit ihren komplizierten Vorfahren konnten mir gestohlen bleiben. Am liebsten hätte ich Lazarus geholt, aber ich wollte wegen ihm nicht in Dennis Ponders Haus zurückkehren.

Als ich nach meiner Einkaufstour wieder herkam, nachdem ich, so leise ich konnte, durch die Haustür geschlichen war, lag Dennis Ponder vor dem runtergebrannten Feuer auf dem Sofa und schlief, Lazarus hatte sich neben ihm auf dem Fußboden niedergelassen. Einen Augenblick stand ich da und betrachtete Mann und Hund. Dennis sah so bleich und entkräftet aus, daß mir sein morgendliches Lachen wie ein Produkt meiner Phantasie erschien. Sein schlaffes, regloses Gesicht sah aus wie eine Totenmaske, und ich fragte mich wieder, ob er inzwischen gestorben war. Ich wußte nichts über den Charakter seines Sarkoms und wollte auch nichts darüber wissen. Aber vielleicht sollte ich doch ein wenig mehr darüber in Erfahrung bringen. Es wäre schrecklich, heimzukommen und ihn tot aufzufinden oder Zeuge seines Sterbens zu werden ...

Schmerz und Furcht durchzuckten mich wie ein Blitz. Ich drängte beide Gefühle zurück und begrub sie dort, wo ich meine anderen Wunden und Ängste vergraben hatte. Ich stand da und atmete flach und schnell, bis die Beklemmung gewichen war.

»Komm, Laz«, flüsterte ich. Lazarus klopfte mit dem Schwanz auf den Boden und stand auf. Er schaute lange auf Dennis Ponder hinunter, beschnüffelte ihn, trottete dann zu mir herüber und ließ sich an die Leine nehmen. Aber als ich mit ihm zur Tür ging, schaute er sich nach dem schlafenden Mann um und stieß ein leises Jaulen aus.

»Nein«, sagte ich. »Du hast deine eigene Verwundete, um die du dich kümmern mußt. Dieser Bursche braucht uns nicht.«

An diesem Abend saß ich eine Weile mit Lazarus am Feuer. Ich lauschte einer *Turandot*-Kassette, die ich mir gegönnt hatte, und er döste vor sich hin und zuckte, seufzte und zitterte in seinen Träumen. Ab und an wachte er kurz auf, streckte sich, um gleich wieder einzudösen. Ich träumte in einem von Musik und Feuerschein erfüllten Dämmerzustand vor mich hin, eine Hand im struppigen Nackenfell meines schlafenden Hundes.

»So weit, so gut«, sagte ich schläfrig. »Ich kann es schaffen. Diese Sache ist wirklich machbar.«

Mit Lazarus' Ankunft wurde die Insel ein anderer Ort für mich, und zwar in mehr als einer Beziehung. Ohne mir dessen bewußt zu sein, fing ich an, mich weiter vorzuwagen. Immer weiter traute ich mich weg vom Camp und der Lichtung, dem Haus bei Chilmark und meiner Einkaufsroute. Erst nachdem Lazarus eingetroffen war, merkte ich, wie beschränkt die Pfade waren, die ich mir selbst zugestanden hatte. Mit seiner haarigen, grinsenden Hundeschnauze auf dem Beifahrersitz hatte ich das Gefühl, Up-Island nach Herzenslust erkunden zu können. Es war praktisch so, als hätte ich durch ihn die Erlaubnis dazu bekommen.

Als mir irgendwann klar wurde, daß ich erst eine Erlaubnis gebraucht hatte, um mich frei zu bewegen, fand ich dies recht befremdlich. Zwei, drei Tage war ich mit ihm zusammen an Orte vorgedrungen, von denen ich zuvor nur geträumt hatte: der felsübersäte Lucy-Vincent-Strand, wo uns der direkt aus Spanien kommende Wind fast umgehauen hätte; die glitschigen, uralten Bootsstege in Menemsha, wo es so viele interessante Gerüche gab, daß Lazarus gar nicht mehr aufhören wollte zu schnüffeln; die atemberaubenden Klippen von Gay Head, deren verschiedenfarbige Gesteinsschichten wie ein interessantes Streifenmuster wirkten; die kleine Kapelle bei Christiantown, tief im flammend bunten Herbstwald, wo Thomas Mayhew, ein früher Vorfahre einer anderen alteingesessenen Inselfamilie, seine erste Missionsstation für die Wampanoag-Indianer errichtet hatte; die wunderschönen weißen Statuen in West Tisbury; Beetlebung Corners, wo die Tupelo-Bäume ihre leuchtende herbstliche Pracht entfaltet hatten; die kleinen Gassen von West Tisbury, die noch ihre ursprünglichen Namen trugen: Music Street, Old Court House Road, New Lane; schmale Pfade entlang, wo man kaum vorwärts kam, bis einem irgendwann ein verwittertes Tor den Weg versperrte.

An diesen paar Tagen ging ich auf Entdeckungsreise, erfüllt von Entzücken und Neugierde, und fühlte mich kein einziges Mal unwillkommen oder verzagt. Selbst als Lazarus und ich in einer Privateinfahrt gelandet waren und vom Hausbesitzer zur Umkehr aufgefordert wurden; selbst als er die launischen Schwäne am Mill Pond und eine Perlhuhgruppe aufscheuchte, bekam ich keine Angst und machte keine Anstalten zu fliehen, wie ich es zuvor getan hätte. Wäre ich als Frau allein unterwegs gewesen, hätte ich mich als unwillkommener Eindringling gefühlt; eine Frau mit einem großen, übermütigen Hund an der Leine schien irgendwie normaler und akzeptabler zu sein.

»Du bist mein Freifahrschein«, sagte ich nach einer unserer Besichtigungstouren zu Lazarus. Aber als ich an diesem Abend vor dem Feuer saß und ein wenig in mich ging, erschien es mir nicht sonderlich bewundernswert, daß ich fast ein halbes Jahrhundert gelebt hatte und immer noch einen Anlaß, eine Art Erlaubnis brauchte, um nachzuschauen, was sich hinter einer Wegbiegung oder auf der anderen Seite eines Hügels befand.

»Na ja, ein kleines bißchen hab ich mich ja schon gebessert«, sagte ich zu dem Hund. In diesen ersten Tagen redete ich ziemlich viel mit ihm. »Früher brauchte ich immer Mutters Zustimmung und die von Dad, dann die von Tee und Caroline und Teddy und die der ehrwürdigen Wohlfahrtsverbände, für die ich mich ehrenamtlich eingesetzt habe. Jetzt ist es nur noch ein dusseliger Hund, vielleicht kann ich es ja eines Tages allein, wenn ich endlich erwachsen werde; was meinst du?«

Der Herbst war von überirdischer Schönheit, zumindest für mich, die ich nur die typische feuchte, stickige Herbstluft im Südosten kannte. Jeden Morgen erhob sich leuchtend rot und silbrig die Sonne und sorgte für milde Wärme. Immer früher senkte sich die blaue Abenddämmerung herab, bis die Sonne in einem Farbenfeuerwerk aus Pink, Violett, Orange und Silber im Sund versank. Die Nächte waren so klar und kalt, daß die Sterne wie Diamantsplitter am schwarzen Himmel standen. Oft ging ich, in eine der schweren Wolldecken gehüllt, mit Lazarus zu dem kleinen Steg hinunter und schaute in den Abendhimmel, wo nach und nach die verschiedenen Sternbilder sichtbar wurden. Ich mußte immer an ein Photo denken, das im Entwicklungsbad Gestalt annimmt. Ich behielt Lazarus an der Leine, weil die Schwäne, die nachts im Schilfgürtel ruhten, häufig erwachten, ein wenig flatterten und ihre altbekannten Laute ausstießen. Sie kamen jedoch nie herbeigestürmt, um zu sehen, warum ihr Quälgeist und ihre Dienstmagd sich im Dunkeln auf dem Steg herumtrieben. Eines Nachts gingen ganz in unserer Nähe so viele Sternschnuppen nieder, daß Lazarus anfing zu bellen und sich kaum beruhigen konnte. Ich blieb ganz still sitzen und nahm ihr kaltes Feuer in mich auf. Hier oben in dieser grandiosen Inselwelt Neu-englands schien mir alles von scharf umrissener, strahlender Klarheit zu sein; hier hatte ich nie das Gefühl, bis zu den Hüften im Morast stehend, durch eine Art allegorischen wie auch tatsächlichen Sumpf waten zu müssen. Hier oben lebte ich, ging ich auf der Oberfläche der Erde und konnte, wenn ich mich auf die Zehenspitzen stellte, fast den Himmel berühren.

»Weißt du, was ich hier am wunderbarsten finde?« sagte ich zu meinem Vater bei einem seiner wöchentlichen Anrufe. »Hier riecht es nach nichts anderem als Erde, Wasser und Himmel. Salz und Fichtenholz und Rauch, und dann ist da noch ein seltsamer kalter, dunkler Geruch, der Geruch der Erde, glaube ich. Zu Hause riecht es doch im Winter immer irgendwie muffig, nach Auspuffgasen und nassem Müll. Hier oben gibt es nur natürliche Gerüche.«

»Klingt gut«, sagte er, und ich konnte hören, daß er lächelte. »Hier unten gibt es aber auch ziemlich natürliche Gerüche. Vor ein paar Tagen habe ich Sally in der Suppenküche geholfen. Sie arbeitet dort einmal die Woche. Von den Jungs hat bestimmt keiner ein Deo benutzt. Einen natürlicheren Geruch kann ich mir kaum vorstellen.«

Sein kleiner Scherz brachte mich zum Lachen. Kevin sagte mir jedesmal, wie deprimiert unser Vater sei, wie schlecht es ihm gehe. Aber seine Stimme verriet mir nichts davon. Im Grunde ahnte ich, daß er alles tat, um seinen Kummer vor mir zu verbergen, aber das wollte ich nicht wahrhaben, sondern unterstellte Kevin, daß er noch immer darum kämpfte, den ersten Platz im Herzen unserer Mutter einzunehmen. Ihr Tod hatte diesem Dauerkrieg keineswegs ein Ende gesetzt. Wäre ich empfänglicher für diese Dinge gewesen, hätte ich vielleicht gemerkt, welche Botschaft ich meinem Vater mit meiner entschlossenen Fröhlichkeit vermittelte: Ich wünsche keine Störung beim Bau dieses zerbrechlichen Gebäudes, das ich mir errichte. Wage es nicht, mir von deinem Schmerz zu erzählen. Ich war nicht empfänglich für seine Gefühle und sah nicht, wie es um ihn stand. Alles, was sich außerhalb meines sorgfältig ausgeklügelten, kleinen Lebenskreises befand, war irgendwie nicht real. Und diesen Zustand wollte ich mit allen Mitteln aufrechterhalten.

Meine Sorgen, die in Atlanta auf mich warteten, hielt ich mir vom Leib, indem ich mich einfach weigerte, daran zu denken.

Später, sagte ich mir. Vielleicht sagte ich es sogar laut, denn mittlerweile redete ich mit Lazarus offener als früher mit Tee, Teddy oder Caroline. Der gute Lazarus; er widersprach mir nie, sondern klopfte nur mit dem Schwanz auf den Boden.

»Später. Ich weiß, irgendwann muß ich über alles nachdenken; es gibt viele Dinge, mit denen ich mich auseinandersetzen muß. Aber nicht sofort. Ich hab ja wohl das Recht, auf meine Weise damit umzugehen. Und in diesem Moment will ich eben nur eines ... einfach alles vergessen. Alles. Im Moment zählt für mich nichts anderes als das Hier und Jetzt.«

Irgendwann hatte ich es mir so oft eingeredet, daß ich tatsächlich daran glaubte. Es gelang mir ziemlich gut, mir mein unerfreuliches anderes Leben vom Leib zu halten. Ich war fröhlich und schnodderig, wenn Livvy und Missy mich anriefen; ich selbst griff dagegen praktisch nie zum Telefon. Ich redete nur selten mit Caroline; ihr zorniges Klagelied über ihren Vater nahm kein Ende. Ich hörte zu und sagte »ja, ja« und »natürlich«. Oft war ich verärgert und hätte ihr am liebsten geraten, sich ein neues Leben aufzubauen oder sich um das zu kümmern, was sie hatte. Ein Ehemann, eine kleine Tochter und ein neues Haus waren doch nicht zu verachten. Schließlich war es ja nicht sie, die verlassen worden war, im wahrsten Sinne ohne ein Dach über dem Kopf.

Daß ich es auch nicht war, jedenfalls nicht im wahrsten Sinne des Wortes, kam mir nicht in den Sinn.

Mit Teddy sprach ich sogar noch seltener. Er war in sein Studium und sein neues Leben im Südwesten verliebt; wenn ich ihn überhaupt in seiner Wohnung erwischte und die Begeisterung in seiner Stimme hörte, freute ich mich für ihn. Gleichzeitig wurde mir schmerzlich bewußt, wie sehr ich ihn vermißte. Ich erzählte ihm vom Camp und Lazarus und unserem Dasein in der Wildnis, aber ich glaube nicht, daß er mir zuhörte. Teddy hatte sich für ein Leben im sengenden Feuer der Sonne entschieden; für die versteckte Waldlichtung, die ich für mich entdeckt hatte, gab es in seiner leuchtenden Welt keinen Platz. Wenn er soweit war, würde er mich hören. Bis dahin wollte ich ihm seine Ruhe lassen. Bei meinen Telefonaten mit Teddy hörte ich einfach zu und freute mich mit ihm.

Tee rief nicht an. Missy konnte ihn nicht finden. Mir war es einerlei.

»Aber es sieht von Tag zu Tag besser für uns aus«, sagte Missy Anfang November bei einem ihrer Anrufe. »Ich weiß von jemandem, der dabei war, daß die Aal-Lady vor ein paar Tagen für ihre Coke-Kumpane eine Party gegeben hat. In Ihrem Haus. Sie war Gastgeberin, allein. Tee soll in Santa Barbara sein, heißt es, oder zumindest ziemlich weit weg. Was sagen Sie dazu, meine Liebe?«

»Was soll ich schon sagen?« erwiderte ich gleichmütig und zupfte eine Klette aus Lazarus' Fell. Am Nachmittag waren wir am Strand von Squibnocket Point gewesen, dem westlichsten Punkt der Insel, einem Ort von übernatürlicher Schönheit. Ich war noch völlig überwältigt davon.

Sie lachte, aber dann sagte sie: »Molly, es ist doch Ihr Haus. Macht es Ihnen denn gar nichts aus?«

»Doch, natürlich«, antwortete ich. »Aber das Ganze scheint mir so unwirklich. Es ist, als ob Sie mir von irgendeinem Film erzählen würden.«

»Sie versuchen, es zu verdrängen, das kann ich gut verstehen. Das ist auch in Ordnung, bis wir diese Sache vor Gericht bringen und Sie wieder heimkommen können. Aber lassen Sie sich nicht zu weit wegtreiben. Irgendwann müssen Sie so oder so zurückkommen.«

Nein, muß ich nicht, flüsterte ich Lazarus lautlos zu. Zu ihr sagte ich: »Ich versuche nicht so sehr, meine Vergangenheit zu verdrängen, aber ich versuche, mein jetziges Leben festzuhalten. Es ist nicht leicht gewesen, Missy. Wenn ich hierbleiben muß, dann kann ich das nur, wenn ich ganz hier bin. Ich habe nicht die Energie, an zwei Orten gleichzeitig zu sein.«

»Machen Sie sich's da oben nur nicht zu gemütlich«, sagte Missy.

Aber in diesen ersten Tagen, während sich um mich herum der neuenglische Herbst in seiner ganzen Pracht entfaltete und mir so exotisch erschien wie ein Märchen aus Tausendundeiner Nacht, war ich so verträumt und eingelullt von all der Schönheit, als wäre ich verzaubert. Selbst Dennis Ponders bedrohliche Krankheit und seine unverändert reservierte Haltung taten meinem Wohlgefühl keinen Abbruch. Nicht einmal Bella Ponders unerfüllte Sehnsucht nach ihrem Sohn und Luzias Rückzug in die Phantasien ihrer Kindheit konnten meiner Zufriedenheit etwas anhaben.

Selbst meine Mutter fand keinen Zutritt zu meiner Insel des Glücks. Am schwarzen Brett bei Alley's wurde ein solides Doppelbett angeboten. Gegen Bezahlung brachte der Sohn des Verkäufers es mir ins Camp und stellte es unter der Treppe auf. Dort schlief ich nun, mit Lazarus an meiner Seite, über mir die schiefgetretenen Treppenstufen, umgeben von dunklen Balken und dem holzigen Staubgeruch vieler Jahrzehnte. Licht jeglicher Art, sei es Sonnen-, Mond- oder Feuerschein, drang kaum in meine Höhle vor, und anscheinend konnte auch meine Mutter nicht hineingelangen. In den länger werdenden Nächten erschien sie viele Male, bleich und verzweifelt stand sie in der Kälte, aber sie konnte nicht in meinen Schutzraum vordringen, und ich konnte ihren Gesichtsausdruck nur noch undeutlich wahrnehmen und nicht sehen, wonach ihre ausgestreckten Hände greifen wollten. Ich nahm ihr Kommen kaum wahr, bevor ich in tieferen Schlaf fiel, und Lazarus schien ihre Gegenwart überhaupt nicht mehr zu spüren. Es war, als würden die Träume genau wie das Licht am Eingang der Höhle ausgesperrt. Ich ahnte ihre Anwesenheit mehr, als daß ich sie sah, und die nackte Angst, die sie mit sich gebracht hatte, war gedämpft. Ich schlief, ohne mich hin und her zu wälzen und ohne aufzuschrecken, und fühlte mich morgens beim Aufwachen so frisch und ausgeruht wie schon seit Wochen nicht mehr.

Aber nach und nach fing ich doch an, etwas zu vermissen. Ich spürte einen Anflug von schleichender Rastlosigkeit, eine gewisse Angespanntheit, mit einem Beigeschmack von Schuld. Es dauerte nicht lange, bis ich begriff, auf was es hinauslief. Ich brauchte etwas oder jemanden, worum ich mich kümmern konnte. In dem kleinen Haus hatte ich alles in meiner Macht Stehende getan, um es herzurichten; meine Kinder waren außerhalb meiner Reichweite, und meine Wohlfahrtsprojekte zu Hause liefen unter neuer Leitung auch ohne mich wie am Schnürchen. Wahrscheinlich war es zuviel verlangt, wenn ich erwartet hatte, daß meine grundlegenden Charakterzüge sich durch mein neues Leben grundlegend ändern würden; dazu war das Vermächtnis meiner Mutter zu dauerhaft, ihre Konditionierung zu effektiv. Für die Versorgung der Schwäne brauchte ich nur wenige Minuten am Tag, und ich hatte kein Interesse, meine Beziehungen zu Dennis Ponder oder zu Bella und Luz zu vertiefen; mir wurde klar, daß ich außer ihnen praktisch niemanden auf der Insel kannte. Ohne große Begeisterung spielte ich mit dem Gedanken, mich nach irgendeinem gemeinnützigen Ehrenamt umzuschauen, in Oak Bluffs oder Vineyard Haven – nicht in Edgartown, wo man sicherlich keine ehrenamtlichen Helfer brauchte. Aber noch bevor ich mich auch nur erkundigen konnte, wurde mein Problem durch Dennis Ponder gelöst. Beziehungsweise lösten Lazarus und Dennis es für mich.

An einem grauen Nachmittag Anfang November, als ich, weil ich nichts anderes zu tun fand, vor dem Fenster auf dem Sofa lag und vor mich hin döste, kam Lazarus hereingestürmt und bellte so aufgeregt, als wolle er alle Waschbären in Massachusetts auf die Bäume jagen. Auf Dennis' Wunsch hin hatte ich ihn am Morgen im größeren Camp gelassen. Zuerst dachte ich, daß Dennis seine sabbernde Anwesenheit satt hatte und ihn heimgeschickt hätte. Aber Lazarus hörte nicht auf zu bellen, und schließlich stieß er direkt an meinem Ohr ein so herzzerreißendes, ängstliches Geheul aus, daß ich von meinem Lager aufstand. Sofort rannte er hinüber zum größeren Camp. Ich eilte ihm mit klopfendem Herzen nach und war mir sicher, daß mit Dennis etwas nicht stimmte.

Auf den ersten Blick schien alles in Ordnung zu sein; er saß im Wohnzimmer auf dem Boden, von der Hüfte abwärts mit einer Wolldecke zugedeckt. Er trug einen rotschwarz gemusterten Pullover, der seinen hohen Wangenknochen ein wenig Farbe gab. Um ihn herum lagen Unmengen von Büchern verstreut. Er mußte alle Bücherkisten aus dem Schlafzimmer ausgeleert haben. Einige Bände standen bereits im Regal neben dem Kamin. Der Kamin war kalt; das Feuer, das ich am Morgen angezündet hatte, war ausgegangen, und zwischen Dennis und der Feuerstelle befand sich ein Hindernisparcours aus Kisten und Bücherstapeln. Eine einzige kleine Lampe warf ihren spärlichen Schein in den kalten Raum. Obwohl es erst Nachmittag war, herrschte schummriges Dämmerlicht. Ich konnte sehen, daß Dennis Ponders Augen geschlossen waren und daß er den Stumpf seines amputierten Beines unter der Decke massierte. Es war ein so seltsamer, intimer Augenblick, den Mann allein mit seinem nackten Schmerz zu sehen, daß ich die Augen schloß. Schließlich sagte ich: »Kann ich Ihnen helfen? Lazarus hat mich hergeholt, und ich hatte Angst, es wäre etwas passiert.«

Einen Augenblick lang saß er da, ohne die Augen zu öffnen oder etwas zu sagen, und ich fürchtete schon, er würde mich wieder anfahren; aber dann schaute er mich mit trüben Augen an und sagte: »Wäre nett, wenn Sie Feuer machen könnten. Wegen der verfluchten Bücher schaffe ich es nicht zum Kamin, und ich glaube, ich kann mich erst wieder bewegen, wenn mir wärmer wird. Paradox, nicht wahr?«

Ich bahnte mir den Weg zwischen den Bücherstapeln zum Kamin, legte einige Scheite hinein und zündete sie an und wartete, bis sie Feuer gefangen hatten. Dann ging ich in die Küche und setzte Teewasser auf. Auf dem Weg schaltete ich mehrere Lampen an. Das Licht schien die Kälte ein wenig zu vertreiben. Dann kam ich zurück und setzte mich auf Dennis' Sofa.

»Sie haben Schmerzen, nicht wahr? Haben Sie sich mit den Büchern abgeschleppt? Das ist im Moment noch zuviel für Sie ...«

Das war eine ziemlich dumme Frage; natürlich hatte er die Bücher ausgepackt. Wieso würden sie sonst auf dem Boden herumliegen? Ich wurde rot und wartete auf die unvermeidliche, sarkastische Bemerkung, aber er sagte nur: »Ich konnte es einfach nicht mehr ertragen. Ich dachte, ich müßte sie katalogisieren und in die Regale stellen, bevor ich mit meiner Arbeit anfange; ansonsten finde ich nichts, wenn ich irgend etwas nachschlagen will. Mir war nicht klar, daß es so viele sind. Selbst mit zwei gesunden Beinen würde es Wochen dauern. Ich brauche ein ganzes Jahr dafür. Bevor ich drei Bücher ins Regal gestellt habe, bin ich zweimal gefallen.«

»Ich könnte es für Sie machen«, hörte ich mich zu meiner eigenen Überraschung sagen.

»Ich meine, wenn Sie niemand anders finden, dem Sie die Aufgabe lieber übertragen wollen«, fügte ich hinzu, als er nicht reagierte.

»Ich hab so was mal gemacht, bei einem Literaturförderungsprogramm in Atlanta«, fuhr ich fort, wohl wissend, daß ich ins Schwafeln geriet. »Es war kein kleines Projekt; wir haben dreißigtausend Bücher katalogisiert und in Regale geräumt. Und im College habe ich zwei Jahre Bibliothekswissenschaften studiert. Meine schlechteste Note war ein B plus ...«

Er fing an zu lachen und strich sich sein schwarzgraues Haar aus der Stirn; der Feuerschein und das Lachen gaben ihm noch mehr Farbe. Er sah fast so jung aus wie auf dem Foto, das er mir bei unserem ersten Treffen gezeigt hatte. In diesem Augenblick sah er kein bißchen krank aus.

»Ich zweifle nicht an Ihren Referenzen«, sagte er. »Zweifellos führt alles, was Sie anpacken, erfolgreich zu Ergebnissen. Ich kann es nur nicht fassen, daß Sie mir immer wieder den Arsch retten wollen, obwohl ich mich aufführe wie ein Kotzbrocken. Sind Sie vielleicht Quäkerin? Oder gehören Sie zu den Zeugen Jehovas? Oder sind Sie ein Engel Gottes?«

»Ich wollte mich nicht aufdrängen«, sagte ich steif und erhob mich. Meine Augen brannten, und mein Gesicht glühte.

»Molly, um Gottes willen, setzen Sie sich wieder«, sagte er. »Ich wollte mich nicht lustig machen. Ich finde Sie bewundernswert. Komplimente machen war noch nie meine Stärke. Kochen Sie uns einen Tee, oder holen Sie besser einen Scotch, und dann lassen Sie uns das mit der Katalogisierung besprechen. Sie haben recht. Es ist wirklich zuviel für mich im Moment. Aber es muß unbedingt gemacht werden. Dieses Bücherchaos macht mich einfach wahnsinnig. Ich kann so nicht leben.«

Ich sah ihn rot und dann wieder blaß werden und war mir sicher, daß er sich selbst gefragt hatte, ob sein Leben vielleicht bald zu Ende sein würde und welchen Sinn es überhaupt hatte, seine Bücher zu ordnen.

»Ich würde Ihnen gern helfen«, sagte ich hastig. »Ich könnte hier arbeiten und Sie im Schlafzimmer. Wenn ich jeden Tag ein paar Stunden herkomme, müßte es in ein, zwei Monaten zu schaffen sein. Ich werde keinen Lärm machen und würde Ihnen nicht vor den Füßen herumlaufen. Ihrem Fuß, meine ich. Was rede ich da nur? Tut mir leid, Dennis.«

Er lachte wieder. »Sie brauchen sich nicht zu entschuldigen. Man kann nichts dagegen machen. Es geschieht nicht im denkenden Teil des Gehirns; es ist irgendein uralter Instinkt oder so was. Vielleicht in der Großhirnrinde. Ich habe Betty Rollin kurz nach ihrer beidseitigen Mastektomie kennengelernt. Sie hatte gerade ein Buch darüber geschrieben. Ich habe ihr ein Kompliment für ein Fernsehinterview gemacht, in dem sie sich so offen und ›frei von der Brust weg‹ geäußert hätte.«

Plötzlich war alles in Ordnung. Wir lachten. Ich holte Tee und Scotch, und wir tranken von beidem und hörten uns Don Shirleys *Orpheus in der Unterwelt* an, während wir über das Buchprojekt redeten. Das Feuer prasselte im Kamin, und Lazarus lag schnarchend davor. Als es dunkel wurde und ich mich zum Gehen anschickte, hatten wir beschlossen, daß ich drei- bis viermal in der Woche vormittags für ein paar Stunden herkommen würde. In der Zeit wollte er im Schlafzimmer bleiben, um die Notizen für sein Buch zu sortieren. Wenn ich keinen Zettel vorfinden und er nicht nach mir rufen würde, sollte ich nicht nach ihm sehen.

»Es würde mich nicht stören, aber ich bin kein angenehmer Gesellschafter, wenn ich arbeite«, sagte er. »Meine Mitarbeiter haben sich beschwert, daß ich sie anschnauze und herumkommandiere. Aber das dürfte Sie ja nicht überraschen.«

»Wovon handelt Ihr Buch?« fragte ich und ärgerte mich sofort über meine Neugierde. So etwas sollte man einen Autor wohl besser nicht fragen, dachte ich.

Aber er antwortete gelassen: »Es handelt von der langen Zeit, die ich in Gesellschaft von Kindern verbracht habe. Ich will versuchen, ihre wahren Gedanken darzulegen, die oft ganz anders sind, als wir glauben oder es uns wünschen. Zumindest will ich schildern, was ich darüber weiß. Der Titel lautet ›Unter Tigern‹.«

»Und, sind sie das? Tiger, meine ich?« fragte ich lächelnd.

»Darauf können Sie Gift nehmen. Haben Sie das nicht gewußt? Sie haben doch einen Sohn, sagten Sie …«

»Und eine Tochter. Ja, ich glaube, ich verstehe, was Sie meinen. Oft sind sie so. So ursprünglich und schön und unbarmherzig ...«

»Genau.«

Als ich schon an der Tür war, rief er: »Ist Lazarus wirklich zu Ihnen gekommen und hat Sie hergeholt?«

»Ja«, sagte ich. »Haben Sie ihn geschickt?«

»Nein. Nachdem er mich zum vierten Mal auf den Hintern fallen sah, hat er sich wohl entschieden, die Sache selbst in die Hand zu nehmen.«

»Ein aufdringlicher Kerl, nicht wahr?«

Ich hörte ihn noch lachen, als ich schon auf der Veranda stand. Beschwingt ging ich dicht gefolgt von Lazarus den Hügel hinab, noch ganz erfüllt von Fröhlichkeit, wie ein Kind, das nach einer lustigen Zirkusvorstellung nach Hause kommt.

Meine ausgelassene Stimmung hielt so lange an, bis ich eine Weile später mit meinen Lebensmitteltüten das Farmhaus betrat. Als ich die Treppe hinauflief und die Tür öffnete, fühlte ich mich fast wie eine Tochter des Hauses, die Jugend, Luft und Leben mit sich bringt. Aber der Raum war dunkel, keine einzige Lampe war an, und Bella lag unter einer schweren Wolldecke auf dem Sofa, und ihr Atem ging keuchend und schwer wie der eines gestrandeten Wals. Luz weinte.

»Kümmern Sie sich nicht um sie; sie macht nur Schau«, flüsterte Bella. Ihre Stimme war so schwach, daß ich sie kaum hören konnte, und ihr bleiches Gesicht war schweißbedeckt. Erschrocken ging ich zu ihr, knipste eine Lampe an und schaute sie genauer an. Ihre Lippen waren blau.

»Bella, ich rufe die Schwester«, sagte ich, aber sie schüttelte heftig den Kopf.

»Es wird schon wieder besser«, sagte sie. »Sie hat mich so lange provoziert, bis ich sie angeschrien habe. Manchmal hab ich das Gefühl, sie macht das mit Absicht. Aber die Schwester versetzt sie in Angst und Schrecken. Vielleicht könnten Sie uns einen Tee machen; danach hat sie die ganze Zeit gejammert. Ich war einfach zu schlapp, um einen zu kochen.«

Ich machte Tee und brachte ihn ins Zimmer. Bella hatte sich in der Zwischenzeit aufgesetzt und sah ein wenig besser aus, obwohl ihre

Stirn noch immer schweißnaß war. Luz lag leise vor sich hin schniefend in ihrem zerwühlten Bett und schaute uns nicht an.

»Was ist los?« fragte ich zögernd und konnte den Ärger förmlich riechen.

»Oh, ich erzähle ihr um diese Zeit immer eine Geschichte oder lese ihr etwas vor, und heute ging es nicht«, keuchte Bella. »Früher hat sie Denny immer um diese Zeit vorgelesen, und als er fort war, hat sie mir vorgelesen. Als sie dann schwächer wurde, habe ich für sie gelesen. Und manchmal hat sie mir selbst ausgedachte Geschichten erzählt, aber das wird immer seltener. Jedenfalls war meine Stimme heute nachmittag einfach zu schwach zum Lesen. Ich hab es ihr mehrmals gesagt, aber sie hat es wohl vergessen und mich immer wieder gefragt, und nach einer Weile sind mir die Nerven durchgegangen. Das tut mir sehr leid, aber sie kann einen manchmal dazu bringen.«

Ich wandte den Blick von ihrem großen, bleichen, unglücklichen Gesicht ab. Die armen alten Frauen, zusammengeschmiedet durch Verfall und fehlgeschlagene Erwartungen wie zwei alte Ochsen, die sich ihr Leben lang zusammen abgemüht haben und nicht mehr weiter können.

»Vielleicht könnte ich ihr manchmal vorlesen«, sagte ich und wußte sofort, daß ich es bereuen würde. Aber es gehörte doch eigentlich nicht viel dazu, eine halbe Stunde vorzulesen.

»Oh, ja!« rief Luzia und hatte ihren Groll vergessen. Aber Bella schüttelte beharrlich den Kopf.

»Alle unsere Bücher hat sie schon hundertmal gelesen. Und außerdem will ich Sie nicht mit so etwas behelligen. Darüber waren wir uns doch einig.«

Obwohl sie die Augen halb geschlossen hatte, sah ich, wie sie mir einen verstohlenen Blick zuwarf.

»Oh, Bella, bitte«, flüsterte Luzia und fing wieder an zu weinen.

»Ich würde es gern tun«, sagte ich. »Ich habe früher meinen Kindern immer etwas vorgelesen. Als sie zu groß dafür wurden, hab ich es richtig vermißt. Ich hole ein paar Bücher aus der Bibliothek; was lesen Sie denn gern, Luz?«

»Ach … Geschichten. Abenteuer und solche Sachen. Über weit

entfernte Orte, wo ich noch nie gewesen bin. Und Tiergeschichten finde ich auch schön ...«

»Vielleicht finde ich ja eine über Schwäne«, sagte ich, woraufhin sie fröhlich in die Hände klatschte, während Bella nachsichtig lächelte. Auf dem Heimweg kehrte das Hochgefühl des Nachmittags zurück. Es war ein schönes Gefühl, wieder gebraucht zu werden, solange ich selbst bestimmen konnte, in welchem Maße ich auf die Bedürfnisse meiner Schützlinge eingehen wollte.

Am nächsten Morgen ging ich mit Lazarus im Schlepptau zum größeren Camp, um mit der Katalogisierung der Bücher zu beginnen, und mußte feststellen, daß Dennis Ponder wieder so kühl und abweisend und ungeduldig war wie eh und je. Nachdem ich ein paar Fragen durch die geschlossene Schlafzimmertür gerufen hatte, die von entscheidender Bedeutung für die Fortführung meiner Arbeit waren, hörte ich, wie er seufzte und sich mühevoll hochrappelte, dann hörte ich ihn mit seinen Krücken hantieren, aber es dauerte eine Weile, bis er in der Tür stand und mich finster anschaute.

»Ich dachte, Sie wüßten, wie man so was macht«, sagte er. »Wenn Sie hier alle fünf Minuten irgendwelche belanglosen Fragen herausschreien, krieg ich keinen Satz zu Ende. Es gibt eben keine Frau auf Gottes Erdboden, die eine Gelegenheit zum Schwatzen auslassen würde, das hätte ich mir ja denken können.«

Seine Bemerkung war so übellaunig und bewußt verletzend, daß ich ihn anlächelte. Er klang wie ein mißmutiger, ewig nörgelnder Teenager, und ich mußte unwillkürlich an Teddys Launen denken. Trotzdem hatten seine Worte mich verletzt.

»Also gut«, sagte ich ruhig. »Dann werde ich die Bücher einfach nach Themen stapeln und die Fragen auf später verschieben. Oder vielleicht könnten wir uns ja auf eine kleine Fragerunde am Ende des Arbeitstages einigen. Ich könnte die Fragen auf einen Zettel schreiben und ihn unter Ihrer Tür durchschieben, oder ich hefte den Zettel an ein Stück rohes Fleisch und werfe es Ihnen ins Zimmer. Außerdem bin ich nicht schwatzhaft. Und ich habe Ihnen nur zwei Fragen gestellt.«

»Ja, ja, tut mir leid«, murmelte er und kehrte ins Schlafzimmer zurück, wo er geräuschvoll die Tür hinter sich schloß.

»Arschgeige«, flüsterte ich. Ich hörte ihn ein paar Worte zu Lazarus sagen, der auf dem Bettvorleger lag. Als Antwort klopfte Lazarus mit dem Schwanz auf den Boden.

»Arschgeige und frischverliebter Köter«, murmelte ich und machte mich ans Sortieren.

Am Ende des Morgens hatte ich die meisten Bücher je nach Thema zu riesigen Pyramiden aufgeschichtet. Ich saß auf dem Boden und war ganz vertieft in einen Roman von Tania Blixen, als ich ihn ins Zimmer humpeln hörte.

»Ich hab das Buch aufgeschlagen und konnte nicht mehr aufhören zu lesen«, sagte ich. »Für heute bin ich fertig. Der Weg zur Küche müßte einigermaßen frei sein ...«

»Tania Blixen«, sagte er und schaute auf das Buch, das ich in der Hand hielt. »Einige halten sie für die beste Erzählerin der Welt.«

Seine Stimme war nun nicht mehr so kalt, sondern schwach. Anscheinend mußte ich mich bei ihm auf ein ganz bestimmtes Verhaltensmuster gefaßt machen. Ab und an ließ er mich ein winziges Stückchen näher an sich heran, nur um sich sofort wieder zurückzuziehen und mir wieder die kalte Schulter zu zeigen, bis zum nächten kurzen Tauwetter. Nun gut. Wenn er solche Angst vor mir hatte, konnte ich es auch nicht ändern. Ich hatte allerdings genug von seinem eisigen Sarkasmus. Wenn ich schon nur vier Lebewesen zur Verfügung hatte, mit denen ich reden konnte – zwei alte kranke Frauen, einen Hund und Dennis Ponder –, legte ich keinen Wert auf angespannte und unangenehme Gespräche.

Plötzlich kam mir etwas in den Sinn.

»Eigentlich wollte ich Sie fragen, ob Sie mir dieses Buch nicht ein, zwei Tage ausleihen könnten«, sagte ich. »Ich verspreche, daß ich ordentlich damit umgehe. Ich hab im Moment nichts zu lesen, und mein Bibliotheksausweis ist noch nicht fertig.«

»Nehmen Sie es mit«, erwiderte er reserviert. »Ich lese jetzt nur noch wissenschaftliche Bücher.«

»Was für ein Jammer. Und warum?«

»Mir bleibt keine Zeit für Spekulationen«, sagte er steif. »Und ich habe keine Geduld für Phantasiegeschichten.«

»Ich möchte es Luzia vorlesen«, sagte ich, wie um mich zu verteidigen, denn ich hatte das Gefühl, er würde mich für oberflächlich halten. »Sie kann nicht mehr selbst lesen, und Ihre Mutter ist bald zu schwach dafür.«

»Was fehlt meiner Mutter?« fragte er nüchtern.

»Ich glaube, sie leidet unter Koronarinsuffizienz«, sagte ich. »Mehr weiß ich nicht. Keine Angst, ich werde nicht über sie tratschen.«

»Das habe ich nicht gesagt.«

Ich stand auf, aber dann fiel mir noch etwas ein.

»Oh, ich wußte nicht, was ich mit diesen hier machen sollte. Ich kann sie mit den anderen ins Regal stellen, aber einige scheinen mir ziemlich alt und wertvoll zu sein. Ich dachte, Sie würden sie vielleicht gern woanders aufbewahren. Die feuchte Luft hier oben tut ihnen nicht gut, und sie sind ohnehin in keinem guten Zustand.«

Ich deutete auf eine Kiste mit wunderschönen alten Lederbänden, in denen es in erster Linie um Schiffe und Seefahrt ging. Nachdem eine Seite unter meinen Händen zu Staub zerfallen war, hatte ich nicht weiter damit herumhantiert.

Er humpelte herüber und schaute in die Kiste, dann wandte er den Blick ab.

»Lassen Sie sie fürs erste in der Kiste«, sagte er. »Sie sind von meinem Vater. Irgendeine Anwaltskanzlei hat sie mir geschickt, nachdem er letztes Jahr gestorben ist. Ich hab sie mir noch nicht näher angeschaut.«

»Dann ist er also tot«, sagte ich.

»Ja, mausetot.«

»Haben Sie irgendwelche Erinnerungen an ihn?«

»Nein.«

Nach kurzem Zögern sagte ich: »Ihre Mutter weiß nicht, daß er tot ist. Haben Sie das gewußt?«

Er zuckte mit den Schultern.

»Soll ich es ihr sagen?«

»Warum?« fragte er hämisch. »Sie hat sich doch in all den Jahren gut gemacht als verlassene Ehefrau. Aber andererseits, warum eigentlich nicht? Als Witwe Ponder könnte sie sich noch mehr einbilden, das könnte ihr ganz neue Horizonte eröffnen.«

Ich nahm das Buch von Tania Blixen und ging nach Hause, ohne noch etwas zu sagen. Das Schicksal der Ponders, *mère et fils*, konnte mir gestohlen bleiben. Wenn es nötig war, daß Bella Ponder über den Tod ihres Ehemannes Bescheid wissen mußte, so würde der anonyme Anwalt sie informieren. Oder vielleicht hatte er es schon getan. Bei ihrem Hang zum Dramatisieren und Manipulieren konnte man es nicht wissen.

An Nachmittag schlug ich den Blixen-Roman auf, um Bella und Luz daraus vorzulesen. Heute wirkte die Situation ein wenig freundlicher; das Feuer brannte hell, Bella hatte Tee und Brote gemacht, und Luz sah aus wie ein Kind, das der Vorlesestunde entgegenfiebert.

»Das ist ein ziemlich altes Buch«, sagte sie und strich über den Einband. »Woher haben Sie es?«

Ich zögerte einen Augenblick und antwortete dann: »Ich hab es in einer Kiste gefunden.«

Ich hatte keine Lust, Dennis Ponder ins Gespräch zu bringen.

»Wie ein verlorener Schatz«, sagte Luz.

»Ja.«

Ich räusperte mich und begann zu lesen: »Ich hatte eine Farm in Afrika, am Fuße der Ngong-Berge ...«

Der Thanksgiving-Tag war ungemütlich und stürmisch. Regentropfen klatschten gegen die Fensterscheiben, und die letzten Blätter fielen naß und schwer zu Boden. Lazarus und ich verbrachten den Tag allein. Ich hatte ein vorgebratenes Hühnchen und eine Packung Fertigfüllung für Bella und Luz gekauft, schlug jedoch nicht vor, gemeinsam zu essen. Luz war stark verschnupft, und Bella sah seltsam aus, als ich das Essen am frühen Abend vorbeibrachte, abwesend und unnahbar wie ein Monolith, ganz in sich selbst versunken. Dennis hatte mich überredet, nicht nach ihm zu sehen. Er komme gut voran mit seinen Aufzeichnungen und wollte nicht gestört werden, ließ er mich wissen. Falls er mich brauchen sollte, würde er rufen. Er fragte mich nicht, ob ich für den Feiertag etwas geplant hatte, aber er wollte an diesem Tag auf Lazarus' Gesellschaft verzichten, da es schließlich eine Familienfeier sei.

»Ich schaue trotzdem gegen sechs bei Ihnen vorbei«, sagte ich.
»Machen Sie, was Sie wollen«, erwiderte er.

Mir hatte davor gegraut, den Tag allein zu verbringen, aber dann wurde es doch recht schön. Ich machte ein großes Feuer und legte regelmäßig Holz nach. Zusammen mit Lazarus legte ich mich aufs Sofa und vertiefte mich in ein Buch von Oliver Sacks aus Dennis' Bibliothek. Gegen vier machte ich mir ein Omelett und fütterte Lazarus und die Schwäne. Dann schlief ich auf dem Sofa ein und träumte von meiner Mutter.

In diesem Traum war sie seit Wochen zum ersten Mal wieder in ihrem unterirdischen, vergitterten Raum, aber diesmal bedrängte sie mich nicht mit ihrem stummen Flehen. Diesmal waren ihre Augen auf den Hinterkopf meines Vaters gerichtet. Er saß vor ihr und blickte starr geradeaus. Ich wußte, daß er sie noch nicht gesehen hatte, aber ich wußte auch, daß er sich jeden Moment nach ihr umschauen und zu ihr gehen würde …

Ich wurde von meinem eigenen Schluchzen geweckt, sprang auf und wählte Kevins Nummer in Washington. Ich wußte, sie waren alle zu Sallys Eltern gefahren, aber vielleicht waren sie ja schon zurück. Ich mußte unbedingt die Stimme meines Vaters hören, noch nie hatte ich mich nach etwas so gesehnt.

Als er an den Apparat ging, war ich ein wenig überrascht. Er ging bei Kevin so gut wie nie ans Telefon. Auch wenn er bei uns in Ansley Park zu Gast war, wollte er nie rangehen. Er empfand es als aufdringlich, bei jemand anderem ans Telefon zu gehen, es verstieß gegen seinen altmodischen Gentleman-Ehrenkodex.

Seine Stimme klang belegt und schwach, als hätte ich ihn aus dem Schlaf gerissen, und ich fragte ihn, ob dies der Fall sei.

»Auf frischer Tat ertappt«, sagte er. »Ich wollte noch ein Nickerchen machen, bevor die anderen zurückkommen und die Sportübertragungen anfangen.«

»Ich dachte, du wolltest mitfahren«, sagte ich.

Er schwieg einen Moment lang und sagte dann: »Ich hatte keine rechte Lust, Baby. Ich hatte noch Papierkram zu erledigen. Aber jetzt bin ich damit fertig, und ich bin froh, daß alles erledigt ist.«

Da wußte ich, daß sie ihn nicht dabeihaben wollten, und ihm

mußte klarsein, daß ich es wußte. Ich plapperte noch einige liebevolle Belanglosigkeiten vor mich hin und rief ein paar Stunden später Kevin an.

»Ihr habt ihn also nicht mitgenommen zur Thanksgiving-Feier«, sagte ich ohne Vorrede. »Was kommt als nächstes? Wollt ihr ihn zu Weihnachten in eine Pension schicken?«

»Nein, zum Teufel, wir haben ihn nicht mitgenommen«, sagte Kevin schnippisch. »Sonst hätte er den ganzen Tag bei Sallys Eltern herumgesessen und geweint. Er weint nämlich jetzt, Molly. Er sitzt einfach da, und die Tränen laufen ihm übers Gesicht. Starrt einfach ins Leere. Fröhliches Thanksgiving, was? Sally und Mandy sind auch ständig am Weinen. Wenn du meinst, daß du besser mit ihm fertig wirst, dann komm her und kümmere dich um ihn.«

»Darauf kannst du Gift nehmen, daß ich besser mit ihm klarkomme, verdammt noch mal«, sagte ich, und meine Stimme bebte vor Zorn. »Hol ihn an den Apparat.«

Er klang wie eh und je, aber so war es ja immer gewesen bei unseren Telefonaten.

»Daddy könntest du vielleicht für eine Weile hierherkommen und bei mir wohnen?« fragte ich. »Hier gibt es so viel zu tun, was ich nicht schaffe. Ich brauche jemanden, der mir das eine oder andere reparieren kann. Und Lazarus vermißt dich so, und ich vermisse dich auch, und diese beiden wildgewordenen Schwäne, die ich zweimal am Tag füttern muß, jedesmal muß ich um mein Leben fürchten. Lazarus haben sie ins Wasser getrieben, und ich weiß gar nicht, was ich tun soll, wenn es Winter wird ...«

Mein Vater kicherte. Es war sein altes Lachen – oder etwa nicht?

»Ach ja, das hört man allgemein, daß Schwäne ganz schön bösartig sein können. Haben den alten Lazarus tatsächlich ins Wasser gejagt! Das würde ich gern sehen.«

»Heißt das, du kommst?«

»Ich denke, ja. Zumindest für ein paar Tage. Wenn du's ernst gemeint hast –«

»Aber natürlich hab ich's ernst gemeint, Daddy!«

Sobald ich den Hörer aufgelegt hatte, schmiedete ich Weihnachtspläne für meinen Vater und mich. Wir würden uns einen

Baum aus dem Wald schlagen, Stechpalmenzweige und Kiefernzweige ins Haus holen, Preiselbeeren für die Vögel auffädeln; ich wollte ihm ganz Up-Island zeigen, und wir würden am Feuer sitzen, seinen Lieblingsscotch trinken und Popcorn essen und die alten Weihnachtslieder anhören, und wir würden endlich reden ... Und es würde schneien. Natürlich würde es schneien.

Als ich nach Logan fuhr, um ihn abzuholen, hatten meine Weihnachtsphantasien märchenhafte Dimensionen erreicht. In der Nacht vor seiner Ankunft fing es dann sogar tatsächlich an zu schneien.

Aber es war nicht mein Vater, der in Boston aus dem Flugzeug stieg und sich blinzelnd und verwirrt nach mir umschaute. Er war nicht der Vater, den ich immer gekannt hatte, nie und nimmer hätte ich mir vorstellen können, ihn jemals so zu sehen. Dieser Mann hatte zwar das Gesicht meines Vaters, aber es war wie eine Maske, bleich und schlaff und um Jahrzehnte gealtert. Und er war so dünn, völlig abgemagert, und er schlurfte, und als er mich sah und anlächelte, blieben seine Augen ernst. Und obwohl er aufmerksam zuhörte, während ich munter drauflosschwatzte und ihn auf markante Punkte am Cape Cod und auf dem Weg von Vineyard Haven nach Up-Island hinwies, schwieg er die meiste Zeit, und ich war mir nicht sicher, ob er meine Worte überhaupt erfaßte. Und als er die Lichtung sah und den See und das Haus mit den bunten Weihnachtslichtern, die sanft in der frühen Abenddämmerung schimmerten, und den dicken Türkranz mit den roten Bändern und Lazarus, der uns schwanzwedelnd empfing, stammelte er nur: »Das sieht aber sehr gemütlich aus.«

Und als ich ihn nach oben in das größere Schlafzimmer führte, wo er schlafen sollte, sah er den Hut meiner Mutter auf der Ablage und fing an zu weinen.

11

Meine Familie hat sich schon immer über meine langsamen Reaktionen lustig gemacht. Tee hatte Caroline und Teddy stets eingeschärft, bei durchgebrannten Sicherungen, Rohrbrüchen und sonstigen Notfällen ihn anzurufen, nicht mich.

»Bis eure Mom überhaupt merkt, daß etwas nicht stimmt, stehen wir alle knietief im Wasser«, sagte er oft.

Er hätte nur den Kopf geschüttelt, wenn er mich in diesem schrecklichen Augenblick gesehen hätte, wie ich im Schlafzimmer stand und meinen schluchzenden Vater im Arm hielt. Denn erst jetzt wurde mir klar, daß meine Mutter wirklich und endgültig tot war.

Gleichzeitig erkannte ich, daß auch er nicht mehr da war. Der Mann, den ich als meinen Vater gekannt hatte, war für mich in dem Moment gestorben, als meine Mutter starb, und er wurde auf groteske Weise zu meinem Kind. Von einer Sekunde zur anderen wurde ich gleichzeitig ein altes Waisenkind und eine frischgebackene Mutter. Es war der schrecklichste Augenblick meines Lebens. Mein Kopf dröhnte von einem lauten Rauschen. Als es schwächer wurde, merkte ich, daß ich meinem Vater den Rücken tätschelte, wie ich es immer bei Caroline und Teddy gemacht hatte, wenn sie als Kinder weinend zu mir gelaufen kamen. Es war eine reine Instinkthandlung, und ich zog sofort meine Hand zurück, als wäre sein armer Rücken glühend heiß.

Kurz danach hob er den Kopf und schaute mich an, sein Gesicht war von Trauer und Hilflosigkeit gezeichnet.

»Ich habe dir nichts mehr zu geben, Baby«, flüsterte er. Es war nicht seine Stimme, nicht mal sein Flüstern. »Irgend etwas ist zerbrochen. Ich kann einfach nicht mit diesem gottverdammten Weinen aufhören. Es ist absurd und widerlich, und es macht den Menschen angst, die ich am meisten liebe, und mir macht es auch angst, und ich kann nicht damit aufhören, es geht einfach nicht. Ich wünsche mir von ganzem Herzen, daß ich es gewesen wäre.«

»Nein!« schrie ich und verstand sofort, was er meinte. Ich wurde von Angst und Verzweiflung erfaßt. »Das könnte ich nicht ertragen! Sag das nie, nie wieder! Ich brauche dich, ganz egal, wie du bist! Und wenn du auch nie wieder einen Finger krumm machst und für die nächsten hundert Jahre weinst, ich brauche dich trotzdem! Weißt du das denn nicht? Wenn du das noch einmal sagst, gehe ich; ich laufe einfach weg! Das schwöre ich dir!«

Wir hielten beide inne. Er hörte auf zu weinen, und ich hörte auf zu schreien. Wir schauten uns an und fingen an zu lachen. Weglaufen?

»Hauptsache, du hältst nicht die Luft an, bis du blau anläufst«, sagte er, und wir lachten wieder, übertrieben laut und lange. Es war mir einerlei. Es half uns über den schrecklichen Moment hinweg.

Wenige Sekunden später setzte er sich auf das frisch überzogene Bett und schaute sich im Zimmer um. Ich hatte ein Feuer in dem gußeisernen Ofen gemacht und einen Strauß aus Stechpalmenzweigen und weißen Maulbeerblüten in die Vase gestellt; die letzten Sonnenstrahlen tauchten die Balkontüren in zinnoberrotes und goldenes Licht und ließen die silbrigen Wasserflächen des Teiches und der dahinterliegenden Bucht erglühen. Das Zimmer sah wunderschön und liebevoll dekoriert aus, dachte ich. Mein armer, verzweifelter Vater würde von der anheimelnden Behaglichkeit meines Hauses aufgefangen werden.

»Das ist ein hübsches Zimmer«, sagte er. »Du hast dir hier oben ein schönes Nest gebaut. Aber es ist doch dein Zimmer, nicht wahr? Könntest du mich nicht woanders unterbringen? Ich kann dich doch nicht aus deinem Schlafzimmer vertreiben.«

Ich schüttelte den Kopf.

»Hier oben gibt es noch ein zweites Schlafzimmer, wo ich auch schlafen könnte. Aber Lazarus hat für uns einen Winkel unter der Treppe ausgesucht, und da gefällt es mir mittlerweile richtig gut. Es ist wie eine Höhle für den Winterschlaf. Ich konnte hier oben nie gut schlafen, und Lazarus gefällt es hier nicht. Du vertreibst uns also keineswegs.«

Er ließ seinen Blick durchs Zimmer schweifen und schaute mich dann wieder an.

»Träumst du von ihr? Ist sie nachts hier zu dir gekommen? Willst du deshalb nicht hier schlafen?«

Ich starrte ihn ungläubig an. Er lächelte ein wenig.

»Ja«, erwiderte ich schließlich. »Es ist kein schöner Traum. Unten bleibe ich meist davon verschont.«

Er lächelte unschuldig und versonnen wie ein Kind. Die Tränen auf seinen Wangen waren getrocknet.

»Vielleicht kommt sie hier oben ja zu mir. Bis jetzt ist sie noch nicht gekommen. Auch nicht zu Kevin.« Er kicherte. »Er wäre außer sich, wenn er wüßte, daß sie dich ihm vorgezogen hat.«

»Er ist so oder so außer sich, das ist seine Grundhaltung mir gegenüber«, sagte ich und nahm seinen Arm. »Komm mit nach unten. In der Küche steht eine Flasche von deinem geliebten Macallan Scotch.«

Er folgte mir die halsbrecherische Treppe hinunter, wobei er ein paarmal stehenblieb, um eine Schraubzwinge oder einen Stützbalken zu inspizieren und anerkennend zu nicken.

»Du solltest mit deinem Bruder nicht so hart ins Gericht gehen«, sagte er. »Er ist sauer, weil er immer nur sie wollte und statt dessen mich gekriegt hat. Ich glaube, er weiß selbst nicht mal, warum.«

»Er ist ein Mistkerl, und ich gehe so hart mit ihm ins Gericht, wie's mir paßt«, erwiderte ich.

Wir waren unten angekommen, und er wollte sich gerade umdrehen und etwas sagen, als sich draußen auf der Veranda ein zischender, flügelschlagender Aufruhr erhob. Einige kräftige Flügelschläge knallten gegen die Tür. Lazarus sprang daran hoch und begann ein wütendes Gebell.

»Allmächtiger Herrgott«, rief mein Vater.

»Diese verfluchten Schwäne«, sagte ich und rannte in den Abstellraum, um Gersteeimer und Stock zu holen. »Ich hab ihnen heute nachmittag noch nichts zu fressen gegeben. Hab's total vergessen.«

Wie zur Bestätigung meiner Worte tauchten an den großen Fenstern neben der Tür zwei wunderschöne, wutschnaubende Köpfe auf und pickten wütend an die geriffelte, alte Glasscheibe. Die großen weißen Schwingen hörten nicht auf zu schlagen. Mein Vater setzte sich lachend auf die unterste Treppenstufe.

»Das müßte Walt Disney sehen!« sagte er.

Ich öffnete die Tür einen kleinen Spalt, und ein wahrer Schneesturm aus weißen Federn und hackenden, orangefarbenen Schnäbeln drängte sich mir entgegen. Ich knallte die Tür wieder zu.

»Das haben sie noch nie gemacht«, sagte ich. »Noch nie sind sie zum Haus marschiert. Aber ich war auch noch nie so spät dran mit dem Füttern. Was sollen wir jetzt bloß machen? Sie können einem die Knochen brechen ...«

»Gib mir den Stock und halt den Hund fest«, sagte mein Vater. »Dann verschanzt ihr euch hinter dem Sessel da.«

»Daddy, sie können dich wirklich verletzen; eine Bekannte von mir hat einem Schwan ein gebrochenes Handgelenk zu verdanken ...«

Er öffnete die Tür und trat hinaus auf die Veranda, mitten in die wirbelnde weiße Wolke. Er knallte die Tür hinter sich zu. Gebannt starrte ich durchs Fenster und hielt vor Aufregung die Luft an, während ich alle Mühe hatte, den hysterischen Lazarus zurückzuhalten.

Mein Vater holte aus und ließ den Stock mit lautem Knall auf die Veranda donnern.

»Seid still«, sagte er sanft.

Charles und Diana gehorchten. Sie beendeten ihre bösartigen Attacken und schauten ihn an, wobei sie ihre v-förmigen Köpfe mal nach links und mal nach rechts neigten. Ihre Flügel waren immer noch ausgebreitet, in jener klassischen Drohgebärde, die ich allzu gut kannte, aber das Flügelschlagen und Fauchen war vorüber. Ganz langsam senkten sie die Schwingen. Mein Vater deutete auf den Eimer, und ich reichte ihn durch die Tür, die ich sofort wieder zumachte.

»Wo fütterst du sie immer?« rief er, ohne Charles und Diana aus den Augen zu lassen.

»Am Seeufer, du mußt den Weg runter zum Schilf gehen«, erwiderte ich.

»Hört gut zu«, sagte er zu den Schwänen. »Also, wenn ihr was zu essen wollt, müßt ihr euch anständig benehmen. Kein Gestoße, kein Gezische, kein Flügelschlagen. Ist das klar? Dann gehen wir jetzt los.«

Damit wandte er ihnen den Rücken zu und marschierte durch die Dämmerung die Treppe hinunter und den Weg entlang bis zum Seeufer. Charles und Di watschelten tolpatschig hinter ihm her. Lazarus hörte auf zu bellen und setzte sich. Ich starrte ihnen fassungslos hinterher.

»Wie hast du das gemacht?« fragte ich, als er zurück ins Haus kam. »Ich dachte schon, wir müßten eine AK-47 holen.«

Er ließ sich aufs Sofa fallen und hielt die Hände ans Feuer. Er grinste, aber es war nur ein vager Abklatsch seines alten Lächelns.

»Schwanpsychologie.«

»Du willst mich wohl veräppeln.«

»Ich war in der Bibliothek und hab mich über Schwäne informiert, als du sie zum erstenmal erwähnt hast«, sagte er. »Interessante Vögel. Diese beiden sind Höckerschwäne, wußtest du das? Sie haben keine besonderen Krächzlaute oder Schreie. Sie verhalten sich jedoch nicht so, wie es für Schwäne typisch ist.«

»Das habe ich auch schon gedacht. Und was wäre typisch?«

»Wenn du mal ein, zwei Tage Zeit hast, erzähle ich dir, was ich über Höckerschwäne weiß. In der Zwischenzeit kann ich ja den Küchendienst übernehmen.«

»Was meinst du, weshalb ich dich hergelockt hab?«

Wir saßen und nippten an unserem Macallan, bis die Sonne längst untergegangen war und ein bleicher, kalter Mond am Himmel erschien. Ich hatte einen Topf Chili gekocht, aber wir waren beide nicht besonders hungrig. Mir reichte es, in meinem warmen kleinen Haus zu sitzen, mich über die Anwesenheit meines Vaters zu freuen und seine Stimme zu hören. »Und jetzt erzähl mir mal alles«, sagte er irgendwann, und das tat ich. Ich erzählte ihm, wie unbehaglich mir im August auf Chappaquiddick zumute war, wo ich keine Geborgenheit fand, wie sehr ich mich gefreut hatte, Up-Island und dieses kleine abgeschiedene Fleckchen Erde zu finden, ich schilderte die Farben und Gerüche des neuenglischen Herbstes und die tiefe, reine Einsamkeit, die mir so guttat. Ich erzählte ihm von Bella Ponder und Luzia Ferreira und Dennis Ponder und erläuterte, welche Rolle sie in meinem neuen Leben spielten und ich in ihrem. Ich beschrieb, wie sich das Mondlicht in der Bucht von Menemsha spiegelte und wie gleißende Sternschnuppen vom nachtschwarzen Himmel fielen. Ich erzählte von den flammend roten Tupelo-Bäumen, von den uralten Mauern aus Gletscherschotter bei Chilmark, von den Perlhühnern, Gänsen und Schwänen und den gewaltigen, tanzenden Statuen, von dem Geruch frisch gefangener Fische am Dutcher's Dock und von der geschichtsträchtigen Vergangenheit, von der die alten Häuser und die verwitterten Tore kündeten. Er hörte zu und nickte, und ab und an lächelte er oder sagte: »Hmmhmm.«

Nach einer Weile ging mir die Puste aus, und ich trank einen großen Schluck Scotch. Er streckte sich und kraulte Lazarus am Kopf und sagte: »Und jetzt erzähl mir von zu Hause. Wie steht es denn mit Tee? Wie Kevin sagt, möchtest du im Moment nicht zurück in euer Haus, aber mehr weiß ich auch nicht. Teddy redet von nichts anderem als von der Wüste und seinem Studium, und Caroline hat an ihrem Schmerz und Zorn genug zu knacken. So erfahre ich nichts. Hast du genug Geld? Hast du dir schon überlegt, was du machen willst, wenn der Winter vorbei ist?«

Ich schloß die Augen und schaute in Gedanken südwärts. Atlanta und alles, was damit zusammenhing, erschien mir wie ein eiteriges, schmerzendes Geschwür. Ich schreckte davor zurück. Ich sah meinen Vater an und schüttelte lächelnd den Kopf.

»Das kann alles warten, Daddy. Ehrlich gesagt denke ich nicht viel darüber nach, und darüber zu reden geht im Moment noch über meine Kräfte. Wir haben alle Zeit der Welt. Laß uns nicht diesen wunderbaren Abend verderben. Du kannst dir nicht vorstellen, wie sehr ich mich darauf gefreut hab, dich bei mir zu haben.«

Er nickte zustimmend, leerte sein Glas, lehnte sich zurück und streckte die Beine aus.

»Du hast dir hier oben ein richtiges kleines Märchenreich geschaffen, stimmt's, Baby?« sagte er langsam. »Mit allem, was dazu gehört: zwei unglücklichen Jungfrauen und ein gefallener Ritter, der deine Hilfe braucht. Sogar ein Schwanenpaar auf dem Burggraben.«

Ich fragte mich, ob seine Worte ironisch gemeint waren, aber er hatte die Augen geschlossen, und sein Gesicht war entspannt.

»So ist es nicht«, sagte ich. »Für mich hat das Ganze nichts Märchenhaftes. Und warum sollte ich hier nicht ein kleines bißchen Glück oder zumindest Frieden genießen?«

Er setzte sich gerade hin, faltete die Hände im Schoß und starrte in die Flammen.

»Ich mache mir Sorgen um dich, Molly«, sagte er. »Mein eigener Kummer macht mir sehr zu schaffen, aber trotzdem weiß ich, wie schlecht die Dinge für dich in Atlanta stehen. Ich kann gut verstehen, daß du nicht davon reden willst. Tee und dieses kleine Flittchen haben dich durch ihr unverschämtes Verhalten aus der Stadt vertrieben. Aber glaub mir, Baby, das hier oben, so idyllisch und schön es auch sein mag ... es ist nicht real. Es gibt dir keinen Halt. Wenn ich es recht verstanden hab, herrschen oben im Farmhaus Alzheimer und Herzversagen. Und nebenan Krebs. Das bedeutet Leiden und Sterben; es bedeutet Probleme, Schmerz und Angst ...«

»Nicht für mich«, sagte ich entschieden. »Wir haben eine Übereinkunft, Daddy. Wenn ein gewisser Punkt überschritten ist, bin ich von meinen Aufgaben entbunden und brauche mich nicht mehr zu kümmern. Das habe ich von Anfang an klar und deutlich gesagt.«

Er schüttelte den Kopf und lächelte ein wenig.

»Man kann sich nicht ein kleines bißchen auf Schmerzen und Tod einlassen, Molly. Genausowenig wie man ein bißchen schwanger sein kann. Außerdem bist du die Tochter deiner Mutter, wie sehr du auch dagegen ankämpfen magst. Davor willst du nämlich davonlaufen; davor willst du dich hier oben verstecken. Du versteckst dich vor ihr. Vor dem, was sie noch für dich ist, und dem, was sie aus dir gemacht hat.«

»Das stimmt einfach nicht. Ich denke ehrlich gesagt kaum an sie, Daddy. Eigentlich will ich schon, aber irgendwie mache ich es dann doch nicht.«

»Du träumst von ihr«, sagte er. »Der geheimste, ursprünglichste Teil deines Wesens denkt nämlich doch an sie.«

Ich spürte eine Welle kalten Unbehagens über mich hinwegspülen. Hatte er womöglich recht? Hatte ich meine Mutter tief in meinem Inneren begraben und damit bewirkt, daß sie in meinem Unterbewußtsein so real und lebendig existierte wie eh und je?

Der Schweiß trat mir auf die Stirn. Ich schaute meinen Vater an. Er starrte noch immer ins Feuer, und plötzlich fiel mir auf, wie schlaff und grau sein Gesicht war. Ich bekam Gewissensbisse, weil ich ihm nach der langen Reise noch keine Ruhe gegönnt hatte.

»Schlafenszeit«, sagte ich. »Warum gehst du nicht schon nach oben? Ich bringe dir dann einen Teller Chili hoch.«

»Danke, aber ich glaub, ich möchte lieber nichts mehr essen«, sagte mein Vater. »Einen Schluck Scotch könnte ich allerdings noch vertragen.«

»Dann nimm doch die Flasche mit«, sagte ich und gab ihm einen Kuß auf die Wange. »Ab morgen zeige ich dir alles, aber wir haben ja jede Menge Zeit. Schlaf dich erst mal richtig aus.«

»Gute Nacht, Baby«, sagte er und küßte mich auf die Stirn. Dann schlich er langsam die steile Treppe hinauf.

»Gute Nacht, Daddy«, sagte ich leise vor mich hin. »Träum was Schönes.«

Am nächsten Morgen schlich ich erst eine ganze Weile auf Zehenspitzen herum, um ihn nicht aufzuwecken, bevor ich dahinterkam, daß er weder oben noch anderswo im Haus war. Ich spürte ein beklemmendes Gefühl in der Brust, warf mir eine Jacke über den Bademantel und trat hinaus auf die Veranda. Dort fand ich Lazarus, dessen Leine an den schweren Eisenständer der Hängematte geknüpft war. Die Leine war straff gespannt, denn er hatte sich, so nah es ging, an die Verandatür gesetzt und winselte leise. Ich rannte die Treppe hinunter und dann über den Pfad zum Teich. Der eiskalte Tau drang durch den dünnen Stoff meiner Hausschuhe. Das Herz schlug mir bis zum Hals. Ich hätte nicht sagen können, was mich so ängstigte und warum ich mir so sicher war, daß mein Vater am Wasser sein mußte. Ich rief nicht nach ihm, weil ich Angst hatte, womöglich keine Antwort zu bekommen.

Ich fand ihn am Ende des Stegs. Er saß da, beobachtete Charles und Diana und ließ seine Beine über dem Wasser baumeln. Sie standen beim Ufer an ihrem üblichen Eßplatz, hielten die Köpfe dicht nebeneinander und schauten meinen Vater an. An den verstreuten Getreidespelzen konnte ich sehen, daß er sie schon gefüttert hatte. Sie wirkten ganz entspannt, und bis auf ein halbherziges Zischen in meine Richtung waren sie friedlich. Ein Schwanliebhaber hätte vielleicht gesagt, sie würden mit meinem Vater kommunizieren. Aber vielleicht war ja allein die Tatsache, daß sie nicht versucht hatten ihn umzubringen, als eine Art von Kommunikation zu verstehen!

»Worüber unterhaltet ihr euch gerade?« rief ich leise von der Mitte des Weges aus, wo ich stehengeblieben war.

Mein Vater schaute sich um und lächelte. Er war blaß und abgespannt, aber jene schlaffe, herzzerreißende Schwäche in seinem Gesicht hatte sich ein wenig verflüchtigt.

»Ach, über alles mögliche. Über die hohen Gerstepreise. Die schlampig gebauten Nester heutzutage. Die vielen herumstreunenden Hunde. Weißt du, was, Molly? Ich glaube, das Weibchen hat irgend etwas am Flügel. Ich glaube, sie kann nicht fliegen. Bestimmt sind sie deshalb all die Jahre immer hiergeblieben. Sie kann nicht fort, und er will sie nicht verlassen.«

»Wie kommst du darauf? Ich finde, sie schlägt tadellos mit ihren Flügeln.«

»Schau mal, wie sie jetzt dasteht. Siehst du, wie schlaff der eine Flügel runterhängt? Die Spitze schleift im Gras. Auf der anderen Seite nicht. Und auch bei ihm nicht.«

Ich schaute genauer hin und sah, daß er recht hatte. Dianas linker Flügel hing tatsächlich tiefer; die weiße Spitze schleifte über das feuchte, schlammige Seeufer. Erst jetzt fiel mir ein, daß ich sie bisher immer nur mit ausgebreiteten, drohend aufgerichteten Flügeln gesehen hatte.

»Wenn ich darüber nachdenke, hab ich sie noch nie fliegen sehen«, sagte ich.

»Sie fliegen nicht, es sei denn, sie ziehen weiter. Zu anstrengend. Nach den Trompetenvögeln sind die Höckerschwäne die größten Schwäne, die es gibt, fast die größten Vögel überhaupt. Von allen Vögeln brauchen sie die längste Anlaufstrecke, um hochzukommen. Dieser kleine See würde vielleicht gerade mal dazu ausreichen. Nur wenn sie unbedingt woandershin wollten, würden sie versuchen aufzufliegen.«

»Tut mir leid, Leute«, sagte ich zu Charles und Di. »Ich hab euch falsch eingeschätzt. Ich dachte, ihr würdet nur aus Faulheit und Gefräßigkeit hierbleiben. Ich habe jedem erzählt, ihr wärt verwöhnte, freche Blagen.«

»Nun, das sind sie vielleicht auch«, sagte mein Vater. »Aber eben nicht nur. Siehst du, Molly, kein Wesen ist so schlicht, wie du vielleicht denkst.«

»Da hast du wohl recht. Willst du mich begleiten, wenn ich nach Dennis und den alten Damen schaue? Ich hab ihnen zwar gesagt, daß du kommst, aber ich sollte dich wohl besser vorstellen.«

»Klar, ich komme gern mit.«

Ich machte Lazarus los, und als wir gefrühstückt hatten und zu Dennis Ponders Camp gingen, saß er, wie ich es erwartet hatte, in der Schlafzimmertür und klopfte mit dem Schwanz auf den Boden. Dennis stand hinter ihm. Er war angezogen und stützte sich auf seine Krücken. Einen Augenblick lang stellte ich mir vor, wie er auf meinen Vater wirken mochte, und mich schauderte; wie hatte ich nur denken können, daß er ein wenig besser aussah? Er sah aus wie ein halb geschmolzener Schneemann, den jemand mit Stöcken abgestützt hatte. Hemdkragen und Manschetten waren viel zu weit, und sein Haar schien mir grauer als sonst. Außerdem war es viel zu lang. Das geht dich nichts an, sagte meine innere Stimme, aber es juckte mir in den Fingern, sein Haar unter die Schere zu bekommen, und ich fragte mich, wie es sich wohl anfühlen würde.

Für mich war es immer wieder überraschend, wie natürlich und entspannt mein Vater neuen Menschen gegenübertrat. Ich weiß nicht, warum es mich überraschte, denn ich habe es ja unzählige Male miterlebt. Ich denke, man hat von den Menschen, die einem sehr nahestehen, ein festes Bild im Kopf: Mein Vater, der liebenswerte, aber nicht besonders intellektuelle, alte Ire aus einer ländlichen Region in Südgeorgia, nicht gerade weltgewandt. Natürlich irrte ich mich. Mein Vater verfügt über eine angeborene Höflichkeit und tritt jedem Menschen mit Hochachtung und Rücksichtnahme gegenüber. Überdies zeigt er großes Interesse an praktisch allen

Dingen und Menschen, die ihm begegnen; so war es zumindest vor diesem schrecklichen Sommer gewesen. Jetzt wurde ich Zeuge, wie er versuchte, auf Dennis Ponder zuzugehen. Und Dennis reagierte darauf wie ein unbändiges junges Pferd auf den festen und sanften Griff eines erfahrenen Reiters.

Mit kurzen, forschenden Sätzen tasteten sie sich aneinander heran, wie es typisch ist für Männer, die sich gerade kennengelernt haben. Mein Vater begegnete Dennis mit offener Herzlichkeit und aufrichtigem Interesse, ohne vor seiner Krankheit zurückzuschrecken. Und Dennis reagierte kein bißchen herablassend oder kaltschnäuzig, wie ich ihn leider noch immer ab und zu erlebte. Die beiden Männer saßen auf dem Sofa vor dem Feuer und tranken den Kaffee, den ich ihnen gekocht hatte. Ruhig und friedlich plauderten sie über Belanglosigkeiten, und selbst wenn sie schwiegen, schienen sie sich wohl zu fühlen. Lazarus lag vor dem Kamin und schlief den Schlaf der Gerechten, Pfoten und Schnauze zuckten in seinen Hundeträumen, während seine beiden momentanen Lieblingsmänner gemütlich beieinander saßen. Ich hantierte in der Küche herum und schmollte. Dennis' Benehmen gegenüber meinem Vater empfand ich als offenkundige Beleidigung. Es war, als wolle er mir zeigen, was für ein Mensch er sein konnte, wenn seine Geduld nicht durch eine Nervensäge auf die Probe gestellt wurde.

Ich kam aus meiner Schmollecke gekrochen und hörte meinen Vater leise lachen und sagen: »Tiger, das ist eine treffende Bezeichnung. Meine Enkeltochter hat zwei Ohrringe in einem Ohr und einen weißen Streifen am Hinterkopf, wie ein Skunk, und sie schaut dich an mit ihren gelben Augen, als wolle sie dich zum Frühstück verspeisen. Jungs sind ja schon schlimm genug, aber wie werden Sie bloß mit den Mädchen fertig?«

Ich wußte, sie redeten über Dennis' Arbeit und das Buch, an dem er schrieb, und lächelte interessiert.

»Ich habe keine Mädchen unterrichtet«, sagte Dennis. »Castleberry ist nur für Jungen. Wahrscheinlich eine der letzten privaten Jungen-Prepschools, und das wird sich bestimmt bald ändern. Bisher hat es noch niemand eingeklagt, aber es ist wohl nur eine Frage der Zeit.«

»Hat Ihnen das gefallen? Nur mit Jungs zu arbeiten?« fragte mein Vater.

»Ja, sehr. Ich finde, sie lassen sich nicht so leicht ablenken. Und mit Mädchen bin ich noch nie gut zurechtgekommen. Irgendwie können wir nicht viel miteinander anfangen.«

Nach kurzem Schweigen wandte er sich an mich und sagte: »Und ich habe nicht diese Schwäche für kleine Jungs wie so viele Jesuiten.«

»Nun, davon bin ich auch nicht ausgegangen«, sagte ich steif. »Wie kommen Sie darauf, daß ich so etwas denken könnte?«

»Manche Leute haben es gedacht«, erwiderte er knapp. Ich antwortete nicht. Ich kochte vor Wut. Wie konnte er mir nur solche Verdächtigungen unterstellen?

»Ich habe eine Tochter«, sagte er zu meinem Vater. »Ich sehe sie nicht. Ihre Mutter denkt, daß ich mir nicht viel aus ihr mache; sie sagt, ich wäre ihr nie nah gewesen, und seit der Scheidung sei es noch schlimmer geworden, und deshalb läßt sie sie mich überhaupt nicht mehr sehen. Vielleicht hat sie recht. Ich hatte nie einen Draht zu Claire. Mädchen sind eben nicht so einfach großzuziehen wie Jungs.«

Dad zwinkerte mir zu.

»Man muß sich schon Mühe geben«, sagte er. »Aber manchmal wird doch etwas Ordentliches aus ihnen.«

»Ich hoffe, so ist es auch bei meiner Tochter«, sagte Dennis. »Ich frage mich immer, ob ich nicht versuchen sollte, sie wiederzusehen ...«

Er sagte nicht: »jetzt, wo ich so krank bin«, aber ich wußte, daß er es dachte.

»Wie alt ist sie?« fragte mein Vater.

»Zehn.«

Ich war überrascht, ich hatte gedacht, sein Kind sei viel älter. Er war mindestens so alt wie ich, wahrscheinlich noch älter, obwohl man sein Alter wegen seiner Krankheit schlecht schätzen konnte. Die Trennung konnte jedenfalls noch nicht lange zurückliegen. Das mußte noch sehr weh tun. Ich fragte mich, wie ich mich fühlen würde, von Caroline und Teddy getrennt, schwer krank, vielleicht sogar todkrank zu sein. Ohne es zu wollen, empfand ich großes Mitgefühl.

»Wir müssen weiter«, sagte ich zu meinem Vater. »Dennis will arbeiten, und ich muß den Damen ihre Lebensmittel bringen. Ich mache nächste Woche mit den Büchern weiter, Dennis, und ich bring Ihnen heute abend Ihre Sachen ...«

»Es hat keine Eile. Nehmen Sie sich Zeit für Ihren Vater«, sagte Dennis freundlich. Dann wandte er sich an meinen Vater. »Tut mir leid, daß Sie Ihre Frau verloren haben. Herzliches Beileid.«

Mein Vater schaute mich an, und Dennis registrierte seinen Blick.

»Meine Mutter hat mir geschrieben«, sagte er. »Molly ist stumm wie ein Fisch, was persönliche Dinge angeht.«

»Danke«, sagte mein Vater.

»Ein netter Kerl«, sagte er auf der Fahrt zum Farmhaus. »Zu schade, das mit seiner Krankheit. Er wird ja recht gut damit fertig.«

»Sieht so aus«, sagte ich und hatte plötzlich den perversen Wunsch, er könnte Dennis Ponder in einer seiner arktischen Phasen erleben. »Mir hat er natürlich kein Beileid gewünscht. Anscheinend hat er wirklich keinen Draht zu Frauen. Kannst du dir vorstellen, daß er dir in einer halben Stunde mehr von sich erzählt hat als mir in zwei Monaten?«

»Du hast gesagt, ihr hättet eine Übereinkunft«, sagte mein Vater.

»Ich habe keine Übereinkunft mit ihm getroffen. Vielleicht wollte er nur gern reden. Den meisten Männern fällt es leichter, persönliche Dinge mit einem Mann zu besprechen.«

»Oh. Dann geht es also um Männergespräche, was?«

Er kicherte. »Ich denke schon. Stört es dich?«

»Nein.«

Aber seltsamerweise mußte ich feststellen, daß es mich doch störte, ein klein wenig.

Ich hatte Bella und Luz nicht gesagt, daß ich meinen Vater an diesem Morgen mitbringen würde, dennoch waren sie bereit, vornehmen Besuch zu empfangen. Im Kamin flackerte ein munteres Feuer, die dampfende Teekanne stand bereits auf dem Tisch, auf dem Sims stand eine wunderschöne alte Kupferkanne mit frisch geschnittenen Stechpalmenzweigen, an denen Unmengen von leuchtend roten Beeren prangten, und die beiden alten Frauen hatten sich offensichtlich ihre besten Sachen angezogen und Make-up aufgelegt. Bellas schwarzer Jerseykasak wurde von einem wunderschönen roten Paisleyschal aufgepeppt, der mit Goldfäden durchwirkt war, und ihr Haar war so stramm aufgesteckt, daß ihre schwarzen Augen aussahen wie die einer chinesischen Prinzessin, aber insgesamt sah sie aus wie ein kluger, heiterer Buddha, dick und reich geschmückt. Luz trug ein cremefarbenes Leinennachthemd, das bis zu ihrem dünnen, faltigen Hals zugeknöpft war, und ebenfalls ein Tuch um die Schultern. Ihres war blaßrosa und lindgrün gemustert. Bella hatte ihr das schneeweiße Haar gebürstet, bis es ihr winziges gelbes Gesichtchen wie ein silbriger Strahlenkranz umrahmte. Sie trug sogar etwas roséfarbenen Lippenstift. Sie sah aus wie ein mumifiziertes Kind in den Kleidern seiner Großmutter.

»Ich muß euch ein Kompliment machen. Ihr seht beide wunderschön aus«, sagte ich und lächelte sie an. »Habt ihr das alles für meinen alten Pa gemacht?«

»Ist es vielleicht verboten, sich zur Abwechslung mal was Nettes anzuziehen?« fragte Bella schalkhaft. Ihr Gesicht war ziemlich rot, ob es am Rouge oder an ihrer Krankheit lag, hätte ich nicht sagen können.

»Bella hat gesagt, daß uns ein geheimnisvoller Fremder seine Aufwartung macht«, sagte Luzia und kicherte. »Seh ich nicht hübsch aus? Ich fühl mich wie eine Prinzessin mit diesem Tuch. Es stammt von meiner Urgroßmutter. Sie war tatsächlich eine Prinzessin. Erzähl's ihnen, Bella ...«

»Gib Ruhe, Luz, du hast doch versprochen, nicht soviel zu plappern«, grummelte Bella, aber sie schenkte Luzia ein nachsichtiges Lächeln.

»Nach ihrem Aussehen müssen Sie beide von edler Abstammung sein«, sagte mein Vater und verbeugte sich lächelnd vor den alten Damen. Er hatte seinen Tweedhut abgenommen und hielt ihn in der Hand. Bella nahm ihn entgegen und legte ihn liebevoll auf den Tisch.

»Nett, mal wieder einen Männerhut in unserem Mädelhaus zu sehen«, sagte sie. »Das hat so etwas ...«

Mit ihren schwarzen Augen sah sie ihn vielsagend an und lächelte dabei so spitzbübisch, daß ich mich zusammennehmen mußte, um nicht loszukichern. Bella Ponder flirtete mit meinem Vater! Ich fragte mich, ob es ihm bewußt war. Wenn es so war, dann ließ er sich so gut wie nichts anmerken. Wie ich schon sagte, Daddy ist ein wahrer Gentleman.

»Bella, kann ich ihm von König Dinis erzählen?« bettelte Luz. »Er weiß es bestimmt nicht, und er soll uns doch nicht für normale, durchschnittliche Leute halten.«

»Später vielleicht«, sagte Bella und funkelte sie drohend an. »Außerdem kann ich mir sowieso nicht vorstellen, daß er uns für normal hält.«

Wieder dieser vielsagende Blick, und das schalkhafte Lächeln.

»Jeder sieht sofort, daß Sie was ganz Besonderes sind«, sagte mein Vater lächelnd und setzte sich zu Luz ans Bett. »Ich würde all diese Geschichten furchtbar gern hören, wenn wir einmal mehr Zeit haben. Aber ich glaube, wir müssen gleich zum Einkaufen fahren. Darf ich an einem anderen Tag wiederkommen? Dann können Sie mir von König Dinis erzählen.«

»Oh, ja! Wann? Heute noch? Bella, kann er nicht heute nachmittag kommen?«

»Gönn dem armen Mann doch ein bißchen Zeit mit seiner Tochter, bevor du ihm die Ohren vollplapperst«, sagte Bella Ponder. »Es interessiert sich doch sowieso kein Mensch mehr für diese alten Geschichten.«

»Ich schon«, sagte mein Vater, und ich wußte, daß er es ehrlich meinte. Auch Luz wußte es. Sie lehnte sich zufrieden in ihre Kissen und schaute zu, wie mein Vater Bella Ponder mit seinem Wesen bezauberte. Im Grunde war es nichts weiter als sein lebhaftes Interesse und sein konzentrierter Blick, aber es dauerte nicht lange, bis Bella ebenfalls drauflosredete wie ein Wasserfall. Ich ging in die Küche, um frischen Tee zu holen. Auf einem Kuchengitter lag ein frisches Weißbrot. Ich schnupperte daran; es war noch warm und duftete nach Vanille und nach einem geheimnisvollen, fremdartigen Gewürz. Bella mußte sich ungeheuer angestrengt haben, um es zu backen. In letzter Zeit backte sie kaum noch, hatte sie mir gesagt. Neben dem Brot stand ein Teller mit Käsekuchen und ein Glas selbstgemachtes Strandpflaumenmus. Ich stellte alles auf ein Tablett und brachte es ins Wohnzimmer.

»... Aber er will nicht mal mit mir reden«, sagte Bella gerade zu meinem Vater, und ich seufzte. Die alte Saga von Dennis' Abtrünnigkeit. »Ich hab mich immer gefragt, was sie gemacht haben drüben in Amerika, um ihn gegen mich aufzuhetzen. Ich habe ihn rübergeschickt, damit er seine wahre Herkunft nicht vergißt, aber soweit ich weiß, kann er es nicht mal ertragen, wenn man das Wort ›Portugal‹ auch nur erwähnt. Bevor er hierherkam, hat er mir geschrieben, daß er nichts Portugiesisches bei sich im Haus haben wollte. Ein paar Kleinigkeiten habe ich aber trotzdem reinschmuggeln können. Es ist ein stolzes Erbe. Das darf er nicht vergessen.«

»Das wird er auch nicht«, sagte ich und dachte an die *santos* und *reredos* in Dennis Ponders Schlafzimmer. Bis jetzt hatte er noch nicht heftig dagegen protestiert, zumindest nicht in meiner Gegenwart. Aber er wußte vielleicht, daß er sich damit abfinden mußte; er selbst konnte sie jedenfalls nicht aus dem Haus schaffen.

»Sie werden sich sicher fragen, warum wir nicht miteinander reden«, sagte Bella zu meinem Vater.

»Es ist traurig, wenn eine Familie auseinanderbricht«, erwiderte er sanft.

»O ja, das ist es! Sie können sich nicht vorstellen, welchen Schmerz ich in meinem Herzen spüre«, erzählte sie lebhaft. »Und ich spreche nicht von meiner dummen Herzkrankheit. Mein Herz blutet, seit mein Sohn mich verlassen hat. Ich wünschte, ich wüßte, warum er mich so haßt, aber meine Familie ist schon vor langer Zeit zurück nach Portugal gegangen, und ich werde es nie erfahren, es sei denn, er sagt es mir selbst. Aber sie müssen irgend etwas gesagt oder getan haben ...«

»Denny war so ein süßer kleiner Junge«, piepste Luz. Ich hatte geglaubt, sie würde schlafen; sie hatte mit geschlossenen Augen dagelegen und den Kopf ein wenig hin und her gewiegt.

»Er war wie mein eigener Sohn; die ganze Zeit haben wir zusammen gespielt. Er liebte die alten Geschichten und die Spiele. Wenn es ihm bessergeht, kommt er mich besuchen. Bella hat's versprochen. Wir können nicht da runterfahren, wissen Sie.«

Bella Ponder sah uns kopfschüttelnd an.

»Man weiß nie, was sie hört und was sie nicht hört«, sagte sie.

»Ich hab ihr das nie versprochen; das wäre grausam. Er will uns beide nicht sehen. Luz ist ... wie ein Kind. Sie war immer so. Kein Wunder, daß Denny so gern mit ihr gespielt hat; es war, wie mit einem Kind zu spielen. Seit ihrem Sturz ist es ein wenig schlimmer geworden.«

»Kann Denny sich an mich erinnern?« fragte Luz wehmütig meinen Vater.

»Er hat nichts davon gesagt. Ich hab ihn ja eben erst kennengelernt. Aber ich bin sicher, daß er sich an Sie erinnert«, sagte Daddy. »Er weiß noch viel von seiner Kindheit hier.«

Bella Ponder warf meinem Vater einen schnellen Blick zu.

»Was weiß er noch? Woran erinnert er sich?« fragte sie. »Was hat er Ihnen davon erzählt?«

»Nur sehr wenig, wie ich schon sagte. Er kann sich an seine Großmutter erinnern und an seine Cousinen. Sie sind ja zusammen zur Schule gegangen und haben in den Pausen miteinander gespielt. Das ist aber auch schon alles.«

Ich schaute Bella Ponder an. Hatte sie nicht gesagt, er würde niemanden von seinen Ponder-Verwandten kennen? Sie sah mich nicht an, aber ihre Wangen wurden noch ein wenig röter.

»Was weiß er sonst noch aus dieser Zeit? Hat er was gesagt?« murmelte sie. Ihr Atem rasselte in der Brust.

Mein Vater lächelte sanft, aber ich sah und wußte, daß Bella Ponder nicht mehr von ihm erfahren würde.

»Sonst hat er nicht viel gesagt«, erwiderte er. »Wir haben nicht lange miteinander gesprochen. Er ist sehr beschäftigt, und ich wollte ihn nicht ermüden. Er ist ja erst vor kurzem operiert worden, und er braucht wohl noch eine ganze Weile, bis er darüber hinwegkommt.«

»Er ist sehr krank, nicht wahr?« fragte Bella.

»Ich weiß es nicht, Mrs. Ponder, aber ich fürchte, ja«, antwortete mein Vater ruhig.

Bella starrte ihn lange an. Ihre schwarzen Augen füllten sich plötzlich mit Tränen, und sie wandte sich ab. Aber dann sagte sie leise: »Danke. Sie hätten mich auch belügen können. Die meisten Leute hätten es getan.«

»Ich werde Sie nicht belügen«, sagte mein Vater.

»Werden Sie wiederkommen?«

»Natürlich, wenn Sie es gerne möchten.«

»Werden Sie ... werden Sie mir von meinem Sohn erzählen? Ich hab Ihrer Tochter versprochen, nicht zu fragen, aber wenn er so krank ist, möchte ich über ihn Bescheid wissen ...«

»Ich fürchte, das kann ich Ihnen nicht versprechen«, sagte mein Vater. »Es sei denn, er wäre damit einverstanden. Aber ich werde ihn fragen.«

Sie nickte. Kurze Zeit später verabschiedeten wir uns. Ich steckte die Einkaufsliste ein und folgte meinem Vater zur Tür. Bella begleitete mich.

»Bringen Sie Ihren Daddy doch bald wieder mit zu uns«, sagte sie. »Er ist ein netter Mann. Ein guter Mensch. Seien Sie froh, daß Sie einen solchen Vater haben, der bis hier hoch kommt, um bei Ihnen zu sein. Mein Vater hätte das nicht für mich getan, und Dennis' Vater schon gar nicht. Passen Sie gut auf ihn auf.«

»Das mache ich«, sagte ich und küßte sie zu unserer beider Überraschung auf die Wange. Mein Vater hatte es wieder geschafft; bei diesem kurzen Treffen hatte ich mehr über Bella und Luz Ferreira erfahren als in den vorangegangenen Wochen.

»Traurige Frauen«, sagte mein Vater und stieg in den Wagen. »Nett, aber todtraurig. Sie beide vermissen den Jungen sehr; es ist schade, zudem keinem der drei noch allzuviel Zeit bleiben dürfte ...«

»Weißt du, es kommt mir so seltsam vor, wenn Bella sagt, daß sie einfach nie dazu gekommen sei, ihn auf dem Festland zu besuchen«, sagte ich. »In all den Jahren hat sie es kein einziges Mal geschafft? Wenn Teddy und Caroline dort drüben gewesen wären und ich hätte hier auf der Insel gehockt, ich wär rübergeschwommen. Da muß noch irgend etwas anderes gewesen sein ...«

»Ja, das denke ich auch. Dem Ganzen muß etwas Tragisches zugrunde liegen. Aber das ist ihre Sache. Wir dürfen sie nicht ausfragen und bedrängen. Aber eines sag ich dir, wenn ich das nächste Mal niedergeschlagen bin und vor Selbstmitleid zerfließe, dann denke ich an diese drei Menschen.«

»Aber es scheint ihnen doch einigermaßen zu gehen, findest du nicht auch?« sagte ich, nach seiner Zustimmung heischend. »Den Umständen entsprechend, meine ich.«

Aber er schüttelte den Kopf.

»Es ist schlimm genug, einen Menschen an den Tod zu verlieren. Es muß nahezu unerträglich sein, ihn ans Leben zu verlieren. Nun, ich denke, du weißt, wovon ich spreche, Baby.«

»Ich denke schon«, sagte ich. Aber es schien mir ganz und gar nicht dasselbe zu sein. Irgendwo tief in meinem Inneren wußte ich, daß mein Verlust von Tee nicht in dieselbe Kategorie von Schmerz fiel. Warum dies so war, würde mir wochenlang zu schaffen machen, das wußte ich. Und ich hatte gedacht, daß es keinen stärkeren Schmerz gab.

Die letzten drei Wochen vor Weihnachten waren perfekt. Wenn ich seitdem an »Winter« denke, dann denke ich nicht an den Winter im Süden, wie ich ihn mein Leben lang gekannt hatte – verschwommene, graue Landschaften, schmutziggelbe Felder, trübes, nasses Wetter –, sondern an diese paar Wochen kurz vor der Wintersonnenwende auf Up-Island. Die Tage waren kalt, trocken und klar, und die Sonne stand so tief, daß ihr Licht nicht von oben herabfiel, sondern wie silbriger Wein aus einem umgekippten Faß über die Felder und die See hinwegfloß. Die Bucht glitzerte zwar, und das Wasser im Teich schimmerte wie zusammengeknüllte Plastikfolie, aber es war ein gedämpfter Glanz, nicht zu vergleichen mit den funkelnden Lichtreflexen im August. Das Winterlicht von Up-Island ... es schimmert noch immer in meinen schönsten Träumen.

»Wieder ein Tag mit magischem Licht«, sagte ich morgens zu meinem Vater, wenn wir mit Lazarus zum Laster gingen, um Menemsha, Lucy Vincent, Gay Head oder einen meiner geheimen Inselpfade auszukundschaften.

»Sieht ganz so aus«, antwortete er sanft, und lächelte mir zu. Aber ich wußte, daß es ihm unsagbaren Schmerz bereitete, wenn er etwas Wundervolles oder Einzigartiges erblickte, denn er verspürte noch immer den Impuls, es meiner Mutter zeigen zu wollen. Auch ich hatte manchmal noch das Bedürfnis, Tee von Dingen zu erzählen, obwohl ich mir seine Anwesenheit so gut wie nie mehr herbeisehnte. Dann eines Morgens, nachdem die Lichtung und der Teich durch einen Hauch von Schnee und eine dicke Schicht Rauhreif in eine zauberhafte, silbrig glänzende Märchenszenerie verwandelt worden waren, jauchzte ich, als ich aus meiner Haustür trat, vor Entzücken laut auf. Plötzlich tauchten die Schwäne auf, und ihre leuchtend orangefarbenen Schnäbel bildeten den einzigen Farbklecks in dieser strahlenden Wunderwelt, die aussah wie das Negativ einer Schwarzweißfotographie. Ich rannte zu Dennis Ponders Camp und zerrte ihn auf die Veranda, damit er es sehen konnte. Diesmal lachte er mich nicht aus, sondern nickte und humpelte zurück ins Haus, holte seine Kamera und machte ein paar Aufnahmen. Bevor er zurück an die Arbeit ging, sagte er: »Danke. Durch mein Bein hatte ich fast den Sinn für alles Schöne verloren.«

Ich war so stolz auf mich, als hätte er mir ein Lob für gute Führung erteilt, und erst viel später wurde mir klar, daß ich bei dem zauberhaften Anblick zuerst an ihn gedacht hatte und nicht an Tee.

Und was bedeutet das jetzt? fragte ich mich, aber ich fand keine Antwort und redete mir ein, daß es nichts zu bedeuten hatte.

An diesen ersten Tagen waren wir ziemlich beschäftigt, und ich glaube nicht, daß mein Vater von jener schrecklichen, zermürbenden Depression gequält wurde, die ihm bei Kevin so zugesetzt hatte, aber noch immer lastete eine tiefe Traurigkeit auf seiner Seele. Wenn wir am späten Nachmittag gezwungen waren, mit der Arbeit aufzuhören, wurde er ganz still und saß reglos da. Mit ausdruckslosem leeren Gesicht starrte er ins Nichts. In diesen stummen Augenblicken muß er intensiv an meine Mutter gedacht haben. Das kleine Haus war erfüllt von ihrer Gegenwart, als hätte sie vor wenigen Sekunden das Zimmer verlassen; seine tiefe Sehnsucht nach ihr schien sie lebendig zu machen. Ich konnte sie überall spüren, und sie tauchte in meinen Träumen auf, obwohl sie nicht mehr in meiner kleinen Nische unter der Treppe erschien. Ich fragte mich, ob sie oben zu ihm kam. Ich glaubte es nicht. Er wäre wohl glücklicher gewesen, wenn sie ihn nachts besucht hätte.

Aber im großen und ganzen hielt er sich recht gut. Er bewunderte die Orte, die ich ihm zeigte, mit aufrichtigem Interesse und fragte mich tausend Dinge über Up-Island, über die ich nicht Bescheid wußte, weil ich zu sehr mit mir selbst beschäftigt gewesen war. Nachdem er sich von Bella und Dennis Ponder ein paar Werkzeuge ausgeliehen hatte, machte er sich ums Haus herum zu schaffen, und nach einer Weile brauchte ich mich nicht mehr über knarzende Dielenbretter, tropfende Wasserhähne und defekte Herdplatten zu ärgern. Er bastelte einen klobigen Couchtisch aus einem gespaltenen Baumstumpf, entdeckte eine alte Lampe, die er reparierte und in meiner Schlafnische als Leselampe installierte, setzte eine Schwingklappe für Lazarus in die Tür und baute ihm eine gut isolierte Hundehütte. Wenn er wollte, konnte er jetzt die ganze Nacht in der gemütlichen Hütte sitzen und nach Herzenslust Schwäne beobachten und Waschbären anbellen, aber meist kam er, bevor es hell wurde, wieder ins Haus. Wenn ich erwachte, lag sein schwerer, stinkender Hundekörper immer an meiner Seite.

Nach und nach fing mein Vater an, sich um Dennis Ponder zu kümmern, und nahm mir einige Pflichten ab. Morgens überließ er mir das Katalogisieren und Einräumen der Bücher, während er zufrieden im Camp herumwerkelte oder mit dem Laster nach Chilmark oder West Tisbury fuhr. Er liebte den alten Laster. Immer öfter brachte er Dennis die Lebensmittel, und dann wurden seine Besuche zur täglichen Gewohnheit, weil beide Männer es so wollten. Ich war ein wenig irritiert. Ich hegte plötzlich Besitzansprüche auf meinen Vater, wie ich es nie für möglich gehalten hätte, und wollte ihn nicht mit dem kalten, bleichen Mann aus dem anderen Camp teilen. Und ich ärgerte mich darüber, daß meine Gesellschaft meinem Vater offenbar nicht genügte.

»Was habt ihr bloß die ganze Zeit zu reden?« schnaubte ich wütend, als er spät nach Hause kam und die überbackenen Käsehappen, die es als Snack zu unseren Aperitifs geben sollte, kalt und gummiartig geworden waren.

»Nun, was man eben so redet«, sagte mein Vater. »Über Bücher und Musik. Übers Wetter. Wie es hier früher war. Über die alten Familien. Das finde ich besonders interessant. Er gehört ja dazu und kennt sich mit der Familiengeschichte bestens aus, obwohl er die Jüngeren nicht mehr kennt. Zu schade, daß er sich nicht bei seinen

Verwandten meldet. Es würde ihm sicher guttun, seine Leute um sich zu haben. Aber dazu wird es wohl nicht kommen. Zuviel Bitterkeit auf beiden Seiten, obwohl ich das nicht ganz verstehen kann, wo er sie doch kaum kennt. Wie wir schon gesagt haben, da muß es ein irgendein dunkles, trauriges Geheimnis geben. Außerdem unterhalten wir uns über die anderen Leute hier oben, diejenigen, die erst seit einer Generation hier oder erst kürzlich gekommen sind. Es sind viele. Zahlenmäßig sind sie den Oldtimern weitaus überlegen. Ein ziemlich gemischter Haufen. Ladenbesitzer, Fischer, Schriftsteller, Maler, Juristen und Immobilienmakler – anscheinend versucht die halbe Insel der anderen Hälfte Land zu verkaufen oder zu kaufen. Es wird viel gebaut hier oben; Dennis sagt, daß es deswegen auch eine Menge Ärger gibt. Es muß hier wohl viel mehr richtig arme Leute geben, als man glauben würde, sagt er. Und viele kommen nur gerade so über die Runden. Wenn die Familie in Not gerät, ist die Versuchung groß, jedes bißchen Land zu verkaufen, das man entbehren kann. Andererseits möchte niemand, besonders nicht die alten Familien, die immer noch viel Land besitzen, daß hier dasselbe passiert wie Down-Island. Aber die Steuern sind horrend. Viele Nachbarn sind sich deswegen spinnefeind.«

»Woher weiß Dennis über all diese Dinge so gut Bescheid? Er ist doch seit seinem achten Lebensjahr nicht mehr hier gewesen.«

»Er hält sich auf dem laufenden«, sagte mein Vater knapp. »Er hatte immer die *Gazette* abonniert. Wie dem auch sei, wir unterhalten uns über alles mögliche. Du solltest uns ab und zu Gesellschaft leisten. Du kennst dich viel besser mit Musik und Literatur aus als ich. Und ich glaube, das sind seine Lieblingsthemen.«

»Nun, dann soll er mich selbst einladen.«

Er lächelte.

»Würdest du hingehen?«

»Nein, das gehört nicht zu unserer Abmachung.«

»Tja, dann ...«

Während ich in der Küche das Abendessen vorbereitete, spürte ich, daß ich mich vielleicht auch ein kleines bißchen ärgerte, weil Dennis Ponder offensichtlich ebenfalls mehr brauchte als nur mich. Ich hatte meine sorgfältig ausgeklügelte Dienstleistungsroutine als sehr befriedigend empfunden; in der Rolle eines distanzierten, rettenden Engels hatte ich mich äußerst wohl gefühlt. Mit keiner Silbe hatte Dennis angedeutet, daß er mehr von mir wollte. Wahrscheinlich will er das auch nicht, dachte ich. Zumindest nicht von mir.

Ich fuhr jetzt zweimal am Tag zum Farmhaus, aber zwei- oder dreimal die Woche begleitete mein Vater mich, und an diesen Tagen blieben wir länger. Bella servierte Tee und ein paar Scheiben von dem süßen Brot, das sie bei seinem ersten Besuch gebacken hatte, *Massa Sovada* hieß es, sagte sie. Das fremdartige Gewürz war Safran.

»Das ist Osterbrot«, erklärte Luz. »Das gab es immer am Ostermorgen nach der Frühmesse. Und Holy-Ghost-Suppe; Bella, weißt du noch, wie gern Denny die gegessen hat? Als er klein war, hat er immer HoGo-Suppe gesagt. Weißt du noch, Bella?«

»Ich erinnere mich.«

Meist erzählte mein Vater an diesen Nachmittagen eine Geschichte aus seiner Kindheit im Süden, und Luz hörte gespannt zu. Dann erzählte sie ihm eine ihrer dunklen, mystischen Sagen über königliche Helden und denkwürdige Schlachten. Manchmal stimmte sogar Bella mit ein. Meist schilderte sie eines der zahlreichen Abenteuer von König Dinis. Die alten Damen schienen nur Geschichten aus einer weit zurückliegenden, mystischen Vergangenheit zu kennen. Wenn ich allein kam, las ich ihnen etwas Kürzeres vor, ein Gedicht oder ein Kapitel aus einem Buch, das ich gerade las. Zu Weihnachten lasen wir *Der König auf Camelot* von T. H. White, mein Lieblingsbuch vom College. Auch Teddy war immer ganz begeistert davon. Selbst die alte Bella war bezaubert von den lyrischen Versen über Könige und Ritter und sprechende Tiere und Schwerter, die in Steinen steckten. Ich hatte einen kleinen Freudenschrei ausgestoßen, als ich in Dennis' Bibliothek darauf gestoßen war, und fragte ihn, ob ich es ausleihen dürfe.

Er nickte nur.

»Ich will Ihnen nicht zu nahe treten, aber ich wundere mich, daß Sie dieses Buch besitzen«, sagte ich. »Es ist das einzige Werk in Ihrer Bibliothek, das nur auf Phantasie beruht.«

»Es gehört mir nicht«, sagte er.

Als ich das Buch am selben Abend aufschlug, las ich auf dem

Deckblatt: »Zu Weihnachten für Claire, in Liebe Daddy«, stand da in Dennis' nach links geneigter Handschrift. Ich fragte mich, warum er das Buch noch hatte, aber ich war froh darüber. Bald wurde es Luzias Lieblingsbuch, und bis in den Frühling mußte ich ihr wieder und wieder daraus vorlesen.

Sie fragten nicht noch einmal nach Dennis. Manchmal gestand mein Vater ihnen allerdings ein paar spärliche Auskünfte zu. Etwa: »Gestern ist Dennis mit mir bis zum Teich gegangen. Wenn er sich auf mich und Lazarus stützt, kommt er fast überall hin auf der Lichtung.«

Oder: »Dennis und ich haben vor seinem Camp ein Vogelhäuschen aufgestellt. Gestern abend haben wir sieben Kardinalvögel gezählt.«

Und Bella gab sich zufrieden. Es war, als hätten sie ein stillschweigendes Abkommen. Sie bedrängte und umschmeichelte ihn nicht, um weitere Informationen über ihren Sohn zu bekommen, sondern sagte immer nur »Danke, Mr. Bell«, wenn er ihr etwas von Dennis erzählte, und mein Vater nickte ernst. In der ganzen Zeit ihrer Bekanntschaft wurde er nie Tim für sie, und er sprach sie nie anders als mit Mrs. Ponder an. Als Kind des tiefen Südens fand ich dies nicht verwunderlich. Obwohl ich auf die Fünfzig zuging, sagte ich zu den Eltern meiner Freunde noch immer Mr. oder Mrs. Soundso.

Aber die meiste Zeit verbrachte er mit den Schwänen. Frühmorgens und am Abend, wenn er mit dem Gersteeimer zum Teich ging, um sie zu füttern, hockte er oft am Ufer oder auf dem Steg und blieb etwa eine Stunde lang bei ihnen. Den Stock nahm er längst nicht mehr mit. Lazarus durfte ihn noch immer nicht begleiten, obwohl er jedesmal bettelte und jaulte.

»Erst mußt du mir beweisen, daß du dich beherrschen kannst, dann darfst du vielleicht mitkommen«, sagte Daddy immer wieder zu ihm.

Ich sah meinen Vater dort hocken, die Arme um die Knie geschlungen, wie ich ihn schon unzählige Male gesehen hatte; den Tweedhut in den Nacken geschoben, starrte er Charles und Di an. Manchmal sagte er ein paar Worte; ich konnte sehen, wie seine Lippen sich bewegten. Manchmal machten sie als Antwort ein paar

Geräusche. Aber sie zischten ihn nicht an und schlugen in seiner Gegenwart nie mit den Flügeln. Ich habe nie verstanden, was zwischen ihnen vorging. Aber wenn ich zu ihnen ging, fasziniert von seiner Zähmung dieser streitlustigen Vögel, konnte ich sicher sein, daß sie augenblicklich die Flügel in ihrer Drohgebärde aufstellten und anfingen, zu zischen und nach mir zu stoßen.

»Sie führen sich auf, als würde ich Steine nach ihnen werfen«, sagte ich einmal voller Bitterkeit, als sie mich wieder einmal vertrieben hatten. »Was habt ihr, du und Luz, was wir anderen nicht haben?«

»Reine Herzen und schlichte Gemüter«, sagte er. »Sehr schlichte Gemüter. Ich hab dir doch erzählt, daß mit Dianas Flügel was nicht stimmt. Und ich hatte recht, der Knochen ist gebrochen, genau an der Stelle, wo der Flügel in die Brust oder die Schulter übergeht. Damit könnte sie nie im Leben fliegen.«

»Woher weißt du das?«

»Sie hat mich fühlen lassen. Es hat ihr zwar nicht gefallen, aber sie hat es mir erlaubt.«

»Scheiße«, sagte ich frustriert. »Tut mir leid, Daddy. Ich fühl mich einfach nur wie eine Niete hier oben. Ich soll mich um zwei alte Damen, einen kranken Mann und zwei alte Schwäne kümmern, und alle fünf mögen sie dich lieber als mich.«

»Sie wissen, daß ich ihr Leben nicht durcheinanderbringe und sie nicht verändern will«, sagte er. »Ich stelle für niemanden eine Bedrohung dar. Es ist nicht fair, ich weiß. Du hast all die Arbeit, und ich kriege die Belohnung.«

»Als ob ich ihr Leben auf den Kopf stellen würde!« rief ich entrüstet. »Ich will niemanden verändern. Ich habe nicht das geringste getan, weshalb sie das denken könnten. Wir haben ein Abkommen ...«

»Ich weiß, dein berühmtes Abkommen«, sagte mein Vater und lächelte. »Es ist mir einerlei, was für ein Abkommen du mit wem getroffen hast, Molly. Du hast diese ganz bestimmte Ausstrahlung – Lebensfreude, Energie und eine starke Persönlichkeit. Die Menschen spüren einfach instinktiv, daß es unmöglich ist, nicht von dir beeinflußt zu werden. Darin gleichst du deiner Mutter am meisten, und ich glaube, das war auch der Grund, warum sie immer auf dir herumgehackt hat. Ich glaube, du bist dir dessen nicht einmal bewußt. Aber es ist so. Keiner dieser Menschen ist bereit, von dem abzulassen, was ihn bedrückt, und deshalb sind sie dir gegenüber ein bißchen zurückhaltend. Ich glaube, sie haben Angst, du könntest sie heilen, auch gegen ihren Willen.«

»Warum … warum hast du mir das noch nie vorher gesagt?« flüsterte ich erstaunt. »Ich wußte nicht, daß ich … daß ich so wirke. Ich dachte, nur Mutter hätte diese Gabe in unserer Familie, sie und Kevin. Ich dachte immer, ich wäre die … du weißt schon, diejenige, die alles zusammenhält. Die Unscheinbare.«

»Ach Baby. Auch das ist ihr Werk. Ich hab es immer gemerkt, wenn sie dir dieses Gefühl gegeben hat, aber sie konnte einfach nicht anders, und ich konnte sie nicht daran hindern. Du und unscheinbar? Schaust du denn gar nicht mehr in den Spiegel? Wenn du einen Raum betrittst, kann keiner wegschauen. Für einige Menschen ist das ziemlich beunruhigend, für Bella und Dennis zum Beispiel. Sie konzentrieren sich zu sehr auf ihren inneren Schmerz und ihren Haß. Was die Schwäne angeht … wer weiß? Vielleicht rieche ich wie Luz und du nicht. Vielleicht riechst du wie Lazarus.«

Ich lachte und ging beschwingt zurück zur Hütte. Er hatte schon immer ein besonderes Talent dafür gehabt, mich aufzumuntern. Auf dem Weg in die Küche blieb ich kurz stehen und schaute in den alten fleckigen Spiegel unter der Hutablage. Ich sah aus wie immer: Ich füllte den ganzen Spiegel aus und mußte mich ein wenig ducken, um meinen Kopf sehen zu können. Das Haar war vom Wind zerzaust, und die Wangen waren durch die Kälte gerötet. Ich strahlte tatsächlich Lebendigkeit aus: Dieses gewisse Glitzern meiner strahlend blauen Augen, die silbrigen Strähnen in meinem pechschwarzen Haar, der noch immer leicht gebräunte Teint.

»… Lebensfreude, Energie und eine starke Persönlichkeit …«, flüsterte ich der Frau im Spiegel zu. Sie errötete und senkte den Blick.

Aber an diesem Abend war ich glücklich und fühlte mich schön und begehrenswert.

An den folgenden Tagen bauten mein Vater und Dennis Ponder unter meiner Veranda ein Nest für die Schwäne.

»Nie im Leben kriegt ihr sie da drunter«, sagte ich, während ich Dennis zusah, wie er Binsengras und trockenes Schilf flocht, das mein Vater am Seeufer mit einer alten Sichel aus Dennis' Werkzeugschuppen geschnitten hatte. Mit einer Gummiplane auf dem Schoß saß Dennis im Schneidersitz auf dem kalten Boden, soweit man bei einem Einbeinigen überhaupt von Schneidersitz sprechen kann. Sein schwarzes, von grauen Strähnen durchzogenes Haar glänzte im Schein der tiefstehenden Wintersonne, und sein Gesicht hatte ein wenig Farbe bekommen und wirkte weniger bleich als sonst. Er sah beinahe gesund aus, beinahe jung.

»Ich verlaß mich auf Tim«, sagte er zu mir. »Wenn er meint, sie brauchen ein Winternest, dann brauchen sie eines. Vielleicht hat er recht. Es soll ein strenger Winter werden, wie wir ihn schon seit Jahren nicht mehr hatten. Dann wird der See bis auf den Grund zufrieren.«

»Ein strenger Winter? Bis jetzt hatten wir doch immer herrliches Wetter«, sagte ich und schaute hinauf in den heiteren blauen Himmel. Weit draußen über dem Vineyard Sund glitzerte es winterlich. Obwohl ich mich mittlerweile an das wunderbare, schimmernde Licht gewöhnt hatte, war ich noch immer entzückt davon. Nur ein paar kleine weiße Wölkchen segelten wie im Sommer von Süden her über den Himmel.

»Ich kann mich noch an ein, zwei Winter erinnern, die genauso angefangen haben wie dieser«, sagte Dennis. »Aber dann waren wir wochenlang eingeschneit. Damals waren die Winter wohl einfach härter als heutzutage. Aber vielleicht steuern wir ja auf eine Kälteperiode zu. Meist wird es ohnehin erst nach Weihnachten richtig kalt. Bis dahin ist das Wasser durch den Golfstrom noch zu warm. Die *Vineyard Gazette* hat einen Artikel darüber gebracht. Und der Wetteridiot vom Boston TV hat sich auch schon darüber ausgelassen. Und Ihr Dad sagt, daß man auch bei Alley's erzählt, daß es einen strengen Winter gibt. Viel Gerede über Raupen, Eicheln und Flechten.«

»Würde mir nie einfallen, einer Raupe zu widersprechen«, sagte ich. »Brauchen Sie noch irgendwas, bevor ich mich auf den Weg mache? Ich habe gerade Kaffee gekocht.«

»Haben Sie noch ein paar Hörnchen? Lazarus und ich haben uns hungrig gearbeitet.«

»Sind schon unterwegs.«

Ich freute mich so über seinen Appetit, daß ich ihm zwei dicke Scheiben von dem süßen portugiesischen Brot, das Bella uns mitgegeben hatte, abschnitt, und noch ein paar Hörnchen dazulegte. Lazarus schlang seines in seinem Bissen herunter. Dennis schaute den Teller an und schob ihn demonstrativ zur Seite.

»Hat sie Ihnen auch Holy-Ghost-Suppe mitgegeben?« fragte er.

»Nein«, antwortete ich. »Wenn Sie es nicht mögen, geben Sie's Daddy, wenn er hochkommt. Er ist ganz verrückt danach. Kein Mensch zwingt Sie, irgend etwas Portugiesisches zu essen. Gott bewahre!«

Mit ziemlich überhöhter Geschwindigkeit machte ich mich nach Vineyard Haven auf und rumpelte über den holprigen, mit kahlem, winterlichem Gestrüpp überwucherten Weg. Ich würde es Dennis Ponder wohl nie recht machen können, dachte ich grimmig. An allem, was ich für ihn tat, hatte er etwas auszusetzen, und sei es auch nur eine Kleinigkeit. Hätte mein Vater ihm das *Massa Sovada* gebracht, dann hätte Dennis das Brot verschlungen und um mehr gebeten. Als ich zurückkehrte, schäumte ich immer noch vor Zorn. Es war noch nicht Mittag, und ich dachte, sie würden noch am Nest arbeiten, aber der Hof war leer, und die Binsen- und Grasbündel lagen in der Sonne und trockneten.

Mein Vater war nicht im Haus, kehrte aber zurück, während ich die Lebensmittel wegräumte.

»Nein. Dennis hatte eine Art Rückfall, und ich hab ihn nach Hause gebracht. Ich fürchte, die Arbeit war zuviel für ihn. Aber es ging ihm so gut ...«

Ich ging zur Garderobe und nahm meine Jacke. »Ich gehe hoch und sehe nach ihm ...«

»Nein. Ich soll dir sagen, daß er allein zurechtkommt. Er wollte sich nur hinlegen. Laß ihm seine Ruhe, Baby. Er hat versprochen anzurufen, wenn er Hilfe braucht. Und ich denke, das macht er auch.«

»Aber ich bin verantwortlich –«

»Nein. Letzten Endes ist er für sich selbst verantwortlich. Das mußt du ihm lassen.«

»Was ist denn genau gewesen?«

»Er hatte plötzlich Schmerzen. Schwindel. Übelkeit. Ich weiß es nicht. Er weiß selbst, was für ihn am besten ist. Das sollten wir respektieren.«

»Er muß bald zu einer Nachuntersuchung«, sagte ich. »Nächste Woche, glaube ich. Ich hab's mir im Kalender notiert.«

»Ich weiß. Nächsten Mittwoch. Ich bring ihn hin. Wenn es so bleibt, will er schon eher hin, hat er gesagt. Ich glaube, er hatte heute zum ersten Mal wieder Schmerzen seit der Chemotherapie.«

Ich ließ es dabei bewenden. Mein Vater würde sich darum kümmern. Als ich uns Suppe auffüllte, mußte ich im stillen lachen; wie oft in meinem Leben hatte ich genau dasselbe gedacht: Mein Vater wird sich darum kümmern.

»Ich bin so froh, daß du hier bist«, sagte ich.

»Und ich erst«, erwiderte er. »Deine Gesellschaft ist genau das richtige für einen alten Mann oder auch für einen jungen. Tee ist der größte Hornochse, der mir je untergekommen ist.«

Tee ... für den Bruchteil einer Sekunde wußte ich einfach nicht, wen er meinte.

Der Tag, an dem er Dennis zum Arzt nach Oak Bluffs brachte, war der Tag, an dem sich das Wetter veränderte und meine märchenhaften Weichnachtsphantasien sich in Luft auflösten. Am Morgen war der Himmel weiß, und kein Lüftchen regte sich, aber von Nordosten her drängten über den Sund grauweiße Wolken heran. Die Luft war feucht und schneidend. Als mein Vater und Dennis mit dem Laster zurückkamen, trudelten die ersten eisigen Flocken zu Boden, und die Temperatur war um mindestens zehn Grad gefallen.

Mein Vater machte ein verkniffenes Gesicht. Er war schweigsam und verbrachte die frühen Nachmittagsstunden auf dem Bootssteg in stummer Kommunikation mit Charles und Di. Bis jetzt waren sie ihm noch nicht zu dem Nest unter der Veranda gefolgt, obwohl sie ihm sonst ständig hinterherwatschelten. Als er ins Haus kam, um sich vor dem Essen einen kleinen Whisky zu genehmigen, war er immer noch abwesend und verschlossen.

»Wie schlimm ist es?« traute ich mich schließlich zu fragen. Mit den ersten Schneeflocken war mein Traum von einem romantischen Weihnachtsfest im Wald perfekt, und ich mochte ihn mir nicht durch irgend etwas Unangenehmes oder Trauriges zerstören lassen. Aber die Frage war unvermeidbar.

»Ich glaube, es geht ihm nicht besonders«, sagte er.

»Ist es wiedergekommen? Müssen Sie ihm noch ein Stück vom Bein wegnehmen? Wird er sterben?« bohrte ich.

»Ich glaube, sie wissen es noch nicht«, sagte mein Vater. »Kurz vor Weihnachten soll er noch mal Chemotherapie kriegen. Er hatte gehofft, es würde ohne gehen. Deshalb nehme ich an, daß sie noch was gefunden haben. Oder vielleicht ist es nur eine Vorsichtsmaßnahme. Er sagt nicht viel darüber. Und er möchte nicht, daß einer von uns heute abend bei ihm vorbeikommt. Er hat genug zu essen, und er will schlafen. Der Tag heute hat ihn müde gemacht. Es ist furchtbar anstrengend, mit Krücken zu gehen.«

»Warum will er keine Prothese?« fragte ich. »Er ist gut in Form; er ist sehr athletisch. Er wäre dadurch wieder viel mobiler.«

Er schaute mich an.

»Es hat keinen Sinn, bevor er nicht weiß, ob sie ihm noch mehr von seinem Bein abnehmen müssen. Vielleicht bleibt ihm auch nur noch wenig Zeit, daß es sich nicht lohnen würde.«

Wir aßen schweigend zu Abend, und er ging früh zu Bett. Ich legte mich mit Lazarus vors Feuer und brachte nicht mal die Energie für den Abwasch auf. Ich war noch nicht dazu gekommen, aber ich hatte vorgehabt, Dennis Ponder für den Heiligabend zum Essen einzuladen. Teddy, Caroline, ihr Mann und das Baby würden auch dabeisein. Aber jetzt mochte ich ihm gegenüber nichts von Weihnachten sagen. Er hätte es vielleicht banal gefunden oder sogar grausam. Meine Traumfeiertage hatten ein wenig an Glanz verloren.

Um halb zehn rief Teddy an. Er schwatzte drauflos, und ich hatte das Gefühl, er würde um den heißen Brei reden. Schließlich fragte ich ihn: »Du willst nicht herkommen, stimmt's?«

»Oh, Ma ... wenn du unbedingt willst, kann ich immer noch kommen. Aber, ich erzähl dir, was los ist. Dad ist über Weihnachten in Aspen, und er hat mich und Barry eingeladen, danach spendiert er uns noch eine Woche Skiurlaub. Hier kann jeder skilaufen, Ma. Ich muß es unbedingt lernen. Und ich hab ihn nicht gesehen, seitdem ... nun, ich habe ihn lange nicht gesehen. Und Großvater ist doch bei dir, und Caroline will kommen ...«

Er sprach nicht weiter. Mein Herz krampfte sich zusammen.

»Teddy, ich kann ja verstehen, daß du gern skilaufen möchtest. Aspen hört sich sehr verlockend an. Aber wenn ich mir vorstelle, daß du Weihnachten mit ihnen verbringst ... besonders dieses Weihnachtsfest ...«

»Von ›ihnen‹ kann, glaube ich, nicht die Rede sein, Ma«, sagte Teddy. »Sie kommt nicht mit. Dad ist allein. Ich glaube, sie will die Feiertage mit ihrer Familie verbringen, oder so.«

Er schwieg. Seine Annahme fand ich nicht sehr wahrscheinlich. Die Aal-Lady doch nicht. Sie würde doch nicht nach Südgeorgia fahren und sich zu ihren kaltherzigen, jammernden Verwandten in einen verbeulten Wohnwagen hocken. Ich konnte mir keinen Reim darauf machen.

»Sie ist auch nicht mehr in unserem Haus, hab ich gehört«, sagte Teddy und überraschte mich. Was er da sagte, war mir neu.

»Nun ... da bin ich aber erleichtert. Ich rufe sofort beim Kammerjäger an und lasse alles ausräuchern. Also ja, mein Schatz, ich glaube, du wirst dich prächtig amüsieren. Und du hast recht, Caroline kommt mit ihrer Familie, und Daddy ist hier. Wir werden dich vermissen, aber dein Skiurlaub wird bestimmt ganz toll.«

Ich kam mir vor wie ein gnädiger Engel der Barmherzigkeit, aber er schien nichts zu bemerken.

»Du bist die Beste, Ma«, sagte er. »Vielleicht kann ich dich ja im Sommer besuchen? Wenn du dann noch dort bist, meine ich. Und wie wär's, wenn wir dich Weihnachten anrufen?«

»O ja, das wäre schön, wenn du im Sommer kommen könntest«, sagte ich fröhlich. »Und wir freuen uns natürlich, wenn du Weihnachten anrufst.«

Ich wartete förmlich auf den nächsten Anruf, und eine halbe Stunde später läutete das Telefon.

Carolines Stimme klang so schrill und nervös, daß ich einen kurzen Moment lang dachte, es sei meine Mutter.

»Seid ihr eingeschneit? Im Wetterbericht haben sie einen fürchterlichen Schneesturm für Neuengland gemeldet«, sagte sie.

»Nein, nein. Das Wetter ist schön«, sagte ich, aber seit dem Abendessen hatte ich nicht mehr aus dem Fenster gesehen. Jetzt konnte ich hören, daß der Wind zugenommen hatte und heulend um den Schornstein fegte. Plötzlich war mir kalt.

»Hör zu, Mom. Wir müssen absagen. Die Kleine hat Fieber, und die Temperatur will einfach nicht runtergehen, und ich kann sie nicht auf eine abgelegene Insel ohne vernünftige medizinische Versorgung schleppen. Und schon gar nicht in einem Schneesturm. Was wäre bei Stromausfall? Hast du nicht gesagt, daß ihr nur Holzöfen habt? Das Risiko ist mir einfach zu groß, Mutter.«

»Du hast wahrscheinlich recht«, sagte ich, und mein Traum versank langsam wie ein Stein in einem Schlammloch. »Aber auf dem Vineyard gibt es sehr wohl medizinische Einrichtungen. Hier leben ziemlich viele reiche Leute, Caro. Sie wollen nur das Beste und bekommen es auch. Wenn sie wieder gesund ist, wäre sie hier gut aufgehoben. Schließlich sind wir hier nicht am Yukon.«

»Ich kann einfach nicht, Mom. Wärst du als junge Mutter mit mir oder Teddy mitten im Winter auf eine Insel gefahren?«

»Vermutlich nicht«, sagte ich und fühlte mich, als wäre ich niemals eine junge Mutter gewesen.

»Wir rufen natürlich an. An Heiligabend und am Weihnachtstag. Mein Gott, ich wünschte, du würdest nach Hause kommen und wieder wie ein zivilisierter Mensch leben. Besonders jetzt, wo Dads kleines Flittchen nicht mehr im Haus ist. Das wäre der Ort, wo wir alle Weihnachten feiern sollten.«

Ich fragte sie nicht, woher sie wußte, daß Sheri Scroggins aus unserem Haus ausgezogen war. Wenn Teddy sogar im weit entfernten Arizona Bescheid wußte, hatte es sich auch bis Memphis herumgesprochen. Ich legte auf, lehnte mich zurück und dachte daran, wie sehr sich meine Vorstellungen von Komfort oder Luxus geändert hatten, seit ich nach Up-Island gekommen war. Das Camp vermittelte mir viel mehr Sicherheit und Geborgenheit als das Haus in Ansley Park.

Bevor ich zu Bett ging, öffnete ich die Haustür, um ein wenig frische Luft hereinzulassen. Ein eisiger Wind blies mir entgegen. Im gelben Schein der Sicherheitslampe, die mein Vater angebracht hatte, sah ich, daß sich bereits tiefe Schneewehen gebildet hatten. Auch die Bäume waren schneebedeckt, und die Äste bogen sich unter der weißen Last. Das Heulen des Windes klang wild und gewaltig, und ich hatte Mühe, die Tür zu schließen. Als ich mich in meine Höhle unter der Treppe zurückzog, flackerte meine Nachttischlampe und ging aus. Ich stand wieder auf, legte noch ein paar Holzscheite in den Kamin, suchte noch ein paar Decken und breitete sie über meinen schlafenden Vater und über mich und Lazarus. Sang- und klanglos hatte sich mein schöner Weihnachtstraum in nichts aufgelöst.

Erst am Spätnachmittag des folgenden Tages gingen auf Up-Island wieder die Lichter an, im Kofferradio hatte ich allerdings gehört, daß es in Edgartown keinen Stromausfall gegeben hatte. Natürlich nicht, dachte ich mürrisch und holte noch mehr Holz. Und wenn sie keinen Strom hatten, konnten sie einfach Geld verbrennen, um Wärme und Licht zu bekommen. Als ich das zu meinem Vater sagte, meinte er lächelnd, ich würde mich bereits anhören wie eine waschechte Up-Island-Bewohnerin.

Dennis Ponder bekam drei Tage vor Weihnachten seine erste Chemobehandlung. Am Spätnachmittag fing er an, sich zu übergeben. Gegen Abend hielten mein Vater und ich ihm abwechselnd den Kopf und wischten ihm den Schweiß von der Stirn. Nachdem er vor Erschöpfung endlich eingeschlafen war, das Gesicht wächsern und bleich, als wäre er schon tot, ging ich nach Hause, aber mein Vater blieb über Nacht bei ihm. Am Morgen ging es ihm schon ein klein wenig besser. Ich blieb bis nach dem Mittagessen in seinem Camp, kochte Suppe und fror sie in kleinen Portionen ein und blieb in seiner Nähe, falls er mich brauchte. Er brauchte mich nicht. Er wollte nur allein gelassen werden, sagte er mit schwacher Stimme. Schließlich kam ich seiner Bitte nach.

Ich hatte eigentlich das Weihnachtsessen mit zum Farmhaus nehmen und mit den beiden alten Damen essen wollen, aber Heiligabend riefen sie an und ließen mich wissen, daß sie beide unter Übelkeit, Durchfall und Husten litten, und so fuhr ich wieder durch den Sturm und brachte ihnen Lebensmittel, Aspirin und Hustensaft. Ich kochte ihnen Hühnersuppe und Wackelpudding und all die Dinge, die ich Teddy und Caroline immer eingeflößt hatte, wenn sie von einer Kinderkrankheit heimgesucht wurden. Schließlich zog ich mich ins kalte Gästezimmer zurück und döste frierend ein. Daddy verbrachte die Nacht wieder bei Dennis auf dem Sofa, mit Lazarus an seiner Seite. Am Weihnachtstag trafen wir uns gegen zwei Uhr nachmittags in unserem Camp. Mit rotgeränderten Augen sahen wir uns an und krächzten heiser »Frohe Weihnachten« und legten uns schlafen. Den Truthahn, den ich besorgt und schon gefüllt hatte, habe ich nie gebraten. Nicht einmal unsere Geschenke haben wir geöffnet.

»Weißt du, was?« krächzte ich so fröhlich, wie ich konnte. »Wir machen sie einfach zu Silvester auf. Silvester ist immer schrecklich, egal, wo du bist und wie du dich fühlst. Es wird uns aufmuntern. Vielleicht geht es Dennis bis dahin besser, und er kann uns Gesellschaft leisten. Weihnachten fällt wegen Nebel aus, was noch davon übrig ist, verschlafen wir einfach.«

»Abgemacht«, sagte mein Vater. »Du kannst dir nicht vorstellen, welche Angst ich vor den Feiertagen hatte, und jetzt sind sie, Gott sei Dank, schon fast vorbei.«

»Ich liebe dich, Pa«, sagte ich und hatte Mühe, nicht zu weinen, nicht um meine Mutter, sondern um den traurigen Mann, den sie zurückgelassen hatte.

»Ich hab dich auch lieb, Baby. Du bist mein schönstes Weihnachtsgeschenk«, sagte er. »Das warst du immer.«

Ich kroch ins Bett und wollte an all die vergangenen Weihnachtsfeste denken, zu Hause mit meiner Mutter, in Ansley Park mit Tee und den Kindern. Ich wollte endlich damit anfangen, mich mit all meinem verdrängten Schmerz auseinanderzusetzen, aber statt dessen fiel ich in einen tiefen, traumlosen Schlaf, und als ich erwachte, war es fast dunkel. Draußen herrschte dichtes Schneetreiben. Jetzt spürte auch ich eine grimmige Freude, daß wir das Fest tatsächlich hinter uns hatten.

Wir hatten uns ebenfalls erkältet, mein Vater und ich, und die Woche zwischen Weihnachten und Neujahr erschien uns wie ein einziger schneeweißer Fiebertraum. Dennis ging es besser, wenn er auch noch sehr schwach war; er wollte uns nicht um sich haben, und wir wagten nicht, unsere Erkältung in sein Haus zu tragen. Die alten Damen wurden von der Gemeindeschwester versorgt, worüber sie sich beklagten, aber sie wollten auf keinen Fall, daß wir uns wegen ihnen vom Krankenlager aufrafften. Ich konnte fast hören, wie Bellas Lungen sich mit Schleim füllten, als wir miteinander telefonierten, aber dieses eine Mal eilte ich nicht zum Farmhaus, um nach ihr zu sehen. Unser Infekt könnte für sie den Tod bedeuten, und eine staatlich geprüfte Krankenschwester konnte sich viel besser um sie kümmern, als mein Vater und ich es gekonnt hätten. Wir schliefen, wir lasen, wir schlürften Suppe und Tee und schauten endlos fern. Wir verließen das Haus nur, um Charles und Di zu füttern, die das Nest unter der Veranda immer noch verschmähten und statt dessen stur ihre Kreise auf der immer kleiner werdenden eisfreien Wasserfläche des Teiches zogen. Obwohl es im Haus kühl war und ich die Öfen und den Kamin nie heiß genug bekommen konnte, fror ich nicht, und meinem Vater war, glaube ich, auch nicht kalt. In dicke Wolldecken gehüllt, lagen wir da und ergaben uns in unser Schicksal. Ich erinnere mich, daß ich an diesen paar Tagen eigentlich recht zufrieden war, und ich denke, meinem Vater ging es nicht anders.

Zu Silvester betranken wir uns. Anders kann man es nicht bezeichnen. Schwach und ausgemergelt von unseren Krankheiten, freuten wir uns ungeheuer, wieder auf den Beinen zu sein. Aus welchem Grund auch immer, irgendwann war ich, die ich mich seit dem College kein einziges Mal betrunken hatte, so beduselt und ausgelassen vom vielen Scotch, daß ich zur Habanera von *Carmen* einen Schleiertanz vor dem Kamin hinlegte. Mein Vater, den ich zuvor kaum jemals auch nur beschwipst erlebt hatte, gab Geschichten zum besten, die er, wie er uns versicherte, in seinen geliebten Anglercamps am Lagerfeuer gehört hatte; sie waren von derart kindlicher, harmloser Anzüglichkeit, daß Dennis und ich lachten, bis uns die Tränen über unsere törichten Gesichter liefen. Und Dennis Ponder, von dessen Trinkgewohnheiten ich bisher noch nichts geahnt hatte, fing an zu singen. Er stand auf seine Krücken gestützt vor dem Kamin des kleinen Hauses, das er noch aus Kindertagen kannte, warf den Kopf zurück und sang Opern. Er sang »Nessun dorma!« und

»E Lucevan le Stelle« und einige Arien aus den Puccini-Opern; er trällerte sogar ein paar Stücke aus dem *Fliegenden Holländer* und *Tannhäuser*. Er hatte eine wunderschöne klare Stimme. Während er sang, wirkte und klang er so gesund und jung und lebendig, wie ein Mann nur sein kann, und als er aufhörte und uns fast schüchtern ansah, wurde mir klar, daß ich in diesem Moment keinen größeren Wunsch hatte, als ihn zu küssen. Und das tat ich auch.

»Danke«, flüsterte ich schluchzend in sein Haar, das ihm nun fast bis zur Schulter reichte. Es roch nach Shampoo und Rauch. »Sie haben uns gerade ein wunderbares Geschenk gemacht. Ein Stück von Ihrer Seele …« Aber durch den starken Alkoholgenuß hatte ich eine ziemlich feuchte, lallende Aussprache bekommen, und er fing an zu lachen. Auch mein Vater lachte, und schließlich stimmte ich auch mit ein. Danach fanden wir alles nur noch lustig.

»Besoffen sein ist das Größte«, lallte ich. »Die beste Art, zu leben. Warum sind wir bloß jetzt erst darauf gekommen?«

»Es ist nie zu spät«, rief mein Vater. »Hauptsache, es gibt auf dem Vineyard genug Bourbon für uns.«

»Wir brauchen überhaupt nicht mehr nüchtern zu werden«, sagte Dennis. »Erst wenn … erst wenn wir wollen. Und vielleicht wollen wir es ja nie.«

Unsere alberne Stimmung drohte wie eine Seifenblase zu zerplatzen. Und deshalb rief ich: »Ich weiß was! Laßt uns Geheimnisse ausplaudern! Jeder muß etwas erzählen, das er noch niemandem gesagt hat. Es spielt keine Rolle, was es ist, Hauptsache, niemand weiß davon.«

Sie lachten und jubelten zustimmend. Ermutigt goß ich mir noch ein Glas Bourbon ein und sagte: »Ich mach den Anfang. Bis jetzt weiß es kein einziger Mensch auf der Welt. Es ist ein völliges Geheimnis. Wißt ihr, was in der Nacht los war, als Tee mir das mit Sheri Scroggins erzählt hat? In dieser Nacht kam Tee von einer Geschäftsreise zurück. Ich hab ihn empfangen und hatte nichts weiter als drei Rollen Klarsichtfolie am Leibe. Ist das nicht zum Schießen? Drei Rollen hab ich gebraucht, um mich ganz einzuwickeln. Kein Wunder, daß der alte Tee danach zum Anwalt gerannt ist.«

Ich lachte schallend los. Die anderen blieben ernst.

»Findet ihr das etwa nicht lustig?« fragte ich herausfordernd und beugte mich vor, um zuerst meinem Vater und dann Dennis in die Augen zu sehen. Ich mußte mich ziemlich weit vorbeugen, denn ihre Augen verschwammen immer wieder vor meinem Blick.

»Oh, Baby«, sagte mein Vater leise und ernüchtert, und ich sah plötzlich Tränen in seinen Augen. Ich blinzelte; hatte ich es richtig gesehen?

»Ich finde, er ist ein gottverdammter Idiot«, sagte Dennis Ponder. Auch er lachte nicht.

»Ja, ja, aber überlegt doch mal, ein großes, dickes Weibsbild mit wirrem schwarzen Haar und psychosomatischem Ausschlag am Hintern, eingewickelt in drei Rollen Klarsichtfolie wie ein riesiges Weihnachtsgeschenk ...«

»Ich könnte Theron Redwine umbringen«, sagte mein Vater mit gepreßter Stimme.

»Ich finde, Sie sind wunderschön«, sagte Dennis. »Sie sahen bestimmt toll aus in der Klarsichtfolie.«

»Jetzt haben wir den Beweis: Sie sind sturzbetrunken!« gluckste ich und zeigte mit dem Finger auf ihn, wobei ich fast auf den Teppich fiel.

»Ich bekenne mich schuldig«, sagte Dennis, woraufhin wir in schallendes Gelächter ausbrachen.

»Und jetzt sind Sie dran!« sagte ich zu ihm, und er schloß die Augen, als würde er gründlich nachdenken. »Mit sieben hab ich einmal meiner Tante Luzia die ganze Unterwäsche geklaut und hab sie bei den Peaks in der Schafweide vergraben, unter einem Haufen Mist. Der Schafbock hat sie ausgegraben. Mr. Peak hat ihn geknipst mit ihrem Büstenhalter auf den Hörnern.«

Wir grölten vor Lachen.

»Warum haben Sie das gemacht?« fragte mein Vater.

Dennis wirkte erschrocken. »Ich hab's vergessen«, sagte er. »Es war wohl, weil ich etwas gesehen habe ...« Er hörte auf zu lachen. Dann schüttelte er den Kopf. »Ich weiß nicht, irgend etwas ...«

»Es fällt Ihnen schon wieder ein«, sagte ich. »Jetzt du, Daddy? Was hast du zu erzählen?«

»Nun, ich hab euch als Kinder mal mit ins Kino genommen, in einen Erotikfilm«, sagte er. »Ich wußte vorher nicht, was es für ein Film war, aber ich bin schnell dahintergekommen und bin nicht mit euch rausgegangen. Wochenlang hat eure Mutter euch den Mund mit Seife ausgewaschen. All die Fragen, die ihr gestellt habt! Ich hätte es ihr gestehen sollen, aber ich hab es nie getan.«

Wir lachten wieder, und dann sagte ich: »Ach, das war doch alles harmloses Zeug. Jetzt laßt uns was wirklich Wichtiges erzählen. Etwas, das unser Leben verändert hat. Dennis, Sie machen den Anfang; Daddy hat keine Geheimnisse. Ich sag Ihnen, was ich hören will. Ich möchte wissen, warum Sie nicht mehr mit Ihrer Mutter und Luz reden.«

Ich hielt inne und schaute grinsend von einem zum anderen, stolz auf meinen Wagemut. Ich sah weder, wie mein Vater die Stirn runzelte, noch die starre Kälte, die wie ein Schatten über Dennis Ponders Gesicht glitt.

»Ich weiß es nicht mehr«, erwiderte er ruhig. Ich hätte das Thema fallen lassen sollen, aber ich tat es nicht.

»Ach kommen Sie, es ist Silvester. Natürlich wissen Sie es. Sie müssen es erzählen. Zwischen uns gibt es keine Geheimnisse.«

Er schaute zu mir auf; ich hopste im Zimmer herum, zu betrunken und übermütig, um still zu sein.

»Ich habe etwas gesehen. Mehr will ich Ihnen nicht sagen, Molly. Ich schulde Ihnen eine Menge, aber das schulde ich Ihnen nicht.«

Trotz des trunkenen Nebels, in dem ich mich befand, spürte ich, wie ich errötete und erkannte, daß ich zu weit gegangen war.

»Tut mir leid. Das war wirklich daneben. Ich muß mich entschuldigen. Hört mal, ich hab noch eine Flasche Schampus kaltgestellt, den machen wir jetzt auf. Um Mitternacht ist bestimmt noch genug zum Anstoßen übrig.«

Er wäre am liebsten gegangen, das konnte ich sehen; aber mein Vater machte ein derart entsetztes Gesicht wegen meiner Taktlosigkeit, daß Dennis es nicht über sich brachte, sich zu verabschieden. Er nickte. Mein Vater nickte. Ich rannte in die Küche, um den Champagner zu holen. Mein Gesicht und mein Hals glühten vor Scham. Ich wußte, daß ich mich am nächsten Morgen hassen würde.

Aber der Sekt wirkte Wunder. Als die kleine vergoldete Uhr, die ich auf dem Flohmarkt entdeckt hatte, zwölf schlug, lachten wir wieder und stießen auf das neue Jahr an. Dann umarmten wir uns und warfen unsere Billiggläser ins Feuer. Feuerschein, Alkohol und Ausgelassenheit schlossen uns in einen behaglichen Kreis. Außerhalb des Kreises tobte die Welt, durch die sich dunkle Gestalten schlichen. Aber drinnen hatten wir es für diese Nacht sicher und warm. Ich hätte alles gegeben, um den Zauber aufrechtzuerhalten, aber schließlich forderte der Schlaf sein Recht.

Ich weiß noch, daß mein Vater mich ins Bett brachte. Dennis Ponder küßte mich auf die Stirn und sagte: »Gute Nacht, Cinderella. Am Morgen erinnere ich dich an jeden Tanz, den du getanzt, und an jedes Lied, das du gesungen hast.«

Nach einer Weile wachte ich auf und hörte, wie sie sich noch immer unterhielten und lachten, wenn auch sehr leise. Noch später hörte ich ein seltsames Scharren unter der Veranda und setzte mich auf. Verwirrt schaute ich mich um, bis mir klar wurde, daß die Schwäne sich in das Nest verzogen hatten, das mein Vater und Dennis für sie hergerichtet hatten. Ich wollte aufstehen und es ihnen sagen, wurde aber endgültig vom Schlaf übermannt.

Am nächsten Morgen war Dennis fort, und mein Vater hantierte in der Küche herum und räumte auf. Er grinste, als ich aus dem Bett gekrochen kam. Mein Schädel dröhnte, und mein Mund war ganz pelzig vor Durst.

»Wenn du dich so fühlst, wie du aussiehst, solltest du zurück ins Bett gehen«, sagte er.

»War ich sehr schrecklich? Was für eine dumme Frage. Natürlich war ich schrecklich. So was hab ich noch nie gemacht«, sagte ich. Dann fiel mir plötzlich alles wieder ein, und ich rief: »Du lieber Gott, ich muß sofort zu Dennis gehen und mich entschuldigen. Das war wirklich beschissen von mir, ihn das zu fragen. Wie konnte ich nur ...«

»Nein. Laß ihn in Ruhe«, sagte mein Vater. »Er ist auf dem Sofa eingeschlafen, und ich hab ihn zugedeckt, aber kurz drauf wurde er wach, und ihm war furchtbar übel. Er wollte in sein Camp, und ich mußte ihn buchstäblich hinschleppen. Wir hätten ihn nicht trinken lassen sollen. Ich mache mir große Vorwürfe.«

Scham und Schuldgefühle wegen meiner indiskreten Frage waren vergessen, und ich fühlte nichts als Schmerz und Furcht. Ich hatte plötzlich schreckliche Angst um Dennis Ponder.

Irgendwann in der vergangenen Nacht hatte sich alles verändert. Ich wußte kaum noch, was wir zueinander gesagt hatten, aber ich sah ihn nun anders. Er war nicht mehr einfach der kranke Mann von nebenan, um den ich mich laut Vertrag zu kümmern hatte. Er hatte mir einen Teil seiner Seele offenbart und ich ihm einen Teil von meiner. Er war jetzt real für mich. Er war ein lebendiger, lustiger, begabter, schwieriger, leidender und vielleicht sterbender Mensch, der einen Moment lang mein Innerstes berührt hatte. Ich hätte mich zurückziehen können, wie ich es in all den vorangegangenen Wochen getan hatte, aber ich hatte es nicht getan, und so konnte ich nie wieder auf dieselbe Weise an ihn denken wie zuvor. Einen kurzen Moment lang hätte ich alles darum gegeben, um den alten Zustand wiederherzustellen. Ich wollte diesen realen, verletzten Dennis Ponder nicht in meinem Leben haben. Aber dort war er, und dort würde er auch bleiben, das wußte ich.

Wie mag ich ihm wohl jetzt erscheinen, fragte ich mich. Ob er mich anders sieht? Was geschieht mit uns? Werden wir hier oben zu anderen Menschen, oder werden wir einfach zu dem, was uns eigentlich bestimmt war?

Vielleicht ist das der Zauber dieses Ortes, dachte ich, als ich nach oben ging, um zu duschen. Ich stand unter der Dusche, mit geschlossenen Augen gab ich mich dem heißen Wasserstrahl hin, bis das Wasser kühler wurde und schließlich kalt, aber der seltsame neue Zauber zwischen Dennis Ponder und mir ließ sich nicht abwaschen.

12

Die Raupen und die Männer in Alley's Laden hatten recht mit dem Winter. Hervorgerufen durch El Niño und die Aschewolken des Pinatubo, wie uns begeisterte Meteorologen weismachen wollten, rollten Woche für Woche gewaltige Stürme nach Osten und hielten Neuengland in Atem. Ein Schneesturm folgte auf den anderen, und der ganze Vineyard war mit einer dicken Eisschicht überzogen. Der Schnee wurde zu etwas Alltäglichem, trotzdem verlor er nicht seinen Zauber. Ein windstiller, schneeweißer Morgen auf der Lichtung ließ mich noch immer den Atem anhalten. Jeden Tag konnte man auf dem bläulich schimmernden Weiß Spuren von Tieren sehen, die hier in der Nacht nach etwas Eßbarem gesucht hatten: Stinktiere, Waschbären, Rotwild, ab und an ein Opossum. Um das Vogelhäuschen kündete ein filigranes Muster im Schnee vom Besuch unzähliger Vögel. Vor der Veranda war der Schnee oft durcheinandergewirbelt, was darauf schließen ließ, daß die Schwäne ihr Revier gegen hungrige Nachbarn schützen mußten. Wir sahen auch die breiten Abdrücke ihrer Füße, wenn sie zurück zum Teich gewatschelt waren. An diesen bitterkalten Januartagen ging mein Vater fast stündlich zum Teich, damit Charles und Di schwimmen konnten.

»Ich finde, sie könnten bis zum Frühling gut aufs Schwimmen verzichten«, sagte ich, denn ich sorgte mich, weil mein Vater selbst beim schlechtesten Wetter nur mir Flanelljacke und Tweedhut bekleidet nach draußen ging. »Sie brauchen doch nicht am Teich zu trinken; du bringst ihnen doch immer Wasser unter die Veranda. Ich glaube, sie wollen dich nur herumkommandieren. Warum läßt du es nicht einfach mal zufrieren und wartest ab, was passiert?«

»Sie müssen schwimmen«, sagte er sanft. »Es liegt in ihrer Natur. Es macht mir nichts aus, Eis zu hacken. Und vielleicht wird es ja bald ein wenig milder.«

Es wurde jedoch nicht milder. Wie ich schon sagte, der Schnee war erträglich wegen seiner Schönheit. Mit dem Eis war es anders. Oh, natürlich war es hübsch anzusehen; das einzigartige Glitzern vereister Bäume am Straßenrand, ganze Wälder von Zwergeichen, deren gewundene Äste mit Eis überzogen waren und unter dem stahlblauen Himmel funkelten und knackten; jener klirrend kalte Morgen, als wir zum Hafen von Menemsha hinunterschlidderten, um Muscheln zu kaufen, und die Bucht von einer stahlgrauen Eisschicht überzogen war – diese Eindrücke werde ich niemals vergessen.

Aber das Eis verzauberte Up-Island nicht nur mit schimmernden Kristallen, sondern brachte Kälte und Gefahr mit sich. Herabfallende Äste beschädigten Stromleitungen, die oft erst nach Tagen repariert werden konnten. Kälte und Dunkelheit waren die Folge. Die Menschen konnten sich nicht in die kleinen Orte flüchten, weil die Straßen lebensgefährlich vereist waren; nach jedem Sturm wurde über schwere Unfälle berichtet, bei denen es Verletzte und manchmal auch Tote gab. Mit Hilfsgütern beladene National-Guard-Laster rollten von den Fähren, aber viele von ihnen landeten nach einer Rutschpartie im nächsten Graben. Ohne die Nachbarn, die über Felder und Wege schlidderten, um sich gegenseitig mit Nahrungsmitteln, Feuerholz oder Propangas zu versorgen, wäre Up-Island verloren gewesen. Bei einer meiner seltenen, gefährlichen Einkaufsfahrten hörte ich, wie ein alter Mann zu einem Kind sagte: »Die Leute hier oben sind vielleicht nicht besonders freundlich, aber in Notzeiten findet man keine hilfsbereiteren Nachbarn.«

Ich habe gedacht, es hätte kaum jemand gewußt, daß ich in dem kleinen Camp am Ende des Weges wohnte oder daß Dennis Ponder zurückgekommen war. Aber zweimal, als ich morgens nach draußen ging, um das Futter im Vogelhäuschen zu erneuern, hatte jemand den Weg zum Camp mit einem Schneepflug geräumt, und einmal fand ich eine Papiertüte mit Muschelsuppe, Crackern, Brot und Milch sowie ein paar Äpfeln. Es war kein Briefchen an der Tüte, kein Name. Vor Rührung hätte ich fast geweint. Mein Vater lächelte.

Am selben Morgen schaffte ich es über den geräumten Weg bis zur Middle Road und die Straße hinunter, die zur Auffahrt des Farmhauses führte. Ich hatte gedacht, ich müßte den Wagen stehen lassen und zu Fuß hinauf zum Haus gehen, aber auch diese Auffahrt war geräumt. Ich brachte meine Tasche mit Lebensmitteln in die Küche. Auf dem Küchentisch stand eine ähnliche Papiertüte, wie ich sie vor meiner Tür gefunden hatte.

»Wer ist denn der gute Samariter, der Ihnen was zu Essen gebracht hat?« sagte ich zu Luz, die neben dem heruntergebrannten Feuer vor sich hin döste. Bella sei noch oben, sagte sie.

»Ich weiß es nicht. Sie konnten es ja nicht sein, denn Sie wären hereingekommen. Bella sagt, wir werden nichts davon essen. Wir nehmen keine Almosen. Ich wünschte, wir täten es. Es riecht nach Muschelsuppe. Und ich hab, glaub ich, noch nicht gefrühstückt.«

Ich war entsetzt und unsagbar wütend auf Bella.

»Passiert es oft, daß Sie nicht frühstücken, Luz?« fragte ich sanft. »Ist Bella immer so spät am Morgen noch oben?«

»Ja, aber ich finde es nicht schlimm. Meist hab ich noch etwas Brot vom Abendessen übrig. Gegen Mittag kommt sie dann nach unten. Sie braucht den Schlaf; ich glaube, nachts kann sie kaum schlafen. Ich höre sie fast die ganze Nacht husten.«

Ich ging in die Küche, wärmte die Muschelsuppe auf und brachte ihr einen Teller davon mit einem Stück Brot, das ich unter einem weißen Trockentuch gefunden hatte; ansonsten war kaum etwas Eßbares in der Küche. Seit mehreren Tagen hatte ich ihnen nichts mehr bringen können. Mit der anonymen Gabe hätten sie sich notfalls noch ein paar Tage über Wasser halten können, wenn ich es an diesem Morgen nicht bis zu ihnen geschafft hätte. Ich war sehr zornig. Am liebsten hätte ich Bella Ponder geschüttelt. Durch ihren arroganten Stolz würden sie noch beide sterben.

Zuerst mochte Luz die Suppe nicht anrühren.

»Essen Sie die verdammte Suppe«, befahl ich. »Sagen Sie doch einfach, die Vasallen hätten sie gebracht, um Ihnen ihre Reverenz zu erweisen.«

Augenblicklich bedauerte ich meine sarkastische Bemerkung, aber Luzias kleines Gesichtchen fing an zu strahlen, und sie schaufelte hungrig die Suppe in sich hinein. Bis der Teller leer war, sagte sie kein Wort mehr.

»Schön, daß Sie daran gedacht haben. Die Suppe war ein Gedicht«, piepste sie. »Gut, daß Ihnen das mit den Vasallen eingefallen ist. Ich werd's Bella sagen, ich wette, darauf wär sie nie gekommen.«

»Tun Sie das«, sagte ich grimmig. »Und sagen Sie ihr, daß ich am Nachmittag noch mal vorbeischaue, wenn ich immer noch den Berg hinaufkomme. Ich bringe dann noch mehr Suppe und selbstgebackenen Apfelkuchen.«

Ich küßte sie auf die Wange, legte noch eine Decke über ihr Bett und brachte das Feuer wieder in Gang.

»Das ist doch wohl nicht die Möglichkeit!« sagte ich außer mir vor Zorn zu meinem Vater, als ich nach Hause kam. »Sie schafft es noch nicht mal die Treppe runter, um Luz was zu essen zu machen; sie frieren und haben Hunger, und sie weigern sich, die heiße Muschelsuppe zu essen, die ihnen jemand bringt, weil sie keine Almosen annehmen wollen! Langsam reicht's, es wird Zeit, was zu unternehmen. Sie müssen ins Heim, oder eine Pflegekraft muß ins Haus, oder was weiß ich. Ich kann sie doch nicht verhungern und erfrieren lassen, und ich kann nicht jeden Tag hinfahren, bevor es etwas milder wird.«

»Es sieht nicht so aus, als ob ihre Nachbarn sie verhungern oder erfrieren lassen«, sagte er.

»Aber sie weigern sich, etwas von ihnen zu essen. Ich hab dir doch erzählt, was Luz mir über Bellas Reaktion gesagt hat. Wen soll ich anrufen? Die Gemeindeschwester? Eine andere Nummer habe ich nicht. Gibt es auf der Insel nicht irgendwelche Hilfsorganisationen für alte Leute? Ich glaub, ich hab in West Tisbury ein Hinweisschild gesehen ...«

»Es gibt wohl ein paar Organisationen für uns alte Knacker«, sagte er. »Ich glaube, sie bringen allen, die nicht aus dem Haus können, heiße Mahlzeiten und Medikamente. Und sie haben wohl ein paar Freiwillige, die alte Leute zum Arzt fahren oder ins Seniorenzentrum, wo es was Heißes zu essen gibt. Das Seniorenzentrum ist ganz nett; ich hab ein paarmal reingeschaut und ein paar Runden Scrabble und Pool gespielt. Zuerst haben sie mich ganz schön reingelegt, aber so langsam laufe ich wieder zu meiner alten Form auf. Aber wenn Bella und Luz nicht fragen, werden ihnen die Hilfsangebote nichts nützen. Wahrscheinlich wären sie tatsächlich besser in einem Heim aufgehoben, aber darüber können wir nicht entscheiden. Das muß jemand aus der Familie tun. Also Dennis, nehme ich an. Ich kann mir kaum vorstellen, daß ihm im Moment der Sinn danach steht, sich mit den alten Damen herumzustreiten. Ich denke, wir können nur das machen, was wir bisher gemacht haben. Das Wetter wird nicht ewig so bleiben; die Alteingesessenen bei Alley's und im Seniorenzentrum sagen, daß die Winter normalerweise nicht viel schlimmer sind als in Atlanta.«

Ich wußte, daß er recht hatte. Ich warf ihm einen prüfenden Blick zu. Ich konnte mir genausowenig vorstellen, daß mein Vater ins Seniorenzentrum ging und mit alten Männern aus Chilmark und West Tisbury Scrabble oder Pool spielte, wie ich mir vorstellen konnte, selbst hinzugehen, aber eigentlich hätte es mich nicht überraschen dürfen. Er hatte immer zwei oder drei enge Freunde gehabt, mit denen er ab und zu etwas unternahm; kein Wunder, daß er das vermißte. Die Tatsache, daß er sich heimlich, still und leise Gesellschaft gesucht hatte, statt sich nur an mich und Dennis Ponder zu klammern, war ein Beweis für seine Akklimatisierung und das langsame Nachlassen seiner furchtbaren Depression.

»Ich bin stolz auf dich«, sagte ich und umarmte ihn hastig. »Du hast das gemacht, was ich längst hätte tun sollen, und ein paar von den Einheimischen hier auf Up-Island kennengelernt. Ich hab wahrscheinlich gedacht, daß sie genauso sind, wie Bella, Luz und Dennis sie beschrieben haben: engstirnige alte Familien, die mit Fremden nichts zu schaffen haben wollen. Das ist doch Unsinn, nicht wahr?«

»Ja«, sagte er. »Aber du brauchtest Zeit, um deinen Schmerz zu verarbeiten, und Raum, wo du es nach deiner eigenen Fasson tun konntest. Wenn du soweit bist, wirst du schon aus deinem Loch kriechen und ein paar Leute kennenlernen. Ich könnte dich mitnehmen, wenn ich das nächste Mal ins Seniorenzentrum fahre. Dein Anblick würde so manchen Herzschrittmacher auf Trab bringen.«

Ich grinste.

»Keine schlechte Idee. Ich hab ganz vergessen, wie es ist, ein paar Männern den Kopf zu verdrehen.«

»Zu schade«, sagte mein Vater. »Du mußt das Gefühl wieder aufleben lassen. Und ein paar Leute müssen daran erinnert werden, wie es ist, wenn einem jemand den Kopf verdreht.«

»Wenn das auf Dennis Ponder gemünzt ist, dann ist das einfach lächerlich. Das ist fast schon obszön.«

»Teufel noch mal, du tust ja, als wäre der Mann schon halb im Grab«, sagte er verärgert. »Wärst du zu Silvester nicht so angesäuselt gewesen, hättest du bemerkt, daß Dennis wie ein verliebter Gockel um dich herumstolziert ist. Hör auf damit, deine Männer vorzeitig für tot zu erklären. Das ist nicht sehr ermunternd.«

Ich verdrehte die Augen. Aber das Gespräch zeigte Wirkung. Bevor ich an diesem Nachmittag zu Dennis ging, trug ich ein bißchen Lippenstift auf und bürstete mein grauschwarz gesträhntes Haar, bis es glänzte. Beides hatte ich schon sehr lange nicht mehr getan. Es war ein gutes Gefühl. Als ich die Veranda des größeren Camps betrat, war mein Gang so beschwingt wie schon lange nicht mehr.

Er lag vor dem Feuer auf dem Sofa, Lazarus hatte es sich neben ihm auf dem Teppich bequem gemacht und döste seufzend und zuckend vor sich hin. Seit Silvester hatte ich Dennis nur ein-, zweimal gesehen. Nach der weiteren Chemotherapie war es ihm wieder sehr schlechtgegangen, und er hatte nur meinen Vater um sich haben wollen. Ich hatte seinen Wunsch respektiert. Aber mittlerweile wollte ich ihn wiedersehen; ich mußte mit eigenen Augen sehen, daß er noch da war, noch am Leben. Nur das. Er hatte jetzt nur noch zwei Chemobehandlungen vor sich, und insgeheim hoffte ich, daß ich danach den Mann zurückbekommen würde, der am Silvesterabend gelacht und gesungen hatte. Aber als ich ihn jetzt anschaute, fragte ich mich einen Moment, ob er überhaupt noch lebte.

Er sah schrecklich aus. Sein Gesicht war bleich und eingefallen, und sein dickes Haar war stumpf und glanzlos und hing ihm in wirren Strähnen über den Kragen. Durch die ständige Übelkeit hatte er fast alles abgenommen, was er vorher zugenommen hatte, und selbst seine Hände, die still auf der Wolldecke lagen, mit der er sich zugedeckt hatte, waren knochig und weiß. Mit angehaltenem Atem stand ich da und starrte auf seinen Körper, bis ich sah, daß sich die Wolldecke über seiner Brust langsam hob und senkte, dann schlich ich mich auf Zehenspitzen ins Zimmer.

»Sie brauchen nicht zu schleichen«, sagte er, ohne die Augen zu öffnen. Er hatte graublaue Schatten unter den Augen, und sein Gesicht war mit blauschwarzen Bartstoppeln übersät.

»Ich schlafe nicht. Ich höre mir nur an, wie das Eis auf dem Dach knackt. Ein ziemlich ungemütliches Geräusch, nicht wahr?«

»Ich hab Ihnen Muschelsuppe gebracht«, sagte ich. »Ich mach sie warm, und dann essen wir beide was davon. Draußen ist es so kalt, daß einem die Nase abfriert. Und dann schneide ich Ihnen die Haare, denke ich. Sie fühlen sich bestimmt gleich viel wohler, wenn sie Ihnen nicht mehr in den Kragen hängen. Vielleicht rasiere ich Sie sogar.«

Er öffnete die Augen und drehte den Kopf zur Seite, bis er mich sehen konnte. Die langsame Bewegung drückte Schwäche und Resignation aus.

»Sie dürfen mir die Haare schneiden und mich rasieren, wenn Sie mir einen Scotch statt Suppe bringen«, sagte er. »Ich würde sie nur wieder erbrechen. Schnaps bleibt komischerweise unten. Vielleicht können wir uns ja wieder betrinken. Was meinen Sie? Ein bißchen singen? Ein bißchen tanzen?«

Das Beben seiner bleichen Lippen erschreckte mich, bis mir klar wurde, daß er lächelte oder es zumindest versuchte. Es war ein schrecklicher, herzzerreißender Anblick. Plötzlich wünschte ich, er würde mich anfahren, wie er es früher getan hatte.

Ich holte die Scotchflasche und goß uns ein Glas davon ein. Als er sein Glas an die Lippen hob, zitterte seine Hand so stark, daß ihm ein paar Tropfen der bernsteinfarbenen Flüssigkeit das Kinn hinabliefen. Ich nahm das Glas und hielt es für ihn, während er daran nippte. Bald hörte seine Hand auf zu zittern, und ich gab ihm das Glas zurück.

»Wo ist Tim?« fragte er und setzte sich mühevoll auf. Ich wollte ihm helfen, blieb dann aber sitzen.

»Er ist am Teich und hackt zum tausendstenmal das Eis für die verdammten Schwäne auf«, sagte ich. »Dann bringt er einen Topf Suppe zum Farmhaus. Er müßte eigentlich bald losfahren, bevor die Straßen wieder völlig vereist sind. Wenn er zurückkommt, will er bei Ihnen reinschauen, hat er gesagt.«

Eine Weile saß Dennis schweigend da. Ich betrachtete das Feuer und die Eisblumen am Fenster, und als ich mich unbeobachtet fühlte, betrachtete ich sein Gesicht. Im Feuerschein erinnerte es mich ein wenig an die Passion Christi von Rouault, rein und gequält und vollendet. Mir juckte es in den Fingern, Haare und Bart zu stutzen.

»Wie steht es denn drüben im Farmhaus?« fragte er schließlich. Seine Stimme klang widerstrebend, aber da war auch noch etwas anderes; irgend etwas Starres, Verkrampftes hatte sich entspannt und gelockert. Ich wußte, er wollte nicht einfach Konversation machen. Dazu war er zu krank und zu schwach. Sollte ich die mißliche Lage der alten Frauen beschönigen, oder sollte ich ihm die Wahrheit sagen?

»Es steht nicht besonders gut«, sagte ich schließlich. »Im Grunde werden sie nicht mehr allein fertig. Ihre Mutter kommt nicht vor Mittag nach unten; ich glaube, sie muß in der Nacht immer soviel husten, daß sie morgens einfach schlafen muß. Dadurch ist Luz auf sich gestellt, ohne Essen und ohne Wärme. Ich werde morgens immer direkt nach dem Frühstück hinfahren, und Daddy übernimmt die Nachmittagstour. Dazu muß das Wetter allerdings besser werden. Es ist fast unmöglich, den Hügel zum Farmhaus hochzufahren. Ich weiß, das wollten Sie nicht hören, aber ich fürchte, sie werden bald mehr Pflege brauchen, als Daddy und ich ihnen geben können; und es wäre an Ihnen, einen Platz im Pflegeheim für sie zu suchen, oder eine andere Lösung zu finden. Oder wenn wir etwas arrangieren, müßten Sie Ihr Einverständnis geben. Ich würde Ihnen das ja gerne ersparen, wenn ich könnte, aber ich mache mir Sorgen um die beiden. Sie wollen partout keine Hilfe annehmen.«

Und ich erzählte ihm von den Lebensmitteln, die sie nicht essen wollten.

Er schloß wieder die Augen und ließ seinen Kopf zur Seite sinken. Sein Gesicht war abgehärmt und bleich.

»Dieser gottverfluchte portugiesische Stolz«, sagte er. »Wenn jemand ihr was geben wollte, hat sie es nie angenommen. Aus Prinzip nicht. Als Daddy uns verließ, haben einige Leute versucht zu helfen; ich kann mich noch genau an die Pasteten und Kuchen und Aufläufe erinnern, die uns ins Haus gebracht wurden, wenn ich auch keinerlei Erinnerung an meinen Vater habe. Sie hat alles weggeworfen, die Schüsseln und Töpfe abgewaschen, und dann mußte Luz sie wieder zurückbringen. Gott weiß, wie dieser selbstgefällige Drachen, meine Großmutter Ponder, ihr das Leben schwergemacht hatte, weil sie Portugiesin war; aber als er uns verlassen hat, bot sie uns immerhin ihre Hilfe an. Mutter hätte ihr fast ins Gesicht gespuckt. Ich weiß nicht, ob ich es ihr übelnehme, aber es hätte der erste Schritt zu einem besseren Verhältnis sein können. Es hätte ein anderes Leben für sie werden können, und für mich auch. Aber sie hatte ja König Dinis. Was brauchte sie mehr? Jetzt sitzen sie da oben und ersticken an ihrem verdammten Stolz. Nun, soll doch König Dinis kommen und sie retten. Mir ist das alles scheißegal. Es tut mir nur leid, daß Sie und Tim sich mit ihnen abplagen müssen. Lassen Sie sie doch einfach fallen. Rufen Sie bei der Gemeinde an, dann sind Sie sie los.«

»Bis jetzt hat es mir nichts ausgemacht«, sagte ich. »Ich mag Ihre Mutter. Auch Luz mag ich sehr. Und sie haben mir geholfen, ein neues Leben anzufangen, als sie mir das Camp anboten. Ich werde sie nicht einfach im Stich lassen. Aber ich verspreche, daß ich sie Ihnen gegenüber nicht mehr erwähne.«

Er schüttelte matt den Kopf und seufzte.

»Tut mir leid«, sagte er. »Sie haben selbst schon genug Probleme. Ich werde versuchen, Sie nicht mit meiner angeborenen Güte und Herzlichkeit zusätzlich zu belasten. Halten Sie mich auf dem laufenden über die beiden alten Mädchen. Wenn es soweit ist, werde ich entscheiden, was mit ihnen geschieht. Vorausgesetzt, daß ich dann selbst noch am Leben bin.«

Mein Herz krampfte sich zusammen. Noch nie hatte er das Thema, das die ganze Zeit drohend über unseren Köpfen schwebte, so direkt angesprochen.

»Dennis«, sagte ich, »wenn ich Ihnen den Kopf halten darf, wenn Sie sich übergeben müssen, darf ich doch vielleicht auch erfahren, was mit Ihnen und Ihrem Bein los ist. Ich werde nicht viele Worte darüber machen, und ich werde es auch niemandem erzählen – wem sollte ich es auch sagen? Der *People*-Illustrierten vielleicht? Mit Ihrer Mutter werde ich auch nicht über Sie sprechen, falls Sie das befürchten. Aber ich möchte es gerne wissen. Daddy und ich ... wir machen uns Sorgen um Sie. Wir mögen uns nicht vorstellen, daß Sie hier sitzen und Gott weiß was durchmachen, während wir ganz in Ihrer Nähe sind und nichts tun, um Ihnen zu helfen …«

Er schaute mich lange schweigend an und sagte schließlich: »Ich weiß es selbst nicht. Sie haben noch … nun, da war noch was an meinem Oberschenkelknochen. Deshalb die Chemotherapie. Es hat ziemlich weh getan. Bis dahin hatte ich keine Schmerzen, keine richtigen. Nach dieser Serie von Chemobehandlungen wollen sie mich noch mal untersuchen und mir vielleicht noch ein Stück vom Bein abnehmen. Ich hab ihnen schon gesagt, daß das nicht in Frage kommt. Ich hab ein paar Schmerztabletten. Ich nehme sie nicht oft, aber sie sind hier, wenn ich sie brauche. Und ich habe ein Mittel, das mir beim Einschlafen hilft. Auch das nehme ich nicht. Aber es ist hier … falls ich es brauche. Bis jetzt hat der Scotch besser gewirkt. Nach der letzten Chemobehandlung gehe ich nicht wieder hin. Ich lasse sie nicht noch mal an mein Bein. Wer weiß, vielleicht bringt diese Runde ja die große Wende. Wie es auch ausgeht, noch vor dem Frühjahr weiß ich Bescheid. Ihr Dienst hier wird sich dadurch nicht verlängern. Ich bitte Sie nicht, sich noch länger zu verpflichten.«

Mir brannten die Augen, und ich schüttelte stumm den Kopf. Er sah es und sagte: »Ich muß mich schon wieder entschuldigen. Ich hab das nicht so gemeint, wie es geklungen hat. Ich bin nicht an nette Frauen gewöhnt.«

Es war eine derart sachliche Feststellung, daß ich lachen mußte. Auch er lächelte.

»›Also sprach Zarathustra‹. Es stimmt aber. Anscheinend fühle ich mich zu Frauen wie Grendels Mutter hingezogen. Die Netten, die ich kennenlerne, schaffen es, wegzulaufen, bevor sie heilig gesprochen werden.«

»Sie klingen wie der Held in einem Kitschroman«, sagte ich. »Ein wilder, böser Junge, der nur durch die Liebe einer edelmütigen Frau bekehrt werden kann. Welche netten, aufopferungsvollen Frauen haben Sie denn schon aus Ihrem Leben vertrieben?«

»Zwei Ehefrauen«, sagte er. »Und eine Tochter.« Er hatte aufgehört zu lächeln.

»Warum ist das so, Dennis?« fragte ich leise. Mir schien, als sei ich nahe dran, hinter die Mauer aus Krankheit und Boshaftigkeit zu schauen.

»Als Junge habe ich nur eines über Frauen gelernt, und das war, daß sie einen verlassen«, sagte er. »Ich beschloß schon früh, daß ich derjenige sein wollte, der gehen würde. Das war mir, glaube ich, gar nicht bewußt, bis ich krank wurde und innehalten mußte. Zu dem Zeitpunkt erschien es mir zwecklos, eine Änderung zu versuchen. Ich glaube nicht, daß mir genug Zeit bleibt, selbst wenn mein Bein okay sein sollte. Ich habe nicht die Fähigkeit zu bleiben. Wie sollte ich auch? Meine Eltern waren beide nicht dazu in der Lage …«

»Ihr Vater mag sie vielleicht verlassen haben. Aber Ihre Mutter nicht«, sagte ich. »Sie ist dort oben im Farmhaus, wo sie immer war, und sie wartet noch immer. Es würde Sie nur ein einziges Wort kosten …«

Er lachte. Es war ein kurzes, verbittertes Lachen. »Das hat sie Ihnen gesagt? Daß sie all die Jahre auf mich gewartet hat? Das alte Luder. Sie kann Wahrheit und Lüge schon nicht mehr unterscheiden.«

Ich sagte nichts. Plötzlich hatte ich genug von all diesen Dingen. Ich war es leid, dieses halsstarrige, sinnlose Drama zwischen Mutter und Sohn, das ich mitansehen mußte, seit ich nach Up-Island gekommen war. Ich gab Lazarus ein Zeichen und ging zur Tür.

»Warten Sie bitte«, sagte er, und ich blieb stehen.

»Könnten Sie mir einen Gefallen tun?«

»Natürlich.«

»Im Holzschuppen war immer ein Schlitten. Ein blauer ›Flexible Flyer‹. Ich frage mich, ob er noch da ist. Könnten Sie vielleicht nachschauen?«

»Ja, gern.«

Ich ging hinaus in den kalten Januarabend. Der Mond stand bereits am Himmel. Er sah aus wie eine Scheibe aus poliertem Elfenbein. Es würde eine helle Nacht werden. Der Wolfsmond, so nannten ihn die alten Männer bei Alley's, hatte mein Vater erzählt.

Der Schlitten stand im hinteren Teil des Holzschuppens unter einem Stück Teerpappe.

»Er ist noch da«, meldete ich. Dennis lächelte.

»Ich hab diesen Schlitten zu Weihnachten bekommen, kurz bevor ich nach Amerika gegangen bin«, sagte er. »Es war ein Winter wie dieser, eiskalt, mit Unmengen von Schnee. An Eis kann ich mich allerdings nicht erinnern. Wir haben im kleinen Camp Weihnachten gefeiert, wo Sie und Tim jetzt wohnen. Nach dem Essen kletterten wir auf den Hügel hinter dem Teich und haben ihn ausprobiert. Ich weiß noch, wie meine Mutter wie ein Wiesel rannte und den Schlitten hinter sich herzog. Dann warf sie sich drauf und sauste den Hügel hinunter. Dabei hat sie gebrüllt wie eine Wampanoag Squaw, wenn die überhaupt schreien. Ich hab's noch nie gehört. Ihr Haar war in zwei hüftlange Zöpfe geflochten, und sie flogen durch die Luft hinter ihr her ...«

Ich konnte es vor mir sehen; eine große, schlanke Frau und ein dunkler kleiner Junge, wie sie an einem verschneiten Weihnachtstag zwischen Himmel und Erde dahinschossen.

»Wird sie sterben?« fragte er.

»Ich glaube, ja.«

»Wie lange noch?«

»Ich habe keine Ahnung. Es ist Koronarinsuffizienz. Ich weiß nicht viel darüber. Ich glaube, eine Lungenentzündung wäre ihr Ende. Ich kann mich informieren ...«

Er schüttelte den Kopf.

»Nein ... sie ist jetzt sehr dick, ich weiß. Tim hat es mir gesagt. Ich wünschte, Sie hätten sie sehen können, als sie jung war. Sie war ... sehr schön.«

»Ich hätte Sie damals auch gerne gesehen.«

»Sie haben etwas Ähnlichkeit mit ihr, so wie sie damals war, meine ich. Das hab ich Ihnen gleich am ersten Tag gesagt, nicht wahr. Äußerlich, meine ich. Ansonsten gibt es keine Ähnlichkeit.«

»Woher wollen Sie das wissen?« fragte ich.

»Ich weiß es.«

Er schloß wieder die Augen. Ich rief Lazarus und ging zurück zum kleinen Camp. Ich fühlte mich bedrückt und schwerfällig. Eine hoffnungslose Traurigkeit lastete auf meinen Schultern, aber darunter keimte ein Hochgefühl auf wie ein zartes Pflänzchen. Er hatte mich an sich herangelassen. Für einen kurzen Moment hatte er eine Tür geöffnet ...

»Sieht ganz nach einer schönen Nacht aus«, sagte mein Vater, als ich in die Küche kam. »Hast du Lust, essen zu gehen? Es soll hier in der Nähe ein nettes Restaurant geben. Wir sollten es ausprobieren, bevor der nächste Schneesturm kommt.«

Das Red Cat Restaurant lag in West Tisbury an der Bundesstraße. Nach der leeren, mondhellen Schneelandschaft, durch die wir gefahren waren, sah es aus wie ein Paradies aus Licht, Wärme und menschlicher Gesellschaft. Auf dem verschneiten Parkplatz standen Autos, Laster und Geländefahrzeuge, und als ich die Wagentür öffnete, konnte ich leise Rockmusik hören. Plötzlich konnte ich es kaum erwarten, hineinzugehen, Teil einer Gemeinschaft zu sein, wenn ich auch nicht dazugehörte und die Leute mir unbekannt waren. Ich fühlte mich wie ein Kind vor einem Fest, schüchtern und ungelenk, aber voller Erwartung und Vorfreude.

»Ich wußte gar nicht, wie sehr ich das vermißt hab«, sagte ich zu meinem Vater.

»Was denn?«

»Lichter. Menschen. Einfach ausgehen.«

»Es ist nicht Buckhead.«

Ich lachte.

»In diesem Augenblick gefällt es mir besser als das Ritz.«

Wir betraten das niedrige, verschachtelte, hellerleuchtete Gebäude, und man wies uns einen Tisch in der Ecke an. Auf dem Weg dorthin nickte mein Vater ein paar Männern und Frauen zu, und sie erwiderten lächelnd seinen Gruß. Einer der Männer hatte einen Flachmann aus dem er die Gläser füllte. Er winkte damit und rief: »Abend, Tim!«

»Wie wär's demnächst mal wieder mit einem Spielchen?« fragte ein anderer.

»Klar, warum nicht!« erwiderte mein Vater.

Mir fiel auf, daß die Leute so ähnlich aussahen wie wir. Die meisten waren zwischen Mitte Vierzig und siebzig, fünfundsiebzig. Sie schälten sich aus Parkas, Schals und Mützen, unter denen sie warme Pullover und Rollis trugen. Fast alle hatten Stiefel an. Alle sahen gesund und wettergegerbt aus und freuten sich wie wir, daß sie an einem verschneiten Abend im Red Cat sitzen konnten.

»Wir passen ganz gut hierher, findest du nicht auch?« sagte ich zu meinem Vater, als wir uns setzten.

»Ja, ich glaube, wir fallen kaum auf«, sagte er. Er zog einen Flachmann aus der Jackentasche und stellte sie auf den Tisch.

»Wünschen Madam einen Cocktail vor dem Essen?«

Wir schlürften unseren Macallan und nahmen uns viel Zeit für das Studium der Speisekarte. Ich liebte diesen Ort und wollte den Abend so lange wie möglich auskosten. Nachdem ich mich schließlich für Lamm in Rotweinsoße entschieden hatte, lehnte ich mich zurück und trank noch ein paar Schluck Macallan.

»Ich bin wie betrunken von all den Menschen und Lichtern. Du nicht auch?« fragte ich.

»Laß uns bloß nicht zuviel von dem Zeug hier trinken, sonst werden wir am Ende tatsächlich betrunken«, erwiderte er sanft. »Ich glaube, du hattest Budenkoller. Du gerätst ja wohl nicht außer Rand und Band, und tanzt gleich auf dem Tisch!«

Wir plauderten über belanglose Dinge und genossen es, einfach im Restaurant zu sitzen und uns zu unterhalten. Aber nach einer Weile wurden wir still.

»Ich glaube, Dennis denkt vielleicht daran, sich umzubringen«, hörte ich mich irgendwann sagen und erschrak. Mir war nicht bewußt gewesen, daß ich das gedacht hatte.

»Warum sagst du das?« fragte mein Vater. Er wirkte nicht schockiert.

»Ich weiß nicht genau. Er will sich auf keinen Fall noch mal operieren lassen. Und es dauert noch eine Weile, bis er weiß, ob die Chemotherapie angeschlagen hat. Ich habe keine Ahnung, wie gut die Chancen dafür stehen, und er spricht nicht darüber. Es ist kein gutes Zeichen, daß wieder was gefunden wurde. Aber er sagte, daß er Schmerzmittel und Schlaftabletten hat und daß er darüber nachdenkt, wie er sie benutzen will, wenn er sie braucht. So ähnlich hat er es ausgedrückt. Erst jetzt ist mir aufgegangen, was er damit gemeint haben könnte.«

»Bist du schockiert? Macht es dir angst?« fragte mein Vater.

Ich dachte kurz nach.

»Es schockiert mich nicht, denke ich. Aber ich mag es mir nicht vorstellen. Ich finde es einfach schrecklich, Daddy. Er ist so jung und begabt und hat so vieles, wofür es sich zu leben lohnt ...«

»Er sieht das vielleicht anders«, unterbrach mich mein Vater. »Er hat alles verloren, seine Frau, seine Tochter, seine Arbeit und sein Bein. Er hat keinerlei Verbindung mit seinen Verwandten. Er mußte große Schmerzen ertragen, und vielleicht hat er bald wieder Schmerzen. Irgendwie kann man ihn verstehen ...«

»Daddy! Ich kann nicht glauben, daß du so von Dennis sprichst! Er ist dein Freund; manchmal behandelst du ihn wie einen Sohn ...«

»Ich würde niemandem Schmerzen wünschen, Molly«, sagte er. »Ich weiß, wie das ist. Meinem schlimmsten Feind würde ich es nicht wünschen, und Dennis schon gar nicht. Du hast recht; er ist mein Freund. Wenn es soweit ist, hoffe ich, daß ich bei ihm sein kann, aber ich werde ihn nicht daran hindern.«

»Du wußtest, daß er daran denkt ...«

»Ich wußte, daß er es als Möglichkeit betrachtet, ja. Es gibt noch andere Möglichkeiten, die er, glaube ich, im Moment noch nicht sehen kann. Ich hoffe, ich kann ihm dabei helfen, sie zu finden. Wenn ich das nicht kann ...«

»Wenn nicht, wirst du ihm beim Sterben helfen. Ist es so?«

Er wich meinem Blick aus und schüttelte den Kopf.

»Molly, es gibt eben ein paar Dinge, von denen du nichts weißt. Du hast noch nicht lange genug gelebt, um damit konfrontiert zu werden. Reden wir nicht mehr davon. Es geht nur Dennis etwas an.«

»Oh, Daddy ... hat es nicht genug Tod gegeben?« sagte ich.

»Wenn du in mein Alter kommst, ist der Tod allgegenwärtig«, entgegnete er matt. »Man kann ihn nicht aufhalten. Man kann nur versuchen, anständig damit umzugehen.«

»Einem Mann dabei zu helfen, sich umzubringen – das soll anständig sein? Ach, Daddy ... es tut mir leid. Ich verderbe dir den schönen Abend«, sagte ich schuldbewußt. »Ich sag jetzt kein Wort mehr über Dinge, die ich nicht ändern kann. Es ist so schön hier mit dir. Es gibt keinen Ort auf der Welt, wo ich jetzt lieber wäre.«

»Du bist wirklich eine einmalige Tochter, Molly«, sagte er. »Und eine einmalige Frau. Versprich mir, daß du mir nie verschweigst, was dir auf der Seele liegt.«

»Manchmal denke ich, wir sollten einfach den Sprung ins kalte Wasser wagen und über Mutter reden«, sagte ich. »Aber wenn ich anfangen will, kann ich einfach nicht. Wartest du darauf, daß ich über sie spreche?«

»Nein. Ich dachte, ich würde hier oben dazu in der Lage sein, an einem Ort, wo sie nie war, aber bis jetzt kann ich es einfach nicht. Es ist, als wäre sie hier zu weit weg. Ich kann sie nicht spüren. Vielleicht muß ich dazu nach Hause fahren. Vielleicht wird es sowieso bald Zeit ...«

»Nein, noch nicht«, sagte ich. »Bitte bleib hier. Bis zum Frühling. Bis wir wissen, wie es um Dennis steht. Ich glaube, ich könnte es nicht ertragen ... und was ist mit den Schwänen? Du kannst doch die Schwäne nicht im Stich lassen ...«

Er lächelte amüsiert, wie er mich als Kind immer angelächelt hatte.

»Molly, ich muß irgendwann wieder nach Hause. Du auch, übrigens.«

»Warum? Ich sehe keinen einzigen Grund, warum einer von uns zurück nach Atlanta fahren sollte. Nicht einen.«

»Weil es unser Zuhause ist«, sagte er. »Weil es das ist, was wir haben. Weil es das ist, was wir sind und waren. Dort ist unser vertrautes Umfeld. Dort ist alles, was uns bleibt.«

»Für mich ist dort nichts geblieben«, sagte ich. »Tee ist weg. Caroline ist fort. Teddy ist so gut wie weg. Du redest von einem Häuschen auf dem Land. Was bleibt mir denn dort?«

»Oh, Molly«, sagte er seufzend und nahm meine Hand. Seine war rissig und rauh von der Eishackerei und voller Schwielen von seinen Reparaturarbeiten im Camp. Sie war warm wie eine Wärmflasche. Ich drückte sie.

»Weißt du denn nicht, daß du mehr bist als die Summe von anderen Menschen?« sagte er. »Wenn du das bis jetzt noch nicht weißt, wie kann ich dich überzeugen?«

»So war es mein Leben lang«, erwiderte ich. »Ich kann mich nicht einfach ändern.«

»Ich denke, du kannst es, und du fängst am besten gleich damit an«, sagte mein Vater.

Ich aß gerade die letzten Bissen meiner überaus zarten und köstlichen Lammkeule, als eine Frau zu uns an den Tisch trat. Sie hatte helles Haar und war klein und stämmig. Zu ihrer grauen Stretchhose trug sie einen Fair-Isle-Pullover. Ihr gebräuntes Gesicht sah sehr freundlich aus. Ihre Augen waren klar und blaß; irgendwie kamen sie mir vertraut vor ...

»Entschuldigen Sie, sind Sie nicht Mrs. Redwine?« fragte sie.

Ich nickte.

»Ich bin Patricia Norton«, sagte sie. »Ich bin Dennis Ponders Cousine zweiten oder dritten Grades, und Bella ist eine entfernte Tante von mir. Ich wollte nur sagen, daß wir alle es sehr zu schätzen wissen, was Sie für Denny, Tante Bella und Luz tun. Wir haben uns furchtbare Sorgen um sie gemacht, aber wir konnten nicht viel für sie tun. Mittlerweile wissen Sie sicher, daß wir nicht miteinander reden. Deshalb wissen wir auch nicht, was wir machen sollen.«

»Setzen Sie sich doch bitte«, sagte mein Vater. »Ich bin Tim Bell, Mollys Vater. Ich hab sofort gesehen, daß Sie mit Dennis verwandt sind. Sie haben dieselben Augen.«

Tatsächlich, es waren dieselben eisgrauen Augen, deren Blick einem durch und durch ging.

Sie lachte. »Die Ponder-Augen. Wir sehen alle aus, als könnten wir durch Wände blicken. Durch die Erde hindurch und direkt in die Hölle, sagte meine Großmutter Ponder immer. Sie war auch die Großmutter von Dennis, die Mutter seines Vaters. Ein grimmiger alter Drachen, wie er im Buche steht. Sie haßte es, diese Augen in Dennys verwegenem Portugiesengesicht zu sehen, als er klein war. Ansonsten gab es keinerlei Ähnlichkeit, aber seine Augen wiesen ihn eindeutig als einen Ponder aus. Sie konnte nicht verleugnen, daß er zu ihrer Familie gehörte.«

»Bitte nehmen Sie doch Platz«, sagte ich. »Wir sind so froh, jemanden von Dennis' und Bellas Verwandten kennenzulernen. Wir hatten schon überlegt, mit wem wir Kontakt aufnehmen sollten. Bis jetzt werden wir einigermaßen fertig; aber ich weiß nicht, wie lange wir es noch schaffen, und wir sind nicht befugt, sie in ein Heim zu geben oder was auch immer ...«

Sie setzte sich und fuhr sich verärgert und frustriert durchs Haar.

»Es ist nicht richtig, daß Sie sich um diese Dinge sorgen müssen. Wir sind alle zutiefst beschämt, daß zwei nette Menschen vom Festland sich um unsere Leute kümmern müssen. Sobald das Wetter besser wird, wollte ich ohnehin zu Ihnen runterkommen, um die Sache zu besprechen, aber es scheint noch eine Weile so zu bleiben. Ich hätte schon vorher kommen sollen. Sagen Sie mir, wie's um die drei steht. Ich berate mich mit den anderen, und zusammen finden wir dann eine Lösung.«

Ich schilderte ihr Dennis Ponders mißliche Lage, und erzählte ihr, wie schlecht es Bella und Luzia ging. Ihre Gesichtszüge wurden weich und drückten aufrichtiges Bedauern aus. Sie war eine schöne Frau, dachte ich, obwohl sie auf den ersten Blick nicht besonders hübsch wirkte. Sie erinnerte mich an Livvy. Sie strahlte dieselbe Kraft und Beständigkeit aus. Sicher könnte sie eine gute Freundin werden, dachte ich, falls ich auf der Insel blieb.

»Ach, das Ganze ist ein furchtbarer Schlamassel«, sagte sie. »Grandma Serena war der Auslöser. Ich weiß nicht, woher all dieser abgrundtiefe Haß kam, aber er hat die ganze Familie zerfressen. Jeden einzelnen ließ sie ihn spüren. Grandpa Ethan ist deswegen zur See gegangen und nie zurückgekehrt; ein, zwei Jahre lang wußte sie nicht, ob er tot oder nur verschwunden war. Als man ihr die Nachricht von seinem Tod brachte, hat sie nicht mit der Wimper gezuckt. Sie hatte ja den kleinen Ethan. Dennys Vater. Als er sie verließ, um in Harvard zu studieren, war er genau wie sie, kalt wie ein Fisch und hinterhältiger als eine Schlange. Ich glaube, er hat Bella nur geheiratet, um seiner Mutter eins auszuwischen. Grandma Serena hegte einen abgrundtiefen Haß gegen Portugiesen. Und keiner von uns wußte, warum das so war; sie sagte nur, daß sie träge, verschlagen, faul und minderwertig seien. Außerdem würden sie alles stehlen, was nicht niet- und nagelfest sei. Wir glauben, das einzige, was Grandma Serena jemals von einem Portugiesen gestohlen wurde, war Grandpa Ethan. Er hat sich ständig auf den Azoren herumgetrieben. Wie dem auch sei, nach dem vierten Semester kommt Klein Ethan also nach Hause und hat diese große, wunderschöne Portugiesin im Schlepptau, noch dazu war sie Kellnerin. Grandma hat Bella das Leben schwergemacht, sobald sie von der Fähre kam. Nach zwei, drei Jahren hatte Ethan genug von seinem kleinen Scherz und machte sich aus dem Staub, kein Mensch wußte, wohin. Da war Denny schon da, und ich nehme an, Bella wußte keinen anderen Rat, ihn vor Grandmas Haß zu schützen, als ihn aufs Festland zu ihrer Familie zu schicken. Danach war er für Grandma erledigt. Als Bella ihn zum Hafen brachte, hat sie ihn noch am selben Tag aus ihrem Testament streichen lassen. Kein Fetzen des wertvollen Ponder-Landes sollte in portugiesische Hände geraten. Am Ende ist es natürlich doch so gekommen. Aber es ging an Bella, nicht an Denny. Grandma würde sich im Grabe umdrehen, wenn sie das wüßte. Um diese Zeit war Bella zu der Frau geworden, die sie heute ist. Sie wollte niemanden von uns sehen und nichts von uns annehmen. Ich kann es ihr nicht einmal verübeln, wenn man bedenkt, wie Grandma und Big Ethan sie und Denny behandelt haben. Aber wir anderen hätten es gern wiedergutgemacht, aber sie ließ keinen von uns in ihre Nähe. Ich frage mich, warum sie all die Jahre hiergeblieben ist, ganz allein mit der armen alten Luzia. Ich hatte gehofft, Denny ein bißchen kennenzulernen, aber so wie Sie sagen, bleibt vielleicht nicht mehr genug Zeit ... was ist das nur für ein Schlamassel! Nirgends fügt man sich gegenseitig soviel Schmerz zu wie in der Familie, stimmt's?«

»Das ist wahr«, sagte ich mit gepreßter Stimme. Die arme alte Frau, erstarrt in ihrer Bitterkeit wie eine verwitterte Statue. Armer Dennis, er starb an einer Kälte, die bis ins Mark ging ...

»Sie haben den Weg für uns geräumt und uns Suppe und Äpfel gebracht, nicht wahr?« sagte mein Vater und lächelte Patricia Norton an. »Und bei Bella und Luz haben Sie auch geräumt, stimmt's?«

Sie grinste ebenfalls und nickte.

»Ich hab einen kleinen Schneepflug an meinem Cherokee. Seit ich Tom Norton und seinen Jeep geheiratet habe, bin ich jeden Winter zu den Ladys und hab für sie geräumt. Sie denkt wahrscheinlich, die Gemeinde macht es, sonst würde sie den Schnee bestimmt wieder zurück auf die Straße schaufeln. Ich weiß, daß sie nichts von meinen Lebensmitteln ißt, aber ich hoffe, Luz schmuggelt ab und zu was ins Haus. Aber jetzt, wo ich Sie kennengelernt habe, können wir vielleicht einen Weg finden, wie allen geholfen werden kann, um Sie ein wenig zu entlasten. Am Wochenende trommle ich alle zusammen, und wir halten Kriegsrat.«

»Vielleicht sollten wir lieber noch damit warten«, sagte mein Vater. »Alle drei sind ziemlich schwach, und es ist noch so verflucht kalt. Ich möchte nichts überstürzen. Wir versuchen noch eine Weile, so weiterzumachen wie bisher. Wenn's geht, bis März oder so. Bis jetzt ist es keine Last; wir werden Sie benachrichtigen, wenn es schlimmer wird. In der Zwischenzeit geben wir Ihnen Lageberichte. Molly hat eine vernünftige Übereinkunft mit Bella und Dennis getroffen. Im Moment funktioniert es ganz gut.«

Nachdem sie gegangen war und wir unsere Rechnung bezahlt und uns auf den Heimweg gemacht hatten, schaute ich meinen Vater an. Sein Profil wirkte ruhig und friedlich und wurde vom Wolfsmond in silbriges Licht getaucht, aber er kaute an seiner Unterlippe, was bedeutete, daß er über irgend etwas nachgrübelte.

»Sie sind anders, als Bella sie beschrieben hat«, sagte ich zu ihm. »Die Up-Island-Bewohner. Die alten Familien. Sie sind alles andere als kalt und distanziert. Sie hätten sie bei sich aufgenommen; schon vor Jahren. Meinst du, sie weiß das? Wie könnte sie es nicht wissen?«

»Bella denkt, was sie denken will«, sagte er. »Das darfst du ihr nicht nehmen. Es ist hartherzig, und es ist falsch, aber es hat sie in all den Jahren aufrecht gehalten. Wenn sie es verliert, würde ihr nichts mehr bleiben.«

»Mein Gott, es ist nur so dumm«, sagte ich. »So falsch und nutzlos. Sie denken nicht schlecht über Portugiesen, das merkt man. Nur die alte Großmutter hatte diesen Haß. Aber all diese Jahre ...«

»Es war ihr Leben, Molly. Auch Dennis täuscht sich in den Inselbewohnern und in seiner Mutter, aber sein Haß ist das einzige, das ihn bei der Stange hält. Wenn er mit der Chemotherapie fertig ist, werde ich ihnen beiden den Kopf zurechtrücken, glaube ich. Sie werden mich dafür hassen. Aber beide sollten nicht sterben, ohne ihre Denkweise zu ändern.«

Die kalte, alte Traurigkeit stieg mir wie Galle im Hals hoch.

»Vielleicht sterben sie nicht«, sagte ich. »Das ist auch möglich.«

»Ja, das ist es«, sagte er und nahm meine Hand. Beide schwiegen wir für den Rest des Weges.

An den darauffolgenden Tagen besserten sich die Dinge ein wenig. Dennis beendete seine Chemotherapie. Er nahm zwar nicht sofort wieder zu und blieb ziemlich bleich, aber zumindest litt er nicht mehr unter der schrecklichen Übelkeit. Er kam jetzt morgens ab und an aus seinem Zimmer, während ich seine Bibliothek ordnete. Dann setzte er sich eine Weile aufs Sofa und schaute mir beim Sortieren und Einräumen der Bücher zu. Die meiste Zeit redeten wir über die Bücher und sein Manuskript, mit dem er nur sehr langsam vorwärtskam. Aber ab und zu machte er eine persönlichere Bemerkung, so unauffällig und leise wie ein Blatt, das vom Baum fällt. Und immer wenn das geschah, offenbarte ich ihm einen kleinen Teil von mir, ein weiteres Blatt vom Baum. Als der Februar mit einem weiteren winterlichen Sturm herangejagt kam, hatte jeder von uns vom anderen ein kleines Bündelchen Blätter gesammelt.

Einmal fragte er mich ganz unvermittelt, ob ich jemals mit einem anderen Mann als Tee geschlafen hätte.

»Warum fragen Sie?« fragte ich errötend.

»Weil ich es gern wissen will«, sagte er sachlich. »Sie müssen es mir natürlich nicht sagen. Ich dachte nur, daß es schade wäre, wenn Sie es nicht getan hätten. Schade für Sie und den Glücklichen, der Ihr Lager teilen durfte.«

Meine Wangen glühten.

»Nein, das habe ich nicht«, sagte ich. »Wir haben sehr jung geheiratet. Damals machte man so was nicht, zumindest nicht in meinen Kreisen. Jetzt tut es mir leid. Jetzt werde ich vielleicht nie wissen, was ich versäumt habe.«

Es hatte ironisch klingen sollen, aber er sagte: »Ich wünschte, ich hätte es Ihnen zeigen können. Das wünschte ich wirklich. Es wäre bestimmt einzigartig gewesen. Aus meiner Sicht zumindest.«

»Dennis, kann es sein, daß Sie sich an mich ranmachen wollen?«

»Nein«, sagte er. »Wie könnte ein einbeiniger Mann sich an eine Frau ranmachen?«

»Ich habe nicht gewußt, daß es dabei auf die Beine ankommt«, sagte ich und spürte, wie ich noch mehr errötete.

Er lachte.

»Wegen Ihnen wünschte ich fast, daß ich nicht Krebs hätte«, sagte er. Wir lachten beide, und der peinliche Moment war überwunden. Ich wußte nicht, ob ich es bedauerte oder nicht.

Um die beiden alten Frauen stand es jedoch ziemlich schlecht. Luzia erkältete sich, als in einer eiskalten Nacht ihr Feuer ausging, und eine Woche lang verbrachte ich fast den ganzen Tag an ihrem Bett. Sie brauchte intensive Pflege, und als es ihr besserging, wurde Bella von der Erkältung heimgesucht, die ihr sofort auf die Lunge schlug. Das Husten und Keuchen wurde so schlimm, daß ich einen Krankenwagen rief; aber sie weigerte sich strikt, ins Krankenhaus zu gehen, und die Sanitäter konnten ihren riesigen Körper nicht von der Stelle bewegen. So schlug ich mein Lager in ihrem Schlafzimmer auf und stellte mich auf eine weitere Pflegeperiode ein.

Mein Vater half Dennis mit der Bibliothek und kam jeden Abend zum Farmhaus, um den alten Damen vorzulesen, während ich ihnen was zu essen machte. Bald waren wir blaß und erschöpft und unsagbar müde. Nach dem Abendessen schlief ich auf dem Sofa ein; er nickte beim Essen ein. Als ihm das zum zweiten Mal passierte, an einem bitterkalten Tag Mitte Februar, weckte ich ihn und schickte ihn ins Bett.

»Du bleibst den ganzen Tag im Bett und schläfst dich aus, keine Widerrede«, sagte ich. »Ich wecke dich, wenn ich zurück bin, dann kannst du zum Farmhaus fahren und mich ablösen, und ich leg mich hin.«

Er war zu müde, um zu protestieren, und so nahm ich den Laster und fuhr durch die Abenddämmerung zum Farmhaus, um den alten Damen vorzulesen. Es war so glatt, daß ich mit dem Wagen nicht weiterkam und das letzte Stück zum Haus zu Fuß zurücklegen mußte, wobei ich immer wieder ausrutschte und leise vor mich hinfluchte. Wahrscheinlich hörten sie mich deshalb nicht kommen. Der Laster machte eine Menge Lärm.

Wie immer war die Tür unverschlossen, damit derjenige, der erwartet wurde, gleich eintreten konnte. Aber das Haus war dunkel. Fast immer war Bella um diese Zeit längst unten und hatte das Licht angeschaltet und Feuer gemacht. Ich spürte ein unbehagliches Prickeln auf den Unterarmen und auf der Kopfhaut. Aus irgendeinem Grund hatte ich das Gefühl, flüstern und auf Zehenspitzen schleichen zu müssen. Bloß keine Unruhe stiften, hätte meine Großmutter Bell gesagt, vielleicht verschwinden die Probleme ja von ganz allein.

Ich sah sie, bevor ich den ersten Schritt ins Wohnzimmer gemacht hatte. Ich blieb wie angewurzelt stehen und versuchte zu atmen, konnte es aber nicht; und als ich endlich wieder Luft holen konnte, ging mein Atem so flach durch meine zugeschnürte Kehle, daß ich ihn fast pfeifen hören konnte. Mein Kopf war ganz leicht, und mein Gesicht brannte, als hätte mir jemand einen kräftigen Schlag versetzt. Später wußte ich, daß ich unter Schock stand, aber es war nicht die Art von Schock, die man hätte erwarten können. Sie wirkten keineswegs grotesk oder obszön, sondern einfach völlig exotisch und sprengten meine bisherige Vorstellungswelt. Der erste Gedanke, der die Starre des Schocks durchdrang, war, daß sie indianisch aussahen, wie ein Wandbild in einem uralten Tempel irgendwo in einem verlorenen Garten, wie eine kunstvolle erotische Miniatur eines namenlosen indianischen Künstlers. Sie lagen zusammen auf dem Bett am anderen Ende des Zimmers, so ineinander verschlungen, daß man kaum sehen konnte, wo Luzias dünne, welke Arme aufhörten und Bellas massige Gliedmaßen anfingen. Sie waren nackt, und das Feuer warf flackerndes Licht auf ihre Körper: Elfenbein, Weiß, Schwarz und Gold. Sie küßten sich. Der Kuß zeugte von unendlich großer Zärtlichkeit, von alter Liebe und Verlangen. Ich wandte mich ab, schlich auf Zehenspitzen aus dem Zimmer und zog leise die Tür hinter mir zu. Den ganzen Weg über die vereiste Auffahrt versuchte ich, so gut es ging, auf Zehenspitzen zu gehen.

Als ich wieder im Camp war, hatte ich angefangen, am ganzen Körper zu zittern, nicht sehr stark, es war eher ein leichtes Beben. Alles, was ich tat, erledigte ich mit übergroßer Sorgfalt: Ich parkte den Laster, stieg aus und ging über den schmutzigen Schnee zur Veranda. Dann öffnete ich die Tür, stellte die Lebensmitteltüte ab und legte das Buch weg, aus dem ich ihnen vorlesen wollte. Es war immer noch *Der König auf Camelot*; Luz wollte die Stelle noch einmal hören, wo der Held das Schwert aus dem Felsen zieht. Arme Luz. Wie sehnte sie sich danach, daß ihr jemand Kraft verlieh. Oder vielleicht war es ja anders. Vielleicht fand sie diese Kraft ja in Bella Ponders dicken weißen Armen. Ich merkte, daß ich angefangen hatte, leise zu weinen.

Natürlich erzählte ich es meinem Vater. Ich konnte meine Tränen nicht vor ihm verbergen, und ich brauchte seinen Trost und seine Stimme. Er hörte zu, während die Worte nur so aus mir heraussprudelten. Ab und zu nickte er. Als ich fertig war, ergriff er meine Hände.

»Molly, Baby. Was findest du daran so schrecklich? Daß sie Frauen sind, oder daß sie alt sind oder krank und vielleicht bald sterben? Was ist es?«

»Ich denke, es ist ... ich meine, ich wäre doch nie darauf gekommen, daß die beiden ein Liebespaar sind. Ich fühl mich wie ein Kind, das seine Eltern im Bett überrascht hat ...«

»Und danach sieht man sie plötzlich mit ganz anderen Augen. Meinst du das?«

»Ja, vielleicht. O Daddy, ich finde es nicht schlimm, daß sie Frauen sind oder alt ... es ist wegen Dennis. Verstehst du denn nicht? Das war es, was er gesehen hat. Als er ein kleiner Junge war; er hat gesehen, wie sie es miteinander taten, und direkt danach haben sie ... hat sie ihn weggeschickt. Ich glaube, er hätte keinen Schock bekommen, selbst wenn er gewußt hätte, was sie taten, was ich übrigens bezweifle. Kleine Kinder bekommen so leicht keinen Schock. Aber sie hat sich statt für ihn für Luz entschieden. Damit mußte er all die Jahre leben. Seine Mutter liebte ihre Cousine mehr als ihn. Nachdem er schon von seinem Vater im Stich gelassen worden war, muß er sich nun vollkommen verraten gefühlt haben. Ich bin nicht böse auf Bella, weil sie Luzia liebt. Offensichtlich verbindet sie eine sehr alte, aufrichtige Liebe. Ich bin zornig, weil sie ihren Sohn für diese Liebe geopfert hat! Das ist unfaßbar!«

Irgendwann während meines Ausbruchs hatte sich mein Schock in Zorn gewandelt; aber gleichzeitig fragte ich mich, wieso ich mich so aufregte. Was ging mich das Ganze überhaupt an? Warum sollte ich mich um die Sorgen dieser drei Menschen kümmern, die ich erst so kurze Zeit kannte und mit denen ich nur noch kurze Zeit zu tun haben würde oder könnte? Mein Zorn barg Gefahr, und unter der Oberfläche lauerte Angst.

Mein Vater lehnte sich zurück und seufzte. Er wirkte unsagbar müde.

»Dennis empfindet es genauso«, sagte er. »Er denkt, sie hatte Angst, er würde jemandem davon erzählen und ihre Schwiegermutter, der Ponderclan und all die anderen alten Familien würden davon erfahren und Luzia einfach von der Insel vertreiben. Bella fürchtete, daß sie sie dann nicht mehr schützen könnte und man ihr nicht wiedergutzumachende Schäden zufügen würde. Ich glaube, das mit den beiden begann schon lange, bevor sie Dennys Vater geheiratet hat und mit ihm hierherkam; wahrscheinlich suchte sie einen Ausweg aus ihrer streng katholischen, portugiesischen Enklave, in der sie lebten. Welche Zukunft hätten sie und Luzia dort gehabt? Vielleicht hat sie Ethan Ponder wirklich nur benutzt, aber er hat sie genauso benutzt. Er muß dahintergekommen sein, als Denny noch sehr klein war. So hatte er einen Grund gefunden, Bella zu verlassen. Und damit saßen sie in der Klemme. Sie konnten nicht zurück zum Festland. Und Bella hatte Angst, er würde sich verplappern ... das denkt Denny zumindest. Ich glaube, es steckt noch mehr dahinter, aber er ist noch nicht soweit, über andere Aspekte und Beweggründe nachzudenken. Vielleicht wird er nie soweit sein.«

»Was meinst du denn, was sonst noch dahinterstecken könnte?«

»Ich bin mir nicht sicher. Aber eines weiß ich: Sie hat diesen kleinen Jungen geliebt. Und sie liebt ihn auch heute noch, wie jede Mutter ihren Sohn liebt, wenn auch auf ihre eigene Art, es zerreißt ihr das Herz, daß er sie nicht sehen will. Ach Gott. Soviel Leid und Unglück. Ein einziger Sumpf aus Schmerz und Lügen.«

»Dennis hat es dir also erzählt.«

Er nickte. Ich war nicht überrascht darüber, ärgerte mich jedoch ein wenig, daß er es meinem Vater gesagt hatte und nicht mir. Aber dann erinnerte ich mich an unsere Übereinkuft.

»Wissen Bella und Luz, daß du es weißt?«

»Nein. Und sie sollten auch nie erfahren, daß wir beide es wissen, es sei denn, sie erzählen es uns selbst. Und du darfst auch Dennis nicht erzählen, was du gesehen hast.«

»Aber Daddy ... das würde ich doch nie machen!«

»Wie gern würde ich mich mit meiner Tochter mal über was Netteres unterhalten«, sagte er, und ich brachte ein spärliches Lächeln zustande.

Dann schleppte er sich die steile Treppe hinauf und ging zu Bett. Ich legte mich aufs Sofa und starrte ins Feuer. Trauer und Bitterkeit drückten mir auf den Magen wie eine Geschwulst. Unter allem lag tiefes Bedauern. Das schlimmste Leid auf der Welt schien immer aus Liebe zu erwachsen.

Ich bin mir immer noch nicht sicher, wie ich mit meinem Wissen umgegangen wäre oder ob ich irgendwie damit klargekommen wäre, denn noch bevor die Woche zu Ende war, änderte sich wieder alles, und angesichts dieser Veränderung erschien mir die Liebe zweier trauriger alter Frauen in einem Farmhaus auf einem Hügel bei Chilmark nicht mehr besonders außergewöhnlich.

An dem Morgen, nachdem ich Luz und Bella zusammen gesehen hatte, wurde es plötzlich milder, und als ich erwachte, mit dumpfen Kopfschmerzen und schmerzenden Gliedern, wandelte der Schnee sich in Matsch, und die Eiszapfen, die von den Bäumen und Dachüberständen hingen, hatten angefangen zu tropfen. Eine bleiche Wintersonne tauchte die Lichtung in milchiges Licht. Noch bevor ich die Haustür geöffnet hatte, spürte ich die Veränderung, und als ich sie öffnete, fühlte ich weiche Luft in meinem Gesicht, und es roch zwar nicht nach Frühling, sondern wie ein kaltes, frisches, weitentferntes Versprechen des Frühlings. Ich streckte mich und fühlte mich besser. Ich würde duschen und mein Haar waschen und vielleicht nach Vineyard Haven fahren und irgend etwas völlig Überflüssiges fürs Haus kaufen. Vielleicht konnten mein Vater und ich ja dort irgendwo zu Mittag essen. Dann könnte ich noch ins Bunch-of-Grapes gehen und mir ein neues Buch gönnen, oder gleich einen ganzen Stapel. Später wollte ich Dennis endlich die Haare schneiden. Ich schaute auf die Uhr. Es war schon ziemlich spät. Ich ging nach oben, um meinen Vater zu wecken. Wie, um alles in der Welt, konnten wir nur so lange schlafen? Aber schließlich waren wir auch beide völlig übermüdet gewesen …

Er war nicht da. Sein Bett war benutzt, aber er war nicht im Zimmer und auch sonst nirgends im Haus. Die Schwäne, natürlich. Wie kam es bloß, daß sie uns nicht mit der üblichen Kakophonie aus Zischen, Grunzen und Flügelschlagen geweckt hatten, die sie immer veranstalteten, wenn wir mit ihren Mahlzeiten spät dran waren?

Ich warf mir eine Jacke über den Schlafanzug und ging den Weg zum Teich hinunter. Draußen über dem Sund zeigte der klare Himmel ein blasses verwaschenes Blau, und das Wasser lag still da und schimmerte in dunkleren Blauschattierungen. Die weiße Gischt, die der eiskalte Wind von den Schaumkronen fegte, war verschwunden. Die Iren hatten ein besonderes Wort für diese Art Wetter: ein weicher Tag.

Mein Vater saß am Ende des Stegs. Mit gesenktem Kopf saß er reglos da, und zuerst dachte ich, er sei mal wieder im Sitzen eingenickt. Aber dann sah ich, daß er aufs Wasser schaute und einen der Schwäne beobachtete, der unermüdlich auf der freigehackten Wasserfläche seine Kreise zog. Und als ich näher kam, hörte ich, wie der Schwan einen Laut ausstieß, den ich nie, nie wieder hören will, weder in wachem Zustand noch in meinen Träumen. Der Schwan hatte den Kopf zurückgeworfen und streckte den Schnabel himmelwärts, der Hals war beängstigend weit nach hinten gebogen. Dann stieß er einen gewaltigen, heiseren Verzweiflungsschrei aus, der klang, als würde er direkt aus der eleganten Kehle gerissen. Ich habe nie wieder einen Höckerschwan in dieser Weise schreien hören.

Den anderen Schwan sah ich nicht. Ich wußte nicht, welcher dieser hier war. Ich weiß aber noch, wie mir das Blut in den Adern gefror.

»Daddy ...«, flüsterte ich.

Er drehte sich nicht um.

»Es ist Charles«, sagte er. Seine Stimme war leise und tonlos. »Diana ist ... fort. Ich hab ein paar Federn und ein paar Tropfen Blut im Schilf entdeckt, aber sie ist weg. Ich habe überall gesucht. Irgendein Tier muß sie in der Nacht erwischt haben, ein Fuchs oder so. Ich weiß nicht, wer ihre natürlichen Feinde sind. Mit dem lahmen Flügel hätte sie nicht wegfliegen können. Er macht das, seit ich herkam. Das war vor fast zwei Stunden.«

Trauer und Mitgefühl für die beiden alten Geschöpfe am Teich ließen mich fast in die Knie sacken.

»Daddy, komm jetzt zurück zum Haus«, sagte ich und hatte

meine Stimme kaum in Gewalt. »Wie soll es ihm helfen, wenn du dich hier zu Tode frierst? Ich mach dir Frühstück. Vielleicht ist sie nur verletzt und hat sich irgendwohin zurückgezogen und kommt erst wieder heraus, wenn du weg bist; Tiere verstecken sich doch oft, wenn sie krank oder verletzt sind. Wir suchen später nach ihr. Laz hat eine gute Spürnase …«

»Nein. Sie ist nicht hier. Er würde es wissen. Er weiß, daß sie fort ist, verstehst du das nicht? Er weiß nicht, wo sie ist; er ruft sie. Ich wußte nicht, daß sie das können.«

»Komm schon, Daddy.«

Er wandte sich um und sah mich an. Sein Gesicht war ganz grau und vollkommen reglos. Seine Augen waren blicklos.

»Hör auf, mich zu bevormunden, Molly«, sagte er. Ich war fassungslos, denn in seiner Stimme schwang Verärgerung mit. Ich konnte mich nicht erinnern, daß er jemals gereizt geklungen hätte. Sein Zorn wirkte schwach und alt!

»Aber du wirst krank …«

»Dann werd ich eben krank! Kannst du nicht einmal aufhören, mich zu bemuttern?«

Seine Worte hatten mich verletzt. Tränen schossen mir in die Augen. Ich drehte mich um und stolperte den Hang hinauf. Als ich die Veranda erreicht hatte, war ich nicht mehr beleidigt, sondern fühlte statt dessen Schmerz und Angst. Es war einfach zuviel für ihn; diesen letzten Schmerz konnte er nicht ertragen. Er liebte diese Schwäne; es war einfach zuviel; es war nicht richtig; es war wie eine kosmische Verschwörung. Aber vielleicht irrte er sich ja. Vielleicht kam Diana wieder zurück. Wer weiß, vielleicht würde er in ein paar Minuten zum Camp kommen, um mir zu sagen, daß sie zurückgekehrt war und nur leichte Verletzungen davongetragen hatte …

Aber er kam nicht zurück. Ich ging zu Dennis Ponder, und wir gingen zurück zum Teich. Er humpelte und stützte sich abwechselnd auf mich und auf Lazarus' Kopf. Mein Vater saß noch immer an derselben Stelle. Charles hatte aufgehört, im Kreis zu schwimmen, und ließ sich nun schlapp übers Wasser treiben. Den Kopf hielt er gesenkt, als wollte er ihn jeden Moment ins Wasser sinken lassen, um unter der Wasseroberfläche nach Nahrung zu suchen. Müßig trieb er dahin, den einen seiner schwarzen Füße unter dem Flügelansatz, wie ich es oft bei den beiden beobachtet hatte. Er sah aus wie ein Schiff mit gebrochenem Ruder.

»Kommen Sie jetzt mit uns ins Haus, Tim«, sagte Dennis ruhig. »Sie müssen was essen und trinken. Wenn wir gefrühstückt haben, komme ich mit Ihnen wieder hier runter. Dann machen wir ein Feuer und warten mit ihm.«

Mein Vater sah ihn an.

»Wissen Sie, wie es ist?« fragte er. »Ich weiß es. Ich weiß, was für ein Gefühl das ist. Ich kann ihm nicht anders helfen, als hier bei ihm zu bleiben.«

»Tim ... nur für eine halbe Stunde. Länger nicht. Bitte.«

Schließlich ging mein Vater mit ihm. Ich ahnte, daß sie lieber allein sein wollten. Früher hätte es mich verletzt, aber jetzt war es anders. Ich kochte Kaffee und goß ihn in eine Thermosflasche, dann machte ich ein paar Brote und wickelte sie in Folie, damit sie sich bei ihrer Wache stärken konnten.

Aber sie brauchten weder Kaffee noch Brote. Tage später fand ich sie halb verschimmelt in der Speisekammer, wo ich sie hingelegt hatte. Als sie eine knappe halbe Stunde später zurück zum Teich gingen, war Charles verschwunden und kehrte nicht zurück.

13

Danach ging mein Vater mehrmals am Tag zum Teich, um nach Charles Ausschau zu halten. Er sagte nicht, daß er deswegen hinging, aber natürlich war es so – er hoffte so sehr, den majestätischen weißen Vogel zu sehen, wie er beharrlich seine Runden auf der immer kleiner werdenden, eisfreien Wasserfläche schwamm, obwohl ihm klarsein mußte, daß seine Hoffnung nicht erfüllt würde.

Auch ich ging zum Teich, zwischen meinen Besuchen in Dennis' Camp und den Fahrten zum Laden und zum Farmhaus. Wie mein Vater hoffte auch ich auf Charles' Rückkehr, obwohl ich wußte, daß meine Hoffnung vergebens war. Das stumme Weiß, das Diana verschluckt hatte, konnte Charles nicht am Leben halten.

Dennis ging auch ans Wasser; ab und an sah ich die Spur seines gesunden Fußes im Schnee und die Löcher von seiner Krücke, und daneben die Abdrücke von Lazarus' Pfoten, tiefer als sonst, weil Dennis sich auf ihn gestützt hatte.

Keiner von uns sprach über unsere Ausflüge zum Teich. Vielleicht hatten wir Angst davor, daß es uns noch mehr Schmerzen bereiten würde, wenn wir darüber redeten.

Wenn mein Vater runter zum Wasser ging, blieb er eine Weile. Offensichtlich versuchte er weiterhin, eine Fläche eisfrei zu halten, denn wenn er zurückkam, war der Stock immer schwarz und naß. Was er dort sonst noch tat, weiß ich nicht. Ganz am Anfang fragte er immer wieder, wie es Charles gelungen war, loszufliegen.

»Die Wasserfläche war doch viel zu klein«, sagte er wieder und wieder. »Er hätte den ganzen Teich gebraucht, um seinen schweren Körper in die Luft zu kriegen, und ich hatte doch nur einen kleinen Kreis freigehackt. Aber irgendwie hat er es geschafft, das weiß ich. Denn wenn ihm etwas zugestoßen wäre, hätte ich ihn gefunden, ich habe alles abgesucht.«

Jedesmal wenn er zurück ins Haus kam, war mein Vater noch etwas trauriger und stiller als zuvor. Ich hätte alles getan, um seinen Schmerz ein bißchen zu lindern, aber ich wußte, daß ich das nicht konnte. Es war nicht nur Diana, um die er trauerte.

»Lassen Sie ihn gewähren«, sagte Dennis, als ich mit ihm über meine Sorge sprach. »Er versucht, damit klarzukommen, daß Ihre Mutter für immer fortgegangen ist. Ich glaube nicht, daß er sich bis jetzt richtig damit auseinandergesetzt hat.«

»Glauben Sie, Charles ist weggeflogen?«

»Ich weiß nicht ... nein. Ich denke, das, was sie erwischt hat, hat auch ihn erwischt. Aber das werde ich Tim nicht sagen. An diesem gottverlassenen Ort hat er schon genug Schmerz durchlitten.«

Nach etwa einer Woche ging mein Vater immer seltener ans Wasser. Eines Abends, Ende Februar, als ein weiterer Sturm mit eisigen Schwingen auf uns zugerast kam, sah ich, wie er von seiner Zeitung aufblickte und zur Garderobe schaute, wo seine Jacke und sein Hut hingen, direkt neben dem schwarzen Hut meiner Mutter, den ich dort plaziert hatte. Ich sah, wie er mit sich kämpfte. Er schaute wieder in die Zeitung und dann ins Feuer, ganz still saß er da. Er schien das Feuer und das Zimmer gar nicht wahrzunehmen; bald danach stand er auf und ging nach oben in sein Schlafzimmer. Er ging nicht wieder zum Teich.

Ich wußte, daß er in diesen Tagen nicht viel schlief. Nachts erwachte ich in meiner Höhle unter der Treppe und hörte über mir seine Schritte. Ich hörte ihn im Schlafzimmer auf und ab gehen, dann ins Bad, hörte sein Bett quietschen, wenn er sich wieder hinlegte, und hörte es erneut quietschen, wenn er wieder aufstand. Manchmal, nicht sehr oft, hörte ich, wie er in die Küche ging und dann wieder nach oben, und ein-, zweimal fand ich eine Kaffeetasse auf seinem Nachtschränkchen, aber häufiger war es die Scotchflasche. Auch Lazarus hörte ihn. Dann hob er den Kopf und jaulte leise, worauf ich ihm den Rücken tätschelte und sagte: »Schlaf wieder ein. Er soll nicht wissen, daß er uns geweckt hat.«

Schließlich sprach ich ihn darauf an.

»Mit mir ist alles in Ordnung«, sagte er. »Mir geht's gut. Wahrscheinlich hab ich vorher einfach zuviel geschlafen, seit ich hier bin, hab ich fast nichts anderes gemacht. Und ich komme endlich dazu, meinen Thoreau zu lesen, das hatte ich schon seit Jahren vor. ›Ich zog in den Wald, weil ich den Wunsch hatte, mit Überlegung zu leben.‹ Vielleicht kann ich das hier, zu Hause konnte ich es nie.«

Jeden Morgen blieb er ein bißchen länger im Bett, und ich ließ ihn in Ruhe. Oft hatte ich noch keinen Laut von ihm gehört, wenn ich zu Dennis wollte, um mit den Büchern weiterzumachen. Dann schlich ich auf Zehenspitzen nach oben und schaute in sein Zimmer. Meist schlief er noch, ein regloser Hügel in dem stillen kalten Raum, das sanfte Heben und Senken der Bettdecke war das einzige Lebenszeichen. In diesen Augenblicken hatte ich nicht das Gefühl, daß es mein Vater war, den ich anschaute, sondern Caroline oder Teddy. Er erschien mir wie ein geliebtes Kind, das seltsam dalag, umfangen von einem beängstigend tiefen Schlummer. Den ganzen Tag wurde ich dieses unbehagliche Gefühl nicht los.

Wenn ich am frühen Nachmittag zurückkam, war er meistens auf und hatte sich rund ums Haus ein wenig nützlich gemacht, und wir redeten ein paar belanglose Worte miteinander. Immer öfter schlief er am späten Nachmittag vor dem Feuer ein, und ich mochte ihn nicht wecken, um ihn an die Vorlesestunde im Farmhaus zu erinnern, so übernahm ich auch diese Aufgabe. Vielleicht war es besser so. Bella und Luzia waren geschwächt durch Krankheit und Kälte und ihre zermürbenden Streitereien. Das akute Stadium von Bellas Grippe, oder was es war, lag hinter ihr, aber der schreckliche Husten blieb, und sie schaffte es nicht die Treppe hinauf und hinunter. So machte sie sich ein Lager auf dem Sofa, gegenüber von Luzias Bett. Dort verbrachte sie die meiste Zeit wie eine große, übellaunige, verstaubte schwarze Krähe in ihrem schlampigen Nest. Bevor ich anfing zu lesen, lüftete ich immer, richtete das Bettzeug und räumte auf. Dann ging ich in die kalte Küche und wusch das schmutzige Geschirr ab, das sich in der Spüle stapelte, und stellte Suppe und Gulasch für ihr Abendessen auf den Herd, holte Holz und machte Feuer im Kamin und im Herd, den ich zuvor saubergemacht hatte. Der grimmige Winter hielt die Insel noch fest in seinen Klauen; wenn ein weiterer Schnee- oder Graupelschauer niederging, dachte ich manchmal an das leuchtende Gelb der Forsythien und die roten

Blüten der Quitten zu Hause, an die ersten Narzissen, die aus der nassen, schwarzen Erde sprießten. Bella und Luzia hatten mir beide von dem überirdisch schönen Frühling auf dem Vineyard vorgeschwärmt; aber an diesen Abenden in dem düsteren Farmhaus, beim spärlichen Licht des Feuers und der schwachen Glühlampen, erschien mir der Frühling wie etwas völlig Unreales, ein Fiebertraum, die traurige Halluzination eines Geisteskranken. Mir war, als würden wir für immer in dieser Szenerie aus Kälte und Düsternis gefangen sein.

Dennis hatte sich wieder in sich selbst zurückgezogen, als hätte Dianas Tod und das Verschwinden von Charles das zarte neue Band durchtrennt, das ihn wieder mit der Welt verbunden hatte. Er blieb in seinem Zimmer und arbeitete schweigend und fieberhaft an seinem Buch. Ich hörte die Geräusche, die von seinem Fleiß kündeten, während ich an den Bücherregalen im Wohnzimmer arbeitete: das Umblättern von Buchseiten, ab und an das wütende Abreißen und Zerknüllen eines Schreibbogens; der dumpfe Knall und das Rascheln von Papier, wenn eines seiner Nachschlagewerke oder ein Stapel Notizen zu Boden fiel; leise vor sich hingemurmelte, ungeduldige Flüche; die melodischen Stücke von Mozart und Verdi, von denen die gedämpfte Geschäftigkeit unterlegt wurde. Aber er kam nicht mehr heraus, um sich mit mir zu unterhalten, während ich die Bücher einräumte, oder rief mir etwas vom Schlafzimmer aus zu. Selbst Lazarus gab es manchmal auf und kam zu mir ins Wohnzimmer getrottet, wo er sich seufzend und gelangweilt zu meinen Füßen niederließ.

»Na, willst du dich ein bißchen bei mir verkriechen?« sagte ich dann zu ihm, woraufhin er nochmals seufzte und in seinen zuckenden Hundeschlaf fiel. Aber meist dauerte es nicht lange, bis er aufschreckte und mich vorwurfsvoll anschaute, als hätte ich ihn entführt. Dann stand er auf und lief zurück in Dennis' Schlafzimmer. Bis auf das Abliefern von Lebensmitteln störte ich Dennis nicht. Es war, als würde er sich einem gnadenlosen Rennen aussetzen, einem Wettlauf mit der Zeit, um sein Buch fertig zu schreiben. Ich konnte mir nicht den Kopf darüber zerbrechen. Ich hatte nicht den Eindruck, daß er sich schlechter oder anders fühlte als zuvor; ich hatte kein Gespür dafür. Für eine kurze Zeit war er mir sehr nah, nun war er es nicht mehr. Ich wußte nicht, ob er meinen Vater sah, wenn ich in Chilmark oder West Tisbury oder Vineyard Haven war, ob Dad über die verschneite Lichtung kam und mit ihm zusammensaß wie vor einiger Zeit. Wenn sie sich trafen, so erwähnten sie es nicht. Es war, als hätte der Winter an seinen letzten Tagen die Zeit angehalten und unser Leben und unsere Gemeinschaft erstarren lassen.

Müde, mein Gott war ich müde an jenen freudlosen, gedrückten Tagen. Ich war so müde, daß ich diesen Zustand schon als normal empfand. Ich war versunken in eine Lethargie, die von jener seltsamen, trüben Stagnation herrührte, in der wir alle gefangen waren. Mir kam nicht einmal in den Sinn, daß ich dringend eine Pause brauchte. Ich hätte wahrscheinlich nur bei Patricia Norton oder bei der Gemeindeschwester anrufen und sie um Hilfe bei der Pflege der alten Damen bitten müssen. Rückblickend kann ich es kaum fassen, daß ich nicht erkannte, wie beunruhigend und fast unhaltbar unsere gesamte Lage war, aber damals sah ich es nicht so. Das einzig Wichtige für mich war, daß ich genauso weitermachte wie bisher. Um jeden Preis wollte ich die eingefahrene Routine unserer Tage aufrechterhalten, damit unsere kleine Welt nicht aus den Fugen geriet und wir vollends aus der Bahn geworfen wurden. Ich frage mich bis heute, was für ein bösartiger Zauber es war, der die Lichtung in diesen Tagen umklammert hielt. Ich weiß nur, daß er mit jenem leise schleichenden Wesen gekommen war, das Diana getötet hatte, und zu der Zeit schien es keine Möglichkeit zu geben, uns davon zu befreien.

Die Probleme häuften sich an den länger werdenden Tagen. Luz bekam wundgelegene Stellen, die so stark eiterten, daß ich schließlich die Schwester rufen mußte. Lange Zeit hatte ich gar nichts davon gewußt; sie war neuerdings verschämt wie ein kleines Kind, wenn ich ihr beim Umziehen oder Waschen helfen wollte, und Bella gab ihr auch noch Rückendeckung und sagte streitlustig, daß sie sehr wohl noch in der Lage sei, Luz zu baden; jeden Morgen würde sie sie waschen. Wofür ich sie halten würde? Ich entdeckte die wundgelegenen Stellen erst, als ich Luz hochhob, um das Kissen hinter ihrem Rücken frisch zu beziehen, und mir kranker süßlicher Verwesungsgeruch in die Nase stieg.

Als ich ihr vorsichtig das Nachthemd hochzog, schrie sie vor Schmerzen, und ich hätte mich fast übergeben. Augenblicklich ging ich zum Telefon und rief die Gemeindeschwester, woraufhin Bella ihre schützenden Arme um Luz schlang und mich böse anfunkelte. Als die Schwester eintraf, hatten Luzias Schreie ein derart hysterisches Crescendo erreicht und Bella sich in eine solche Wut hineingesteigert, daß die arme Frau mir ein paar Medikamente und Verbandsmaterial überreichte und mir das Säubern der Wunden erklärte. Außerdem empfahl sie mir dringend, einen Arzt hinzuzuziehen. Dann fuhr sie wieder weg. Bella ließ mich schließlich Luzias wundgelegene Stellen säubern, so gut ich konnte. Sie hielt das winzige Persönchen die ganze Zeit im Arm und redete beruhigend auf sie ein und schaute zu, wie ich die Wunden mit antibiotischer Salbe bestrich und verband, wobei ich Mühe hatte, nicht zu würgen.

»Aber Sie müssen mir erlauben, einen Arzt zu rufen, der sich Luzia anschaut«, sagte ich. »Und die Schwester muß jeden Tag die Verbände wechseln. Sonst muß sie ins Krankenhaus.«

»Nein«, sagte Bella, ohne mich anzusehen. »Sie sollen es machen. Sie können es; Sie haben sehr gute Arbeit geleistet.«

»Verstehen Sie denn nicht? Die Infektion kann in den Blutkreislauf übergehen. Sie könnte sehr krank werden. Sie könnte sterben. Sie ist furchtbar hinfällig, Bella. Diese wundgelegenen Stellen hätten schon vor langer Zeit behandelt werden müssen. Ich kann weder Luz noch Ihnen helfen, wenn Sie mir nicht sagen, was mit Ihnen los ist. Sie müssen mir sagen, wenn es Ihnen nicht gutgeht.«

»Oh, das werde ich«, sagte Bella und zauberte ein strahlendes Lächeln auf ihre blauen Lippen. Sie würde es mir natürlich nicht sagen.

Die wundgelegenen Stellen fingen schnell an zu heilen, aber eines Morgens stürzte Bella in der Küche und konnte nicht wieder aufstehen. Am Nachmittag fand ich sie dort. Sie war fast bewußtlos und hatte eingenäßt. Luz jammerte leise vor sich hin. Diesmal versuchte ich erst gar nicht, mit ihnen zu verhandeln, sondern rief sofort Patricia Norton an. Nach fünfzehn Minuten war sie zur Stelle; ihr kräftiges, angenehmes Gesicht war vor Kälte ganz rot. Ich empfing sie an der Verandatreppe.

»Es tut mir leid. Ich belästige Sie nicht gerne. Aber letzte Woche haben sie die Krankenschwester aus dem Haus getrieben, und ich fürchte, wenn sie in ihrem jetzigen Zustand wieder so schreit, bleibt ihr Herz einfach stehen. Meinem Vater geht es nicht so gut, sonst würde ich ihn holen ... Ich brauche nur jemanden, der mir hilft, sie zurück zum Sofa im Wohnzimmer zu bringen. Ich glaube nicht, daß sie sich verletzt hat. Es sieht auch nicht aus, als hätte sie einen Herzanfall gehabt. Sie kann nur nicht aufstehen. Wenn Sie mir bis zum Sofa helfen, werde ich schon allein mit ihr fertig ...«

Patricia schaute sich in dem schäbigen Wohnzimmer um und runzelte die Stirn. Sie holte tief Luft, preßte die Lippen zusammen, und ihre Nasenflügel fingen an zu beben. Es war wohl ein ziemlicher Schock für sie.

»Ich hatte keine Ahnung, daß es so schlimm ist«, sagte sie leise. »Es ist mir ein Rätsel, wie Sie das so lange allein geschafft haben. Jetzt bringen wir sie erstmal zum Sofa, und dann rufe ich die anderen an, und wir besprechen das Ganze. Und dann reden wir mit Dennis Ponder, ob er nun zuhören will oder nicht, und bringen die beiden so schnell wie möglich ins Krankenhaus oder in ein Heim. Dieser Zustand ist einfach unhaltbar.«

»Sagen Sie ihr besser nicht, wer ich bin«, flüsterte sie auf dem Weg zur Küche, wo Bella noch immer auf dem Boden lag. Ich hatte eine Decke über sie gebreitet, und in dem trüben Licht sah sie aus wie ein riesiges, gestrandetes Amphibium.

»Wird sie Sie nicht erkennen?« flüsterte ich. »Sie sehen aus wie eine typische Ponder.«

»Ich glaube nicht. Ich bin, seit ich neun oder zehn war, nicht mehr in diesem Haus gewesen. Keiner von uns war seitdem hier.«

Aber Bella wußte es sofort, und sie fing an zu kreischen wie eine Sirene, daß Patricia Norton aus ihrem Haus verschwinden sollte. Sie schrie die ganze Zeit, während wir an ihr herumzerrten und schoben, hörte nicht auf, als wir sie durch die Küche aufs Sofa bugsierten. Sobald sie diesen Hafen erreicht hatte, warf sie eine Vase und einen schweren Messingleuchter nach Patricia. Ihre Lippen wurden tiefblau, und sie bekam ein feuerrotes Gesicht und fing an, sich zu verschlucken und keuchend nach Luft zu schnappen.

»Ich rufe vom Autotelefon einen Krankenwagen«, rief Patricia und verschwand in der eiskalten Dunkelheit. Der Wind war ziemlich stark und pfiff heulend um die Hausecken; fast hätte ich ihre Worte nicht verstanden.

Als der Krankenwagen mit Blaulicht und Sirene über die vereiste Auffahrt geschliddert kam, hatte sich Bella Ponder bereits gewaschen, und sie lag bleich aber ruhig und lächelnd unter einem Berg von Decken und schlürfte Kakao. Für die Sanitäter war es offensichtlich, daß sie keinen Notarzt brauchte, wie sie lächelnd erklärte.

»Meine junge Freundin wird schnell nervös«, sagte sie und bedachte die beiden verärgerten jungen Männer mit ihrem Haifischgrinsen. »Bis Sie den Hügel hochgekommen sind, wußte ich nicht, daß sie Sie gerufen hat. Ich hätte es ihr nie erlaubt, wenn ich davon gewußt hätte. Ich habe öfter einen kleinen Schwächeanfall. Mein Arzt weiß Bescheid, Dr. Cardin, drüben in Oak Grove, er hat seine Behandlungsräume im Krankenhaus. Sie können ihn fragen. Die Sache tut mir schrecklich leid. Dürfen wir Ihnen eine Tasse Kakao anbieten?«

Wir durften nicht. Die Männer verabschiedeten sich hastig und hatten Mühe, ihren Zorn über hysterische Touristen, die bei eisglatten Straßen unnötigerweise Hilfe anforderten, zu verbergen.

Ich schaute Bella an. Sie erwiderte meinen Blick nicht.

»Wenn Sie das noch einmal mit mir machen, ist unsere Übereinkunft geplatzt, und ich gehe«, sagte ich, und meine Stimme bebte vor Wut. »Und glauben Sie bloß nicht, daß ich bluffe. Sie haben genug Verwandte, die Ihnen helfen können und wollen. Eine von ihnen ist heute abend gekommen. Beim nächsten Mal lasse ich Ihnen von den Ponders helfen.«

»Ich verspreche, daß es das letzte Mal war«, murmelte sie und senkte die Lider. Ihre Wimpern lagen auf ihren Wangen wie seidige Fächer. So hatte ich Dennis Ponders Wimpern auch schon gesehen, wenn er nach den Qualen der Chemotherapie erschöpft eingeschlafen war. Dennis ... Beim nächsten Mal würde sie sich wieder genauso verhalten, daran gab es keinen Zweifel. Aber zu diesem Zeitpunkt war ich zu erschöpft, um an die Zukunft zu denken. Ich machte im Kamin und im Herd Feuer und erhitzte einen Topf mit

Suppe. Dann fuhr ich nach Haus und fiel todmüde ins Bett. Ich erwachte erst gegen neun am nächsten Morgen.

Die bleierne Müdigkeit wollte den ganzen Tag nicht weichen, und als es Zeit wurde, zum Farmhaus zu fahren, hatte ich das Gefühl, keinen Fuß mehr vor den anderen setzen zu können.

Langsam erhob ich mich vom Sofa, auf das ich mich hatte fallen lassen, als ich mit den Lebensmitteln für alle drei Häuser heimgekommen war, und das Zimmer fing an, sich um mich zu drehen. Ich schüttelte den Kopf und hielt mich an der Sofalehne fest, woraufhin das Drehen aufhörte und nur ein wackeliges Gefühl in den Knien zurückblieb. Vergeblich horchte ich auf irgendwelche Geräusche meines Vaters und ging schließlich zögernd die Treppe hinauf. Ich mochte ihm nur sehr ungern das kleine bißchen Schlaf rauben, das er gefunden hatte, aber vielleicht konnte er ja dieses Mal die Lebensmittel zum Farmhaus bringen und den alten Damen etwas vorlesen. Wenn ich mich nicht bald ausschlafen konnte, würde ich sterben, dachte ich.

Er saß auf der Bettkante und starrte auf den Teich und den dahinterliegenden Sund. Der Abend war sehr kalt, aber der Himmel war klar, von einem sanften Lavendelton, der sich in der stillen Wasserfläche spiegelte. Wir hatten fast Vollmond, der bald eine silbrige Spur aufs Wasser zeichnen und die verschneite Landschaft in bläulich weißes Licht tauchen würde. Ich glaubte nicht, daß mein Vater irgend etwas davon wahrnahm. Seine Augen starrten auf den Hut meiner Mutter.

Ich setzte mich zu ihm und legte ihm den Arm um die Schulter.

»Kannst du nicht schlafen, Daddy? Soll ich dir einen Kakao machen?«

Er schüttelte den Kopf, ohne mich anzusehen. Er starrte immer noch auf den Hut.

»Vielleicht lieber einen Scotch? Soll ich dir ein Glas raufbringen? Ich fahr nur schnell zum Farmhaus, und wenn ich zurückkomme, mach ich uns was zu essen. Ich hab uns Muschelsuppe aus dem Black Oak mitgebracht.«

Er antwortete nicht, und als er mir das Gesicht zuwandte, bekam ich einen Schreck. Es war zerrissen vor Sehnsucht und Verzweiflung – ein schrecklicher Anblick. Ich nahm ihn ein bißchen fester in den Arm.

»Sie ist fast gekommen, Baby«, sagte er mit rauher Stimme. »Ich bin eingeschlafen, als die Sonne unterging, und für einen Moment war sie hier. Nur für einen kurzen Moment ... dann wachte ich auf. Und jetzt kann ich nicht wieder einschlafen; nachts kann ich nicht schlafen, und tagsüber kommt sie nicht. Ich hab den Hut mit nach oben genommen, weil ich dachte, sie würde es dann vielleicht verstehen, aber sie kommt einfach nicht ... wenn ich nur nachts schlafen könnte. Nur eine Nacht ... dann würde sie kommen, ich weiß es. Ich weiß, sie würde zu mir kommen.«

Ich lehnte schweigend meinen Kopf an seine Schulter und dachte einen Moment lang, wie wunderbar es wäre, einfach aufzugeben, loszulassen, abzuspringen, alles einem anderen zu überlassen. Aber es gab niemanden. Ich konnte diesen gebrochenen alten Mann nicht bitten, für jemand anders zu sorgen. Er hatte genug mit sich selbst zu tun.

Plötzlich fiel mir etwas ein.

»Ich hab ein paar Schlaftabletten«, sagte ich. »Charlie Davies hat sie mir gegeben, bevor ich weggefahren bin. Ich hab noch welche übrig. Du könntest es doch mal damit probieren. Ich glaube, sie sind nicht besonders stark, aber bei mir haben sie gewirkt. Du hast recht, du mußt endlich wieder nachts schlafen.«

Er nickte langsam.

»Vielleicht klappt es ja damit, vielleicht helfen sie«, sagte er, und der schwache Hoffnungsschimmer in seiner Stimme trieb mir die Tränen in die Augen. Ich sprang auf, lief nach unten und holte die Tabletten. Meine Müdigkeit hatte ich in diesem Moment vergessen.

Als ich wieder nach oben kam, lag er schon im Bett und hatte sich zugedeckt. Die Nachttischlampe war ausgeschaltet. Ich reichte ihm das Tablettenfläschchen. Er nahm sich eine Tablette und spülte sie mit einem Schluck Wasser hinunter.

»Warum hast du sie denn sofort genommen?« fragte ich zweifelnd. »Was ist mit dem Abendessen?«

»Ich kann ja später noch essen.« Seine Stimme klang beinahe fröhlich, wie die eines Kindes, das ein Geheimnis erfahren hat.

»Schlaf gut, Daddy«, sagte ich.

»Danke, Baby«, erwiderte er. »Ziehst du die Tür hinter dir zu, wenn du gehst?«

Ich kam seiner Bitte nach, und er blieb allein in seinem Zimmer, wo er darauf wartete, meiner Mutter in seinen Träumen zu begegnen.

Ich ging nach unten und schäumte derart vor Wut, daß ich fast die Lebensmittel für die beiden Frauen vergessen hätte. Ich wußte, warum sie in seinen Träumen nicht zu ihm kam – denn in den vergangenen zwei Wochen hatte sie ihre Nächte mit mir verbracht, und die Träume, die sie mir brachte, raubten mir den Schlaf. Jede Nacht kam sie, so gegen drei. Bis dahin hatte ich nur ein paar Stunden geschlafen, und wenn ich aus den Träumen hochschreckte, blieb mir nicht viel Zeit, um wieder zur Ruhe zu kommen. Sie kam und wütete wie eine wilde Bestie, wie eine Wahnsinnige hinter ihrem Eisengitter. Sie streckte ihre Arme durch die Gitterstäbe ihrer unterirdischen Höhle und fuchtelte in der Luft herum, und sie kreischte und schrie ihren ohnmächtigen Zorn heraus. In meinen Träumen hatte ich nun keine Angst mehr vor ihr, sondern fühlte nur noch eine tiefe allumfassende Verzweiflung. Was auch immer sie von mir wollte, ich konnte es ihr nicht geben. Ich verstand ihr zorniges Flehen nicht. Die Verzweiflung hielt mich noch lange nach dem Erwachen umklammert, und erst im Morgengrauen fiel ich wieder in einen leichten Dämmerschlaf. Wenn meine Mutter nicht bald damit aufhörte, mich im Schlaf anzuheulen, füchtete ich, verrückt zu werden.

Neben dem Laster blieb ich stehen, die Lebensmitteltüte fest umklammert.

»Ich hasse dich«, sagte ich mit klarer, emotionsloser Stimme zu ihr. »Wenn es das ist, was du wolltest, dann hast du es erreicht. Ich hasse dich für das, was du uns beiden antust. Mich bringst du um mit deinen Wutanfällen und deinem Geheule, und ihn bringst du um, indem du fernbleibst. Warum, zum Teufel, kannst du nicht ein einziges Mal zu ihm gehen? Gott weiß, daß du noch genug Kraft hast, um in sechs Staaten gleichzeitig zu erscheinen. Wende sie da an, wo du gebraucht wirst.«

Vorsichtig fuhr ich die vereiste Auffahrt zum Farmhaus hoch. Ich war immer noch todmüde, aber ich fühlte mich ein wenig besser.

Vielleicht würde mein Vater diese Nacht endlich schlafen können, und ich auch.

Aber meine Hoffnungen sollten sich nicht erfüllen. Bella und Luz hatten sich anscheinend den ganzen Nachmittag gestritten, und als ich hereinkam, hackten sie noch immer aufeinander herum. Das Haus war kalt und muffig, und es roch nach vergammelten Essensresten, die Bella nicht weggeräumt hatte. Das Feuer im Wohnzimmer war ausgegangen, und überall lagen Zeitungen, Illustrierte und gebrauchte Papiertaschentücher herum. Plötzlich konnte ich die dumpfe Atmosphäre von Krankheit und Alter kaum noch ertragen. Meine Wut kam wieder hoch.

»Mir ist egal, warum Sie sich streiten, aber ich will, daß Sie augenblicklich damit aufhören«, fuhr ich sie an. »Ich bin todmüde, und ich muß diesen Stall hier in Ordnung bringen und Ihnen das Abendessen richten – und ich kann darauf verzichten, mich dabei von Ihren Zankereien nerven zu lassen.«

»Sie ist schuld«, sagte Bella unbeirrbar und klang wie ein beleidigtes Riesenbaby. »Sie beharrt darauf, daß Sie uns wieder aus *Der König auf Camelot* vorlesen, und ich kann ihr nicht klarmachen, daß Sie es uns schon zweimal vorgelesen haben und längst mit *Penrod and Sam* angefangen haben. Ich habe keine Lust, mir den *König auf Camelot* noch ein drittes Mal anzuhören. Ich habe es satt. Ich war dran mit Aussuchen und habe mich für *Penrod* entschieden, und deshalb will ich jetzt auch *Penrod* hören. Sagen Sie ihr das.«

Luz fing an zu jammern. »Das stimmt ja gar nicht! Wir haben *König auf Camelot* gelesen. Das weiß ich ganz genau! Sie ist bloß böse, weil ich die blöde Suppe auf ihr blödes Kreuzworträtsel gekleckert hab. Ich weiß genau, daß wir *König auf Camelot* lesen, und ich will noch mal die Geschichte mit dem Schwert hören!«

»Halt den Mund!« rief Bella. »Du kleiner alter Wurm, halt bloß deinen Mund! Immer kriegst du deinen Willen, weil du eine alte Heulsuse bist! Den ganzen Tag kann ich dich bedienen, und immer willst du noch mehr ...!«

»Du alter Hausdrachen!« kreischte Luz. »Du bestimmst doch immer alles! Du kriegst deinen Willen, weil du größer bist und weil du laufen kannst und ich nicht –«

»Still jetzt!« rief ich. Beide hielten inne und sahen mich erschrocken an.

»Seien Sie einfach still. Ich will mir das nicht anhören. Ich werde heute abend weder das eine noch das andere Buch lesen. Ich räume jetzt auf und mach Ihnen Ihr Abendessen warm, und dann fahr ich nach Hause und leg mich ins Bett. Meinetwegen können Sie fernsehen oder sich weiter anschreien, das ist mir egal, aber ich werde Ihnen nichts vorlesen.«

Und das tat ich auch nicht. Ich stampfte in die Küche, wusch das Geschirr ab, brachte den Müll weg, machte die Muschelsuppe heiß und brachte sie ihnen. Dann räumte ich unter eisigem Schweigen das Zimmer auf und machte Feuer im Kamin. Sie bettelten und flehten, und Luz fing wieder an zu schniefen, aber ich blieb hart. Ich konnte es kaum erwarten, das stickige Haus zu verlassen und die frische Nachtluft einzuatmen.

»So«, sagte ich zu mir selbst, als ich über den langen, vereisten Weg in Richtung Middle Road schlidderte. Der Mond war mittlerweile höher gestiegen und stand nun über dem Atlantik, und über dem Sund war ein silbrig schimmernder Streifen zu sehen. Die ganze Welt bestand nur aus Licht und Schatten: schneeverwehte Steinmauern, Wälder, Moore, Strände, Felsbrocken, ab und an die dunkle bläuliche Silhouette eines Hauses mit gelblich erleuchteten Fenstern. Über allem funkelten Unmengen von Sternen. Ich holte tief Luft und wartete darauf, daß es mir besserging. Aber es ging mir nicht besser. Zwei kranke alte Damen einzuschüchtern, das hatte kein bißchen geholfen. Ich fühlte mich ängstlich und feige und schämte mich vor mir selbst. Ich hatte schreckliche Angst um meinen Vater, und die Erschöpfung hatte wieder Besitz von mir ergriffen. Unter all dem lauerte ein derart mörderischer Zorn, daß ich erschrak. Wenn er an die Oberfläche kam, würde etwas geschehen, das die Welt für immer verändern würde, dachte ich. Etwas würde sterben. Und etwas anderes würde vielleicht geboren werden.

Ich holte tief Luft und drängte meinen Zorn wieder zurück. Ich fuhr vorsichtig und dachte ganz bewußt nur ans Abendessen und an mein Bett. Mir fiel ein, daß Lazarus noch in Dennis Ponders Haus war, und wenn Dennis einschlief, würde er die ganze Nacht dort bleiben. Diese Vorstellung war mir unerträglich. Ich schlug das Lenkrad ein, und der Pick-up schlidderte in Dennis' Einfahrt. Ich stieg aus und ging leise die Verandatreppe hoch; er würde bestimmt im Schlafzimmer sitzen und an seinem Manuskript arbeiten, und ich wollte mich an diesem Abend nicht mit ihm unterhalten. Ich wollte einfach die Haustür öffnen und nach Lazarus pfeifen.

Aber Dennis saß bei einem prasselnden Feuer auf seinem Sofa, schlürfte Scotch und hörte *Nabucco*, und Lazarus lag neben ihm und hatte den Kopf auf Dennis' Schoß gelegt. Ich starrte sie an und hatte plötzlich große Lust, beide zu erwürgen, meinen untreuen Hund und den Mann, der ihn von mir weggelockt hatte. Dennis und Lazarus schauten mich an.

Dennis mußte sich vor nicht allzulanger Zeit rasiert haben, was er nur selten abends tat. Sein mageres Gesicht hatte einen gewissen Schimmer von der frischen Rasur und einen kleinen Hauch Farbe – aber vielleicht lag das auch nur am Feuerschein. Was es auch war, er sah jedenfalls so gut aus wie schon lange nicht mehr. Er trug den roten Jacquardpullover, der mir so gut gefiel, und khakifarbene Cordhosen.

»Sie sehen aus, als wollten Sie ausgehen«, sagte ich, um irgend etwas zu sagen. »Gibt es einen bestimmten Anlaß?«

»Ich weiß nicht«, sagte er und schaute mich noch immer prüfend an. »Plötzlich fiel mir ein, daß ich mich schon seit zwei Tagen nicht mehr rasiert hatte und daß mein letztes Bad noch länger zurücklag. Ich glaub, ich hab Budenkoller. Seit einer Woche hab ich nicht mehr von meinem Manuskript aufgeschaut.«

»Kommen Sie gut voran?«

Er schüttelte ungeduldig den Kopf.

»Ich hab keine Ahnung, und im Moment ist es mir auch ziemlich egal. Wen interessiert schon eine pompöse Abhandlung über Jungen von einem Autor, der sich nur deshalb mit ihrer Erziehung auskennt, weil er Angst vor Mädchen hat?«

»Warum Sie sich damit auskennen, spielt doch keine Rolle, Hauptsache, Sie kennen sich aus«, sagte ich. »Ich fand Ihre Idee und Ihren Ansatz sehr gut. Sie wollen doch wohl nicht aufhören –«

Er hob seine Hand, und ich verstummte. Eines unserer ungeschriebenen Gesetze lautete, daß ich ihn nicht nach seiner Arbeit fragte.

»In diesem Augenblick interessiere ich mich viel mehr für Sie. Ich glaube, ich hab Sie seit Wochen nicht mehr richtig gesehen. Was, zum Teufel, ist bloß mit Ihnen los? Sie sehen aus wie durch den Wolf gedreht, um unsere ehemalige Haushälterin aus Mississippi zu zitieren.«

Meine Augen füllten sich mit Tränen, und ich hatte einen dicken Kloß im Hals. Ich wandte mich ab, weil ich Angst hatte, vor Dennis Ponder in Tränen auszubrechen, was ich auf gar keinen Fall wollte.

»Molly, sehen Sie mich an«, sagte er, und ich gehorchte.

»Seit wann haben Sie nicht mehr geschlafen?« fragte er langsam. »Was geht da drüben vor sich? Was ist mit Ihnen los?«

Ich schüttelte stumm den Kopf. Er goß einen Fingerbreit Scotch in sein leeres Glas und reichte es mir. Er deutete auf den Platz neben ihm. Gehorsam setzte ich mich. Laz hob den Kopf, wedelte mit dem Schwanz und schlief wieder ein.

Ich trank einen Schluck Scotch.

»Ich hatte nicht vor, so bei Ihnen reinzuplatzen«, sagte ich. »Ich war auf dem Rückweg vom Farmhaus zum Camp, und mir ist eingefallen, daß Lazarus noch bei Ihnen war. Ich wollte nur nach ihm pfeifen. Er kann doch nicht die ganze Zeit hierbleiben.«

»Sie haben mich nicht gestört. Ich dachte mir, daß Sie vielleicht vorbeikommen. Ich hatte Lust auf ein Gespräch. Aber Ihnen ist wohl eher nach Schlaf zumute. Ist es wegen Tim? Machen Sie sich Sorgen um ihn? Er war ja schon länger nicht mehr hier, aber ich dachte, er wollte mich in Ruhe arbeiten lassen, so wie Sie.«

Der Scotch brannte in meinem Magen. Es war ein wundervolles Gefühl. Irgend etwas löste sich ein wenig in meinem Inneren.

»Ich mach mir Sorgen um ihn«, sagte ich. »Er kann nicht schlafen ...« Ich fuhr fort und erzählte ihm, wie sehr sich seine Depression verschlimmert hatte, seit Charles und Di nicht mehr am Teich waren. Ich schilderte ihm seine quälende nächtliche Schlaflosigkeit und seinen erschöpften Dämmerzustand am Tage und seine Überzeugung, daß meine Mutter in seinen Träumen zu ihm kommen würde, wenn er nachts schlafen könnte.

»Er hat sich sogar ihren Hut ins Schlafzimmer geholt. Er sitzt da und starrt ihn an«, sagte ich. »Er ist ein anderer Mensch geworden, Dennis. Und die alten Damen ...«

Ich verstummte. Wir sprachen nicht über seine Mutter und Luz, außer wenn er nach ihnen fragte. Das war eine weitere Regel.

»Reden Sie weiter«, sagte er, und ich erzählte ihm alles. Zum Schluß kam ich auf den Streit zu sprechen, nach dem ich aus dem Haus gestampft war, ohne ihnen vorzulesen, und ich sagte ihm, wie sehr ich mich deswegen schämte und welche Sorgen ich mir um die beiden machte. Er erwiderte nichts, sondern starrte mich nur an.

»Da ist noch mehr, nicht wahr? Sie schlafen nicht. Warum nicht?«

Ich erzählte ihm von meinen nächtlichen Träumen, in denen meine Mutter in ihrer unterirdischen Höhle heulte und tobte und irgend etwas von mir haben wollte und ich nicht verstehen konnte, was es war.

»Die Träume kommen immer mitten in der Nacht, und wenn ich dann endlich wieder einschlafe, dämmert es schon, und ich muß kurze Zeit später aufstehen«, sagte ich. Durch den Scotch lockerten sich meine Glieder, und ich hatte ein angenehm leichtes Gefühl im Kopf. »Und wenn ich zum Farmhaus fahre und den alten Damen vorlese und ihnen das Abendessen richte und alles in Ordnung bringe, bin ich so müde, daß ich mich kaum noch bewegen kann.«

Er runzelte die Stirn.

»Das hat Tim doch immer gemacht, oder?«

»Seit zwei, drei Wochen nicht mehr, seit Di getötet wurde und Charles verschwunden ist. Er schläft am Tage, Dennis. Ich mag ihn nicht wegen der alten Frauen behelligen.«

»Also machen Sie es einfach. Du lieber Himmel, was meinen Sie, wie lange Sie diesen Scheiß noch durchhalten, Molly?«

»Ich weiß nicht. Wahrscheinlich solange, bis sich etwas ändert, so oder so.«

Ich wurde rot. Er sollte nicht denken, daß ich meinte, bis sich sein Zustand verschlechterte oder bis er oder eine von den alten Frauen starb. Er grinste.

»Nun, Ihnen muß irgendwie geholfen werden. Was würde am meisten helfen?«

»Ich glaube … wenn ich nachts wieder schlafen könnte. Nur das. Oh, Dennis … Was will sie bloß von mir?«

Der letzte Satz war wie ein Schrei aus tiefster Seele, und ich war schockiert von meiner heftigen Reaktion.

Dennis dachte lange nach. Und dann sagte er: »Vielleicht will sie nur ihren Hut zurückhaben.«

Wir schauten uns an. Dann prustete ich einen Mund voll Scotch in die Luft und fing an zu lachen. Es dauerte nicht lange, und er stimmte mit ein. Bald lachten wir so schallend, daß wir kaum noch atmen konnten und immer wieder keuchend nach Luft schnappen mußten. Wir konnten einfach nicht aufhören.

Genauso plötzlich zerbrach etwas in mir, und ich fing an zu weinen. Ich weinte und weinte. Ich schluchzte und schniefte und heulte wie eine Frau an der Klagemauer; aus meiner Kehle drangen Laute, von denen ich nicht wußte, daß eine Frau sie produzieren kann. Ich verschluckte mich und würgte und fing wieder an zu weinen. Er saß eine Weile da und betrachtete mich, dann rückte er näher heran, nahm mich in die Arme. Er tätschelte mir nicht den Rücken und flüsterte nicht, daß alles wieder gut würde; er bot mir auch kein Taschentuch an, er hielt mich einfach nur im Arm.

Es dauerte ziemlich lange, bis die schrecklichen, primitiven Geräusche lange genug aufhörten, daß ich keuchend sagen konnte: »Ich hasse sie! Ich hasse sie aus tiefster Seele! Und ich hasse ihn! Zuerst hat sie mich verlassen – das hat sie schon vor langer Zeit getan, bevor sie dann endgültig verschwand, und ich hasse sie für all die Demütigungen und Kränkungen –, und dann hat er mich auch im Stich gelassen! Ich wußte, sie würde mich irgendwann verlassen, und ich hab mich daran gewöhnt, daß Tee fortgegangen ist, aber Daddy … ich hätte nie gedacht, daß er mich je verlassen würde! Das hätte er niemals tun dürfen!«

»Oh, Molly«, sagte er schließlich. »Er hat Sie nicht verlassen. Er ist nur … er ist nur außer Reichweite im Moment.«

»Sie haben ihn nicht gesehen«, schluchzte ich. »Sie wissen ja nicht …«

»Ich weiß, was Depressionen sind. Mir ging es genauso nach meiner ersten Operation, als ich erfuhr, daß ich die Schule verlassen und zu meiner Mama mußte, weil ich finanziell ruiniert war. Familie weg, Job weg, Bein weg und keine Zukunft ... ich war in einem fürchterlichen Zustand. Ich hab den ganzen Tag geschlafen und nachts in den Fernseher gestarrt. Ich war gelähmt, in mehr als einer Hinsicht. Ich konnte mich buchstäblich nicht mehr bewegen. Es ist eine schreckliche Sache. Es gibt nichts Schlimmeres. Ich weiß das. Ich werde gleich morgen bei Tim reinschauen und sehen, ob ich ihm helfen kann.«

»Aber jetzt fühlen Sie sich doch nicht mehr so«, sagte ich und löste mich aus seiner Umarmung, um mir das Gesicht abwischen zu können. Ich fühlte mich ausgehöhlt und so leicht wie ein Luftballon, als wäre ich keine Frau aus Fleisch und Blut, sondern nur eine Attrappe.

»Nein. Es ist merkwürdig. Ich konzentriere mich jetzt ganz auf den Augenblick wie ein kleines Kind. Ich denke nur an das Hier und Jetzt. Es ist wohl die Ungewißheit über das, was geschehen wird. Wenn ich wüßte, daß es so oder so kommt, wäre ich wahrscheinlich deprimiert, panisch oder zornig, je nachdem. Deshalb will ich auch nicht wieder zum Arzt. Aber in den letzten Wochen habe ich mich zu sehr verkrochen. Langsam wird es wohl Zeit, mein Schneckenhaus zu verlassen. Höchste Zeit.«

Er strich mir das verschwitzte Haar aus der Stirn. Ich mochte mir gar nicht vorstellen, wie schrecklich ich aussehen mußte. Aber er lächelte.

»Keiner ist nett zu Ihnen, nicht wahr?« sagte er. »Schon lange nicht mehr, und vielleicht ja noch nie. Keiner kümmert sich um Sie. Es ist immer umgekehrt.«

»Das ist schon in Ordnung. Normalerweise macht es mir nichts aus –«

»Aber mir macht es etwas aus. Wir machen jetzt etwas nur für Sie. Etwas völlig Verrücktes, etwas ganz Ausgeflipptes. Ich würd's natürlich auch ganz toll finden. Haben Sie Lust auf ein Abenteuer?«

»Wie bitte?«

»Ich sag Ihnen, was wir machen. Ein bißchen was müssen Sie auch dafür tun. Zuerst möchte ich, daß Sie den Schlitten aus dem Schuppen holen. Erinnern Sie sich? Werden Sie's machen?«

»Dennis ... Sie wollen doch wohl nicht allen Ernstes mitten in der Nacht Schlitten fahren?«

»Holen Sie den Schlitten. Oder sind Sie ein Schlappschwanz?«

»Nein«, sagte ich und war plötzlich fröhlich und übermütig. Die bedrückende Müdigkeit war wie weggeflogen. Ich segelte auf einer Wolke aus Scotch und Erleichterung dahin.

»Ich soll ein Schlappschwanz sein! Ich werd Ihnen schon zeigen, wer hier ein Schlappschwanz ist!«

Ich stürmte aus dem Haus und zum Schuppen, wo der Schlitten noch immer unter der Teerpappe vor sich hinstaubte. Ein riesiger weißer Mond und Myriaden von Sternen ließen die schneebedeckte Landschaft silbrig schimmern. Der Schnee knirschte unter meinen Stiefeln, als ich den Schlitten zum Haus zog. Wenn ich an die schneebedeckten Tannenzweige stieß, rieselten eiskalte, weiße Kaskaden herunter. Die Luft war kalt und so trocken, daß sie in meiner Lunge zu prickeln schien. Es roch nach Salz und Tannen und dem besonderen naßblauen Geruch von nächtlichem Schnee. Gierig atmete ich die Nachtluft ein und konnte gar nicht genug davon bekommen. Als ich die Veranda erreicht hatte, kicherte ich selig vor mich hin.

Er war angezogen und wartete auf mich. Er trug seinen Parka, Schal und Handschuhe und eine dunkle Wollmütze, wie sie die Muschelfischer in Menemsha trugen. Auf der dunklen Veranda sah ich seine Zähne und das Weiß seiner Augen blitzen. Er hatte eine Krücke und stützte sich mit der anderen Hand auf Lazarus. Ich hielt ihm die Hand entgegen, aber er winkte ab.

»Ich schaffe es«, sagte er. »Wir haben geübt.«

Er stützte sich wieder auf Lazarus' Rücken, und zusammen arbeiteten sie sich Stück für Stück die Treppe hinunter. Dennis hielt sich fest und hüpfte auf einem Bein, und Lazarus wartete immer, bis er Dennis' ganzes Gewicht spürte, bevor er eine Stufe weiterging. Es dauerte gar nicht lange, und sie hatten es geschafft. Erneut stiegen mir die Tränen in die Augen.

»Er ist ein guter Hund«, sagte Dennis. »Ich hatte vergessen, wie es ist, einen guten Hund zu haben.«

Ich weiß nicht mehr genau, wie wir es den Pfad zum Steg hinunter und den Hügel hinauf geschafft haben. Wir rutschten immer wieder aus und fielen hin und lachten und lachten, aber wir schafften es. Manchmal stützte Dennis sich auf mich und manchmal auf Laz, und manchmal kam er sogar mit seiner Krücke zurecht. Als wir den Gipfel des langen, sanften Hügels erreicht hatten, keuchten wir beide und hatten von der Anstrengung feuerrote Gesichter. Eine Weile standen wir schweigend nebeneinander und schauten gemeinsam auf den langen schneebedeckten Hang, der im Mondlicht schimmerte, hinaus über das bläuliche Schwarz des Teichs und den dahinterliegenden, glitzernden Sund, umfangen von der gedämpften Stille, in die der Schnee die Landschaft einhüllte. Ich glaube, ich habe noch nie etwas Schöneres erlebt als diese verschneite, mondbeschienene Nacht auf Up-Island. Wenn ich die Augen schließe, sehe ich es manchmal noch vor mir, dieses silbrig-schwarze Schimmern.

»Also gut«, sagte er schließlich. »Ich sag Ihnen, wie wir's machen müssen. Wir schieben den Schlitten ganz nah an den Rand der Piste, und ich leg mich drauf. Und Sie rennen hinterher und schieben. Und kurz vor der Kuppe werfen Sie sich einfach auf meinen Rücken.«

»Ich werd Sie platt drücken, Dennis! Ich bin bestimmt zwanzig Pfund schwerer als Sie.«

»Nicht mehr«, sagte er. »Kommen Sie, Molly. Wie soll man es sonst machen, wenn man zu zweit Schlitten fahren will? Sie tun mir bestimmt nicht weh. Ich bin ganz dick angezogen.«

Also machten wir es so, wie er es gesagt hatte. Wir bugsierten den Schlitten bis an den Rand des Abhangs direkt oberhalb des Teichs, und er legte sich bäuchlings darauf, während Lazarus bellend neben ihm im Schnee herumtollte. Ich holte tief Luft, gab dem Schlitten einen vorsichtigen Schubs. Nichts passierte.

»Strengen Sie sich an!« rief er, und ich schob mit aller Kraft. Der Schlitten schoß vorwärts, und ich stolperte und sprang hinterher und warf mich auf seinen Rücken. Dann ging es mit atemberaubender Geschwindigkeit abwärts.

Etwa auf halbem Wege nach unten, in einer Wolke aus aufgewirbeltem Schnee, merkte ich, daß ich gleichzeitig lachte und weinte. Ich hörte nur das Zischen der Kufen. Dennis lachte, und Lazarus tollte bellend hinter uns her. Sobald meine Tränen hervorkollerten, froren sie an meinen Wangen fest, und neue, heiße Tränen folgten ihnen. Es war mir egal. Ich weinte nicht aus Traurigkeit, sondern vor Freude. So war es also, das Gefühl, vom Boden abzuheben. So war es, das Gefühl vollkommener Freiheit.

Der Schlitten flog das letzte steile Stück des Hügels hinab, schoß über den ebenen Grund bis zum Ufer des Teichs, erreichte den Schilfgürtel, wo sich eine tiefe Schneewehe gebildet hatte. Hier kippte er um, und wir landeten im tiefen weichen Schnee. Ich lag auf ihm drauf, das Haar hing mir ins Gesicht, und vor Lachen bekam ich kaum noch Luft. Sein Gesicht war direkt unter meinem, aber das merkte ich erst, als ich seinen warmen Atem auf den Wangen spürte. Seine Augen waren ganz nah, sie waren fast dunkel und weit geöffnet. Ich konnte nicht darin lesen. Sein Mund war leicht geöffnet wie der eines Kindes, das gleich einschlafen wird. Ich fühlte, wie unser Lachen schwächer wurde und erstarb.

Dann zog er meinen Kopf herunter und küßte mich. Es war ein sehr langer Kuß, forschend und suchend. Anscheinend fand er in meinem Mund das, wonach er sich sehnte. Ich spürte, wie ich mich seinem Kuß mehr und mehr hingab und mich immer tiefer in seine Arme sinken ließ. Es war ein seltsames Gefühl, von Armen gehalten zu werden, die nicht Tee gehörten, von einem Mund geküßt zu werden, der nicht Tees Mund war. Aber so seltsam war es nun auch wieder nicht. Bald war es überhaupt nicht mehr seltsam. Der Kuß nahm und nahm kein Ende.

Nach einer Weile fühlte ich sein hartes Drängen und lachte vor Freude laut auf.

»Nanu«, flüsterte ich in seinen Mund. »Was ist denn das?«

Er drehte den Kopf weg und schaute zu mir auf. Im Mondlicht sah sein Gesicht wunderschön aus. Er grinste.

»Gütiger Himmel. Ich kann es nicht glauben«, sagte er und fing an zu lachen. »Meinst du, es ist für einen einbeinigen Invaliden möglich, in einer Schneewehe zu bumsen?«

Und wie sich herausstellte, war es das.

14

Ich blieb die ganze Nacht bei Dennis, bis zum Nachmittag des nächsten Tages. Ich schlief und schlief. Es war die Art von Schlaf, wie man ihn aus seiner Kindheit und Jugend zu kennen glaubt: ruhig, süß, sinnlich und bodenlos. Er erschien mir wie ein fünftes Element: Ich tauchte hinein, ließ mich gleiten und kugelte mich darin wie ein Seehund im Wasser; ich ließ mich tief hineinsinken, schoß an die sonnendurchflutete Oberfläche, streckte mich und tauchte wieder ab. Mir war bewußt, daß ich erst dann aufzuwachen brauchte, wenn ich genug hatte, und dieser Zeitpunkt war am frühen Nachmittag des darauffolgenden Tages erreicht.

Die Sonne schien ins Schlafzimmer, aber sie schien nicht dorthin, wo ich es gewöhnt war. Einen Augenblick lang lag ich einfach nur völlig entspannt und ausgeruht da und beobachtete, wie die bleichen Strahlen, auf denen feine Staubpartikelchen tanzten, auf einen Teppich, einen Sessel und eine Bettdecke fielen, die ich nicht kannte. Ich lächelte voller Wohlbehagen, bis mir wieder einfiel, wo ich war und warum. Entsetzt schreckte ich hoch.

»Oh, mein Gott«, flüsterte ich und kniff die Augen zu. »Ich hab mit Dennis Ponder in einer Schneewehe gelegen und mit ihm geschlafen und die ganze Nacht in seinem Bett verbracht. Oh, Scheiße! Was bedeutet das bloß? Ich hab keine Ahnung, was das bedeuten soll!«

Nach einem kurzen Blick auf die Uhr schoß ich wie von der Tarantel gestochen aus dem Bett, wobei ich mich in den Laken verfing und mit den Knien auf dem Teppich landete. Ich rappelte mich wieder hoch und suchte nach meinen Kleidern. Es war fast halb drei Uhr nachmittags, und niemand außer Dennis wußte, wo ich war. Mein Vater war sicher außer sich vor Sorge, die alten Damen würden frieren und hungrig sein, wenn nicht Schlimmeres. Auf dem

Fußboden hinter dem Sessel fand ich meine Kleider, die noch immer feucht vom Schnee waren, und schlüpfte hinein, wobei ich ein wenig das Gesicht verzog, weil ich ein ungewohntes, aber nicht unangenehmes, wundes Gefühl an gewissen Körperstellen spürte, wo ich schon sehr lange nichts mehr gespürt hatte. Ich schaute in den blinden Spiegel über der Kommode. Eine Irrsinnige mit zerzaustem Haar und gerötetem Gesicht starrte mir entgegen. Ich fuhr mir durchs Haar und rannte barfuß ins Wohnzimmer, um nach meinen Schuhen zu suchen.

Dennis Ponder war nicht im Schlafzimmer gewesen, aber er war im Wohnzimmer. Er stand mit einer Tasse Kaffee in der Hand am Fenster und schaute auf die sonnige, verschneite Landschaft. Er trug einen schwarzen Rollkragenpullover, Baumwollhosen und einen Arbeitsstiefel. Er stützte sich auf die Sofalehne, während er hinausstarrte. Lazarus lag neben ihm und klopfte mit dem Schwanz auf den Boden, als er mich sah, aber Dennis wandte sich nicht um. Ich blieb wie angewurzelt stehen und fühlte, wie mein Gesicht anfing zu glühen. Mir fiel nichts ein, was ich hätte sagen können. Was die Etikette für den Morgen danach anbelangte, hatte ich bisher nur ein einziges Mal Verwendung dafür gehabt, und damals hatte ich den Partner geheiratet. Mit postkoitalem Small talk hatte ich keinerlei Erfahrung.

Als ich mich unbehaglich räusperte, sagte er: »Wenn du vergessen möchtest, daß es passiert ist, reden wir nie wieder davon. Wenn es dir andererseits so gut gefallen hat, wie du behauptet hast, laß uns wieder ins Schlafzimmer gehen und es noch einmal machen. Es liegt bei dir.«

»Ich ... mein Gott, Dennis, ich muß gehen! Mein Vater weiß nicht, wo ich bin ...«

»Er weiß es. Ich hab ihn gestern abend angerufen, nachdem du eingeschlafen warst«, sagte er. Er hatte sich noch immer nicht umgedreht.

»Aber Bella und Luz ...«

»Ich bin hingefahren«, sagte er.

»Wie bitte?«

»Ich wollte dich nicht wecken. Also bin ich hin, hab das Feuer wieder in Gang gebracht und Suppe heiß gemacht. Mach deswegen nicht so ein Theater, Molly. Du warst halbtot vor Müdigkeit, und es war längst überfällig, daß ich dir einen Teil der Last abnehme. Der Laster hat das älteste Automatikgetriebe von Massachusetts, aber es funktioniert. Die Gemeinde hat die Straße geräumt, und jemand hat die Auffahrt frei gemacht. Es war kein Problem.«

»Dennis ... mein Gott ...«

Jetzt wandte er sich um, und ich sah sofort, daß seine Augen rotgerändert waren. Zweifellos hatte er geweint. Ich war erschrocken und fühlte gleichzeitig Hoffnung und Furcht.

»Willst du mir davon erzählen?«

»Nein. Nicht jetzt. Vielleicht später. Wie ich dir gesagt habe, wirst du nirgends dringend erwartet. Laß uns doch ein bißchen essen und ein Glas Wein trinken und sehen, was passiert. Gestern abend, das war ... nun, ich habe nicht geglaubt, so etwas noch einmal erleben zu dürfen.«

Ich spürte, wie Gesicht und Hals vor Scham brannten. Ich sah meine Schuhe neben der Tür, holte sie und setzte mich aufs Sofa, um sie anzuziehen. Mir war, als würde mein ganzer Körper in Flammen stehen. Jede Stelle, die er berührt hatte, schien lichterloh zu brennen.

»Ich ...«, sagte ich. Ich hatte mich verschluckt und mußte mich räuspern. »Ich fand es auch sehr schön«, sagte ich und wußte, wie töricht und gekünstelt meine Worte klangen.

Er lachte.

»Würdest du mich bitte ansehen? Na also, so ist es schon besser. Und jetzt sag mir, was du denkst. Hat dich mein einzigartiger, unbehaarter Körper erregt? Hat dich mein Beinstumpf abgestoßen? Hat die Erde gebebt? Hätte ich zwei Zigaretten anzünden und dir eine reichen sollen? Was sagst du?«

»Ich ... du weißt schon, Dennis, der einzige Mann, mit dem ich bisher geschlafen habe, war mein Ehemann. Mit dir war es ganz anders, Gott sei Dank, aber ich weiß nicht recht, wie ich mich verhalten soll. Ob es mir gefallen hat? Du mußt gemerkt haben, daß es so war. Aber ich weiß nicht, ich weiß einfach nicht ... ob ich einfach noch mal mit dir ins Bett hüpfen kann. Schließlich ... ich meine ... ich ...«

»Du kennst mich kaum?«

Er lachte wieder, aber diesmal lag weniger Wärme in seinem Lachen.

Ich nickte. Das hatte ich tatsächlich sagen wollen, und selbst in meinem verwirrten Zustand war mir klar, wie lächerlich dies war. Vielleicht würde ich Dennis Ponder niemals besser kennen als in diesem Moment.

»Vielleicht sollten wir darüber reden, wie unsere Beziehung aussehen soll«, sagte ich unglücklich. Alles was ich sagte, klang absurd.

»Beziehung?« sagte er. »Was für eine Beziehung könnte das sein, außer der, die wir jetzt haben?«

»Ich dachte, wir sollten uns ein bißchen Zeit lassen und herausfinden, welche gemeinsamen Interessen wir haben, uns einfach kennenlernen. Wir haben ja schon viel gemeinsam …«

»Molly …«

Er seufzte und setzte sich neben mich aufs Sofa.

»Hör zu. Wir haben miteinander geschlafen. Wir haben gebumst, mit anderen Worten. Es bedeutet nicht, daß wir verlobt sind. Und es bedeutet nicht, daß ich dich nicht mehr respektieren werde. Welches Interesse solltest du an einer anderen Art von Beziehung haben? Was würdest du dir davon versprechen?«

»Ich bumse nicht einfach so, Dennis.«

»Das weiß ich. Für mich war es auch mehr als eine Bumsgeschichte. Es war … etwas ganz Besonderes. Aber ich bin nun mal ein denkbar ungeeigneter Kandidat für eine längerfristige Beziehung, um einen von diesen gräßlichen New-Age-Ausdrücken zu benutzen.«

»Du meinst, du wirst sterben?«

»Ich meine, ich weiß es nicht. Aber ich weiß, daß ich nicht heute sterben werde, und ich will nichts weiter, als dir eine angenehme Beschäftigung für den Rest des Nachmittags vorzuschlagen.«

»Dennis, ich weiß einfach nicht, ob das genug ist«, sagte ich sanft.

»Es ist alles, was ich habe«, sagte er.

Wir schauten uns an und fanden kein Entgegenkommen in den Augen des anderen. Schließlich sagte er: »Ich werde dich nicht drängen. Wenn du Lust hast, sag Bescheid. Das Angebot bleibt bestehen.«

Unwillkürlich fing ich an zu lachen.

»Soll ich etwa einfach irgendwann vorbeikommen, dir auf die Schulter tippen und sagen: ›Könnte ich bitte ein bißchen mehr haben, mein Herr?‹«

»Zum Beispiel. Oder einfach: ›Laß uns ficken‹«, sagte er, und ich mußte wieder lachen. Die Peinlichkeit war verflogen. Ich fühlte mich plötzlich absurderweise gut, jung, unbeschwert, sinnlich und begehrenswert. Das Gefühl erinnerte mich an die Zeit, als Tee angefangen hatte, um mich zu werben, jene aufregende, atemberaubende Zeit des Flirtens. Damals war alles wunderbar, alles schien möglich, aber nichts hatte Eile. Es war eine herrliche Zeit. Ich wünschte, ich hätte sie ein wenig länger ausgekostet, bevor wir den nächsten Schritt machten. Ich nahm mir ganz fest vor, es Teddy zu sagen: Überstürze nichts, genieße diese lange, wunderbare Zeit, in der alles noch offen ist, bevor du dich für jemanden entscheidest. Ich wünschte, ich hätte es Caroline gesagt. Ich fragte mich, ob es in Dennis Ponders Leben je eine solche Phase gegeben hatte. Irgendwie konnte ich es mir nicht vorstellen. Grundvoraussetzungen dafür waren Freude am Genießen und eine gewisse Verspieltheit. Wahrscheinlich hatte Bella Ponder seine Fähigkeit zu diesen Dingen im Keim erstickt.

Bella ...

»Dennis, deine Mutter ... wie geht es ihr? Körperlich, meine ich. Es muß ein großer Schock für sie gewesen sein, von Luz ganz zu schweigen. Sollte ich nicht besser nach ihnen sehen? Oder ... willst du noch mal hin? Ich will nicht neugierig sein, aber ich muß wissen, was los ist.«

»Ich fürchte, ich kann dir nicht allzuviel über meine Mutter sagen, Molly«, sagte er. »Ich bin hingefahren, sie war überrascht, sie hat geweint, sie hat gebetet, sie mußte husten und bekam kaum Luft. Ich hab ihr einen Schluck Scotch gegeben und sie beruhigt und bin solange geblieben, bis sie gegessen hatten und kurz vorm Einschlafen waren, und dann bin ich heimgefahren. Du solltest wahrscheinlich heute noch nach ihnen sehen, aber ich glaube, es geht ihnen gut. Sie ist zu alt und krank, um noch viel Theater zu machen, und Luz hängt zu sehr daneben. Sie hat übrigens kaum mit der Wimper gezuckt; sie hat mich bloß angesehen und gesagt: ›Du bist vielleicht inzwischen groß geworden, aber ich weiß ganz genau, daß du Denny bist. Wo ist dein zweites Bein?‹ Ich hab ihr gesagt, ich hätte es in Seattle gelassen, und sie hat nur genickt. Luz ist noch ganz genauso wie damals, als ich weggegangen bin, bis auf die Falten. Aber meine Mutter ... mein Gott, sie sieht aus wie ein Monster, nicht wahr? Ein richtiges körperliches Wrack. Nun, ich fürchte, mit keinem von uns ist noch viel Staat zu machen. So, das war's. Mehr kann ich im Moment nicht dazu sagen. Wenn mir noch was einfällt, sag ich's dir vielleicht. Oder vielleicht auch nicht.«

»Also gut«, sagte ich mit schwacher Stimme. Später sollte sich herausstellen, daß dies alles war, was ich jemals über das erste Wiedersehen von Dennis Ponder und dieser schrecklichen, traurigen alten Frau erfahren würde, die gedacht hatte, sie könnte nur eine Liebe haben.

Aber von diesem Tag an fuhr er häufig zu dem Farmhaus im Chilmark Moor. Ein paarmal fuhr er morgens, damit ich Besorgungen machen konnte, aber meist fuhr er abends, weil sich Bella dann am kräftigsten fühlte und Luz sich am besten konzentrieren konnte. Auch er hatte nachmittags die meiste Energie. Ein-, zweimal fuhr er allein mit dem Laster, aber normalerweise brachte ich ihn hin und holte ihn wieder ab, wenn ich alles erledigt hatte, was nötig war. Wir trafen keine direkte Absprache, aber nach und nach übernahm er die nachmittäglichen Vorlesestunden.

»Sie dürfen nicht denken, daß es uns nicht gefällt, wie Sie lesen«, sagte Luz freundlich zu mir, als Dennis zum ersten Mal vorgelesen hatte. »Aber er ist unser Denny, und es ist so schön, wenn er über Könige liest, weil er von einem König abstammt, genau wie wir. König Dinis, Sie wissen schon. Es ist, als würden wir etwas über unsere eigene Familie hören.«

Und Bella nickte, ihre schwarzen Augen glänzten vor Freude.

Ich sah Dennis nicht an, als sie das sagte. Von Anfang an taten wir alle so, als wäre es kein bißchen ungewöhnlich, daß Dennis Ponder, Sohn dieses Hauses und dieser gewaltigen alten Frau, ihr in der Abenddämmerung etwas vorlas, an diesem Ort, von dem er vierzig Jahre zuvor vertrieben worden war. Ich glaube nicht, daß Luzia sich irgend etwas dabei dachte; in ihrer dämmrigen Gedankenwelt war es der kleine Denny, dem sie gerade noch etwas vorgelesen hatte und der jetzt im Schein der Lampe neben ihr saß. Aber es muß Bella eine ungeheuerliche Anstrengung gekostet haben, ihren triumphierenden Stolz zu verbergen. Und doch saß sie einfach nur ruhig da, mit interessierter, dankbarer Miene wie eine Dame, der ein wohlerzogener Sohn einen kleinen Gefallen erweist. Ich weiß nicht, wie sie es geschafft hat. Ihr phantasievoller Geist mußte völlig aufgewühlt sein von leidenschaftlicher Mutterliebe, der sie viele Jahrzehnte lang nicht nachgehen konnte. Ich fragte mich, ob Dennis irgendwelche Regeln festgelegt hatte, nach denen jeder sich zu verhalten hatte, aber ich bezweifelte es. Was auch immer er jetzt in seinem Herzen für seine Mutter und Luzia Ferreira empfand, es konnte nicht einfach die Liebe eines Sohnes oder Neffen sein. Vielleicht mußte er so tun, als ob alles ganz normal sei, um das Haus überhaupt betreten zu können. Vielleicht verhielt sich Bella mit ihrer heiteren Fassade wie ein Kind, das so tut, als würde es ein wildes kleines Tier nicht sehen, um es nicht zu verscheuchen. Es war ein unendlich heikler, sorgfältig ausbalancierter Akt, den die drei vollführten. Ich hätte mich nie getraut, danach zu fragen. Bella sagte mir nie, was sie fühlte, und Dennis sollte es mir erst viel später sagen.

An dem ersten Abend, als ich ihn am Farmhaus absetzte, weil er den alten Damen vorlesen wollte, sagte ich: »Die Bücher, die sie gern hören, sind auf dem Tisch neben Luzias Bett. Wir sind bei *Penrod and Sam*, aber Luz wird um *Der König auf Camelot* betteln. Bella war dran mit Auswählen. Laß sie nicht darum streiten; Bella wird krank davon, und es dauert ewig, bis Luz sich wieder beruhigt hat.«

»Ich habe mein eigenes Buch mitgebracht«, sagte er. »Entweder ich lese daraus vor, oder ich lese überhaupt nichts.«

»Was ist es? Der Marquis de Sade?« neckte ich ihn.

»*Mutter Courage*«, erwiderte er trocken. Aber er zeigte mir das Buch nicht.

Bei meiner Rückkehr herrschte jenes klare, grüne Dämmerlicht, das es manchmal im Vorfrühling in den Chilmark-Mooren gibt. Das Haus war still, und ich öffnete leise die Tür und schlich ins Wohnzim, um die alten Damen nicht zu wecken, falls sie eingeschlafen waren. Aber sie schliefen nicht. Ich fand sie vor wie immer, Bella zurückgelehnt in dem großen Fernsehsessel, der durch ihre gewaltigen Hüften aus der Form geraten war, und Luz hatte sich in ihre abgewetzten Leinenlaken gekuschelt. Dennis saß ihnen gegenüber auf dem alten Morrisstuhl. Sein Bein ruhte auf einer Fußbank. Das Feuer knisterte, und Dennis' Kassettenrecorder spielte ein Stück von Palestrina. Eine alte Milchglaslampe warf ihren spärlichen Schein auf das Buch, aus dem er vorlas, und in ihrem Licht sah ich Luzias überirdisches Lächeln und die perlmuttschimmernden Tränenspuren auf Bellas Mondgesicht.

»›Ich zog in den Wald, weil ich den Wunsch hatte, mit Überlegung zu leben‹«, las Dennis mit seiner tiefen Stimme. Vielleicht rezitierte er auch, denn ich konnte sein Gesicht im Schatten nicht richtig sehen. »›... dem eigentlichen, wirklichen Leben näherzutreten, zu sehen, ob ich nicht lernen konnte, was es zu lehren hatte, damit ich nicht, wenn es zum Sterben ginge, einsehen müßte, daß ich nicht gelebt hatte.‹«

Er verstummte und saß einen Augenblick lang mit dem Buch in der Hand da.

»Das reicht für heute«, sagte er. »Ein paar Sätze Thoreau geben viel Stoff zum Nachdenken.«

Die alten Frauen bettelten nicht um mehr, sondern saßen ruhig und in sich gekehrt da. Ich stahl mich leise in die Küche, damit keiner von ihnen sah, daß ich auch weinte.

Auf der Heimfahrt schwiegen wir zunächst, bis ich schließlich sagte: »Mein Vater hat das auch gelesen. Erst vor kurzem hat er eben diesen Abschnitt zitiert. Ich wünschte ... ich wünschte, er würde einmal mitkommen, wenn du zum Vorlesen hochfährst. Sonst ist er ständig hingefahren. Sie haben ihm so gern zugehört. Ach, ich wünschte ... ich wünschte ...« Ich sprach nicht weiter. Es hatte keinen Sinn, darüber zu reden.

»Weißt du, wie das Zitat weitergeht?« fragte Dennis ein paar Minuten später. »›Ich wollte nicht *das* Leben, was nicht Leben war; das Leben ist so kostbar. Auch wollte ich keine Entsagung üben, außer es wurde unumgänglich notwendig.‹ Vielleicht ist es für Tim im Augenblick notwendig. Ich weiß aus Erfahrung, daß man erst allem entsagen muß, mit allem abschließen muß, was nicht das Leben ist, bevor man sich auf die Suche nach dem machen kann, was es ist. Ich denke, daß er gerade an diesem Punkt ist. Du kannst ihn nicht dorthin begleiten. Niemand kann das. Er entscheidet ganz allein, wann er von dort aus weitergeht.«

»Wenn er überhaupt weitergehen will.«

Ich hatte gehofft, Dennis würde meine schlimmsten Befürchtungen zerstreuen, aber er tat es nicht.

»Ja, wenn er es will«, stimmte er mir zu.

Wir sagten nichts mehr, bis er vor seinem Camp aus dem Wagen stieg und die Autotür aufhielt, damit Lazarus hineinspringen konnte. Ich ging nicht mit ihm ins Haus; seit jenem Tag war ich nicht mehr dort gewesen. Er hatte mich nicht gedrängt zu bleiben oder mich gebeten, zu ihm zu kommen. Häufig wünschte ich wie an diesem Abend, er würde es tun. Ich brauchte seine Wärme, seine Berührung, aber ich brachte es nicht über mich, zu fragen. Ich hatte noch immer die Stimme meiner Mutter im Ohr, wie sie mich an einem längst vergangenen Samstag nachmittag ermahnt hatte, als ich dreizehn Jahre alt war. Ich hatte meinen Klassenkameraden Dickie Hembree angerufen und ihn gefragt, ob er Lust hätte, mit mir ins Kino zu gehen. Als meine Mutter das mitbekam, nahm sie mich beiseite und sagte: »Frage nie, nie wieder einen jungen Mann, ob er mit dir irgendwohin gehen will, Molly. Das tut man nicht. Er muß doch denken, du könntest sonst keine Verabredung kriegen. Mit deiner Größe und deinen großen Brüsten mußt du immer aufpassen, daß keiner denkt, du hättest es nötig. Eine richtige Schönheit kann sich so etwas vielleicht leisten, aber wir durchschnittlichen Mädchen müssen sehr, sehr vorsichtig sein, damit wir keinen verzweifelten Eindruck machen.«

Danach schenkte sie mir ihr strahlendes quecksilbriges Lächeln, um zu demonstrieren, daß auch sie sich zum Heer der duchschnittlichen Mädchen zählte. Aber ich wußte längst, daß sie in einer anderen Welt lebte, und fühlte mich noch größer und ungelenker als sonst. Ich sagte Dickie ab und bat nie wieder einen Jungen oder einen Mann um seine Aufmerksamkeit. Wie sehr ich es auch wollte, ich hätte Dennis Ponder genausowenig darum bitten können, mit mir zu schlafen, wie ich ihn bitten konnte, sich ein neues Bein wachsen zu lassen. Unbewußt hatte ich wohl erwartet, er würde das wissen, und jetzt war ich böse auf ihn, weil er es anscheinend nicht wußte. Außerdem hatte mich seine Predigt über meinen Vater zornig gemacht. Ich wollte keine Thoreau-Zitate hören, sondern seine Anteilnahme.

Am Tag darauf änderte sich alles.

Es war seltsam, aber meinem Vater ging es plötzlich besser. Er konnte gut schlafen, sagte er, und seit Wochen hatte er wieder Lust auf einen Ausflug. Danach war er ständig unterwegs, genau wie zuvor, bevor seine schrecklichen Depressionen ihn niedergedrückt hatten. An den ersten paar Tagen nahm er den Laster, wenn ich ihn nicht brauchte, aber eines Tages, als die beiden alten Frauen einen Arzttermin in Oak Bluffs hatten und der Laster ihm den ganzen Tag nicht zur Verfügung stand, hatte er sich in Menemsha einen klapprigen alten Toyota besorgt, der am schwarzen Brett in Poole's Fischmarkt angeboten worden war.

»Du brauchst den Laster, und ich habe Lust, mir Down-Island ein bißchen genauer anzusehen. Außerdem wollte ich den alten Knackern bei Alley's und im Seniorenzentrum einen Besuch abstatten und sehen, wie sie über den Winter gekommen sind.«

Ich schaute ihn ungläubig an. Es war eine enorme positive Veränderung, wenn man an seinen niedergeschlagenen teilnahmslosen Zustand dachte, aber irgendwie erschien er mir jetzt noch seltsamer: geistesabwesend, merkwürdig aufgekratzt, mit einem Leuchten in den Augen, das ich vorher noch nie gesehen hatte. Er schien die ganze Zeit auf etwas zu horchen, das für mich außer Hörweite war, und oft lächelte er darüber.

»Ein schöner Wagen«, sagte ich munter, als er ihn mit nach Hause brachte. »Du ahnst ja nicht, wie sehr ich mich freue, daß es dir bessergeht. Warum machst du nicht einen Besuch bei Bella und Luz und zeigst ihnen den Wagen? Sie haben schon sooft nach dir gefragt. Und wenn du hinfährst, kannst du ja Dennis mitnehmen. Ich hab dir doch erzählt, daß er wieder mit seiner Mutter spricht. Fahr doch mit ihm hin und erzähl mir, was du davon hältst; ich weiß nicht so recht, was mit den dreien los ist, und er sagt natürlich nichts darüber. Er hat dich auch schon vermißt ...«

»In ein, zwei Tagen schau ich bei ihnen rein«, sagte er. »Und Dennis will doch mit seinem Buch weiterkommen. Ich warte lieber noch eine Weile, bevor ich ihn besuche. Ja, ich kann mich erinnern, daß du mir von seiner Versöhnung mit Bella erzählt hast. Das ist doch schön, nicht wahr? Richte ihm aus, wie sehr ich mich für ihn freue.«

Damit gab er mir einen Kuß auf die Wange und rumpelte mit seinem alten Auto über den holprigen Weg davon, dem Schnee und Frost arg zugesetzt hatten. Erst nach dem Abendessen kam er wieder nach Hause.

»Was hast du heute gemacht?« fragte ich ihn und machte ihm das Essen heiß, das ich ihm übriggelassen hatte.

»Ach, hab im Seniorenzentrum ein bißchen Pool gespielt«, antwortete er dann. »Hab Martin Golightly drei Dollar abgenommen. Dann war ich noch in Vineyard Haven im Baumarkt und hab mir Dachpfannen angesehen. Wir müssen unbedingt was am Dach machen, sobald es wärmer wird. Die Pfannen sind fast doppelt so teuer wie bei uns zu Hause; ich muß wohl erst die Preise vergleichen. Nein danke, Baby, ich hab bei Alley's was gegessen. Stell's in den Kühlschrank, dann kann ich es morgen essen.«

Dann ging er die Treppe hinauf in sein Schlafzimmer und machte sich fürs Bett fertig. Manchmal blieb er auch noch unten und schaute mit mir fern, aber nie länger als eine halbe Stunde. Obwohl er lächelte und mein belangloses Geschwätz mit seinen üblichen Neckereien kommentierte, merkte ich, daß er müde war und es kaum erwarten konnte, ins Bett zu gehen. Und weil er soviel Schlaf nachzuholen hatte, erhob ich keine Einwände, wenn er mir nach kurzer Zeit einen Kuß auf die Wange gab und über die schmale, steile Treppe nach oben ging. Die Veränderung hätte mich beruhigen sollen, aber trotz meiner Erleichterung hatte ich das Gefühl, als würde irgend etwas nicht stimmen. Ich verdrängte dieses ungute Gefühl, weil ich dachte, nicht noch mehr Sorgen ertragen zu können.

Eines Mittags ging ich bei Alley's rein, weil mir Mayonnaise fehlte. Plötzlich hörte ich hinter mir eine Stimme: »Molly? Molly Redwine?«

Es war Martin Golightly, der Mann, den mein Vater auf Up-Island am besten kannte, jener meisterhafte Poolspieler, den jeder bei Alley's und im Seniorenzentrum kannte.

»Guten Tag«, sagte ich lächelnd. »Ich hab gehört, daß mein Vater nun doch gegen Sie gewonnen hat. Er hat Ihnen bestimmt was in Ihre Cola geschüttet.«

Er schaute mich merkwürdig an.

»Wie geht es Tim?« fragte er. »Wir haben ihn vermißt. Wir dachten schon, ihr wärt so eingeschneit an eurem Teich, daß ihr nicht wegkonntet. Aber es sieht ihm gar nicht ähnlich, daß er sich durch ein bißchen schlechtes Wetter vom Pooltisch fernhalten läßt. Ist alles in Ordnung mit ihm? Sagen Sie ihm, hier sind noch mindestens drei Jungs, die auf eine Revanche warten.«

Mein Gesicht war erstarrt.

»Ich sag's ihm«, sagte ich. »Die Straßen waren ziemlich schlecht bei uns unten, aber es wird langsam besser. In ein, zwei Tagen kommt er bestimmt bei Ihnen vorbei.«

»Das wär schön«, sagte Martin Golightly und wandte sich wieder seiner Kaffeetasse zu. Ich fuhr nach Hause und wartete auf meinen Vater. Als er heimkam, lange nach dem Abendessen, sprach ich ihn darauf an. Mein Herz raste. Ich hatte schreckliche Angst, ohne genau zu wissen, warum.

»Sie kommt jetzt jede Nacht, Molly«, sagte er. Sein Gesicht hatte jenen abgehobenen frohen Schimmer, der mir seit einer Woche aufgefallen war. Ich starrte ihn an. Wann war er nur so dünn geworden? Er sah aus, als würde er von einem inneren Feuer vollkommen in Anspruch genommen.

»Oh, Daddy«, sagte ich mit zitternder Stimme.

»Jede Nacht. Zuerst dachte ich, es sei nur ein glücklicher Zufall, aber Nacht für Nacht kommt sie näher und näher. Ich wußte ja, daß es passieren würde, sobald ich nachts wieder schlafen konnte. Und jetzt, wo ich es kann ... jetzt, wo ich wieder schlafen kann ... Molly, sie sieht wunderschön aus. Und sie ist glücklich. Das weiß ich ganz genau. Sie bleibt jedesmal ein bißchen länger; es ist, als wollte sie mit mir spielen, mich reizen wie damals, als wir uns kennenlernten. Ich weiß, ich hätte dich nicht belügen sollen; aber ich hatte Angst, sie würde nicht zurückkommen, und es wäre noch schlimmer gewesen, wenn ich dir davon erzählt hätte ...«

»Aber wohin fährst du denn, wenn du nicht zu Alley's oder ins Zentrum fährst? Was machst du die ganze Zeit?« fragte ich mit bebender Stimme.

»Ich fahre herum. Ich gehe spazieren. Kilometerweit. Ich war an Orten, von denen ich vorher nur gehört hatte; heute nachmittag war ich stundenlang am Lucy-Vincent-Strand, und gestern war ich an den Klippen von Gayhead. Alles ist so wunderschön. Es ist, als würde ich alles mit ihren Augen sehen, als würde ich ihr den Vineyard zeigen ...«

»Daddy ...«

»Red mir da nicht rein, Molly«, sagte er grimmig. »Ich habe sie zurückbekommen. Ich hatte schon die Hoffnung aufgegeben. Ich liebe dich von ganzem Herzen, aber ich werde nicht zulassen, daß du dich da einmischst.«

Damit drehte er sich um und ging nach oben. Ich schaute ihm nach und fragte mich besorgt, ob er den Bezug zur Realität bald vollends verlieren würde.

Nach diesem Gespräch ließ ich ihn in Ruhe, und er schlief nachts in Gesellschaft meiner Mutter und wanderte an den milden grauen Tagen einsam umher, und eines Morgens war es plötzlich Frühling.

Frühmorgens hatten wir noch glitzernden Rauhreif, und jeden Tag wurde es ein bißchen früher hell. In den windzerzausten Wäldern war das silberhelle Gezwitscher der Kardinalsvögel und Rotschwänzchen zu hören, und in den strauchigen Sümpfen riefen die Pinkletinks. Noch war kein Grün an den Zweigen der feuchtschwarzen Bäume, aber man ahnte, daß es unter der Rinde schlummerte und bald herausdrängen würde.

An einem dieser ersten milden Abende rief Tee an.

Ich war allein. Mein Vater trieb sich auf Gott weiß was für einem einsamen Hügel herum, und Dennis und Lazarus waren zum Teich gegangen, wo Dennis Stöcke warf, die Lazarus apportieren sollte. Ich hatte Dennis nur selten gesehen, seit ich wußte, wohin mein Vater tagsüber ging und wie er seine Nächte verbrachte; irgendwie mochte ich es Dennis einfach nicht erzählen. Es auszusprechen würde es zu real werden lassen. Wie zuvor mein Vater, spürte ich ein ungeheures Schlafbedürfnis, dem ich mich, da ich jetzt mehr Zeit hatte, immer häufiger hingab. Ich schlief am Nachmittag, während mein Vater unterwegs war und Dennis arbeitete oder zu den alten Damen fuhr, auch morgens blieb ich länger im Bett. Immer wenn ich an den Beginn dieses Frühlings denke, sehe ich alles wie durch einen Schleier aus Schlaf, so zart und fein wie das erste blasse Grün der Fliederbüsche auf Up-Island.

Ich war gerade eingedöst, als Tees Anruf kam, und zuerst wußte ich nicht, wie ich auf diese Stimme am Telefon reagieren sollte, die mir zugleich fremd und doch so vertraut war wie mein Herzschlag. Ort und Zeit, woher sie kam, schienen mir so weit entfernt wie meine Kindheit. Seit Wochen hatte ich nichts mehr aus Atlanta gehört. Missy und Livvy hatten mir beide schließlich verärgert gesagt, ich solle sie anrufen, wenn ich mich entschieden hätte, was ich tun wollte; sie hatten es satt, anzurufen und mit ausweichenden Antworten abgespeist zu werden.

»Wie geht es dir?« fragte Tee. Seine Stimme klang so warmherzig und interessiert wie früher. »Danke, gut, und selber?« erwiderte ich töricht.

»Nun ... weißt du«, sagte Tee. »Nicht besonders. Ich schmore in meinem eigenen Saft, hab mal wieder alles verbockt.«

Er lachte, jenes tiefe, entspannte Lachen, das mir als erstes an ihm gefallen hatte. Plötzlich hatte ich ein Bild vor Augen: Tee mit vierundzwanzig mit sonnengebleichtem Haar, wie er am Strand von Sea Island saß und mich anlachte und meine Welt mit seinem Lachen erleuchtete. Es war unsere erste Fahrt zur Insel nach unserer Hochzeit. Im Hintergrund hörte ich Charlie und Carrie Davies lachen.

Ich blinzelte, und das Bild war verschwunden.

»Was hast du verbockt, Tee?« fragte ich. Einen absurden Moment lang konnte ich mir nicht vorstellen, was er meinen könnte. Es war ein Ausdruck, den er oft benutzte, bezaubernd und entwaffnend zugleich

»Was habe ich denn nicht verbockt?« sagte er. »Hör zu, ich wollte nur hören, wie's dir geht. Keiner hat was von dir gehört. Ich hab deine Nummer von Missy. Sie ist stinksauer auf mich, fast so sauer wie meine Mutter. Ich hab an dich gedacht. Ich hab die Familie an Weihnachten vermißt.«

Ich sagte nichts und dachte daran, daß er Weihnachten mit Teddy zusammengewesen war. Ich fragte mich, ob er seinen Sohn nicht als Familie zählte.

»Was meinst du, wann du nach Hause kommen wirst?« fragte mein Ehemann.

»Was, zum Teufel, sollte dich das kümmern?« fragte ich und mußte fast über ihn lachen. »Geht es um das Haus? Ihr könnt es haben. Hat Missy dir das nicht gesagt?«

»Ja, sie hat's mir gesagt. Moll ... es gibt kein wir mehr.«

Er wartete auf eine Antwort, und als er keine bekam, sagte er: »Sie ist nicht mehr hier, Sheri. Ich bin nicht mehr mit ihr zusammen. Sie ist zur Marketingabteilung nach New York versetzt worden und hat sich für Europa beworben. Wahrscheinlich wird sie genommen. Sie hat meinen Segen. Im Grunde war ich wohl derjenige, der Schluß gemacht hat.«

»Hm«, sagte ich. »Und was genau wird sie zu Markte tragen in New York und Europa?«

Nach kurzem Schweigen sagte er: »Das hab ich wohl verdient.« Aber ich bezweifle, daß er es wirklich so sah.

»Ich will sagen, ich werde sie nicht heiraten«, sagte Tee. »Es stellte sich heraus, daß es genau das war, was meine Mutter gesagt hat, ein böses Jucken in der Hose. Du hattest wahrscheinlich schlimmere Ausdrücke dafür, und ich kann's dir nicht verübeln. Ich denke, ich hatte ganz schlicht und einfach Angst davor, alt zu werden, und sie lief mir über den Weg, als ich am verwundbarsten war.«

»Armer Junge«, sagte ich.

»Schon gut, schon gut. Ich weiß, es gibt noch viel mehr, was du mir zu sagen hast und was ich mir anhören muß. Auch das kann ich dir nicht verübeln. Ich hab angerufen, weil ich fragen wollte, ob wir nicht bald anfangen können zu reden. Ich hatte gehofft, du würdest heimkommen, jetzt wo das Haus wieder leer ist ... das war wirklich verdammt blöd von mir, ich weiß ... aber ich könnte auch übers Wochenende zu dir kommen. Ich hab schon nach Flug- und Fährzeiten gefragt. Wir könnten von Angesicht zu Angesicht reden ...«

»Nein, können wir nicht«, sagte ich und legte auf. Ich hatte mir kaum das Lachen verkneifen können.

Das Telefon läutete wieder und wieder, und irgendwann blieb es still. Mittlerweile hatte ich mit dem Lachen aufgehört und blieb im trüben Dämmerlicht sitzen. Ich wollte nichts lieber als schlafen, wußte aber, daß ich viel zu aufgewühlt war. So ging ich in mein Bad und öffnete das Medizinschränkchen, um eine von den Schlaftabletten zu nehmen, die Charlie Davies mir gegeben hatte. In dieser Nacht hatte ich keine Lust, mich schlaflos hin und her zu wälzen.

Die Pillen waren nicht da. Plötzlich wußte ich, wo sie waren. So schnell ich konnte, stürmte ich die Treppe rauf und wäre auf dem Absatz fast mit dem Kopf zuerst ins Wohnzimmer geschossen. Das Tablettenfläschchen war im Badezimmer meines Vaters, aber bis auf zwei Tabletten war es leer. Daneben stand ein volles Fläschchen, auf dem der Name meines Vaters stand, mit dem Stempel eines Arztes in Oak Bluffs. Jetzt wußte ich, woher der Schlaf meines Vaters kam, wußte, auf welchen Schwingen meine Mutter nachts zu ihm kam.

Bevor ich wußte, was ich tat, trommelte ich auch schon gegen Dennis' Haustür.

Ich erzählte ihm alles, während er auf dem Sofa vor dem Feuer saß und mich ansah. Er berührte mich jedoch nicht, als ich ihm verzweifelt von meiner Angst und Wut vorjammerte und schließlich anfing zu weinen.

Irgendwann hörte ich auf, weil ich vor Erschöpfung einfach nicht mehr reden oder weinen konnte. Da sagte er zu mir: »Laß ihn in Ruhe, Moll.«

»Dennis! Ich soll ihn in Ruhe lassen? Was ist, wenn er ... du weißt schon ...«

»Laß ihn in Ruhe. Es ist seine Sache. Wenn der Schmerz unerträglich wird, muß es einen Ausweg geben. Das ist das mindeste, was man als Mensch verdient. Selbst ein Tier verdient diesen Ausweg.«

Zorn trat an die Stelle meiner schrecklichen Angst.

»Toll, Dennis. Wirklich toll«, schrie ich. »Genau dasselbe hat er über dich gesagt, als ich ihm von deinen Tabletten und dem, was du darüber gesagt hast, erzählt hab. Er hat mir geraten, dich in Ruhe zu lassen. Ich würde noch nicht genug über Schmerzen wissen, um zu wissen, wovon ich redete. Zur Hölle mit euch beiden, denn ich weiß genausoviel über Schmerz, wie ihr beide je wissen werdet, und ich habe die Nase gründlich voll von euch beiden, mit eurem beschissenen Fatalismus und euren netten Fluchtplänen, für den Fall, daß der Schmerz zu stark wird. Was ist denn mit denen, die ihr zurücklaßt? Was sollen wir tun mit unserem Schmerz?«

»Wen lasse ich denn zurück?« fragte Dennis kalt.

»Mein Gott, ich bin es so leid, das zu hören! Deine Tochter! Deine Familie! Weißt du denn nicht, was das heißt?«

Er stand auf, humpelte zum Fenster, zog die Vorhänge zur Seite und schaute in die Dunkelheit. Das Fenster stand einen kleinen Spalt offen, und ich bekam den Geruch nach frischer feuchter Erde und eine leichte salzige Brise von der Bucht in die Nase, Gerüche, die einem das Herz brechen konnten. Hatte Eliot den April nicht als den grausamsten aller Monate bezeichnet?

»Wie oft muß ich dir noch sagen, was ich bin?« sagte er mit tonloser Stimme. »Ich bin absolut pleite. Mir bleibt wahrscheinlich nicht mehr viel Zeit. Ich habe nur ein Bein und einen Schwanz, der nicht immer funktioniert, und fünfundsiebzig Seiten, die niemand lesen will, weil sie von einem Mann stammen, der sich aus lauter Angst vor Frauen in die Hosen scheißt und der nur die kleinen Jungen kennt, die zu unterrichten er bezahlt wird. Ein tolles Buch. Ein toller Experte. Ein tolles Vermächtnis für meine sogenannte Familie.«

»Du hast deine Mutter«, sagte ich. Er wandte sich um und sah mich an, sagte jedoch nichts. Seine Augen waren genauso ausdruckslos wie seine Stimme.

»Ich weiß es, Dennis«, sagte ich. »Ich hab sie an einem Abend gesehen. Ich sah das, was du wahrscheinlich auch gesehen hast. Ich weiß, ich kann mir wohl kaum vorstellen, wie schrecklich es in all den Jahren für dich war ... aber jetzt hast du sie zurückbekommen ...«

»Und für wie lange, angenommen, daß ich sie tatsächlich zurückbekommen habe oder sie überhaupt zurückhaben wollte? Sie macht wahrscheinlich noch vor mir den Abgang.«

Ich war sehr zornig, aber darunter lauerte frischer, unsagbar quälender Schmerz.

»Du hast mich, verdammt noch mal.«

»Sie haben dich angestellt«, sagte er.

Eine Weile blieb ich einfach stumm, und dann sagte ich mit zittriger Stimme: »Du benimmst dich einfach fürchterlich. Einfach schrecklich. Was ist bloß mit dir los?«

»Ich habe die geniale, unanfechtbare Entschuldigung, wahrscheinlich bald sterben zu müssen«, sagte er. »Die Frage ist also eher, was mit dir los ist.«

»Mein Mann hat heute abend angerufen«, sagte ich schluchzend. »Er will sie nun doch nicht mehr heiraten. Ich weiß nicht, was ich davon halten soll ...«

Er lachte und ging in Richtung Küche, wobei er Mühe hatte, auf seinem einen Bein das Gleichgewicht zu halten, und sich auf verschiedenen Möbelstücken abstützen mußte.

»Herzlichen Glückwunsch«, rief er mir über die Schulter zu. »Aber da möchte ich dich doch lieber an Ann Landers, die Briefkastentante aus der Klatschspalte, verweisen. Sie ist wohl eher dein Stil.«

Ich stürmte aus dem Haus. Die Tränen schossen mir aus den Augen. Als ich heimkam, war mein Vater schon oben und schlief. Durch die leicht geöffnete Schlafzimmertür sah ich, daß ein kleines, geheimnisvolles Lächeln auf seinem Gesicht lag.

Ich weinte noch immer leise und hilflos vor mich hin, als ich mich ins Bett legte, aber die beiden Halciontabletten, die ich genommen hatte, zeigten bereits ihre Wirkung, und noch bevor Lazarus seinen Platz neben dem Kamin verlassen hatte und schwanzwedelnd in meine Höhle unter der Treppe kam, war ich eingeschlafen.

Als mitten in der Nacht das Telefon klingelte, war ich sofort hellwach und griff nach dem Hörer. Ich war mir so sicher, daß Dennis sich entschuldigen wollte, daß ich sogar schon meine Antwort im Kopf hatte: »Ich verstehe vollkommen. Laß uns nicht mehr davon sprechen.«

Beherrscht, unverbindlich, würdevoll. Freundlicher, als er es verdiente.

Aber anstelle von Dennis' zerknirschter Stimme hörte ich ein

Geräusch wie das Atmen eines Kindes und dann einen Wortschwall, dem ich verwirrt etwa eine halbe Minute zuhörte, bis ich die dünne, verzweifelte Stimme erkannte: Es war Luz, und sie sprach Portugiesisch.

»Luz! Hier ist Molly. Englisch, sprich bitte Englisch!« sagte ich, und sie hielt inne, atmete tief ein, und sagte dann plötzlich: »Bella macht komische Geräusche. Wie eine Ente, quak, quak! Molly, kommen Sie! Ich mag das nicht! Sie will gar nicht wieder aufstehen!«

Ich war sofort auf den Beinen und griff bereits nach meiner Jeans.

»Hören Sie, Luz. Rufen Sie 911 an, können Sie das? Legen Sie den Hörer auf und wählen dann 911, und wenn jemand abnimmt, sagen Sie ihm, daß ihr Hilfe braucht auf der Ponder-Farm an der Middle-Road. Sie werden sofort kommen, und ich auch. Verstehen Sie? Legen Sie den Hörer auf, und dann wählen Sie 911.«

»Sie sieht ganz komisch aus«, wimmerte Luz und legte den Hörer hin. Ich konnte ihr raschelndes Bettzeug und Gemurmel hören, aber sie nahm den Hörer nicht wieder ans Ohr und legte auch nicht auf.

Ich rief selbst den Notruf an und rannte dann hinüber zu Dennis. In seinem Wohnzimmer brannte noch Licht, und als ich auf die Veranda stürmte, stand er in der Tür und blickte hinaus. Er trug immer noch dieselben Sachen, sein Gesicht war bleich und seine Augen rotgerändert.

»Los«, rief ich, bevor er etwas sagen konnte. »Deine Mutter! Luz hat angerufen, und ich weiß nicht, was los ist, aber etwas stimmt nicht. Ich habe den Notarzt angerufen.«

»Scheiße«, sagte er leise. Ich half ihm in den Wagen und riß das Steuer nach links, um in die Straße einzubiegen. Erst dann sagte er: »Damit habe ich schon lange gerechnet. Du wahrscheinlich auch.«

»Ich weiß nicht, warum, aber das hab ich nicht«, erwiderte ich. »Mir war immer klar, daß sie sehr krank ist. Aber es könnte auch gar nichts sein; auf Luz ist kein Verlaß, und ich habe bei Bella schon ein paarmal falschen Alarm erlebt. Laß uns keine voreiligen Schlüsse ziehen.«

»Gute alte Molly«, sagte er mit zusammengebissenen Zähnen. »Immer die Vernunft in Person. Bloß keine voreiligen Schlüsse ziehen.«

Ich sah ihn scharf an.

»Fang lieber nicht schon wieder an, Dennis«, sagte ich. »Ich weiß nicht, was heute mit dir los ist, und das ist mir im Moment auch ziemlich egal. Sag einfach nicht wieder solche Sachen zu mir.«

Er schwieg so lange, daß ich schließlich zu ihm hinübersah. Er saß mit gesenktem Kopf da, sein Haar verdeckte die Augen, und seine Hände auf dem Armaturenbrett waren so verkrampft, daß die Knöchel weiß hervortraten.

»Du hast Schmerzen, nicht wahr?« fragte ich angstvoll. Blieb denn keiner von uns verschont in dieser schrecklichen Nacht?

»Ein wenig. Nicht so schlimm, denke ich. Ich habe mir den Stumpf gestoßen, als wir Schlittenfahren waren, und es hat sich irgendwie entzündet. Ich wollte morgen früh den Arzt anrufen und fragen, ob er mir eine Spritze oder so was geben könnte.«

»Warum hast du mir nichts davon gesagt? Ich hätte dich einreiben können, ich habe eine Salbe da ...«

»Unsere Beziehung ist wohl kaum schon so weit gediehen, daß ich dir gerne meinen Beinstumpf zeigen möchte«, sagte er geziert, und ich sah ihn ungläubig an, bis ich begriff, daß er mich auf den Arm nahm. Bevor ich lächeln konnte, sagte er: »Es tut mir leid, Molly. Ich war unmöglich heute abend. Ich denke ... ich wollte das über deinen Vater oder deinen Ehemann einfach nicht hören. Die Welt ist so verdammt voll von Dingen, von denen ich heute abend nichts wissen will, aber das darf ich nicht an dir auslassen. Ich würde den heutigen Tag rückgängig machen, wenn ich könnte.«

»Macht nichts«, sagte ich. »Ist schon in Ordnung. Wirklich.«

Soviel zum Thema Würde und Selbstbeherrschung. Wenn ich mir nicht solche Sorgen um Bella gemacht hätte, dann hätte ich Dennis Ponder mein breitestes Lächeln geschenkt. Aber ich hatte Angst, und er auch. Ich konnte seine Angst in der Dunkelheit spüren und riechen wie stechenden Rauch.

Im Haus war außer dem ausgehenden Feuer im Kamin kein Licht, aber das genügte, um zu sehen, daß Luz am Boden neben den umgestürzten Sessel gekrochen war und Bella Ponders mächtigen Kopf im Schoß hielt. Später fragte ich mich immer wieder, wie Luz es fertiggebracht hatte, aus dem Bett und über den Fußboden zu kriechen.

Sie wußte es selbst nicht mehr. Im Feuerschein sah ihr kleines gelbes Gesicht so heiter aus wie das eines Engels; sie hatte die Augen geschlossen und wiegte Bellas Kopf hin und her, dabei sang sie eine einfache, traurige portugiesische Weise, die wie ein Kinderlied klang, ein Wiegenlied. Ich lief zu ihnen hinüber und kniete nieder; Dennis mußte irgendwie allein mit seiner Krücke ins Haus kommen. Ich wollte Bella Ponder zuerst sehen. Wenn es zu schlimm wäre, könnte ich sie vielleicht ein bißchen zurechtmachen, bevor ihr Sohn sie sah.

Es war schlimm, das erkannte ich sofort. Bella lag auf dem Rücken, dort, wo sie vom Sessel gefallen war; sie hatte die kräftigen Arme gekreuzt und preßte die Fäuste an die Brust. Aus ihrem Gesicht war jegliche Farbe gewichen, und dicke Schweißperlen standen auf ihrer Stirn. Ihre Augen waren geschlossen, und ihre Lippen, die sich leise bewegten, schieferblau.

»*Ajudar-me*«, flüsterte sie. »*Ajudar-me, Papa, ajudar-me …*«

»Bella«, sagte ich, und sie öffnete die Augen. Sie waren glanzlos und dunkel und blickten wie durch mich hindurch. Ihre Pupillen waren so klein wie Stecknadelköpfe.

»Mama?« sagte sie, und mir war klar, daß sie bereits weit weg war, an einem Ort, an den ich ihr nicht folgen konnte.

»Ich bin's, Molly«, sagte ich und tupfte ihr mit meinem Hemd den Schweiß von der Stirn. Luz lächelte und wiegte ihren Kopf und sang unentwegt.

Hinter mir hörte ich, wie Dennis in Luz' kleines Wiegenlied mit einstimmte. Irgendwie überraschte es mich, daß er Portugiesisch konnte, aber es lag nahe. Schließlich hatte er es bis zu seinem siebzehnten Lebensjahr gehört und gesprochen.

Dann kam er und ließ sich unbeholfen neben seiner Mutter auf den Boden fallen.

»Bella«, sagte er zögernd, und dann »Mutter. Mama. Kannst du mich hören?«

Bellas Augen wanderten aus der Ferne zurück und sahen ihn an. Sie weiteten sich, und ein kleines Lächeln umspielte die schrecklich blauen Lippen. »*Papa*«, flüsterte sie. »*Magoar, Papa …*«

»Ich bin es, Dennis, Mama«, sagte er. Seine Stimme war kaum kräftiger als ihre.

»Dennis! Ah, Dennis, obrigado …«

Ich schloß kurz die Augen. Ich wußte nicht, ob sie mit dem König oder mit ihrem Sohn sprach, aber ich wußte, daß sie so oder so nicht mehr lange in diesem Haus bleiben würde.

Dennis Ponder sah mich an, seine grauen Augen flackerten.

»Einen Notarzt …«

»Habe ich schon angerufen. Laß mich eine Decke holen. Wir sollten sie nicht bewegen …«

In diesem Augenblick kam der Krankenwagen mit heulender Sirene auf den Hof, und ich lief zur Tür und schaltete das Licht ein. Kurz bevor ich die Haustür aufriß, hörte ich Dennis flüstern: »Stirb mir jetzt bloß nicht weg. Laß mich jetzt verdammt noch mal nicht wieder allein, meine Alte …«

Er fuhr im Notarztwagen mit ins Krankenhaus. Ich blieb mit Luzia zurück und fragte mich, was ich als nächstes tun sollte, was, in aller Welt, nun meine Aufgabe hier im Farmhaus und unten am Teich wäre, was das richtige wäre.

Bestimmt gab es ein festes Up-Island-Ritual dafür, aber ich kannte es nicht.

Einer der jungen Rettungssanitäter, ein gedrungener junger Mann mit rotblondem Haar, der mir irgendwie bekannt vorkam, hatte mir geholfen, Luz wieder ins Bett zu bringen. Er war voller Respekt gewesen und hatte dabei gesagt: »Bringen wir Sie wieder an Ihren Platz, Fräulein Luzia.« Er mußte Luz von irgendwoher kennen, aber ich konnte mir nicht vorstellen, woher. Bella hatte schon seit Jahren keinen Krankenpfleger mehr ins Haus gelassen. Luz ließ sich murmelnd und geistesabwesend von uns ins Bett stecken und lag dann mit erwartungsvollem Lächeln da, als gäbe es etwas Besonderes.

»Vielen Dank«, sagte ich zu dem Jungen. »Ich weiß nicht recht, was ich jetzt machen soll …«

»Es kommt jemand«, antwortete er. »Bleiben Sie noch ein wenig bei ihr. Wir kümmern uns darum.«

Bevor ich fragen konnte, wen er mit »wir« meinte, war er verschwunden. Als der Krankenwagen mit quietschenden Reifen in Richtung Middle Road davonstob, setzte ich mich neben Luzias Bett und nahm ihre Hände.

»Machen Sie sich keine Sorgen. Dennis wird sich gut um sie kümmern, und wir werden Sie nicht allein lassen.«

»Ich weiß«, sagte sie schläfrig. »Sie hat's mir gesagt. Lesen Sie mir bitte was vor? Ich habe schon ewig nicht mehr *Der König auf Camelot* gehört.« Und so nahm ich das zerfledderte Buch, das irgendwo in der Mitte aufgeschlagen war, und begann zu lesen, während es im Osten langsam hell wurde: »Eine Bläßgans sagte: ›Aber wart! Wer schon einmal über die große Nordsee geflogen ist, der wird doch so ein paar kleine Flugmuskeln koordinieren können? Nimm alle Kraft zusammen und denk ans Ziel – dann kommt's raus wie geschmiert. Mach los, Homo sapiens, denn alle deine Freunde warten hier, um dir zu gratulieren.‹«*

Ich war noch nicht weit gekommen, da klopfte es leise an der Tür, und Patricia Norton kam herein.

»Ich bin so froh, daß Sie da sind«, sagte ich und fragte mich in diesem Moment gar nicht, woher sie Bescheid wußte.

»Mein Ältester ist einer der Rettungssanitäter, die den Anruf bekommen haben«, sagte sie, legte ihren Mantel auf einen Stuhl und setzte sich neben mich. »Er hat mir gleich nach Ihrem Anruf Bescheid gesagt. Ich habe das hier irgendwie kommen sehen; Jeremy wußte, daß er anrufen sollte, wenn es in seinem Dienst passiert. Wissen Sie schon Näheres? Weiß Dennis, was los ist?«

»Ich weiß nicht, was es ist; Luz hat angerufen und als wir hier ankamen, war Bella kaum noch bei Bewußtsein, aber ich bin mir fast sicher, daß es ein Herzinfakt war. Dennis ist mit ihr ins Krankenhaus gefahren. Ich bin natürlich hier bei Luz geblieben ...«

»Ich bin hergekommen, um ihr Gesellschaft zu leisten, falls Sie ins Krankenhaus fahren möchten. Das wollen Sie doch sicher. Sie waren für Bella eine Weile lang das, was einer Familie am nächsten kommt, und Dennis wird da drüben niemanden kennen. Er braucht sicher ein wenig Unterstützung. Wie kommt er übrigens damit zurecht?«

»Schwer zu sagen. Sie wissen wahrscheinlich, daß sie sich vor kurzer Zeit sozusagen ausgesöhnt haben; trotzdem kann ich kaum sa-

* Zit. aus: T. H. White, Der König auf Camelot, Hobbit-Presse im Ernst Klett-Verlag, Stuttgart. Bd. 1, S. 201

gen, was er für sie empfindet. Für sie war es natürlich wundervoll. Er hat gerade ... auf portugiesisch für sie gesungen, als der Krankenwagen kam ...«

Patricias graue Ponder-Augen füllten sich mit Tränen, und sie lächelte. »Dann ist für sie alles gut, was auch immer passiert. Aber für Dennis vielleicht nicht. Fahren Sie jetzt rüber. Ich habe ein paar von den anderen angerufen, und es wird jemand kommen, um mich abzulösen. Kommen Sie wieder her, wenn Sie können; wir werden hier sein. Wenn ... bestimmte Dinge geplant werden müssen, können wir Ihnen dabei helfen. Wir würden ja auch ins Krankenhaus fahren, aber keiner weiß, ob Dennis uns dort haben will. Das müssen Sie beurteilen; aber wir werden hier sein.«

»Ich verstehe nicht, warum«, sagte ich, und auch mir traten die Tränen in die Augen. »Sie hat euch ihr Leben lang die kalte Schulter gezeigt. Und Dennis hat euch einfach ... abgeschrieben.«

»Ich kann mich so gut an ihn erinnern«, erwiderte sie sanft. »Ein oder zwei Jahre lang war er mein bester Freund; ich hatte nie wieder so einen Freund wie ihn. Er hat immer gelacht und hatte nur Unsinn im Kopf, nach bester Ponder-Art, bevor seine Großmutter zuschlagen konnte. Wir erinnern uns alle an ihn und manche auch an Bella, als sie das erste Mal auf die Insel kam. Davon weiß ich nur noch, daß ich nie eine so schöne Frau gesehen habe, so strahlend und voller Leben. Ein Ponder hat sie hierhergebracht, und ein Ponder hat sie zu dem gemacht, was sie ist. Ich finde, wir Ponders sollten jetzt einspringen und sehen, ob wir Denny helfen können. Wir sind inzwischen zu wenige, als daß wir einfach noch einen verlieren könnten.«

Ich drückte ihre Hand, sie war warm und rauh und fühlte sich irgendwie an wie die meines Vaters, obwohl sie nicht viel älter sein konnte als ich.

»Ich gebe euch sofort Bescheid, sobald ich etwas weiß«, sagte ich und trat hinaus in den jungen Morgen. Hinter mir hörte ich, wie Patricia Norton vorzulesen begann. Sie fing dort an, wo ich aufgehört hatte: »›Ein drittes Mal ging Wart zu dem großartigen Schwert. Mit lockerer Hand faßte er es, und es glitt leicht heraus wie aus einer Scheide ...‹«

Isabel Miara Ponder starb morgens um sechs Uhr vierzehn im Oak-Bluffs-Krankenhaus. Sie war bereits tot, als ich dort ankam. Als ich aus dem Fahrstuhl hetzte, saß Dennis Ponder in dem dämmrigen, schäbigen Warteraum, die Hände im Schoß gefaltet, und starrte auf seinen Fuß. An seinem Stiefel klebte immer noch der schwarze Frühjahrsmatsch. Als er meine Schritte hörte, blickte er auf, und ich sah seinem weißen, ruhigen und seltsam förmlichen Gesicht an, daß sie gestorben war. Dennoch formte ich mit meinen Lippen die Frage, auch wenn ich keinen Laut herausbekam, »Wie geht es ihr?« »Sie ist tot«, sagte er tonlos. »Vor etwa einer Viertelstunde. Der Arzt ist gerade drinnen und macht ... was man eben macht. Dann muß ich ... was man eben muß. Es ist bloß ... ich weiß nicht, was man tun muß. Weißt du's? Ich denke schon; du hast das mit deiner Mutter auch gerade erst hinter dir, nicht wahr?«

Ich nickte langsam. Ich fühlte mich benommen und so müde, daß ich kaum noch stehen konnte. Ich setzte mich neben ihn auf das zerschlissene Sofa.

»Schlechtes Jahr für Mütter«, sagte er.

»Dennis, es tut mir so leid.«

Er nahm meine Hand und tätschelte sie abwesend. Wahrscheinlich wußte er gar nicht, daß er sie hielt.

»Das weiß ich, Molly. Sie konnte sich glücklich schätzen, denn sie hatte dich, und du hattest Mitleid mit ihr. Ebensogut hätte sie niemanden haben können.«

»Sie hatte dich. Du wärst hiergewesen, mit mir oder ohne mich.«

»Nein«, sprach er langsam. »Das wäre ich sicher nicht. Sag mal, willst du nicht auch was essen? Ich bin am Verhungern. Meinst du, man kann hier irgendwo ein Brötchen oder so was bekommen? Ich denke, wir können ruhig gehen. Sie braucht uns jetzt nicht mehr.«

»Laß uns zurück zum Farmhaus fahren«, sagte ich. »Da wartet jemand auf uns, an den du dich bestimmt erinnerst, und sie wird uns etwas zum Frühstück machen. Sag nur der Schwester am Empfang Bescheid. Bella ... deine Mutter ... bleibt wohl hier, bis die Leute vom Beerdigungsinstitut sie abholen. Die Schwester wird das wissen.«

»Ich kenne kein Beerdigungsinstitut, weder hier noch sonstwo«, sagte Dennis, während er neben mir den Flur entlanghumpelte. Seine Krücke quietschte auf den schmutzigen, weißen Fliesen.

»Deine Verwandten kennen eines. Sie werden sich darum kümmern. Sie wissen schon, was passiert ist.«

»Darauf wette ich«, sagte er. »Dingdong, die Hexe ist tot.«

»Sie sind nicht so, wie du denkst, Dennis«, sagte ich. »Das waren sie nie. Sie sind ganz anders, als deine Mutter es dir beigebracht hat. Wenn du schon sonst nichts von dieser Insel weißt, das solltest du wissen.«

Er schwieg, bis wir in den Wagen gestiegen waren und Oak Bluffs hinter uns gelassen hatten. Ich fuhr durch das verlassene Freizeitgelände, die Küstenstraße entlang und durch Hart Haven nach Edgartown, von dort über die Edgartown-West Tisbury Road in Richtung Up-Island. Das Meer lag silbrigrosa wie ein Spiegel da, nur eine einzelne Fähre war bereits auf dem Weg nach Woods Hole. Die Hauptstraße von Vineyard Haven erwachte gerade zum Leben. Über allem lag die klare, frische Frühjahrsluft.

»Weißt du, was sie mir im Krankenwagen erzählt hat?« sagte Dennis.

»Was?«

»Sie sagte mir, daß ich damals, nachdem ich ... sie zusammen gesehen habe, du weißt schon ... danach war ich drüben bei den Peaks, den Schafzüchtern. Ich hab mit den Kindern in der Nähe vom Pferch gespielt, dabei sahen uns ein paar der Erwachsenen zu. Mr. Peaks alter Bock deckte ein Mutterschaf, und ich lachte und zeigte darauf und sagte, ›Meine Mama und Tante Luz machen das auch!‹ Und die alte Mrs. Peaks fragte mich, ›Was meinst du, Dennis?‹ und ich erzählte allen, was ich gesehen hatte. Sie muß sofort zu meiner Großmutter gerannt sein, denn Mutter sagte, daß Großmutter noch am selben Abend in das Haus in der Music Street kam und ihr sagte, daß sie über sie und Luz Bescheid wüßte, daß sie mich zu sich nehmen und selbst zu einem guten Ponder erziehen und dafür sorgen werde, daß Mama mich nie wieder zu sehen bekäme. Mama sagte, daß Großmutter drohte, sie und Luzia von der Insel zu werfen. Wenige Tage später wurde ich fortgeschickt.«

Er verstummte, und ich fuhr einfach weiter, ganz benommen vor

Schmerz. Dann sagte er: »Sie sagte, sie schickte mich damals fort, weil sie wußte, daß sie mich ihr weggenommen hätten, daß sie das hätten tun können und damit ich wenigstens bei ihrer Familie, einem Teil von ihr, bliebe. Aber wenn sie das wollte, so hat sie das Falsche getan, Molly – denn wäre ich auf Martha's Vineyard geblieben, hätte ich sie ab und zu gesehen. Ich hätte ihr wenigstens ab und zu über den Weg laufen müssen ...«

»Sie hat nur ihr Bestes getan, um dich zu halten«, sagte ich mit einem Kloß im Hals. »Das war vielleicht falsch, aber sie wußte keinen anderen Weg. Du mußt dir klarmachen, daß sie trotz ihrer Ehe mit deinem Vater im Grunde noch wie ein junges naives Mädchen war.«

»Sie hätte Luz fortschicken und mich dabehalten können.«

»Nein. Dich hätte sie in jedem Fall an ihre Schwiegermutter verloren, und dann wäre sie ganz allein gewesen. Und wenn sie zu ihrer Familie zurückgekehrt wäre, was für ein Leben hätte sie dort gehabt? Sie hätte so tun müssen, als wäre Luz nichts weiter als eine nette, entgegenkommende Cousine ... und du wärst sowieso groß geworden und fortgegangen, und dann hätte sie dagestanden und wäre ohne dich und ohne Luz alt geworden, nur von diesen fanatischen, alten, katholischen Monarchisten umgeben. Aber davon war sie schon zu weit weg, verstehst du? Man kann nie wieder derjenige werden, der man war, bevor man jemanden geliebt hat ...«

»Damals auf der Schaffarm der Peaks«, sagte er, als hätte er mich nicht gehört. »Es war damals, als ich Luzias Unterwäsche im Schafmist vergrub und der Bock sie wieder ausbuddelte. Ich hab's dir Silvester erzählt, weißt du noch? Es macht mir nicht soviel aus, daß sie ihr erzählt haben, was ich über sie gesagt habe – aber ich bete zu Gott, daß sie nicht erfahren hat, daß ich mich darüber lustig gemacht habe ...«

»Das hoffe ich auch«, flüsterte ich. Mehr konnte ich nicht sagen.

Im Farmhaus nahm uns Patricia Norton an der Tür in Empfang, sah in unsere Gesichter und streckte die Arme aus. Nach langem Zögern ging Dennis zu ihr und ließ sich von ihr umarmen. Sie blickten einander in die regengrauen Augen, und nachdem wir Pats Pfannkuchen gegessen und ihren Kaffee getrunken und nach Luzia gesehen hatten, die in ihrem frischgemachten Bett vor dem brennenden Kamin friedlich schlief, strich er Pat über das sandfarbene, kurzgeschnittene Haar.

»Früher reichte es dir fast bis zur Taille«, sagte er. »Du hattest immer Zöpfe.«

»Und du hast ihre Enden in der Schule ins Tintenfaß getaucht«, sagte sie. »Meine Mutter mußte mehr als zehn Zentimeter abschneiden. Sie war stinkwütend, aber mir gefiel's. Ich haßte diese verdammten Zöpfe.«

»Das ist lange her, Pat«, sagte er. »Vielleicht zu lange ...«

»Nein«, antwortete sie. »Nicht für uns. Wir haben uns alle gefragt, ob wir dich wohl irgendwann noch mal kennenlernen werden. Wenigstens bekommen wir dich jetzt wieder einmal zu Gesicht. Deine Augen sind natürlich hundert Prozent Ponder, aber der Rest kommt nach ihr. Es wird schön sein, wenigstens das von ihr zu behalten.«

»Ich weiß nicht genau, wie es jetzt weitergeht«, sagte er.

Sie lachte. »Damit kennen wir Ponders uns aus, andere Ponders zu begraben. Wenn du nicht möchtest, daß sie auf dem Festland bei ihrer Familie begraben wird, dann kümmern wir uns darum. Natürlich nur, wenn du nichts dagegen hast. Auf dem Friedhof in Chilmark liegt schon unsere ganze Ahnenreihe. Wir schlagen John Belushi dreihundert zu eins, aber natürlich stürzen sich trotzdem alle auf ihn.«

Dennis mußte lächeln.

»Du hast mir gefehlt, Pat. Ich frage mich, warum mir das nicht bewußt war.«

»Wegen Luz ...«, fing ich an.

»Meine Schwester Hannah kommt bald herüber, um ihr Gesellschaft zu leisten«, sagte Pat. »Und nach einer Weile wird sie von einem der anderen abgelöst. Ich glaube nicht, daß Luz das Ganze begreift, was meinen Sie?«

»Ich weiß nicht. Im Moment macht es nicht den Eindruck«, sagte ich. »Danke, Pat. Wenn ich nach meinem Vater gesehen und aufgeräumt habe, komme ich wieder her, um euch abzulösen.«

»Molly«, sagte sie und legte den Arm um meine Schultern, »lassen Sie uns das machen. Wir haben, weiß Gott, wenig genug für sie getan, als Bella noch lebte. Vielleicht hätten sie uns nicht gelassen, aber wir hätten uns auch mehr bemühen können. Jetzt sind wir dran.«

Was bleibt mir dann noch zu tun? dachte ich verzweifelt, aber ich sprach es nicht laut aus. Dieser Gedanke schien fast unvorstellbar egoistisch.

Auf dem Rückweg lehnte Dennis seinen Kopf an die Rückenlehne; und obwohl der Wagen wie betrunken schlingerte, schlief er. Das dachte ich zumindest. Als wir jedoch die Abbiegung zu den Ponder-Camps erreichten, sagte er mit geschlossenen Augen: »Sie waren nicht so, wie sie mir gesagt hat. Wahrscheinlich waren sie das nie. Nur meine Großmutter, und ich glaube, auch mein Vater. Auf Dauer hätten sie sie und Luz akzeptieren können; vielleicht wußten sie auch irgendwie Bescheid. In all den Jahrhunderten, die sie hier sind, haben sie schon viel mehr als das hingenommen. Sie hätte hier ein Leben führen können. Ich hätte ...«

»Das kannst du immer noch«, sagte ich leise, aber er antwortete nicht.

Obwohl es bereits auf halb zehn Uhr ging, als ich nach Hause kam, war aus dem Zimmer meines Vaters noch kein Laut zu hören. Lazarus lag ruhig auf dem Teppich vor dem erloschenen Kamin und wartete auf mich. Er lief mir schwanzwedelnd entgegen und begleitete mich nach oben. Ich wollte meinen Vater wecken und ihm von Bella Ponder erzählen, aber die Vorhänge waren zugezogen, und er schlief noch. Ich schüttelte ihn sanft.

»Laß mich schlafen«, sagte er mit geschlossenen Augen. »Sie ist hier. Laß mich schlafen.«

Ich ging wieder nach unten, zog mich aus und legte mich auch ins Bett.

Der Tag ihrer Beerdigung auf dem alten Friedhof war so warm und ruhig und milde, daß man fast spüren konnte, wie die Blätter versuchten aus den Zweigen hervorzubrechen und die ersten Blumen es kaum erwarten konnten, aus der schwarzen Erde zu sprießen. Der blaue Himmel über der Bucht war wie reingewaschen, nur einige Schäfchenwolken zogen von Süden her darüber hinweg. An allen feuchten Plätzen auf Up-Island sangen die Pinkletinks ihr Lied. Ab und zu wurde die morgendliche Stille durch das Quaken einer zurückkehrenden Gans unterbrochen, und in einer entfernten Ecke des Friedhofs liefen ein paar aufgeregte Perlhühner hin und her.

Es waren ungefähr zwanzig Ponders mit ihren Familien anwesend und standen schweigend an dem offenen Grab, während der junge Pastor der freien Gemeindekirche in Chilmark die schlichte Grabpredigt hielt. Ich stand allein hinter der Gruppe; und Dennis war in der Mitte. Er fühlte sich sichtlich unwohl in seinem dunklen, zerknautschten Anzug, der an ihm herunterhing wie an einer Vogelscheuche. Ich hatte ihm morgens noch geholfen, das linke Hosenbein hochzustecken, damit es nicht herumflatterte. Es wurden keine Lieder gesungen, und Gott sei Dank hielt niemand eine Trauerrede. Das wäre wie ein Sakrileg erschienen. Auch von Dennis schien niemand eine Rede zu erwarten, und er sagte auch nichts. Als die kurze Zeremonie vorüber und das Schlußgebet gesprochen war, schüttelten die auf Up-Island verbliebenen Ponders Dennis ernst die Hand; manche klopften ihm auch unbeholfen auf die Schulter, und Pat Norton, die neben ihm stand, sagte: »Ein Treffen drüben im Farmhaus hielten wir nicht für eine so gute Idee, mit Luz und so weiter, aber alle werden sich in den nächsten Tagen bei dir melden. Du wirst mehr Einladungen zum Essen bekommen als in deinem ganzen Leben. Für die nächsten zwei bis drei Tage haben wir Leute in Acht-Stunden-Schichten eingeteilt, die sich um Luz künmmern, bis du eine Entscheidung treffen kannst, was … na ja, mit ihr passieren soll. Du weißt sicher auch nicht mehr als wir darüber, ob sie auf dem Festland vielleicht noch Familie hat. Wenn du dir ein paar Pflegeheime auf der Insel anschauen willst oder Ähnliches, können wir dir sicher behilflich sein. Es gibt hier ein oder zwei staatliche Einrichtungen. Sag uns einfach Bescheid. Auf Bellas Konto ist bestimmt genügend Geld, um dir in den ersten Wochen über die Runden zu helfen und Luz irgendwo unterzubringen. Molly, sie weiß doch, wo Bella ihr Konto hat, nicht wahr? Hatte, meine ich? Die werden schon etwas wissen. Du kannst bestimmt ohne Schwierigkeiten über ihr Konto verfügen, Denny. Nach der Testamentsbestätigung gehört die Farm natürlich dir, aber bis dahin können wir dir sicher ein bißchen helfen ...«

»Fahr nach Hause, Pat«, sagte Dennis und küßte sie auf die Wange. »Du kippst uns sonst noch um. Du hast sicher an alles gedacht. Ich werde über Luz nachdenken und dir dann Bescheid sagen. Ich muß doch nicht danke sagen, oder?«

»Nein. Aber ›Das mit deinen Zöpfen tut mir leid‹ wäre ein guter Anfang.«

Wieder im Farmhaus, kochte uns die Ponder-Cousine, die gerade auf Luz aufpaßte, Kaffee und schnitt einen der zahlreichen Kuchen an, die geschickt worden waren. Nachdem sie uns verlassen hatte, setzten wir uns ins Wohnzimmer und betrachteten Luz Ferreira. Sie blickte uns aufmerksam an und lächelte vor Freude, als sie Dennis wiedersah. Die Cousine hatte ihr Haar gekämmt, so daß es wie ein silberner Heiligenschein aussah, und ein wenig Lippenstift auf ihren kleinen Mund aufgetragen. In der abgestandenen Zimmerluft hing außerdem der Duft altmodischen Rosenwassers. Dennis und ich sahen uns an. Sie brachte kaum vierzig Kilogramm auf die Waage, aber ihre Präsenz war in dem alten, großen Zimmer ebenso allgegenwärtig, wie es die von Bella gewesen war. Was sollte bloß aus ihr werden?

»Wir müssen uns jetzt ein bißchen unterhalten, Luz«, sagte Dennis schließlich. »Wir müssen uns über Bella unterhalten, und dann ... darüber, was wir alle später tun werden. Wir müssen ein paar Pläne machen.«

Ihr süßes Lächeln vertiefte sich. Ganz offensichtlich hatte sie nicht begriffen, daß Bella gestorben war. Ich fragte mich, ob sie es je begreifen würde, und wenn ja, wer ihr dann beistehen würde.

»In Ordnung, Denny«, sagte sie wie ein artiges Kind. »Und dann kannst du mir beim Packen helfen. Ich habe einen Koffer ganz für mich allein, einen blauen. Bella hat ihn mir einmal zu Weihnachten geschenkt.«

Mein Herz zog sich vor Mitgefühl zusammen.

»Wohin wollen Sie denn gehen, Liebes?« fragte ich leise und strich ihr eine fedrige Haarsträhne aus der Stirn.

»Nun ... nach Hause, mit Denny. Ich weiß, daß ich hier nicht bleiben kann. Ich kann die Treppen nicht hinaufsteigen. Bella hat gesagt, ich muß jetzt mit Denny gehen. Ich denke, ich werde bei ihm bleiben, bis sie mich abholt. Ich weiß nicht mehr so genau, was sie gesagt hat.«

Ich verbarg mein Gesicht in ihrem Haar, um meine Traurigkeit vor ihr zu verbergen.

»Ach, Liebes«, fing ich an.

»Wer möchte Eis?« fragte Dennis laut. »Ich hab eine Packung Chunky Monkey im Gefrierfach entdeckt, und es wäre eine Schande, es vergammeln zu lassen.«

»O ja, ich!« rief Luz und klatschte in die Hände.

Ich sah ihn nur an.

»Komm mit in die Küche und hilf mir, Molly«, sagte er. »Du kannst die Schalen tragen.«

Er war schon fast aus dem Zimmer, bis ich aufstand und ihm folgte.

»Wir können das nicht ewig vor uns herschieben«, flüsterte ich. »Wir waren schon fast soweit. Warum hast du nicht einfach weitergemacht? Eine günstigere Gelegenheit wird nicht mehr kommen ...«

Er kramte im Gefrierfach herum.

»Kannst du sie fertig machen? Ein paar Sachen einpacken und so?« fragte er über die Schulter.

»Wofür soll ich sie fertig machen?«

»Ich will sie mit zu mir nehmen.«

»Du machst wohl Spaß«, sagte ich langsam und beschwörend.

Er drehte sich um und sah mich an.

»Nein. Das ist nur vernünftig. Du müßtest nicht alle fünf Minuten hierherrasen, und auch niemand sonst. Du hättest uns beide direkt vor der Haustür. Und ich kann eine Menge für sie tun, mehr, als du denkst ...«

»Dennis, sie braucht einfach soviel ...«

»Sie in ein Heim zu stecken würde sie umbringen, Molly«, sagte er.

Ich sagte lange kein Wort und versuchte, mir vorzustellen, wie es sein würde. Die alte Frau, die immer weniger wurde, und der schwerkranke Mann dort unten mit mir auf der Lichtung. Mit mir und meinem Vater, den ich, wenn auch sehr langsam, allmählich verlor. Nur mit mir und einem Hund und einem Strohnest unter der Treppe, in dem zwei Schwäne gewohnt hatten ... konnte ich mir das vorstellen? Konnte ich das schaffen?

Ja, ich konnte.

»Du weißt, daß du es irgendwann doch tun mußt«, sagte ich langsam.

»Aber nicht jetzt. Nicht heute. Mein Gott, Molly, noch nicht.«

»Denny?« rief Luz aus dem Wohnzimmer.

»Komme gleich! Wir machen dein Eis fertig, Liebes«, antwortete er.

Ich ging nach oben und suchte Luzias blauen Koffer, um ihre Sachen zu packen.

Wir brauchten lange, um sie in Dennis' Camp zu bringen. Patricia Norton, ihr Sohn und ein Freund trugen die winzige Luz und ihre paar Habseligkeiten – abgewetzte, altmodische Kindersachen – in den großen Geländewagen des Freundes, in dem sie die Rückbank ausgebaut hatten. Ich fuhr mit Dennis voraus; zusammen räumten wir seine Sachen aus dem Schlafzimmer, und ich bezog das Bett neu, das nun Luzias Bett war.

»Wo wirst du schlafen?« fragte ich ihn, während ich Decken aufschlug und Kissen aufschüttelte. Diese hatte ich aus dem Farmhaus mitgebracht; sie waren neu, und Bella hatte sie offensichtlich für schlechte Zeiten aufgespart. O Gott, Bella ... sie rochen nach Kampfer und Lavendel, aber die Preisschilder waren noch nicht entfernt, und sie waren noch so gefaltet wie in der Verpackung. Irgendwie verwandelten sie den schlichten, maskulinen Raum in ein Jungmädchenzimmer.

»Auf dem Sofa vor dem Kamin«, sagte er. »Du kannst dir nicht vorstellen, wie oft ich sowieso darauf einschlafe. Runzle nicht die Stirn, Molly, so ist es viel besser. Meine Bücher sind da, wo ich bin, und ich muß nicht im Dunkeln herumstolpern und nach ihnen suchen, und ich komme viel leichter an den Scotch, und falls du eines schönen Tages vorbeikommen solltest und einfach fragst, ›Ach bitte, mein Herr, kann ich mehr davon bekommen?‹, dann müßte ich die alte Luz nicht aus ihrem Zimmer werfen, und niemand braucht sich um das moralische Wohl einer alten Dame zu sorgen.«

Ich sah ihn verwirrt an. Wollte er mich hochnehmen? Er war den ganzen Tag still und zurückhaltend gewesen, in sich gekehrt, wie um sich gegen die Gefühle zu wappnen, die auf ihn eingestürmt sein mochten, als er sah, wie der Sarg seiner Mutter in die Erde Up-Islands gesenkt wurde. Mir war klar, daß ich nie erfahren würde, was er gefühlt hatte. Und ich wußte, daß ich wohl auch in Zukunft nie sicher sagen konnte, wann er mich auf den Arm nahm.

Wieviel »Zukunft« würde Dennis Ponder und mir wohl bleiben?

Er lächelte nicht, aber etwas in seinen Augen war lebendiger, präsenter als je zuvor.

»Das könnten wir nicht«, sagte ich und bückte mich, um die abgezogene Bettwäsche aufzuheben.

»Molly.«

»Was?«

»Wirst du? Mich fragen, meine ich?«

Ich richtete mich auf und sah ihn an.

»Werde ich hier sein, um zu fragen?« sagte ich.

Er runzelte die Stirn.

»Warum solltest du nicht hier sein?«

»Meinen Vertrag habe ich mit deiner Mutter geschlossen. Ich muß davon ausgehen, daß er jetzt nicht mehr gültig ist.«

»Deinen Vertrag, wenn du es so nennen willst, hast du mit mir abgeschlossen. Sie war nur die Vermittlerin. Ich sehe keinen Grund dafür, ihn zu lösen, es sei denn, du möchtest es. Luz und ich brauchen immer noch jemanden, der sich um uns kümmert. Ich kann zwar inzwischen selbst mehr machen, aber ich weiß nicht ... wie lange das so bleiben wird. Und für Luz bräuchte ich auf jeden Fall jemanden. Warum nicht dich? Willst du ... denkst du daran, nach Hause zu fahren?«

Ich schüttelte ungeduldig den Kopf. Ich hatte an gar nichts gedacht. Es war zu schnell zuviel passiert. Jetzt erkannte ich allerdings, wie grundlegend sich unsere Situation geändert hatte. Es ging ihm besser, oder er hatte zumindest die äußeren Bedingungen seiner kleinen Welt so gut im Griff, daß er sich darin fast ohne Hilfe bewegen konnte. Ich wußte nicht, ob das ein Zeichen der Heilung oder bloß der besseren Anpassung war, aber es war so. Außerdem hatte ich mehr Hilfe mit Luz; seine Ponder-Verwandtschaft stand auf Abruf bereit. Und was mich so stark an die Lichtung gebunden hatte, war Bella Ponder gewesen, das wußte ich jetzt. Ohne sie, deren Präsenz vom Farmhaus über das Moor hinweg spürbar war, hatte ich kaum noch Halt in dieser kleinen Welt. Ich hing in der Luft und konnte weder die Erde berühren noch davonfliegen.

Und dann war da natürlich noch mein Vater. Plötzlich erkannte ich es sonnenklar. Was hatte ich mir bloß gedacht? Ich brauchte Hilfe für ihn, und zwar schnell. Warum war mir das vorher nicht bewußt gewesen?

Andererseits ... Atlanta. Ich sah es für einen Augenblick klar vor mir: die anonyme, sterile Klinik, in die mein Vater käme, mit den täglichen Visiten und Medikamenten, den Fortschritten und Rückschlägen und der sinnlosen, endlosen »Familientherapie«. Und dann das Wohnheim ... Ich hatte lange genug ehrenamtlich in psychiatrischen Einrichtungen gearbeitet, um zu wissen, wohin Depressionen bei älteren Leuten im allgemeinen führten.

Und dann die Verhandlungen mit Missy und Tee und irgendeinem aalglatten Anwalt in Missys lächerlichem Laura-Ashley-Büro. Es würde ewig dauern ... Oder auch die Gespräche allein mit Tee in dem Haus in Ansley Park, das er Sheri Scroggins hatte geben wollen und das er nun zurückhaben wollte; das öde Aufarbeiten von Schmerz und Wut und Schuld, wo früher Lachen und Unbeschwertheit und eine alte, warme Liebe gewesen waren. Konnte ich das? Konnte ich in meiner eigenen Bibliothek, auf meiner eigenen Terrasse mit Tee Redwine zusammensitzen und versuchen, das Leben wiederherzustellen, das er in tausend Stücke zerschlagen hatte? Wollte ich das?

Und wenn nicht, was wollte ich dann? Und wen? Blieb mir irgend etwas, das von Dauer war?

»Dennis«, sagte ich, »ich weiß nicht einmal, wo ich zu Hause bin.«

»Dann bleib hier, bis du's weißt«, sagte er und wandte sich ab, um mit seiner Krücke eine Bücherkiste aus dem Zimmer zu schieben.

Von meinem Camp her spürte ich die stumme Anziehungskraft meines Vaters, so stark wie der Mond, der die Gezeiten bestimmt.

»Da ist noch dieses kleine Problem mit Daddy«, sagte ich. »Mir scheint, keiner von uns hat in letzter Zeit viel darüber nachgedacht. Ich glaube nicht, daß wir noch länger abwarten können.«

Er schwieg. Als er schließlich antworten wollte, hörten wir den Geländewagen auf die Lichtung fahren, und es war an der Zeit, Luzia Ferreira nach Hause zu bringen.

Als ich bei Dennis meine Arbeit getan hatte und über die Lichtung nach Hause ging, war es schon spät und bereits dunkel. Der Mond spiegelte sich in einer breiten, samtigen Bahn auf der Bucht, und obwohl sich an den Zweigen der Bäume immer noch kein Grün zeigte, kündigte es sich doch überall als kühler, feuchter Schimmer über der Erde und dem Wasser an. Ich war sehr erschöpft. Luz war so aufgeregt und überdreht gewesen wie ein Kind, das an einen neuen Ort kommt, und wir hatten sie beruhigen und ihr vorlesen und sie füttern müssen. Als sie die Lichtung sah, erinnerte sie sich an die Schwäne und bettelte so hartnäckig darum, sie zu besuchen, daß Dennis schließlich in scharfem Ton sagte: »Sei still, sie sind schon schlafen gegangen. Morgen haben wir immer noch Zeit für die Schwäne.« Da hatte sie sich beruhigt, und er las ihr aus *Anne auf Green Gables* vor, wodurch sie die Schwäne fürst erste vergaß. Das Buch muß seiner Tochter gehört haben, dachte ich. Ich wußte nicht, wie er Luz das Schicksal der Schwäne erklären wollte, aber ich hatte bestimmt nicht vor dabeizusein.

Ich rief nach meinem Vater, bekam aber keine Antwort, und ging die dunkle Treppe hinauf, um nach ihm zu sehen. Es war kaum acht Uhr, aber er schlief schon fest. Ob es nun an den Tabletten lag oder nicht, war inzwischen ohne Bedeutung; die Nacht, der Schlaf waren nun seine Welt. In neuer Klarheit erkannte ich, daß er mich bereits halb verlassen hatte, schon auf halbem Wege bei ihr war.

Da wußte ich, daß ich ihn nach Hause bringen mußte, und diese Gewißheit lastete auf mir wie ein Felsbrocken.

In jener Nacht kam meine Mutter bis an den Rand meiner Schlafhöhle. Von den Gitterstäben des Kellerfensters befreit, flatterte sie lange dort umher. Aus irgendeinem Grund konnte ich sie nicht klar erkennen, spürte aber ihre Anwesenheit schrecklich intensiv. In meinem Traum zwang ich mich buchstäblich dazu, sie anzusehen. Sie lächelte. Es war ihr kleines katzenhaftes Lächeln. Dieses Lächeln hatte ich früher schon so oft gesehen, wenn sie ihr Spiel gewonnen hatte. Während ich sie anstarrte, wandte sie sich ab und verschwand.

»Nein, das wirst du nicht«, preßte ich in meinem Traum hervor und bemühte mich so angestrengt, sie zu fassen, daß ich im Schlaf spürte, wie mir der Schweiß auf die Stirn trat. Aber ich konnte sie weder erreichen noch aufwachen. Ich hörte, wie Lazarus neben mir auf dem Boden anfing, leise und durchdringend zu knurren; dann sprang er auf und lief durch die Hundetür hinaus. Draußen ließ er sein lautes, dröhnendes Bellen hören. Ich kämpfte immer noch im Schlaf, gefangen in meinem Traum. Als das Bellen nicht aufhörte, wachte ich abrupt auf.

Lazarus bellte immer noch. Sein Bellen hatte einen Zweck, es klang nicht so, als langweilte er sich und wollte einfach für ein wenig Wirbel sorgen. Ich befreite mich von meinem klammen, zerwühlten Bettzeug und setzte mich auf; von meinem wilden Kampf ums Erwachen tat mir alles weh, und ich fühlte mich bleischwer und innerlich leer. Das Bellen hörte nicht auf. Draußen graute der junge Morgen.

Ich wußte, daß Lazarus weiterbellen würde, bis ich ihn zum Schweigen brächte, und so stand ich auf, zog mir die Sachen an, die ich neben meinem Bett liegengelassen hatte – die Kleidung, die ich auf der Beerdigung getragen hatte, vor einer halben Ewigkeit, wie mir schien –, und rannte zur Tür. Da hörte ich Dennis.

Er brüllte mit heiserer Stimme vom Teich herüber, immer und immer wieder. Ich konnte nicht verstehen, was er rief. Mir blieb fast das Herz stehen. Daddy …

Aber dann verstand ich, was er rief: »Hol Tim! Hol Tim! Molly, bring Tim hierher!« Und ich rannte zurück ins Haus und stürmte die Treppe hoch ins Schlafzimmer meines Vaters. Ich packte ihn an den Schultern und schüttelte ihn kräftig. Ohne etwas gesehen zu haben, wußte ich, weshalb Dennis nach meinem Vater rief. Woher ich es wußte, werde ich nie begreifen, aber es war so.

Er wollte erst nicht aufwachen und dann nicht mit mir kommen, er war verdrießlich und ziemlich schroff. So packte ich ihn einfach bei den Schultern und stellte ihn auf die Beine. Ich war erschrocken darüber, wie leicht er war; er war nur noch Haut und Knochen. Doch damit wollte ich mich später befassen. Als er schwankend und zornig in seinem Pyjama dastand, schob ich seine Füße in die Schlappen und zerrte ihn dann so schnell die Treppe hinunter, daß wir fast nach unten fielen.

»Was machst du denn?« fragte er immer wieder wie ein krankes Kind. »Wohin gehen wir? Was ist bloß los mit dir?«

Auf halbem Wege zum Teich sahen wir sie. Ich blieb wie angewurzelt stehen, und ebenso mein Vater. Er hörte auf, sich zu wehren, und ließ ganz langsam die Arme sinken. Dann hob er sie wieder, als wolle er sich nach dem Schlaf ein wenig recken.

Die beiden Schwäne watschelten unbeholfen auf uns zu. Hinter ihnen sprang Lazarus in respektvollem Abstand wild bellend umher. Dahinter lief Dennis, fiel hin, stand wieder auf und humpelte erneut los; dabei lachte er die ganze Zeit. Der vordere Schwan war kleiner als der hintere, offenbar gerade ausgewachsen, und so weiß, daß er im schwachen Sonnenlicht strahlte. Ich hatte keinen Zweifel, daß dies ein Weibchen war. Sie war ängstlich und aggressiv und hielt immer wieder an, um ihren schönen, geschwungenen Hals gegen Lazarus und den älteren Schwan vorschnellen zu lassen; ein- oder zweimal hob sie auch ihre Flügel zu einer Drohgebärde. Sie glänzte wie flüssiges Kristall. Der große Schwan hinter ihr aber zischte und knurrte sie jedesmal an und hackte mit seinem Schnabel nach ihr, und so setzten sie sich wieder in Bewegung. Ohne jeden Zweifel war der große, schmutzige Schwan Charles, und er stellte meinem Vater seine neue Partnerin vor. Ich sank auf den Weg nieder und begann zu weinen.

Mein Vater stand still, bis Charles das junge Weibchen durch Zischen, Flügelschlagen und Schubsen direkt vor seine Füße gelenkt hatte. Dann blieben beide Schwäne stehen. Charles ging direkt hinter das Weibchen, so daß sie nicht ausreißen konnte, und setzte sich einfach zwischen die großen, lädierten Flügel, steckte einen seiner schwarzen Füße unter den Flügelansatz und sah meinen Vater an. Auch die Schwänin setzte sich hin, aber ihr Kopf und ihre Flügel blieben nie ganz ruhig und wogten wie ein Schleier im Frühlingswind.

Langsam, ganz langsam hockte sich mein Vater hin, so wie ich ihn in meiner Kindheit tausendmal gesehen hatte. Stundenlang konnte er so verharren. Er betrachtete die Schwäne und sagte dann mit einer Stimme, die ich lange nicht mehr gehört hatte – mit der vertrauten Stimme meines Vaters: »Du alter Dummkopf. Wo bist du bloß gewesen?«

15

Das Osterfest war in jenem Jahr so spät wie noch nie und kam auf den Schwingen eines starken Nordoststurms über uns, nachdem wir uns zuvor tagelang über mildes Frühlingswetter gefreut hatten.

Später sagten die alten Männer bei Alley's, daß sie sich kaum an einen so schlimmen Frühlingssturm erinnern könnten, obwohl einige der Ältesten behaupteten, schon Schlimmeres gesehen zu haben. Ich selbst konnte mir das nicht vorstellen.

Wir waren vorgewarnt, und ich hatte uns mit Konserven, Kaminholz, Propangas und Kerzen versorgt.

»Werdet ihr alle zurechtkommen?« fragte Pat Norton, der ich im Supermarkt in Vineyard Haven über den Weg gelaufen war. »Bestimmt wird eure Stromversorgung unterbrochen.«

»Ich habe alles für die beiden Camps«, sagte ich. »Daddy hat einige Dachziegel befestigt, und ich habe ihm und Dennis die Entscheidung überlassen, ob wir die Fenster vernageln. Dennis will, aber Daddy befürchtet, daß er dann nicht mehr auf die verdammten Schwäne aufpassen kann. Ich glaube, ich weiß, wer von den beiden sich durchsetzt. Keiner von uns kommt gegen diese Schwäne an.«

»Ich bin so froh darüber, daß es ihm bessergeht«, sagte sie. »Eine Zeitlang hörte ich bei Alley's nichts anderes, als wie sehr alle Tim Bell vermissen. Es kam mir so vor, als wäre das alles zuviel für Sie, aber ich wollte mich nicht einmischen ...«

Ich nahm sie spontan in den Arm, und sie lächelte scheu, wich aber vor der Umarmung zurück. Ich lachte.

»Ich vergesse immer wieder, daß ich hier nicht im Süden bin«, sagte ich. »Sie haben recht, es geht ihm wirklich besser. Oh, Pat. Was, in aller Welt, hätte ich bloß ohne Sie gemacht?«

Sie schüttelte den Kopf, sagte dann aber: »Bleiben Sie hier, Molly. Wir haben uns an Sie gewöhnt. Die ganze Familie.«

Ich fuhr durch den stärker werdenden Wind nach Hause, mit dem Gefühl, die Schlüssel für Up-Island erhalten zu haben.

Früh am Ostersonntag traf uns der Sturm mit voller Wucht, und bei Tagesanbruch gab es auf unserer Lichtung tatsächlich keinen Strom mehr. Ich hatte am Vortag einen Schinken gekocht, einen Kokoskuchen gebacken und im Alley's Feinkostladen Kartoffelsalat gekauft; das alles hatte ich zum Frischhalten auf die hintere Veranda gestellt. In der feuchten Kälte, die der Sturm wieder mit sich brachte, würden sich die Sachen besser halten als im ausgeschalteten Kühlschrank. Um zehn Uhr morgens hörte ich ein Krachen, was bedeutete, daß der Telefonmast umgestürzt war, und kurz darauf klopfte Dennis, von Kopf bis Fuß in Ölzeug gehüllt, an die Tür und brüllte über den tosenden Wind und Regen hinweg, daß er Luz zu uns herüberbringen wolle.

»Hier unten ist es wärmer«, schrie er. »Ich kann sie dort oben nicht warm genug halten; das Feuer heizt ihr Zimmer nicht mit, und aus irgendeinem Grund ist sie im Wohnzimmer ganz verwirrt, und sie jammert nach Bella.«

Er war wirklich besorgt, obwohl sich nur schwer beurteilen ließ, was das bedeutete. Sein Verhältnis zu Luz war komplex, aber beide schienen zufrieden. Was immer es war, sein Ursprung lag gewiß bei Bella Ponder, und mir war auch klar, daß sie ihn immer noch begleitete, jeden Tag. Er sprach nicht oft von ihr, aber sie lebte so real mit ihm im Camp wie Luz. Sie lebte auch in meinem Camp. Bella war auf der Lichtung spürbar präsent.

Mein Vater zog seine Schlechtwettersachen an und ging mit Dennis in den Sturm hinaus; dabei hielt er an der Veranda kurz an und sah nach den Schwänen, die sich dort in ihr Strohnest verzogen hatten, verwirrt und unglücklich. Charles hatte einen seiner großen Flügel über Persephone gebreitet, die ihren Kopf und Hals fast ganz unter ihr schimmerndes Gefieder gesteckt hatte. Das Stroh war durchnäßt, aber der Wind war hier nicht gar so stark. Daddy und Dennis brachten Luzia herüber, die völlig in Decken und Ölzeug eingewickelt war. Es war mir ein Rätsel, wie Dennis es fertigbrachte; ich konnte nicht hinsehen. Beide Männer waren durchnäßt, als sie ankamen; Luzia war jedoch wohlig trocken und so entzückt, wieder in dem kleinen Camp zu sein, das sie auch wiedererkannte, daß sie darüber vergaß, ständig nach den Schwänen zu jammern. Ich brachte sie aufs Sofa und legte Holz im Kamin nach; dann schickte ich Dennis und meinen Vater nach oben, um mit dem restlichen heißen Wasser zu duschen und sich trockene Sachen anzuziehen. Diese gehörten meinem Vater und waren beiden Männern zu groß. Das machte nichts. Ich hatte das Osteressen eigentlich zu Dennis hinüberbringen wollen, aber so war es noch besser.

Der Sturm tobte den ganzen Nachmittag über. Gelegentlich hörten wir das Krachen umstürzender Bäume im Wald, konnten aber durch die heulende Regenwand nichts erkennen. Wenn ich nach draußen blickte, flogen Fetzen von Grün durch die Luft, denn der Wind streifte die jungen Blätter von den Eichen und Hickorybäumen und wirbelte sie empor. Das Brechen der Wellen übertönte vom Meer her selbst den Wind. Aus irgendeinem Grund machte ich mir keinerlei Sorgen. Ich dachte einfach keinen Augenblick daran, daß unser Dach weggeweht werden oder ein Baum auf unser Haus stürzen könnte.

Um zwei Uhr nachmittags servierte ich Schinken und Kartoffelsalat vor dem Kamin, wir aßen Kuchen und tranken Kaffee, den wir in einem Steintopf über dem offenen Feuer gekocht hatten; dann holte ich eine Flasche Napoleon-Brandy, die mein Vater aus Atlanta mitgebracht hatte, und wir öffneten sie. Wir hatten bereits eine beachtliche Menge davon getrunken, als von draußen her ein lautes, wütendes Flattern zu hören war. Mein Vater stürzte zur Tür, um sie zu öffnen, und Charles und Persy wurden buchstäblich ins Zimmer geweht, naß und trotzig und gekränkt. Nach einem kleinen Gefecht mit Lazarus dirigierte mein Vater sie zu einem Haufen alter Decken hinter dem Sofa, und dort ließen sie sich buchstäblich nieder, um den Sturm abzuwarten. Mein Vater setzte ihnen Kleie und Wasser vor und ging ab und zu zu ihnen hinüber, hockte sich hin und redete leise mit ihnen; und von Zeit zu Zeit hörten wir das vernehmliche Plätschern von Schwanenkot.

Nach dem ersten Mal beschloß ich, es einfach nicht zu hören.

»Bleib ganz ruhig«, sagte Dennis grinsend. »Pat weiß bestimmt, wie man Schwanenscheiße aus Chintz wieder herausbekommt.«

Mit Einbruch der Dunkelheit ließ der Wind etwas nach, wie es oft gegen Abend der Fall ist, und obwohl wir alle wußten, daß er am nächsten Morgen wieder auffrischen würde, bewegten wir uns wieder und lächelten einander an. Ich reichte noch einmal die Brandyflasche herum und warf einen Scheit aufs Feuer. Dennis hatte auf seinem kleinen, batteriebetriebenen Kassettenrecorder Pachelbel aufgelegt und saß mit meinem Vater an dem schiefen Tisch in der Ecke; sie spielten Schach und nippten an ihrem Brandy. Luzia schnarchte leise auf dem Sofa und murmelte dann und wann etwas auf portugiesisch. Lazarus schlief auf dem Kaminvorleger und schnaufte genüßlich, ein Ohr in Richtung auf seine gefiederten Widersacher hinter dem Sofa gespitzt. Sie hatten jetzt schon eine Weile kein Rascheln oder Plätschern mehr hören lassen.

Ich saß im Ohrensessel vor dem Kamin und war kurz davor, in einem Nebel aus Schlaf und Brandy zu versinken. Ich könnte einfach so sitzen bleiben, dachte ich, für immer.

Ein brennender Holzscheit brach in einem Funkenschauer entzwei, Lazarus zuckte zusammen, und hinter dem Sofa grunzte ein Schwan verärgert. Der strenge Schwanengeruch verbreitete sich allmählich im Raum, doch auch das kümmerte mich nicht. Ich setzte mich auf, reckte mich und ging zur Tür, um in den Sturm hinauszublicken. Er schien kurz seinen gewaltigen Atem anzuhalten, bevor er weitertoste.

»Wenn du in die Küche gehst, bring uns doch etwas von der Eiscreme mit«, sagte Dennis faul vom Schachtisch her. »Sie wird schmelzen, wenn wir sie nicht aufessen.«

Plötzlich war ich von einer solchen klaren Gewißheit durchdrungen, daß ich mich zusammenkrümmte. Dann richtete ich mich wieder auf und begann, leise zu lachen.

In diesem Augenblick, dachte ich, in dieser Minute sind wir eine Familie. Eine einsachtzig große, betrogene Ehefrau aus den Südstaaten und ihr verwitweter Vater, eine senile alte, portugiesische Lesbe und ein einbeiniger Lehrer, ein Mischlingshund und zwei verirrte Schwäne … Wir sind eine Familie. Das ist es, was wir gemeinsam geschaffen haben. In diesem Augenblick sind wir eine Familie wie jede andere auf der Welt. Vielleicht stirbt einer von uns bald, vielleicht fliegen ein oder zwei von uns davon, vielleicht auch nicht. Es macht nichts. Jetzt und hier sind wir, was wir sind.

Immer noch lächelnd, ging ich zur Garderobe, nahm den schwarzen Hut meiner Mutter und öffnete die Tür. Der Wind heulte gierig. Ich sah meinen Vater an, und er betrachtete mich lange und nickte dann lächelnd.

»Was, zum Teufel, machst du da?« fragte Dennis Ponder.

»Ich stelle mich dem Leben und der Zukunft«, antwortete ich.

Ich trat aus der Tür und ging bis an den Rand der Veranda.

»Es ist nicht für immer, Mama«, sagte ich. »Nur für diesen Augenblick. Er hat mir sowieso nie richtig gehört.«

Und ich schleuderte den Hut in den Wind, der ihn erfaßte und über die sich biegenden Bäume hinwegwirbelte, gen Gay Head, über Up-Island.

Danksagung

Ann Nelson aus dem The Bunch-of-Grapes-Buchladen in Vineyard Haven wurde wahrscheinlich schon von so vielen Autoren gedankt, daß sie ihre eigene literarische Gesellschaft gründen könnte, aber all dieser Dankbarkeit möchte ich meine eigene hinzufügen. Sie hat mir praktisch »ihr« Martha's Vineyard geschenkt, diese Up-Island-Welt der alten Familien und geheimen Orte, und dazu ein beachtliches Quantum ihrer Zeit und viele kostbare Bände aus ihrer privaten Bibliothek. Dieser Roman ist in gewisser Weise ihr Buch; die faktischen und interpretatorischen Fehler liegen einzig und allein bei mir.